Ein dunkles Geschenk

Nora Roberts

Ein dunkles Geschenk

Roman

Deutsch von Margarethe van Pée

Weltbild

Die amerikanische Originalausgabe erschien 2014 unter dem Titel *The Collector* bei G. P. Putnam`s Sons, published by the Penguin Group, New York.
Zitat von Johnny Mercer: St. Louis Woman, 1946

Besuchen Sie uns im Internet:
www.weltbild.de

Genehmigte Lizenzausgabe für Weltbild GmbH & Co. KG,
Steinerne Furt, 86167 Augsburg
Copyright der Originalausgabe © 2014 by Nora Roberts
Published by Arrangement with Eleanor Wilder.
Dieses Werk wurde vermittelt durch die
Literarische Agentur Thomas Schlück GmbH, 30827 Garbsen.
Copyright der deutschsprachigen Ausgabe © 2015 by Blanvalet Verlag,
in der Verlagsgruppe Random House GmbH, München
Übersetzung: Margarethe van Pée
Umschlaggestaltung: Johannes Frick, Neusäß
Umschlagmotiv: »© Johannes Frick, Neusäß unter Verwendung von Motiven von
Shutterstock (© Love Photo, LifetimeStock, Stuart Monk)«
Gesamtherstellung: CPI Moravia Books s.r.o., Pohorelice
Printed in the EU
ISBN 978-3-95973-097-6

2019   2018   2017   2016
Die letzte Jahreszahl gibt die aktuelle Lizenzausgabe an.

*In Erinnerung an meine Mutter,
die alles sammelte.
Und an meinen Vater,
der für alles Platz schaffte.*

TEIL I

Any place I hang my hat is home.
Johnny Mercer

1

Sie hatte schon gedacht, sie würden nie gehen. Kunden – vor allem neue – neigten dazu, keine Ruhe zu geben, den Abschied hinauszuzögern und in einer Endlosschleife immer wieder dieselben Anweisungen, Kontakte und Hinweise zu wiederholen, bis sie irgendwann endlich zur Tür hinaus waren. Sie konnte sie gut verstehen. Wenn sie gingen, ließen sie schließlich ihr Heim, ihren Besitz und in diesem speziellen Fall sogar ihr Haustier in den Händen einer fremden Person zurück.

Lila Emerson tat ihr Bestes, damit sie entspannt und in der Überzeugung abreisen konnten, alles in die kompetenten Hände ihres Homesitters übergeben zu haben.

Während Jason und Macey Kilderbrand sich in den kommenden drei Wochen mitsamt Familie und Freunden in Südfrankreich aufhalten würden, wohnte Lila in deren wunderschöner Wohnung in Chelsea, goss die Blumen, passte auf, dass der Kater nicht verhungerte oder verdurstete, spielte mit ihm, nahm die Post der Familie entgegen und schickte ihnen alles Wichtige nach. Sie würde Maceys hübschen Terrassengarten pflegen, das Telefon beantworten, den Kater verwöhnen und allein durch ihre Anwesenheit abschreckend auf potenzielle Einbrecher wirken.

Es würde ihr gefallen, in dem noblen Stadthaus in New York zu leben, genau wie es ihr in jener reizenden Wohnung in Rom gefallen hatte – wo sie für ein zusätzliches Honorar sogar die Küche gestrichen hatte –, und in dem weitläufigen Haus in Brooklyn mit dem verspielten Golden Retriever, dem süßen alten Boston-Terrier und einem Aquarium voller bunter Tropenfische.

In den sechs Jahren als professioneller Homesitter hatte sie New York gut kennengelernt. In den vergangenen vier Jahren hatte sie ihren Wirkungskreis sogar erweitern können, sodass sie mittlerweile auch ein bisschen von der Welt sah. Ein wirklich guter Job, sofern man Aufträge hat, dachte sie – und sie hatte Aufträge.

»Na los, Thomas!« Sie strich dem Kater vom Kopf über den langen, geschmeidigen Körper bis zur Schwanzspitze. »Dann wollen wir mal auspacken.«

Sie liebte es, sich einzurichten, und da die geräumige Wohnung über ein zweites Schlafzimmer verfügte, packte sie den ersten ihrer beiden Koffer vollständig aus, legte ihre Kleidung teils in die Spiegelkommode, teils hängte sie sie in den aufgeräumten begehbaren Kleiderschrank. Man hatte sie gewarnt: Thomas würde wahrscheinlich bei ihr im Bett schlafen wollen, aber damit hatte sie keine Schwierigkeiten. Und wie nett, dass die Kunden – vermutlich Macey – einen hübschen Strauß Freesien für sie auf den Nachttisch gestellt hatten! Lila mochte solche persönlichen Gesten – ganz gleich, ob sie ihr galten oder sie selbst sie anderen entgegenbrachte.

Sie hatte bereits beschlossen, später das große Badezimmer mit der geräumigen Dampfdusche und dem tiefen Whirlpool aufzusuchen. »Man darf mit solchen Annehmlichkeiten weder verschwenderisch noch missbräuchlich umgehen«, erklärte sie dem Kater, während sie ihre Toilettenartikel verstaute.

Da sich in ihren beiden Koffern fast ihr gesamter Besitz befand, überlegte sie sich sorgfältig, wo sie ihre Habseligkeiten am besten platzierte. Nachdem sie kurz nachgedacht hatte, richtete sie ihr Büro im Esszimmer ein, wobei sie ihren Laptop so hinstellte, dass sie New York im Blick hatte, wenn sie den Kopf hob. In einer kleineren Wohnung hätte es ihr nichts ausgemacht, dort zu arbeiten, wo sie auch schlief, aber nachdem hier reichlich Platz war, machte sie eben auch Gebrauch davon.

Sämtliche Küchengeräte, die Fernbedienungen, die Alarmanlage waren ihr erklärt worden – die Wohnung verfügte über eine technische Ausstattung, die dem Nerd in ihr regelrecht in die Karten spielte.

In der Küche fand sie eine Flasche Wein vor, eine hübsche

Schale mit frischem Obst und eine gut sortierte Käseplatte. Auf Maceys Briefpapier mit Monogramm stand handschriftlich:

Viel Spaß bei uns zu Hause!
Jason, Macey und Thomas

Wie nett!, dachte Lila. Hier würde sie bestimmt viel Spaß haben. Sie entkorkte die Flasche, schenkte sich ein Glas Wein ein, nahm einen Schluck und nickte anerkennend. Dann griff sie zu ihrem Fernglas und trat mit dem Weinglas in der anderen Hand auf die Terrasse, um die Aussicht zu bewundern.

Ihre Kunden wussten genau, wie sie den ihnen zur Verfügung stehenden Raum am besten nutzten, dachte sie: ein paar Stühle mit weichen Kissen, eine Steinbank, ein Glastisch – und Kübel voller Blühpflanzen, hübsche rote Kirschtomatenrispen, duftende Kräuter, die Lila ernten und verwenden durfte.

Sie setzte sich, zog Thomas auf ihren Schoß, nahm einen weiteren Schluck Wein und strich der Katze über das seidige Fell.

»Ich wette, sie sitzen oft hier draußen, trinken was oder frühstücken. Sie haben einen glücklichen Eindruck gemacht. Und die Wohnung vermittelt einem ein gutes Gefühl. Das merkt man.«

Sie kitzelte Thomas unterm Kinn, und seine leuchtend grünen Augen bekamen einen verträumten Ausdruck. »In den ersten paar Tagen wird sie noch häufiger anrufen oder E-Mails schicken, deshalb machen wir am besten ein paar Fotos von dir, Baby, und schicken sie ihr, damit sie sieht, dass es dir gut geht.«

Sie stellte das Weinglas ab, hob das Fernglas an die Augen und ließ ihren Blick über die umliegenden Gebäude schweifen. Der Wohnkomplex nahm einen ganzen Block ein und gewährte ihr Einblicke in andere Leben.

Andere Leben faszinierten sie.

Eine große Frau etwa in Lilas Alter lief mit dem Handy am Ohr in einem kleinen Schwarzen auf und ab, das sich wie eine zweite Haut um ihren modeldünnen Körper schmiegte. Glücklich wirkt sie nicht, dachte Lila. Vielleicht eine abgesagte Verabredung. Er muss länger arbeiten, sagt er, fügte Lila in Gedanken hinzu und ließ die Szene in Gedanken Revue passieren. Und sie ist seine Ausflüchte allmählich leid.

Ein paar Stockwerke darüber saßen zwei Paare in einem Wohnzimmer – Kunst an den Wänden, schicke, moderne Möbel – und lachten über irgendwas. So wie es aussah, hatten sie ein paar Martinis vor sich stehen. Offensichtlich mochten sie die Sommerhitze nicht annähernd so gern wie Lila oder Thomas, sonst hätten sie auf der kleinen Terrasse gesessen. Alte Freunde, dachte sie, die sich oft trafen und hin und wieder sogar gemeinsam Urlaub machten.

Ein weiteres Fenster eröffnete ihr den Blick auf einen kleinen Jungen, der sich mit einem weißen Hundewelpen auf dem Boden wälzte. Die Freude der beiden lag förmlich in der Luft, und Lila musste lachen. »Er hat sich schon ewig einen kleinen Hund gewünscht – wobei in seinem Alter die Ewigkeit wahrscheinlich eher nur ein paar Monate betrug –, und heute haben seine Eltern ihn endlich überrascht. Er wird sich sein ganzes Leben lang an diesen Tag erinnern, und eines Tages wird er seinen kleinen Sohn oder seine Tochter auf die gleiche Weise überraschen.« Zufrieden, die Besichtigung mit dieser Erkenntnis abschließen zu können, setzte Lila das Fernglas wieder ab. »Okay, Thomas, jetzt gehen wir rein und arbeiten ein paar Stunden. Ich weiß, ich weiß«, fuhr sie fort, setzte ihn zu Boden und nahm das halb volle Glas Wein in die Hand, »die meisten Leute haben ihre Arbeit für heute getan. Sie gehen abendessen, treffen sich mit Freunden – oder sie zicken rum, weil sie nun doch nicht ausgehen, wie die Killerblondine in dem schwarzen Kleid. Aber es ist nun mal so ...« Sie wartete, bis der Kater vor ihr in die Wohnung gehuscht war. »Ich kann meine Arbeitszeit frei einteilen. Das ist ja das Schöne.«

Aus dem Korb mit Katzenspielzeug im Küchenschrank wählte sie einen Ball – einen bewegungsgesteuerten – und ließ ihn über den Fußboden kullern. Sofort sprang Thomas darauf zu, kämpfte damit, schlug mit der Pfote danach und rannte ihm nach.

»Wenn ich eine Katze wäre«, spekulierte sie, »wäre ich auch verrückt danach.«

Während Thomas vor sich hin spielte, griff sie nach der Fernbedienung und schaltete das Radio ein. Sie notierte sich, welcher Sender lief, damit sie ihn wieder einstellen konnte, bevor die Kilderbrands zurückkamen. Dann schaltete sie von Jazz auf Pop um.

Das Homesitting bescherte ihr ein Dach über dem Kopf, und es war interessant, ja, manchmal sogar abenteuerlich. Ihren Lebensunterhalt jedoch verdiente sie mit Schreiben. In den ersten beiden Jahren in New York hatte sie sich als freiberufliche Autorin – und mit Kellnern – über Wasser gehalten. Nachdem sie aber mit dem Homesitting angefangen hatte – wobei sie es zunächst lediglich für ihre Freunde und für Freunde von Freunden gemacht hatte –, hatte sie endlich genug Zeit und Gelegenheit gefunden, um an ihrem Roman zu arbeiten.

Ganz zufällig war sie irgendwann im Haus einer Lektorin gelandet, die sofort Interesse an ihrem Manuskript gezeigt hatte. Der erste Roman, *Mondaufgang*, hatte sich sogar ganz anständig verkauft. Er war zwar kein Riesenbestseller gewesen, ging aber immer noch verhältnismäßig konstant über den Ladentisch und hatte ihr eine nette kleine Fangemeinde in der Zielgruppe der Vierzehn- bis Achtzehnjährigen beschert, für die sie schrieb. Der zweite Roman würde im Oktober in die Buchhandlungen kommen, und sie drückte sich selbst die Daumen, dass auch er sich gut verkaufen würde.

Im Moment allerdings musste sie sich auf Band drei der Serie konzentrieren.

Sie zwirbelte ihr langes braunes Haar am Hinterkopf zusammen und befestigte es mit einer großen Schildpattspange. Während Thomas fröhlich dem Ball hinterherjagte, setzte sie sich mit ihrem halb gefüllten Glas Wein und einem großen Glas Eiswasser hin und lauschte der Musik, die ihre Romanfigur Kaylee so gern hörte.

Kaylee war Junior an der Highschool und hatte mit sämtlichen typischen Problemen ihrer Altersgruppe zu kämpfen: Verliebtsein, Hausaufgaben, gehässige Mitschülerinnen, Intrigen, Liebeskummer und Triumphe, die in den kurzen, intensiven Highschooljahren Schlag auf Schlag erfolgten. Ein schwieriger Weg, vor allem für die Neue in der Klasse, die sie im ersten Band der Serie gewesen war, und dass alle aus Kaylees Familie Lykaner waren, machte es auch nicht gerade einfacher. Einem Mädchen, das zugleich Werwolf war, fiel es nun mal nicht leicht, bei Vollmond seinen schulischen Pflichten nachzukommen oder zum Abschlussball zu gehen.

Inzwischen – im dritten Band – befanden sich Kaylee und ihre Familie im Krieg gegen ein rivalisierendes Rudel; ein Rudel, das Menschen attackierte. Vielleicht ein bisschen blutrünstig für die jüngeren Leser, dachte sie, aber daran war nun mal nichts zu ändern. Ihre Geschichte hatte fast zwangsläufig diese Richtung eingeschlagen.

Lila setzte dort an, wo Kaylee sich mit mehreren Problemen gleichzeitig auseinandersetzen musste – dem Verrat des Jungen, den sie zu lieben glaubte, einer überfälligen Hausarbeit über die napoleonischen Kriege und der Tatsache, dass ihre schöne, blonde Widersacherin sie in den Chemieraum eingesperrt hatte. In zwanzig Minuten würde der Mond aufgehen – etwa um die gleiche Zeit, da der Chemie-Leistungskurs anfing. Sie musste sich schleunigst aus diesem Raum befreien, bevor ihre Verwandlung einsetzte.

Lila tauchte in die Handlung ein, versetzte sich in Kaylee, in deren Angst vor der Entdeckung, in den leidvollen Liebeskummer, in die Wut auf Sasha, die Cheerleaderin, Homecoming Queen und (im wahrsten Sinne des Wortes) männerverschlingende Rivalin.

Als Kaylee sich endlich befreit und in letzter Sekunde und nur mithilfe einer Rauchbombe – die einen weiteren Widersacher, nämlich den stellvertretenden Schuldirektor, auf den Plan brachte – eine ordentliche Standpauke, eine Verwarnung und den Heimweg bewältigt hatte und noch ehe die Verwandlung ihrer Heldin vollzogen war, hatte Lila drei volle Stunden durchgearbeitet. Zufrieden hob sie den Kopf und sah sich um.

Thomas hatte sich müde gespielt und lag zusammengerollt auf dem Stuhl neben ihr, und die Lichter der Stadt glitzerten und leuchteten durchs Fenster.

Exakt nach Anweisung bereitete sie Thomas' Abendessen zu. Während er sich auf sein Fressen stürzte, zog sie mit dem Schraubenzieher ihres Leatherman ein paar Schrauben in der Speisekammer nach. Sie war der festen Überzeugung, dass lockere Schrauben der Ursprung allen Unglücks waren – für Menschen wie Gegenstände gleichermaßen.

Ihr Blick fiel auf zwei Drahtkörbe auf Schienen, die immer noch in ihrer Originalverpackung steckten. Wahrscheinlich waren sie einmal für Kartoffeln oder Zwiebeln gedacht gewesen. Sie ging in die Hocke und überflog die Montageanleitung, in der versichert wurde, die Körbe seien kinderleicht zu installieren. Im Geiste machte sie sich eine Notiz: Sie würde Macey eine E-Mail schreiben und fragen, ob sie die Körbe für sie anbringen solle, als nettes kleines Sonderprojekt sozusagen.

Sie schenkte sich noch ein Glas Wein ein und bereitete aus Obst, Käse und Crackern ein spätes Abendessen zu. Dann ließ sie sich im Esszimmer im Schneidersitz nieder, nahm Thomas auf den Schoß und aß, während sie gleichzeitig ihre E-Mails checkte, Nachrichten verschickte, ihren Blog überflog und sich ein paar Ideen für einen neuen Eintrag notierte. »Allmählich sollten wir ins Bett gehen, Thomas.« Doch er gähnte nur, als sie zur Fernbedienung griff und die Musik abstellte.

Sie hob ihn von ihrem Schoß und setzte ihn neben sich ab, sodass sie das Geschirr wegräumen und dann endlich in die erste ruhige Nacht in einer fremden, neuen Umgebung eintauchen konnte. Sie schlüpfte in Baumwollhose und Tanktop, überprüfte die Alarmanlage und ging dann erneut die Nachbarn besuchen.

Blondie war anscheinend doch noch ausgegangen. In ihrem Wohnzimmer brannte nur mehr gedämpftes Licht. Die beiden Paare waren mittlerweile ebenfalls ausgeflogen. Vielleicht zum Essen oder zu irgendeiner Abendveranstaltung, dachte Lila.

Der kleine Junge würde inzwischen gewiss tief und fest schlafen – hoffentlich mit dem Welpen im Arm. Sie sah den Lichtschein eines Fernsehers und stellte sich vor, wie Mom und Dad sich einen entspannten Abend gönnten.

Hinter einem anderen Fenster fand eine Party statt. Elegant gekleidete Menschen unterhielten sich und balancierten Drinks oder kleine Teller vor sich her. Lila beobachtete sie eine Weile. Vor allem die geflüsterte Unterhaltung einer Brünetten in einem kurzen roten Kleid mit einem braun gebrannten Gott im perlgrauen Anzug fesselte ihre Aufmerksamkeit. Lila stellte sich vor, dass die beiden eine heiße Affäre miteinander hatten: direkt vor der Nase seiner leidgeprüften Ehefrau und ihres ahnungslosen Ehemanns.

Dann schwenkte sie das Fernglas ein Stück weiter, hielt inne, nahm es für einen Moment herunter, blickte erneut hindurch. Nein, dieser gut gebaute Typ im ... zwölften Stock war nicht splitternackt. Er trug einen Tanga, während er eindrucksvoll die Hüften kreisen ließ, eine Drehung vollzog und dann abrupt zu Boden sank. Der schwitzt ganz ordentlich, stellte sie fest, während der Typ den gesamten Bewegungsablauf von Neuem ausführte und weitere Schritte hinzufügte. Vielleicht ein Schauspieler oder Tänzer, dachte sie, der sich als Stripper durchschlägt, bis er endlich seine große Rolle am Broadway bekommt.

Er gefiel ihr. Sehr sogar.

Das Programm drüben hinter den Fenstern hielt sie noch eine halbe Stunde lang gefangen, dann legte sie sich aufs Bett – und tatsächlich kam Thomas sofort zu ihr. Sie schaltete den Fernseher ein und entschied sich für eine Wiederholung von *NCIS*, bei der sie jede einzelne Dialogzeile auswendig kannte. Zufrieden griff sie nach ihrem iPad, rief den Thriller auf, den sie im Flieger aus Rom zu lesen begonnen hatte, und machte es sich gemütlich.

In der folgenden Woche entwickelte sie eine Art Routine. Wirksamer als jeder Wecker war Thomas täglich um Punkt sieben bei ihr und verlangte lautstark nach seinem Frühstück. Dann fütterte sie ihn, kochte Kaffee, goss die Pflanzen in der Wohnung und auf der Terrasse und gönnte sich ein kleines Frühstück, während sie die Nachbarn beobachtete.

Blondie und ihr Freund – sie sahen irgendwie nicht aus, als wären sie verheiratet – stritten viel. Blondie neigte dazu, mit zerbrechlichen Gegenständen um sich zu werfen. Ihr Freund – der einen spektakulären Anblick bot – verfügte über gute Reflexe und eine Menge Charme. Die fast täglich stattfindenden Streitereien endeten meist mit einer zärtlichen Versöhnung oder in einem Ausbruch von Leidenschaft. Lila fand, dass sie gut zueinander passten. Für den Moment jedenfalls. Sie wirkten beide nicht, als wären sie an einer langfristigen Beziehung interessiert – sie mit ihrem Hang, Geschirr oder Kleidungsstücke durchs Zimmer zu schleudern, und er, der sich wegduckte, lächelte und sie verführte. Spielernaturen, dachte Lila. Sie spielen gern heiße Liebesspielchen. Sie wäre wirklich überrascht, wenn er nicht nebenbei noch etwas anderes am Laufen hätte.

Der kleine Junge und der Welpe liebten einander immer noch heiß und innig, während Mom, Dad oder die Nanny geduldig die kleinen Malheurs wegwischte. Mom und Dad verließen das Haus jeden Morgen in einer Aufmachung, die in Lilas Augen hoch dotierte Positionen verhieß.

Die Martinis, wie sie das nächste Paar insgeheim nannte, benutzten ihre kleine Terrasse kaum. Die Frau war definitiv eine jener Ladys, die Tag für Tag Verabredungen zum Lunch wahrnahmen. Sie verließ die Wohnung immer erst am späten Vormittag und kehrte für gewöhnlich nachmittags mit Einkaufstüten beladen wieder zurück.

Die Partymacher verbrachten nur selten einen Abend zu Hause. Sie schienen ihren hektischen Lebensstil zu genießen. Und Adonis trainierte regelmäßig seinen Hüftschwung – zu ihrer unverhohlenen Freude.

Sie gönnte sich die Show, die sich ihr darbot, und die Geschichten, die sie dazu erfand, jeden Morgen. Dann arbeitete sie bis zum Nachmittag, machte eine Pause, um mit dem Kater zu spielen, bevor sie sich anzog und die Wohnung verließ, um für das Abendessen einzukaufen oder die Umgebung zu erkunden. Sie schickte Fotos vom glücklichen Thomas an ihre Kunden, pflückte Tomaten, sah die Post durch, erfand eine brutale Werwolfschlacht und brachte ihren Blog auf den neuesten Stand. Und sie montierte die beiden Körbe in der Speisekammer.

Am ersten Tag der zweiten Woche kaufte sie sich eine Flasche guten Barolo, füllte das Käsefach auf und stellte auch gleich noch ein paar Mini-Cupcakes aus einer fantastischen Bäckerei in der Nachbarschaft daneben. Um kurz nach sieben machte sie ihrem Partybesuch die Tür auf – ihrer besten Freundin.

»Da bist du ja!«

Julie umarmte sie – inklusive Weinflasche in der einen und einem Strauß duftender Lilien in der anderen Hand.

Mit kurvigen eins achtzig und einer üppigen roten Mähne war Julie Bryant genau das Gegenteil von Lilas eher durchschnittlicher Größe, ihrer zierlichen Gestalt und ihrem glatten braunen Haar.

»Du bist von Rom ja immer noch ganz braun gebrannt! Gott, ich könnte Sonnenschutzfaktor 500 auftragen und würde in der italienischen Sonne trotzdem sofort rot anlaufen wie ein gekochter Hummer. Du siehst fabelhaft aus!«

»Wer würde das nicht – nach zwei Wochen Italien? Allein die Pasta ... Ich hab doch gesagt, ich besorge den Wein!«, fügte sie tadelnd hinzu, als Julie ihr die Flasche in die Hand drückte.

»Jetzt haben wir eben zwei. Willkommen daheim!«

»Danke.« Lila nahm die Blumen entgegen.

»Wow, das ist ja schick hier! Die Wohnung ist riesig ... Und die Aussicht ist der Hammer! Was machen diese Leute?«

»Sie stammen beide aus reichem Hause ...«

»Ich wollte, ich könnte das Gleiche von mir behaupten.«

»Komm mit in die Küche, ich will nur schnell die Blumen ins Wasser stellen, dann zeig ich dir die Wohnung. Er ist in der Finanzbranche – keine Ahnung ... Er mag seine Arbeit und spielt lieber Tennis als Golf. Sie macht irgendwas mit Inneneinrichtung, und so wie die Wohnung aussieht, scheint sie echt gut darin zu sein. Sie denkt darüber nach, sich selbstständig zu machen, aber sie wollen irgendwann auch noch eine Familie gründen, und sie ist sich nicht ganz sicher, ob es da richtig wäre zu kündigen.«

»Sind das nicht neue Kunden von dir? Und die erzählen dir gleich solche persönlichen Dinge?«

»Was kann ich denn dafür? Anscheinend sehe ich so aus, als müsste man mir alles erzählen. Das ist übrigens Thomas.«

Julie ging in die Hocke, um den Kater zu streicheln. »Was für ein hübsches Gesicht er hat!«

»Er ist wirklich ein Süßer.« Der Blick aus Lilas dunkelbraunen Augen wurde zärtlich, als sie Julie und Thomas zusammen beobachtete. »Haustiere sind bei meinem Job nicht unbedingt immer ein Plus – Thomas schon.«

Sie nahm eine Aufziehmaus aus Thomas' Spielzeugkorb, und Julie lachte laut auf, als die Katze darauf zuhechtete. »Oh, er ist ja ein richtiger kleiner Killer!« Dann stand sie wieder auf und lehnte sich an die steingraue Theke, während Lila die Lilien in einer Glasvase verteilte. »Und Rom war also fantastisch?«

»Ja, das war es.«

»Und, hast du einen attraktiven Italiener getroffen, mit dem du Wahnsinnssex hattest?«

»Leider nicht, aber ich glaube, der Besitzer des Obststands an der Ecke hat sich in mich verliebt. Okay, zugegeben, er war schon um die achtzig. Aber er hat mich immer *una bella donna* genannt und die schönsten Pfirsiche für mich ausgesucht.«

»Nicht annähernd so gut wie Sex, aber immerhin! Schade, dass ich nicht da sein konnte, als du zurückgekommen bist.«

»Danke, dass ich zwischen den beiden Aufträgen bei dir übernachten durfte!«

»Jederzeit, das weißt du doch. Ich wäre eben nur gern hier gewesen ...«

»Wie war denn nun die Hochzeit?«

»Bevor ich dir auch nur einen Ton von Cousine Mellys Hamptons-Hochzeitswoche in der Hölle erzähle und warum ich offiziell als Brautjungfer zurückgetreten bin, brauche ich erst mal ein Glas Wein.«

»Deine SMS waren göttlich! Vor allem die eine hat mir gefallen: ›Die durchgeknallte Schlampenbraut meint, die Rosenblätter hätten den falschen Pinkton. Hysterischer Anfall. Im Namen des gesamten weiblichen Geschlechts muss ich sie leider abmurksen.‹«

»Es wäre fast so weit gekommen! Oh nein! Schluchzen, Zittern, Verzweiflung! Die Rosenblätter sind *pink-pink*! Dabei sollten sie doch *rosa-pink* sein, Julie! Bring das in Ordnung, Julie! In *Ordnung* bringen? *Umbringen* wäre echt die bessere Alternative gewesen!«

»War es wirklich eine halbe Tonne Blütenblätter?«

»So in etwa.«

»Du hättest sie darunter begraben sollen. Braut erstickt in Rosenblättern. Das hätte jeder für ein ironisches, wenn nicht sogar tragisches Missgeschick gehalten.«

»Wenn mir das nur eingefallen wäre! Du hast mir echt gefehlt. Es ist wirklich besser, wenn du in New York arbeitest und ich dich besuchen und Zeit mit dir verbringen kann.«

Über die Weinflasche hinweg musterte Lila ihre Freundin. »Du solltest irgendwann einfach mal mitkommen – wenn ich eine besonders tolle Wohnung hüte.«

»Ja, ja, das hast du schon zigmal gesagt.« Julie marschierte in der Küche auf und ab. »Ich weiß nur nicht, ob ich mir nicht merkwürdig vorkommen würde, wenn ich tatsächlich in ... O mein Gott, sieh dir dieses Porzellan an! Das ist bestimmt antik! Es sieht fantastisch aus!«

»Es hat ihrer Urgroßmutter gehört. Aber du findest es doch auch nicht merkwürdig, hier einen Abend mit mir zu verbringen? Warum solltest du nicht einfach auch mal länger bleiben? Du steigst doch auch in Hotels ab.«

»Aber dort *leben* die Leute nicht.«

»Manche schon. Eloise zum Beispiel. Und ihre Nanny.«

Julie zupfte an Lilas Pferdeschwanz. »Eloise und Nanny sind Kinderbuchfiguren!«

»Auch fiktive Figuren sind Menschen – sonst wäre ihr Schicksal uns ja vollkommen egal. Komm, wir gehen auf die Terrasse. Du wirst staunen, wenn du Maceys Dachgarten siehst. Ihre Familie stammt aus Frankreich und baut dort Wein an.« Mit geübtem Griff nahm Lila das Tablett zur Hand. Nicht umsonst hatte sie jahrelang gekellnert. »Sie haben sich vor fünf Jahren kennengelernt, als sie ihre Großeltern besuchte – er war auf Reisen und hat ihr Weingut besichtigt. Liebe auf den ersten Blick, behaupten sie beide.«

»Auf den ersten Blick ist es am besten.«

»Ich würde ja sagen, *das* ist Fiktion, aber in diesem Fall hat die Fiktion eindeutig etwas für sich.« Sie ging voraus auf die Terrasse. »Es stellte sich natürlich im Handumdrehen heraus, dass beide in New York lebten. Er rief sie an, sie gingen miteinander aus, und achtzehn Monate später haben beide ›Ja, ich will‹ gesagt.«

»Wie im Märchen!«

»Was ich ebenfalls als fiktiv bezeichnen würde – aber ich liebe Märchen nun mal. Und die beiden wirken wirklich total glücklich miteinander. Außerdem hat sie, wie du gleich sehen wirst, einen grünen Daumen.«

Julie tippte im Vorbeigehen mit dem Finger auf Lilas Fernglas.

»Spionierst du immer noch?«

Lila verzog die üppigen Lippen zu einem Schmollmund.

»Also, spionieren würde ich es nicht nennen. Ich beobachte. Wenn die Leute nicht wollen, dass du ihnen in die Wohnung glotzt, sollten sie lieber ihre Vorhänge zuziehen oder die Jalousien runterlassen.«

»Oh, oh. Wow!« Julie stemmte die Hände in die Hüften und begutachtete die Terrasse. »Mit dem grünen Daumen hattest du wirklich recht!«

Die üppig blühenden, bunten Pflanzen in schlichten Terrakottatöpfen machten aus der Terrasse mitten in der Stadt regelrecht eine Oase. »Hier gibt es ja sogar Tomaten!«

»Ja, und sie schmecken wundervoll. Die Kräuter hat sie aus Samen gezogen.«

»Geht das denn?«
»Zumindest Macey kann so was. Ich hab sogar schon einmal geerntet – sie haben mich ausdrücklich dazu aufgefordert. Gestern Abend hab ich mir einen tollen, großen Salat gemacht, ihn hier draußen gegessen, ein Glas Wein dazu getrunken und mir dabei die Fenstershow angesehen.«
»Du hast wirklich ein merkwürdiges Leben ... Erzähl mir von den Fensterleuten!«
Lila schenkte ihnen beiden Wein ein, dann lief sie schnell nach drinnen, um das Fernglas zu holen – man konnte ja nie wissen.
»Da gibt es eine Familie im zehnten Stock – die Eltern haben ihrem kleinen Sohn gerade einen Welpen geschenkt. Kind und Hund sind einfach unglaublich hübsch und süß! Das ist wahre Liebe – es macht einfach Spaß, ihnen zuzusehen. Im Vierzehnten wohnt eine sexy Blondine mit einem äußerst heißen Typen zusammen – sie könnten beide Models sein. Er kommt und geht, sie haben irre intensive Auseinandersetzungen, böse Streitigkeiten mit fliegendem Geschirr, gefolgt von großartigem Sex.«
»Du siehst ihnen beim Sex zu? Lila, gib mir das Fernglas!«
»Nein!« Lachend schüttelte Lila den Kopf. »Ich sehe ihnen nicht beim Sex zu. Aber ich merke doch, was los ist. Sie reden, streiten, laufen auf und ab, wobei sie ständig irgendetwas durch die Gegend schmeißt, und dann fallen sie übereinander her und fangen an, sich die Kleider vom Leib zu reißen. Im Schlafzimmer, im Wohnzimmer ... Sie haben zwar keine Terrasse, aber einen kleinen Balkon vor dem Schlafzimmer, und einmal haben sie es kaum hineingeschafft, bevor sie beide nackt waren. Ach, apropos nackt, im zwölften Stock wohnt so ein Typ ... Warte mal, vielleicht ist er ja da.«
Sie hob das Fernglas an die Augen und suchte die Fensterfront ab. »Oh ja, Baby ... Schau ihn dir an. Zwölfter Stock, drittes Fenster von links.«
Neugierig griff Julie nach dem Fernglas und suchte so lange, bis sie das Fenster gefunden hatte. »Oh Mann! Hmm, hmm. Der

kann sich echt bewegen ... Wir sollten ihn anrufen und zu uns einladen.«
»Ich glaube nicht, dass wir sein Typ wären.«
»Wir beide zusammen sind der Typ jedes Mannes!«
»Schwul, Julie.«
»Das kannst du von hier aus doch gar nicht erkennen.« Stirnrunzelnd setzte Julie das Fernglas ab, dann hob sie es wieder an, um noch einmal hinzusehen. »Dein Schwulenradar reicht nicht halb so weit, wie Superman über Gebäude springen kann.«
»Er trägt einen Tanga, das sagt doch schon alles.«
»Den trägt er nur, damit er sich besser bewegen kann.«
»Tanga!«, wiederholte Lila.
»Tanzt er jeden Abend?«
»Ja, so ziemlich. Ich denke mal, er ist einer dieser zahllosen erfolglosen Schauspieler und arbeitet Teilzeit in einem Striplokal, bis er endlich seinen Durchbruch hat.«
»Er hat einen tollen Körper. David hatte auch einen tollen Körper.«
»Hatte?«
Julie legte das Fernglas ab und tat so, als zerbräche sie einen Stock in zwei Teile.
»Wann?«
»Gleich nach der Hamptons-Hochzeitswoche in der Hölle. Es war längst überfällig, aber die Hochzeit war ohnehin schon schlimm genug, da wollte ich es nicht auch noch dort beenden.«
»Das tut mir leid, Liebes!«
»Danke ... Aber du konntest David ja sowieso nicht leiden.«
»Nein, das ist nicht wahr. Sowieso nicht leiden – das stimmt nun auch wieder nicht.«
»Sei's drum. Er war zwar nett anzusehen, aber er hat einfach viel zu sehr geklammert. Wohin gehst du, wann kommst du wieder, bla, bla, bla. Ständig hat er mir SMS geschickt oder Nachrichten auf dem Anrufbeantworter hinterlassen. Wenn ich berufliche Verpflichtungen hatte oder mit dir und meinen anderen

Freundinnen etwas unternommen habe, dann war er sauer und schmollte. Gott, es war fast wie mit einer Ehefrau – auf die schlimmste Art und Weise! Nichts gegen Ehefrauen, ich war ja selbst mal eine. Ich hab ihn gerade erst zwei Monate gekannt, da wollte er schon bei mir einziehen. Ich will aber nicht mit einem Mann zusammenleben.«

»Du willst nicht mit dem falschen Mann zusammenleben«, stellte Lila richtig.

»Für einen Mann, der mit mir zusammenlebt, bin ich einfach noch nicht bereit. Das mit Maxim ist noch nicht lange genug her.«

»Fünf Jahre!«

Julie schüttelte den Kopf und tätschelte Lila die Hand. »Nicht lang genug. Dieser Fremdgänger regt mich immer noch auf. Ich kann darüber einfach immer noch nicht lachen. Ich hasse Trennungen«, fügte sie hinzu. »Entweder bist du traurig – wenn du verlassen wurdest –, oder du kommst dir vor wie das Allerletzte – weil du jemanden verlassen hast.«

»Ich glaube zwar nicht, dass ich jemals jemanden verlassen hätte, aber ich denke, ich weiß, was du meinst.«

»Das liegt doch nur daran, dass du ihnen immer einredest, es wäre ihre Idee gewesen – und außerdem lässt du die Sache gar nicht erst so ernst werden, dass die Bezeichnung ›Trennung‹ gerechtfertigt wäre.«

Lila lächelte nur. »Das mit Maxim ist wirklich noch nicht lang genug her ...«, sagte sie und brachte damit Julie endgültig zum Lachen. »Wir könnten uns was zu essen bestellen. Hier in der Nähe muss irgendwo ein griechisches Lokal sein, das meine Kunden mir empfohlen haben. Ich hab es allerdings noch nicht selbst ausprobiert.«

»Nur wenn es zum Nachtisch Baklava gibt.«

»Ich habe Cupcakes da.«

»Das ist ja sogar noch besser! Jetzt hab ich alles, was ich brauche: eine protzige Wohnung, guten Wein, griechisches Essen, das frei Haus geliefert wird, und meine beste Freundin. Und einen sexy ... äh, verschwitzten«, fügte sie hinzu, nachdem sie noch mal durch das Fernglas gespäht hatte, »einen sexy, verschwitzten Tänzer – sexuelle Orientierung zurzeit noch nicht bestätigt.«

»Schwul«, wiederholte Lila und stand auf, um die Broschüre des Lieferservices zu holen.

Der Wein, den sie zu den Lammspießchen getrunken hatten, ging allmählich zur Neige. Gegen Mitternacht stürzten sie sich auf die Cupcakes. Vielleicht nicht die beste Kombination, dachte Lila, als sie eine leichte Übelkeit verspürte, aber genau das Richtige für eine Freundin, die die Trennung von ihrem Freund wesentlich mehr beschäftigte, als sie bereit war zuzugeben. Nicht wegen dieses Typen, dachte Lila, als sie eine letzte Runde machte, um zu kontrollieren, ob sie überall abgeschlossen hatte, sondern wegen der Trennung an sich und all der Fragen, die ihr seitdem durch den Kopf gingen.

Liegt es an mir? Warum hat es nicht funktioniert? Mit wem esse ich jetzt zu Abend?

Lebte man in einer Pärchenkultur, fühlte man sich nun mal auf gewisse Weise reduziert, wenn man keinen Partner hatte.

»Ich aber nicht«, versicherte Lila dem Kater, der sich irgendwann zwischen dem letzten Stückchen Lamm und dem ersten Cupcake in sein Körbchen gekuschelt hatte. »Ich finde es wirklich okay, Single zu sein. Ich kann gehen, wohin ich will und wann ich will, und jeden Job annehmen, den ich gut finde. Ich sehe etwas von der Welt, Thomas, und, okay, ich rede mit Katzen, aber das finde ich völlig in Ordnung.«

Trotzdem hätte sie Julie gern überredet, über Nacht zu bleiben; nicht nur, um Gesellschaft zu haben, sondern um ihrer Freundin morgen früh, wenn sie unter Garantie verkatert sein würde, zur Seite stehen zu können.

Diese Mini-Cupcakes sind wirklich Teufelszeug, dachte sie, als sie sich bettfertig machte. So süß und winzig, ach, da isst man ja praktisch gar nichts, jedenfalls sagt man sich das, bis man mindestens ein halbes Dutzend davon verdrückt hat.

Sie war immer noch aufgedreht vom Alkohol und all dem Zucker, und sie würde mit Sicherheit nicht schlafen können. Also nahm sie das Fernglas zur Hand. In ein paar Fenstern war noch Licht. Sie war also nicht die Einzige, die um – ach du lieber Himmel! – zwanzig vor zwei in der Nacht immer noch wach war. Der verschwitzte, nackte Typ war ebenfalls noch auf. Ein ebenso heiß aussehender Mann leistete ihm Gesellschaft. Zufrieden nahm Lila sich vor, Julie davon in Kenntnis zu setzen, dass ihr Schwulenradar eben doch wie Superman war.

Auch das Partypärchen hatte es immer noch nicht ins Bett geschafft; sie sahen so aus, als wären sie gerade erst nach Hause gekommen – nach ihrem Aufzug zu urteilen irgendein schicker Anlass. Lila musterte bewundernd das schimmernd orangefarbene Kleid der Frau und wünschte sich, sie könnte auch die Schuhe sehen. Und tatsächlich griff die Frau nach unten, stützte sich mit einer Hand auf der Schulter des Mannes ab und zog eine goldene, endlos hohe Riemchensandalette mit roter Sohle vom Fuß.

Hmm, Louboutins!

Lila schwenkte mit dem Fernglas ein Stück tiefer.

Blondie lag auch immer noch nicht im Bett. Sie trug wieder Schwarz – eng und kurz –, und ein paar Strähnen hatten sich aus ihrer Hochsteckfrisur gelöst. Sie kam wohl gerade aus der Stadt, mutmaßte Lila. Und es war nicht gut gelaufen.

Sie weint, stellte Lila fest, als sie sah, wie sich die Frau beim Sprechen immer wieder mit der Hand übers Gesicht fuhr. Sie redete schnell. Erregt. Schon wieder ein heftiger Streit mit dem Freund.

Aber wo war er?

Doch auch als sie den Blickwinkel änderte, bekam sie ihn nicht zu sehen.

Jag ihn zum Teufel, flüsterte Lila ihr zu. Niemand sollte dich so unglücklich machen dürfen. Du bist wunderschön. Und ich wette, du bist auch klug und garantiert mehr wert als ...

Dann fiel der Kopf der Frau nach hinten, als er von einem Schlag getroffen wurde, und Lila fuhr zusammen. »O mein Gott, er hat sie geschlagen! Der Bastard! Nicht ...«

Sie schrie unwillkürlich auf, als die Frau versuchte, ihr Gesicht zu schützen, und zurückwich, als sich erneut eine Faust zum Schlag erhob.

Die Frau weinte, bettelte.

Lila machte einen Satz zum Nachttisch, wo ihr Telefon lag, schnappte es sich, sprang einen Schritt zurück.

Sie konnte ihn immer noch nicht sehen, konnte ihn in dem schwachen Licht nicht erkennen, aber jetzt wurde die Frau gegen die Fensterscheibe gedrückt.

»Es ist genug, jetzt ist es wirklich genug«, murmelte Lila und war drauf und dran, den Notruf zu wählen.

Doch dann blieb die Welt stehen.

Glas splitterte. Die Frau stürzte hinaus – mit weit ausgebreiteten Armen, die Beine traten ins Leere, das Haar wie goldene Flügel ... So fiel sie vierzehn Stockwerke tief auf den harten Bürgersteig.

»O Gott. Gott. Gott.« Zitternd drückte Lila die Tasten.

»Neun-eins-eins, was für einen Notfall möchten Sie melden?«

»Er hat sie gestoßen ... Er hat sie gestoßen, und sie ist aus dem Fenster gefallen!«

»Ma'am ...«

»Warten Sie, warten Sie ...« Sie schloss einen Moment lang die Augen und zwang sich, dreimal tief durchzuatmen. Bleib bei der Sache, befahl sie sich. Gib ihnen die Details.

»Ich heiße Lila Emerson. Ich habe soeben einen Mord beobachtet. Eine Frau ist aus einem Fenster im vierzehnten Stock gestoßen worden. Ich wohne ...« Es dauerte einen Augenblick, bis ihr die Adresse der Kilderbrands wieder einfiel. »Es ist das Gebäude gegenüber ... äh, westlich, westlich von mir. Glaube ich jedenfalls. Es tut mir leid, ich kann nicht klar denken! Sie ist tot. Sie muss tot sein.«

»Ich schicke sofort einen Streifenwagen los. Bleiben Sie bitte am Telefon?«

»Ja, ja, ich bleibe dran.«

Am ganzen Leib zitternd hob sie den Blick. Doch das Zimmer hinter der zerbrochenen Fensterscheibe war dunkel.

2

Sie ertappte sich tatsächlich dabei, wie sie darüber nachdachte, ob sie in eine Jeans oder Caprihose schlüpfen sollte. Das ist der Schock, sagte sie sich. Sie stand wirklich ein klein wenig unter Schock – aber das war schon in Ordnung. Sie würde sich davon erholen. Sie lebte.

Sie entschied sich für Jeans und T-Shirt, dann lief sie mit der Katze auf dem Arm in der Wohnung auf und ab. Thomas schien zwar ein bisschen verwirrt zu sein, hatte aber im Großen und Ganzen nichts dagegen.

Sie hatte gesehen, wie die Polizei gekommen war, und auch die kleine Menge Schaulustiger bemerkt, die sich sogar morgens um zwei dort unten auf der Straße versammelte. Dann hatte sie nicht länger hinsehen können.

Das hier war schließlich nicht *CSI*, *SVU*, *NCIS* oder irgendeine andere Fernsehserie. Das hier war real. Die schöne Blondine, die so gern kurze schwarze Kleider getragen hatte, lag jetzt zerschmettert und blutüberströmt auf dem Bürgersteig. Der Mann mit dem welligen braunen Haar – der Mann, mit dem sie zusammengelebt hatte, mit dem sie Sex gehabt hatte, geredet, gelacht, gestritten hatte – hatte sie in den Tod gestoßen.

Sie musste jetzt Ruhe bewahren. Ruhig werden und ruhig bleiben, damit sie der Polizei erzählen konnte, was sie gesehen hatte. Und zwar mit Sinn und Verstand. Sie konnte die Vorstellung zwar kaum ertragen, alles erneut durchleben zu müssen, aber sie zwang sich, es noch einmal vor sich zu sehen: das tränenüberströmte Gesicht, das Haar, das sich löste, die Schläge. Sie stellte sich den Mann vor, wie sie ihn durchs Fenster gesehen hatte – lachend, sich duckend, streitend. Im Geiste zeichnete sie sein Gesicht, bewahrte es vor ihrem inneren Auge, damit sie ihn den Ermittlern beschreiben konnte.

Die Polizei war inzwischen im Anmarsch, rief sie sich ins Gedächtnis. Als die Klingel ertönte, zuckte sie trotzdem zusammen.
»Schon okay«, raunte sie Thomas zu. »Es ist alles in Ordnung.« Sie warf einen Blick durch den Türspion, sah die beiden uniformierten Beamten, las aufmerksam ihre Namensschilder. Fitzhugh und Morelli, wiederholte sie bei sich, und dann öffnete sie die Tür.
»Miss Emerson?«
»Ja. Ja, kommen Sie rein.« Sie trat einen Schritt zurück, überlegte krampfhaft, was sie tun und sagen sollte. »Die Frau, sie ... Sie kann den Sturz nicht überlebt haben.«
»Nein, Ma'am.« Fitzhugh – älter und dem ersten Eindruck zufolge erfahrener – übernahm die Führung. »Erzählen Sie uns bitte, was Sie gesehen haben.«
»Ja. Ich ... Wir sollten uns hinsetzen. Können wir uns setzen? Ich hätte Kaffee kochen sollen. Ich könnte Ihnen einen Kaffee anbieten.«
»Machen Sie sich darüber bitte keine Gedanken. Das ist eine schöne Wohnung«, fuhr er im Plauderton fort. »Wohnen Sie dauerhaft bei den Kilderbrands?«
»Was? Oh nein. Nein, die Kilderbrands sind verreist. Nach Frankreich. Ich hüte nur ihre Wohnung. Ich wohne hier, während sie weg sind, aber ich lebe nicht hier. Müsste ich sie anrufen? Es ist ...« Mit leerem Blick starrte sie auf ihre Armbanduhr. »Wie spät ist es dort jetzt? Ich kann nicht mehr klar denken.«
»Da machen Sie sich mal keine Sorgen«, sagte er und dirigierte sie zu einem Stuhl.
»Es tut mir leid ... Es war so schrecklich! Er hat sie geschlagen, und dann muss er sie gestoßen haben, weil das Fenster kaputtgegangen ist, und sie ... Sie ist einfach so hinausgeflogen.«
»Sie haben gesehen, wie jemand das Opfer geschlagen hat?«
»Ja. Ich ...« Sie hielt Thomas noch einen Moment fest, dann setzte sie ihn auf den Boden. Sofort rannte er zu dem jüngeren Cop hinüber und sprang ihm auf den Schoß. »Oh, Entschuldigung! Ich kann ihn ins andere Zimmer bringen.«

»Ist schon okay. Nettes Tier.«

»Ja, das stimmt. Thomas ist wirklich süß. Manchmal haben meine Kunden Katzen, die eher reserviert sind oder einfach nur grässlich, und dann ... Entschuldigung.« Sie nahm sich zusammen und holte zitternd Luft. »Ich fange am besten von vorn an. Ich hatte mich gerade bettfertig gemacht ...«

Sie erzählte ihnen, was sie gesehen hatte, ging mit ihnen hinüber ins Schlafzimmer, um ihnen die Aussicht zu zeigen. Als Fitzhugh auf die Terrasse trat, kochte sie Kaffee, gab Thomas ein frühes Frühstück und plauderte mit Morelli, der ihr erzählte, dass er seit anderthalb Jahren verheiratet sei und dass seine Frau im Januar ihr erstes Kind erwarte. Er mochte Katzen, war aber eigentlich eher ein Hundemensch, und er stammte aus einer großen italoamerikanischen Familie. Sein Bruder betrieb eine Pizzeria in Little Italy. In seiner Freizeit spielte er Basketball.

»Sie würden eine gute Polizistin abgeben«, sagte er schließlich.

»Ach ja?«

»Sie entlocken einem Informationen. Ich habe gerade mein halbes Leben vor Ihnen ausgebreitet.«

»Ich stelle Fragen – ich kann nicht anders. Menschen interessieren mich einfach. Deshalb habe ich auch aus dem Fenster gesehen. Gott, sie hat bestimmt Familie, Eltern, Geschwister, jemanden, der sie liebt ... Sie war so schön und groß – vielleicht war sie ein Model?«

»Groß?«

»Oh, als sie am Fenster stand.« Lila hob die Hände. »Sie war mindestens eins fünf- oder sechsundsiebzig.«

»Sie wären wirklich ein guter Cop! Ich mache schon auf«, sagte er, als die Klingel erneut ertönte.

Kurz darauf kam er mit einem müde aussehenden Mann von etwa vierzig Jahren und einer etwa zehn Jahre jüngeren Frau mit scharfen Gesichtszügen wieder. »Detective Waterstone und Detective Fine. Die beiden übernehmen jetzt. Passen Sie gut auf sich auf, Miss Emerson.«

»Oh, gehen Sie schon? Danke für ... Also ... Danke. Vielleicht gehe ich ja mal bei Ihrem Bruder Pizza essen.«
»Tun Sie das. Detectives ...«
Seine Anwesenheit hatte beruhigend auf sie gewirkt. Sowie er fort war, kehrte ihre Nervosität zurück.
»Ich habe Kaffee ...«
»Ich hätte nichts dagegen«, sagte Fine. Sie ging in die Knie, um Thomas zu streicheln. »Hübsche Katze.«
»Ja. Äh, wie trinken Sie Ihren Kaffee?«
»Alle beide schwarz. Sie wohnen also hier, während die Kilderbrands in Frankreich sind.«
»Ja, das stimmt.« So ist es besser, dachte Lila und hielt ihre Hände beschäftigt. »Ich bin der Homesitter.«
»Sie verdienen Geld damit, in den Häusern anderer Leute zu wohnen?«, fragte Waterstone.
»Nein, das mach ich weniger wegen des Geldes – es ist eher ein Abenteuer. Eigentlich bin ich Autorin. Davon kann ich inzwischen sogar ganz gut leben.«
»Wie lange sind Sie denn schon hier?«, fragte Waterstone.
»Eine Woche. Entschuldigung, eine Woche und zwei Tage – wir haben ja schon ... Insgesamt bleibe ich drei Wochen hier, während sie mit Familie und Freunden in Frankreich Urlaub machen.«
»Haben Sie schon einmal hier gewohnt?«
»Nein, die Kilderbrands sind neue Kunden.«
»Und Ihre Adresse?«
»Eigentlich habe ich keine feste ... Wenn ich nicht arbeite, schlüpfe ich bei einer Freundin unter, aber das kommt selten vor. Ich hab eigentlich immer genug zu tun.«
»Sie haben keine eigene Wohnung?«, hakte Fine nach.
»Nein. So halte ich die Kosten gering. Aber für offizielle Dinge und für die Post benutze ich die Adresse meiner Freundin Julie Bryant.« Sie nannte ihnen die Adresse in Chelsea. »Manchmal schlüpfe ich auch zwischen zwei Jobs dort unter.«
»Hmm. Zeigen Sie uns bitte, wo genau Sie sich befanden, als Sie den Vorfall beobachtet haben.«

»Hier entlang ... Ich wollte eigentlich gerade zu Bett gehen, war aber immer noch ein bisschen aufgedreht. Ich sollte Ihnen vielleicht sagen, dass ich eine Freundin zu Besuch hatte – Julie. Wir haben Wein getrunken. Viel Wein, um ehrlich zu sein, und ich konnte nicht einschlafen. Deshalb hab ich mir das Fernglas geschnappt und zu den beleuchteten Fenstern rübergeschaut.«

»Fernglas«, wiederholte Waterstone.

»Das hier.« Sie trat ans Schlafzimmerfenster und hielt das Fernglas in die Höhe. »Ich nehme es überallhin mit. Ich wohne schließlich in unterschiedlichen Gegenden von New York und ... na ja, eigentlich überall auf der Welt. Ich reise viel. Ich bin gerade erst von einem Job in Rom zurückgekehrt.«

»Jemand in Rom hat Sie engagiert, um auf sein Haus aufzupassen?«

»In diesem Fall eine Wohnung«, stellte Lila richtig. »Ja. Viel läuft über Mundpropaganda oder Kundenempfehlungen – und ich habe einen Blog. Ich mag es, Menschen zu beobachten, und denke mir Geschichten über sie aus. Genau genommen ist das natürlich Spionage«, gab sie freimütig zu. »Ich sehe es allerdings nicht so – ehrlich nicht! –, und es ist auch nicht meine Absicht ... Aber genau genommen ist es Spionage. Es ist eben ... All diese Fenster sind wie kleine Welten.«

Waterstone nahm ihr das Fernglas ab, hob es an die Augen und studierte das Gebäude gegenüber. »Sie haben eine ziemlich gute Sicht von hier aus.«

»Sie haben oft gestritten ... oder hatten angeregte Gespräche. Aber sie haben sich immer wieder versöhnt.«

»Wer?«, fragte Fine.

»Blondie und Mr. Slick. Ich hab sie insgeheim so genannt. Es war ihre Wohnung, weil ... Na ja, die Wohnung hat irgendwie eine weibliche Ausstrahlung, aber er ist fast immer über Nacht geblieben – jedenfalls seit ich hier wohne.«

»Können Sie ihn beschreiben?«

Sie nickte. »Ein bisschen größer als Sie – vielleicht eins fünfundachtzig? –, kräftig, muskulös, schätzungsweise knapp hundert Kilo, braune, wellige Haare. Grübchen, wenn er lächelt. Ende zwanzig vielleicht. Sehr attraktiv.«

»Was genau haben Sie heute Nacht gesehen?«

»Ich konnte sie sehen – schickes kleines Schwarzes, ein paar Haarsträhnen lösten sich aus ihrer Hochsteckfrisur. Sie weinte ... Es sah aus, als ob sie weinte. Sie wischte sich immer wieder übers Gesicht und redete wahnsinnig schnell. Flehend. So sah es jedenfalls für mich aus. Und dann sah ich, wie er zuschlug.«

»Sie haben den Mann gesehen, der sie geschlagen hat?«

»Nein. Ich konnte nur die Hand sehen, die zuschlug. Er selbst stand links hinter dem Fenster. Und dann war da dieser Schlag – wie eine Art Blitz. Ein dunkler Ärmel. Ihr Kopf schnellte zurück. Sie versuchte, ihr Gesicht zu schützen, und er schlug erneut zu. Da hab ich zum Telefon gegriffen. Es stand im Ladegerät direkt hier auf dem Nachttisch. Ich wollte die Polizei anrufen, aber als ich wieder hinsah, stand sie am Fenster – mit dem Rücken zum Fenster ... Ihr Körper versperrte die Sicht auf alles andere. Dann zerbrach das Glas, und sie stürzte hinaus. Es ging so schnell – eine Minute lang hab ich nur sie gesehen. Dann rief ich die Polizei, und als ich wieder zum Fenster sah, war das Licht aus. Ich konnte nichts mehr sehen.«

»Sie haben ihren Angreifer also nicht zu Gesicht bekommen?«

»Nein. Nur sie. Ich hab nur sie gesehen. Aber irgendjemand dort drüben in dem Haus muss ihn doch kennen! Oder einer von ihren Freunden, ihrer Familie ... Irgendjemand muss ihn doch kennen? Er hat sie gestoßen. Vielleicht war es ja gar keine Absicht – aber er muss sie so heftig geschlagen haben, dass die Scheibe zerbrochen und sie hinuntergestürzt ist. Aber das spielt ja auch keine Rolle ... Er hat sie umgebracht. Irgendjemand muss ihn einfach kennen!«

»Um wie viel Uhr haben Sie sie heute Nacht zum ersten Mal gesehen?« Waterstone legte das Fernglas beiseite.

»Das war um ein Uhr vierzig. Ich hatte gerade erst auf die Uhr geschaut, als ich ans Fenster trat, und dachte noch: Dass es schon so spät ist! Deshalb weiß ich genau, dass es ein Uhr vierzig war, vielleicht maximal eine Minute später, als ich sie sah.«

»Nachdem Sie den Notruf gewählt haben«, begann Fine, »haben Sie da irgendjemanden aus dem Gebäude gehen sehen?«

»Nein, aber ich hab auch nicht hingeschaut. Als sie hinunterstürzte, war ich minutenlang wie erstarrt.«

»Ihr Notruf ging um ein Uhr vierundvierzig ein«, warf Fine ein. »Wie lange dauerte es von dem Moment, als Sie durchs Fernglas gesehen haben, bis sie geschlagen wurde?«

»Weniger als eine Minute. Ich sah das Paar zwei Stockwerke drüber heimkommen – wie für eine elegante Dinnerparty gekleidet, und der ...«

Sag jetzt bloß nicht: der sexy nackte Schwule!

»... der Mann im zwölften Stock hatte Besuch von einem Freund. Und dann sah ich sie. Da war es also wahrscheinlich eher ein Uhr zweiundvierzig oder dreiundvierzig – sofern meine Uhr richtig geht.«

Fine zog ihr Smartphone aus der Tasche, wischte darüber und hielt es ihr hin. »Erkennen Sie diesen Mann?«

Lila starrte auf das Führerscheinfoto hinab. »Das ist er! Das ist der Freund. Ich bin mir ganz sicher. Zu neunundneunzig Prozent – nein, sechsundneunzig Prozent. Sie haben ihn schon gefasst? Ich werde aussagen.« Tränen traten ihr in die Augen. »Was immer Sie brauchen. Er hatte nicht das Recht dazu, sie zu verletzen. Ich werde alles tun, was Sie von mir erwarten.«

»Vielen Dank, Miss Emerson, aber Sie brauchen nicht gegen diese Person auszusagen.«

»Aber er ... Hat er gestanden?«

»Nein.« Fine steckte ihr Smartphone wieder ein. »Er ist inzwischen auf dem Weg ins Leichenschauhaus.«

»Ich verstehe nicht ...«

»Es scheint, der Mann, den Sie gesehen haben, wie er das Opfer aus dem Fenster gestoßen hat, hat sich anschließend auf die Couch gesetzt, sich den Lauf einer .32er in den Mund gesteckt und abgedrückt.«

»Oh. O Gott!« Lila taumelte ein Stück rückwärts und sank dann aufs Fußende ihres Bettes. »O Gott ... Er hat erst sie getötet und dann sich selbst.«

»So sieht es aus.«

»Aber warum? Warum sollte er so etwas tun?«

»Das ist eine gute Frage«, sagte Fine. »Lassen wir alles noch mal Revue passieren.«

Als die Polizei schließlich ging, war Lila seit fast vierundzwanzig Stunden auf den Beinen. Sie wollte Julie anrufen, ließ es dann aber bleiben. Warum sollte sie den Tag ihrer Freundin mit einer so schrecklichen Nachricht einläuten?

Sie dachte darüber nach, ob sie ihre Mutter anrufen sollte – die für sie immer ein Fels in Krisensituationen gewesen war –, doch dann malte sie sich aus, wie das Gespräch verlaufen würde. Zuerst wäre sie hilfsbereit und voller Mitgefühl, doch dann würde unweigerlich kommen: »Warum musst du auch in New York leben, Lila-Lou? Es ist dort so gefährlich! Komm lieber zu mir und deinem Vater – dem Lieutenant Colonel im Ruhestand – nach Juneau.« Nach Alaska.

»Ich will nicht schon wieder darüber reden. Ich ertrag es nicht, es ständig wiederholen zu müssen.«

Stattdessen warf sie sich voll bekleidet aufs Bett und drückte Thomas an sich, der sich neben sie gelegt hatte.

Und zu ihrer eigenen Überraschung war sie innerhalb von Sekunden eingeschlafen.

Sie erwachte mit heftig klopfendem Herzen. Ihre Hände umklammerten die Bettkante. Sie hatte das Gefühl gehabt zu fallen. Nur eine simple Reaktion, sagte sie sich, eine Art Projektion. Sie setzte sich im Bett auf. Sie hatte bis Mittag geschlafen.

Das musste reichen. Sie sollte sich schleunigst unter die Dusche stellen, sich umziehen und raus aus der Wohnung. Sie hatte alles getan, was sie tun konnte, und der Polizei alles erzählt, was sie gesehen hatte. Mr. Slick hatte Blondie und sich selbst getötet, hatte zwei Leben ausgelöscht, und nichts konnte daran mehr etwas ändern, erst recht nicht, wenn sie weiter darüber nachgrübelte.

Aber sie bekam es einfach nicht aus dem Kopf. Sie begann, auf ihrem iPad nach Artikeln über den Mord zu suchen. Model stürzt in den Tod, las sie. »Ich wusste es. Sie hatte die perfekte Figur dazu.«

Sie nahm sich den letzten Cupcake – sie wusste, sie sollte es besser bleiben lassen, aber sie konnte nicht anders – und verschlang ihn, während sie den knappen Artikel über die beiden Todesfälle überflog. Sage Kendall. Sie hieß sogar wie ein Model, dachte Lila. »Und Oliver Archer. Mr. Slick hatte also auch einen richtigen Namen. Sie war erst vierundzwanzig, Thomas! Vier Jahre jünger als ich! Sie hat ein paar Werbespots gedreht. Ob ich sie wohl jemals im Fernsehen gesehen habe? Und warum macht es das irgendwie umso schlimmer?«

Nein, sie musste aufhören und genau das tun, was sie sich gerade noch selbst aufgetragen hatte: duschen und ein bisschen rausgehen.

Die Dusche half, und auch dass sie sich ein leichtes Sommerkleid überstreifte und Sandalen anzog. Das Make-up half sogar noch mehr, gestand sie sich ein. Sie war immer noch blass, und unter ihren Augen lagen dunkle Schatten.

Sie würde irgendwohin spazieren – weit weg von ihren Gedanken. Vielleicht würde sie irgendwo eine Kleinigkeit essen. Danach würde sie Julie anrufen. Vielleicht sollte sie sie bitten, noch mal vorbeizukommen, damit sie ihre Erlebnisse der vergangenen Nacht endlich auch einer mitfühlenden, unbeteiligten Person anvertrauen konnte.

»In zwei Stunden bin ich wieder da, Thomas.«

Sie verließ die Wohnung, ging aber noch einmal zurück und steckte die Karte ein, die Detective Fine ihr gegeben hatte. Es ist erst vorbei, wenn es vorbei ist, sagte sie sich. Und was war falsch daran, wenn die Augenzeugin in einem Mordfall den ermittelnden Detective fragte, ob sie den Fall abgeschlossen hatten?

Auf jeden Fall würde es ein kurzer, angenehmer Spaziergang werden. Vielleicht würde sie sogar kurz in den Pool springen, wenn sie zurückkäme. Theoretisch durfte sie als Nicht-Mieterin Pool und Fitnessstudio des Wohnblocks nicht benutzen, aber auch diese Klippe hatte die umsichtige Macey geschickt umschifft. Sie würde die Müdigkeit, den Stress und die Aufregung im Wasser abstreifen und dann den Tag ausklingen lassen, indem sie ihrer besten Freundin die Ohren volljammerte. Ihre Arbeit würde sie am nächsten Morgen wieder aufnehmen. Das Leben musste schließlich weitergehen. Der Tod erinnerte einen stets daran, dass das eigene Leben weitergehen musste.

Ash leerte den Inhalt der Tasche aus. Habe nannten sie so etwas; persönliche Habe. Die Uhr, der Ring, die Brieftasche – mit viel zu viel Geld, das Kartenfach mit viel zu vielen Kreditkarten bestückt. Der silberne Schlüsselanhänger von Tiffany's. Die Uhr und der Ring stammten vermutlich auch von dort – oder vielleicht auch von Cartier oder irgendeinem anderen Laden, den Oliver für hinreichend erlesen gehalten hatte. Das schlanke silberne Feuerzeug ebenfalls.

Der ganze glänzende Plunder, den sein Bruder am letzten Tag seines Lebens in seine Taschen gestopft hatte.

Oliver, immer auf dem Sprung zur nächsten großen Sache, zum nächsten großen Deal, dem nächsten großen Etwas. Der charmante, leichtsinnige Oliver.

Tot.

»Er besaß außerdem noch ein iPhone, das wird aber immer noch untersucht.«

»Wie bitte?« Er sah zu der Ermittlerin auf. Detective Fine – so hatte sie sich ihm vorgestellt, fiel ihm wieder ein. Detective Fine mit den sanften blauen Augen voller Geheimnisse. »Entschuldigung, was haben Sie gesagt?«

»Wir untersuchen sein iPhone noch, und sobald die Wohnung freigegeben ist, müssten Sie bitte mit uns hinfahren und feststellen, was ihm gehörte. Wie ich bereits sagte, in seinem Führerschein steht eine Adresse im West Village, aber unserer Information zufolge ist er dort bereits vor drei Monaten ausgezogen.«

»Ja, das sagten Sie bereits. Ich weiß nicht ...«

»Sie haben ihn nicht mehr gesehen seit ...«

Er hatte es ihr gesagt, er hatte ihr und ihrem Partner mit dem harten Gesicht alles gesagt, als sie ihn in seinem Loft aufgesucht hatten. Mitteilung, so hatten sie es genannt. Persönliche Habe, Mitteilung. So etwas kam in Romanen und Fernsehserien vor. Doch nicht im echten Leben.

»Seit ein paar Monaten vielleicht. Seit drei oder vier Monaten.«

»Aber Sie haben vor ein paar Tagen mit ihm gesprochen.«

»Er rief an und sprach davon, dass er sich mit mir auf einen Drink treffen wolle, damit wir einander mal wieder auf den letzten Stand bringen konnten. Ich hatte leider zu tun und wimmelte ihn ab und sagte, wir sollten es auf nächste Woche verschieben. Jesus ...« Ash presste sich die Finger auf die Augen.

»Ich weiß, wie schwer das ist. Sie haben gesagt, sie hätten die Frau, mit der er seit über drei, fast vier Monaten zusammenlebte, nicht gekannt.«

»Nein. Aber er hat sie erwähnt, als er anrief. Hat ein bisschen angegeben – heißes Model und so. Ich bin nicht weiter darauf eingegangen. Oliver hat schon immer mit allem geprahlt, so war er nun mal.«

»Probleme zwischen ihm und diesem heißen Model hat er nicht erwähnt?«

»Im Gegenteil. Sie sei toll, sie beide seien toll, alles sei toll.« Ash blickte auf seine Hände hinab. Am Daumen prangte ein himmelblauer Fleck.

Er hatte gerade gemalt, als sie in sein Atelier gekommen waren. Die Störung hatte ihn erst verärgert – und dann war die Welt um ihn herum zusammengebrochen. Mit nur ein paar Worten hatte sich alles verändert.

»Mr. Archer?«

»Ja ... Ja. Alles war unglaublich toll. Oliver tickt so. Alles ist toll, bis es ...«

»Bis?«

Ash fuhr sich mit den Händen durch das dichte schwarze Haar.

»Hören Sie, er ist mein Bruder, und jetzt ist er tot. Ich muss irgendwie versuchen, das in meinen Kopf zu kriegen. Ich werde jetzt ganz gewiss nicht auch noch auf ihn schimpfen.«

»Das hat doch damit nichts zu tun, Mr. Archer. Je besser das Bild ist, das wir von ihm haben, umso schneller kann ich herausfinden, was geschehen ist.«

Vielleicht stimmte das ja sogar. Wie sollte er das beurteilen können?

»Okay. Bei Oliver ist es immer hoch hergegangen. Heiße Deals, heiße Frauen, heiße Clubs. Er liebte Partys.«

»Lebte auf großem Fuß.«

»Ja, so könnte man es auch ausdrücken. Er sah sich gern als Spieler, aber das war er weiß Gott nicht. Für Oliver musste es immer der Tisch mit dem höchsten Einsatz sein, und wenn er gewann – beim Spielen, bei irgendeinem Geschäftsdeal, bei einer Frau –, dann verlor er es in der nächsten Runde prompt wieder und noch mehr obendrein. Alles war immer toll – bis es das eben nicht mehr war, und dann brauchte er jemanden, der den Karren für ihn aus dem Dreck zog. Er ist charmant und clever und ... *war* clever.«

Das Wort hallte nach wie ein Peitschenknall. Nie wieder würde Oliver charmant und clever sein.

»Er war das Nesthäkchen, der einzige Sohn seiner Mutter und im Großen und Ganzen stinkverwöhnt.«

»Sie haben gesagt, er sei nicht gewalttätig gewesen.«

»Nein.« Ash riss sich sichtlich zusammen – seiner Trauer konnte er sich später noch hingeben –, aber seinen Ärger ließ er sich durchaus anmerken. »Ich habe nicht gesagt, er sei nicht gewalttätig gewesen. Ich sagte, er war das *genaue Gegenteil* von gewalttätig.« Die Anschuldigung, dass sein Bruder jemanden umgebracht haben sollte, schien ihm wie ein Messer im Leib zu stecken. »Er hat sich aus üblen Situationen entweder herausgeredet oder ist davor weggelaufen. Konnte er sich mal nicht herausreden – und das war selten – oder davonlaufen, dann hat er solche Situationen von vornherein vermieden.«

»Wir haben eine Zeugin, die behauptet, er habe seine Freundin mehrmals geschlagen, ehe er sie aus dem Fenster im vierzehnten Stock gestoßen hat.«

»Die Zeugin irrt sich«, sagte Ash entschieden. »Oliver mag zwar mehr als jeder andere, den ich kenne, voller Hirngespinste und größenwahnsinniger Ideen gesteckt haben, aber er hätte niemals eine Frau geschlagen. Und erst recht nicht umgebracht. Im Übrigen hätte er sich auch niemals selbst das Leben genommen.«

»Wir haben eine Menge Alkohol und Drogen in der Wohnung gefunden: Oxi, Koks, Marihuana, Vicodin ...«

Während sie kühl und sachlich, wie Cops nun mal waren, zu ihm sprach, sah Ash sie als Walküre vor sich: übermächtig, unempathisch. Er würde sie auf einem Pferd malen – die Flügel angelegt, wie sie mit steinernem Gesicht ein Schlachtfeld überblickte und entschied, wer am Leben bleiben und wer sterben sollte.

»Wir warten noch auf die Laborergebnisse, aber auf dem Tisch neben der Leiche Ihres Bruders haben wir Tabletten gefunden, eine halb volle Flasche Maker's Mark und ein Glas mit etwa einem Fingerbreit Whiskey.«

Drogen, Alkohol, Mord, Selbstmord. Die Familie wird Höllenqualen ausstehen, dachte er. Er musste sich jenes Messer aus dem Fleisch ziehen und ihnen klarmachen, dass sie sich irrten.

»Bei Drogen und Bourbon will ich auch gar nicht widersprechen. Oliver war kein Klosterschüler. Aber der Rest? Ich kann das einfach nicht glauben. Entweder die Zeugin lügt, oder sie irrt sich.«

»Die Zeugin hat absolut keinen Grund zu lügen.« Im selben Moment fiel Detective Fines Blick auf Lila, die mit einem Besucherausweis am Träger ihres Kleids auf ihr Büro zukam. »Entschuldigen Sie mich bitte für einen Augenblick.« Sie sprang auf und fing Lila vor der Tür ab. »Miss Emerson, ist Ihnen noch etwas eingefallen?«

»Nein, tut mir leid. Aber ich kann es einfach nicht vergessen. Ich sehe sie ständig vor mir, wie sie fällt. Sehe sie, wie sie bettelt, bevor er ... Entschuldigung. Ich musste einfach raus, und ich dachte, ich komme vorbei und frage, ob Sie den Fall schon fertig ... ob Sie ihn abgeschlossen haben. Ob Sie inzwischen wissen, was passiert ist.«
»Wir ermitteln noch. Wir warten auf ein paar Berichte und führen weitere Gespräche. Das dauert alles ein bisschen ...«
»Ja, ich weiß. Tut mir leid! Sagen Sie mir Bescheid, wenn Sie den Fall abgeschlossen haben?«
»Ja, ich kümmere mich darum. Sie haben uns wirklich sehr geholfen.«
»Und jetzt stehe ich Ihnen im Weg. Ich gehe wohl besser wieder nach Hause. Sie haben zu tun.« Sie ließ ihren Blick durch den Raum schweifen. Schreibtische, Telefone, Computer, Aktenstapel und ein paar Männer und Frauen, die in ihre Arbeit vertieft waren.

Und ein Mann in einem schwarzen T-Shirt und Jeans, der vorsichtig eine Uhr in eine gefütterte Tasche gleiten ließ.

»Sie alle haben zu tun.«

»Wir schätzen Ihre Hilfe sehr.« Fine wartete einen Moment, bis Lila sich zum Gehen gewandt hatte, dann drehte sie sich wieder zurück zu ihrem Schreibtisch. Zurück zu Ash.

»Hören Sie, ich habe Ihnen alles gesagt, was ich weiß«, sagte er und stand auf. »Wir haben jetzt alles mehrmals durchgekaut. Ich muss seine Mutter informieren ... meine Familie. Und ich brauche ein bisschen Zeit, um damit klarzukommen.«

»Ja, verstehe. Möglicherweise müssen wir noch einmal mit Ihnen sprechen, und wir sagen Ihnen Bescheid, wenn die Wohnung freigegeben ist. Mein Beileid, Mr. Archer.«

Er nickte nur. Dann verließ er das Büro.

Sowie er draußen war, sah er sich nach der jungen Frau in dem Sommerkleid um. Sie lief vor ihm die Treppe hinunter – grasgrünes Kleid, langer, glatter Pferdeschwanz in der Farbe von starkem Mokka.

Er hatte nicht viel von ihrer Unterhaltung mitbekommen, aber genug, um sich sicher zu sein, dass sie etwas gesehen hatte, was mit Olivers Tod zu tun haben musste.

Auf der Treppe herrschte zwar fast genauso viel Betrieb wie auf der Wache; trotzdem holte er sie im Nu ein und berührte sie am Arm. »Entschuldigen Sie, Miss ... Entschuldigung, ich habe auf der Wache Ihren Namen nicht verstanden.«

»Oh. Lila. Lila Emerson.«

»Wenn Sie ein paar Minuten Zeit hätten, Lila, würde ich gerne mit Ihnen sprechen.«

»Klar. Arbeiten Sie mit den Detectives Fine und Waterstone zusammen?«

»In gewisser Weise.«

Im Eingangsbereich, wo es von Cops nur so wimmelte und Besucher sich beim Sicherheitsdienst anmeldeten, nahm sie ihr Namensschild ab und legte es auf die Theke. Er zögerte kurz, dann zog er seinerseits ein Schildchen aus der Tasche und tat es ihr nach.

»Ich bin Olivers Bruder.«

»Oliver?«

Sie stutzte kurz – woraus er messerscharf schloss, dass sie seinen Bruder nicht persönlich gekannt hatte. Dann weiteten sich ihre Augen.

»Oh. Oh, mein Beileid! Es tut mir so leid!«

»Danke. Wenn Sie mit mir darüber reden würden, könnte es ...«

»Ich weiß gar nicht, ob ich das darf.« Sie warf einen flüchtigen Blick über die Schulter, dann sah sie ihm wieder ins Gesicht. Sie erkannte die Trauer in seinen Augen. »Ich weiß nicht ...«

»Nur auf eine Tasse Kaffee. Ich lade Sie ein. An irgendeinem öffentlichen Ort. Hier in der Nähe muss es doch irgendwo einen Coffeeshop geben, und der ist unter Garantie voller Cops. Bitte.«

Er hatte die gleichen Augen wie Thomas – scharf und grün –, aber darin stand Traurigkeit. Und auch er hatte scharfe Gesichtszüge, dachte sie; wie geschnitzt. Seine Bartstoppeln verliehen ihm ein faszinierend gefährliches Aussehen, aber die Augen ...

Er hatte gerade seinen Bruder verloren, und mehr noch: Sein Bruder hatte zwei Leben ausgelöscht. Ein Tod allein war schon schlimm genug, aber ein erweiterter Selbstmord musste für die Hinterbliebenen geradezu niederschmetternd sein.

»Ja, sicher. Gegenüber ist ein Café.«

»Danke. Ash«, sagte er und streckte die Hand aus. »Ashton Archer.«

Der Name kam ihr irgendwie bekannt vor. Sie streckte ebenfalls die Hand aus. »Lila.«

Er ließ sie vorgehen und nickte nur, als sie auf das Café auf der gegenüberliegenden Straßenseite zeigte.

»Es tut mir wirklich leid«, sagte sie, als sie an der Ampel neben einer Frau stehen blieben, die verbittert in ihr Handy sprach. »Ich kann mir gar nicht vorstellen, wie es sein muss, einen Bruder zu verlieren. Ich habe selbst keinen – aber auch wenn ich einen hätte, könnte ich mir wohl nicht vorstellen, ihn zu verlieren. Haben Sie sonst noch Familie?«

»Geschwister, meinen Sie?«

»Ja.«

Er streifte sie mit einem Seitenblick, als sie im Fußgängerstrom über den Zebrastreifen gingen. »Wir sind insgesamt vierzehn ... dreizehn«, korrigierte er sich. »Jetzt nur noch dreizehn. Eine Unglückszahl«, sagte er mehr zu sich selbst.

Die Frau am Telefon marschierte neben Lila her. Ihre Stimme war hoch und schrill. Zwei Teenager vor ihnen gackerten und schwadronierten lautstark über jemanden namens Brad. Zwei Autos hupten, als die Ampel umsprang.

Sie hatte ihn wohl missverstanden. »Entschuldigung, was sagten Sie?«

»Dreizehn ist eine Unglückszahl.«

»Nein, ich meinte ... Haben Sie tatsächlich gesagt, Sie haben dreizehn Geschwister?«

»Zwölf. Mit mir sind es dreizehn.« Als er die Tür zu dem Café aufzog, wurden sie sofort vom Duft frisch aufgebrühten Kaffees und Gebäcks und von fast ohrenbetäubendem Lärm empfangen.

»Ihre Mutter muss ...« Wahnsinnig sein, schoss es ihr durch den Kopf. Stattdessen sagte sie: »... wundervoll sein.«

»Ja, das finde ich auch. Es sind allerdings auch Stiefgeschwister und Halbgeschwister darunter«, fügte er als Erklärung hinzu und steuerte eine leere Zweiernische an. »Mein Vater war fünfmal und meine Mutter dreimal verheiratet.«

»Das ist ... wow.«

»Tja, eine moderne amerikanische Familie.«

»Weihnachten muss das reinste Tollhaus bei Ihnen sein. Leben Sie alle in New York?«

»Nein. Kaffee?«, fragte er, als eine Kellnerin an ihren Tisch trat.

»Ehrlich gesagt hätte ich lieber eine Limonade. Ich bin Kaffee nicht mehr gewöhnt.«

»Für mich einen Kaffee. Schwarz.«

Er lehnte sich zurück und sah sie einen Moment lang unverwandt an. Hübsches Gesicht, dachte er. Sie hat was Frisches und Offenes – obwohl er auch Anzeichen von Stress und Müdigkeit erahnte, vor allem in ihren Augen, die ebenso wie ihr Haar von einem satten Dunkelbraun waren. Um die Iris lag ein hauchdünner goldener Ring. Zigeuneraugen, dachte er unwillkürlich, und obwohl sie rein gar nichts Exotisches an sich hatte, sah der Maler in ihm sie sofort in Rot vor sich – in ein rotes Mieder und einen weiten Rock mit bunten Volants gekleidet. Wie sie tanzte und sich drehte, wie ihr Haar sie umwehte. Lachend, vor einem lodernden Lagerfeuer.

»Geht es Ihnen gut? Gott, was für eine blöde Frage«, sagte sie erschrocken. »Natürlich geht es Ihnen nicht gut.«

»Nein. Tut mir leid.« Nicht der richtige Zeitpunkt, nicht der richtige Ort, nicht die richtige Frau, sagte er sich. Dann beugte er sich ein Stück zu ihr vor. »Sie haben Oliver nicht gekannt?«

»Nein.«

»Und die Frau? Wie hieß sie noch mal? Rosemary?«

»Nein, Sage. Ich kannte keinen der beiden. Ich wohne im gleichen Häuserkomplex. Ich hab lediglich aus dem Fenster geguckt, und da sah ich ...«
»Was haben Sie gesehen?« Er legte seine Hand auf ihre, zog sie jedoch sofort wieder zurück, als er spürte, wie sie augenblicklich erstarrte. »Sagen Sie mir, was Sie gesehen haben?«
»Ich habe sie gesehen. Außer sich, weinend ... Und irgendjemand hat sie geschlagen.«
»Irgendjemand?«
»Ihn konnte ich nicht erkennen. Aber Ihr Bruder war vorher immer wieder dort gewesen, zusammen mit ihr, in derselben Wohnung. Sie haben sich gestritten, geredet, sich versöhnt – Sie wissen schon.«
»Da bin ich mir nicht sicher. Sie können von Ihrer Wohnung aus also direkt in diese Wohnung sehen? Ihre gemeinsame Wohnung«, rief er sich in Erinnerung. »Die Polizei hat gesagt, dass er inzwischen auch dort wohnte.«
»Nein, nicht direkt ... Also, es ist nicht meine Wohnung. Ich bin dort nur vorübergehend ...« Sie hielt kurz inne, als die Kellnerin die Limonade und den Kaffee brachte. »Danke«, sagte sie und schenkte der Kellnerin ein Lächeln. »Ich wohne dort nur für ein paar Wochen, während die offiziellen Mieter im Urlaub sind, und ich ... Ich weiß, das klingt jetzt fürchterlich neugierig und aufdringlich, aber ich beobachte nun mal gern Menschen. Ich wohne immer wieder an neuen interessanten Orten, und deshalb hab ich ...«
»Einen auf Jimmy Stewart gemacht.«
»Ja!« Sie lachte erleichtert auf. »Ja, ganz genau wie in *Fenster zum Hof*. Nur erwartet man nicht, plötzlich Raymond Burr zu Gesicht zu bekommen, der seine tote Frau in eine Truhe packt und sie hinausschleppt. Oder waren es Koffer? Na ja, ich sehe es jedenfalls nicht als spionieren, beziehungsweise ... Ich sah es nicht so, bis das hier passierte. Eigentlich ist es eher wie in einem Theater: Die Welt ist in Wirklichkeit eine Bühne, und ich sitze im Publikum.«

Er kam wieder zurück zum Wesentlichen. »Aber Sie haben Oliver nicht gesehen? Sie haben nicht gesehen, wie er sie schlug, nicht wahr? Wie er sie gestoßen hat?«

»Nein. Und das habe ich der Polizei auch gesagt. Ich habe lediglich gesehen, wie *jemand* sie schlug, aber es war der falsche Winkel, um ihn wirklich erkennen zu können. Sie weinte, hatte Angst, flehte ihn an – das alles konnte ich ihr ansehen. Ich griff zum Telefon, um den Notruf zu wählen, aber dann ... Dann flog sie durchs Fenster. Die Scheibe zerbrach, und sie flog einfach durchs Fenster und stürzte ab.«

Als er erneut seine Hand auf ihre legte, ließ er sie dort liegen. Sie zitterte.

»Nehmen Sie es nicht so schwer.«

»Ich sehe es ständig vor mir! Ich sehe vor mir, wie das Glas zerbricht und sie hinausfällt, wie sie die Arme ausbreitet und mit den Füßen strampelt. Ich höre sie schreien, aber das kann nur in meinem Kopf sein ... In Wirklichkeit habe ich sie nicht gehört. Es tut mir sehr leid wegen Ihres Bruders, aber ...«

»Er war es nicht.«

Einen Moment lang schwieg sie, hob nur ihr Glas und nahm einen Schluck Limonade.

»Er war nicht fähig, so etwas zu tun«, sagte Ash.

Als sie zu ihm aufblickte, sah er Sympathie und Mitgefühl in ihren Augen. Sie ist keine Walküre, dachte er. Sie empfindet zu viel.

»Das, was passiert ist, ist schrecklich.«

»Sie denken, ich könnte nicht akzeptieren, dass mein Bruder in der Lage gewesen wäre zu töten und sich dann selbst umzubringen? Aber da täuschen Sie sich. Ich *weiß* einfach, dass er es nicht konnte. Wir haben uns nicht besonders nahegestanden. Ich habe ihn seit Monaten nicht mehr gesehen, und wenn, dann nur kurz. Mit Giselle hatte er eine engere Beziehung; sie sind ungefähr im gleichen Alter, aber sie ist in ...« Erneut überfiel ihn der Kummer. »Ich bin mir gar nicht sicher. Vielleicht in Paris, das muss ich schleunigst herausfinden. Er konnte einem wirklich auf die Nerven gehen«, fuhr Ash fort. »Ein Macher, nur ohne Killerinstinkt – aber den braucht man nun mal, um ein wahrer Macher zu sein. Viel Charme, eine Menge Flausen und ein Haufen großartiger Ideen im Kopf, aber keinen gesunden Menschenverstand oder irgendeine Vorstellung davon, wie man diese Ideen realisieren könnte ... Trotzdem hätte er niemals eine Frau geschlagen.« Dann fiel ihm wieder ein, dass sie die beiden mehrmals beobachtet hatte. »Sie haben gesagt, dass sie oft miteinander gestritten hätten. Haben Sie jemals gesehen, dass er sie geschlagen oder auch nur geschubst hätte?«

»Nein, aber ...«

»Selbst wenn er bekifft, betrunken oder beides gewesen wäre, hätte er nie im Leben eine Frau geschlagen. Und er hätte keine Frau umbringen können. Oder Selbstmord begehen. Ganz gleich, in welche beschissene Lage er sich gebracht hatte: Er hätte immer geglaubt, dass irgendjemand ihn da wieder herausboxen würde. Ein unverbesserlicher Optimist – das war Oliver.«

Sie überlegte einen Moment, was sie darauf erwidern sollte. Sie wollte freundlich sein. »Manchmal kennen wir Menschen nicht so gut, wie wir glauben.«

»Da haben Sie sicher recht. Er war verliebt. Oliver war immer gerade entweder verliebt oder auf der Suche nach der Liebe – aber immer voll dabei. Erst wenn er wieder mal Reißaus nehmen wollte, hat er sich gewunden und sich eine Zeit lang rar gemacht, um dann der Frau ein teures Geschenk und ein paar Zeilen des Bedauerns zu schicken. ›Es liegt nicht an dir, es ist meine Schuld‹ – solche Sätze. Er hatte zu viele schmutzige Scheidungen mit ansehen müssen, deshalb war er eher für den sauberen, glatten Schnitt. Und ich weiß auch, dass er viel zu eitel war, um sich eine Pistole in den Mund zu stecken und abzudrücken. Wenn er sich selbst hätte umbringen wollen – und so verzweifelt war er nie –, hätte er sich für Tabletten entschieden.«

»Ich glaube wirklich, dass der Sturz ein Unfall war. Bestimmt ist das alles nur in der Hitze des Augenblicks passiert, und hinterher war er wahrscheinlich völlig durch den Wind.«

Ash schüttelte den Kopf. »Er hätte mich angerufen oder wäre vorbeigekommen. Er war der Jüngste von uns allen, der einzige Sohn seiner Mutter und nach Strich und Faden verwöhnt. Wenn er in Schwierigkeiten steckte, hat er immer jemanden angerufen, der ihm aus der Patsche geholfen hat. Das war fast schon ein Reflex bei ihm. ›Ash, ich hab da ein Problem. Du musst das für mich in Ordnung bringen.‹«

»Für gewöhnlich hat er Sie angerufen?«

»Bei größeren Schwierigkeiten, ja. Und er hätte nie Tabletten in seinen Bourbon gemischt«, fügte Ash hinzu. »Eine seiner Exfreundinnen ist daran zugrunde gegangen, und das hat ihm Angst gemacht. Das eine oder das andere. Dabei hat er bestimmt auch mal über die Stränge geschlagen – aber er hat nie beides zusammen konsumiert. Das passt einfach nicht. Es passt nicht ...«, murmelte er. »Sie haben doch gesagt, Sie hätten sie in der Wohnung beobachtet und zusammen gesehen ...«

Unbehaglich rutschte Lila auf ihrem Stuhl hin und her. »Ja, eine schreckliche Angewohnheit, ich weiß. Ich muss wirklich damit aufhören.«

»Sie haben sie streiten sehen, aber er ist ihr gegenüber nie gewalttätig geworden.«

»Nein ... Nein, eher war sie diejenige, die um sich geschlagen oder vielmehr mit Gegenständen um sich geworfen hat – hauptsächlich mit zerbrechlichen. Einmal hat sie ihren Schuh nach ihm geschleudert.«

»Und wie hat er reagiert?«

»Er hat sich weggeduckt.« Unwillkürlich musste Lila lächeln, und ihm fiel das winzige Grübchen neben ihrem rechten Mundwinkel auf. »Er hatte gute Reflexe. Ich hab mir immer vorgestellt, dass sie brüllte wie am Spieß – einmal hat sie ihn sogar geschubst. Er hat viel und schnell geredet und dabei gern auch mal ziemlich schneidig mit den Händen herumgefuchtelt. Deshalb habe ich ihn auch Mr. Slick genannt.« Ihre großen, dunklen Augen weiteten sich besorgt. »O Gott, Entschuldigung!«

»Nein, es stimmt ja. Er war schneidig. Aber er wurde nie wirklich wütend, wandte keine körperliche Gewalt an und bedrohte sie nicht? Hat er ihren Schubser erwidert?«

»Nein. Er sagte etwas, was sie zum Lachen brachte. Ich konnte sehen ... *spüren*, dass sie eigentlich nicht lachen wollte, aber dann wandte sie sich ab und warf die Haare zurück. Und er trat zu ihr und ... sie knutschten. Die Leute sollten die Vorhänge zuziehen, wenn sie kein Publikum haben wollen.«

»Sie hat etwas nach ihm geworfen, ihn angeschrien, ihn geschubst. Und er hat sich einfach aus der Situation herausgerettet und sie stattdessen zum Sex überredet. Das sieht ihm ähnlich.«

Er hat wirklich nie mit Gewalt reagiert, überlegte Lila. Sie hatten fast täglich irgendeinen Streit oder eine Auseinandersetzung, aber er hat sie nie geschlagen. Und berührt hat er sie nur beim Sex.

Trotzdem ...

»Tatsache ist aber, dass sie aus dem Fenster gestoßen wurde und er sich erschossen hat.«

»Sie wurde aus dem Fenster gestoßen. Aber nicht er hat sie gestoßen – und er hat sich auch nicht erschossen. Es muss noch jemand anderes in dieser Wohnung gewesen sein. Jemand anderes war dort«, wiederholte er, »und hat sie beide getötet. Die Frage ist nur, wer das war und warum er es getan hat.«

Es klang plausibel, so wie er es sagte. Es schien ... logisch, aber ausgerechnet die Logik ließ sie zweifeln. »Stellt sich dann nicht aber noch eine andere Frage? Wie hat dieser andere das angestellt?«

»Sie haben recht. Es sind also drei Fragen. Und wenn wir auch nur eine davon beantworten, wissen wir vielleicht auch die Antwort auf die übrigen zwei.« Er sah sie unverwandt an. In ihren Augen stand jetzt mehr als Sympathie. Er sah aufkeimendes Interesse. »Könnte ich vielleicht Ihre Wohnung sehen?«

»Bitte?«

»Die Polizei lässt mich noch nicht in Olivers Wohnung. Ich möchte sie aus der Perspektive sehen, die Sie in der vergangenen Nacht hatten. Sie kennen mich natürlich nicht«, sagte er, bevor sie etwas einwenden konnte. »Gibt es vielleicht jemanden, der dort bei Ihnen sein könnte, damit Sie nicht allein mit mir sein müssen?«

»Vielleicht. Ich sehe mal, was ich tun kann.«

»Gut. Ich gebe Ihnen meine Nummer. Überlegen Sie es sich, und dann rufen Sie mich an. Ich muss nur sehen ... ich will es einfach nur sehen können.«

Sie zog ihr Handy aus der Tasche und tippte die Nummer ein, die er ihr gab. »Ich muss allmählich zurück«, sagte sie dann. »Ich war ohnehin schon länger weg als geplant.«

»Danke, dass Sie mit mir geredet haben. Mir zugehört haben.«

»Was geschehen ist, tut mir leid.« Sie schob sich aus der Nische und legte ihm die Hand auf die Schulter. »Für Sie, für seine Mom und Ihre Familie. Ich hoffe, dass Sie die Antworten finden, wie immer sie aussehen mögen. Wenn ich es arrangieren kann, rufe ich Sie an.«

»Danke.«

Als sie ging, blieb er in der schmalen Nische sitzen und starrte in seinen Kaffee, den er nicht angerührt hatte.

3

Sie rief Julie an und lud die ganze Geschichte bei ihr ab, während sie gleichzeitig die Pflanzen goss, Tomaten erntete und mit der Katze spielte.

Julies Keuchen, Staunen und ihr Mitgefühl hätten ihr ganz und gar ausgereicht, aber es steckte noch mehr dahinter.

»Ich hab heute früh davon gehört, als ich mich für die Arbeit fertig gemacht habe, und in der Galerie war es heute *das* Gesprächsthema. Wir kannten sie ein bisschen ...«

»Du kanntest Blondie?« Lila schüttelte unwillkürlich den Kopf – der Spitzname kam ihr inzwischen falsch vor. »Ich meine, Sage Kendall.«

»Nur ein bisschen. Sie war ein paarmal in der Galerie und hat einige sehr schöne Stücke gekauft. Nicht bei mir – ich hab nicht persönlich mit ihr gearbeitet. Aber ich bin ihr vorgestellt worden. Ich habe den Zusammenhang zuerst gar nicht hergestellt, auch nicht, als sie West Chelsea erwähnt haben. Ich hab auch keine Adresse mitbekommen.«

»Ich weiß nicht ... Mittlerweile müsste die Polizei sie veröffentlicht haben. Ich sehe da unten Leute mit Kameras. Und vor dem Gebäude stehen ein paar Übertragungswagen vom Fernsehen.«

»Es ist schrecklich, ganz schrecklich ... und auch für dich ist es furchtbar, Süße! Den Namen des Mannes, der sie gestoßen und sich dann selbst getötet hat, haben sie nicht erwähnt, oder? Jedenfalls nicht heute Morgen. Seitdem habe ich nicht mehr nachgesehen.«

»Oliver Archer alias Mr. Slick. Ich habe seinen Bruder heute im Präsidium kennengelernt.«

»Oh, das ist ... eigenartig.«

»Es hätte eigenartig sein können, war es aber nicht.« Sie setzte sich auf den Badezimmerboden und schmirgelte vorsichtig über ein paar glänzende Stellen auf den Schienen von einer der Schubladen im Frisiertisch. Die Schublade ließ sich einfach nicht herausziehen, ohne dass sie sich verhakte, aber das würde sie in Ordnung bringen.

»Er hat mich zu einer Limonade eingeladen«, fuhr sie fort, »und ich hab ihm erzählt, was ich gesehen habe.«

»Du ... Du warst mit ihm was trinken? Du liebe Güte, Lila, er und sein Bruder könnten beide Serienmörder oder Irre sein, die im Team gearbeitet haben, oder ...«

»Wir waren im Café gegenüber der Polizeiwache, und um uns herum saßen mindestens fünf Cops. Er hat mir schrecklich leidgetan, Julie. Man hat ihm einfach angesehen, wie er versuchte, damit klarzukommen und zu verstehen, was nicht zu verstehen war. Er glaubt nicht, dass sein Bruder erst Sage und dann sich selbst umgebracht hat, und er hat sogar gute Argumente dafür.«

»Lila, niemand würde seinen Geschwistern so etwas zutrauen.«

»Ja, das ist mir klar.« Sie blies leicht über die Schienen, um die Rückstände des Schmirgelpapiers zu entfernen. »Das war auch meine erste Reaktion, aber wie gesagt: Er hatte ziemlich gute Argumente.«

Sie ließ die Schublade hinein- und wieder herausgleiten und nickte zufrieden. Wenn nur alles so einfach wäre.

»Er möchte herkommen, um die Wohnung seines Bruders aus meiner Perspektive zu sehen.«

»Hast du den Verstand verloren?«

»Warte! Er hat vorgeschlagen, ich sollte jemanden bei mir haben, und anders würde ich es auch nicht machen wollen. Aber bevor ich darüber entscheide, will ich ihn erst mal googeln. Ich will einfach sichergehen, dass er keine Leichen im Keller hat, irgendwelche Frauen, die unter mysteriösen Umständen ums Leben gekommen sind, oder andere Geschwister ... Er hat gesagt, er hätte zwölf Halb- und Stiefgeschwister.«

»Im Ernst?«

»Ja, ich weiß, ich kann es mir auch nicht vorstellen. Aber ich möchte mich auf jeden Fall vergewissern, dass keiner von ihnen eine dunkle Vergangenheit hat oder so.«

»Sag mir bitte, dass du ihm nicht deine Adresse gegeben hast.«

»Nein, ich hab ihm weder meine Adresse noch meine Telefonnummer gegeben.« Sie runzelte die Stirn, als sie die Kosmetika zurück in die Schublade räumte. »Ich bin doch nicht blöd, Julie.«

»Nein, aber du bist zu vertrauensselig. Wie heißt er gleich wieder? Wenn er dir überhaupt seinen *richtigen* Namen genannt hat. Ich gebe ihn sofort bei Google ein.«

»Natürlich hat er mir seinen richtigen Namen genannt. Ashton Archer. Das klingt zwar erfunden, aber ...«

»Moment! Ashton Archer, hast du gesagt? Groß und schlaksig und echt attraktiv? Grüne Augen, dichtes, welliges schwarzes Haar?«

»Ja, woher weißt du das?«

»Weil ich ihn kenne! Er ist Künstler, Lila, und zwar ein richtig guter! Und wie du weißt, leite ich eine Kunstgalerie, und zwar ebenfalls eine richtig gute – wir richten in New York die meisten Ausstellungen für ihn aus. Wir sind uns schon diverse Male begegnet.«

»Mir kam der Name auch irgendwie bekannt vor, aber ich dachte, das läge daran, dass ich den Namen des Bruders im Kopf hatte. Er hat dieses Bild von der Frau gezeichnet, die auf der Wiese steht und Geige spielt – im Hintergrund eine Schlossruine und der Vollmond, nicht wahr? Das, von dem ich gesagt habe, ich würde es sofort kaufen, wenn ich eine Wand besäße, an die ich es hängen könnte.«

»Genau das ist er.«

»Hat er Frauen gehabt, die unter mysteriösen Umständen gestorben sind?«

»Meines Wissens nicht. Er ist unverheiratet, war aber eine Zeit lang mit Kelsy Nunn zusammen, dieser Primaballerina. Vielleicht ist er es sogar immer noch. Das finde ich heraus. Auf professioneller Ebene hat er einen guten Ruf – zumindest scheint er nicht komplett neurotisch zu sein wie die meisten anderen Künstler. Anscheinend arbeitet er gern. Die Familie hat Geld, auf beiden Seiten. Ich sehe mal bei Google nach und fülle meine Wissenslücken auf. Väterlicherseits Immobilien und Grundbesitz, Transportunternehmen vonseiten der Mutter, bla, bla, bla. Willst du noch mehr wissen?«

Vermögend hatte er gar nicht ausgesehen. Der Bruder, ja, dachte sie, aber der Mann, der ihr im Café gegenübergesessen hatte, hatte wirklich nicht nach Geld ausgesehen. Er hatte lediglich traurig und wütend gewirkt.

»Nein, ich kann auch gleich selbst nachsehen. Im Grunde sagst du damit aber, dass er mich nicht aus dem Fenster stoßen wird.«

»Ich würde sagen, die Chance ist gering. Ich mag ihn, persönlich wie beruflich, und das mit seinem Bruder tut mir leid. Auch wenn sein Bruder eine unserer Kundinnen getötet hat.«

»Dann soll er vorbeikommen. Er hat das Julie-Bryant-Siegel.«

»Nur nichts überstürzen, Lila ...«

»Nein, morgen. Heute Abend bin ich ohnehin viel zu müde. Eigentlich wollte ich dich fragen, ob du vorbeikommen willst, aber ich bin einfach zu erledigt.«

»Nimm ein ausgiebiges Bad in dieser tollen Wanne. Zünde ein paar Kerzen an, lies ein Buch. Dann schlüpf in deinen Pyjama, bestell eine Pizza, schau dir einen romantischen Film im Fernsehen an, kuschle mit der Katze und schlaf.«

»Das klingt nach dem perfekten Date.«

»Tu es, und wenn du deine Meinung änderst und doch noch Gesellschaft brauchst, ruf mich an. Ich finde in der Zwischenzeit noch ein bisschen mehr über Ashton Archer heraus. Ich kenne ein paar Leute, die Leute kennen ... Und wenn ich zufrieden bin, *dann* bekommt er das Julie-Bryant-Siegel. Wir sprechen uns morgen.«

»Abgemacht.«

Bevor sie sich in die Badewanne legte, trat sie noch einmal auf die Terrasse, stand in der Hitze des Spätnachmittags da und sah eine Weile unverwandt zu dem Fenster hinüber, das jetzt mit einer Holzplatte vernagelt war. Früher einmal hatte es sich zu einer privaten Welt geöffnet.

Jai Maddok sah, wie Lila das Gebäude betrat und kurz mit dem Portier plauderte.

Es war richtig gewesen, dieser schlanken, brünetten Frau zu folgen, ihren Instinkten zu vertrauen und Ivan auf den Bruder des Idioten anzusetzen. Es hatte kein Zufall sein können, dass sie und der Bruder zusammen aus dem Präsidium gekommen waren und sich dann lange miteinander unterhalten hatten. Immerhin lebte die Frau, wie es aussah, in demselben teuren Mietkomplex wie der Idiot und seine Hure.

Die Polizei hatte einen Zeugen – es musste sich dabei um diese Frau handeln. Sie musste die Zeugin sein.

Aber was hatte sie gesehen?

Alles deutete daraufhin, dass die Polizei in einem Fall von erweitertem Selbstmord ermittelte. Aber obwohl sie von der Polizei nicht allzu viel hielt, hatte sie nur wenig Hoffnung, dass diese Hypothese lange aufrechterhalten würde. Dazu hatte sie das Ganze zu hastig inszenieren müssen, nachdem Ivan mit der Hure so übereifrig umgesprungen war.

Ihr Auftraggeber war nicht glücklich, dass der Idiot entsorgt worden war, ehe er ihnen den Ort genannt hatte, und wenn ihr Auftraggeber nicht glücklich war, dann passierten mitunter schreckliche Dinge. Für gewöhnlich sorgte Jai für deren Ausführung. Sie verspürte allerdings nicht die geringste Lust, dazu den Auftrag zu erhalten.

Das Problem musste also anders gelöst werden. Das Ganze glich einem Puzzle, überlegte sie – und sie mochte Puzzles. Der Idiot, die Hure, die dünne Frau und der Bruder. Wie passten sie zusammen, und wie konnte sie sie benutzen, um ihren Auftraggeber zufriedenzustellen?

Sie würde nachdenken, beobachten und zu einer Lösung kommen.

Langsam schlenderte sie die Straße entlang. Sie liebte die feuchte Hitze, die volle Stadt. Männer sahen sie an, und ihre Blicke blieben an ihr hängen. Und recht hatten sie – sie verdiente viel mehr als nur ein flüchtiges Hinsehen. Und trotzdem würde sie in dieser heißen, vollen Stadt keinen dauerhaften Eindruck hinterlassen. In zärtlichen Momenten nannte ihr Auftraggeber sie sein asiatisches Klößchen, aber ihr Auftraggeber war nun mal auch ... ein höchst ungewöhnlicher Mann.

Er betrachtete sie als sein Werkzeug, gelegentlich auch als Haustier oder verwöhntes Kind. Sie war dankbar dafür, dass er sie nicht als Geliebte sah, weil sie ansonsten verpflichtet gewesen wäre, mit ihm zu schlafen. Der Gedanke missfiel ihr, auch wenn ihre Sensibilität grundsätzlich nicht allzu ausgeprägt war.

Sie blieb stehen, um sich ein Paar Schuhe in einem Schaufenster anzusehen – High Heels aus glitzernd goldfarbenem Leder und dünnen Riemchen mit Leopardenmuster. Es hatte einmal eine Zeit gegeben, da war sie schon froh gewesen, nur ein einziges Paar Schuhe zu besitzen. Inzwischen konnte sie sich so viele leisten, wie sie wollte. Doch die Erinnerung an heiße, wundgescheuerte Füße, an Hunger, der so immens und nagend war, dass er sich anfühlte wie der Tod, hatte die Jahre überdauert. Wenn sie geschäftlich in China unterwegs war, stieg sie stets in den feinsten Hotels ab, und trotzdem quälte sie die Erinnerung an Dreck und Hunger, an beißende Kälte und überwältigende Hitze.

Nur Geld, Blut, Macht und hübsche Schuhe vermochten die Dämonen zu verjagen.

Sie wollte diese Schuhe, jetzt, auf der Stelle. Also betrat sie den Laden. Nach nicht einmal zehn Minuten kam sie wieder heraus – mit den Schuhen an den Füßen. Sie genoss das Spiel ihrer wohldefinierten Wadenmuskeln. Sorglos schlenkerte sie mit der Einkaufstasche: eine attraktive Asiatin in Schwarz – kurze, enge Hose, eng sitzende Bluse – und auf auffälligen High Heels. Ihr schwarzes Haar fiel ihr zu einem langen Pferdeschwanz gebunden bis tief über den Rücken und offenbarte so die täuschend weichen Linien ihres Gesichts, die vollen roten Lippen und die großen schwarzen, mandelförmigen Augen.

Ja, Männer sahen sie an. Auch Frauen. Männer wollten Sex mit ihr. Frauen wollten so sein wie sie; und manche von ihnen wollten ebenfalls Sex. Doch sie würden sie niemals kennenlernen.

Sie war eine Kugel in der Finsternis, ein Messer, das geräuschlos durch eine Kehle glitt.

Sie tötete nicht nur, weil sie es konnte, nicht nur, weil sie sehr gut dafür bezahlt wurde, sondern weil sie es regelrecht liebte. Sogar noch mehr liebte als die hübschen neuen Schuhe, mehr als Sex, mehr als essen, trinken und atmen. Sie fragte sich, ob sie wohl die schlanke Brünette und den Bruder des Idioten töten würde. Es hing davon ab, wie sie in das Puzzle hineinpassten, aber es würde wahrscheinlich ebenso notwendig wie genussvoll sein.

Ihr Handy piepste, und sie nickte zufrieden, als sie es aus der Tasche zog. Zu dem Foto, das sie von der Frau gemacht hatte, waren endlich ein Name und eine Adresse hinzugekommen. Lila Emerson. Doch das war nicht die Adresse des Hauses, in das sie hineingegangen war. Merkwürdig, dachte Jai – aber es war bestimmt trotzdem kein Zufall, dass sie just dieses Gebäude betreten hatte. Auf jeden Fall befand sie sich derzeit nicht dort, wo sie dem Handy zufolge wohnhaft war.

Vielleicht war aber ja unter der Adresse dieser Lila Emerson etwas Interessantes und Nützliches zu finden.

Kurz nach einundzwanzig Uhr schloss Julie die Tür zu ihrer Wohnung auf und schlüpfte sofort aus den Schuhen, die sie schon viel zu lange angehabt hatte. Sie hätte sich niemals von ihren Kolleginnen dazu überreden lassen sollen, in diesen Salsaclub zu gehen! Es hatte zwar Spaß gemacht – aber ihre Füße wimmerten schon seit über einer Stunde wie Babys mit Koliken. Sie wollte nichts lieber als sie in ein warmes, duftendes Bad tauchen, ein paar Liter Wasser trinken, um die viel zu vielen Margaritas zu verdünnen, die sie intus hatte, und dann zu Bett gehen.

Ich werde doch nicht etwa alt?, fragte sie sich, als sie die Tür abschloss. Verbraucht? Langweilig?

Nein, natürlich nicht. Sie war nur müde – und sie machte sich Sorgen um Lila, war immer noch nicht über die Trennung von David hinweg und war müde nach vierzehn Stunden Arbeit und Tanzen. Die Tatsache, dass sie zweiunddreißig war, alleinstehend, kinderlos und allein schlafen würde, hatte damit rein gar nichts zu tun. Sie hatte einen tollen Job, versicherte sie sich, als sie schnurstracks in die Küche marschierte, um sich eine große Flasche Wasser zu nehmen. Sie liebte ihre Arbeit, ihre Kollegen, die Leute, die sie kennenlernte. Künstler, Kunstliebhaber. Die Ausstellungen, die gelegentlichen Reisen. Sie hatte eine Scheidung hinter sich. Na gut, zwei Scheidungen – aber beim ersten Mal war sie achtzehn und nicht bei klarem Verstand gewesen. Die Ehe hatte noch nicht mal ein Jahr gehalten. Das zählte also nicht wirklich.

Und trotzdem stand sie in ihrer glänzenden, hochmodernen Küche, die hauptsächlich dafür genutzt wurde, Wasser, Wein und ein paar Grundnahrungsmittel zu beherbergen, trank direkt aus der Flasche und fragte sich, warum zum Teufel sie sich so rastlos fühlte.

Sie liebte ihre Arbeit, hatte einen großen Freundeskreis, eine Wohnung, die ihren Geschmack widerspiegelte – zum Glück allein *ihren* Geschmack –, eine beachtliche Garderobe. Meistens war sie sogar mit ihrem Aussehen zufrieden, vor allem seit sie im vergangenen Jahr den Marquis de Sade als Personal Trainer engagiert hatte. Sie war eine durchtrainierte, attraktive, interessante, selbstständige Frau. Und sie konnte keine ihrer Beziehungen über mehr als drei Monate aufrechterhalten – zumindest nicht glücklich, korrigierte sie sich. Nicht glücklich für sie selbst.

Vielleicht sollte es einfach nicht sein.

Sie verdrängte die trüben Gedanken, nahm die Wasserflasche mit durch den Wohnbereich mit seinen warmen, neutralen Farben und den knalligen Akzenten moderner Kunst und ging in ihr Schlafzimmer.

Vielleicht sollte sie sich eine Katze anschaffen. Katzen waren eigensinnig und unabhängig, und wenn sie obendrein eine finden würde, die so süß wäre wie Thomas, würde sie ...

Wie angewurzelt blieb sie stehen. Ihre Hand lag immer noch auf dem Lichtschalter. Ein schwacher Hauch von Parfüm hing in der Luft – von *ihrem* Parfüm. Nicht ihr alltäglicher

Duft, das Ricci Ricci, mit dem sie sich jeden Morgen vor der Arbeit einsprühte, sondern das schwerere, sexy Boudoir, das sie nur für Dates benutzte und auch nur dann, wenn ihr danach war. Obwohl sie selbst gerade Salsa sei Dank einen leichten Hauch von Schweiß verströmte, war dieser Duft unverkennbar.

Und hätte nicht da sein dürfen.

Stattdessen hätte der hübsche pinkfarbene Flakon mit dem goldenen Verschluss da sein müssen, doch der war verschwunden.

Verwirrt trat sie an ihre Kommode. Der antike Schmuckkasten stand an seinem angestammten Platz, genau wie ihr Alltagsparfüm und die hohe, schlanke versilberte Vase mit nur einer einzigen roten Lilie.

Doch der Boudoir-Flakon war weg.

Hatte sie ihn, ohne nachzudenken, irgendwo anders hingestellt? Nein, warum sollte sie? Na gut, sie hatte am Morgen einen leichten Kater gehabt, war ein bisschen langsamer gewesen als sonst und hatte alles ein bisschen verschwommener wahrgenommen, aber sie konnte sich noch genau erinnern, ihn auf der Kommode gesehen zu haben. Sie hatte den Verschluss ihres Ohrrings fallen gelassen. Sogar noch in diesem Moment stand ihr deutlich vor Augen, wie sie versucht hatte, ihn sich anzustecken. Sie hatte geflucht, als er auf die Kommode gekullert war – direkt neben den pinkfarbenen Flakon.

Leise vor sich hin brummelnd ging sie hinüber ins Badezimmer, um dort in ihrem Kosmetikkoffer nachzusehen, doch da war er auch nicht. Und, zum Teufel, auch der Red-Taboo-Lippenstift von YSL und der Flüssigeyeliner von Bobbi Brown waren verschwunden. Sie hatte sie erst letzte Woche nach ihrer Sephora-Reise wieder in den Koffer gepackt.

Sie marschierte zurück ins Schlafzimmer und überprüfte ihre Abendtaschen und den Reisekosmetikkoffer, der immer gepackt bereit stand und den sie zur Hochzeitshöllenwoche in den Hamptons mitgenommen hatte.

Mit in die Hüften gestemmten Händen blieb sie vor ihrem Schrank stehen, und die Kinnlade klappte ihr auf, als sie entdeckte, dass ihre brandneuen, ungetragenen Manolo Blahniks – Plateausandalen, Rautenprofil in Koralle, fast dreizehn Zentimeter hoch – nicht mehr an ihrem Platz standen.

Dann verwandelte sich der Frust in Entsetzen, und ihr Herz begann, heftig zu klopfen. Sie rannte zurück in die Küche, zog ihr Handy aus der Tasche und rief die Polizei.

Es war bereits kurz nach Mitternacht, als Lila die Tür aufmachte.

»Tut mir leid«, sagte Julie. »Das kannst du nach letzter Nacht bestimmt gar nicht gebrauchen.«

»Sei nicht albern! Bist du okay?«

»Ich weiß ehrlich gestanden nicht, was ich bin. Die Polizei hält mich für verrückt. Und vielleicht stimmt das ja.«

»Nein, du bist nicht verrückt. Komm, wir bringen die Sachen ins Schlafzimmer.« Sie griff nach Julies kleinem Rollkoffer und zog ihn ins Gästezimmer.

»Nein, nein, ich bin tatsächlich nicht verrückt. Die Sachen sind weg, Lila. Und ich finde überdies, es ist eine merkwürdige Auswahl ... Wer bricht denn irgendwo ein und nimmt Kosmetikartikel mit und ein Parfüm, ein Paar Schuhe und eine Tasche mit Leopardenfell, in der das alles anscheinend abtransportiert werden sollte? Wer nimmt solche Dinge mit und lässt Kunstwerke, Schmuck, eine echt schöne Armbanduhr von Baume & Mercier und die Perlen meiner Großmutter liegen?«

»Vielleicht irgendein Halbstarker?«

»Ich hab die Sachen nicht verlegt. Ich weiß, dass die Polizei das denkt, aber ich hab die Sachen nicht verlegt.«

»Julie, du hast noch nie etwas falsch abgelegt. Was ist mit deinem Reinigungsdienst?«

Julie ließ sich auf die Bettkante sinken. »Danach haben mich die Polizisten auch gefragt. Es ist seit sechs Jahren dasselbe Unternehmen. Alle zwei Wochen kommen dieselben zwei Frauen. Sie würden doch nicht wegen ein paar Kosmetikprodukten ihren Job riskieren! Und du bist die Einzige, die sonst noch einen Schlüssel hat und den Türcode kennt.«

Lila legte ihre Hand aufs Herz. »Unschuldig.«

»Du hast doch sowieso nicht meine Schuhgröße – und roten Lippenstift benutzt du auch nicht! Obwohl du es dir wirklich mal überlegen solltest. Nein, du bist unverdächtig. Danke übrigens, dass ich bei dir übernachten darf. Heute Nacht hätte ich nicht in der Wohnung allein sein können. Morgen lasse ich die Schlösser austauschen. Den Alarmcode habe ich schon geändert. Ein Teenager«, überlegte sie laut. »In meinem Haus gibt es wirklich ein paar. Vielleicht war es einfach nur eine alberne Mutprobe, so wie ein Ladendiebstahl.«

»Das mag albern sein, aber es ist trotzdem nicht richtig, in deinen Sachen herumzuwühlen und Dinge mitzunehmen. Ich hoffe, die Polizei findet sie.«

»Sollen sie etwa Ausschau nach einer Halbwüchsigen halten, die in Manolos herumläuft, knallroten Lippenstift auflegt und nach Boudoir riecht?«, schnaubte Julie. »Die Chance ist doch wohl eher gering.«

»Könnte doch trotzdem sein.« Lila nahm Julie in die Arme. »Sobald wir dazu kommen, besorgen wir dir alles wieder. Brauchst du im Augenblick noch irgendwas anderes?«

»Nur Schlaf. Ich kann auch die Couch nehmen ...«

»Das Bett ist groß genug für uns beide und Thomas.«

»Danke! Ist es in Ordnung, wenn ich noch schnell dusche? Ich war nach der Arbeit noch Salsa tanzen.«

»Das hat doch garantiert Spaß gemacht. Klar, geh nur. Ich lasse die Nachttischlampe auf deiner Seite an.«

»Oh, fast hätte ich es vergessen«, sagte Julie und stand auf, um ihren Schlafanzug aus dem Köfferchen zu nehmen. »Ash hat die Prüfung bestanden. Ich habe – ganz diskret – mit ein paar Leuten über ihn gesprochen. Sie sagen alle mehr oder weniger übereinstimmend, dass er sich sehr in seine Arbeit vertiefen kann, dass er gereizt reagiert, wenn er zur falschen Zeit bedrängt wird, dass er nicht annähernd so gesellig ist, wie seine Agentin – und manche

Frauen – es gern hätten, aber mehr gibt es angeblich wirklich nicht zu sagen. Keine Probleme, keine Hinweise auf gewalttätiges Verhalten – außer dass er einmal bei einer Ausstellung einem Betrunkenen einen Fausthieb verpasst hat.«
»Er hat einen Betrunkenen geschlagen?«
»Anscheinend. Der Typ muss eines seiner Modelle bedrängt und begrapscht haben. Meine Quelle meinte, er hätte es nicht besser verdient gehabt. Das Ganze fand in einer Londoner Galerie statt. Also, mein Gütesiegel hat er, wenn du ihn hier aus dem Fenster gucken lassen willst.«
»Dann werde ich das wohl tun.«

Lila legte sich wieder ins Bett und dachte über gestohlene Lippenstifte und Designerschuhe nach, über Mord und Selbstmord und gut aussehende Künstler, die Betrunkene verprügelten.

All das ging ihr durch den Kopf und mischte sich mit merkwürdigen kurzen Traumsequenzen. Sie hörte weder, dass Julie ins Bett schlüpfte, noch Thomas' entzücktes Schnurren, als er sich zwischen ihnen zusammenrollte.

Am nächsten Morgen wachte sie von Kaffeeduft auf, und als sie in die Küche kam, toastete Julie gerade Bagels, und Thomas verspeiste sein Frühstück.

»Du hast die Katze gefüttert und Kaffee gekocht! Willst du mich heiraten?«

»Ich hab schon darüber nachgedacht, mir eine Katze anzuschaffen, aber ich glaube, lieber heirate ich dich.«

»Du könntest ja beides tun.«

»Eins nach dem anderen.« Julie holte zwei hübsche Glasschälchen mit Beeren aus dem Kühlschrank.

»Oh, Beeren gibt es auch?«

»Die Beeren waren schon da, und diese hübschen Schalen standen hier. Hier gibt es überhaupt so viele schöne Dinge! Ich weiß gar nicht, wie du der Versuchung widerstehen kannst, in sämtliche Schubladen und Schränke zu sehen! Und das sage ich, obwohl gerade irgendein fieser Teenager in meiner Wohnung her-

umgestöbert hat.« Julie warf ihr rotes Haar zurück. »Hoffentlich kriegt diese Tussi Pickel!«
»Macey?«
»Wer ... O Gott, nein, der Teenie!«
»Ach so, ja. Der Kaffee ist wohl noch nicht in meinem Kopf angekommen. Pickel, Zahnspange, hoffnungslos verliebt in einen Baseballstar, der gar nicht weiß, dass es sie gibt.«
»Ja, das gefällt mir besonders gut«, gab Julie zurück. »Komm, wir frühstücken auf der Terrasse. Dieses überaus geschmackssichere Paar, das hier lebt, macht es bestimmt ganz genauso. Danach ziehe ich mich um und stürze mich wieder in die triste Realität.«
»Du hast doch auch eine tolle Wohnung.«
»Meine Wohnung würde hier zweimal reinpassen – und so eine Terrasse ist auch nicht zu verachten. Außerdem gibt es hier einen Pool und ein Fitnessstudio, die zum Haus gehören. Ich hab meine Meinung geändert«, erklärte Julie und stellte die Sachen auf ein Tablett. »Ich werde dich für den nächstbesten reichen Kerl, der mir vor die Flinte läuft, verlassen. Den heirate ich dann und ziehe hier ein.«
»Du bist echt nur auf Geld aus!«
»Ja, so ist es. Und bestimmt kann auch kein pickliger Teenager die Sicherheitsanlage in diesem Haus überwinden.«
»Nein, wahrscheinlich nicht.« Lila trat nach draußen und warf einen Blick hinüber zu dem mit einer Holzplatte vor Einblicken geschützten Fenster. »An der Sicherheitsanlage kommt man vermutlich nicht einfach so vorbei. Aber ... Was, wenn sie jemanden hereingelassen hätten, jemanden zu Besuch gehabt hätten, oder ein anderer Mieter oder irgendein Profieinbrecher hätte das alles geplant? Allerdings hat die Polizei nichts von Diebstahl gesagt.«
»Er hat sie aus dem Fenster gestoßen und sich dann selbst erschossen. Es tut mir leid für Ashton, Lila, aber nichts anderes ist dort drüben passiert.«
»Er ist sich so sicher, dass es auf gar keinen Fall so gewesen sein kann. Aber ich will jetzt nicht daran denken«, sagte sie und rieb

sich die Hände. »Ich will mit dir frühstücken, obwohl du mich für irgendeinen stinkreichen Mistkerl sitzen lassen wirst.«
»Er muss aber auch gut aussehen. Vielleicht ein Latino.«
»Komisch, ich hab ihn mir beleibt und kahlköpfig vorgestellt.« Lila steckte sich ein paar Beeren in den Mund. »Na ja, das wird sich wohl zeigen. Auf jeden Fall denke ich jetzt nicht mehr an so etwas. Ich muss heute arbeiten. Ich lege einen superdisziplinierten Schreibtag ein, und dann rufe ich den reichen, gut aussehenden Ashton Archer an. Wenn er rübergucken will, soll er nur kommen. Mehr kann ich wirklich nicht tun, oder?«

»Nein, du kannst nichts weiter tun, alles andere ist Sache der Polizei, und Ashton wird akzeptieren müssen, was passiert ist. Klar, das ist schwer. Ich hab im College eine Freundin – na ja, eher eine Bekannte – verloren, die Selbstmord begangen hat.«

»Das hast du mir nie erzählt.«

»Wir waren auch nicht eng befreundet. Wir kannten uns ganz gut, wir mochten einander, hatten aber nicht so wahnsinnig viel miteinander zu tun, als dass ich hätte wissen müssen, wie schlecht es ihr ging. Ihr Freund hatte mit ihr Schluss gemacht – wahrscheinlich war das nicht alles, aber ich vermute mal, dass das der Auslöser gewesen sein könnte. Sie hat Schlaftabletten genommen. Sie war erst neunzehn.«

»Schrecklich.« Einen Moment lang konnte Lila die tiefe Verzweiflung spüren. »Jetzt will ich doch nicht mehr, dass Pickelgesicht unglücklich verliebt ist. Sie soll einfach nur Pickel haben.«

»Ja. Liebe – auch wenn sie nicht real ist – kann tödlich sein. Diesen Teil lassen wir besser aus. Soll ich heute Abend wiederkommen, um da zu sein, wenn Ashton vorbeikommt?«

»Nein, das musst du nicht. Aber wenn du noch nicht nach Hause gehen möchtest, kannst du natürlich noch ein bisschen bleiben.«

»Im Moment fühle ich mich ganz okay. Mit einem Teenager kann ich umgehen. Außerdem denke ich, dass dieses Biest bekommen hat, was sie wollte, und bei mir kein zweites Mal einbricht.« Sie seufzte tief und fügte dann hinzu: »Diese Schuhe haben mir wirklich gut gefallen, verdammt. Hoffentlich stolpert sie, wenn sie sie anhat, und bricht sich den Knöchel.«

»Jetzt bist du aber hart!«

»Es ist auch hart, einer anderen Frau die Manolos zu klauen!«

Lila nahm einen Schluck Kaffee. Da konnte sie ihrer Freundin nicht widersprechen.

4

Als sie sich endlich wieder an den Schreibtisch setzte und sich in ihre Geschichte vertiefte, war sie im Reinen mit sich. Werwolfkriege und Cheerleaderstreitigkeiten verlangten nach einer sorgfältigen Choreografie, und die hielt sie bis weit in den Nachmittag beschäftigt. Dann verlangte Thomas nach ein wenig Aufmerksamkeit.

Als sie die Arbeit beendete, schwebte Kaylees geliebte Cousine nach einem Überfall gerade zwischen Leben und Tod – eine gute Stelle, um aufzuhören, beschloss sie. Sie würde sich beim nächsten Mal überlegen, was weiter passieren sollte.

Sie ließ den Kater nach einem Bällchen springen und lenkte ihn schließlich mit einem seiner bewegungsgesteuerten Spielzeuge ab, versorgte den kleinen Terrassengarten, erntete ein paar Tomaten und schnitt sich einen kleinen Strauß Zinnien ab.

Ich hab es jetzt wirklich schon lang genug aufgeschoben, sagte sie sich, griff fest entschlossen nach ihrem Handy und rief Ashs Nummer auf. Doch plötzlich war alles wieder da. Die schöne Blondine, die um Gnade flehte. Die Beine, die bei dem schrecklichen Sturz ins Leere traten, das plötzliche, brutale Aufschlagen von Fleisch und Knochen auf hartem Asphalt.

Das war real, dachte Lila. Und es würde für immer real bleiben. Sie konnte noch sosehr versuchen, es zu verdrängen – es würde nichts ändern. Da konnte sie sich dem Ganzen genauso gut stellen.

Ash arbeitete bei dröhnend lauter Musik. Er hatte mit Tschaikowski begonnen, weil er sich sicher gewesen war, dass der zu seiner Stimmung passen würde, doch die hochfliegenden Töne hatten ihn nur mehr niedergedrückt. Dann hatte er auf einen harten, hämmernden Rockmix umgeschaltet. Das hatte besser funktioniert – die Energie hatte ihn durchdrungen und zugleich den Ton seiner Malerei verändert.

Ursprünglich hatte er sich seine Meerjungfrau vorgestellt, wie sie als sinnlich sexuelles Wesen auf einem Felsvorsprung über der stürmischen See lagerte. Doch allmählich bekam ihre Sexualität etwas Raubtierhaftes. Dabei stellte sich natürlich die Frage, ob sie die Seeleute, die in die stürmische See gestürzt waren, weil ihr Schiff gegen die Klippen gekracht war, retten oder unter Wasser ziehen würde. Selbst der Mondschein war auf einmal nicht mehr romantisch, sondern nur noch bedrohlich, so wie er von den spitzen Zähnen der Klippen und im forschenden Glühen in den grauen Augen der Seejungfrau widerschien.

Eine solche Gewalttätigkeit hatte Ash nicht erwartet, als er die ersten Skizzen angefertigt hatte. Er hatte nicht damit gerechnet, dass sich eine gewisse Brutalität einschleichen würde, als er in der Anfangsphase noch mit Modell gearbeitet hatte – einer Frau mit langen, rabenschwarzen Haaren.

Jetzt aber, allein mit der hämmernden Musik, dem heftigen Sturm über dem Meer und der Gewalttätigkeit seiner eigenen Gedanken bekam das Bild eine fast schon unheimliche Note.

Sie wartet, dachte er.

Als sein Telefon klingelte, war er zunächst verärgert. Normalerweise schaltete er sein Telefon immer ab, wenn er arbeitete. Bei einer Familie, die so groß war wie seine, würde er ansonsten Tag und Nacht mit Anrufen, SMS und E-Mails bombardiert, sofern er dem Ganzen nicht Einhalt gebot. Heute jedoch hatte er sich verpflichtet gefühlt, es anzulassen. Allerdings fiel ihm erst nach mehrmaligem Klingeln wieder ein, warum.

Er legte den Pinsel aus der Hand, nahm den zweiten Pinsel, den er sich zwischen die Zähne geklemmt hatte, aus dem Mund und griff zum Telefon.

»Archer?«

»Oh, ah, ich bin's, Lila. Lila Emerson. Ich habe ... Sind Sie auf einer Party?«

»Nein, warum?«

»Es ist so laut. Die Musik ist so laut.«

Er sah sich suchend nach der Fernbedienung um, schob ein paar Farbdosen beiseite und stellte die Musik ab. »Entschuldigung.«

»Nein, schon in Ordnung. Iron Maiden muss man laut hören. Und ich muss mich entschuldigen, Sie arbeiten wahrscheinlich gerade. Ich wollte Ihnen nur sagen, wenn Sie immer noch vorbeikommen möchten, um auf das ... na ja, um von hier aus hinüberzublicken, wäre das okay.«

Es überraschte ihn, dass sie das uralte »Aces High« von Iron Maiden erkannt hatte, und auch, dass sie ganz richtig damit gelegen hatte, dass er es zum Arbeiten laut gedreht hatte. Aber darüber würde er später nachdenken.

»Passt es jetzt gleich?«

»Oh ...«

Dräng sie nicht, ermahnte er sich. Das ist eine schlechte Taktik. »Wann immer es für Sie passt«, sagte er dann. »Wann immer es für Sie in Ordnung ist.«

»Jetzt ist gut ... Ich hatte nur nicht damit gerechnet, dass Sie jetzt gleich ... Nein, nein, jetzt ist gut. Warten Sie, ich gebe Ihnen die Adresse.«

Er griff nach seinem Skizzenbleistift, um mitzuschreiben.

»Okay, ist notiert. Ich bin schätzungsweise in einer halben Stunde da. Vielen Dank.«

»Ist schon ...« Sie biss sich auf die Zunge, ehe sie zum wiederholten Mal *ist gut* sagte. »An Ihrer Stelle würde ich es genauso machen wollen. Dann bis in einer halben Stunde.«

Geschafft!, dachte sie.

»Und, Thomas, was sagt die Etikette für ein solches Stelldichein? Muss ich eine kleine Käseplatte und ein paar Sesamcracker bereithalten? Nein, du hast recht. Das wäre albern. Make-up? Du bist klug für dein Alter, mein Kleiner. Das war ein definitives Ja. Aber ich muss ja nicht aussehen wie eine Obdachlose.«

Sie streifte sich die uralte Shorts und ihr verwaschenes, knallrosafarbenes T-Shirt mit dem albernen Aufdruck ab und zog sich um. Es konnte schließlich nicht schaden, wie eine Erwachsene auszusehen. Sie wünschte sich, sie hätte Eistee vorbereitet – was ebenfalls erwachsen und verantwortungsbewusst gewesen wäre –, aber da es dafür bereits zu spät war, beschloss sie, dass es ein Kaffee auch tun musste.

Sie war gerade fertig geworden, als es an der Tür klingelte. Wirklich merkwürdig, dachte sie. Die ganze Angelegenheit war so verdammt merkwürdig.

Sie warf einen Blick durch den Türspion – heute trug er ein blaues T-Shirt. Die Bartstoppeln waren sogar noch ein bisschen länger. Dunkle, zerzauste Haare und katzengrüne Augen, die nur ein klitzekleines bisschen ungeduldig dreinblickten. Sie fragte sich, ob sie die Situation wohl als weniger merkwürdig empfunden hätte, wenn er beleibt und kahlköpfig oder zwanzig Jahre älter gewesen wäre. Oder sonst irgendwelche Merkmale aufgewiesen hätte, die ihr nicht derart entgegenkamen.

Daran sollte eine Frau in meiner Situation nicht denken, ermahnte sie sich und machte die Tür auf.

»Hi, kommen Sie rein!« Kurz überlegte sie, ob sie sich die Hände schütteln sollten, aber die Geste kam ihr zu steif und formell vor, deshalb ließ sie die Hand, die sie schon halb gehoben hatte, wieder sinken. »Ich weiß nicht, wie ich mich verhalten soll ... Es kommt mir alles so eigenartig und fremd vor.«

»Sie haben mich angerufen, und hier bin ich. Das ist doch zumindest schon mal ein Anfang.«

Da Thomas Verlegenheit gänzlich fremd war, lief er sofort auf Ash zu, um ihn zu begrüßen. »Ihre Katze oder die Katze der Eigentümer?«

»Oh, der Eigentümer. Aber Thomas leistet mir wirklich nett Gesellschaft. Er wird mir fehlen, wenn dieser Job vorbei ist.«

Ash strich der Katze vom Kopf über den Rücken bis zur Schwanzspitze, genau wie sie es häufig tat. »Sind Sie eigentlich manchmal verwirrt, wenn Sie morgens aufwachen, und fragen sich, wo Sie gerade sind?«

»Nein, das ist mir schon lang nicht mehr passiert. Zeitzonen zu

69

überqueren wirft mich manchmal ein bisschen aus der Bahn, aber meistens arbeite ich ja in New York und Umgebung.«

»Wirklich eine schöne Wohnung«, sagte er und richtete sich wieder auf. »Gutes Licht.«

»Ja, das stimmt. Und es ist nett von Ihnen, ein bisschen Small Talk zu betreiben, damit ich mir nicht so komisch vorkomme. Soll ich Ihnen zeigen, wo ich war, als es passierte? Das ist für mich das Schwerste, aber dann habe ich es hinter mir.«

»Okay.«

»Ich schlafe im Gästezimmer«, sagte sie und dirigierte ihn in die entsprechende Richtung. »Das Fenster dort geht nach Westen. In jener Nacht hatte ich Besuch und war immer noch ein bisschen aufgedreht, nachdem Julie gegangen war ... Sie kennt Sie übrigens. Julie Bryant. Sie ist die Geschäftsführerin von Chelsea Arts.«

Eine große, glamouröse Rothaarige, dachte er, mit einem exzellenten Auge und einem tollen, offenen Lachen. »Sie kennen Julie?«

»Wir sind seit Jahren miteinander befreundet. Sie war in jener Nacht hier – bis kurz vor Mitternacht. Wir haben Wein getrunken und Cupcakes gegessen. Deshalb bin ich wohl auch nicht gleich zur Ruhe gekommen. Ich hab also zum Fernglas gegriffen ...« Sie deutete verlegen zu ihrem Fernglas hinüber. »Ich erfinde Geschichten, ich lebe davon. Und dort drüben in den Fenstern gibt es immer etwas zu beobachten. Ich wollte mir die nächste Szene ansehen ... Das klingt ganz furchtbar albern.«

»Nein, überhaupt nicht! Ich erfinde Bilder – in gewisser Weise also auch Geschichten.«

»Na ja, gut, also – ich meine, gut, dass es nicht albern klingt. Auf jeden Fall sah ich sie. Sage Kendall.«

»An dem Fenster, das jetzt zugenagelt ist?«

»Ja. Das Fenster links mit dem kleinen Balkon ist das Schlafzimmer.«

»Man hat das Gefühl, direkt darin zu stehen«, sagte er leise, als er durch das Fernglas blickte.

»Es war immer schon ein Spiel für mich – schon als Kind. Wie Fernsehen, Kino oder ein Buch. Einmal habe ich so einen Einbruch verhindert – in Paris, vor ein paar Jahren. Eines Abends sah ich, wie gegenüber in der Wohnung jemand einbrach, während die Bewohner unterwegs waren.«
»Reisen, Abenteuer und Verbrechen aufklären – das Leben eines Homesitters.«
»Verbrechen kläre ich eigentlich eher selten auf, aber ...«
»Sie haben Oliver nicht gesehen. Meinen Bruder.«
»Nein, nur sie. Das Schlafzimmer war dunkel, und im Wohnbereich war nur gedämpftes Licht. Sie stand vor dem Fenster. So.«
Lila stellte sich im richtigen Winkel hin. »Sie redete mit jemandem, der links gestanden haben muss – an der Wand zwischen den beiden Fenstern. Ich hab gesehen, wie er sie geschlagen hat. Es ging so schnell ... Trotzdem muss ich seine Hand gesehen haben. Ich erinnere mich noch daran, wie ihr Kopf zurückschnellte, wie sie ihre Hand vors Gesicht hob – so.« Lila demonstrierte es ihm und legte ihre Hand an ihre Wange und ihren Kiefer. »Dann schlug er wieder zu. Mit der Faust ... dunkler Ärmel. Mehr konnte ich nicht sehen, es ging alles viel zu schnell. Mein Telefon lag dort auf dem Tischchen am Bett. Ich schnappte es mir, sah wieder hinaus, und da stand sie schon mit dem Rücken zum Fenster. Ich hab sie nur noch von hinten gesehen, ihr Haar hatte sich aus ihrer Hochsteckfrisur gelöst.«
»Würde es Ihnen etwas ausmachen, es mir vorzuspielen?«
»So ...« Sie wandte sich mit dem Rücken zum Fenster und stützte sich, als sie sich gegen die Scheibe lehnte, am Fensterbrett ab.
»Und Sie haben nur sie gesehen? Sind Sie sich da sicher?«
»Ja. Ich bin mir sicher.«
»Sie war groß. Eins achtundsiebzig. Ich hab's nachgeschlagen.« Er setzte das Fernglas ab. »Oliver war so groß wie ich – eins fünfundachtzig. Das sind immerhin sieben Zentimeter mehr. Und er drückte sie mit dem Rücken gegen das Fenster ...« Ash trat auf

Lila zu. »Ich werde Ihnen nicht wehtun, ich möchte es Ihnen nur zeigen.« Er legte ihr die Hände auf die Schultern und schob sie vorsichtig zurück. Die Wärme seiner Hände drang durch ihre Bluse, als lägen sie auf ihrer nackten Haut. »Wenn er sie so gehalten hätte, wäre sie, so wie Sie jetzt, ein wenig zurückgedrängt worden.«

Ihr Herz machte einen kleinen Satz. Er würde sie nicht aus dem Fenster stoßen – davor hatte sie keine Angst. Vor ihm hatte sie keine Angst. Sie fragte sich nur, warum etwas so Furchtbares – einen Mord nachzustellen – sich so seltsam intim anfühlte.

»Warum haben Sie ihn nicht gesehen?«, wollte Ash wissen. »Wenn jemand jetzt hier hineinsehen würde, könnte er mich über Ihren Kopf hinweg erkennen.«

»Ich bin nur eins achtundsechzig. Sie war zehn Zentimeter größer als ich.«

»Selbst dann hätten Sie seinen Kopf sehen müssen. Sie hätten wenigstens einen Teil seines Gesichts sehen müssen.«

»Das habe ich aber nicht. Vielleicht hat sie ja hohe Absätze getragen. Sie hatte tolle Schuhe, und ... Nein, sie hat keine Schuhe getragen«, fiel es ihr wieder ein. »Nein. Sie hatte keine Schuhe an.« Die nackten Füße, die in die Luft traten, als sie stürzte. »Sie trug keine hohen Absätze. Sie trug überhaupt keine Schuhe.«

»Dann hätten Sie sein Gesicht sehen müssen. Zumindest einen Teil seines Gesichts.«

»Aber das habe ich nicht.«

»Vielleicht war derjenige, der sie aus dem Fenster gestoßen hat, ja kleiner als Oliver. Sogar kleiner als sie.« Er hob erneut das Fernglas an die Augen. »Sie haben gesagt: eine Faust, ein schwarzer Ärmel.«

»Ja, da bin ich mir ziemlich sicher. Das kommt mir immer wieder in den Sinn, wenn ich mir die Szene ins Gedächtnis rufe.«

»Jemand, der eher so groß ist wie sie und ein schwarzes Hemd trägt. Ich muss die Polizei fragen, was Oliver anhatte.«

»Es könnte auch dunkelblau oder dunkelgrau gewesen sein. Das Licht war nicht gut.«

»Also ein dunkles Hemd.«

»Ich hatte mir inzwischen ausgeredet, dass noch jemand anderes da gewesen sein könnte. Jetzt haben Sie es mir wieder eingeredet«, sagte sie. »Dann habe ich es mir wieder ausgeredet – und jetzt reden Sie es mir wieder ein. Ich weiß langsam wirklich nicht mehr, was schlimmer ist.«
»Keins von beidem ist schlimmer.« Er ließ das Fernglas sinken. In seinen Augen flackerte Wut, die sich auch auf seinem Gesicht widerspiegelte. »Es gibt nur die Wahrheit.«
»Ich hoffe wirklich, dass Sie sie finden. Von der Terrasse aus können Sie das Haus noch mal aus einem anderen Winkel sehen, wenn Sie wollen. Ich könnte ohnehin ein bisschen frische Luft vertragen.«
Ohne auf seine Antwort zu warten, ging sie hinaus. Er zögerte einen Moment, folgte ihr dann aber mit dem Fernglas in der Hand nach draußen.
»Ich brauche ein Glas Wasser. Sie auch?«
»Ja, das wäre gut.« Und es würde ihm ein bisschen mehr Zeit verschaffen. Er ging ihr durchs Esszimmer nach. »Ist das Ihr Arbeitsplatz?«
»Den Laptop kann ich überall hinstellen. Ich versuche, mich nicht allzu sehr auszubreiten. Man lässt immer mal wieder etwas liegen, das ist dann ärgerlich für die Kunden.«
»Hier schreiben Sie also über Teenagerwerwölfe.«
»Ja ... Woher wissen Sie das?« Sie hob die Hand. »Ach ja, Google. Man kann es nicht verhindern. Und da ich das Gleiche mit Ihnen gemacht habe, kann ich mich noch nicht einmal beschweren.«
»Sie stammen aus einer Soldatenfamilie.«
»Sie haben tatsächlich meine Biografie gelesen? Ja. Sieben verschiedene Schulen bis zu meinem Highschoolabschluss. Deshalb sympathisiere ich auch so mit Kaylee – meiner Hauptfigur –, die, wenigstens solange sie zur Highschool geht, an ein und demselben Ort bleiben will.«
»Ich kenne das Gefühl. Eine Scheidung kann einen genauso entwurzeln wie ein militärischer Einsatzbefehl.«

»Ja, das glaube ich. Wie alt waren Sie, als Ihre Eltern sich scheiden ließen?«

»Sechs, als sie sich offiziell getrennt haben.« Er trat mit ihr wieder in die Hitze hinaus. Es duftete nach sonnenwarmen Tomaten und Gewürzen.

»Da waren Sie noch sehr klein ... Aber ich schätze, es ist in jedem Alter schwer. Sind Sie das einzige Kind Ihrer Eltern?«

»Meine Schwester ist zwei Jahre jünger als ich. Als unser Vater wieder heiratete, haben wir dann Cora und Portia geerbt. Dann bekamen sie Oliver, trennten sich aber wieder, als er noch ein Baby war. Unsere Mutter heiratete wieder, dann kam erst Valentina – als Stiefschwester – dazu, dann Esteban und so weiter. Bis hin zu Rylee. Sie ist fünfzehn und hat vielleicht sogar eines Ihrer Bücher gelesen. Die Jüngste ist Madison. Sie ist vier.«

»Sie haben eine vierjährige Schwester?«

»Die jetzige Frau meines Vaters ist sogar noch jünger als ich. Manche Leute sammeln Briefmarken ...«, sagte er und zuckte mit den Schultern.

»Können Sie denn alle auseinanderhalten?«

»Ich führe eine Liste.«

Sie musste lachen, und er quittierte es mit einem Lächeln – und wieder sah er sie unwillkürlich in einem roten Kleid am Lagerfeuer vor sich.

»Nein, im Ernst. Wenn man eine Einladung zu einer Examensfeier am College oder zu einer Hochzeit bekommt, dann sollte man besser wissen, ob man miteinander verwandt ist. Wer ist denn hier der Gärtner?«

»Die bewundernswerte Macey. Ich nenne sie so, weil sie nahezu perfekt ist. Sie besaß übrigens eines Ihrer Bilder.«

»Macey, die hier wohnt?«

»Nein, Entschuldigung! Meine Gedanken springen manchmal ein bisschen hin und her. Sage Kendall. Julie hat erwähnt, dass sie sie kannte – sie war mal ihre Kundin, und sie hat eine Ihrer Zeichnungen gekauft. Eine Frau, die auf einer Wiese steht und Geige spielt. Ich kenne das Bild sogar, weil ich mal zu Julie gesagt habe, wenn ich eine Wand hätte, würde ich es haben wollen. Wahrscheinlich hätte ich es mir gar nicht leisten können, aber wenn ich es mir hätte leisten können und die dazugehörige Wand besessen hätte, dann hätte ich es sofort gekauft. Es ist fantastisch. Aber auch ein bisschen traurig, finden Sie nicht? Weil sie es wahrscheinlich auch fantastisch fand ... Ach, was soll das mit dem Wasser!« Sie stellte die Flasche ab. »Möchten Sie stattdessen vielleicht ein Glas Wein?«

»Ja, gern.«

»Gut.«

Als Lila gegangen war, hob Ash das Fernglas erneut an die Augen. Vermutlich hatte Oliver seine neueste Freundin regelrecht dazu gedrängt, das Bild zu kaufen. Unter Garantie hatte er damit angegeben. Oder vielleicht hatte sie es auch gekauft, weil sie dachte, sie würde Oliver damit eine Freude machen – wer wusste das schon?

»Haben Sie jemals jemanden in der Wohnung gesehen?«, fragte Ash, als Lila mit zwei Gläsern Rotwein wiederkam. »Einen Gast, einen Handwerker, irgendjemanden?«

»Nein, und ich hab mich ehrlich gesagt darüber gewundert. Zu allen anderen kam jemand – hier eine kleine Party, dort Freunde oder wenigstens der Pizzabote. Aber bei den beiden nicht. Sie gingen viel aus, fast jeden Abend. Tagsüber waren sie meistens weg, allerdings für gewöhnlich nicht gemeinsam. Ich hab mir immer vorgestellt, dass sie zur Arbeit gingen. Aber sie könnten natürlich auch Gäste gehabt haben, wenn ich gerade mal nicht hingeschaut habe. Ich weiß, dass es sich so anhört, als hätte ich hier gesessen und nichts anderes getan, als das gegenüberliegende Gebäude zu beobachten, aber ehrlich gesagt habe ich nur morgens und abends schnell mal hinübergeguckt. Oder auch nachts, wenn ich nicht schlafen konnte.«

»In eine solche Wohnung lädt man doch Gäste ein. Oliver liebte Partys, er war gern unter Leuten, und in einer solchen Wohnung hätte ihm das umso besser gefallen. Warum haben sie es nicht getan?«

»Im Sommer verlassen viele die Stadt. Deshalb hab ich auch gerade im Sommer so viel zu tun.«

»Ja, aber warum sind die beiden nicht weggefahren?«

»Hat er nicht arbeiten müssen?«

»Er war bei einem Onkel mütterlicherseits angestellt. Antiquitäten, An- und Verkauf – wenn er das überhaupt noch gemacht hat. Die meiste Zeit hat er, wenn möglich, von seinem Erbe gelebt. Aber ich glaube, für Vinnie – den Onkel – hat er seit fast einem Jahr gearbeitet. Es muss wohl gut funktioniert haben, so hieß es jedenfalls in der Familie. Oliver hatte endlich seine Nische gefunden. Und jetzt ... Ich muss dringend mit Vinnie sprechen.«

»Mit so einer großen Familie ist es wirklich schwer. Man muss so vielen Leuten davon erzählen. Aber hat das nicht auch was Tröstliches? Ich wollte immer einen Bruder oder eine Schwester haben ...« Sie schwieg einen Moment, weil er schon wieder auf das verbarrikadierte Fenster starrte. »Haben Sie schon mit Ihrem Vater gesprochen?«

»Ja.«

Das Thema deprimierte Ash. Er setzte sich aufrecht hin und musterte seinen Wein.

»Sie sind für ein paar Wochen in Schottland. Wenn ich ihnen sage, wann die Beerdigung stattfindet, kommen sie nach Connecticut zurück.«

»Kümmern Sie sich darum?«

»Sieht ganz so aus. Seine Mutter lebt mittlerweile in London. Es hat sie völlig fertiggemacht. Das ist wohl so, wenn man ein Kind verliert, aber ... Sie liebt ihre Töchter heiß und innig, aber Oliver war nun mal der Mittelpunkt in ihrem Leben.«

»Ist irgendjemand bei ihr?«

»Portia lebt ebenfalls in London. Olympia hat wieder geheiratet, und Rick – nein, das war ihr erster Mann, vor meinem Vater ...« Er rieb sich über die Stirn. »Nigel. Ein netter Kerl, soweit ich weiß. Er ist bei ihr, aber sie ist dermaßen am Boden zerstört, dass sie es mir überlassen hat, mich um eine private Trauerfeier in der Familiengruft zu kümmern.«

»Sie haben eine Familiengruft?«
»Ja ... mein Vater. Die Presse ist auch schon aufmerksam geworden, deshalb ist es auch besser, wenn sie alle fortbleiben, bis es so weit ist.«
Und du musst dich um alles kümmern, dachte sie. »Sind die Reporter auch hinter Ihnen her?«
Er nahm einen Schluck Wein und dehnte seine Schultern. »Er war nur mein Halbbruder – einer von mehreren Halb- und Stiefgeschwistern. Bis jetzt ist es noch nicht allzu schlimm, zumal ich mich auch sonst ziemlich bedeckt halte.«
»Als Sie mit der Tänzerin zusammen waren, haben Sie sich aber nicht bedeckt gehalten.« Sie lächelte schief. Hoffentlich würde ihn das ein wenig aufheitern. »Google und Julie.«
»Aber da ging es meistens um sie.«
»Glauben Sie?« Sie lehnte sich zurück. »Erfolgreicher, verwegener Künstler aus äußerst wohlhabender Familie ...«
»Verwegen?«
Sie war erfreut darüber, dass sie ihn amüsiert hatte. »Na ja«, sagte sie mit einem Schulterzucken, »so kam es mir zumindest vor. Ich glaube, es ging genauso viel um Sie. Ich hoffe, zumindest im Augenblick lässt die Presse Sie in Ruhe. Haben Sie denn jemanden, der Ihnen hilft?«
»Wobei?«
»Bei den Beerdigungsformalitäten. Selbst unter anderen Umständen macht so was eine Menge Arbeit – aber bei einer so großen Familie? Es geht mich ja eigentlich nichts an, aber wenn doch beide Elternteile im Ausland sind, kann ich Ihnen ja helfen, wenn Sie mögen. Ich bin gut am Telefon und im Befolgen von Anweisungen.«
Er sah ihr in die großen, dunklen Augen, in denen unendlich viel Mitgefühl stand. »Warum bieten Sie mir das an?«
»Entschuldigen Sie bitte, es geht mich wirklich nichts an.«
»So hab ich das nicht gemeint. Das ist sehr, sehr nett von Ihnen.«
»Vielleicht liegt es ja am Fenstergucken oder am Schreiben,

aber ich hab ein gewisses Talent, mich in jemanden hineinzuversetzen. Oder vielleicht habe ich diese Angewohnheit auch nur entwickelt, gerade weil ich in die Fenster anderer Leute schaue. In Ihrem Fall wäre ich wohl ziemlich überwältigt. Wenn Sie mich also brauchen, lassen Sie es mich wissen.«

Bevor er etwas erwidern konnte, klingelte sein Handy. »Entschuldigung!« Er rückte ein Stück zur Seite, um es aus der Gesäßtasche zu ziehen. »Es ist die Polizei ... Nein, bitte, bleiben Sie«, sagte er, als sie schon aufstehen wollte. »Detective Fine.« Er hörte einen Moment lang stumm zu. »Nein, ich bin tatsächlich nicht zu Hause, aber ich kann zu Ihnen kommen ... Warten Sie. Sie haben was!«, raunte er Lila zu. »Die Polizei möchte noch einmal mit mir sprechen. Ich kann zu ihnen fahren oder aber sie hierherkommen lassen. Sie stehen gerade bei mir vor der Haustür.«

Sie hatte ihm ihre Hilfe angeboten, dachte Lila, und jetzt konnte sie tatsächlich etwas tun. »Sagen Sie ihnen, sie können gern hierherkommen. Das ist absolut in Ordnung.«

Als er das Handy wieder ans Ohr hob, ließ er sie nicht aus den Augen. »Ich bin bei Lila Emerson ... in der Wohnung, die sie hütet. Ja, das erkläre ich Ihnen, wenn Sie hier sind.«

Er steckte das Handy wieder in die Tasche.

»Es hat ihr nicht besonders gut gefallen, dass ich hier bei Ihnen bin. Und das hat sie mir auch deutlich zu verstehen gegeben.«

Nachdenklich nippte Lila an ihrem Wein. »Sie werden sich fragen, ob wir uns schon vorher kannten und ob wir das alles irgendwie zusammen ausgeheckt haben – also ob Sie Ihren Bruder getötet und ich Ihnen Deckung gegeben hätte. Aber ihnen wird schon noch klar werden, dass das auf mehreren Ebenen nicht funktioniert.«

»Wie kommen Sie darauf?«

»Weil Sie die Polizei in diesem Fall nicht hierher eingeladen hätten und sie sich nicht darüber hätte wundern müssen. Außerdem habe ich den Notruf gewählt, nur Sekunden nachdem es passiert war. Wie soll ich denn auf diese Weise jemanden decken? Warum hätte ich überhaupt anrufen sollen? Es hätte doch auch irgendein Passant anrufen können. Und warum habe ich nicht einfach gesagt, ich hätte gesehen, dass Ihr Bruder sie gestoßen hat? Das wäre einfacher und sauberer gewesen. Sie werden vielleicht ein bisschen darüber nachgrübeln, doch am Ende wird allein die Frage übrig bleiben, warum wir bei einem Glas Wein auf der Terrasse der Kilderbrands sitzen. Und das ist eine vernünftige Frage, auf die es eine vernünftige Antwort gibt.«

»Klingt logisch und geradlinig.«

»Wenn Sie schreiben, müssen Sie sich Geschichten ausdenken, die Sinn ergeben.«

Mitgefühl, dachte er, gepaart mit Logik und gewürzt mit einer ausgeprägten Vorstellungskraft. »Und Werwölfe an der Highschool ergeben Sinn?«

»Es muss nicht unbedingt möglich, aber zumindest plausibel sein – wenigstens in einer Welt, die Sie selbst erschaffen. In meiner Welt ergeben Werwölfe absolut Sinn. Aber das erklärt nicht, warum ich so schrecklich nervös bin. Zu viel Polizei ...« Sie stand auf und griff nach der Gießkanne, obwohl sie die Pflanzen bereits gegossen hatte. »Ich hab in meinem ganzen Leben noch nie wirklich Kontakt mit der Polizei gehabt, aber damit ist es jetzt vorbei. Ich rede mit ihnen, Sie reden mit ihnen, und ich rede mit Ihnen. Julie redet mit ihnen, deshalb ...«

»Weil sie mein Bild verkauft hat?«

»Was? Nein. Gestern Abend wurde bei ihr eingebrochen. Wahrscheinlich irgendwelche jugendlichen Draufgänger – es muss einfach so sein. Es fehlen nur ein Paar Manolos, eine Flasche Parfüm, ein Lippenstift – solche Dinge eben. Trotzdem ist es ein Einbruch, und er muss der Polizei gemeldet werden. Und jetzt kommen sie schon wieder her. Und die Pflanzen kriegen zu viel Wasser.«

»Es ist heiß. Die überstehen das schon.« Er trat neben sie, nahm ihr die Gießkanne aus der Hand und stellte sie ab. »Ich kann mich auch unten mit der Polizei treffen ...«

»Nein, so habe ich das nicht gemeint. Außerdem will ich selbst noch mal mit ihnen reden, seitdem Sie mir klargemacht haben, dass Ihr Bruder sie wirklich nicht gestoßen haben kann. Soll ich uns einen Kaffee machen? Ich hab auch noch Cracker. Wahrscheinlich sollte ich Ihnen ohnehin welche anbieten. Ich weiß einfach nie, was ich tun soll ... Warum hab ich bloß keinen Eistee gemacht?«

»Entspannen Sie sich«, riet er ihr, drehte sich nach ihrem Weinglas um und reichte es ihr. »Wir gehen einfach rein und reden mit den Ermittlern.«

»Gut. Ich bin froh, dass Sie hier sind. Obwohl die beiden wohl nicht noch mal herkämen, wenn Sie nicht da wären ... Aber ich bin trotzdem froh, dass Sie hier sind. Und da sind sie auch schon«, fügte sie hinzu, als es an der Tür klingelte.

Hör auf, darüber nachzudenken, ermahnte sie sich und ging hinaus in den Hausflur.

»Detectives.« Sie trat einen Schritt zurück, um sie einzulassen.

»Wir wussten nicht, dass Sie beide einander kennen«, begann Fine.

»Wir kannten uns bis vor Kurzem auch nicht.«

»Ich hab gestern im Präsidium mitbekommen, dass Lila diejenige war, die den Notruf gewählt hat.« Ash setzte sich ins Wohnzimmer und wartete darauf, dass die anderen es ihm nachtaten. »Ich hab sie auf dem Weg nach draußen abgefangen und sie gefragt, ob sie mit mir reden würde.«

Fine warf Lila einen skeptischen Blick zu. »Und da haben Sie ihn hierher eingeladen?«

»Nein, wir waren im Café gegenüber der Polizeiwache. Ash fragte, ob er sich das Fenster von meinem Blickwinkel aus ansehen könne, um nachzuvollziehen, was ich beobachtet habe. Ich fand das nicht weiter problematisch – zumal Julie ihn kannte.«

Waterstone zog die Augenbrauen hoch. »Julie?«

»Meine Freundin, Julie Bryant. Sie ist die Geschäftsführerin von Chelsea Arts: eine Galerie, die auch Ashs Werke ausstellt. Ich hab Ihnen von Julie erzählt«, fiel es ihr wieder ein. »Ich schlüpfe hin und wieder bei ihr unter.«

»Wie klein die Welt doch ist.«

»Sieht ganz so aus.«
»Auf jeden Fall hängt in der Wohnung des Opfers eines Ihrer Bilder, Mr. Archer – erworben über Chelsea Arts.«
»Ja, ich hörte davon. Ich kannte sie nicht. Es ist eher ungewöhnlich, dass ich die Käufer meiner Bilder kennenlerne. Und ich möchte mich ehrlich gestanden auch gar nicht in Ihre Ermittlungen einmischen. Er war mein Bruder. Ich möchte Antworten. Ich will wissen, was passiert ist. Sagen Sie mir, was er anhatte«, forderte Ash die Polizisten unvermittelt auf. »Was hatte er an, als Sie ihn gefunden haben?«
»Mr. Archer, wir stellen hier die Fragen.«
»Haben Sie ihnen geschildert, was Sie gesehen haben?«, wandte Ash sich an Lila.
»Selbstverständlich. Sie meinen die Faust und den dunklen Ärmel? Ja.« Sie schwieg einen Moment. »Oliver trug kein dunkles Hemd, nicht wahr?«
»Sie haben für den Bruchteil einer Sekunde eine Bewegung gesehen«, rief Waterstone ihr ins Gedächtnis. »In einem schwach beleuchteten Raum und durch ein Fernglas.«
»Das ist richtig, aber in diesem Bruchteil einer Sekunde habe ich einen dunklen Ärmel gesehen – und wenn Oliver kein dunkles Hemd anhatte, dann kann er sie nicht gestoßen haben. Ich hätte sein Gesicht sehen müssen. Ash sagt, Oliver sei eins fünfundachtzig groß gewesen. Warum habe ich über ihren Kopf hinweg dann sein Gesicht nicht sehen können, als er sie gegen die Scheibe drückte?«
»Bei der Vernehmung«, wandte Fine ein, »haben Sie erklärt, es wäre alles wahnsinnig schnell gegangen, und Sie hätten sich eher auf die Frau konzentriert.«
»Das ist ja auch korrekt, aber ich hätte trotzdem zumindest einen Teil seines Gesichtes erkennen müssen und nicht bloß einen dunklen Ärmel!«
»Aber Sie haben auch sonst niemanden in der Wohnung gesehen.«
»Nein.«

Fine wandte sich wieder an Ash. »Steckte Ihr Bruder in Schwierigkeiten? Wissen Sie, ob irgendjemand ihm was antun wollte?«

»Nein, nicht, dass ich wüsste. Er hatte keine Probleme.«

»Und Sie haben Sage Kendall nie kennengelernt? Sie lebte immerhin mit ihm zusammen und hat eines Ihrer Bilder für eine fünfstellige Summe erworben ... für eine hohe fünfstellige Summe.«

»Wusst ich's doch, dass ich es mir nicht würde leisten können«, murmelte Lila.

»Ich habe sie nie kennengelernt, und er hat mir, wie ich Ihnen gestern schon gesagt habe, erst kürzlich von ihr erzählt. Er hat sie nicht gestoßen. Er hat sich nicht selbst umgebracht. Ich weiß genau, warum ich mir da so sicher bin – aber wie kommen Sie eigentlich darauf?«

»Sie hatten Probleme mit Ihrem Bruder«, sagte Waterstone und korrigierte sich dann: »Mit Ihrem Halbbruder.«

»Er konnte einem gewaltig auf die Nerven gehen.«

»Sie sind jähzornig und haben schon einmal jemanden geschlagen.«

»Ja, das kann ich nicht bestreiten. Allerdings habe ich Oliver nie geschlagen – da wäre ich mir vorgekommen, als würde ich einen Welpen verprügeln. Ich habe auch noch nie eine Frau geschlagen, und das werde ich auch niemals tun. Überprüfen Sie es, aber sagen Sie mir endlich, warum Sie nicht glauben können, dass das alles nur arrangiert wurde, damit es nach einem erweiterten Selbstmord aussieht.«

»Ich kann in ein anderes Zimmer gehen, wenn Sie in meiner Anwesenheit nichts sagen wollen ...«

Fine warf Lila einen Blick zu und wandte sich dann wieder an Ash. »Was auch immer wir hier bereden, geben Sie ja doch sofort an sie weiter.«

»Sie hat sich von Anfang an richtig verhalten. Und sie hat einem völlig Fremden gegenüber Mitgefühl gezeigt, obwohl sie mir auch einfach hätte sagen können, ich solle sie in Ruhe lassen.

Warum sollte ich es ihr also nicht erzählen? Meinetwegen braucht sie das Zimmer nicht zu verlassen.«

Lila blinzelte nur. Wann war das letzte Mal jemand für sie eingetreten?

»Ihr Bruder hatte eine Mischung aus Alkohol und Barbituraten im Blut«, sagte Fine.

»Ich habe Ihnen doch bereits gesagt, dass er Tabletten und Alkohol niemals vermischt hätte.«

»Er hatte so viel davon intus, dass der Pathologe der Ansicht war, er hätte die Dosis ohne medizinische Hilfe ohnehin nicht überlebt. Im Übrigen hat er festgestellt, dass Ihr Bruder zum Zeitpunkt seines Todes bewusstlos war.«

Ashs harter Gesichtsausdruck veränderte sich nicht im Geringsten. Lila ließ ihn nicht aus den Augen.

»Oliver wurde ermordet.«

»Wir ermitteln folglich in einem Doppelmord.«

»Jemand hat ihn getötet ...«

»Es tut mir so leid!« Intuitiv beugte Lila sich vor und legte ihre Hand auf seine. »Ich weiß, dass Sie es die ganze Zeit gewusst haben, aber es ist ... Es tut mir so leid, Ashton!«

»Falscher Ort, falsche Zeit?«, fragte er langsam. »War es das? Sie setzen ihn außer Gefecht, gehen auf die Frau los, jagen ihr Angst ein, tun ihr weh, stoßen sie aus dem Fenster. Dann töten sie ihn, damit es so aussieht, als hätte er sich vor Verzweiflung selbst das Leben genommen. Aber in Wirklichkeit ging es um sie.«

»Sie haben erklärt, dass Sie sie nicht gekannt hätten, deshalb wollen wir für den Moment bei Ihrem Bruder bleiben. Hatte er bei irgendjemandem Schulden?«

»Er hat seine Schulden immer sofort zurückgezahlt. Er griff dabei auf den Trust zurück, auf unseren Vater, seine Mutter oder auf mich – aber er zahlte sie immer zurück.«

»Woher kamen die Drogen?«

»Ich habe keine Ahnung.«

»Im vergangenen Monat ist er nach Italien gereist, von dort aus für ein paar Tage weiter nach London und anschließend nach Paris, bevor er nach New York zurückkam. Wissen Sie etwas über diese Reise?«

»Nein. Eine Dienstreise vielleicht? Seine Mutter lebt in London. Bestimmt hat er sie besucht. Und ich glaube, unsere Halbschwester Giselle lebt in Paris.«

»Haben Sie die Adressen?«

»Ja. Ich kann sie Ihnen raussuchen. Und er war bewusstlos?«

Einen Moment lang wurde Fines Miene weicher. »Ja. Der Pathologe geht davon aus, dass er bereits bewusstlos war, als er starb. Wir haben nur noch ein paar Fragen ...«

Während die Polizisten Fragen stellten und Ash sich bemühte, sie nach bestem Wissen zu beantworten, saß Lila schweigend daneben. Als sie fertig waren, brachte sie sie zur Tür. Die kommen garantiert noch einmal wieder, dachte sie. Dann ging sie zurück ins Wohnzimmer und setzte sich.

»Möchten Sie noch ein Glas Wein oder ein Wasser? Oder vielleicht eine Tasse Kaffee?«

»Nein danke. Ich ... Nein, ich muss gehen. Ich muss ein paar Anrufe erledigen. Und ... Danke.« Er stand auf. »Es tut mir leid, dass Sie das alles hier ... mit abkriegen. Danke.«

Sie schüttelte nur leicht den Kopf, trat zögerlich auf ihn zu und nahm ihn in den Arm. Sie spürte seine Hände auf ihrem Rücken.

»Rufen Sie mich an, wenn ich etwas für Sie tun kann. Das meine ich ernst.«

»Ja, ich weiß.« Einen Moment lang hielt er ihre Hand fest, dann ließ er sie los und ging zur Tür.

Traurig blieb sie zurück. Er tat ihr leid. Aus irgendeinem Grund war sie sich sicher, dass sie ihn nie wieder sehen würde.

5

Mit den Händen tief in die Taschen vergraben blieb Ash vor dem Gebäude stehen. Bis zu diesem Moment war ihm nicht klar gewesen, wie wenig er dort hineingehen wollte. Ein Teil von mir hat es wohl geahnt, dachte er – und dieser Teil von ihm hatte einen Freund zu Hilfe gerufen.

Luke Talbot stand neben ihm. Er hatte die gleiche Körperhaltung wie Ash eingenommen. »Du könntest damit warten, bis seine Mutter hier ist.«

»Ich will nicht, dass sie sich damit herumschlagen muss. Sie ist völlig durch den Wind. Lass es uns einfach hinter uns bringen. Die Polizei wartet schon.«

»Ein Satz, den niemand gerne hört.«

Ash trat auf den Portier zu, schilderte ihm sein Anliegen und wies sich aus, damit es keine Probleme gab.

»Mein Beileid wegen Ihres Bruders, Sir.«

»Danke.« Er konnte die Floskel allmählich nicht mehr hören. In den vergangenen zwei Tagen hatte er zahllose Telefonate führen und sich alle möglichen Variationen der Beileidsbekundung anhören müssen.

»Wir gehen ein Bier trinken, wenn das hier vorbei ist«, schlug Luke vor, als sie in den vierzehnten Stock hinauffuhren.

»Verlass dich drauf. Hör mal, Olympia möchte sicher all seine persönlichen Sachen durchsehen. Ich habe mir gedacht, wir könnten vielleicht schon mal ein bisschen vorsortieren. Das merkt sie gar nicht, und dann ist es vielleicht nicht so schwer für sie.«

»Das soll sie selbst entscheiden, Ash. Du nimmst schon genug auf dich. Und woher willst du zum Beispiel wissen, ob du nicht gerade denjenigen Pullover herausnimmst, den sie ihm mal zu Weihnachten geschenkt hat?«

»Ja, ja, du hast ja recht.«

»Deshalb bin ich hier.«

Gemeinsam traten sie aus dem Aufzug. Luke war ein großer Mann mit breiten Schultern, kräftigen Armen und großen Händen, über eins neunzig groß und mit braunen, lockigen, von der Sonne ausgebleichten Haaren, die über den Kragen seines schlichten weißen T-Shirts fielen. Er hakte seine Sonnenbrille in den Bund seiner Jeans und sah sich mit seinen eisblauen Augen im Flur um.

»Ganz schön still hier«, stellte er fest.

»Ja. Ich wette, hier gibt es irgendeine Lärmverordnung. Wahrscheinlich gibt es hier für alles eine Verordnung.«

»Regeln und all das – nicht jeder kann es sich leisten, sich gleich ein ganzes Haus zu kaufen, um Regeln und nervigen Nachbarn aus dem Weg zu gehen.«

»Es ist nur ein kleines Haus.« Ash blieb zögernd vor einer Tür stehen. Am Türstock klebte immer noch das Absperrband der Polizei, doch irgendjemand hatte es bereits zerschnitten. Scheiße, dachte er und drückte auf den Klingelknopf.

Er hielt mitten in der Bewegung inne, als Detective Waterstone die Tür aufriss.

»Ich dachte, Sie hätten einen regulären Beamten eingesetzt.«

»Wir müssen nur noch eine Sache überprüfen.«

»Luke Talbot.« Luke streckte die Hand aus.

»Aha. Sie sehen nicht aus wie ein Anwalt«, erwiderte Waterstone.

»Ich bin auch keiner.«

»Luke hilft mir beim Packen. Abgesehen von Olivers Kleidung bin ich mir nicht sicher, was ...« Seine Stimme erstarb, als er sich umblickte und das hellgraue Sofa mit dem hässlichen, getrockneten Blutfleck und die dahinterliegende Wand sah, auf der ein schreckliches Muster aus Blutspritzern und Hirnmasse prangte.

»Du lieber Himmel, hätten Sie das nicht erst wegmachen können?«, fragte Luke.

»Leider nein. Vielleicht sprechen Sie mit Kendalls Angehörigen und überlegen gemeinsam, welche Reinigungsfirma Sie damit beauftragen möchten. Wir können Ihnen ein paar Unternehmen empfehlen, die auf die Tatortreinigung spezialisiert sind.«

Aus einem anderen Bereich der Wohnung trat Fine auf sie zu.

»Mr. Archer, Sie waren schnell.« Sie starrte Luke mit zusammengekniffenen Augen an, dann schnellte ihr Zeigefinger hoch. »Baker's Dozen – die Bäckerei auf der West Sixteenth!«

»Richtig, das ist mein Laden.«

»Ich hab Sie dort schon mal gesehen. Ihnen verdanke ich, dass ich jede Woche zusätzlich fünf Stunden im Fitnessstudio verbringen muss.«

»Gern geschehen.«

»Das liegt vor allem an diesen mächtigen Brownies. Die sind einfach tödlich. Ist er ein Freund von Ihnen?«, fragte sie und wandte sich wieder an Ash.

»Ja. Er will mir ein bisschen helfen. Olivers Mutter hat mir eine Liste geschickt ... ein paar persönliche Dinge, Erbstücke, die sie ihm mal geschenkt hat. Ich weiß allerdings nicht, ob er sie überhaupt noch hat und ob sie sich hier befinden.«

»Geben Sie mir die Liste. Ich kann das überprüfen.«

»Sie ist auf meinem Handy.« Er angelte es aus der Tasche und rief die Liste auf.

»Die Manschettenknöpfe und die Taschenuhr hab ich gesehen, die sind im Schlafzimmer. Antike silberne Zigarettendose, nein, die hab ich nicht gesehen ... und auch keine Kaminuhr. Nein, nur die Manschettenknöpfe und die Taschenuhr sind hier. Und ich glaube kaum, dass wir die anderen Dinge übersehen haben.«

»Wahrscheinlich hat er sie verkauft.«

»Vielleicht sollten Sie diesbezüglich mal seinen Chef fragen – den Onkel aus dem Antiquitätenladen.«

»Ja.« Ash steckte sein Handy wieder ein und sah sich noch einmal um. Dem ruinierten Sofa gegenüber hing sein Gemälde.

»Schönes Bild«, meinte Fine.

»Es hat zumindest einen Sinn.« Als Ash ihn verständnislos ansah, zuckte Waterstone nur mit den Schultern. »Na ja, die meisten modernen Bilder sind doch völlig unverständlich.«

Das Modell hatte Leona geheißen, daran konnte Ash sich noch erinnern. Sie war ganz weich und rundlich gewesen, mit einer natürlichen, verträumten Ausstrahlung. Deshalb hatte er sie im Kopf auch sofort auf einer Wiese stehen sehen – mit offenen Haaren, in einem fließenden Gewand, die Geige zum Spielen angesetzt.

Und genau so hatte sie seinen Bruder sterben sehen.

Nein, das ergab überhaupt keinen Sinn.

»Ich möchte das hier gern hinter mich bringen. Man hat mir gesagt, die Leiche wäre immer noch nicht freigegeben ...«

»Es kann aber nicht mehr lange dauern. Ich kümmere mich darum und sage Ihnen Bescheid.«

»Gut. Ich nehme jetzt seine Kleidung mit und alles, was hier auf der Liste steht. Das sind die Dinge, die seiner Mutter wichtig sind. Bei allen anderen Sachen bin ich mir nicht sicher.«

»Wenn Sie irgendetwas sehen, was Ihnen merkwürdig vorkommt, geben Sie bitte Bescheid.«

»Er hat doch sicher Akten, Dokumente, einen Computer gehabt.«

»Den Laptop haben wir mitgenommen. Er wird noch untersucht. Es gibt auch eine Kiste mit Dokumenten: Versicherungsunterlagen, Trustdokumente, die Korrespondenz mit seiner Anwaltskanzlei. Die haben wir bereits durchgesehen. Die Kiste steht im Schlafzimmer, Sie können sie mitnehmen. Es sind auch ein paar Fotos da ... Wissen Sie, ob er ein Bankschließfach hatte?«

»Nicht dass ich wüsste.«

»In seiner Kommode lagen sechstausendvierhundertfünfzig Dollar in bar. Das Geld können Sie ebenfalls mitnehmen. Sie müssen allerdings alles, was Sie nehmen, bei uns abzeichnen lassen. Darüber hinaus gibt es eine Liste mit sämtlichen Gegenständen, die als Beweisstücke oder für die Pathologie vom Tatort entfernt wurden. Wenn diese Dinge freigegeben werden, müssten Sie sich diese bitte auch ansehen.«

Mit einem Kopfschütteln ging Ash ins Schlafzimmer. Das tiefe Pflaumenblau der Wände, die unter der Decke weiß abgesetzt waren, verlieh dem Raum eine elegante, fast schon aristokratische Atmosphäre. Das glänzende Holz des massiven Himmelbetts passte hervorragend dazu. Vermutlich hatte die Polizei das Bett abgezogen – die Spurensicherung, nahm er an. Die bemalte Truhe am Fußende stand offen. Der Inhalt schien durcheinandergeraten zu sein, und über allem lag eine feine Staubschicht.

Die Kunstwerke an der Wand sahen gut aus. Die regenverhangene Waldszene und die wogende Hügellandschaft hatte vermutlich die Frau ausgesucht. Sie passten zum herrschaftlichen Ambiente des Zimmers – und gewährten Ash einen winzigen Einblick in die Seele der unglücksgeweihten Geliebten seines Bruders. Sie schien eine verkappte Romantikerin gewesen zu sein.

»Er hat sich hier wie zu Hause gefühlt«, murmelte Ash. »Diese weitläufige, elegante Wohnung, der Hauch von Tradition ... Das hat ihm gefallen. Er hat bekommen, was er sich immer gewünscht hatte.«

Luke setzte den ersten Umzugskarton zusammen. »Du hast gesagt, er hätte glücklich geklungen, als du das letzte Mal mit ihm telefoniert hast. Glücklich und begeistert.«

»Ja, glücklich und begeistert. Fast schon ausgelassen.« Ash rieb sich übers Gesicht. »Deshalb habe ich ihn auch abgewimmelt. Ich hab ihm angehört, dass er mal wieder von irgendeinem Plan, einem Deal oder irgendeiner großen Idee schwärmen wollte, aber ich hatte keine Lust, mir das anzuhören.«

Luke warf ihm einen skeptischen Blick zu, und weil er seinen Freund kannte, bemerkte er beiläufig: »Wenn du dich jetzt wieder selbst fertigmachen willst, lass mich wenigstens deinen Mantel halten.«

»Nein, nein, ich hab es schon so gut wie überwunden.«
Er trat ans Fenster. Dort drüben lag Lilas Wohnung. Er stellte sich vor, wie sie in jener Nacht dort gestanden und Blicke auf das Leben anderer Menschen geworfen hatte.

Wenn sie zehn Minuten früher oder später hinausgeschaut hätte, hätte sie den Sturz nicht gesehen.

Hätten sich dann je ihre Wege gekreuzt?

Sowie er sich dabei ertappte, wie er darüber nachdachte, was sie wohl gerade machte, wandte er sich wieder vom Fenster ab, trat an die Kommode, zog die erste Schublade auf und blickte auf ein Gewirr von Socken.

Das war die Polizei, dachte er. Oliver hätte sie in ordentliche Reihen verstaut – gefaltet, niemals gerollt. Die Unordnung fügte seiner Trauer eine weitere dünne Schicht hinzu – dünn wie der Staub auf den Holzflächen.

»Ich war einmal mit ihm unterwegs, ich weiß nicht mehr, in welchem Zusammenhang, und er brauchte volle zwanzig Minuten, um ein Paar Socken zu kaufen – Socken, die zu seiner Krawatte passten. Wer macht so was?«

»Wir jedenfalls nicht.«

»Irgendein Obdachloser wird demnächst Kaschmirsocken tragen«, sagte Ash und leerte den gesamten Inhalt der Schublade in einen Karton.

Nach zwei Stunden hatte er zweiundvierzig Anzüge verpackt, drei Lederjacken, achtundzwanzig Paar Schuhe, zahllose Hemden, Krawatten, eine Kiste mit Designersportkleidung, eine Golfausrüstung, eine Rolex und eine Cartier-Uhr, was zusammen mit der Armbanduhr, die Oliver bei seinem Tod am Handgelenk getragen hatte, drei machte.

»Und ich hab noch gesagt, so viele Kartons brauchen wir nicht ...« Luke musterte den Stapel auf dem Fußboden. »Du wirst sogar noch ein paar mehr benötigen.«

»Der Rest kann warten, oder wir lassen die Sachen vorübergehend hier. Was seine Mutter haben wollte, ist jetzt ja da.«

»Soll mir recht sein. Allein mit diesen Sachen hier werden wir ein paar Taxis brauchen.« Luke sah stirnrunzelnd von einem Karton zum anderen. »Oder einen Umzugswagen.«

»Nein, ich lasse alles abholen und zu mir nach Hause bringen.« Ash zog sein Handy heraus, um es sofort zu veranlassen. »Und jetzt gehen wir ein Bier trinken.«

»Soll mir sogar noch rechter sein.«

Sobald sie das Gebäude verlassen hatten, besserte sich Ashs Laune schlagartig. Die belebte, lärmerfüllte Bar tat ihr Übriges – all das dunkle Holz, der Geruch nach Bier, das Klirren der Gläser, die Stimmen ... Genau das Richtige, um die schreckliche Stille der leeren Wohnung zu verdrängen.

Er hob sein Glas und studierte den gelblichen Farbton seines Biers unter der Lampe. »Wer kommt auf die Idee, etwas zu trinken, was ›Bessies Wildschwein‹ heißt?«

»Du anscheinend.«

»Aber auch nur, weil ich wissen wollte, wie dieses Wildschwein schmeckt.« Er nahm einen Schluck. »Gar nicht übel. Du solltest bei dir Bier ausschenken.«

»Ich habe eine Bäckerei, Ash.«

»Na und?«

Luke lachte und nahm ebenfalls einen Schluck. Sein Bier hieß »Hopft süffig runter«. »Ich könnte sie ja umbenennen in ›Brioche und Bräu‹.«

»Der Laden wäre immer gerammelt voll. Danke noch mal, dass du heute mitgekommen bist, Luke. Ich weiß, dass du viel zu tun hast.«

»Ab und zu brauche ich ja auch mal einen Tag ohne Backstube. Ich denke übrigens gerade darüber nach, ob ich einen zweiten Laden aufmachen soll.«

»Du hast eindeutig eine masochistische Ader.«

»Vielleicht, aber in den letzten anderthalb Jahren ist es echt gut gelaufen, deshalb sehe ich mich zurzeit auch ein bisschen um ... hauptsächlich in Soho.«

»Wenn du Unterstützung brauchst ...«

»Diesmal nicht. Ich könnte gar nicht über einen zweiten Laden nachdenken, wenn du mich nicht beim ersten Mal unterstützt hättest! Wenn ich also noch einen Laden aufmache und an Überarbeitung zugrunde gehe, bist du schuld.«

»Und bei deiner Beerdigung gibt es deinen eigenen Kirschkuchen.« Er nahm noch einen Schluck Bier. Unwillkürlich wanderten seine Gedanken wieder zu Oliver. »Seine Mutter will Dudelsäcke ...«

»Oh Mann!«

»Ich weiß nicht, wie sie darauf kommt, aber sie will es unbedingt. Soll sie haben. Vielleicht sieht sie dann von einundzwanzig Salutschüssen und einem Scheiterhaufen ab. Guck nicht so, sie ist wirklich völlig von der Rolle.«

»Du sorgst schon dafür, dass alles gut geht.«

Und das war praktisch immer schon das Familienmotto gewesen, dachte er: Ash kümmert sich um alles.

»Bis sie die Leiche freigeben, hängt sowieso alles in der Schwebe. Und selbst dann ist es auch nach der Beerdigung noch lange nicht vorbei – nicht, bis wir wissen, wer ihn umgebracht hat und warum.«

»Da hat die Polizei sicher auch noch ein Wörtchen mitzureden. Wenn es nicht so wäre, würde sie es dir nicht sagen.«

»Das glaube ich nicht. Waterstone fragt sich, ob ich es gewesen sein könnte. Ihm gefällt die Zufälligkeit nicht, mit der Lila und ich aufeinandergetroffen sind.«

»Er kennt dich nicht gut genug, sonst wüsste er, dass du Antworten brauchst, während alle anderen nur Fragen stellen. Ach, ich habe übrigens auch eine. Wie ist sie so? Eine Voyeurin?«

»Sie sieht es nicht so, und das verstehst du auch, wenn sie darüber spricht. Sie mag Menschen eben.«

»Stell dir vor ...«

»Sie sieht ihnen gerne zu, redet mit ihnen und ist gern mit ihnen zusammen – was merkwürdig ist. Schließlich ist sie Schriftstellerin, und das bedeutet doch eigentlich zwangsläufig, stundenlang mit sich allein zu sein. Aber es hat wohl etwas mit diesem

Homesitting zu tun – dass sie ihre Zeit in den Wohnungen anderer Leute verbringt und sie in Ordnung hält. Sie ist jemand, der sich gern kümmert.«

»Wie, kümmert?«

»Na ja, um die Dinge von Leuten, ihre Wohnungen, ihre Haustiere. Zum Teufel, sie hat sich sogar um mich gekümmert, und sie kennt mich nicht einmal. Sie ist ... offen. Jemand, der so offen ist, ist bestimmt schon häufiger betrogen worden.«

»Du bist verknallt«, stellte Luke fest. »Wahrscheinlich sieht sie auch noch gut aus.«

»Ich bin nicht verknallt! Sie ist interessant, und sie war mehr als anständig zu mir. Ich würde sie gern malen.«

»Oh, oh. Voll verknallt.«

»Ich bin doch nicht in jede Frau verknallt, die ich male! Dann wär das ja ein Dauerzustand.«

»Irgendein Gefühl entwickelst du für jede Frau, die du malst. Sonst würdest du sie nicht malen. Und wie ich schon sagte, sie muss ziemlich gut aussehen.«

»Ach, nicht übermäßig. Sie hat ein gutes Gesicht, einen sexy Mund, Haare in der Farbe wie der dunkle Schokoladenmokka, den du in deiner Bäckerei ausschenkst. Aber hauptsächlich liegt es an ihren Augen. Sie brennen, sie ziehen dich förmlich hinein. Und sie bilden einen starken Kontrast zu ihrer frischen, offenen Art.«

»Wie siehst du sie?«, fragte Luke, der genau wusste, wie Ash arbeitete.

»Rotes Kleid, flatternder Rock, tanzend, an einem Lagerfeuer, im Mondschein auf einer Waldlichtung, umgeben von dichtem Grün.«

Ash zog den Bleistiftstummel, den er immer bei sich trug, aus der Tasche und skizzierte auf einer Papierserviette Lilas Gesicht. »Das ist jetzt wirklich grob ... aber es kommt ihr nahe.«

»Sie ist ja doch eine Schönheit, vielleicht nur nicht ganz so offensichtlich. Fragst du sie?«

»Das käme mir unpassend vor.« Luke zog die Augenbrauen

hoch, und Ash zuckte mit den Schultern. »Na ja, normalerweise mache ich mir nicht so viele Gedanken darum, was unpassend ist und was nicht, wenn es um die Arbeit geht. Aber diese ganze Situation ist irgendwie ... eigenartig. Das ist der Ausdruck, den sie benutzt hat. Eigenartig. Ich würde eher sagen: total beschissen.«

»Reine Semantik.«

Ash grinste. »Ja, Wörter sind eben doch nur Wörter. Auf jeden Fall hat sie wahrscheinlich die Nase voll von mir und der Polizei. Ich denke mal, sie wird froh darüber sein, wenn sie zum nächsten Job übergehen und ins nächste Haus ziehen kann, damit sie nicht ständig daran denken muss, was sie beim Blick aus dem Fenster gesehen hat. Hinzu kommt, dass bei ihrer Freundin am Tag nach dem Mord eingebrochen wurde. Jedenfalls glaubt sie das.«

»Man weiß doch, wenn bei einem eingebrochen wird?«

»Sollte man meinen. Ich kenne diese Freundin übrigens, das kommt erschwerend hinzu. Sie leitet eine der Galerien, mit denen ich zusammenarbeite. Lila sagt, irgendjemand sei bei ihr eingebrochen und habe Kosmetika und Schuhe mitgenommen.«

»Ach komm.« Luke schnaubte und schwenkte sein Bierglas hin und her. »Die Schuhe stehen hinten im Schrank, und die Schminke ist in irgendeiner Tasche, von der sie schon gar nicht mehr weiß, dass sie sie hat. Fall gelöst.«

»Das hätte ich auch gesagt, wenn ich die Frau nicht kennen würde. Sie ist top organisiert. Auf jeden Fall bedeutet es: noch mehr Polizisten, noch mehr Aufregung, noch mehr ...« Er hatte düster über seinem Bier gebrütet und richtete sich jetzt abrupt auf. »Oh, verdammt!«

»Was ist?«

»Sie benutzt diese Adresse – Lila ist unter dieser Adresse gemeldet! Vielleicht ist tatsächlich jemand dort eingebrochen, aber nicht, um etwas zu klauen. Er hat nach *ihr* gesucht. Wenn ich herausgefunden habe, dass sie den Mord beobachtet hat, dann kann das jeder andere auch.«

»Das schreit geradezu nach Ärger, Ash.«

»Wenn ich Ärger wollte, wäre mir dieser Verdacht schon vorher gekommen. Ich hab doch nur versucht, mich da irgendwie hindurchzumanövrieren. Aber wenn du es aus einer gewissen Distanz betrachtest, hat irgendjemand Oliver und seine Freundin umgebracht und versucht, es wie einen erweiterten Selbstmord aussehen zu lassen. Sie war diejenige, die die Polizei verständigt hat – die eine Auseinandersetzung und den Sturz gesehen hat. Und am Tag, nachdem es passiert ist, schnüffelt irgendwer in der Wohnung herum, in der sie offiziell gemeldet ist.«

Luke machte ein besorgtes Gesicht. »Wenn du es so darstellst ... Trotzdem, ich finde, das ist ein bisschen zu weit hergeholt. Welcher Mörder würde Kosmetika und Schuhe mitgehen lassen?«

»Eine Frau? Vielleicht. Oder, zum Teufel, ein Transvestit ... irgendein Typ, der eine Frau hat, die er beeindrucken will. Auf jeden Fall ist es naheliegend. Ich werde sie mal überprüfen«, beschloss er. »Vielleicht hat Julie ja auch Probleme.«

»Julie?« Luke stellte sein Bierglas ab. »Hast du nicht gesagt, sie heißt Lila?«

»Julie ist die Freundin – unsere gemeinsame Bekannte.«

Ganz langsam hob Luke sein Bierglas, stellte es dann aber wieder ab. »Julie. Kunstgalerie. Nachdem das Ganze ohnehin schon so ein Durcheinander ist, sag mir doch eben noch, wie diese Julie aussieht.«

»Ach, du willst wohl ein Date, was? Sie ist der Jackpot. Allerdings wirklich nicht dein Typ.« Ash drehte die Serviette um, dachte kurz nach und skizzierte dann Julies Gesicht.

Luke griff nach der Serviette und starrte mit ausdruckslosem Gesicht auf die Skizze hinab. »Groß«, sagte er nach einer Weile. »Gut gebaut. Knallblaue Augen. Rothaarig.«

»Das ist sie. Kennst du sie etwa?«

»Es ist schon lange her.« Luke nahm einen Schluck Bier. »Ich war einmal mit ihr verheiratet. Etwa fünf Minuten lang. In einem anderen Leben.«

»Du willst mich auf den Arm nehmen!« Er kannte die Geschichte der impulsiven Heirat und der schnellen Scheidung –

Luke war damals gerade erst volljährig gewesen.« »Julie Bryant war die Braut?«

»Ja, das muss sie sein. Du hast sie nie erwähnt.«

»Sie leitet eine Galerie. Wir kennen uns nur auf beruflicher Ebene. In der Freizeit unternehmen wir nichts miteinander – und wir hatten auch nie ein Date, falls es dich interessiert. Aber sie ist wirklich überhaupt nicht dein Typ – für gewöhnlich stehst du doch eher auf sportliche Energiebündel, nicht auf heiße Klassefrauen mit einer künstlerischen Ader?«

»Weil die Narben immer noch wehtun.« Er tippte auf sein Herz. »Julie Bryant ... Oh, verdammt. Also, *das* ist mal eigenartig. Ich glaube, ich brauche noch ein Bier.«

»Später. Ich muss mit Lila reden. Ich brauche mehr Details über den Einbruch. Ich hab nicht aufgepasst, als sie mir vorhin davon erzählt hat. Und du solltest mitkommen.«

»Ach ja?«

»Vielleicht läuft dort draußen irgendwo der Mörder in den Schuhen deiner Exfrau herum.«

»Das ist doch lächerlich! Und außerdem ist das etliche Jahre her.«

»Du willst es doch auch überprüfen.« Ash warf ein paar Geldscheine auf den Stehtisch, dann schob er Luke die Serviette zu. »Bier und Skizze gehen auf mich. Gehen wir.«

Lila überlegte, ob sie duschen sollte. Sie hatte sich am Morgen sofort an ihr Manuskript gesetzt, in der Mittagspause eine von Maceys wundervollen Fitness-DVDs ausprobiert und mit den Übungen Thomas amüsiert. Sie brauchte wahrscheinlich eine Dusche.

Außerdem hatten Julie und sie immer noch nicht entschieden, ob sie zu Hause bleiben und sich etwas zu essen kommen lassen oder ob sie ausgehen sollten. Wie auch immer diese Entscheidung ausfallen würde – es war inzwischen fast halb sieben, und Julie würde gleich hier sein. Sie sollte sich allmählich frisch machen.

»Genug gearbeitet«, rief sie Thomas zu. »Die Blondine von der DVD war aber auch eine Sadistin!«

Vielleicht konnte sie sich ja sogar noch kurz in die Wunderwanne legen, wenn sie ...

»Oh. Also doch keine Badewanne«, murmelte sie, als es an der Tür klingelte. »Dann muss sie eben warten, während ich schnell unter die Dusche hüpfe.« Sie ging zur Tür und riss sie auf, ohne erst durch den Spion zu schauen. »Du bist zu früh, ich hab noch nicht mal ... Oh.«

Sie sah in Ashs Augen, und ihre Gedanken überschlugen sich. Sie hatte sich seit drei Tagen nicht mehr die Haare gewaschen, sie war ungeschminkt, und die Yogahose und ihr Top – beides verschwitzt – hatte sie schon vor Monaten aussortieren wollen. Sie roch nach Pilates und nach der Handvoll Doritos, die sie sich zur Belohnung in den Mund gesteckt hatte.

»Oh«, stieß sie erneut hervor.

Er lächelte sie verschmitzt an. »Ich hätte anrufen sollen ... Wir waren nur ein paar Blocks entfernt, und ich wollte noch mal mit Ihnen reden. Das ist Luke.«

Da war jemand bei ihm. Natürlich war jemand bei ihm, das konnte sie ja sehen. Sie hatte den süßen Typen mit den breiten Schultern nur nicht wirklich registriert.

»Oh«, sagte sie noch einmal. »Ich hab gearbeitet, und dann hab ich beschlossen, diese Fitness-DVD auszuprobieren, die einen angeblich zum Weinen bringen soll wie ein Baby, und deshalb bin ich ... Na ja«, fügte sie hinzu und machte einen Schritt zurück, um die beiden Männer hereinzulassen.

Eigentlich ist es doch völlig egal, wie ich aussehe, sagte sie sich. Schließlich hab ich ja kein Date mit ihm.

Außerdem sah er deutlich weniger gestresst aus als bei ihrer letzten Begegnung.

»Freut mich, Sie kennenzulernen. Und dich auch.« Luke bückte sich, um Thomas zu kraulen, der eifrig an seinen Hosenbeinen schnüffelte.

»Sind Sie von der Polizei?«

»Nein, ich bin kein Polizist. Ich bin Bäcker.«

»Echt, ein professioneller Bäcker?«

»Ja, ich habe einen Laden. Er liegt nur ein paar Blocks von hier entfernt: Baker's Dozen.«

»Mini-Cupcakes?«

Amüsiert von ihrem verzückten Aufschrei richtete Luke sich wieder auf. »Ja, die haben wir auch.«

»Nein, ich meine, ich hab sie schon mal probiert. Die samtroten haben mir die Tränen in die Augen getrieben! Ich bin gleich am nächsten Tag noch einmal hin, um mehr davon zu kaufen. Und das Sauerteigbrot! Und der Karamell-Latte! Es ist ein wundervoller Laden. Wie lange sind Sie schon dort?«

»Seit ungefähr drei Jahren.«

»Ich hab mich immer schon gefragt, wie es wohl ist, in einer Bäckerei zu arbeiten. Hört man denn jemals auf wahrzunehmen, wie wundervoll es dort riecht oder wie hübsch all die Törtchen aussehen und so? Wollten Sie immer schon Bäcker werden? Oh, tut mir leid.« Sie fuhr sich durch die Haare. »Ich stelle viel zu viele Fragen, dabei habe ich Sie noch nicht einmal gebeten, Platz zu nehmen. Möchten Sie etwas zu trinken? Ich habe Wein da ... und Eistee. Ich hab ihn endlich gemacht«, fügte sie hinzu und schenkte Ash ein flüchtiges Lächeln.

»Nein danke. Wir waren gerade ein Bier trinken, und da ist mir etwas eingefallen.«

Luke beugte sich erneut zu dem Kater herunter, um ihn zu streicheln, und seine Sonnenbrille fiel zu Boden. »Diese verdammte Schraube«, murmelte er, als er sie aufhob. Er klaubte die winzige Schraube, die herausgesprungen war, vom Fußboden auf.

»Oh, das kann ich reparieren. Warten Sie – setzen Sie sich doch.«

»Sie kann das reparieren?«, wiederholte Luke, als Lila aus dem Zimmer eilte.

»Frag mich nicht.«

Als sie wiederkam, hielt sie etwas in der Hand, was in Ashs Augen aussah wie die nukleare Version eines Schweizer Taschenmessers. »Kommen Sic, setzen wir uns«, sagte sie und nahm Luke die Brille und die Schraube aus der Hand. »Gibt es denn schon was Neues?«

Ash hatte sich kaum hingesetzt, als Thomas auch schon auf seinen Schoß sprang, als wären sie alte Freunde. »Sie erzählen mir nicht allzu viel. Aber sie lassen mich endlich seine Sachen aus der Wohnung holen.«

»Das war bestimmt schwer für Sie. Aber Sie hatten ja jemanden dabei«, sagte sie mit einem Seitenblick auf Luke. Sie klappte das Werkzeug auseinander und wählte einen winzigen Schraubenzieher. »Bei so einer schweren Aufgabe ist es immer gut, jemanden dabeizuhaben.«

»Sie haben keine Anzeichen für einen Einbruch gefunden, deshalb gehen sie davon aus, dass sie ihren Mörder selbst hereingelassen haben. Wahrscheinlich kannten sie ihn. Falls sie mehr wissen sollten, sagen sie es mir zumindest nicht.«

»Sie werden den Täter schon finden. Ich kann doch nicht die Einzige gewesen sein, die etwas gesehen hat.«

Vielleicht nicht, dachte er, aber möglicherweise die Einzige, die bereit war auszusagen.

»So.« Sie prüfte die Sonnenbrille und klappte den Bügel vor und zurück. »Wieder so gut wie neu.«

»Danke. So ein Gerät hab ich noch nie gesehen.« Luke nickte zu Lilas Leatherman hinüber.

»Dreihundert lebenswichtige Werkzeuge in einem handlichen Päckchen. Ich kann mir gar nicht vorstellen, wie man ohne ihn zurechtkommen kann.« Sie klappte ihn wieder zusammen und legte ihn beiseite.

»Ich bin ein großer Anhänger von Klebeband.« Sie lächelte Luke an. »Die unendlichen Gebrauchsmöglichkeiten von Klebeband müssen allerdings erst noch entdeckt werden.« Dann wandte sie sich wieder an Ash. »Es ist gut, einen Freund zu haben.«

»Ja. Apropos – als ich zuletzt hier war, erwähnten Sie, dass bei

Julie eingebrochen worden sei. Gibt es da schon irgendwelche Neuigkeiten?«

»Nein. Die Polizei glaubt, sie hätte die fehlenden Dinge verloren oder verlegt. Jedenfalls denkt Julie, dass die Polizei das denkt. Sie hat die Schlösser auswechseln und einen zweiten Sicherheitsriegel einbauen lassen. So ist es okay für sie. Aber ob sie jemals überwindet, dass ihre Manolos nicht mehr da sind, weiß ich nicht.«

»Sie sind unter ihrer Adresse gemeldet.«

»Ja, man braucht nun mal eine Meldeadresse, und da ich zwischen zwei Jobs ab und zu dort wohne, war das einfach das Nächstliegende.«

»Man kann Sie also unter Julies Adresse ausfindig machen«, führte Ash aus. »Jemand bricht dort ein – am Tag nachdem mein Bruder ermordet wurde. Am selben Tag, da Sie die Polizei anrufen, eine Aussage machen und mit mir reden.«

»Ja, irgendwie kam wohl alles zusammen ...« Als sie begriff, was er ihr sagen wollte, verzog sie das Gesicht. Angst hatte sie anscheinend keine. »Sie glauben, das hat irgendetwas miteinander zu tun? Daran hab ich noch gar nicht gedacht, aber das hätte ich natürlich mit bedenken sollen. Wenn irgendjemand, der mich nicht kennt, mich finden wollte, dann wäre dies die erste logische Anlaufstelle. Ich habe zwar niemanden gesehen und könnte somit auch niemanden identifizieren, aber das weiß der Mörder ja nicht. Oder zumindest noch nicht. Er könnte in Julies Wohnung eingebrochen sein, weil er nach mir gesucht hat.«

»Sie bleiben erstaunlich ruhig bei dieser Vorstellung«, sagte Luke.

»Julie war schließlich nicht zu Hause und wurde auch nicht verletzt. Und sicher weiß der Mörder mittlerweile, dass ich keine Bedrohung für ihn darstelle. Ich wünschte mir, es wäre anders und ich könnte der Polizei eine Beschreibung liefern! Aber da ich das nicht kann, gibt es auch keinen Grund, sich weiter mit mir zu beschäftigen. Und es gibt erst recht keinen Grund, ein zweites

Mal bei Julie einzubrechen und sie in Angst und Schrecken zu versetzen.«

»Kann sein – aber wer immer Oliver und seine Freundin umgebracht hat, denkt vielleicht nicht so logisch wie Sie«, sagte Ash.

»Sie müssen vorsichtig sein.«

»Wer sollte denn hier nach mir suchen? Außerdem werde ich schon in ein paar Tagen wieder woanders sein. Dann weiß niemand mehr, wo ich mich aufhalte.«

»Ich weiß es«, erwiderte er. »Luke weiß es. Julie, Ihre Kunden, wahrscheinlich deren Freunde und Familie. Der Portier«, fuhr er fort. »Sie müssen schließlich rausgehen, herumlaufen, einkaufen, irgendwo essen. Der Mörder weiß, dass Sie in jener Nacht hier in der Gegend waren. Warum sollte er dann nicht auch hier nach Ihnen suchen?«

»Es ist ein großes Haus.« Sie war leicht gereizt, wie immer, wenn jemand andeutete, sie könnte nicht selbst auf sich aufpassen. »Und jeder, der in New York lebt und arbeitet, weiß, dass er sich entsprechend umsichtig verhalten muss.«

»Sie haben uns die Tür aufgemacht, ohne zu wissen, wer geklingelt hat.«

»Das mache ich für gewöhnlich nicht, aber ich hab auf ... das hier gewartet«, fügte sie schnell hinzu, als die Klingel ertönte. »Entschuldigung.«

»Du hast einen Nerv getroffen«, sagte Luke leise.

»Ich werde so viele Nerven wie nötig treffen, um sie davon zu überzeugen, dass sie Vorsichtsmaßnahmen ergreifen muss.«

»Mach ihr lieber klar, dass du um sie besorgt bist, als ihr vorzuhalten, sie benähme sich wie eine Idiotin.«

»Ich habe nie behauptet, dass sie sich wie eine Idiotin benimmt.«

»Nein, aber du hast es angedeutet. Wenn du wirklich denkst ...«

Doch plötzlich konnte Luke keinen klaren Gedanken mehr fassen. Gut zehn Jahre hatten sie natürlich verändert, doch jede dieser Veränderungen brachte eine Saite bei ihm zum Klingen.

»Julie, du kennst Ashton ...«

»Ja, natürlich. Mein Beileid, Ash.«
»Vielen Dank für deine Karte. Das war wirklich nett von dir.«
»... und Ashs Freund Luke. Kannst du dich noch an diese grandiosen Cupcakes erinnern? Sie kommen aus seiner Bäckerei.«
»Wirklich? Sie waren ...«
Dann zeichnete sich ein Schock und vielleicht auch ein bisschen Ehrfurcht auf ihrem Gesicht ab. Die vielen Jahre fielen mit einem Schlag von ihr ab.
»Luke ...«
»Julie, wie schön, dich wiederzusehen.«
»Aber ... Ich verstehe nicht ... Was machst du denn hier?«
»Ich lebe hier. In New York«, erklärte er. »Seit etwa acht Jahren.«
»Ihr kennt euch?« Und als keiner von ihnen irgendetwas sagte, wandte sie sich an Ash: »Die beiden kennen sich?«
»Sie waren mal miteinander verheiratet.«
»Sie ... *Er* ist der ... Das wird ja immer ...«
»Eigenartiger?«
Lila sah ihn einen Augenblick lang unverwandt an. »Ich glaube, es ist Zeit für ein Glas Wein«, sagte sie dann heiter. »Julie, hilfst du mir bitte?«
Sie packte ihre Freundin am Arm und dirigierte sie mit festem Griff in die Küche.
»Alles okay?«
»Ich weiß nicht ... Das ist Luke.«
Sie sieht aus wie die einzige Überlebende eines Erdbebens, dachte Lila. Erschüttert, benommen, aber irgendwie auch ein kleines bisschen dankbar.
»Ich sage ihnen, sie sollen gehen. Willst du, dass sie gehen?«
»Nein. Nein, so ist es nicht. Wir waren ... Das ist Jahre her! Es ist nur so ein Schock, zu dir zu kommen und *ihn* hier anzutreffen. Wie sehe ich aus?«
»Das ist echt eine gemeine Frage, wenn man bedenkt, wie *ich* aussehe. Du siehst fabelhaft aus. Sag mir, was ich tun soll, und ich tue es.«

»Wein ist eine gute Idee. Mit einem Glas Wein in der Hand können wir uns zivilisiert und kultiviert unterhalten.«

»Wenn es in Ordnung ist, würde ich wirklich gern schnell duschen gehen ... Aber erst mal machen wir eine Flasche auf.« Lila nahm Gläser aus dem Schrank. »Er ist echt süß!«

»Ja, nicht wahr?« Julie brachte ein Lächeln zustande. »Das war er immer schon.«

»Wenn es dir recht ist, bringen wir das hier schnell raus, und dann musst du die beiden unterhalten, während ich mich flugs fertig mache. Ich brauche nur eine Viertelstunde.«

»Das ist echt das Allerschlimmste an dir – du schaffst so was tatsächlich in einer Viertelstunde. Okay. Zivilisiert und kultiviert. Dann wollen wir mal ...«

6

So schlimm war es gar nicht. Ob es auch kultiviert war, konnte Lila nicht beurteilen – darin war sie noch nie gut gewesen –, aber alles in allem lief ihre Unterhaltung recht zivilisiert ab. Zumindest bis Ash seine Einbruchstheorie wiederholte und Julie sie zu Lilas Überraschung sofort unterstützte.

»Warum ist mir das nicht selbst eingefallen!«, wandte sie sich an Lila. »Das ergibt wirklich Sinn, das passt.«

»Du hast aber auch gesagt, das mit dem Teenager würde passen«, rief Lila ihr in Erinnerung.

»Weil ich nach einer logischen Erklärung gesucht habe! Aber welcher bescheuerte Teenager kann Schlösser knacken, ohne dabei Spuren zu hinterlassen? Die Polizei hat die Schlösser immerhin überprüft.«

»Und ein Mörder klaut deine Manolos und einen Lippenstift? Würde jemand, der einen Doppelmord begangen hat, nicht eher andere Prioritäten setzen?«

»Es sind tolle Schuhe, der Lippenstift hat das perfekte Rot, und dieses Parfüm ist nicht leicht zu bekommen. Außerdem: Wer sagt denn, dass ein Mörder nicht auch mal lange Finger machen kann? Wenn du zwei Menschen umbringen kannst, dann ist ein Diebstahl im Vergleich dazu doch verhältnismäßig zahm. Lila, du musst vorsichtig sein!«

»Ich habe nichts gesehen, was der Polizei weiterhelfen könnte, und das dürfte inzwischen auch ein wohlriechender Killer auf hohen Absätzen und mit perfekt geschminkten roten Lippen bemerkt haben.«

»Das ist kein Witz.«

»Entschuldigung.« Lila wandte sich wieder an Ash. »Er war Ihr Bruder, und ich weiß natürlich, dass das nicht witzig ist. Aber Sie brauchen sich um mich wirklich keine Sorgen zu machen. Niemand muss sich Sorgen um mich machen.«

»Wenn sie sich jemals etwas tätowieren lässt«, warf Julie ein, »dann genau diesen Spruch.«

»Weil es stimmt. Und selbst wenn ihr recht haben solltet – was ich mir wirklich nicht vorstellen kann –, werde ich schon in wenigen Tagen in einer anderen schicken Wohnung in der Upper East Side wohnen. Mit einem Zwergpudel namens Earl Grey.«

»Wie kommen Sie eigentlich an Ihre Jobs?«, fragte Luke. »Wie finden die Leute Sie?«

»Durch Mundpropaganda, Empfehlungen von anderen Kunden ... und durch die Götter des Internets.«

»Sie haben eine Webseite?«

»Ich vermute mal, dass sogar Earl Grey eine Webseite hat. Allerdings«, fügte sie hinzu und nahm so seinen Einwand vorweg, »erfährt man dort meinen derzeitigen Standort nicht. Ein Kalender zeigt an, wann ich ausgebucht bin, aber nicht, wo ich mich da gerade befinde. Und ich nenne auch nicht die Namen meiner Kunden.«

»Du hast einen Blog«, gab Julie zu bedenken.

»Ich gebe trotzdem nirgends Adressen an, immer nur vage die Region. Und die Namen von Kunden poste ich wirklich nirgendwo. Selbst die Kommentare der Kunden, die ich dort anzeige, sind nur mit Initialen versehen. Wisst ihr, was ich tun würde, wenn ich ein Mörder wäre, der sich Gedanken darüber macht, ob diese blöde Frau von gegenüber ihn erkannt haben und identifizieren könnte? Ich würde sie einfach auf der Straße ansprechen und sie nach dem Weg fragen. Wenn sie ihn mir erklären könnte, ohne zu zögern, würde ich in aller Ruhe weitermorden. Wenn sie aber laut aufkeuchen und rufen würde: »*Sie sind das!*«, dann würde ich ihr mein Messer in den Oberschenkel rammen, die Schlagader verletzen und einfach weitergehen, während sie verblutet. Dann wäre das Problem gelöst.« Und um das Thema zu wechseln, fügte sie hinzu: »Denkt noch irgendjemand anderes ans Abendessen? Ich habe nämlich Hunger. Wir könnten uns etwas bestellen.«

»Wir laden Sie ein«, entgegnete Luke. »Ein paar Blocks von

hier gibt es ein kleines italienisches Restaurant: tolles Essen, großartiges *gelato*.«

»Das Echo Echo.«

Er lächelte Julie an. »Genau das. Ich kenne den Inhaber. Ich rufe sofort an und reserviere einen Tisch für uns vier. Ist Ihnen das recht?«, wandte er sich an Lila.

»Klar, warum nicht?« Schließlich ist das hier ja kein Date, sagte sie sich – und erst recht kein Doppeldate zwischen ihr und dem Bruder des Toten und zwischen ihrer besten Freundin und deren Exmann. Es war einfach nur ein Abendessen.

Und ein sehr gutes obendrein, stellte sie bei gebratenen Calamari und Bruschetta fest, die als Appetizer serviert worden waren. Die Unterhaltung floss zwanglos dahin, zumal sie Luke mit Fragen zu seiner Bäckerei bombardierte. »Wo haben Sie gelernt zu backen?«

»Ursprünglich bei meiner Großmutter. Den Rest habe ich mir mit den Jahren selbst beigebracht.«

»Und was war mit dem Jurastudium?«, fragte Julie.

»Ich habe es gehasst.«

»Das hab ich dir doch gleich gesagt.«

»Ja, hast du. Ich hab es trotzdem versucht. Meine Eltern wollten entweder einen Arzt oder einen Anwalt aus mir machen, und da ein Medizinstudium sich noch schlimmer anhörte als Jura, hab ich es eben versucht. Und um die zwei Jahre, die ich mir Zeit gegeben hatte, zu finanzieren, hab ich in einer Bäckerei in Campusnähe gejobbt. Das hat mir sehr viel besser gefallen ...«

»Wie geht es deinen Eltern?«

»Gut, und deinen?«

»Auch gut. Ich kann mich noch an die Schokoplätzchen nach dem Rezept deiner Großmutter und den wirklich fabelhaften Kuchen erinnern, den du mir zu meinem achtzehnten Geburtstag gebacken hast.«

»Deine Mutter hat damals schon gesagt: ›Luke, damit könntest du Geld verdienen!‹«

Julie lachte. »Ja. Ich hätte wirklich nie gedacht, dass du es eines Tages wirklich tun würdest.«

»Ich auch nicht. Eigentlich hat Ash mich auf diese Idee gebracht. Er ist gut darin, einen aufs richtige Gleis zu setzen. Man merkt normalerweise nicht einmal, wie er einen dort hinlenkt, bis man urplötzlich angekommen ist.«

»Ich habe nur gesagt: ›Warum arbeitest du für jemand anderen? Du könntest selber Angestellte haben.‹«

»Oder irgendetwas in dieser Richtung«, bestätigte Luke. »Und du – in einer Kunstgalerie? Du hast Kunst immer geliebt. Du wolltest doch Kunstgeschichte oder so etwas studieren.«

»Das habe ich auch getan. Ich hab wieder die Schulbank gedrückt, bin nach New York gezogen und hab in der Galerie angefangen. Dann habe ich geheiratet, Lila kennengelernt, wurde wieder geschieden und bin schließlich Leiterin der Galerie geworden.«

»Ich hatte damit nichts zu tun«, verteidigte sich Lila.

»Oh, bitte!«

»Zumindest nicht absichtlich.«

»Wir haben uns in einem Yogakurs kennengelernt«, erklärte Julie. »Lila und ich – nicht ich und Maxim, mein Ex. Beim aufschauenden und abschauenden Hund sind wir uns nähergekommen, und irgendwann haben wir nach dem Kurs immer zusammen an der Saftbar gesessen. Eins führte zum anderen.«

Lila seufzte. »Ich hatte damals einen Freund, und es sah ganz so aus, als würde es allmählich ernst zwischen uns beiden werden. Und da wir nun mal Frauen sind, haben wir uns über die Männer in unserem Leben unterhalten. Ich erzählte ihr von meinem – er sah toll aus, war erfolgreich. Er reiste viel, aber wenn wir zusammen waren, war er unendlich aufmerksam. Und Julie erzählte mir von ihrem Ehemann.«

»Er sah ebenfalls toll aus, war ebenfalls erfolgreich. Aber er arbeitete länger als früher und war auch zusehends weniger aufmerksam, als er es früher mal gewesen war. Eigentlich lief es schon eine ganze Weile nicht mehr allzu gut zwischen uns, aber wir arbeiteten daran, es besser zu machen.«

»Und dann, nach ein paar Yogastunden, diversen Smoothies und dem Plausch über Details stellte es sich plötzlich heraus, dass der Mann, mit dem ich zusammen war, Julies Ehemann war. Ich schlief mit dem Mann, mit dem sie verheiratet war! Aber statt mich in meinem Smoothie zu ertränken, handelte sie.«

»*Wir* handelten.«

»Ja, *wir* handelten.« Lila stieß mit Julie an. »Unsere Freundschaft ist mit seinem Blut besiegelt. Natürlich nicht buchstäblich«, fügte sie rasch hinzu.

»Gewalt ist nicht erforderlich, wenn man die Schlampe seines Mannes ...«

»Aua!«

»... wenn man die Schlampe seines Mannes mit nach Hause nimmt und sie ihm als die neue beste Freundin vorstellt. Ich hab ihm zwanzig Minuten gegeben, und in dieser Zeit hat er das Nötigste gepackt und ist ausgezogen. Lila und ich haben währenddessen fast eine ganze Literpackung Eiscreme aufgegessen.«

»Ben & Jerry's Coffee Heath Bar Crunch«, erinnerte sich Lila mit einem Lächeln, das ihr Grübchen hervorbrachte. »Das mag ich immer noch am liebsten. Du warst einfach wundervoll! Ich wäre am liebsten vor Scham in ein dunkles Loch gekrochen – aber nicht Julie. ›Den Mistkerl schnappen wir uns‹, war ihre Reaktion. Und genau das haben wir getan.«

»Ich hab den Kerl zum Teufel gejagt. Seine Schlampe habe ich behalten.«

»*Ich* hab den Kerl zum Teufel gejagt«, verbesserte Lila sie, »und seine bemitleidenswerte ahnungslose Frau behalten. Irgendjemand musste sich ja um sie kümmern.«

»Ich möchte Sie malen.«

Lila warf Ash einen verwirrten Blick zu. »Wie bitte?«

»Ich brauche Sie im Atelier für ein paar erste Skizzen. Zwei Stunden würden reichen. Welche Kleidergröße haben Sie?«

»Wie bitte?«

»Sie hat Größe 32«, fauchte Julie, »wie die meisten Schlampen.« Dann legte sie den Kopf schief. »Was schwebt dir vor?«

»Eine erdverbundene, sexy Zigeunerin, knallroter, weiter Rock, kräftige Farben in den Unterröcken.«

»Wirklich?« Fasziniert drehte sich Julie zu Lila um und musterte sie. »Tatsächlich.«

»Hört auf! Nein. Danke. Ich bin ... Spontan fühle ich mich natürlich geschmeichelt, aber eigentlich bin ich eher verblüfft. Ich bin kein Model, und Modell stehen will ich eigentlich auch nicht.«

»Das müssen Sie auch nicht. Ich weiß ohnehin schon genau, was ich will.« Er sah zur Bedienung auf und bestellte das Pastagericht von der Tageskarte. »Übermorgen ginge es gut. Gegen zehn.«

»Ich ... für mich auch«, sagte sie zu der Bedienung. »Danke. Hören Sie, ich kann nicht ...«

»Ich bezahle Sie stundenweise oder mit einem Festpreis, darüber können wir ja noch reden. Können Sie Ihren Körper einsetzen?«

»Was?«

»Natürlich kann sie das«, warf Julie ein. »Du willst ein Ganzkörperporträt? Sie hat schöne, lange Beine.«

»Das ist mir auch schon aufgefallen.«

»Wirklich, Schluss damit!«

»Lila mag es nicht, wenn sie im Scheinwerferlicht steht. Daran solltest du dich gewöhnen, Lila-Lou. Du bist gerade auserwählt worden, für einen hochgeachteten zeitgenössischen Künstler Modell zu stehen, dessen fantasievolle, manchmal verstörende, manchmal exzentrische, aber immer sinnliche Gemälde überaus begehrt sind. Sie kommt zu dir. Ich bringe sie dir.«

»Sie sollten zusagen«, wandte sich nun auch Luke an Lila. »Letztendlich landen Sie ja doch dort, wo er Sie haben will.«

»Ich male Sie so oder so.« Ash zuckte mit den Schultern. »Aber wenn Sie mitmachen, wird das Bild viel mehr Tiefe und Ausstrahlung haben. Lila-Lou?«

»Lila Louise – das ist mein zweiter Vorname, nach meinem Vater, Lieutenant Colonel Louis Emerson. Aber wenn ich Nein sage, können Sie mich auch nicht malen.«

»Ihr Gesicht, Ihren Körper?« Erneut zuckte er mit den Schultern. »Ich sehe Sie doch vor mir.«

»Sie wird kommen«, wiederholte Julie. »Los, Mädchenklo! Entschuldigt uns bitte.« Um jeglichen Protest zu unterbinden, stand Julie einfach auf, griff nach Lilas Hand und zerrte sie hinter sich her.

»Er kann mich doch nicht einfach zu seinem Modell machen!«, zischte Lila. »Und du auch nicht.«

»Wetten, du irrst dich?«

»Außerdem bin ich keine erdverbundene, sexy Zigeunerin!«

»Da irrst du dich erst recht.« Julie zog Lila die schmale Treppe zu den Toiletten hinunter. »Du hast genau den richtigen Teint und sogar den Lebensstil.«

»Eine Affäre mit einem verheirateten Mann, von dem ich gar nicht wusste, dass er verheiratet war – und schon habe ich einen gewissen Lebensstil?«

»Den Lebensstil des fahrenden Volkes.« Julie zog sie hinter sich her in den kleinen Waschraum. »Das ist eine fabelhafte Gelegenheit – und *die* Chance auf eine interessante Erfahrung! Er wird dich unsterblich machen.«

»Er macht mich verlegen und ... schüchtern.« Wenn ich schon mal hier bin, kann ich auch zur Toilette gehen, dachte sich Lila und betrat eine der Kabinen. »Und dieses Gefühl hasse ich.«

»Dieses Gefühl wird er dir schon nehmen.« Julie betrat die zweite Kabine. »Und ich bestehe darauf, bei einer oder zwei Sitzungen dabei sein zu dürfen. Ich würde ihm schrecklich gern mal bei der Arbeit zusehen und mit ihm über seinen Erfolg bei den Kunden sprechen.«

»Steh du ihm doch Modell. Du bist doch die sexy Tänzerin.«

»Er will aber dich. Er hat eine Vision, und er will dich.« Julie trat ans Waschbecken und pumpte ein bisschen Pink-Grapefruit-Seife aus dem Spender. »Außerdem hilfst du ihm mit diesem neuen Projekt, seine Trauer zu überwinden.«

Lila kniff die Augen zusammen, als sie im Spiegel Julies selbstgefälliges Grinsen sah. »Oh, das ist unfair.«

»Ja, das ist es.« Julie frischte ihren Lipgloss auf. »Aber auch wahr. Probier es doch einfach mal aus. Du bist doch sonst nicht so feige.«

»Das ist jetzt noch unfairer.«

»Ich weiß.« Lächelnd tätschelte Julie Lilas Schulter und wandte sich zum Gehen. Doch auf halbem Weg die Treppen hinauf stieß sie plötzlich einen erstickten Schrei aus.

»Was ist? Eine Maus? Was ist denn los?«

»Meine Schuhe!«

Julie sprintete die restlichen Stufen hinauf, um den Eingangstresen und die Gruppe von Leuten herum, die gerade hereingekommen waren, zur Tür hinaus. Draußen sah sie panisch nach rechts und links, bevor sie sich wieder umdrehte und die zwei Stufen vom Bürgersteig heraufstampfte.

»Verdammt!«

»Julie, was zum Teufel ist denn los?«

»Die Schuhe! Das waren *meine* Schuhe! Die Schuhe – echt tolle Beine, irgendein Tattoo am Knöchel. Kurzes rotes Kleid.«

»Julie, Manolo hat mehr als ein Paar von diesen Schuhen gemacht.«

»Es waren meine! Denk doch mal nach!« Sie wirbelte zu Lila herum – eins fünfundsiebzig bebende weibliche Wut. »Du beobachtest einen Mord. Jemand bricht in meine Wohnung ein, nimmt meine Schuhe mit. Und jetzt sehe ich eine Frau mit genau diesen Schuhen, die dasselbe Restaurant verlässt, in dem wir gerade zu Abend essen – ein Restaurant, das nur ein paar Blocks vom Tatort entfernt ist.«

Auf einmal lief es Lila eiskalt über den Rücken. Fröstelnd rieb sie sich die Arme. »Du machst mir Angst.«

»Ash könnte recht haben. Wer immer seinen Bruder umgebracht hat, observiert dich. Du musst noch mal mit der Polizei sprechen.«

»Du machst mir wirklich Angst! Ich sag es ihnen, na gut, einverstanden. Aber sie werden mich für verrückt halten.«

»Erzähl es ihnen einfach. Und klemm heute Nacht einen Stuhl unter den Türknauf.«

»Sie sind in deine Wohnung eingebrochen, nicht in meine.«

»Ich werde ebenfalls einen Stuhl unter die Klinke klemmen.«

Als Julie oben an der Treppe angekommen war, schlug Jai gerade die Autotür hinter sich zu. Die Verbindung zwischen dem Bruder dieses Idioten und der neugierigen Frau, die die Wohnung beobachtet hatte, gefiel ihr ganz und gar nicht. Anscheinend hatte sie nicht genug gesehen, um wirklich ein Problem darzustellen. Doch die Verbindung gefiel ihr trotzdem nicht. Und auch ihr Auftraggeber würde all diese losen Fäden nicht gutheißen.

Sie wären nicht lose, wenn Ivan diese blöde Nutte nicht aus dem Fenster gestoßen hätte und wenn der Idiot nach den paar Drinks nicht gleich bewusstlos geworden wäre. So viele Tabletten hatte sie nun auch wieder nicht in den Bourbon geworfen. Das konnte nur heißen, dass er schon vor ihrer Ankunft irgendwas eingenommen hatte.

Pech, dachte sie. Für Pech hatte sie nun wirklich nichts übrig – aber dieser Job schien sich zur reinsten Pechsträhne zu entwickeln.

Vielleicht wusste der Bruder ja etwas. Vielleicht besaß er etwas.

Sein Atelier war gesichert wie eine Festung, doch jetzt war es an der Zeit, sie einzunehmen. Sie hatte schätzungsweise zwei Stunden Zeit, solange er mit dieser neugierigen Frau zu Abend aß.

»Zum Haus des Bruders«, rief sie Ivan zu. »Bring mich dorthin, und dann fährst du zurück und nimmst den Bruder und die anderen ins Visier. Sag Bescheid, sobald sie aufbrechen.«

»Wir vergeuden damit nur unsere Zeit. Das Luder weiß nichts – und sie hatten es auch nicht. Wenn sie es je gehabt hätten, dann hätten sie es unter Garantie längst verkauft.«

Warum musste sie bloß mit solchen Trotteln zusammenarbeiten? »Du wirst dafür bezahlt, dass du tust, was ich dir sage. Dann tu jetzt endlich, was ich dir sage.«

Und dann, dachte sie, würde zumindest einer dieser losen Fäden abgeschnitten werden.

Als Ash darauf bestand, sie nach Hause zu begleiten, hatte Lila nichts dagegen einzuwenden. Luke würde unterdessen Julie heimbringen. Sie verabschiedeten sich voneinander und gingen in entgegengesetzte Richtungen davon.

»Was für ein Zufall, dass Sie sowohl Julie als auch Luke kennen – wenn man ihre Geschichte bedenkt.«

»Das Leben ist voller Merkwürdigkeiten.«

»Ja. Und den Funkenflug zwischen den beiden fand ich ebenfalls merkwürdig.«

»Funkenflug?«

»Alte Flamme, ein bisschen Glut, frische Funken.« Sie untermalte ihre Worte mit einer ausholenden Geste.

»Alte Flamme, kurze, misslungene Ehe. Feuer erloschen.«

»Wetten, dass?«

»Wetten, dass was?«

»Sie scheinen nicht gerade gut zuzuhören, wenn Sie ständig nur das wiederholen, was ich sage. Ich sage, wetten – um zehn Dollar? –, dass das Feuer wieder entfacht ist und alles andere als leise verglüht?«

»Die Wette gilt. Er ist mit einer bestimmten Person so gut wie zusammen.«

»So gut wie zusammen bedeutet lediglich Sex – und diese Person wird nicht Julie sein. Aber sie sehen wirklich toll miteinander aus. Attraktiv, gesund, sportlich.«

»Kommen Sie mit zu mir?«

»Warten Sie ... Wie bitte?« Adrenalin schoss durch ihren Körper – frische Funken, doch sie wollte sich nicht daran die Finger verbrennen. »Ich wusste ja, dass Sie mir nicht zuhören.«

»Es ist nur ein paar Blocks von hier. Spät ist es auch noch nicht.

Sie könnten sich mein Atelier ansehen und sich dort ein bisschen entspannen. Ich werde Sie nicht anrühren.«

»Jetzt haben Sie mir den Abend ruiniert ... Das war ein Witz!«, fügte sie rasch hinzu, als sie sah, wie sich der Ausdruck in seinen Augen schlagartig veränderte. »Julie wird nicht lockerlassen, bis ich einwillige, dass Sie wenigstens ein paar Skizzen machen, und wenn ich erst einmal Ja gesagt habe, werden Sie merken, dass Sie sich in mir getäuscht haben.«

»Kommen Sie mit. Sie sehen sich doch gern neue Räume an, und es wird Ihre falsche Vorstellung von mir geraderücken.«

»Das ist wirklich nett von Ihnen ... und ich sehe mir wirklich gern neue Räume an. Es ist auch wirklich noch nicht spät. Und da ich jetzt weiß, dass Sie kein Interesse daran haben, mich anzurühren, kann mir ja auch nichts passieren. Warum also nicht?«

Er bog an der nächsten Ecke ab und steuerte jetzt statt auf ihres auf sein Haus zu. »Ich habe nie behauptet, dass ich kein Interesse daran hätte, Sie anzurühren. Ich habe lediglich gesagt, ich werde es nicht tun. Wie haben Sie den Typen kennengelernt? Den Mistkerl, den Sie sich mit Julie geteilt haben?«

»Wenn Sie es so formulieren«, antwortete sie und grübelte insgeheim immer noch über das keineswegs mangelnde Interesse nach, »klingt das fast schon unangemessen sexy. Wir haben uns während eines Wolkenbruchs ein Taxi geteilt. Es war so romantisch, wie es nur in New York sein kann! Er trug an jenem Tag keinen Ring und tat wirklich so, als wäre er weder verheiratet noch sonst wie liiert. Ich ging mit ihm was trinken, ein paar Tage später gingen wir essen und so weiter. Was ein schlimmes Ende hätte nehmen können, entpuppte sich als ein Glücksgriff, der mir meine beste Freundin beschert hat. Also war der Mistkerl zumindest für etwas gut.« Ganz unvermittelt wechselte sie das Thema – eine Eigenart, die sie oft an den Tag legte. »Wann wussten Sie, dass Sie dieses Talent haben?«

»Sie reden wohl nicht gerne über sich selbst, was?«

»Da gibt es nicht viel zu reden. Andere Leute sind viel spannender. Haben Sie schon im Kindergarten mit Fingerfarben ganz fabelhafte, aufschlussreiche Bilder gemalt, die Ihre Mutter eingerahmt hat?«

»So sentimental ist meine Mutter nicht. Die zweite Frau meines Vaters hat mal eine Bleistiftzeichnung gerahmt, die ich mit dreizehn von ihrem Hund angefertigt hatte. Es war ein netter Hund. Hier ist es.«

Er trat auf ein dreistöckiges Backsteingebäude mit hohen Fenstern zu. Ein altes Lagerhaus, dachte sie – die Art, die mittlerweile zu Lofts umfunktioniert wurde. Sie liebte solche Häuser.

»Ich wette, wegen des Lichts sind Sie im zweiten Stock.«

»Richtig.« Er schloss die dicke Stahltür auf, trat ein und schaltete die Alarmanlage aus, während sie hinter ihm hereinkam.

Staunend drehte sie sich im Kreis. Sie hatte einen kleinen, gemeinschaftlich genutzten Eingangsbereich erwartet, einen alten Lastenaufzug vielleicht, Wände und Türen zu den anderen Wohnungen im Parterre. Stattdessen stand sie in einem riesigen offenen Raum, der durch Bögen aus alten Ziegelsteinen unterteilt wurde. Breite, zerschrammte, aber glänzende Holzdielen zierten den Boden eines Wohnbereichs, dessen Einrichtung in starken Farben vor den neutral gehaltenen Wänden beeindruckend zur Geltung kam. Stühle in leuchtenden Farben standen zu kleinen Gruppen angeordnet, und in den Pfeiler eines Bogens war ein von zwei Seiten offener Kamin eingebaut worden. Oben verdeckte lediglich ein Kupfergeländer den Blick in die erste Etage.

»Das ist ja wundervoll!«

Da er sie nicht aufhielt, schlenderte sie einfach weiter und studierte die lang gestreckte, schwarz-weiß gefliese Küche mit Oberflächen aus poliertem Beton und den Essbereich mit einem großzügig bemessenen schwarzen Tisch und sechs hochlehnigen Stühlen.

An den Wänden – die auch hier neutral gehalten waren – hingen Kunstwerke: Gemälde, Skizzen, Kohlezeichnungen, Aquarelle. Eine Sammlung, dachte sie, bei deren Anblick jeder Galerist in Verzückung geraten würde.

»Es gehört Ihnen ... das alles ...«

Sie betrat einen weiteren Bereich, eine Kombination aus Arbeitszimmer, Bibliothek und Wohnzimmer, die mit einem eigenen kleinen Kamin aufwartete. Die Kuschelecke, dachte sie, trotz des offenen Grundrisses im Parterre.

»Das alles gehört Ihnen«, wiederholte sie. »Hier wäre Platz für eine zehnköpfige Familie.«

»Manchmal hab ich die ja auch.«

»Sie ... Oh.« Sie schüttelte den Kopf und lachte. »Ja, das stimmt natürlich. Ihre weitverzweigte Familie kommt bestimmt oft zu Besuch.«

»Hin und wieder, ja.«

»Und Sie haben sogar den alten Aufzug behalten.« Sie trat auf den geräumigen, vergitterten Lift zu.

»Er ist ganz praktisch. Aber wenn es Ihnen lieber ist, können wir auch die Treppe nehmen.«

»Ja, das wäre mir lieber. Ich bin jetzt schon neugierig auf den ersten Stock. Dieser Raum hier ist wundervoll genutzt – die Farben, die Materialien, einfach alles.« Weil sie tatsächlich neugierig war, wandte sie sich ohne weitere Aufforderung der geschwungenen Treppe mit dem alten Kupfergeländer zu. »Ich bin schon in vielen fremden Häusern gewesen und frage mich häufig, was die Leute sich hierbei und dabei gedacht haben. Warum sie dies hierhin statt dorthin gestellt haben, warum sie jene Wand herausgeschlagen oder stehen gelassen haben. Aber hier nicht. Wenn Sie irgendwann mal einen Homesitter brauchen – Sie haben ja meine Nummer.«

»Ja, ich glaube, ich habe sie.«

Sie warf ihm ein offenes, ungezwungenes Lächeln zu. »Sie haben zwar meine Telefonnummer, aber der Rest ist immer noch ein Geheimnis. Wie viele Schlafzimmer?«

»Vier, auf dieser Ebene.«

»Vier, auf dieser Ebene ... Wie reich sind Sie eigentlich? Und das frage ich nicht, weil ich Sie wegen Ihres Geldes heiraten will. Es ist reine Neugier.«

»Jetzt haben Sie mir den Abend verdorben.«

Sie lachte wieder und betrat ein einladend wirkendes Zimmer, in dem ein Himmelbett stand, dessen Vorhänge zurückgezogen waren, und wo das vor Farbe schier überbordende Gemälde eines Sonnenblumenfeldes an der Wand hing – und blieb plötzlich wie angewurzelt stehen. Sie runzelte die Nase. »Moment ...« Dann wandte sie sich schnüffelnd um, verließ den Raum wieder, ging weiter und blieb schließlich vor dem Hauptschlafzimmer stehen. Sie starrte auf das große Bett aus grauem Stahl und die zerwühlte blaue Bettwäsche.

»Ich habe nicht damit gerechnet, dass ich Besuch bekommen würde, als ich ...«

»Nein.« Sie hob die Hand und betrat zögerlich das Zimmer. »Boudoir.«

»Männer haben keine Boudoirs, Lila-Lou. Männer haben Schlafzimmer.«

»Nein, nein, das Parfüm! Julies Parfüm! Riechen Sie es nicht?«

Er brauchte einen Moment. Sie ahnte, dass seine Sinne auf ihren frischen, leichten Duft eingestellt gewesen waren. Doch dann fiel auch ihm die schwerere, sinnlichere Duftnote auf, die in der Luft hing. »Ja, jetzt rieche ich es.«

»Das ist doch verrückt. Gott, es ist verrückt – aber Sie hatten recht!« Ihr Herz klopfte heftig, und sie packte ihn am Arm. »Sie hatten recht, was den Einbruch bei Julie betrifft ... weil der- oder diejenige, die bei ihr eingebrochen ist, mittlerweile auch hier war! Vielleicht ist er ja immer noch hier ...«

»Bleiben Sie, wo Sie sind«, befahl er, doch sie hielt seinen Arm mit beiden Händen umklammert.

»Auf gar keinen Fall! Weil der große, mutige Mann, der sagt, man soll dort bleiben, von dem wahnsinnigen Messerstecher, der sich im Schrank versteckt, in Stücke geschnitten werden könnte.«

Er trat auf den Schrank zu und riss ihn auf. »Kein wahnsinniger Messerstecher.«

»Vielleicht nicht in diesem – aber ich wette, es gibt in diesem Haus insgesamt zwanzig Schränke!«

Statt ihr zu widersprechen, nahm er sie einfach mit, um systematisch die Räume im ersten Stock zu durchsuchen.

»Es wäre besser, wir hätten eine Waffe.«

»Meine AK-47 ist gerade zur Reparatur. Hier oben ist niemand und im Erdgeschoss ebenso wenig. Dort sind wir ja bereits überall gewesen. Außerdem ist der Duft im Schlafzimmer am stärksten.«

»Bedeutet das nicht nur, dass sie zuletzt dort war? Oder am längsten? Ich sage sie, weil ich nicht länger an einen potenziellen Killer-Messerstecher-Einbrecher glaube, der einen gestohlenen Damenduft auflegt.«

»Möglich. Ich muss in meinem Atelier nachsehen. Wenn Sie Angst haben, schließen Sie sich am besten im Badezimmer ein.«

»Das werde ich nicht tun! Haben Sie *Shining* gelesen?«

»In Gottes Namen ...« Resigniert ging Ash die Treppe hinauf. Als Lila ihm folgte, hielt sie sich an seinem Gürtel fest.

Unter anderen Umständen hätte dieser große, vollgestellte, farbenfrohe Raum sie fasziniert, doch jetzt hielt sie nur mehr Ausschau nach irgendeiner Bewegung, wappnete sich für einen Angriff. Doch vor sich sah sie nur Tische, Staffeleien, Leinwände, Dosen, Flaschen, Lappen und Abdeckplanen. An einer Wand hing ein dickes Korkbrett voller Fotos, Skizzen und Notizzettel. Es roch nach Farbe, Terpentin, Kreide.

»Die Gerüche sind zu stark«, sagte sie. »Ich weiß nicht, ob ich hier ein Parfüm wahrnehmen könnte.«

Sie blickte hinauf zu der großen Lichtkuppel, die sich über einem zusammengewürfelten Sitzbereich aus einer langen Ledercouch, ein paar Tischen, einer Lampe und einer Truhe erhob, ließ seinen Gürtel los, trat einen Schritt zur Seite und sah sich erneut um, um ein besseres Gefühl für den Raum zu bekommen.

An den Wänden stapelten sich Dutzende von Leinwänden. Sie hätte ihn gern gefragt, was ihn bewogen hatte, all diese Bilder zu malen und sie dann einfach so beiseitezuräumen. Was tat er überhaupt mit seinen Bildern? Aber jetzt war wohl nicht der richtige Zeitpunkt für solche Fragen.

Dann sah sie die Meerjungfrau.

»O Gott, sie ist so schön! Und gleichzeitig erschreckend. Erschreckend – wie nur wahre Schönheit sein kann. Sie wird sie nicht retten, oder? Sie ist nicht Arielle, die sich nach der Liebe sehnt und Frau sein möchte. Das Meer ist der einzige Liebhaber, den sie will und braucht. Sie wird ihnen dabei zusehen, wie sie ertrinken. Und wenn jemand es bis zu ihrem Felsen schaffen sollte, dann endet dies womöglich noch schlimmer für ihn, als wenn er ertrunken wäre. Aber das Letzte, was er sehen wird, ist Schönheit.«

Am liebsten hätte sie den schimmernden Fischschwanz berührt, und sie musste sich die Hand auf den Rücken legen, um sich zu zwingen, es nicht zu tun.

»Wie haben Sie das Bild genannt?«

»*Sie wartet.*«

»Das ist perfekt. Einfach perfekt! Wer das wohl kaufen wird? Und wird die Person sehen, was Sie gemalt haben, oder nur die schöne Meerjungfrau auf den Felsen über einem stürmischen Meer?«

»Das hängt davon ab, was diese Person darin sehen will.«

»Dann sieht sie nicht richtig hin. Mich hat es jedenfalls abgelenkt … Hier ist niemand mehr. Wenn sie je hier war, dann ist sie wieder weg.« Als Lila sich umdrehte, sah sie, wie Ash sie beäugte. »Wir sollten die Polizei rufen.«

»Und was sollen wir denen sagen? Dass wir ein Parfüm gerochen haben? Bis die hier sind, ist der Duft ohnehin verflogen. Und soweit ich es beurteilen kann, ist nichts angerührt worden.«

»Bei Julie hat sie Dinge mitgenommen. Wahrscheinlich hat sie auch hier irgendetwas mitgehen lassen. Kleinigkeiten. Souvenirs – irgendwas. Aber das ist nicht wichtig, oder?«

»Nein. Hier hat sie jedenfalls nicht nach Ihnen gesucht, sondern nach irgendetwas anderem. Was hat Oliver besessen, das sie in ihren Besitz bringen wollte? Na ja, hier hat sie es zumindest nicht gefunden.«

»Und das bedeutet, dass sie weitersuchen wird. Nicht ich muss vorsichtig sein, Ash, sondern Sie!«

7

Sie mochte womöglich sogar recht haben. Trotzdem begleitete er sie zurück zu ihrer Wohnung und ließ sie erst wieder allein, nachdem er mit ihr sämtliche Räume abgesucht und sich davon überzeugt hatte, dass niemand da gewesen war. Dann kehrte er nach Hause zurück, wobei er halb hoffte, irgendjemand würde sich ihm nähern. Er war in der Stimmung zurückzuschlagen – selbst wenn sein Gegenüber eine Frau wäre, wie Julie behauptet hatte, die Designerschuhe und ein Tattoo am Knöchel trug.

Der Mörder seines Bruder – oder irgendjemand, der bei der Tat dabei gewesen war – war in sein Zuhause eingedrungen, hatte seine ausgeklügelten Sicherheitsvorkehrungen überwunden und war unter Garantie genau so, wie Lila es sich vorgestellt hatte, durch sein Haus marschiert.

Völlig ungehindert und ungestört.

Aber bedeutete das nicht auch, dass ihn jemand beobachtete? Die Person musste gewusst haben, dass niemand sie stören würde. Und sie musste überdies gewusst haben, wann sie das Haus wieder verlassen musste. Kurz bevor er mit Lila hineingekommen war, war sie noch dort gewesen. Wenn ihr Eindringen schon länger zurückgelegen hätte, wäre doch das Parfüm verflogen, oder nicht?

Was war bis dato passiert? Zwei Morde, zwei Einbrüche und ganz sicher irgendeine Form von Überwachung.

In was zum Teufel war Oliver da hineingeraten?

Dieses Mal ging es anscheinend nicht um Spielschulden oder Drogen. Keines von beidem passte. Was für eine Geschichte, was für einen großen Deal mochte Oliver ausgeheckt haben?

Was auch immer es war – es war mit ihm gestorben. Sollte diese Frau ihn noch so lange beobachten, sie würde nichts finden. Weil er nichts hatte. Nichts als einen toten Bruder, eine trauernde

Familie und miteinander im Wettstreit liegende Schuldgefühle und Wut.

Er schloss die Haustür auf. Den Sicherheitscode hatte er bereits geändert, auch wenn das womöglich nichts nützte. Am besten, er rief das Securityunternehmen an, damit sie die gesamte Anlage aufrüsteten. Doch erst einmal sollte er tatsächlich überprüfen, ob sein unwillkommener Besucher wirklich kein Souvenir mitgenommen hatte.

Kurz blieb er stehen und fuhr sich mit den Händen durchs Haar. Ein großer Raum, dachte er. Er hatte gern hinreichend Platz, um sich ausbreiten zu können. Und um seine Familie unterbringen zu können. Doch jetzt würde er das ganze Haus durchkämmen müssen. Denn dass jemand eingedrungen war, stand außer Frage.

Er brauchte länger als eine Stunde, um eine eigenartige, verhältnismäßig kurze Liste fehlender Gegenstände zu erstellen. Das Badesalz, das seine Mutter besonders liebte. Ein Paar Ohrringe, die seine Schwester (eine Halbschwester aus Mutters zweiter Ehe) liegen gelassen hatte, als sie und ihre Mutter vor ein paar Wochen hier übernachtet hatten. Der kleine Sonnenfänger aus buntem Glas, den seine Schwester (Stiefschwester, Vaters vierte Ehe) ihm zu Weihnachten geschenkt hatte. Ein Paar Manschettenknöpfe aus gehämmertem Silber, die immer noch in der kleinen blauen Tiffany's-Schachtel gesteckt hatten.

Mit dem Bargeld, das sie mit Sicherheit in seiner Schreibtischschublade gefunden hatte, hatte sie sich nicht aufgehalten. Es waren zwar nur ein paar hundert Dollar, aber warum hatte sie es nicht mitgenommen? Badesalz, aber kein Geld?

Zu unpersönlich?, fragte er sich. Nicht reizvoll genug?

Weiß der Teufel.

Beunruhigt ging er hinauf in sein Atelier. Er war jetzt nicht mehr in der Stimmung, an der Meerjungfrau weiterzuarbeiten. Trotzdem stellte er sich davor und betrachtete sie und dachte darüber nach, wie Lila seine Gedanken und Gefühle über das Bild beinahe eins zu eins in Worte gefasst hatte. Er hatte nicht erwartet, dass sie sehen würde, was er sah, und noch viel weniger, dass sie es auch verstünde. Er hatte nicht erwartet, dass sie ihn derart faszinieren würde – die Frau mit den lodernden Augen, die ein schweres Multifunktionswerkzeug aus ihrer Tasche zog wie andere Frauen einen Lippenstift und es genauso beiläufig benutzte. Eine, die seine eigene Sicht auf ein noch unfertiges Gemälde teilte und einem Fremden Trost spendete. Eine Frau, die über Teenagerwerwölfe schrieb und keine eigene Wohnung hatte – und das aus freien Stücken.

Vielleicht hatte sie ja recht. Er hatte zwar ihre Nummer – aber das war noch lange nicht alles. Erst wenn er sie gemalt hätte, würde er sie zur Gänze kennen.

Er stellte eine zweite Staffelei auf und begann, eine Leinwand zu präparieren.

Lila stand vor Ashs Haus. Diesmal betrachtete sie es im hellen Tageslicht. Es sah ganz normal aus, dachte sie. Ein altes Backsteingebäude ein paar Stufen über Straßenniveau. Jeder, der hier vorüberging, würde annehmen, dass es bis zu sechs Wohnungen enthielt. Das hatte sie schließlich auch gedacht. Schöne Wohnungen, dachte man vielleicht, im Besitz junger, beruflich erfolgreicher Menschen, die das Flair Downtowns zu schätzen wussten.

Dabei war es in Wirklichkeit ganz anders. In Wirklichkeit hatte Ash sich darin ein Zuhause geschaffen, das auf den Punkt widerspiegelte, wer und was er war: ein Künstler, ein Familienmensch. Jemand, der diese beiden Teile miteinander in Einklang zu bringen vermochte und den Raum schaffen konnte, um beides so zu vereinen, wie er es sich wünschte. Dazu brauchte man ihrer Meinung nach ein gutes Auge und eine nicht unbeträchtliche Selbsterkenntnis. Ashton Archer, dachte sie, weiß genau, wer er ist und was er will.

Und aus Gründen, die für sie keinen Sinn ergaben, wollte er sie malen.

Sie trat an die Tür und drückte auf den Klingelknopf. Er würde sicherlich zu Hause sein. Musste er nicht arbeiten? Sie hätte eigentlich auch arbeiten müssen, konnte sich aber nicht konzentrieren. Und jetzt störte sie ihn wahrscheinlich bei seiner Arbeit, und wirklich, sie hätte ihm einfach auch eine SMS schicken können ...

»Was ist?«

Als die barsche Stimme über die Sprechanlage ertönte, zuckte sie zusammen. »Entschuldigung. Ich bin's, Lila, ich wollte nur ...«

»Ich bin im Atelier.«

»Oh, also, ich ...«

Es summte, dann klickte es. Vorsichtig drehte sie am Türknauf. Die Tür ging auf. Also durfte sie wohl eintreten.

Zögerlich ging sie hinein und machte die Tür hinter sich zu. Es klickte erneut. Sie wandte sich zur Treppe, drehte sich dann aber um und ging zum Aufzug. Wer würde mit so einem Aufzug nicht gern mal fahren?, fragte sie sich. Sie trat ein, zog das Gitter hinter sich zu, drückte auf den obersten Knopf und musste unwillkürlich grinsen, als sich der Aufzug rumpelnd und ächzend in Bewegung setzte.

Als dieser dann mit einem Ruck anhielt, hatte sie ihn durch das Gittergeflecht bereits erspähen können. Er stand an einer Staffelei und zeichnete auf eine Leinwand.

Nein, das war keine Leinwand, sah sie, als sie das schwere Gitter aufzog. Es war ein großer Skizzenblock.

»Ich war einkaufen. Ich hab Kaffee und einen Muffin mitgebracht.«

»Gut«, murmelte er, ohne sich zu ihr umzudrehen. »Legen Sie die Tüte ab und stellen Sie sich dort hin. Genau da.«

»Ich war bei der Polizei, das wollte ich Ihnen erzählen ...«

»Stellen Sie sich dort hin und erzählen Sie es mir. Nein, legen Sie die Tüte weg.« Er trat zu ihr, nahm ihr die Tüte mit den Einkäufen aus der Hand und legte sie auf einen vollgestellten Arbeitstisch. Dann zog er sie vor das breite Fensterband. »Bleiben Sie so stehen. Sehen Sie mich an.«

»Ich bin nicht gekommen, um für Sie Modell zu stehen – außerdem haben Sie gesagt, morgen ...«

»Heute passt es genauso gut. Sehen Sie mich einfach an.«

»Ich hab aber nicht gesagt, dass ich für Sie Modell stehen will. Ich fühle mich nicht wohl ...«

So barsch wie seine Begrüßung durch die Sprechanlage klang auch der Laut, mit dem er sie zum Schweigen brachte. »Seien Sie mal eine Minute lang still. Das ist nicht richtig ...«, murmelte er, lange bevor die Minute vorbei war.

Sie war erleichtert. Allein schon in dieser halben Minute war sie sich vorgekommen wie ein aufgesteckter Schmetterling. »Ich hab Ihnen doch gesagt, dass ich das nicht kann.«

»Nein, nein, Sie machen das gut. Es liegt an meiner Stimmung.« Er warf seinen Bleistift beiseite und sah sie aus zusammengekniffenen Augen an. Ihr Herz schlug ein bisschen schneller, und ihr wurde die Kehle trocken. Dann fuhr er sich mit den Händen durchs Haar. »Was für einen Muffin haben Sie denn mitgebracht?«

»Oh, äh, französischer Apfel. Es klang fabelhaft. Ich bin auf dem Rückweg von der Polizei bei Lukes Bäckerei vorbeigekommen. Da habe ich gedacht, dass ich vielleicht kurz bei Ihnen reinschauen und Ihnen alles erzählen könnte ...«

»Gut. Schießen Sie los.« Er kramte in der Tüte und holte zwei Becher Kaffee und einen riesigen Muffin heraus. Als er einfach so hineinbiss, runzelte Lila die Stirn. »Der Muffin ist echt groß ... Ich dachte, wir teilen ihn uns ...«

Er biss noch einmal hinein. »Ich denke nicht. Was war denn nun bei der Polizei?«

»Fine und Waterstone wollten zwar gerade irgendwohin aufbrechen, aber ich hatte noch kurz Gelegenheit, ihnen von Ihrer Theorie und dem Parfüm zu erzählen.«

Während er an seinem Kaffee nippte, sah er sie unverwandt an, ganz so, als hielte er immer noch seinen Bleistift in der Hand. »Und sie haben gesagt, sie würden sich darum kümmern – aber in einem Tonfall, der nur allzu deutlich machte, dass sie der Ansicht waren, sie würden damit nur ihre Zeit verschwenden.«

»Mich hat ihre Art rasend gemacht. Wie können Sie bei all dem so ruhig bleiben?«

»Weil ich die beiden nur zu gut verstehen kann. Selbst wenn sie es geglaubt haben – was unwahrscheinlich ist: Was bringt es ihnen? Nichts. Ich habe nichts in der Hand und Sie ebenso wenig. Und wer auch immer hier und in Julies Wohnung eingebrochen ist, hat dies mittlerweile wahrscheinlich ebenfalls gemerkt. Oliver und seine Freundin mögen in Gott weiß was verwickelt gewesen sein, aber wir haben nichts damit zu tun. Ich werde meine Verwandten fragen, ob er ihnen gegenüber je irgendetwas erwähnt hat, auch wenn ich das für unwahrscheinlich halte, zumal wenn es illegal oder zwielichtig war, und es war vermutlich beides.«

»Es tut mir so leid.«

»Das muss Ihnen doch nicht leidtun. Vielleicht hat er mit irgendwas geprahlt – gegenüber irgendeinem unserer Geschwister. Vielleicht kann ich mir daraus irgendeinen Reim machen.« Er brach den Rest des Muffins in zwei Teile und reichte ihr die Hälfte.

»Oh, toll, danke.«

»Er ist wirklich gut. Sie hätten zwei davon kaufen sollen.« Mit dem Kaffeebecher in der Hand durchquerte er das Atelier und riss eine Flügeltür auf.

»O mein Gott, ein Kostümfundus!« Entzückt lief Lila zu ihm. »Das ist ja der Wahnsinn! Kleider, Schals, Schmuck – und sogar richtige Lingerie! Ich war in der Highschool in einer Theatergruppe – leider nur kurz, weil mein Vater dann mal wieder versetzt wurde. Aber die Kostüme haben mir damals am meisten Spaß gemacht.«

»Nichts davon ist perfekt für Sie, aber das hier kommt meiner Vorstellung im Moment noch am nächsten.« Er zog ein Sommerkleid in hellem Blau hervor. »Farbe und Länge sind verkehrt, aber zumindest von der Taille aufwärts stimmt der Schnitt. Ziehen Sie es an – und ziehen Sie die Schuhe aus.«

»Nein, ich ziehe es nicht an.« Vorsichtig berührte sie das Kleid – es war aus einem weichen, fließenden Stoff genäht. »Es ist wirklich hübsch.«

»Wenn Sie es eine Stunde lang tragen und mir Zeit geben, gehört es Ihnen.«

»Sie werden mich nicht mit einem ... Das ist Prada!«

»In einer Stunde gehört es Ihnen.«

»Ich muss noch ein paar Besorgungen machen, und Thomas ...«

»Ich helfe Ihnen bei den Besorgungen. Ich muss nachher ohnehin noch meine Post holen gehen. Das habe ich schon seit Tagen nicht mehr gemacht. Und Thomas ist ein Kater – es geht ihm gut.«

»Er braucht Gesellschaft.«

Prada!, dachte sie und berührte erneut den Stoff. Sie hatte sich ein einziges Mal im Leben ein Paar schwarze Prada-Pumps gekauft. Es war heruntergesetzt gewesen, und sie hatte sich eingeredet, dass sie es unbedingt benötigte. Beim jährlichen Schuhausverkauf bei Saks im siebten Stock hatte sie heftig mit sich gerungen. Marken sind unwesentlich, rief sie sich ins Gedächtnis, während eine verschlagene, leise Stimme in ihrem Hinterkopf immerzu flüsterte: *Prada!*

»Warum müssen Sie Ihre Post abholen?«, fragte sie sowohl aus angeborener Neugier, als auch, um nicht länger an Prada denken zu müssen. »Wird sie Ihnen denn nicht einfach hier zugestellt?«

»Nein. Ich habe ein Schließfach. Eine Stunde, und ich kümmere mich um Ihre dummen Besorgungen.«

»Wunderbar!« Sie strahlte ihn an. Da waren sie wieder – ihre Grübchen. »Ich brauche dringend ein paar Hygieneartikel. Ich mache Ihnen eine Liste.«

Er warf ihr aus seinen scharfen grünen Augen einen amüsierten Blick zu. »Ich habe diverse Schwestern, eine Mutter, mehrere Stiefmütter und zahllose Tanten und Cousinen. Glauben Sie etwa, das würde mir etwas ausmachen?«

»Eine Stunde.« Sie gab sich geschlagen. »Und ich darf das Kleid behalten.«

»Abgemacht. Sie können sich dort drinnen umziehen. Und nehmen Sie dieses Ding aus Ihren Haaren – ich will sie offen sehen.«

Sie betrat ein geräumiges Badezimmer: weiße und schwarze Fliesen wie in seiner Küche und ein dreiteiliger Spiegel wie in den Umkleidekabinen großer Kaufhäuser. Sie schlüpfte in das weich fließende blaue Kleid und genoss für einen Augenblick das Gefühl, es nicht nur tragen – sie hatte schon häufiger zum Spaß Designerkleider anprobiert –, sondern bereits in einer Stunde ihr Eigen nennen zu dürfen.

Ein bisschen groß obenrum, dachte sie – Überraschung! –, aber ansonsten passte es gar nicht schlecht. Sie könnte es ja ändern lassen. Und da sie das verdammte Kleid haben wollte, schlüpfte sie auch noch aus ihren Sandalen und zog das Band aus ihren Haaren.

Als sie aus dem Badezimmer kam, stand er am Fenster und blickte hinaus.

»Ich hab kein Make-up dabei«, begann sie.

»Das ist auch nicht nötig. Es sind nur Vorarbeiten.« Er drehte sich zu ihr um und musterte sie. »Die Farbe steht Ihnen gar nicht schlecht, aber Sie brauchen was Stärkeres. Stellen Sie sich dorthin.«

»Sie sind ja ganz schön herrisch, wenn Sie den Künstler hervorkehren.« Sie wollte schon an der Staffelei vorbeigehen, blieb dann aber stehen. Da war ihr Gesicht – immer wieder, aus allen möglichen Blickwinkeln, mit unterschiedlichen Gesichtsausdrücken. »Das bin ja alles ich! Ein komisches Gefühl ...« Sie fühlte sich merkwürdig entblößt. »Warum benutzen Sie denn nicht dasselbe Modell wie bei der Meerjungfrau? Sie ist wunderschön.«

»Es gibt unterschiedliche Arten von Schönheit. Ich möchte Ihre Haare ...« Dann drückte er einfach ihren Oberkörper nach vorn, wuschelte ihr mit den Händen durchs Haar und zog sie wieder hoch. »Werfen Sie die Haare zurück«, befahl er ihr.

Ihre Augen blitzten, als sie tat wie geheißen – nicht aus Wut, sondern aus rein weiblichem Amüsement.

»Das.« Er legte seine Hand um ihr Kinn und schob ihren Kopf ein Stück in den Nacken. »Genau das. Sie wissen viel mehr als ich – als jeder Mann. Ich könnte Sie im Mondschein, im Sternenlicht, im

Schein eines Feuers beobachten, aber ich würde trotzdem nie wissen, was Sie wissen, was Sie denken. Die Männer, die Ihnen beim Tanzen zusehen, glauben, sie könnten Sie haben. Aber das können sie nur, wenn Sie sich dafür entscheiden. Sie gehören niemandem, bis Sie sich dafür entscheiden. Das ist Ihre Macht.« Er trat wieder an die Staffelei. »Kinn hoch, Kopf zurück! Sehen Sie mich an!«

Wieder begann ihr Herz, heftig zu klopfen, und ihr wurde die Kehle eng. Und dieses Mal spürte sie auch, wie ihre Knie weich wurden.

Wie machte er das nur?

»Verlieben sich eigentlich alle Frauen, die Sie malen, in Sie?«

»Manche hassen mich auch. Oder finden mich zumindest anstrengend.« Er warf das Blatt mit den Skizzen beiseite und begann mit einer neuen Seite.

»Aber das ist Ihnen gleichgültig, weil Sie bekommen, was Sie wollen. Und das sind nicht die Frauen.«

»Natürlich sind es die Frauen; teilweise zumindest. Sehen Sie mich an. Warum Romane für Jugendliche?«

»Weil es mir Spaß macht. Die Teenagerzeit steckt voller Dramen. All das Sehnen, die Entdeckungen, das schreckliche Bedürfnis, zu jemandem zu gehören, die schreckliche Angst, nicht wie alle anderen zu sein. Wenn Sie dann auch noch Werwölfe ins Spiel bringen, kann daraus eine Art Allegorie werden und macht noch mehr Spaß.«

»Werwölfe machen immer Spaß. Meine Schwester Rylee hat Ihr erstes Buch sehr gern gelesen.«

»Ach ja?«

»Kaylee ist einsame Spitze, und Aiden ist heiß. Aber Mel mochte sie besonders gern.«

»Oh, das ist schön zu hören. Mel ist die beste Freundin der Hauptfigur. Sie ist ein bisschen ungeschickt und ein Nerd, wie er im Buche steht.«

»Das passt ja – Rylee ist auch ein Nerd und setzt sich, wo sie kann, für Underdogs ein. Ich habe ihr versprochen, mir Ihr zweites Buch zu besorgen und es von Ihnen signieren zu lassen.«

»In ungefähr einem Monat kommen die ersten Vorabexemplare. Dann signiere ich ihr eins«, versprach Lila fröhlich.

»Klasse, danach bin ich bestimmt ihr Lieblingsbruder.«

»Ich wette, das sind Sie sowieso. Sie hören ihr zu, und selbst in Krisenzeiten bescheren Sie ihr glückliche Momente.«

»Wirbeln Sie herum.«

»Wie bitte?«

Er drehte den Zeigefinger in der Luft, während er mit der anderen Hand weiterzeichnete. »Nein, nein, schneller!« Wieder fuhr er mit dem Finger durch die Luft.

Sie kam sich albern vor, machte aber gehorsam eine schnelle Drehung.

»Noch einmal, und Arme hoch! Es muss Ihnen Spaß machen.« Das nächste Mal würde er Musik laufen lassen, um sie ein wenig abzulenken, damit sie entspannt bliebe. »Ja, so ist es besser. Bleiben Sie so, halten Sie die Arme oben. War Ihr Vater auch in Europa stationiert?«

»Ein paarmal, ja. In Deutschland, aber da war ich noch ein Baby. Ich kann mich nicht mehr daran erinnern. Und in Italien. Das war sehr schön.«

»War er auch im Irak?«

»Ja, das war allerdings nicht annähernd so schön. Er wurde aus Fort Lee in Virginia dorthin beordert, und wir blieben zurück.«

»Das ist hart.«

»Die Army ist nichts für Jammerlappen.«

»Und jetzt?«

»Ich versuche immer noch, kein Jammerlappen zu sein. Aber Sie meinen, was er jetzt macht, oder? Er ist pensioniert, und sie sind nach Alaska gezogen. Sie finden es dort großartig. Sie haben einen kleinen Laden übernommen und ernähren sich von Rentierburgern.«

»Okay, jetzt entspannen Sie sich allmählich. Werfen Sie noch mal Ihre Haare zurück. Haben Sie sie dort schon mal besucht?«

»In Juneau? Zweimal. Einmal hatte ich einen Job in Vancouver und bin anschließend weiter nach Juneau gefahren. Das andere Mal von Missoula aus. Waren Sie schon mal in Alaska?«

»Ja, es ist atemberaubend.«

»Das ist wahr.« Sie sah es regelrecht vor sich. »Buchstäblich eine andere Welt. Ein anderer Planet. Nicht gerade der Eisplanet Hoth, aber nahe dran.«

»Der was?«

»Hoth, der Eisplanet. Aus *Star Wars – Das Imperium schlägt zurück*.«

»Okay ...«

Anscheinend kein *Star-Wars*-Fan, dachte Lila und kam wieder auf Alaska zurück. »Was haben Sie in Alaska gemalt?«

»Landschaften. Man wäre verrückt, wenn man das nicht täte. Und ein Bild von einer Inuk als Eiskönigin – sie würde also wahrscheinlich diesen Planeten Hoth regieren«, fügte er hinzu, und Lila grinste.

»Warum eigentlich hauptsächlich Frauen? Sie malen zwar auch andere Dinge, aber doch vor allem Frauen – und auf sehr fantasievolle Art, ob sie nun gütig dargestellt werden wie die Geige spielende Hexe auf der mondbeschienenen Wiese oder als männerverschlingende Meerjungfrau.«

Sein Blick wurde ruhiger, neugieriger. »Wie kommen Sie darauf, dass die Frau auf der Wiese eine Hexe wäre?«

»Weil das Bild Macht ausstrahlt. Man kann ihre Freude daran ebenso spüren wie die Musik. Aber vielleicht habe ich es ja auch nur selbst so gesehen ... Vermutlich wollte ich es so sehen.«

»Sie haben recht. Sie ist gefangen im Zauber ihrer eigenen Musik und ihrer Magie. Wenn das Bild noch mir gehören würde, würde ich es Ihnen verkaufen, weil Sie es verstanden haben. Allerdings wüssten Sie nicht, wo Sie es hinhängen sollten.«

»Ja, das wäre tatsächlich ein Problem«, pflichtete sie ihm bei. »Aber ich frage Sie trotzdem: Warum so häufig Frauen?«

»Weil sie Macht haben. Sie schenken Leben, und das hat seine ganz eigene Magie. So, es reicht für heute.« Er legte seinen Bleistift aus der Hand, ließ sie dabei aber keinen Moment aus den

Augen. »Ich muss das richtige Kleid finden – irgendetwas mit Bewegung ...«

Weil sie sich nicht sicher war, ob er einverstanden sein würde, fragte sie gar nicht erst, ob sie sich seine Skizze ansehen dürfe, sondern trat beherzt an die Staffelei.

So viele Blickwinkel ihres Gesichts und ihres Körpers!, dachte sie.

»Haben Sie ein Problem damit?«, fragte er.

»Es ist wie bei diesen mehrteiligen Spiegeln in Umkleidekabinen«, erwiderte sie und zuckte unschlüssig mit den Schultern. »Man sieht einfach zu viel.«

Noch mehr würde er sehen, wenn er sie zu einem Akt überredete ... Aber ein Schritt nach dem anderen.

»So.« Er nahm seinen Kaffeebecher vom Tisch. »Die Besorgungen.«

»Sie müssen mir wirklich nicht dabei helfen. Sie haben mir immerhin ein neues Kleid geschenkt.«

»Ich muss sowieso zur Post.« Er ließ seinen Blick über das Atelier schweifen. »Und ich muss hier raus. Wahrscheinlich müssen Sie sich erst Ihre Schuhe anziehen.«

»Ja. Geben Sie mir eine Minute.«

Als er wieder alleine war, zog er sein Handy aus der Tasche und schaltete es ein. Als er die unzähligen Nachrichten, E-Mails und SMS sah, bekam er regelrecht Kopfschmerzen.

Ja, er musste dringend an die frische Luft.

Trotzdem nahm er sich die Zeit, ein paar Nachrichten in der Reihenfolge ihrer Wichtigkeit zu beantworten, und steckte das Handy sofort wieder weg, als Lila aus dem Badezimmer kam. Sie hatte wieder die aufgekrempelte Hose und das Top an, das sie zuvor getragen hatte. »Ich hab das Kleid ganz oben in meine Tüte gelegt ... falls Sie es doch lieber behalten möchten.«

»Es ist nicht mein Kleid.«

»Es wäre auch viel zu kurz für Sie, aber ... Oh.« Sie sah ihn betrübt an. »Es gehört jemand anderem ... Warten Sie, ich lege es wieder zurück.«

»Nein, ich habe doch gesagt, Sie können es behalten. Chloe hat es vor Monaten hier liegen lassen – oder vielleicht war es auch Cara? Wer es immer hiergelassen hat, kennt die Regeln.«

»Welche Regeln?«

»Alle Kleider«, erwiderte er, während er mit Lila zum Aufzug ging, »die länger als zwei Monate hierbleiben, landen in der Garderobe oder auf dem Müll. Sonst hätte ich hier überall Zeug herumliegen.«

»Streng – aber fair. Wer ist Cara? Eine Schwester? Ein Modell? Eine Freundin?«

»Eine Halbschwester väterlicherseits.« Eine der Nachrichten auf seinem Handy war just von Cara gewesen, und er musste unwillkürlich wieder an Oliver denken. »Sie geben morgen die Leiche frei.«

Lila berührte seine Hand, als er das Gitter aufschob. »Das ist gut. Es bedeutet, dass bald die Beerdigung stattfindet und Sie sich von ihm verabschieden können.«

»Es bedeutet einen emotionalen Zirkus! Aber man sollte wohl dann erst die Besen hervorholen, wenn die Elefanten getanzt haben.«

»Ich glaube, ich verstehe, was Sie meinen«, sagte sie, nachdem sie kurz nachgedacht hatte. »Das ist allerdings wenig schmeichelhaft für Ihre Familie.«

»Meine Familie habe ich im Augenblick ein wenig satt ...« Er schnappte sich den Schlüsselbund, eine Sonnenbrille und eine kleine Stofftasche. »Können Sie die vielleicht in Ihre Handtasche stecken? Für die Post.«

Sie konnte sich zwar nicht vorstellen, dass jemand eigens für die Post eine Tasche brauchte, tat ihm aber den Gefallen.

Die Schlüssel steckte er sich in die Hosentasche, dann setzte er die Sonnenbrille auf.

»Es sind anstrengende Zeiten«, sagte sie.

»Sie haben ja keine Ahnung ...« Er ließ ihr den Vortritt. »Sie sollten ebenfalls zu der Beerdigung kommen.«

»Oh, ich glaube nicht ...«

»Definitiv. Sie würden für Ablenkung sorgen, und außerdem bewahren Sie in Krisen einen kühlen Kopf – und es wird garantiert diverse Krisen geben. Ich schicke Ihnen einen Fahrer. Um zehn, glaube ich ...«

»Ich kannte ihn doch überhaupt nicht.«

»Aber Sie hatten eine Verbindung zu ihm, und Sie kennen mich. Luke kommt auch. Am Sonntag. Ist Sonntag ein Problem?«

Lüg ihn an, befahl sie sich, aber sie wusste, dass sie das nicht fertigbrachte. »Eigentlich ist das mein Interimstag – zwischen den Kilderbrands und den Lowensteins, aber ...«

»Dann klappt es ja.« Er legte seine Hand auf ihren Arm und dirigierte sie gen Osten statt nach Süden.

»Ich wollte nur einen Block weiter ...«

»Zuerst müssen wir dort drüben hin.« Er zeigte auf eine schicke Boutique mit Frauenmode.

Zum Glück war die Ampel rot, sodass Lila tief Luft holen konnte. Ein großer Lieferwagen rumpelte vorüber, und um sie herum schnatterten Touristen in allen nur denkbaren Sprachen.

»Ashton, wird Ihre Familie die neugierige zeitweilige Nachbarin nicht als Eindringling auf der Beerdigung Ihres Bruders empfinden?«

»Lila, ich habe zwölf Geschwister, und davon haben nicht wenige einen Partner oder Expartner, Kinder, Stiefkinder ... von Tanten, Onkels und Großeltern ganz zu schweigen. Das Wort ›Eindringling‹ gibt es bei uns nicht.«

Er zog sie über die Straße, an einer Frau mit einem schreienden Kleinkind im Buggy vorbei und hinein in den Laden. Er hatte Stil und wartete mit einer geradezu irrsinnigen Farbpalette auf – und mit richtig dicken Preisschildern, argwöhnte Lila.

»Jess ...«

»Ash!« Eine gertenschlanke Blondine in einem schwarzweißen Minirock mit kilometerhohen roten Riemchenschuhen schoss um die Theke herum und hielt Ash die Wange für ein Begrüßungsküsschen hin. »Wie schön, dich zu sehen!«

»Ich muss noch ein paar Besorgungen machen und wollte nur vorbeischauen, um zu sehen, ob du schon etwas gefunden hast.«

»Ich hab mich sofort nach deinem Anruf auf die Suche gemacht, und ich habe tatsächlich ein paar Sachen, die passen könnten. Ist das dein Modell? Hi, ich bin Jess.«

»Lila.«

»Du hattest so recht mit Rot!«, sagte Jess zu Ash. »Und ich glaube, ich weiß auch schon, welches Kleid funktionieren wird. Kommt mit nach hinten!«

Sie führte sie zu einem vollgestopften Lagerraum und nahm zwei rote Kleider mit weitem Rockteil von einem fahrbaren Kleiderständer.

»Das nicht. Das da.«

»Genau.«

Noch ehe Lila überhaupt die Chance hatte, beide Kleider zu sehen, hängte Jess eins davon schon wieder an den Kleiderständer und hielt das andere in die Luft. Ash breitete den mit Volants besetzten Rockteil aus und nickte. »Das müsste funktionieren. Aber ich brauche auch Farbe darunter.«

»Da zeig ich dir noch was. Das hier habe ich vor ein paar Wochen in einem Kommissionsladen gefunden und sofort mitgenommen, weil ich dachte, du könntest es vielleicht irgendwann brauchen. Ich finde, es ist perfekt hierfür! Statt mehrerer Schichten und Unterröcke hast du hier ein einziges Stück mit mehrfarbigen Volants am Saum. Wenn es nicht passen sollte, dann kannst du so was Ähnliches ja bei einer Schneiderin in Auftrag geben.«

»Führen Sie es uns vor.« Er drückte Lila beide Sachen in die Arme. »Anprobieren, na los.«

»Ich muss noch Besorgungen machen ...«, rief sie ihm ins Gedächtnis.

»Dazu kommen wir noch.«

»Warten Sie, ich zeige Ihnen die Umkleidekabine. Möchten Sie eigentlich etwas trinken?«, fragte Jess höflich, während sie Lila in eine Umkleidekabine mit einem dieser verdammten dreiteiligen Spiegel führte. »Ein Mineralwasser?«

»Warum nicht? Gerne, ja, danke.«

Und wieder zog sie sich um. Das Höschen saß zu weit, deshalb steckte sie es mit einer Büroklammer fest. Doch das Kleid passte wie angegossen. Es war nicht ihr Stil; zu rot, zu auffällig mit seinem tief ausgeschnittenen Mieder. Doch die tiefe Taille ließ sie größer wirken, und dagegen hatte sie nichts einzuwenden.

»Haben Sie das Kleid an?«

»Ja. Ich wollte gerade ... Ach, kommen Sie einfach rein«, sagte sie, als Ash auch schon in der Kabine stand.

»Ja, das ist es.« Wieder ließ er den Finger kreisen. Sie verdrehte zwar die Augen, wirbelte dann aber doch gehorsam herum. »Beinahe. Wir müssen ...« Er griff nach dem Saum und schürzte einen Teil des Rocks.

»He!«

»Entspannen Sie sich. Heben Sie ihn hier hoch, zeigen Sie mehr Bein, mehr Farbe.«

»Das Unterteil ist zu weit, ich musste es zusammenstecken.«

»Jess?«

»Gar kein Problem. Aber Sie brauchen auch noch einen besseren BH. 70 A?«

Stimmt genau, dachte Lila – wie peinlich. »Ja.«

»Warten Sie ...« Jess huschte wieder hinaus.

Um ihre Fassung wiederzuerlangen, nahm Lila einen Schluck Mineralwasser. Ash starrte sie immer noch an. »Gehen Sie.«

»Gleich. Große goldene Ohrringe, viele ...« Er fuhr mit dem Finger über ihr Handgelenk.

»Armreifen?«

»Ja.«

»Entschuldige uns einen Moment.« Jess kam mit einem knallroten BH zurück und schob Ash aus der Umkleidekabine. »Sonst würde er einfach hierbleiben«, sagte sie und zwinkerte Lila zu. »Während Sie den hier anprobieren, nehme ich Ihr Maß.«

Seufzend setzte Lila das Wasserglas ab und versuchte, nicht daran zu denken, dass sie sich vor einer Fremden bis zur Taille entblößte.

Eine Viertelstunde später verließen sie den Laden mitsamt dem Kleid, dem BH und dem dazu passenden Höschen, dem sie in einem Moment der Schwäche zugestimmt hatte.

»Wie konnte das passieren? Ich hab doch nur aus dem Fenster gesehen ...«

»Physik?«, schlug er vor.

»Aktion und Reaktion?« Sie schnaubte. »Dann kann ich es also auf die Wissenschaft schieben.«

»Was wollten Sie gleich wieder einkaufen?«

»Ich weiß nicht, ob ich mich daran noch erinnere.«

»Denken Sie darüber nach. In der Zwischenzeit gehen wir zur Post.«

»Post ...« Sie schüttelte den Kopf. »Sie haben mir gerade Unterwäsche gekauft!«

»Das sind nur Requisiten.«

»Es ist Unterwäsche – und zwar rote! Vor einer Woche habe ich Sie noch nicht einmal gekannt, und jetzt haben Sie mir rote Unterwäsche gekauft! Haben Sie sich die Preisschilder überhaupt *angeschaut?*«

»Sie haben gesagt, Sie wollten mich nicht wegen meines Geldes heiraten.«

Sie musste lachen, und im selben Moment fiel ihr wieder ein, was sie hatte besorgen wollen. »Ein Katzenspielzeug. Ich will ein Katzenspielzeug für Thomas.«

»Ich dachte, er hätte Spielzeug?«

Ein Mann in einem knöchellangen Trenchcoat marschierte an ihnen vorbei und murmelte Obszönitäten vor sich hin. Die Ausdünstungen, die hinter ihm herwehten, raubten ihnen schier den Atem.

»Ich liebe New York«, sagte Lila und beobachtete, wie andere Passanten ihm auswichen. »Wirklich.«

»Er lebt hier irgendwo«, sagte Ash. »Ich sehe oder vielmehr rieche ihn mehrmals in der Woche. Offenbar zieht er diesen Mantel nie aus.«

»Ah, daher der Geruch. Für heute haben sie vierunddreißig

Grad vorausgesagt, und ich würde vermuten, wir sind inzwischen so weit. Und ja, Thomas hat Spielzeug, aber es soll ein Abschiedsgeschenk sein. Und für die Kilderbrands muss ich noch eine Flasche Wein kaufen. Die Blumen hole ich am Samstag.«

»Sie lassen ihnen eine Flasche Wein und Blumen da?«

»Natürlich, das ist doch nur höflich. Eine Ihrer vielen Mütter sollte Ihnen das doch wohl beigebracht haben.« Sie atmete den Duft eines Hotdogwagens ein – deutlich angenehmer als der des Trenchcoatmannes. »Warum gehe ich überhaupt mit Ihnen zur Post?«

»Weil wir schon da sind.« Er ergriff ihre Hand und nahm sie mit hinein zu einer Wand voller Schließfächer. Dort zog er seine Schlüssel hervor und entriegelte ein Fach. »Ach du Scheiße.«

»Das ist voll ...«

»Ich war schon ein paar Tage nicht mehr hier. Eine Woche vielleicht. Hauptsächlich Werbung ... Warum nur mussten dafür Bäume sterben?«

»Zumindest in dieser Hinsicht sind wir uns absolut einig.«

Er sah die Post durch und warf ein paar Umschläge in die Stofftasche, die Lila ihm hinhielt. Bei einem wattierten Umschlag hielt er inne.

»Was ist das?«

»Der ist von Oliver.«

»Oh.« Gemeinsam mit Ash starrte sie die große, geschwungene Handschrift an. »Der Stempel ist ...«

»Von demselben Tag, an dem er ermordet wurde!« Ash warf die restliche Post in die Stofftasche und riss den Umschlag auf. Darin befanden sich ein Schlüssel und eine handgeschriebene Notiz auf einer monogrammierten Karte.

Hey Ash,
ich komme in ein, zwei Tagen bei dir vorbei und hole den Schlüssel wieder ab. Ich schicke ihn dir nur sicherheitshalber zur Aufbewahrung, während ich den Rest eines Geschäfts abwi-

ckele. Der Kunde ist ein bisschen heikel. Wenn ich für ein paar Tage aus der Stadt verschwinden sollte, sag ich dir Bescheid. Dann könntest du vielleicht die Ware für mich abholen und sie zu mir bringen. Ich habe sie bei Wells Fargo in der Nähe meiner Wohnung deponiert. Und da ich auf der Karte deine Unterschrift gefälscht habe – wie in alten Zeiten! –, wirst du auch keine Probleme haben, an das Schließfach zu kommen. Danke, Bruderherz!
Bis bald, Oliver

»Dieser verdammte Mistkerl!«

»Was für Ware? Was für ein Kunde?«

»Das muss ich jetzt wohl herausfinden.«

»Wir«, korrigierte sie ihn. »Ich stecke ohnehin schon viel zu tief mit drin«, fügte sie hinzu, als er sie ansah.

»In Ordnung.« Er schob die Karte wieder in den Umschlag zurück und steckte den Schlüssel in die Hosentasche. »Dann wollen wir mal zur Bank gehen.«

»Könnte das nicht der Grund sein?« Sie trabte neben ihm her, um mit ihm Schritt halten zu können. »Sollten Sie den Schlüssel nicht besser bei der Polizei abgeben?«

»Er hat ihn *mir* geschickt.«

Sie griff nach seiner Hand, damit er langsamer ging. »Was hat er damit gemeint, dass er Ihre Unterschrift gefälscht hat wie in alten Zeiten?«

»Das war meistens Kinderkram. Schulzeugnisse, solche Sachen. Meistens.«

»Aber Sie waren doch nicht sein gesetzlicher Vormund, oder?«

»Nein, eigentlich nicht ... Es ist kompliziert.«

Nicht sein Vormund, dachte Lila, aber derjenige, auf den Oliver sich verlassen konnte.

»Er wusste, dass er in Schwierigkeiten steckte«, fuhr Ash fort. »Aber das war ja nichts Ungewöhnliches. Empfindlicher Kunde – das bedeutet wohl: aufgebrachter Kunde. Was auch immer er vor sich hatte – er wollte es nicht bei sich behalten oder in seiner

Wohnung aufbewahren. Deshalb hat er es in einen Safe gelegt und mir den Schlüssel geschickt.«

»Weil er wusste, dass Sie ihn sicher aufbewahren würden.«

»Ich hätte den Umschlag in eine Schublade gelegt, und wenn er gekommen wäre, um ihn abzuholen, wäre ich wahrscheinlich so sauer gewesen, dass ich ihm erklärt hätte, ich wolle nichts davon hören. Das wusste er genau. Deshalb hat er es auch getan. Er wusste genau, dass er es mir nicht zu erklären brauchte, weil ich es erst gar nicht dazu hätte kommen lassen.«

»Trotzdem ist das alles doch nicht Ihre Schuld.«

»Nein, das nicht. Wo zum Teufel ist diese Bank?«

»An der nächsten Ecke links ... Sie werden mir nicht erlauben, mit Ihnen in den Tresorraum zu gehen. Dazu muss man eine Berechtigung haben.«

»Ja, richtig.« Er verlangsamte seine Schritte, während er darüber nachdachte. »Ich hole es heraus, und dann bringen wir es in Ihre Wohnung. Jetzt gehe ich erst mal in diese Bank und bringe es hinter mich. Sie können in der Zwischenzeit ja in einem dieser Läden Ihre Einkäufe erledigen. Sehen Sie mich an!« Er blieb stehen und trat näher an sie heran. »Es ist möglich, dass uns jemand beobachtet – oder einen von uns. Wir müssen also dafür sorgen, dass alles so beiläufig wie nur möglich aussieht. Wir machen eben Besorgungen.«

»Das war heute sowieso mein Plan.«

»Behalten Sie ihn bei. Kaufen Sie etwas ein, und wenn ich in der Bank fertig bin, laufen wir zu Ihrer Wohnung. Ein netter kleiner Spaziergang.«

»Glauben Sie wirklich, dass uns jemand beobachtet?«

»Möglich wäre es. Also ...« Er beugte sich vor und berührte mit seinen Lippen ganz leicht ihren Mund. »Weil ich dir rote Unterwäsche gekauft habe«, flüsterte er. »Und jetzt geh einkaufen.«

»Ich ... Ich gehe zu dem kleinen Supermarkt dort drüben.«

»Bleib dort, bis ich dich abholen komme.«

»In Ordnung.«

Irgendwie ist das alles doch wie ein seltsamer kleiner Traum, dachte sie sich, während sie auf den Supermarkt zuging. Sie hatte Modell für ein Gemälde gestanden, hatte rote Unterwäsche bekommen, Post von einem toten Bruder und war auf dem Bürgersteig geküsst worden, nur weil sie möglicherweise jemand beobachtete.

Dann konnte sie ja jetzt auch einfach Wein kaufen gehen und abwarten, wohin dieser kleine Traum sie als Nächstes führen würde.

8

Es dauerte nicht lange. Ash hatte sich schon oft gedacht, dass Oliver sich seinen Lebensunterhalt auch als Fälscher hätte verdienen können. Die Unterschriften sahen täuschend echt aus – und das hatten sie auch immer dann, wenn Oliver die Signatur ihres Vaters oder die unzähliger anderer Personen nachgemacht hatte. Der Schlüssel passte, und als die Bankangestellte einen Kasten aus dem Safe geholt und den Tresorraum verlassen hatte, stand Ash allein in dem verschlossenen Raum und starrte auf den Kasten hinab.

Was immer darin lag, hatte Oliver und die Frau, die er allem Anschein nach geliebt hatte – zumindest auf seine Art –, vermutlich das Leben gekostet. Was immer darin lag, hatte einen Mörder dazu bewogen, in Ashs Haus und in die Wohnung einer Freundin einzubrechen. Da war er sich ganz sicher.

Er starrte auf die gestapelten Hundertdollarpäckchen – frisch wie junger Salat – und auf den dicken braunen Umschlag hinab. Und auf das Etui, das in dem großen Tresorkasten sorgfältig zwischen das Geld gesteckt worden war – ein Etui aus geprägtem, dunkelbraunem Leder mit goldenen Scharnieren.

Vorsichtig öffnete er es.

In dem dick gepolsterten Innern glitzerte und glänzte es opulent. Dafür?, fragte er sich. Dafür musste er sterben?

Ash nahm den Umschlag zur Hand und zog die Dokumente heraus. Und nachdem er sie überflogen hatte, dachte er erneut: Dafür?

Er zwang sich, die Wut im Zaum zu halten, und klappte das Etui wieder zu. Dann nahm er die in Seidenpapier eingeschlagenen Kleider aus der Einkaufstasche, legte das Etui dazwischen, schlug es dann sorgfältig mit Kleid und Seidenpapier ein und legte es in die Tasche mit der Post. Den Umschlag und das Geld schob er ebenfalls hinein, wobei er sorgfältig darauf achtete, dass das Seidenpapier alles bedeckte. Dann nahm er beide Taschen in eine Hand und ließ den leeren Tresorkasten auf dem Tisch stehen.

Er brauchte einen Computer.

Lila trieb sich so lange im Supermarkt herum, wie es ihr vertretbar erschien. Sie kaufte Wein, zwei große, schöne Pfirsiche, ein kleines Stück Port-Salut-Käse. Um ihren Aufenthalt auszudehnen, hielt sie sich besonders lang bei den Oliven auf, als wäre dies der wichtigste Einkauf des Tages, vielleicht sogar des Jahres.

Letztendlich hatte sie ihren kleinen Korb mit allem möglichen Krimskrams gefüllt. Sie zuckte zusammen, als der Kassierer die Summe nannte, lächelte ihn dann aber ebenso freundlich an wie die attraktive Asiatin in smaragdgrünen Sandalen mit hohen, glitzernden Keilabsätzen, auf die ihr Blick fiel, als sie sich zum Gehen wandte.

»Tolle Schuhe«, sagte sie und hob ihre Einkaufstüte vom Kassentresen.

»Danke.« Der Blick der Frau glitt zu Lilas hübschen, bunten, aber schon ziemlich abgetretenen, flachen Sandalen. »Ihre sind aber auch hübsch.«

»Bequem sind sie, aber nicht schick.« Zufrieden mit sich ging Lila hinaus und schlenderte zur Bank hinüber.

Was für langweilige Schuhe, dachte Jai. Was für ein langweiliges Leben. Aber was trieb der Bruder so lange in dieser Bank? Vielleicht würde es sich ja auszahlen, die beiden noch ein wenig im Auge zu behalten. Die Bezahlung war schließlich gut, New York gefiel ihr, und sie beschloss, die beiden noch ein bisschen länger zu observieren.

Ash trat aus der Bank, als Lila gerade überlegte, ob sie weiter warten oder einfach hineingehen sollte. »Ich konnte einfach nicht mehr kaufen«, hob sie an, doch da fiel er ihr bereits ins Wort: »Schon in Ordnung. Gehen wir.«

»Was war denn nun im Tresor?«

»Wir reden darüber, sobald wir in deiner Wohnung sind.«

»Gib mir wenigstens einen kleinen Hinweis«, bat sie ihn. Seine Schritte waren so lang, dass sie erneut fast neben ihm herrennen musste. »Blutdiamanten, Dinosaurierknochen, Golddublonen, eine Karte von Atlantis – das ja irgendwo da draußen liegen muss?«

»Nein.«

»Aber sicher!«, erwiderte sie. »Der größte Teil dieses Planeten ist von Wasser bedeckt, und deshalb ...«

»Ich habe nur gemeint, dass nichts davon im Tresor gelegen hat. Kann ich bei dir am Computer ein paar Dinge nachschlagen?«

»Die Codes für den Atomschlag, das Geheimnis der Unsterblichkeit, eine Heilkur für männliche Kahlköpfigkeit?«

Er warf ihr einen verblüfften Blick zu. »Gibt es so etwas?«

»Nein, das habe ich erfunden. Warte mal – er hat doch in einem Antiquitätengeschäft gearbeitet. Michelangelos Lieblingsmeißel, Excalibur, Marie Antoinettes Tiara?«

»Du kommst der Sache schon näher.«

»Tatsächlich? Welches davon ist es? Hi, Ethan, wie geht es Ihnen?«

Es dauerte einen Moment, bis Ash begriff, dass sie den Portier angesprochen hatte.

»Alles im grünen Bereich, Miss Emerson. Sie waren einkaufen?«

»Ein neues Kleid.« Sie strahlte ihn an.

»Viel Freude damit! Sie werden uns hier fehlen.« Dann öffnete Ethan ihnen die Tür und nickte Ash im Vorbeigehen zu.

»Er arbeitet schon seit elf Jahren hier«, sagte Lila zu Ash, als sie zum Aufzug hinübergingen. »Er weiß über alles und jeden Bescheid. Aber er ist sehr diskret. Woher will denn irgendjemand wissen, welchen Meißel Michelangelo am liebsten benutzt hat?«

»Ich habe keine Ahnung. Mir ist es allein schon schwergefallen, den verschlungenen Wegen deines Gehirns zu folgen.«

»Du wirkst niedergeschlagen ...« Sie legte ihre Hand auf seinen

Arm. »Das sehe ich dir doch an. Ist es so schlimm? Was hast du gefunden?«

»Er ist dafür gestorben. Das ist schlimm genug.«

Sie würde nicht länger versuchen, ihn aufzuheitern, nahm sie sich vor, auch wenn es ihr selber dabei helfen würde, ihre Nerven zu beruhigen. Als die Aufzugtüren aufglitten, zog sie stumm ihren Schlüsselbund hervor.

In der Wohnung nahm sie sich kurz Zeit für Thomas, der sie begrüßte, als wäre sie wochenlang fort gewesen. »Ich weiß, ich weiß, ich war länger weg als geplant. Aber jetzt bin ich ja wieder da. Sie sollten sich noch ein Kätzchen anschaffen«, sagte sie und brachte ihre Einkäufe in die Küche. »Er hasst es, allein zu sein.«

Sie versuchte, sich bei Thomas für ihre lange Abwesenheit zu entschuldigen, indem sie ihm ein paar Leckerchen hinhielt und gurrend auf ihn einredete. »Kannst du es mir jetzt sagen?«, wandte sie sich schließlich wieder an Ash.

»Ich zeig es dir.«

Er legte die Posttasche auf den Esszimmertisch und zog das Seidenpapierbündel daraus hervor. Dann holte er die Lederschachtel heraus.

»Sie ist wunderschön«, flüsterte sie. »Wirklich besonders ... Das heißt bestimmt, dass der Inhalt ebenfalls schön und besonders ist.« Als Ash den Deckel öffnete, hielt sie für einen Moment den Atem an. »Oh, es ist hinreißend! Und es ist bestimmt alt – etwas, was so reich verziert ist, muss doch alt sein. Ist das Gold – echtes Gold, meine ich? All dieses Gold ... Und sind das echte Diamanten? Und Saphire?«

»Das werden wir herausfinden. Ich brauche deinen Computer.«

»Bitte.« Sie machte eine einladende Geste. »Darf ich es herausholen?«

»Ja, nimm es nur heraus.«

Als der Laptop endlich hochgefahren hatte, rief Ash eine Suchmaschine auf und gab ein: *Engel Wagen Ei.*

»Es ist unglaublich fein gearbeitet ...« So vorsichtig, als wäre es eine Bombe, hielt Lila sich das Ei vor die Augen. »Es ist so filigran verziert – in meinen Augen sogar fast schon überladen –, aber wunderschön. Exquisit, was die Handwerkskunst angeht. Ein goldener Engel, der einen goldenen Wagen hinter sich herzieht, auf dem ein Ei liegt. Und das Ei – Gott, sieh dir an, wie es funkelt! Das sind doch garantiert echte Juwelen, oder? Wenn ja ...« Auf einmal durchzuckte sie ein Gedanke. »Ist das ein Fabergé-Ei? Ich weiß nicht viel darüber, aber hat dieser Fabergé nicht solche Eier designt? Mir war nicht klar, dass sie so fein gearbeitet sind – es ist so viel opulenter als einfach nur ein schönes Ei!«

»Fabergé war sowohl eine Einzelperson als auch eine ganze Familie«, sagte Ash geistesabwesend. Er legte seine Hände zu beiden Seiten des Laptops auf den Tisch und überflog die Webseite.

»Es sind Sammlerobjekte, nicht wahr? Oder sie stehen im Museum. Das hier muss Tausende – wahrscheinlich Hunderttausende – wert sein.«

»Mehr.«

»Eine Million?«

Er schüttelte nur den Kopf und las weiter.

»Ach komm, wer bezahlt denn mehr als eine Million für ein Ei? Selbst für so eins. Es ist ... Oh, es lässt sich öffnen, und da liegt eine ... Ash, sieh mal!« Entzückt sah sie auf die Kostbarkeit auf ihrer Handfläche hinab. »In dem Ei steckt eine kleine Uhr! Eine Engels-Uhr! Das ist ja fabelhaft! Das ist wirklich unglaublich! Okay, wegen der Uhr schätze ich ... eine Million.«

»Die Überraschung. Das, was sich im Ei befindet, nennt man die Überraschung.«

»Es ist wirklich toll. Ich würde es am liebsten genauer unter die Lupe nehmen ...« Ihre Finger prickelten bei dem Gedanken daran herauszufinden, wie das Ei gefertigt worden war. »Aber das mache ich natürlich nicht, wenn es tatsächlich eine Million Dollar wert ist – sofern es denn echt ist.«

»Wahrscheinlich eher zwanzigmal so viel.«

»*Was?*« Instinktiv legte sie die Hände auf den Rücken.

»Mit Leichtigkeit. Goldenes Ei mit Uhr«, las er vor, »verziert mit Brillanten und einem Saphir, in einem goldenen, zweirädrigen Wagen, gezogen von einem goldenen Cherub. Es wurde unter der Aufsicht von Peter Carl Fabergé 1888 für den Zaren Alexander III. hergestellt. Eines der Zaren-Eier. Eines von acht verschollenen Zaren-Eiern.«

»Verschollen?«

»Nach allem, was hier steht, existierten insgesamt etwa fünfzig Zaren-Eier, die Fabergé für die Zaren Alexander und Nikolaus angefertigt hatte. Zweiundvierzig davon befinden sich mittlerweile in Museen oder in privaten Sammlungen. Acht fehlen. Der Engel mit Wagen ist eins davon.«

»Aber wenn das hier echt ist ...«

»Das ist das Erste, was wir überprüfen müssen.« Er tippte auf den braunen Umschlag. »Hier drin stecken Dokumente – manche davon auf Russisch –, und sie bestätigen ebenfalls, dass dies eines der Zaren-Eier ist ... es sei denn, sowohl Ei als auch Dokumente sind gefälscht.«

»Für eine Fälschung ist es zu exquisit. Wenn irgendwer ein solches Talent hat und sich so viel Zeit dafür nimmt, warum sollte er dann irgendetwas fälschen? Ja, es ist genau das, was Menschen tun«, sagte sie, noch ehe Ash irgendetwas erwidern konnte. »Ich verstehe es nur nicht.«

Sie setzte sich hin und lehnte sich vor, bis sie das Ei auf Augenhöhe vor sich sah. »Wer immer es kaufen wollte, würde es doch garantiert auf seine Echtheit überprüfen lassen. Natürlich wäre es möglich, dass eine außergewöhnlich gute Fälschung solche Tests bestünde, aber es wäre so unwahrscheinlich! Wenn es hingegen echt wäre ... Hast du wirklich zwanzig Millionen gesagt?«

»Wahrscheinlich sogar mehr, nach allem, was hier steht. Aber das kann man ja leicht herausfinden.«

»Wie denn?«

»Olivers Onkel Vinnie, sein Chef, ist Besitzer und Eigentümer von Old World Antiques. Wenn Vinnie es selbst nicht weiß, dann kennt er bestimmt Leute, die es wissen.«

Funkelnd lag das Ei vor ihnen – Ausdruck einer opulenten Ära. Nicht nur große Kunst, dachte Lila, sondern auch Geschichte. »Ash, du musst es in ein Museum bringen.«

»Soll ich einfach ins Metropolitan gehen und sagen: ›Hey, schaut mal, was ich gefunden habe‹?«

»Dann zur Polizei.«

»Noch nicht. Ich möchte Antworten, und die Polizei kann mir die nicht geben. Ich muss einfach wissen, wie Oliver an dieses Ei gekommen ist. War es ein Handel? Hat er es gestohlen oder gekauft?«

»Du glaubst, er könnte es gestohlen haben?«

»Nicht bei einem Einbruch.« Er fuhr sich mit den Fingern durchs Haar. »Aber vielleicht hat er es jemandem abgeschwatzt? Hat er gelogen? Manipuliert? Das konnte er gut. Er hat geschrieben, er hätte einen Kunden. Hat er das Ei von diesem Kunden bekommen, oder wollte er es ihm verkaufen?«

»Hast du denn schon alle Dokumente in dem Umschlag gelesen? Vielleicht gibt es ja irgendwo eine Rechnung, eine Art Kaufbeleg.«

»Nein, nichts – aber ich habe noch nicht die Papiere aus seiner Wohnung durchgesehen. Im Tresorkasten lagen außerdem etwa sechshunderttausend in bar.«

»Sechs*hunderttausend*?«

»So in etwa«, erwiderte Ash. Er war tief in Gedanken versunken.

Lila riss die Augen auf.

»Oliver kann das Ei noch nicht lange besessen haben, und er hatte auf jeden Fall Pläne damit. Wahrscheinlich wollte er das Geld an der Steuer vorbeischleusen. Vielleicht ist er auch bezahlt worden, um es zu erwerben. Dann hat er gemerkt, dass er zu wenig bekommen hat, und hat versucht, aus dem Kunden mehr Geld rauszuschlagen.«

»Wenn es tatsächlich so viel wert ist, wie du glaubst, warum haben sie dann nicht einfach mehr bezahlt? Warum mussten zwei Menschen sterben?«

Ash schwieg. Menschen töteten für deutlich geringeres Geld. Oder auch einfach nur, weil sie töten wollten. »Vielleicht war es von vornherein geplant gewesen, ihn zu töten«, sagte er nach einer Weile. »Oder er hat die falsche Person wütend gemacht. Wir müssen auf jeden Fall überprüfen, ob das hier echt ist. Ich muss herausfinden, wo Oliver es herhat und wer es haben wollte.«

»Und dann?«

Seine grünen Augen funkelten. »Und dann werden sie dafür bezahlen, dass sie meinen Bruder umgebracht und eine Frau aus dem Fenster gestoßen haben.«

»Weil du zur Polizei gehst, wenn du es herausgefunden hast.«

Er zögerte einen Moment, weil seine Wut ihm vorgaukelte, er könne die Mörder selbst zur Rechenschaft ziehen. Doch als er in Lilas Augen blickte, war ihm klar, dass er das nicht konnte – und wenn er es wirklich täte, würde ihn das in ihren Augen herabsetzen. Es überraschte ihn, wie viel ihm das ausmachte.

»Ja, dann gehe ich zur Polizei.«

»Okay. Ich mache uns jetzt etwas zu essen.«

»Du machst uns etwas zu essen?«

»Wir müssen nachdenken, und wir müssen etwas essen.« Sie setzte das Ei vorsichtig wieder in die gepolsterte Schachtel. »Du tust das, weil du ihn geliebt hast. Er ist dir zwar auf die Nerven gegangen, war manchmal lästig und hat dich oft enttäuscht, aber du hast ihn geliebt, und deshalb wirst du alles daransetzen herauszufinden, warum das alles passiert ist.« Sie sah ihm direkt in die Augen. »Du trauerst, und Trauer hat mitunter etwas Gewalttätiges. Aber es ist nicht falsch, so zu empfinden.« Sie legte ihre Hand auf seine. »Es ist ein ganz natürliches Gefühl – auch dass du die Täter bestrafen willst. Aber du wirst es nicht selbst tun. Dazu besitzt du zu viel Anstand. Deshalb helfe ich dir, indem ich erst mal ein Mittagessen zubereite.«

Sie ging in die Küche und kramte in den Lebensmitteln, die sie eingekauft hatte.

»Warum schickst du mich nicht einfach weg und sagst mir, ich soll mich zum Teufel scheren?«

»Warum sollte ich das tun?«

»Weil ich in dein Haus ...«

»Es ist nicht mein Haus.«

»Weil ich in deine Arbeit«, korrigierte er sich, »ein millionenschweres Objekt gebracht habe, das unter Garantie auf unmoralische Art und Weise erworben wurde. Deshalb ist jemand in die Wohnung deiner Freundin eingebrochen und hat nach dir oder nach irgendeiner Information über dich gesucht. Und solange du mit mir zusammen bist, wirst du möglicherweise von dieser Person, die möglicherweise zudem ein Mörder ist, beobachtet.«

»Du hast den tragischen Verlust der Schuhe meiner Freundin vergessen.«

»Lila ...«

»Das sollte man nicht einfach so außer Acht lassen«, sagte sie und setzte einen Topf mit Wasser auf, um Nudeln zu kochen. Ein kleiner Pastasalat war jetzt genau das Richtige. »Und die Antwort auf dies alles lautet: Du bist nicht dein Bruder.«

»Das ist die Antwort?«

»Der erste Teil«, gab sie zurück. »Vielleicht hätte ich ihn ja sogar gemocht. Ja, ich glaube, ich hätte ihn vielleicht sogar gemocht. Ich glaube allerdings auch, dass er mich frustriert hätte, weil er anscheinend so viel Potenzial, so viele Möglichkeiten vergeudet hat. Du tust das nicht, und das ist der zweite Teil der Antwort. Du vergeudest nichts, und das ist wichtig – dass man Dinge oder Zeit, Menschen oder Möglichkeiten nicht vergeudet. Du willst für ihn eintreten, obwohl du glaubst, dass er etwas getan hat, was nicht nur dumm oder gefährlich war, sondern auch falsch. Trotzdem trittst du für ihn ein. Aus Loyalität. Liebe, Respekt, Vertrauen? Das alles ist wichtig, aber ohne Loyalität nützt einem alles nichts – und das ist der Rest der Antwort.« Sie sah ihn aus ihren dunklen, gefühlvollen Augen unverwandt an. »Warum also sollte ich dich bitten zu gehen?«

»Weil du ihn nicht gekannt hast und dies hier dein Leben verkomplizieren wird.«

»Ich kenne dich, und Komplikationen gehören nun mal zum

Leben. Außerdem malst du mich nicht, wenn ich dich hinauswerfe.«

»Du willst doch gar nicht, dass ich dich male.«

»Ich wollte es nicht. So ganz sicher bin ich mir immer noch nicht, aber du hast mich neugierig gemacht.«

»Ich habe bereits ein zweites Bild im Kopf.«

»Siehst du, du vergeudest keine Zeit. Was schwebt dir vor?«

»Du, in einem blühenden, üppig grünen Garten bei Sonnenuntergang. Du wachst gerade auf, dein Haar ist zerzaust.«

»Ich wache bei Sonnenuntergang auf?«

»Wie eine Fee vielleicht, vor der nächtlichen Arbeit.«

»Ich wäre eine Fee?« Bei dem Gedanken leuchtete ihr Gesicht auf. »Das gefällt mir. Wie sähe denn diesmal meine Garderobe aus?«

»Smaragde.«

Sie hatte soeben die Nudeln in den Topf mit dem kochenden Wasser gegeben. Jetzt hörte sie auf umzurühren und starrte ihn stattdessen aus großen Augen an. »Smaragde?«

»Smaragde, die wie die Gischt eines magischen Meeres zwischen deinen Brüsten liegen, an deinen Ohren ... Ich wollte eigentlich noch warten, bis ich dir davon erzähle, aber ich glaube, ich lege lieber gleich die Karten auf den Tisch, damit du noch Zeit hast, deine Meinung zu ändern.«

»Ich kann meine Meinung jederzeit ändern.«

Lächelnd machte er einen Schritt auf sie zu. »Das glaube ich nicht. Um wegzulaufen ist jetzt der letztmögliche Zeitpunkt.«

»Ich laufe doch nicht weg – ich bereite unser Mittagessen zu.«

Er nahm ihr die Pastagabel aus der Hand und rührte um. »Jetzt oder nie.«

Sie trat einen Schritt zurück. »Ich brauche das Sieb.«

»Jetzt«, sagte er, legte die Hand um ihren Arm und zog sie zurück.

Diesmal war es nicht wie auf dem Bürgersteig – eine leichte, fast beiläufige Berührung ihrer Lippen. Dieses Mal packte er sie, fest und leidenschaftlich, und küsste sie so fordernd, dass es wie Stromstöße durch sie hindurchjagte. Schon als er sie im Atelier nur angesehen hatte, waren ihr die Knie weich geworden. Jetzt aber verlor sie regelrecht den Boden unter ihren Füßen. Wenn sie sich nicht an ihn geklammert hätte, wäre sie glatt umgefallen.

Also hielt sie sich an ihm fest.

Er hatte es in ihr gesehen, gleich beim allerersten Mal, als er in ihre Augen geblickt hatte. Selbst durch den Schock und die tiefe Trauer hindurch hatte er es gesehen. Dass sie in der Lage und willens war, ihrem Gegenüber etwas zu schenken. Das Leuchten in ihr, das sie erstrahlen ließ oder in sich verbarg. Und jetzt versank er darin, in der dunklen, träumerischen Mitte all ihres Lichts, und hüllte sich in ihm ein wie im Leben.

»So wirst du aussehen«, flüsterte er und sah ihr erneut in die Augen, »wenn du in der Gartenlaube aufwachst. Denn du weißt, was du im Dunkeln bewirken kannst.«

»Küsst du mich deshalb? Wegen des Gemäldes?«

»Hast du mich deshalb nicht weggeschickt? Hast du längst gewusst, dass das hier ... kommen würde?«

»Vielleicht war das ein Grund. Nicht der Hauptgrund – aber einer der Gründe.«

Er strich ihr Haar über die Schultern zurück. »Siehst du.«

»Ich muss ...« Sie löste sich von ihm und nahm den Nudeltopf vom Herd, ehe das Wasser überkochte. »Schläfst du mit allen Frauen, die du malst?«

»Nein. Eine solche Arbeit ist natürlich intim und hat meistens auch eine sexuelle Komponente, aber es ist immer noch Arbeit. Ich wollte dich schon malen, als du mir in diesem Café beim Polizeirevier gegenübergesessen hast. Ich wollte mit dir schlafen ... Und du hast mich umarmt. Als ich das erste Mal hier war, hast du mich umarmt, bevor ich wieder ging. Es war nicht der körperliche Kontakt – so leicht bin ich normalerweise nicht zu knacken.« Ein Lächeln huschte über ihr Gesicht, als sie die Nudeln in ein Sieb leerte. »Es war die Großzügigkeit. Die Unaufgeregtheit. Das wollte ich – und ich wollte dich. Vielleicht wollte ich erst nur getröstet werden. Aber jetzt hat das alles nichts mehr mit Trost zu tun.«

Nein, nicht mit Trost, dachte sie. Für keinen von ihnen. »Starke Männer haben mich immer angezogen. Komplizierte Männer. Und es hat immer böse geendet.«

»Warum?«

»Warum böse?« Sie zuckte nur mit der Schulter, während sie die Nudeln in eine Schüssel gab. »Irgendwann waren sie mich wohl leid.« Sie warf ein paar hübsche kleine Tomaten dazu, einige glänzend schwarze Oliven, hackte ein paar Blätter Basilikum und fügte überdies Rosmarin und Pfeffer hinzu. »Ich bin nicht aufregend, ich bin nicht bereit, zu Hause zu bleiben und, na ja, zu kochen, einen Haushalt zu führen oder jeden Abend loszuziehen und feiern zu gehen. Ein bisschen von allem ist schon ganz in Ordnung, aber es war entweder nie genug von einem oder zu viel vom anderen.« Sie hielt einen Moment inne. »Es ist ja nur ein Mittagessen. Ich schummele jetzt mal und nehme ein Dressing aus der Flasche.«

»Warum ist das Schummeln?«

»Ach, vergiss es einfach.«

»Ich bin nicht auf der Suche nach einer Köchin oder Haushälterin. Und jeden Abend Party – das liegt mir genauso wenig. Aber du bist im Augenblick die aufregendste Frau, die ich kenne.«

Aufregend? Niemand hatte sie je für aufregend gehalten – von ihr selbst ganz zu schweigen. »Das liegt nur an der Situation ... In derlei intensiven Situationen entsteht eine gewisse emotionale Erregung – mitunter auch Angst, wahrscheinlich sogar Magengeschwüre ... obwohl das mittlerweile bestritten wird. Trotzdem wäre es eine Schande, all die Erregung und Intensität zu verschwenden.« Sie mischte das Dressing unter den Salat und öffnete dann den Brotkasten. »Eins ist noch übrig.« Sie hielt ein Sauerteigbrötchen in die Luft. »Wir müssen es uns teilen.«

»Abgemacht.«

»Ich möchte dich noch um eine andere Abmachung bitten. Lass mich ein bisschen zu Atem kommen, bevor ich mich in irgendetwas hineinstürze. Für gewöhnlich neige ich nämlich genau dazu – und irgendwann stecke ich dann viel zu tief in einer Sache drin. Hinzu kommt noch die Lage, in der wir uns befinden: dein Bruder, dieses spektakuläre Ei ... Also, ich würde mich gern ein bisschen langsamer hineinwagen ...«

»Wie weit hinein hast du dich denn bis jetzt gewagt?«

»Als du anfingst, mich zu zeichnen, hab ich schon bis zu den Knien dringesteckt. Inzwischen womöglich sogar bis zur Hüfte.«

»Okay.« Ihre Antwort – frisch, einfach und direkt – war erotischer als schwarze Seide. Er musste sie einfach berühren und spielte kurz mit ihren dunklen Haarsträhnen, die sie zum Glück noch nicht wieder zusammengebunden hatte.

»Möchtest du auf der Terrasse essen? So könnten wir die Situation hier drinnen eine Weile hinter uns lassen.«

»Exzellente Idee. Lass uns hinausgehen.«

Lange würden sie es angesichts ihrer Lage nicht in der Schwebe lassen können, dachte sie. Aber jetzt saß sie erst einmal in der Sonne, aß einen leichten Nudelsalat, und neben ihr saß jener rätselhafte Mann, der sie so offenkundig begehrte. Es hatte andere Männer gegeben, die kurz neben ihr hergesprintet waren, manchmal sogar für ein oder zwei Runden. Einen Marathon hatte sie noch nie mitgemacht. Aber hatte ihr ganzes Leben bislang nicht aus kurzen Sprints bestanden – zumal sie Dauerhaftigkeit für sich selbst ausschloss? Sie fand, dass sie ihr Leben mit der Aufeinanderfolge kurzer Episoden eigentlich ganz produktiv und interessant gestaltete. Und in einer Beziehung mit Ash konnte sie es doch genauso machen.

»Wenn wir uns über Julie – vielleicht bei einer deiner Ausstellungen – kennengelernt hätten, wäre das alles nicht annähernd so seltsam. Aber vielleicht hättest du dann auch gar kein Interesse an mir gehabt, wenn wir uns so begegnet wären.«

»Da irrst du dich.«

»Nett, dass du das sagst. Aber wir haben uns ja nun mal nicht so kennengelernt.« Sie blickte zu dem Fenster hinüber, das immer noch verbarrikadiert war. »Du hast viel zu tun, Ash.«

»Und es wird immer mehr. Das gilt im Übrigen auch für dich – schließlich hast du mich nicht vor die Tür gesetzt, als du noch die Chance dazu hattest.«

»Ich bin die Königin des Multitaskings. In ein paar Tagen habe ich Blick auf den Fluss, einen kleinen Hund, Orchideen und ein Fitnessstudio, das mich entweder einschüchtert oder dazu anregt, mal wieder etwas für meinen Körper zu tun. Ich muss mein Buch fertig schreiben und ein Geburtstagsgeschenk für meine Mutter besorgen. Ich glaube, ein kleiner Zitronenbaum wäre genau das Richtige – wäre es nicht cool, in Alaska seine eigene Zitronenlimo zu produzieren? Und dann ist da noch ein möglicherweise gestohlenes Zaren-Ei, das mehr wert ist, als ich mir überhaupt vorstellen kann, die unterschwellige Angst, dass ich von einem Killer beschattet werde, und die überraschende Aussicht auf potenziell wirklich guten Sex mit einem Mann, dem ich begegnet bin, weil er seinen Bruder verloren hat. Das erfordert einiges an Jonglierkünsten«, schloss sie. »Also versuche ich, geschickt zu sein.«

»Du hast das Bild vergessen.«

»Weil mich das mehr einschüchtert als das Fitnessstudio oder der Sex.«

»Sex schüchtert dich ein?«

»Ich bin ein Mädchen, Ashton. Mich zum ersten Mal vor einem Mann auszuziehen, ist monumental einschüchternd.«

»Ich sorge dafür, dass du abgelenkt sein wirst.«

»Das könnte von Vorteil sein.« Sie zeichnete ein winziges Herz an das beschlagene Glas ihres Zitronenwassers. »Was machen wir denn jetzt mit diesem Ei?«

Und da war es wieder, dachte er. »Ich zeige es Olivers Onkel – demjenigen, für den er gearbeitet hat. Wenn Vinnie es nicht identifizieren und unseren Verdacht verifizieren kann, dann kennt er bestimmt jemanden, der es kann.«

»Das ist wirklich eine gute Idee. Wenn er es gesehen hat ... Es ist ja so oder so wertvoll. Entweder in normalem Umfang wertvoll – wegen seiner künstlerischen Ausführung – oder beängstigend wertvoll. Und was machst du, wenn er es geschätzt hat?«

»Ich nehme es morgen mit aufs Gelände. Die Sicherheitsvorkehrungen dort sind besser als in der staatlichen Münzprägeanstalt. Dort ist das Ei in Sicherheit, während ich mich um den Rest kümmere.«

»Und wie willst du das machen?«

»Darüber denke ich noch nach. Vinnie kennt bestimmt Sammler – Sammler in großem Stil. Oder er kennt Leute, die Leute kennen ...«

Lila war durchaus fantasiebegabt. Doch jetzt musste sie ihre ganze Vorstellungskraft einsetzen, um sich jemanden vor Augen zu führen, der bereit wäre, mehrere Millionen für sein Hobby auszugeben. Sie arbeitete unter anderem für ein schwules Pärchen, das antike Türknäufe sammelte. Über den Winter hatte sie das Haus einer zweifach verwitweten Frau gehütet, die eine faszinierende Sammlung erotischer Netsukes besaß. Aber so viele Millionen? Die Vorstellung fiel ihr schwer. Sie brauchte ein Bild, ein Gesicht, einen Hintergrund, vielleicht sogar einen Namen, um ihre Fantasie anzuregen.

»In seinen Unterlagen muss doch irgendetwas über diesen Kunden stehen – in seiner Korrespondenz, irgendwo!«

»Ich sehe mir alles noch mal ganz genau an.«

»Ich kann dir dabei helfen. Wirklich«, sagte sie, als er nicht antwortete. »Manchmal bezahlen Kunden mir ein kleines Extrahonorar, wenn ich das Arbeitszimmer oder ihre Unterlagen während ihrer Abwesenheit in Ordnung bringe. Auf jeden Fall muss auch Olivers Freundin Sage darüber Bescheid gewusst haben. Sie haben so viele intensive Gespräche geführt ...« Lila starrte erneut zu dem verbarrikadierten Fenster hinüber. »All die Auseinandersetzungen, die Erregung, die Angst ... Und ich habe geglaubt, es ginge um persönliche Dinge! Aber es muss dabei um das Ei gegangen sein, um den Kunden, darum, was er damit vorgehabt hat – oder was *sie* damit vorhatten.«

»Sie wusste bestimmt davon«, stimmte Ash ihr zu. »Aber womöglich nicht bis ins Detail. Du hast gesagt, sie hat geweint, gefleht, war außer sich vor Angst. Ich glaube, wenn sie gewusst hätte, wo Oliver das Ei aufbewahrte, dann hätte sie es verraten.«

»Du hast wahrscheinlich recht. Sie wusste zwar, worum es sich handelte und was er vorhatte, aber vielleicht nicht, wo er es verwahrte. Also konnte sie es nicht verraten – und er konnte es ebenso wenig verraten, weil er da bereits bewusstlos war. Wer auch immer ihn getötet hat, hat einen Fehler gemacht, als er ihn betäubte. Sie haben wohl angenommen, dass die Frau leichter zu beeindrucken wäre und ihnen alles sagen würde, wenn sie ihr nur genug Angst einjagten.« Sie stand auf und nahm die Teller vom Tisch. »Du hast viel zu tun, musst Leute besuchen.«

Er stand ebenfalls auf, nahm ihr jedoch die Teller aus der Hand und stellte sie zurück auf den Tisch. Dann legte er seine Hände auf ihre Arme. »Er hat ihr bestimmt erzählt, er wolle sie nur schützen. ›Hör zu, meine Schöne, was du nicht weißt, kann dir auch nicht schaden. Ich passe schon auf dich auf.‹ Und ein Teil von ihm hat das bestimmt sogar geglaubt.«

»Es stimmte bestimmt zum Teil auch.«

»Er hat es ihr deshalb nicht gesagt, weil er ihr nicht zu hundert Prozent vertraute und weil er nicht wollte, dass sie genauso viel wusste wie er. Es war sein Deal, seine Art, Geschäfte zu machen. Und sie musste dafür sterben.«

»Er auch, Ashton. Sag mir«, und jetzt packte sie ihn an den Armen, »wenn er es gekonnt hätte: Hätte er das Versteck preisgegeben, um sie zu retten?«

»Ja.«

»Dann gib dich damit zufrieden.« Sie stellte sich auf die Zehenspitzen und gab ihm einen Kuss auf den Mund. Er zog sie an sich, und wieder versank sie mit bebendem Herzen in seiner Umarmung. »Ich könnte dich ein wenig ablenken …«

»Gar keine Frage. Aber …« Er ließ seine Hände über ihre Arme gleiten. »Aber.«

Sie gingen wieder hinein. Sie sah ihm dabei zu, wie er den Lederkasten wieder in die Einkaufstasche legte und das Seidenpapier, den Umschlag und das Geld danebensteckte.

»Ich muss morgen weg, ein paar persönliche Angelegenheiten regeln. Wenn du dich wohler dabei fühlst, kannst du am Sonntag Julie zur Beerdigung mitbringen.«

»Das wäre ihr und Luke vielleicht unangenehm.«

»Sie sind erwachsen.«

»Das sagst du.«

»Frag sie. Und schick mir eine SMS mit deiner nächsten Adresse, damit ich Bescheid weiß. Du hast gesagt, Upper East?«

»Ja. Tudor City.«

Er runzelte die Stirn. »Das ist aber weit weg von meinem Atelier. Ich bestell dir einen Fahrdienst für die Sitzungen.«

»Die U-Bahn – du hast vielleicht schon davon gehört – fährt quer durch die Stadt. Taxis und Busse ebenso. Die wundersamen Errungenschaften des öffentlichen Personennahverkehrs ...«

»Ich organisiere einen Fahrdienst. Tu mir einen Gefallen: Geh heute Abend nicht mehr aus.«

»Ich hatte es auch nicht vor, aber ...«

»Gut.« Er griff nach den Tüten und wandte sich zur Tür.

»Du solltest dir ein Taxi bestellen oder einen Wagen nehmen, statt mit diesem Ding in dieser blöden Tüte herumzulaufen. Am besten fährst du in einem gepanzerten Fahrzeug.«

»Mein Panzerfahrzeug ist in der Werkstatt. Bis in ein paar Tagen! Ruf Julie an. Und bleib zu Hause!«

Er geht ziemlich freizügig mit Befehlen um, dachte sie, als er ging. Und er brachte sie geschickt so an, dass sie einem vorkamen wie ein Gefallen oder schlicht wie Äußerungen des gesunden Menschenverstands. »Ich sollte allein aus Trotz ein paarmal um den Block laufen«, sagte sie zu Thomas. »Aber das ist es nicht wert. Ich spüle jetzt das Geschirr, und dann ist das Buch an der Reihe. Und, ach, zum Teufel, ich rufe Julie an.«

9

Ash stellte vorsorglich ein Glas kalt. Im Sommer trank Vinnie am liebsten einen eiskalten Gin Tonic, und weil Ash gedachte, ihn um einen Gefallen zu bitten, wollte er zumindest für das bevorzugte Getränk des Mannes sorgen.

Vinnie hatte keinerlei Fragen gestellt, als Ash angerufen hatte, und sofort eingewilligt, nach Ladenschluss bei ihm vorbeizukommen. Ash hatte den Kummer in seiner Stimme hören können, aber auch die Bereitschaft zu helfen, und ihm war klar, dass beides nötig sein würde, wenn er Vinnie in die ... in diese Sache mit hineinzog.

Er ist ein guter Kerl, dachte Ash, während er nebenbei im Internet surfte und nach zusätzlichen Informationen über das Fabergé-Ei suchte: glücklich verheiratet seit fast vierzig Jahren, ein gewiefter Geschäftsmann mit einem unbestechlichen Blick für Werte. Vater von drei Kindern, hingebungsvoller Großvater von sechs Enkeln. Vielleicht waren es mittlerweile sogar schon sieben. Ich muss mal wieder unseren Stammbaum checken. Vinnie hatte Oliver Arbeit gegeben, obwohl er gewusst hatte, dass der einzige Sohn seiner Schwester als unzuverlässig und kapriziös galt – aber es hatte funktioniert. Mit Vinnie kam jeder aus. Aber er erwartete auch einiges.

Wann immer Ash sich erkundigt hatte, hatte Vinnie gesagt, Oliver mache seine Sache gut. Er habe ein Händchen fürs Geschäft und könne gut mit Kunden umgehen.

Dass er gut mit Kunden umgehen konnte, dachte Ash jetzt, war wohl der Ursprung des Problems.

Er lehnte sich einen Moment zurück und studierte erneut das Ei. Was hatte es wohl alles miterlebt, dieses exquisite, wunderliche Geschenk für einen russischen Zaren? Wer hatte es betrachtet, hatte mit den Fingern die Details abgetastet? Und wer wollte es jetzt so unbedingt in seinen Besitz bringen, dass er dafür getötet hatte?

Als die Klingel ertönte, stand er vom Computer auf.

»Hey, Ash, ich bin's, Vinnie.«

»Komm rein.« Er entsicherte die Schlösser und ging die Treppe hinunter.

Vinnie stand mit einem ledernen Aktenkoffer in der Hand in der Halle. Trotz der Hitze und des langen Arbeitstags, der hinter ihm lag, trug er einen eleganten grauen Nadelstreifenanzug und ein makellos weißes Hemd, dazu eine präzise geknotete Hermès-Krawatte mit buntem Paisleymuster. Seine Schuhe waren auf Hochglanz poliert; sein Haar nicht nur an den weißen Schläfen sorgfältig aus dem gebräunten Gesicht gekämmt. Ein kleines Ziegenbärtchen zierte sein Kinn. Ash fand, dass er immer eher aussah wie einer seiner eigenen wohlhabenden Kunden und nicht wie der Mann, der mit ihnen Geschäfte machte.

Vinnie blickte auf, als Ash die Treppe herunterkam. »Ash.« Er hatte immer noch den leichten New-Jersey-Akzent seiner Kindheit. »Schlimme Zeiten.« Er stellte seine Aktentasche ab und zog Ash in eine herzliche Umarmung. »Wie geht es dir?«

»Ich hab viel zu tun, das hilft.«

»Ja, es ist immer gut, wenn man beschäftigt ist. Was kann ich für dich tun? Olympia kommt heute Abend, aber sie fährt erst einmal direkt aufs Gelände. Sie hat mir gesagt, ich bräuchte vor Sonntag nicht zu kommen, aber ich denke, Angie fährt mit den Kindern schon morgen rüber.«

»Olympia und Angie haben sich immer schon nahegestanden.«

»Wie Schwestern«, pflichtete Vinnie ihm bei. »Sie hat lieber Angie bei sich als mich ... oder Nigel. Können wir dort irgendetwas für dich tun?«

»Diese Dudelsackbläser – könnt ihr ihr die vielleicht ausreden?«

Vinnie lachte kurz auf. »Nein, in hundert Jahren nicht! Sie ist felsenfest davon überzeugt, dass Oliver es so gewollt hätte. Weiß die Polizei schon mehr?«

»Sie haben mir zumindest nichts gesagt.«

»Wer tut so etwas? Sage ... Die beiden schienen gut zueinander zu passen. Ich glaube, sie waren glücklich miteinander. Ich kann mir nur vorstellen, dass es ein eifersüchtiger Ex war. Das habe ich auch den Polizisten gesagt, als sie bei mir waren.«

»Hatte sie denn einen Ex?«

»Eine Frau wie sie – mit ihrem Aussehen und ihrem Lebensstil? Da muss es zuvor doch jemanden gegeben haben. Oliver hat zwar nie einen erwähnt, aber es muss einen Ex gegeben haben. Aber er war glücklich, daran sollten wir uns erinnern. In den letzten Wochen war er so voller Energie! Er redete ständig davon, eine Reise mit ihr machen zu wollen. Ich glaube wirklich, er wollte ihr einen Antrag machen. Er wirkte so aufgeregt, fast schon ein wenig nervös – wie ein Mann, der einen größeren Schritt im Leben plant.«

»Ich glaube, er plante tatsächlich einen größeren Schritt. Ich habe hier etwas, was du dir ansehen solltest. Oben.«

»Ja, natürlich.«

Ash ging voraus zum Aufzug. »Hat er irgendwas zu dir gesagt über ein Geschäft, das er abschließen wollte, über einen speziellen Kunden?«

»Nein, nichts Außergewöhnliches. Er hat in den letzten Monaten wirklich gute Arbeit geleistet. Sehr gute Arbeit. Er hat zwei Nachlässe abgewickelt und ein paar exzellente Stücke erworben, für die er auch schon spezielle Kunden im Sinn hatte. Der Junge hatte wirklich ein Händchen fürs Geschäft.«

»Ja, das hast du gesagt. Möchtest du was trinken?«

»Da sage ich nicht Nein. Die letzten Tage waren hart. Das Geschäft ... Wir sind alle zutiefst erschüttert. Wir mochten Oliver – alle mochten ihn, und er kam mit allen aus. Man musste ihn einfach gernhaben, auch wenn er einen manchmal rasend machen konnte. Aber du weißt ja, wie er war.«

»Ja.« Ash führte Vinnie in die kleine Küche des Ateliers und nahm das gekühlte Glas aus dem Eisfach unter der Bar. »Gin Tonic?«

»Das weißt du doch. Dieser Raum hier ist wundervoll, Ash! Als du das Haus gekauft hast, hab ich gedacht, du liebe Güte, warum lässt der Junge es nicht in Wohnungen umbauen und schlägt ein bisschen Kohle raus? Ich kann in dieser Hinsicht wahrscheinlich nicht aus meiner Haut.«

»Ich auch nicht.« Ash mixte den Drink, gab einen Schuss Zitronensaft dazu und nahm sich selbst ein Bier. »Ich lebe in einer vollen, belebten Stadt – und habe trotzdem jede Menge privaten Raum für mich. Das Beste aus beiden Welten.«

»Ja, genau, das hast du geschafft.« Vinnie stieß mit Ash an. »Ich bin stolz auf dich. Wusstest du, dass Sage eines deiner Bilder gekauft hatte? Oliver hat es mir erzählt.«

»Ich habe es gesehen, als ich seine Sachen abgeholt habe ... die meisten seiner Sachen. Komm doch bitte hier herein und sag mir, was du davon hältst.« Er ging über einen Flur in sein Büro. Das Ei stand auf seinem Schreibtisch.

Normalerweise bewahrte Vinnie sein Pokerface. Da Ash beim Kartenspielen mehr als einmal gegen ihn verloren hatte, wusste er das nur zu genau. Doch jetzt lag ein verblüfftes Entzücken auf Vinnies Gesicht.

»Mein Gott! Mein Gott!« Vinnie sank vor dem Schreibtisch in die Knie, als wollte er das Ei anbeten. Doch dann erkannte Ash, dass er es sich lediglich auf Augenhöhe ansehen wollte.

»Wo hast du das her, Ashton? Wo hast du das her?«

»Was ist das?«

»Das *weißt* du nicht?« Vinnie stand wieder auf und ging um den Schreibtisch herum. Dann beugte er sich so dicht darüber, dass er mit seiner Nase beinah das Gold streifte. »Das ist entweder das Fabergé-Ei ›Engel mit Wagen‹ oder die beste Reproduktion, die ich jemals gesehen habe.«

»Kannst du es genau sagen?«

»Wo hast du es her?«

»Aus Olivers Tresorfach. Er hat mir einen Schlüssel geschickt und einen Brief, in dem er mich bat, den Schlüssel so lange zu verwahren, bis er käme, um ihn wieder abzuholen. Er hätte es mit einem schwierigen Kunden zu tun, schrieb er, und es handle sich um einen großen Deal. Ich glaube, er steckte in Schwierigkeiten, Vinnie. Und der Grund für diese Schwierigkeiten steht jetzt hier auf meinem Schreibtisch. Unter Garantie ist er genau deshalb umgebracht worden. Kannst du mir sagen, ob es echt ist?«

Vinnie sank auf einen Stuhl und rieb sich mit beiden Händen übers Gesicht. »Ich hätte es wissen müssen. Ich hätte es wissen müssen! Seine Energie, seine Erregung, diese Nervosität – nicht wegen der Frau, sondern deswegen! Ich habe meine Aktentasche unten stehen lassen. Ich könnte sie jetzt brauchen.«

»Ich hole sie dir. Entschuldige bitte.«

»Wofür?«

»Dass ich dich da mit hineinziehe.«

»Er war mir auch wichtig, Ash. Er war der Sohn meiner Schwester – ihr einziger Sohn. Ich habe ihm über solche Dinge viel beigebracht: über Antiquitäten, Sammlungen und ihren Wert. Wie man sie kauft und wieder verkauft. Es war richtig, dass du mich angerufen hast.«

»Ich hole deine Aktentasche.«

Ash wusste genau, dass er den Kummer hiermit nur noch größer gemacht hatte. Oliver hatte einen hohen Preis bezahlt. Aber in der Familie wandte man sich nun mal zuerst an andere Familienmitglieder. Ash kannte es nicht anders.

Als er mit dem Aktenkoffer zurückkam, hatte Vinnie sich über das Ei gebeugt. Seine Brille war auf die Nasenspitze gerutscht. »Ständig verliere ich dieses Ding ...« Er setzte die Brille ab und legte sie beiseite. »Bei mir lebt keine Brille länger als einen Monat – wenn überhaupt! Aber meine Juwelenlupe habe ich schon seit zwanzig Jahren.« Er machte die Aktentasche auf, zog sich ein Paar dünne weiße Baumwollhandschuhe über, schaltete die Schreibtischlampe ein und untersuchte das Ei mit der Lupe Zentimeter für Zentimeter. Vorsichtig wie ein Chirurg betrachtete er die winzigen Mechanismen, die Brillanten.

»Ich habe mal zwei Eier erworben – natürlich keine Zaren-Eier, aber immerhin zwei hübsche Stücke von 1900. Und ich hatte das Glück, dass ich mal ein Zaren-Ei aus dem Besitz eines privaten Sammlers untersuchen durfte. Aber das macht mich natürlich noch nicht zu einem Experten ...«

»In meinen Augen schon.«

Vinnie lächelte schief. »Meiner Meinung nach – und das ist nur eine Annahme – ist das hier das Fabergé-Ei ›Engel mit Wagen‹, eines der acht verschollenen Zaren-Eier. Es gibt nur eine einzige, sehr unscharfe Fotografie davon und ein paar widersprüchliche Beschreibungen. Aber die handwerkliche Ausführung, die Qualität des Materials, das Design ... und es trägt das Zeichen von Perchin, der in jener Zeit Fabergés führender Goldschmiedemeister war.«

»Oliver hatte Dokumente. Die meisten sind allerdings auf Russisch.« Ash nahm sie aus dem Umschlag und reichte sie Vinnie.

»Die kann ich selbst nicht lesen«, sagte Vinnie, als er sie durchgeblättert hatte. »Das hier sieht aus wie ein Kaufvertrag – vom 15. Oktober 1938. Unterschriften. Der Preis in Rubel ... sieht aus wie dreitausend Rubel. Ich weiß nicht genau, wie der Rubel 1938 stand, aber ich würde sagen, da hat jemand ein veritables Schnäppchen gemacht.« Er setzte sich wieder. »Ich kenne jemanden, der die Dokumente übersetzen könnte.«

»Das wäre gut. Oliver wusste offenbar genau, worum es sich handelte, und auch, was es wert war. Sonst hätte er dich zurate gezogen.«

»Ja, er muss es gewusst haben – oder zumindest hat er ausreichend Hinweise gehabt, um sich den Rest selbst zusammenzureimen.«

»Hast du denn einen Kunden, der ein spezielles Interesse an so einer Sache hätte?«

»Niemand Spezifischen ... Aber jeder, der ein aufrichtiges Interesse an Antiquitäten hat, jeder Sammler, wäre begeistert, ein Fabergé-Ei sein Eigen nennen zu können. Vorausgesetzt natürlich, er wäre bereit, dreißig Millionen oder mehr – und so viel ist es wert – dafür ausgeben. Auf einer Auktion oder unter Sammlern mit diesem speziellen Interesse könnte es sogar noch für wesentlich mehr weggehen. Das hat Oliver bestimmt gewusst.«

»Du hast gesagt, er hat sich in den letzten Monaten um zwei Nachlässe gekümmert.«

»Ja. Lass mich nachdenken ...« Vinnie rieb sich die Schläfen. »Er hat den Zuschlag für den Swanson-Nachlass, Long Island, und den Hill-Clayborne-Nachlass in Park Slope bekommen und beide auch abgewickelt.«

»Swanson?«

»Ja. Allerdings war bei keinem der beiden so etwas aufgeführt.«

»Wer hat die Listen erstellt?«

»In beiden Fällen Oliver zusammen mit den Kunden. Er kann es sich unmöglich geleistet haben, das Ei separat zu erwerben – und eine Akquisition in Millionenhöhe wäre mir sicher aufgefallen.«

»Er hätte es sich leisten können, wenn er einen Kunden in der Hinterhand gehabt hätte oder wenn der Verkäufer den Wert nicht kannte.«

»Möglich. Manche Leute haben völlig übertriebene Vorstellungen davon, wie viel das Wedgwood-Porzellan ihrer Großmutter wert ist. Andere wiederum halten eine Daum-Vase für Gerümpel.«

»In Olivers Unterlagen habe ich einen Kaufvertrag für eine antike Engelfigur mit Wagen gefunden. Miranda Swanson hat sie ihm für fünfundzwanzigtausend verkauft.«

»Ach du lieber Himmel! Miranda Swanson war die Kundin! Es war der Nachlass ihres Vaters. Sie wollte alles oder fast alles, was aus seinem Haushalt stammte, verkaufen – und Oliver hat sich für sie darum gekümmert. Er hat nie gesagt ...« Vinnie starrte auf das Ei hinab.

»Hat er denn gewusst, was es war?«

»Wenn er sich nicht ganz sicher war, dann hätte er es nachprüfen und untersuchen lassen müssen. Vielleicht hat er das aber ja auch getan. Fünfundzwanzigtausend, sagst du?«

»Ein verdammt gutes Geschäft«, gab Ash zurück.

»Das ... Wenn er es gewusst hat, war es eindeutig Betrug. So arbeiten wir nicht. So hält man keine Kunden. Aber dafür, dass er es gefunden und erkannt hat, wäre ich stolz auf ihn gewesen. Er hätte es aber doch auch zu mir bringen können ... Ich wäre stolz auf ihn gewesen.«

»Er hat es dir nur nicht gesagt, weil du dem Deal niemals zugestimmt hättest. Es ist zwar nicht direkt Diebstahl, und manche Leute würden es vielleicht noch nicht mal als Betrug bezeichnen, aber du hättest es nun mal so gesehen. Er hätte es dir nicht sagen können.« Als Vinnie darauf nichts sagte, begann Ash, unruhig auf und ab zu wandern. »Er hat es seiner Freundin erzählt. Höchstwahrscheinlich hat sie ihm das Geld geliehen, damit er es kaufen konnte. Er hat sich an einen Sammler gewandt – entweder über sie oder über deinen Laden – und versucht, ein Vermögen herauszuschlagen. Großer Zahltag. Er hat sicher gewusst, was du davon halten und was du unternehmen würdest, und hat sich von dem Glanz blenden lassen.«

»Und er hat einen sehr hohen Preis für dieses fragwürdige Berufsethos bezahlt. Erzähl das bloß nicht seiner Mutter!«

»Nein, ich erzähle es niemandem in der Familie – außer dir.«

»Das ist auch besser so. Ich wäre stolz auf ihn gewesen«, murmelte Vinnie noch einmal. Dann schüttelte er den Kopf, richtete sich auf und sah Ash an. »Er hat ein Chaos hinterlassen, nicht wahr? Das hat er immer so gemacht, das muss ich leider sagen. Kopier die Dokumente bitte, ich möchte nicht die Originale mitnehmen. Ich lasse sie übersetzen, und dann werde ich in aller Vorsicht ein bisschen recherchieren. Falls du einen richtigen Experten haben willst, der es sich ansehen soll.«

»Dabei sollten wir es im Moment belassen.«

»Ich weiß nicht genug über die Geschichte. Ich weiß lediglich, dass etwa fünfzig Eier für die Zaren in Auftrag gegeben worden sein sollen. Im Zuge der Revolution hat Lenin die

Plünderung der Paläste angeordnet und die Schätze herausholen lassen. Stalin hat in den Dreißigern ein paar dieser Eier verkauft, glaube ich, um an Devisen zu kommen. Dieses hier ist vollständig, inklusive der Überraschung – und das macht es umso wertvoller. In vielen Eiern, die sich heutzutage in Sammlungen befinden, fehlt die Überraschung – oder zumindest Teile davon. Die acht fehlenden Eier sind nach der Revolution verloren gegangen. Gestohlen, verkauft, versteckt – oder in privaten Sammlungen verschwunden.«

»Aus den Unterlagen geht hervor, dass eine der Beschreibungen dieses Eis aus der Inventurliste der beschlagnahmten Schätze von 1917 stammt. Anscheinend ist es nie in Lenins Schatztruhen gelandet – oder jemand hat es gleich wieder herausgenommen.« Ash trat mit den Dokumenten an den Kopierer. »Wo willst du es aufbewahren, während du es überprüfen lässt?«

»Ich nehme es mit aufs Gelände.«

»Das ist gut. Sogar noch besser als mein Tresor. Aber wenn du es in den Hauptsafe legst, wird dein Vater darauf stoßen, selbst wenn du ihm sagst, er soll nicht rangehen.«

»Es gibt ein paar Stellen, an denen ich es sicher unterbringen kann.«

Ash steckte die Kopien in einen Umschlag und drehte sich wieder zu Vinnie um. »Komm, ich mache dir noch einen Drink.«

»Nein, besser nicht. Angie merkt sofort, wenn ich zwei getrunken habe. Sie hat dafür das perfekte Radar. Ein Drink nach Feierabend ist akzeptabel. Zwei sind ein Unding.« Seine Stimme klang leicht und frisch, aber Ash hörte auch die Trauer, in die sich jetzt auch noch Enttäuschung mischte. »Ich muss ohnehin los. Ich ruf dich an, wenn ich in Sachen Übersetzung weitergekommen bin. Vielleicht ist sie ja fertig, noch ehe ich aufs Gelände komme. Fährst du schon morgen?«

»Ja.«

»Das Angebot gilt immer noch. Wenn wir irgendetwas tun können ...« Vinnie stand auf und steckte den Umschlag mit den Kopien in seine Aktentasche. »Dies hier ist ein bedeutender

Fund. Oliver hat etwas sehr Wichtiges getan – etwas, was von großer Bedeutung ist. Er ist es nur nicht richtig angegangen.«

»Ich weiß.«

»Du brauchst nicht mit hinunterzugehen«, sagte Vinnie und umarmte Ash noch einmal. »Pack das Ei sicher weg. Und pass auf dich auf. Ich melde mich, bevor ich fahre und sobald ich neue Informationen habe.«

»Danke, Vinnie.«

»Da es nicht gestohlen war und somit auch nicht seinem rechtmäßigen Besitzer zurückgegeben werden muss, gehört es meiner Ansicht nach in ein Museum.«

»Ich werde mich darum kümmern.«

»Ja, das weiß ich.«

Vinnie warf Ash einen letzten traurigen Blick zu, klopfte ihm dann leicht auf den Rücken und ging.

Ich werde das Ei später sicher verstauen, dachte Ash. Aber solange ich mit der Recherche zugange bin, bleibt es dort, wo es jetzt ist. Aber zuallererst einmal, Miranda Swanson, es ist an der Zeit, mehr über dich herauszufinden.

Er setzte sich an seinen Laptop und tippte den Namen ein.

Jai überlegte, ob sie sich das Haus des Bruders noch einmal ansehen sollte. Der Bankbesuch hatte ihr Interesse geweckt. Noch interessanter aber war der Besuch dieses Onkels. Wenn sie auch ihm einen Besuch abstattete, kam vielleicht noch mehr heraus.

»Wir sollten uns den Bruder vornehmen. Wenn wir ihn ein bisschen ausquetschen, wird er uns schon sagen, was er weiß.«

Jai entschied sich für jade- und perlenbesetzte Ohrringe. Klassisch, fast schon konservativ betonten sie ihre stumpf geschnittene Kurzhaarperücke. Sie warf Ivan einen Blick zu. »So wie die Hure uns alles gesagt hat, bevor du sie aus dem Fenster geworfen hast?«

»Ich hab sie nicht geworfen. Es war ein Unfall. Wir schnappen uns den Bruder und bringen ihn hierher. Ganz ruhig, in aller Abgeschiedenheit. Das wird nicht lange dauern.«

Ivan hatte immer noch einen russischen Akzent. Jai wusste – sie kümmerte sich immer persönlich darum, mit wem sie zusammenarbeitete –, dass er in Queens geboren war, als Sohn eines zweitrangigen Vollstreckers der russischen Mafia und einer Stripperin, deren Liebe zum Heroin sie zugrunde gerichtet hatte.

»Dieser Idiot Oliver hatte wochenlang keinen Kontakt zu seinem Bruder. Ich hab sein Handy und seinen Computer gecheckt. Keine Anrufe, keine E-Mails. Aber für den Onkel hat er gearbeitet.«

Es gefiel ihr zwar nicht, Ivan dabeizuhaben, wenn sie sich fertig machte, trotzdem angelte Jai den Red-Taboo-Lippenstift aus ihrer Tasche und trug ihn sorgfältig auf. Er hatte einmal versucht, sie anzufassen, doch das Messer, das sie ihm an die Eier gehalten hatte, hatte ihn im Nu wieder davon abgebracht. In dieser Hinsicht bedeutete er keine Gefahr mehr für sie.

»Der Onkel ist ein erfolgreicher Antiquitätenhändler«, fuhr sie fort. »Der Idiot ist über das Geschäft seines Onkels an das Ei gekommen.«

»Und der Onkel hatte keine Ahnung davon.«

»Inzwischen weiß er vielleicht mehr«, sagte Jai. »Der Bruder sucht diese Bank auf, und dann kommt der Onkel ihn besuchen. Ich glaube, dass der Bruder irgendeine Spur aufgenommen hat. Er fickt übrigens diese dünne Schlampe, die gesehen hat, wie die Hure aus dem Fenster gestürzt ist. Vielleicht war Oliver ja gar nicht so dumm, wie wir geglaubt haben, und hat das Ei in einem Banktresor verwahrt.«

»Du hast doch gesagt, der Bruder hätte es nicht dabeigehabt, als er die Bank verlassen hat.«

»Soweit ich es sehen konnte ... Aber wenn es in der Bank war, hat er es vielleicht dort gelassen. Oder er hat sich dort Informationen beschafft über das Ei und über den Ort, an dem es sich befindet. Und diese Informationen könnten entscheidend sein. Er konsultiert Olivers Onkel, Olivers Boss, und fragt ihn um Rat. Warum macht er das?«

Sie nahm einen Ehering aus einem Kästchen. Wie schade, dass der Diamant – viereckig geschliffen, fünf Karat – falsch war. Aber es war eine gute Fälschung. Sie streifte ihn über den Ringfinger.

»Der Onkel versteht etwas von Fabergé. Und er ist älter und nicht mehr so fit wie der Bruder. Außerdem hatte er ständig Kontakt zu dem Idioten. Also werde ich dem Onkel einen Besuch abstatten.«

»Reine Zeitverschwendung.«

»Unser Arbeitgeber hat mir die Verantwortung übertragen«, sagte sie kühl. »Ich treffe hier die Entscheidungen. Dir sage ich Bescheid, ob und wann du gebraucht wirst.«

Sorgfältig musterte sie ihr Spiegelbild. Das fröhliche Muster des konservativ geschnittenen Sommerkleids, die rosafarbenen Pumps, die cremeweiße Handtasche und der unauffällige Schmuck verrieten nichts über die Frau hinter der Maske. Sie sah genauso aus, wie sie es sich vorgestellt hatte: eine reiche, traditionsbewusste Asiatin und verheiratete Frau.

Ein letztes Mal überprüfte sie den Inhalt ihrer Handtasche. Portemonnaie, Kartenetui, Kosmetiktäschchen, Handy, ihr kompaktes Kampfmesser, zwei Paar Handfesseln und ihre 9-Millimeter-Sig.

Dann ging sie, ohne sich noch einmal umzudrehen. Wenn Ivan nicht täte, was sie ihm aufgetragen hatte, würde sie ihn töten – und das wussten sie beide.

Was er jedoch nicht wusste, war, dass sie ihn ohnehin töten würde. Dass er gehorsam war, zögerte das Unvermeidliche lediglich hinaus.

Es tat Vinnie gut, sich auf die Arbeit, auf die Kunden und seine Angestellten zu konzentrieren. Doch im Herzen und in Gedanken war er hin- und hergerissen zwischen der Trauer über den Tod seines geliebten Neffen und der Erregung über die Entdeckung eines verschollenen Fabergé-Eis.

Er hatte die Kopien der Dokumente an einen alten Freund geschickt, der in der Lage war, sie für ihn zu übersetzen. Kurz dachte er darüber nach, ob er Ash eine SMS schicken sollte, entschied sich dann aber dagegen. Sie würden sich tags drauf bei der Beerdigung ohnehin wiedersehen, und am besten fand ihre Kommunikation über das Ei nur mündlich und unter vier Augen statt.

Es belastete ihn, nicht einmal mit seiner Frau darüber sprechen zu können. Erst wenn sie mehr wüssten, würde er sie vielleicht einweihen, aber für den Augenblick schien es besser zu sein, kein Risiko einzugehen. Was immer Oliver auch getan hatte, er hatte eine Beerdigung verdient, auf der all diejenigen, die ihn geliebt hatten, vorbehaltlos um ihn trauern konnten.

Die Last trug Vinnie somit alleine. Er hatte in den letzten zwei Nächten kaum geschlafen und sich in einem fort Gedanken gemacht. Er hatte den Sohn seiner Schwester geliebt, hatte sein Potenzial früh erkannt. Aber er war auch nicht blind für seine Fehler gewesen, und mittlerweile war er überzeugt davon, dass Olivers Neigung, stets nach dem schnellen Ergebnis, der Abkürzung, dem glänzenden Schein zu streben, ihn letztendlich das Leben gekostet hatte.

Wofür?, fragte er sich. Wofür?

Die Entdeckung des verschollenen Fabergé-Eis hätte ihm Ehrungen und ein Vermögen eingebracht, und seine Reputation in der Branche wäre für alle Zeiten gesichert gewesen. Aber Vinnie fürchtete, dass sein Neffe mehr gewollt haben könnte. Am Ende hatte er gar nichts bekommen.

»Mr. V, ich wollte, Sie würden endlich nach Hause gehen.«

Vinnie sah zu Janis hinüber und schüttelte kaum merklich den Kopf. Janis arbeitete jetzt schon seit fünfzehn Jahren für ihn und nannte ihn nie anders als Mr. V.

»Die Arbeit hilft mir, mich abzulenken«, sagte er zu ihr. »Außerdem hat meine Schwester ohnehin lieber Angie um sich als mich. Ich wäre dort nur fehl am Platz.«

»Sie wissen, dass Lou und ich auch abschließen können, falls Sie Ihre Meinung noch ändern sollten. Sie könnten noch heute Abend zu Ihrer Familie fahren.«

»Ich denke darüber nach. Aber im Moment ... kümmere ich mich um diese hübsche junge Dame«, sagte er, sowie Jai den Laden betrat. »Sie bringt mich bestimmt auf andere Gedanken.«

»Ach Sie!« Janis kicherte, weil sie wusste, dass er genau das von ihr erwartete. Trotzdem sah sie ihm besorgt nach, als er auf die Kundin zutrat. Der Mann trauert, dachte sie, und er sollte sich hinreichend Zeit dafür nehmen.

»Guten Tag. Wie kann ich Ihnen behilflich sein?«

»So viele schöne Dinge!« Unwillkürlich setzte Jai einen ganz bestimmten Akzent, der eine gehobene Erziehung implizierte. »Ich sehe dieses Stück im Vorbeigehen. Aber jetzt, noch viel mehr.«

»Dieses Stück ist Ihnen ins Auge gefallen?«

»Ja, ins Auge gefallen.« Sie lachte und tippte mit der Fingerspitze an ihren Augenwinkel.

»Sie haben ein hervorragendes Auge! Das ist ein Louis-quatorze-Sekretär. Die Intarsien sind wirklich sehr schön gearbeitet.«

»Darf ich anfassen?«

»Selbstverständlich.«

»Ah.« Sie fuhr mit den Fingerspitzen über die Oberfläche. »Es ist sehr schön. Alt, ja?«

»Spätes siebzehntes Jahrhundert.«

»Mein Mann, er will das Alte für die Wohnung in New York. Ich soll finden, was mir gefällt, aber auch er mag. Sie verstehen? Bitte entschuldigen Sie mein Englisch, es ist nicht sehr gut.«

»Ihr Englisch ist hervorragend und sehr charmant.«

Jai ließ kurz ihre Wimpern flattern. »Sie sind sehr freundlich. Ich glaube, ihm gefällt sehr gut. Ich würde ... Oh, und das hier?«

»Das ist ebenfalls Louis-quatorze – eine Boulle-Kommode mit Messing- und Perlmutt-Intarsien und in einem wundervollen Zustand, wie Sie sehen.«

»Ja, sie sieht neu aus, aber alt. Das wünscht mein Mann. Aber ich muss nicht alles dasselbe nehmen? Verstehen Sie? Sie müssen ...«

»Sie möchten Stücke, die einander ergänzen?«

»Ja, ich glaube. Diese ergänzen sich?«

Vinnie sah zu dem Sekretär hinüber, der ihr ins Auge gefallen war, und lächelte. »Ja, sie ergänzen sich hervorragend.«

»Und das hier! Wir haben eine kleine Bibliothek in der Wohnung, und sehen Sie, wie dieser hübsche Tisch hat, was aussieht wie Bücher, aber es ist eine Schublade! Das gefällt mir sehr!«

»Das ist Tulpenbaum«, erklärte Vinnie.

»Tulpenbaum. Wie hübsch. Das mag ich sehr. Und diese Lampe? Diese Lampe sehe ich auf der ... Kommode, sagten Sie.«

»Sie haben einen außergewöhnlich guten Geschmack, Mrs. ...«

»Mrs. Castle. Ich bin Mrs. Castle und freue mich sehr, Sie kennenzulernen.«

»Vincent Tartelli.«

»Mr. Tartelli.« Sie verneigte sich, dann reichte sie ihm die Hand. »Sie werden mir helfen, bitte. Um die Stücke für unsere Wohnung auszusuchen. So viele hübsche Dinge«, sagte sie erneut und sah sich verträumt um. »Mein Mann wird kommen. Ich kann dies nicht ohne seine Zustimmung kaufen, aber ich weiß, er wird vieles davon wollen. Das.« Sie drehte sich wieder zu dem ersten Möbelstück um. »Das hier wird ihm sehr, sehr gefallen. Das ist möglich?«

»Selbstverständlich.«

»Dann werde ich jetzt aussuchen, und ich werde ihn anrufen. Er wird sich so freuen.«

Während sie durch den zweigeschossigen Laden schlenderten und er ihr die verschiedensten Objekte zeigte, unterhielten sie sich angeregt – doch insgeheim sah sie sich nach den Überwachungskameras um, merkte sich deren Position und steuerte ihn unmerklich von den Möbeln weg in Richtung der Sammlerstücke und Kunstgegenstände.

»Ich würde gerne ein Geschenk für meine Mutter kaufen. Von mir. Was ist mit diesem Kasten? Ist das Jade?«

»Ja, eine ganz exquisite Jade-Bonbonniere. Die Schnitzereien sind chinesisch beeinflusst.«

»Das würde ihr gefallen«, sagte Jai, als Vinnie den Schaukasten

aufschloss und die Bonbonniere auf eine Samtdecke bettete. »Er ist alt?«
»Ende neunzehntes Jahrhundert. Fabergé.«
»Das ist französisch?«
»Nein. Russisch.«
»Ja, ja, ja. Ich weiß. Russisch, nicht französisch. Er macht die berühmten Eier.« Ihr Lächeln erlosch, als sie Vinnie in die Augen sah. »Hab ich etwas Falsches gesagt?«
»Nein, nein, keineswegs. Ja, Fabergé hat die Eier für den russischen Zaren angefertigt – als Ostergeschenke für dessen Frau oder die Zarenmutter.«
»Sehr charmant. Ein Ei zu Ostern. Haben Sie die Eier?«
»Ich ... Wir haben ein paar Reproduktionen und ein Ei, das zu Anfang des zwanzigsten Jahrhunderts hergestellt wurde. Die meisten der Zaren-Eier aus dieser Periode befinden sich mittlerweile in privaten Sammlungen oder in Museen.«
»Ich verstehe. Vielleicht möchte mein Mann eins haben und findet es auch eines Tages, aber dieser Kasten ... diese Bonbon ...«
»Bonbonniere.«
»Bonbonniere«, wiederholte sie bedächtig. »Ich glaube, sie würde meiner Mutter gefallen. Können Sie sie für mich zurücklegen? Mit den anderen Stücken? Aber dieses hier will ich für meine Mutter kaufen, Sie verstehen?«
»Ja, natürlich.«
Und ich habe auch verstanden, dachte sie. Er weiß von dem Ei. Er weiß, wo es sich befindet. »Ich habe Ihnen bereits so viel Zeit gestohlen ...«, hob sie an.
»Keineswegs.«
»Ich möchte gerne meinen Mann anrufen und ihn bitten hierherzukommen, um meine Auswahl anzusehen. Er findet vielleicht noch andere Dinge, verstehen Sie, oder findet etwas, was ich vielleicht nicht richtig ausgewählt habe. Aber ich glaube, ich habe es mit Ihrer geschätzten Unterstützung gut gemacht. Ich möchte Ihnen sagen, und ich hoffe, Sie nicht zu beleidigen, dass er verhandeln wird. Er ist Geschäftsmann.«

»Selbstverständlich. Ich freue mich, mit ihm über den Preis zu sprechen.«

»Sie sind sehr gut. Ich werde ihn jetzt anrufen.«

»Dann lasse ich Sie besser für einen Augenblick allein«, sagte er und zog sich diskret zurück.

»Glauben Sie, sie meint es ernst?«, raunte Janis ihm zu, die soeben ihren letzten Kunden verabschiedet hatte.

»Ja. Wir müssen natürlich noch den Ehemann abwarten, aber sie hat ein gutes Auge. Sie spielt vielleicht die Unterwürfige, aber sie ist sich überaus bewusst, wer in ihrer Ehe das Sagen hat.«

»Und auf dezente Art riecht sie nach Geld und Klasse. Sie scheint verwöhnt zu sein. Und sie ist sehr attraktiv. Ich wette, Sie haben recht und sie überredet ihn zu den meisten Dingen. Wow, das wäre ein Verkauf, Mr. V!«

»Nicht schlecht für einen Samstagnachmittag.«

»Wir schließen in einer halben Stunde.«

»Ja, Sie und Lou können jetzt Feierabend machen. Um so einen Verkauf unter Dach und Fach zu bringen, braucht man länger als eine halbe Stunde.«

»Ich kann gern bleiben, das ist kein Problem.«

»Nein, gehen Sie nach Hause. Ich schließe dann ab. Wenn alles so läuft, wie ich glaube, dann fahre ich vielleicht heute Abend doch noch nach Connecticut. Das wird mir Schwung geben. Am Dienstag bin ich wieder in New York. Wenn Sie am Montag irgendetwas brauchen sollten, rufen Sie mich an.«

»Passen Sie gut auf sich auf, Mr. V!« Sie umarmte ihn. »Passen Sie gut auf sich auf!«

»Das mache ich. Bis Dienstagmorgen dann.«

Im selben Moment trat Jai auf sie zu und steckte ihr Handy in ihre Handtasche. »Entschuldigen Sie. Mein Mann freut sich zu kommen, aber er ist nicht in der Nähe. Es wird vielleicht zwanzig Minuten dauern? Aber Sie wollen schließen?«

»Unsere normale Geschäftszeit ist gleich vorbei, aber ich bleibe gern noch ein bisschen und spreche mit Ihrem Mann.«

»Eine Privatverhandlung? Aber das ist viel zu viel Mühe für Sie.«
»Nein, es ist mir ein Vergnügen, das kann ich Ihnen versichern. Soll ich uns einen Tee machen, während wir warten? Oder kann ich Ihnen ein Glas Wein anbieten?«
»Ein Glas Wein?« Sie strahlte ihn an. »Eine kleine Feier?«
»Ich bin gleich wieder da.«
»Ihr Chef«, wandte sich Jai an Janis, auch wenn sie dabei genau Acht gab, wohin Vinnie verschwand, »er weiß so viel, und er ist so geduldig.«
»Er ist der Beste!«
»Es muss schön für Sie sein, jeden Tag mit so viel Schönheit und Kunst zu arbeiten.«
»Ja, ich liebe meinen Job und meinen Chef.«
»Wenn es nicht zu vorwärts ist ... nein, nicht vorwärts ... *direkt*, darf ich fragen? Im ersten Stock habe ich eine Bonbonniere für meine Mutter gefunden. Sie ist von Fabergé?«
»Die Jade-Dose. Ja, sie ist wunderschön.«
»Ich finde sie auch wunderschön, und meiner Mutter wird sie sehr gefallen. Aber ich habe nach diesem Fabergé gefragt und ob Mr. Tartelli auch diese berühmten Eier hat. Er schien traurig zu sein, als ich ihn danach fragte. Wissen Sie, ob ich etwas gesagt habe, was ihn aufgeregt hat?«
»Nein, ganz sicher nicht. Er war bestimmt nur traurig, Sie enttäuschen zu müssen, weil wir keins der bedeutenden Zaren-Eier führen.«
»Ah.« Jai nickte. Sie weiß nichts, schloss sie, diese Angestellte. Sie lächelte Janis an. »Wenn das alles ist? Das ist nicht schlimm. Ich bin nicht enttäuscht.«
Vinnie kam mit einem Tablett mit Wein, Käse und kleinen Crackern zurück. »So, unsere kleine Feier.«
»Danke. Sehr freundlich von Ihnen. Ich fühle mich hier unter Freunden.«
»Wir sehen unsere Kunden auch als Freunde an. Bitte, setzen Sie sich und greifen Sie zu. Janis, Sie können jetzt nach Hause gehen. Sie – und Lou ebenfalls.«

»Ja, das machen wir. Es war mir eine Freude, Sie kennenzulernen, Mrs. Castle. Ich hoffe, Sie beehren uns bald wieder.«

»Ich wünsche Ihnen ein schönes Wochenende.« Jai, die sich auf einem hübschen kleinen Sessel niedergelassen hatte, hob ihr Rotweinglas. »Ich bin froh, in New York zu sein. Ich genieße New York sehr. Ich freue mich, Ihre Bekanntschaft zu machen, Mr. Tartelli.«

»Und ich die Ihre, Mrs. Castle.« Er stieß mit ihr an. »Wie lange sind Sie schon in New York?«

»Oh, erst seit ein paar Tagen, aber nicht zum ersten Mal. Mein Mann hat jetzt hier viele Geschäfte, deshalb kommen wir hierher und wohnen hier, und wir reisen wieder nach London, wo er auch viele Geschäfte hat. Und nach Hongkong. Dort ist meine Familie, deshalb ist es gut zurückzufahren, aber es ist auch gut, hier zu sein.«

»In welcher Branche arbeitet Ihr Mann?«

»Er macht vieles mit Finanzen und mit Grundbesitz. Es ist mehr, als ich verstehe. Wenn wir Gäste haben, müssen wir das Einzigartige haben, wie Sie es hier haben. Einzigartig ist wichtig. Und er muss haben, was ihn glücklich macht, damit er glücklich ist in seinem Zuhause und mit seiner Arbeit.«

»Ich bin mir sicher, er ist ein sehr glücklicher Mann.«

»Ich hoffe, er fühlt ebenso. Er ist da!« Sie sprang auf und eilte Ivan entgegen. Ihre Hand glitt vorsorglich in ihre Tasche für den Fall, dass Ivan nicht auf ihr Spielchen eingehen sollte. »Mein Ehemann, das ist der sehr freundliche Mr. Tartelli.«

»Mr. Castle.« Vinnie streckte ihm die Hand entgegen. »Es ist mir eine Freude. Ich hatte bereits das Vergnügen, Ihrer Frau bei der Auswahl für Ihr New Yorker Heim zur Seite zu stehen. Mrs. Castle hat ein außergewöhnlich gutes Auge.«

»Das könnte man so sagen.«

»Wir haben eine private Sitzung«, wandte sich Jai an Ivan. »Mr. Tartelli ist so freundlich, für uns über seine Geschäftszeit hinaus zu bleiben.«

»Ich schließe nur schnell ab, damit wir nicht gestört werden.«

»Er hat auch Wein«, sagte Jai, nickte kaum merklich in Richtung Büro, sowie Vinnie ihnen den Rücken zudrehte, und manövrierte sich und Ivan ein Stück seitwärts, damit sie durch das Schaufenster nicht mehr zu sehen waren.

Vinnie schloss ab und eilte zu ihnen zurück. »Wenn Sie die Objekte begutachten möchten ...«, begann er, doch in diesem Moment drückte Jai ihm ihre Pistole in den Rücken.

»Wir gehen jetzt besser ins Hinterzimmer.« Verschwunden waren der leichte Akzent und ihr Charme. »Für unsere Privatverhandlung.«

»Das wird nicht nötig sein.« Im Nu stand Vinnie kalter Schweiß auf der Stirn. »Nehmen Sie sich, was immer Sie wollen.«

»Das haben wir vor.« Jai versetzte ihm einen Stoß. »Nach hinten! Wenn Sie kooperieren, wird es ganz schnell gehen und für uns alle leichter sein. Ansonsten wird mein Partner Ihnen wehtun müssen. Er macht so was mit Vergnügen.«

Sie zwang Vinnie durch die Tür. Es war genauso, wie sie es sich gedacht hatte: Hinten befand sich ein kleiner Lagerraum, der auch als Büro genutzt wurde.

Schnell und effizient legte sie ihm eine der Fesseln aus ihrer Tasche an und fixierte seine Hände hinter dem Rücken, dann stieß sie ihn auf einen Stuhl. »Eine Frage, eine Antwort, und wir gehen wieder, ohne Ihnen etwas zu tun. Wo ist das Ei?«

Er starrte sie an. »Das Ei? Ich weiß nicht, wovon Sie reden.«

Sie seufzte. »Eine Frage, falsche Antwort.« Sie gab Ivan einen Wink.

Der erste Schlag traf Vinnies Nase, und der Stuhl kippte nach hinten. Bevor Ivan erneut zuschlagen konnte, hob Jai einen Finger.

»Dieselbe Frage noch mal. Wo ist das Ei?«

»Ich weiß wirklich nicht, was Sie meinen.«

Jai setzte sich auf den Schreibtisch und schlug die Beine übereinander. »Hör auf, wenn ich dir sage, du sollst aufhören«, sagte sie zu Ivan, der kurz die Schultern durchdrückte, den Stuhl wieder aufrecht hinstellte und dann mit der Arbeit begann, die ihm am meisten Spaß machte.

10

Jai empfand zunehmend Bewunderung und Respekt, während sie Ivan bei seiner Arbeit zusah – jedoch nicht für Ivan. Der Mann war lediglich ein hässliches Paar Fäuste mit einem rasierten Schädel. Doch der Onkel schien ein Gentleman mit Prinzipien zu sein. Sie bewunderte dies auf die gleiche Weise, wie sie womöglich einen besonders geschickten Jongleursakt bewundert hätte – als faszinierende Fähigkeit, für die sie selbst keinerlei Bedürfnis verspürte. Doch gerade weil sie diese Bewunderung verspürte, würde sie ihn schnell und so schmerzlos wie nur möglich töten, sobald er ihnen die Information gegeben hatte, die sie benötigten.

Alle paar Schläge hielt sie Ivan auf und redete mit ruhiger Stimme auf Vinnie ein. »Das Ei, Mr. Tartelli. Natürlich ist es schön und besonders wertvoll. Aber es ist nicht Ihren Schmerz, Ihr Leben, Ihre Zukunft wert. Sagen Sie uns nur, wo es ist, und das alles hört auf.«

Er versuchte, in ihre Richtung zu sehen. Sein linkes Auge war bereits zugeschwollen und dunkelblau unterlaufen und weinte Blut und Tränen. Doch das blutige rechte Auge konnte er immer noch einen Spaltbreit öffnen. »Haben Sie Oliver getötet?«

Sie beugte sich zu ihm hinunter, sodass er sie besser sehen konnte. »Oliver war ein Idiot, und Sie wissen das auch, weil Sie keiner sind. Er war gierig, und jetzt ist er tot. Ich glaube nicht, dass Sie ein gieriger Mann sind, Mr. Tartelli. Ich glaube, Sie möchten lieber leben. Wo ist das Ei?«

»Fabergé? Hat Oliver ein Fabergé-Ei besessen?«

»Sie wissen genau, dass es so war. Stellen Sie meine Geduld nicht auf die Probe.« Sie beugte sich noch dichter zu ihm hinab. »Es gibt Dinge, die schlimmer sind als der Tod. Wir könnten sie Ihnen antun.«

»Was immer Sie wollen, kann ich Ihnen nicht geben.« Er würgte, hustete Blut. Jai wich unwillkürlich zur Seite. »Sehen Sie meinetwegen nach, durchsuchen Sie alles, nehmen Sie mit, was Sie mitnehmen wollen. Aber was ich nicht habe, kann ich Ihnen nicht geben.«

»Was hat der Bruder von der Bank geholt, wenn nicht das Ei?«

»Ich habe keinen Bruder.«

Sie nickte Ivan zu und trat einen weiteren Schritt zur Seite, um keine Blutspritzer abzubekommen.

»Olivers Bruder, Ashton Archer. Sie waren bei ihm.«

»Ash ...« Vinnies Kopf kippte zurück. Ivan schlug ihm mit der flachen Handfläche ins Gesicht, um ihn wieder zu Bewusstsein zu bringen.

»Lass ihm Zeit«, fuhr sie Ivan an. »Ashton Archer.« Ihre Stimme wurde sanft, ermutigend. »Olivers Bruder. Warum waren Sie am Donnerstag bei ihm?«

»Ash ... Beerdigung ... Oliver ... Ash helfen ...«

»Ja, Ash helfen. Haben Sie das Ei gesehen? All das glitzernde Gold. Wo ist es jetzt? Sagen Sie es mir, Mr. Tartelli, und aller Schmerz ist vorbei.«

Er sah sie erneut durch den schmalen Schlitz seines zugeschwollenen Auges an und sagte dann langsam durch die zerschlagenen Zähne: »Ich habe kein Ei.«

Ivan holte aus und verpasste Vinnie einen brutalen Fausthieb auf den Solarplexus. Während Vinnie sich übergab, dachte Jai fieberhaft nach. Sie hatte etwas in diesem blutigen Auge gesehen: Angst, ja, aber auch stählerne Entschlossenheit. Es ging ihm nicht um sich, dämmerte es ihr. Ging es ihm um diesen Bruder? Den Halbbruder seines Neffen? Wie merkwürdig – und wie interessant, auf derart ausgeprägte Loyalität zu stoßen. Das war mehr als bloße Prinzipientreue. Und vielleicht konnte sie sich das zunutze machen.

»Ich muss telefonieren. Lass ihn eine Weile in Ruhe«, befahl sie Ivan. »Hast du mich verstanden? Ich hole ihm etwas Wasser. Lass ihn wieder ein bisschen zu sich kommen.«

Sie würde ihren Arbeitgeber anrufen, dachte sie bei sich, als sie wieder in den Ausstellungsraum hinaustrat. Er ließ sie zwar im Großen und Ganzen selbstständig handeln, aber sie wollte seinen Zorn nicht auf sich ziehen, indem sie ohne seine Zustimmung die Strategie änderte.

Dieser Onkel, dieser prinzipientreue, loyale, entschlossene Onkel, wäre als Trumpfkarte womöglich von unschätzbarem Wert. Würde der Bruder das Ei gegen das Leben des Onkels eintauschen?

Vielleicht.

Ja, vielleicht besaß der Bruder ja ebenso viel Moral und Loyalität.

Sie würden ihn töten. Selbst angesichts der Schmerzen war sich Vinnie dieser unausweichlichen Tatsache nur zu bewusst. Was auch immer die Frau behauptete – sie würden ihn niemals am Leben lassen.

Er trauerte um seine Frau, um seine Kinder, um seine Enkel, die er nicht würde aufwachsen sehen. Er würde mit Freuden das Ei für sein Leben und für noch ein bisschen mehr Zeit mit seiner Familie eintauschen, aber sie würden ihn ohnehin umbringen. Und wenn er ihnen sagte, dass Ash das Ei hatte, würden sie ihn ebenfalls töten.

So wie sie Oliver und die Frau, die ihn vielleicht geliebt hatte, getötet hatten.

Er musste stark sein. Was auch immer sie mit ihm machten, er musste stark sein. Er betete um diese Stärke, darum, den Schmerz anzunehmen, um die Sicherheit seiner Familie.

»Halt verdammt noch mal das Maul!«

Vinnie hielt den Kopf gesenkt und murmelte mit erstickter Stimme sein Gebet.

»Ich hab gesagt, du sollst verdammt noch mal das Maul halten!« Ivan legte Vinnie die Hand um die Kehle und drückte fest zu, während er seinen Kopf hochzwang. »Du glaubst, das hier wäre schlimm? Du glaubst, du hättest Schmerzen? Warte, bis ich erst mal richtig zugepackt habe! Zuerst breche ich dir alle Finger.«

Ivan ließ Vinnies Kehle los und packte ihn an der linken Hand. Während Vinnie noch keuchend nach Luft rang, brach dieser Unmensch ihm den kleinen Finger. Er drückte ihn nach hinten, bis der Knochen knackte, dann umklammerte er erneut Vinnies Kehle, um den schrillen Schmerzensschrei zu unterdrücken. Sonst hörte die chinesische Schlampe es noch und gebot ihm Einhalt. Die chinesische Schlampe dachte wohl, sie wäre besser als er. Er stellte sich vor, wie er ihr die Faust ins Gesicht rammte, sie vergewaltigte und Stück für Stück das Leben aus ihr herausprügelte.

Er brach Vinnie einen weiteren Finger. »Und dann schneide ich sie dir alle nacheinander ab.«

Die Augen drohten fast aus ihren Höhlen zu treten. Vinnies Körper zuckte und bebte.

»Sag uns, wo das verdammte Ei ist!«

Rasend vor Wut und wie berauscht legte Ivan nun auch die andere Hand um Vinnies Kehle. Während er zudrückte, stellte er sich Jais Gesicht vor. »Ich mache keine Witze. Sag es mir, oder ich zerhack dich in Stücke! Dann töte ich deine Frau und deine Kinder. Sogar deinen verdammten Hund, wenn's sein muss.« Aber sosehr er auch wütete und zudrückte, das noch nicht vollends zugeschwollene Auge starrte ihn nur weiter an. »Arschloch!« Ivan ließ ihn los und trat einen Schritt zurück. Er roch seinen eigenen Schweiß, den Urin dieses Arschlochs. Hat sich doch allen Ernstes vollgepisst, dachte Ivan. Die Arschlochmemme hatte sich vollgepisst.

Er würde reden. Wenn die Schlampe ihm nur ein bisschen mehr freie Hand ließe, dann würde er dieses Arschloch schon zum Reden bringen.

Jai kam wieder ins Hinterzimmer. Sie hielt eine kleine Flasche Wasser in der Hand, die sie hinter der Ladentheke gefunden hatte. Auch sie roch den Schweiß, den Urin. Und sie roch den Tod – einen ganz besonderen Geruch, den sie besonders gut kannte. Stumm trat sie neben Vinnie und legte ihre Hand in seinen Nacken, um den Kopf anzuheben.

»Er ist tot!«

»Quatsch. Nur ohnmächtig.«

»Er ist tot«, wiederholte sie mit monotoner Stimme. »Ich hab dir doch gesagt, du sollst ihn in Ruhe lassen.« Und ihm nicht die Finger brechen, dachte sie.

»Ich hab ihn in Ruhe gelassen. Er muss einen Herzanfall oder so was gekriegt haben.«

»Einen Herzanfall!« Sie atmete langsam ein und aus. »Das ist ärgerlich.«

»Ist doch nicht meine Schuld, wenn dieses Arschloch abkratzt.«

»Natürlich nicht.« Ihr fielen die blauen Flecken an Vinnies Kehle auf. »Aber es ist ärgerlich.«

»Er wusste doch sowieso nichts. Wenn er es gewusst hätte, hätte er es nach den ersten Schlägen ausposaunt. Das hier war reine Zeitverschwendung. Wir müssen uns an den Bruder ranmachen, wie ich gesagt habe.«

»Ich muss noch mal telefonieren. Wir lassen die Leiche hier. Der Laden ist morgen geschlossen, das gibt uns einen Tag Zeit.«

»Wir lassen es aussehen wie einen Raubüberfall. Wir nehmen ein paar Sachen mit und machen ein bisschen Unordnung.«

»Das könnten wir ... oder ...« Sie griff in ihre Tasche, aber statt ihr Handy herauszuziehen, hielt sie die Pistole in der Hand. Dann schoss sie Ivan fein säuberlich zwischen die Augen, bevor er auch nur blinzeln konnte. »Oder wir könnten das hier tun – und das ist sogar die viel bessere Idee.«

Um Vinnie tat es ihr leid. Er war ein interessanter Mann gewesen und hätte potenziell nützlich sein können. Tot jedoch nützte er niemandem mehr, deshalb ließ sie ihn links liegen, leerte stattdessen Ivans Taschen und nahm ihm die Brieftasche, das Telefon und die Waffen ab. Und sie fand, wie sie geargwöhnt hatte, ein Tablettenröhrchen voller Amphetamine.

Gut so, dachte sie. Ihr Auftraggeber konnte Drogen nicht ausstehen, und er würde ihre Tat tolerieren, wenn nicht sogar gutheißen, wenn sie ihm von den Tabletten erzählte.

Sie ging zurück in den Laden, schnappte sich eine Einkaufstüte und ein Stück Luftpolsterfolie. Dann lief sie nach oben und holte die Bonbonniere. Sie würde ihrem Auftraggeber gut gefallen – und sie würde ihn von der Tatsache ablenken, dass sie Ivan getötet hatte.

Vorsichtig wickelte sie die Kostbarkeit ein und nahm sie mit nach unten. Zu ihrer Freude fand sie eine hübsche Schachtel und ein elegantes schmales Goldband, packte das Geschenk ordentlich ein und band eine Schleife darum. Ivans Handy, Brieftasche, Messer und Pistole legte sie in die Einkaufstüte, gab Luftpolsterfolie darüber, legte die Schachtel darauf und deckte alles mit Seidenpapier ab. Sie zögerte kurz, öffnete dann eine der Vitrinen und zog ein kleines Kästchen daraus hervor, das wohl ursprünglich als Zigarettendose gedient hatte. Ihr gefielen der Perlmuttschimmer und das zierliche Blumenmuster, das sie an ein Pfauenrad erinnerte. Das könnte ich für meine Visitenkarten verwenden, dachte sie und ließ es ebenfalls in die Tasche fallen.

Sie überlegte kurz, ob sie die Bänder der Überwachungskameras mitnehmen und die Alarmanlage zerstören sollte, aber ohne sie genau zu studieren, würde sie nicht sicher sein können, ob sie nicht doch einen Alarm auslöste. Sie sollte sich jetzt besser schnell aus dem Staub machen. Die Angestellte, jedweder Wachmann oder auch Kunden würden sie ohnehin nicht akkurat beschreiben können. Abgesehen davon hatte sie weder Zeit noch Lust, sie alle zu ermorden.

Sie würde zu dem Backsteingebäude zurückgehen, das ihr Auftraggeber ihr während des Einsatzes in New York zur Verfügung gestellt hatte. Wenigstens würde dieser Ivan dort nicht mehr herumlungern und darauf lauern, sie nackt zu sehen.

Am besten lief sie erst mal ein paar Blocks zu Fuß, bevor sie sich ein Taxi nahm. Der kleine Spaziergang und die Fahrt würden ihr hinreichend Zeit geben, sich zu überlegen, wie sie den Bericht für ihren Auftraggeber formulieren sollte.

Lila steckte die Sonnenblumen zurecht – ihrer Meinung nach ein fröhlicher Willkommensgruß – und lehnte dann den Brief, den sie geschrieben hatte, gegen den Fuß der blauen Vase. Sie hatte alles sauber gemacht und war noch mal durch einen Raum nach dem anderen gegangen, wie sie es immer tat. Frische Bettwäsche auf den Betten, frische Handtücher fürs Bad, frisches Obst in der Obstschale. Ein Krug Limonade im Kühlschrank neben einer Schüssel voll Nudelsalat. Wer wollte sich schon sofort wieder an den Herd stellen, wenn er gerade erst aus dem Urlaub zurückkam?

Futter und Wasser für Thomas, alle Pflanzen gegossen, Möbel abgestaubt, Böden gewischt.

Sie verabschiedete sich von der Katze, streichelte und liebkoste sie ausgiebig. »In zwei Stunden sind sie wieder da«, versprach sie Thomas. »Sie werden sich so freuen, dich wiederzusehen! Sei also ein braver Junge! Vielleicht komme ich ja noch mal wieder und pass auf dich auf.«

Sie sah sich ein letztes Mal um und schulterte dann ihren Laptopkoffer und ihre Handtasche. Dann packte sie die Griffe ihrer Koffer und manövrierte sie geschickt aus der Tür. Ihr Abenteuer bei den Kilderbrands war vorbei. Bald würde ein neues Abenteuer beginnen.

Doch zuerst musste sie an einer Beerdigung teilnehmen.

Der Portier kam auf sie zu, sowie sie aus dem Aufzug trat. »Miss Emerson, Sie hätten mich anrufen sollen. Ich hätte Ihnen doch geholfen.«

»Ach was, ich bin daran gewöhnt, allein klarzukommen. Ich habe ein ganz bestimmtes System dafür.«

»Ja, das glaube ich gern. Ihr Wagen ist gerade vorgefahren. Als ich angerufen habe, um Ihnen Bescheid zu sagen, waren Sie wohl schon auf dem Weg nach unten.«

»Gutes Timing!«

»Steigen Sie ein. Wir laden Ihr Gepäck für Sie in den Kofferraum.«

Lila fühlte sich ein klein wenig seltsam, als sie die Limousine erblickte. Sie war nicht auffällig, aber lang, dunkel und auf Hochglanz poliert.

»Danke für alles, Ethan!«

»Nicht der Rede wert. Sie müssen unbedingt wiederkommen und uns besuchen.«

»Das tue ich, versprochen.«

Sie stieg ein, und der Fahrer schloss die Tür hinter ihr. Im Wagen saßen bereits Julie und Luke.

»Das hier ist ganz schön eigenartig«, sagte Lila. »Entschuldigung, Luke, du hast ihn ja gekannt, aber es ist trotzdem seltsam.«

»Ich kannte ihn kaum, aber ...«

»Wir kennen Ash.« Lila legte ihre Handtasche neben sich auf die Sitzbank. »Wenigstens ist heute schönes Wetter. Wenn ich an Beerdigungen denke, sehe ich immer Regen vor mir.«

»Ich wette, du hast einen Schirm dabei«, sagte Julie.

Lila zuckte mit den Schultern. »Nur zur Sicherheit.«

»Wenn du jemals auf einer einsamen Insel strandest, Luke, dann willst du, dass Lila und ihre Tasche dabei sind. Wenn du dich verletzt, dann kann sie es bestimmt wieder richten. Sie hat einmal meinen Toaster mit einer Pinzette und einem Schraubenzieher repariert, der so groß war wie mein kleiner Finger.«

»Nicht mit Klebeband?«

»Das habe ich auch dabei«, versicherte Lila. »Aber nur eine kleine Rolle. Kannst du mir – uns – vielleicht einen kurzen Überblick geben, wer alles da sein wird?«

»Sie werden alle da sein.«

»Die gesamte Familie?«

»Davon kannst du ausgehen.« Luke rutschte auf seinem Platz hin und her, als fühlte er sich in seinem dunklen Anzug und mit Krawatte nicht wohl. »Sie kommen bei wichtigen Ereignissen immer zusammen: bei Beerdigungen, Hochzeiten, Examen, schweren Erkrankungen, Geburten ... Ich würde den Familiensitz zwar nicht gerade als entmilitarisierte Zone bezeichnen, aber es kommt dem schon ziemlich nahe.«

»Herrscht denn außerhalb des Familiensitzes Krieg?«

»Kann vorkommen. Auf einer Beerdigung vielleicht nur kleine Sticheleien, aber keine größeren Konflikte. Auf einer Hochzeit allerdings ist alles möglich. Bei der letzten, auf der ich war, sind die Mutter der Braut und die aktuelle Frau des Brautvaters sich heftig in die Haare geraten. Sie sind kratzend und beißend aufeinander losgegangen und am Ende beide im Koi-Teich gelandet.« Luke streckte seine langen Beine aus, so gut es ging. »Wir haben es auf Video!«

»Na, das kann ja heiter werden.« Lila beugte sich vor und öffnete den Deckel des eingebauten Kühlschranks. »Möchte jemand ein Ginger Ale?«

Ash saß unter der mit Glyzinien bewachsenen Pergola. Er würde gleich wieder hineingehen müssen, sich um alles und jeden kümmern, doch im Augenblick wollte er noch ein paar Minuten lang frische Luft schnappen und seine Ruhe haben.

Trotz der Größe wirkte das Haus derzeit eng und überfüllt. Und es war laut.

Von seinem Platz aus konnte er das Gästehaus mit seinem bunten Landhausgarten sehen. Olivers Mutter hatte sich dort mit ihrer Schwägerin, ihrer Tochter und – wie sein Vater sie scherzhaft nannte – der gesamten weiblichen Gänseschar eingeschlossen. Sollen sie nur, dachte Ash. Bis zur Beerdigung war immer noch Zeit genug, um bei den Frauen Trost zu suchen.

Er hatte sein Bestes getan, um die Beerdigung so zu organisieren, wie Olivers Mutter es sich vorgestellt hatte. Nur weiße Blumen – und es schienen Unmengen zu sein. Dutzende weißer Stühle waren reihenweise auf dem Rasen aufgestellt worden, ein weißes Podium für die Redner, weiß gerahmte Fotos, die Olivers Mutter von ihm ausgesucht hatte. Das Streichquartett – du lieber Himmel! – war instruiert worden, weiße Kleidung zu tragen, wohingegen die Trauergäste alle schwarz gekleidet sein mussten. Nur die Dudelsackspieler durften Buntes tragen. Ash fand – und sein Vater hatte dankbar zugestimmt –, dass eine Mutter sich zur Beerdigung ihres Kindes alles wünschen durfte. Er hatte zwar auf eine kleinere, intimere Trauerfeier gehofft, doch nach und nach hatten sich über dreihundert Gäste angekündigt. Die meisten Familienmitglieder und ein paar Freunde waren bereits am Tag zuvor eingetroffen und hatten überall in dem Zehn-Zimmer-Haus, im Gästehaus, im Poolhaus und auf dem gesamten Grundstück Quartier bezogen. Und sie alle mussten reden, Fragen stellen, die er nicht beantworten konnte, essen, schlafen, lachen, weinen. Sie nahmen ihm die Luft zum Atmen. Nach über sechsunddreißig Stunden sehnte Ash sich nur mehr in sein eigenes Haus, in sein Atelier zurück. Trotzdem lächelte er seiner Halbschwester Giselle, einer schwarzhaarigen Schönheit, freundlich zu, als sie zu ihm in den Schatten der Pergola trat.

Sie setzte sich neben ihn und lehnte ihren Kopf an seine Schulter. »Ich habe beschlossen, einen kleinen Spaziergang zu machen, ehe ich Katrina vom Balkon in den Swimmingpool stoße. Ein Spaziergang schien mir klüger zu sein. Und da hab ich dich gesehen.«

»Ja, es war die bessere Idee. Was hat sie denn gemacht?«

»Sie heult ununterbrochen. Dabei haben Oliver und sie kaum je miteinander gesprochen, und wenn, dann nur, um einander Beleidigungen an den Kopf zu schleudern.«

»Vielleicht weint sie deswegen. Sie hat ihren besten Beleidigungskumpel verloren.«

»Sie haben es vermutlich beide genossen, dem anderen auf die Nerven zu gehen.«

»Für dich muss es schwer sein.« Er legte den Arm um sie.

»Ich hab ihn geliebt. Er war ein Chaot, aber ich habe ihn geliebt. Du aber auch ...«

»Ich glaube, ich hätte ihn mit demselben Wort beschrieben wie du. Und er hat vor allem dich sehr geliebt.«

Für einen Moment drückte Giselle ihr Gesicht an Ashs Schulter. »Ach, verdammt. Ich bin so wütend auf ihn, weil er tot ist.«

»Ich weiß. Ich auch. Hast du seine Mutter schon gesehen?«

»Ich bin heute früh drüben gewesen und hab kurz mit ihr geredet. Angie ist ihr eine große Stütze, und irgendjemand hat ihr wohl auch Valium gegeben. Sie wird darüber hinwegkommen und wir sicher auch. Aber er wird mir fehlen. Er hat mich immer zum Lachen gebracht, hat mir immer zugehört, wenn ich wegen irgendwas geschimpft habe, und dann hat er mich zum Lachen gebracht. Und ich mochte Sage.«

»Hast du sie gekannt?«

»Oh Mann, ich hab sie einander doch vorgestellt!« Giselle zog Ash das Tüchlein aus der Anzugtasche und betupfte sich damit die Augen. »Ich habe sie letztes Jahr in Paris kennengelernt, wir haben uns auf Anhieb super verstanden. Als wir beide wieder in New York waren, waren wir zusammen mittagessen. Na ja ... Ich habe gegessen. Sie hatte, glaube ich, nur ein Salatblatt und eine Beere. Eine halbe Beere.« Gekonnt faltete sie das Tuch wieder zusammen und steckte es zurück in seine Brusttasche. »Dann hat sie mich auf eine Party eingeladen, und ich beschloss, Oliver mitzunehmen – ich dachte mir schon, dass sie sich bestimmt mögen würden. Und so war es dann auch. Ich wünschte mir, ich hätte ihn nicht mitgenommen ...« Erneut drückte Giselle ihr Gesicht an Ashs Schulter. »Ich weiß, es ist dumm, das brauchst du mir nicht zu sagen, aber ich wünschte mir wirklich, ich hätte ihn nicht mitgenommen. Vielleicht wären sie dann ja beide noch am Leben, wenn ich sie nicht miteinander bekannt gemacht hätte.«

Sanft fuhr er ihr mit den Lippen übers Haar. »Du willst zwar nicht hören, dass das dumm ist, aber ich muss es dir leider trotzdem sagen.«

»Er war in irgendetwas Schlimmes verwickelt, Ash. Es muss so gewesen sein. Irgendjemand hat ihn umgebracht, also muss er doch in eine schlimme Sache hineingeraten sein.«

»Hat er irgendetwas zu dir gesagt? Irgendwas über ein Geschäft? Einen Kunden?«

»Nein. Als ich das letzte Mal mit ihm geredet habe – nur ein paar Tage, bevor ... bevor er starb, da hatte er mich angerufen. Alles sei großartig, bestens, hat er behauptet, und er werde mich bald besuchen kommen. Ich könne ihm vielleicht dabei helfen, eine Wohnung in Paris zu finden. Er wolle sich dort eventuell eine Wohnung kaufen. Ich dachte noch, das würde ohnehin nicht passieren, aber wie nett es doch wäre, wenn er es tatsächlich in die Tat umsetzen würde.« Sie richtete sich auf und blinzelte die drohenden Tränen weg. »Du weißt mehr, als du zu uns sagst. Ich werde dich nicht fragen – ich weiß gar nicht, ob ich es überhaupt wissen will –, aber du weißt mehr, als du uns anderen erzählen magst. Wenn ich kann, helfe ich dir gern.«

»Ich weiß.« Er küsste sie auf die Wange. »Ich sag Bescheid. Aber jetzt muss ich mich um die Blumen und die Dudelsackspieler kümmern.«

»Ich gehe noch mal rüber zu Olympia. Die Gäste werden bald da sein.« Sie erhob sich ebenfalls. »Lass dir von Bob helfen. Bob ist immer ein Fels in der Brandung.«

Das stimmte, dachte Ash, als sich ihre Wege trennten. Er hatte Bob – seinen Stiefbruder mütterlicherseits – bereits damit beauftragt, den Alkoholkonsum bestimmter Personen im Auge zu behalten. Er wollte nicht, dass wieder irgendjemand im Koikarpfenteich landete.

Lila fand, »Gelände« klang irgendwie zu militärisch und abgeriegelt für den Familiensitz der Archers. Ja, hohe, dicke Mauern umgaben das Anwesen – aber die Steine strahlten eine fast schon königliche Würde aus. Auch die mächtigen Tore waren hoch, aber das stilisierte A im schmiedeeisernen Gitter konnte man einfach nur als prachtvoll bezeichnen, und neben einem charmanten Torhaus blühten leuchtend orangefarbene Tigerlilien.

Zwei Sicherheitsbeamte in schwarzen Anzügen überprüften ihre Ausweise, bevor sie die Limousine durchwinkten. Ausgerechnet hier hätte womöglich der Begriff »Kasernengelände« gepasst, aber überall sonst ganz gewiss nicht.

Hohe Bäume standen auf gepflegten Rasenflächen. Entlang der schnurgeraden Einfahrt, die zu der riesigen Villa führte, wechselten sich Sträucher und kunstfertig angelegte Beete ab. Es könnte leicht zu wuchtig wirken, dachte sie, aber der cremefarbene Stein und die angedeutete U-Form erweckten einen freundlichen Eindruck. Hübsche Balkone und geschwungene Dächer über jedem Flügel verliehen dem Gebäude einen einladenden Charme.

Ihr fielen ein paar Formschnitthecken auf – ein Drache, ein Einhorn und ein geflügeltes Pferd. »Die aktuelle Ehefrau«, erklärte Luke. »Sie steht auf Skurrilitäten.«

»Ich finde es toll.«

Der Fahrer hielt vor dem überdachten Säulenportikus. Dicke Ranken mit violetten Blüten so groß wie Untertassen wanden sich an den Säulen empor und zogen sich an den Balkonen entlang. Genau solche Details, dachte Lila, lassen so ein Haus weniger abweisend wirken.

Hätte sie sich doch nur ein neues Kleid gekauft! Aber dazu war keine Gelegenheit mehr gewesen. Ihr Allzweck-Schwarzes – bereits vier Jahre alt – kam ihr auf einmal nicht mehr annähernd gut genug vor. Sie hoffte, dass ihr zumindest die Frisur ein wenig Würde verlieh. Sie hatte ihr Haar im Nacken zu einem losen Chignon geschlungen.

Als der Fahrer ihr aus dem Wagen geholfen hatte, blieb Lila erst einmal stehen und bewunderte das Haus. Kurz darauf trat eine blonde Frau aus der schweren Haustür und verharrte kurz unten an den Stufen des Portikus. Dann warf sie sich Luke in die Arme.

»Luke!«, schluchzte sie. »Oh, Luke!«

Hinter ihrem Rücken wechselte Lila einen Blick mit Julie.

»Oliver ... Oh, Luke!«

»Es tut mir so leid, Rina!« Sanft tätschelte er den Rücken ihres kurzen schwarzen Kleides mit dem dünnen Spitzenmieder.

»Wir werden ihn nie wiedersehen! Ich bin so froh, dass du hier bist.«

Mehr als froh, dachte Lila, so wie sich diese Frau an Luke klammerte, obwohl er immer wieder versuchte, sich sanft von ihr zu lösen. Sie war vielleicht zweiundzwanzig, schätzte Lila, hatte langes, glattes blondes Haar, gebräunte Beine und eine makellose Haut. Ihre perfekten Kristalltränen wirkten wie aufgeklebt.

Sei nicht so unfreundlich, ermahnte sie sich. Es stimmt zwar, aber es ist nicht besonders nett.

Jetzt schlang Blondie einen Arm um Lukes Taille und schmiegte sich eng an ihn. Sie warf Lila und Julie einen langen, prüfenden Blick zu. »Wer sind Sie?«

»Katrina Cartwright, das sind Julie Bryant und Lila Emerson. Sie sind Freundinnen von Ash.«

»Oh. Er war drüben auf der Nordseite und hat dort irgendwas erledigt. Ich zeige euch den Weg. Es kommen immer mehr Gäste. All diese Leute«, fügte sie melodramatisch hinzu, als eine weitere Limousine aufs Haus zufuhr, »sie alle wollen Oliver die letzte Ehre erweisen.«

»Wie geht es seiner Mutter?«, fragte Luke.

»Ich hab sie heute noch nicht gesehen. Sie hat sich ins Gästehaus zurückgezogen. Sie ist am Boden zerstört. Wir alle sind zutiefst erschüttert.« Sie hielt sich geradezu besitzergreifend an Luke fest, während sie einen gepflasterten Weg entlanggingen. »Ich weiß wirklich nicht, wie wir weiterleben sollen. Wie auch nur einer von uns weiterleben kann. Wir haben übrigens eine Bar auf der Terrasse aufgestellt ...« Schlagartig unbekümmert wies sie hinüber auf einen weiß gedeckten Tisch, hinter dem eine Frau in einem weißen Jackett stand. Hinter der großzügigen Terrasse erstreckte sich der Rasen, auf dem Reihe um Reihe weiße Stühle vor einem großen Rosenbogen standen. Darunter stand ein hoher Tisch, auf dem die Urne platziert würde.

Alles in jungfräulichem Weiß, dachte Lila – einschließlich der Staffeleien, auf denen vergrößerte Fotografien von Oliver in weißen Rahmen steckten.

Unter einem zweiten Rosenbogen spielte ein Streichquartett leise klassische Musik. Schwarz gekleidete Menschen spazierten über den Rasen. Manche hatten bereits der Bar einen Besuch abgestattet und hielten Weingläser oder Cocktails in der Hand, andere saßen in Grüppchen beisammen und unterhielten sich leise. Eine Frau trug einen Hut mit einer riesigen Krempe. Sie betupfte sich die Augen mit einem schneeweißen Taschentuch.

Hinter ein paar Bäumen konnte Lila einen Tennisplatz erkennen, und südlich davon glitzerte das tropisch blaue Wasser eines Swimmingpools in der Sonne. Daneben stand ein kleines Steinhaus. Irgendjemand lachte zu laut. Jemand anderer rief etwas auf Italienisch. Eine Frau in weißer Uniform glitt stumm wie ein Geist zwischen den Trauergästen hin und her, um leere Gläser einzusammeln, eine andere brachte der Frau mit dem Hut ein Glas Champagner.

Was ich alles verpasst hätte, wenn ich nicht gekommen wäre!, dachte Lila. Es war großartig – wie im Theater, wie bei einem Bühnenstück. Sie hätte sich am liebsten gleich Notizen gemacht – einiges davon würde sie bestimmt in ein Buch packen können – und begann im Geiste schon mal, sich Gesichter, Landschaften und kleine Details einzuprägen.

Und dann sah sie Ash. Sein Gesicht war so müde, so traurig. Kein Bühnenstück, dachte sie. Kein Theater.

Tod.

Sie konnte nur noch an ihn denken, als sie auf ihn zusteuerte.

Er nahm ihre Hand. Einen Moment lang standen sie einander einfach nur gegenüber. »Ich bin froh, dass du gekommen bist«, sagte er schließlich.

»Ich auch. Das alles ist ... irgendwie unheimlich schön. Alles in Weiß und Schwarz. So dramatisch ... Nach allem, was du mir erzählt hast, hätte es ihm bestimmt auch gefallen.«

»Ja, das denke ich auch. Olympia – seine Mutter – hatte recht. Ach je, Rina hat sich Luke geschnappt! Ich muss sie von ihm weglotsen. Sie war schon als Teenager in ihn verknallt.«

»Ich glaube, er wird auch allein damit fertig. Kann ich irgendetwas tun?«

»Nein danke, es ist alles vorbereitet. Ich besorge euch Sitzplätze.«

»Wir finden uns schon zurecht, du hast sicher noch genug zu tun ...«

»Stimmt, ich muss noch Olympia holen oder irgendjemanden damit beauftragen. Ich bin gleich wieder da.«

»Mach dir um uns keine Sorgen.«

»Ich bin froh, dass du gekommen bist«, sagte er noch einmal. »Wirklich.«

Er musste sich einen Weg durch die Gäste bahnen, die ihm ihr Beileid aussprechen oder einfach nur mit ihm reden wollten. Er wandte sich zum Haus – am besten quer hindurch und am Seitenausgang wieder hinaus, dachte er –, doch als sein Blick auf Angie fiel, blieb er abrupt stehen. Sie wirkte erschöpft. Niedergedrückt von ihrer eigenen Trauer und dem Versuch, die Trauer ihrer Schwägerin mit zu tragen.

»Sie fragt nach Vinnie.« Angie fuhr sich mit der Hand durch das kurze, lockige Haar. »Hast du ihn gesehen?«

»Nein. Ich muss ihn wohl verpasst haben.«

»Ich versuche noch mal, ihn auf dem Handy zu erreichen. Er hätte schon vor Stunden hier sein müssen.« Sie seufzte leise. »Er fährt wie eine alte Dame und benutzt seine Freisprechanlage nicht. Wenn er unterwegs ist, geht er nicht ans Handy.«

»Ich sehe mich nach ihm um.«

»Nein, kümmere du dich darum, dass die Trauerfeier anfängt. Olympia möchte sie im Augenblick am liebsten wieder abblasen, aber das geht schon wieder vorbei. Wenn er zu spät kommt, dann ist es eben so. Sag dem Bestatter, er soll die Leute Platz nehmen lassen. Wo ist dein Vater?«

»Ich rufe ihn. In zehn Minuten – wäre das in Ordnung?«

»In zehn Minuten. Ja, bis dahin wird sie hier sein.« Sie zog ihr Telefon aus der kleinen Handtasche. »Verdammt, Vinnie«, murmelte sie und schlenderte weiter.

Vielleicht sitzt er ja irgendwo drinnen, dachte Ash. Ich sehe mich nach ihm um, wenn ich Vater Bescheid gebe, dass es so weit ist.

Er gab dem Bestatter ein Signal, geleitete Olivers Großmutter mütterlicherseits zu einem Stuhl und lief dann zum Haus hinüber.

Luke setzte sich zwischen Lila und Julie. Neben Lila saß Katrina, die prompt nach Lilas Händen griff und sich ihr zuwandte, um ihr eine Geschichte zu erzählen – in der es wahrscheinlich von Ausrufezeichen nur so wimmelte, dachte Ash bei sich, doch die Vorstellung heiterte ihn tatsächlich ein wenig auf.

Ja, er war froh, dass sie gekommen war.

Er eilte ins Haus, um seinen Vater zu holen, damit die Trauerfeier endlich beginnen konnte.

TEIL II

Das Schicksal bestimmt deine Verwandten,
du bestimmst deine Freunde.
Jacques Delille

11

An einer solchen Trauerfeier hatte Lila noch nie zuvor teilgenommen. Trotz all der seltsamen Dinge – der offenen Bar und der ganz in Weiß gehüllten Landschaft – lag echte und tiefe Trauer über der Gesellschaft. Sie sah sie in dem blassen, unglücklichen Gesicht von Olivers Mutter, hörte sie an den bebenden Stimmen derjenigen, die sich an das weiße Podium stellten, um ein paar Worte zu sagen. Sie spürte sie in der Luft, obwohl die Sonne vom Himmel strahlte und der Duft der Lilien und Rosen vom leichten Wind herangetragen wurde.

Und doch wirkte es gleichzeitig wie ein Theaterstück, wie inszeniert – mit Kostümen und einer Choreografie, dargestellt von schönen Menschen auf einer wunderbaren Bühne.

Als Ash ans Podium trat, dachte sie, dass er auch Schauspieler sein könnte – groß, dunkel, gut aussehend. Er war glatt rasiert, stellte sie fest, und trug einen makellosen schwarzen Anzug. Ihr war der zerzauste, sorglose Künstler aus dem Alltag lieber, doch auch der formelle Anzug stand ihm hervorragend.

»Ich habe Giselle gebeten, die Trauerrede für Oliver zu halten. Von allen Geschwistern standen sie und Oliver sich am nächsten. Wir alle haben ihn geliebt und werden ihn schmerzlich vermissen, aber Giselle verstand ihn am besten von uns und schätzte wie kaum ein anderer seinen ewigen Optimismus. Im Namen seiner Mutter und unseres Vaters danke ich euch allen, dass ihr heute hierhergekommen seid, um euch mit uns von unserem Sohn, unserem Bruder und unserem Freund zu verabschieden.«

War eigentlich der ganze Archer-Clan so attraktiv?, fragte sich Lila unwillkürlich, als eine bildschöne Frau aufstand, Ash umarmte und dann vor die Menge trat. Ihre Stimme zitterte kein bisschen, im Gegenteil: Sie war stark und klar.

»Ich habe lange nach meiner allerersten Erinnerung an Oliver gesucht, konnte sie aber nicht festmachen. Er war immer schon Teil meines Lebens, ganz gleich, wie lange wir einander zwischendurch mal nicht sahen. Er war in so vielerlei Hinsicht das Lachen, der Spaß, die Albernheit, die jeder im Leben braucht. Der ewige Optimist.« Sie sah zu Ash hinüber und schenkte ihm ein Lächeln. »So hast du es formuliert, Ash. Manche von uns sind Realisten, manche Zyniker und manche auch – das muss man einfach sagen – Arschlöcher. Die meisten von uns sind eine Mischung aus all dem. Aber bei Oliver – da hat Ash recht – regierte der Optimismus. Er konnte leichtsinnig sein, aber er war nie grausam. Und wie viele Menschen können das schon aufrichtig von sich behaupten? Er war impulsiv und ungeheuer großzügig. Er war ein soziales Wesen, für das Einsamkeit eine Strafe darstellte. Und weil er so charmant war, so fröhlich, so schön, war er selten allein.«

Ein Vogel flog hinter Giselle vorüber; hellblau blitzte er hinter den weißen Blumen auf und war gleich wieder verschwunden.

»Er liebte dich, Olympia, aus tiefstem Herzen und aus tiefster Seele. Und dich, Dad.« Einen Moment lang schimmerten ihre Augen feucht, doch dann war das Schimmern auch schon wieder verflogen wie das Blau des Vogels. »Er wollte so sehr, dass ihr stolz auf ihn wart, vielleicht wollte er es ein wenig *zu* sehr. Er wollte das Spektakuläre sein und erreichen. Für Oliver gab es keinen Durchschnitt und kein Mittelmaß. Er machte Fehler, und manch einer dieser Fehler war tatsächlich spektakulär. Aber er war nie hart, nie grausam. Und ja, er war immer optimistisch. Wenn jemand von uns ihn um etwas gebeten hätte, hätte er es ihm gegeben. Es lag nicht in seiner Natur, Nein zu sagen. Vielleicht war es unvermeidlich, dass er uns auf so schreckliche Weise verlassen musste, solange er noch jung, fröhlich und schön war. Ich werde also nicht mehr nach dieser ersten Erinnerung an Oliver suchen und auch nicht bei der letzten verweilen. Ich will einfach nur dankbar sein dafür, dass er immer Teil meines Lebens war, dass er mir Lachen, Spaß und Albernheit geschenkt hat. Und jetzt lasst uns feiern – weil es nichts gab, was Oliver lieber tat.«

Als sie vom Podium stieg, spielten die Dudelsäcke auf. Und als die ersten Takte von »Amazing Grace« ertönten, stiegen wie auf ein Stichwort Hunderte von weißen Schmetterlingen hinter dem Rosenbogen in die Luft. Fasziniert beobachtete Lila, wie Giselle der weißen Wolke hinterhersah. Dann sah sie Ash an – und lachte.

Lila tat es den anderen Gästen gleich und nahm sich ein Glas Wein. Bedienungen kamen mit Tabletts voller Häppchen vorbei und luden die Gäste überdies an lange, weiß gedeckte Tische ein, auf denen ganze Mahlzeiten serviert wurden. Viele setzten sich, andere spazierten durch den Garten oder schlenderten durchs Haus. Lila war zwar neugierig, aber es kam ihr unpassend vor, ebenfalls hineinzugehen.

Als sie fand, dass der richtige Zeitpunkt gekommen war, ging sie hinüber zu Olivers Mutter, um zu kondolieren. »Ich möchte nicht aufdringlich sein ... Ich bin eine Freundin von Ashton. Mein herzliches Beileid.«

»Ashtons Freundin!« Die Frau war leichenblass und sah sie aus glasigen Augen an, aber sie streckte die Hand aus. »Ashton hat sich um alles gekümmert.«

»Es war eine wundervolle Trauerfeier.«

»Oliver hat mir zum Muttertag immer weiße Blumen geschenkt, war es nicht so, Angie?«

»Ja, er hat es nie vergessen.«

»Die Blumen sind wunderschön. Möchten Sie ein Glas Wasser?«

»Wasser? Nein, ich ...«

»Sollen wir nicht wieder hineingehen? Drinnen ist es kühler. Danke«, sagte Angie zu Lila, legte den Arm um Olympias Taille und zog sie weg.

»Eine Freundin von Ashton?«

Lila drehte sich zu der Frau um, die sie angesprochen hatte. Sie hatte die Trauerrede gehalten. »Ja, aus New York. Ihre Rede war wundervoll. Sehr berührend.«

»Berührend?«

»Ja, weil es Ihnen ernst war.«

Giselle musterte Lila neugierig und nahm so elegant einen Schluck Champagner aus ihrer Flute, als wäre sie damit schon auf die Welt gekommen. »Ja, das war es. Kannten Sie Oliver?«

»Nein, leider nicht.«

»Aber Ash hat Sie gebeten zu kommen. Interessant.« Sie packte Lilas Hand und steuerte mit ihr eine kleine Gruppe an. »Monica? Entschuldigt uns eine Minute«, sagte Giselle zu den anderen und nahm die glamouröse Rothaarige zur Seite. »Das ist eine Freundin von Ash. Er hat sie gebeten, heute zu kommen.«

»Tatsächlich? Freut mich, Sie kennenzulernen, selbst unter den Umständen.« Scharfe grüne Augen musterten sie. »Ich bin Ashtons Mutter.«

»Oh, Mrs. ...«

»Im Moment heiße ich Crompton. Es kann ziemlich verwirrend sein. Woher kennen Sie Ash?«

»Ich ... äh.«

»Ah, eine Geschichte!«, stellte Monica fest. »Wir lieben gute Geschichten, nicht wahr, Giselle?«

»Oh ja.«

»Am besten suchen wir uns ein schattiges Plätzchen, um sie zu hören.«

Lila hatte das Gefühl, in eine Falle getappt zu sein. Sie sah sich hilfesuchend um. Wo war bloß Julie? »Ich war nur ...« Doch jeder Widerstand schien zwecklos zu sein, als die beiden Frauen sie mit Klasse und Stil auf das große, imposante Haus zudirigierten.

»Ash hat mir gar nicht erzählt, dass er eine neue Freundin hat«, sagte Monica über die Schulter, während sie eine Tür aufzog, die offensichtlich in ein Musikzimmer führte. Dahinter befanden sich ein Flügel, ein Cello und eine Geige.

»Ich würde nicht sagen, dass ich ...«

»Aber im Grunde erzählt Ash ja nie irgendwas.«

Benommen ließ Lila sich durch das Zimmer führen und an

einem mit dunklem Holz vertäfelten Raum vorüber, in dem zwei Männer Billard spielten und eine Frau von der Bar aus ihnen dabei zusah. Dann ging es durch eine Art Salon, in dem jemand saß und weinte, und weiter in eine spektakuläre Eingangshalle mit hohen Decken, Kronleuchtern, Säulen, einer doppelten Freitreppe und einer zweistöckigen Bibliothek, in der irgendjemand sich leise unterhielt.

»Hier ist es gut«, verkündete Monica, als sie in einem botanischen Wunderwerk von Wintergarten angekommen waren, dessen gläserne Wände den Blick auf einen atemberaubend schönen Park freigaben. »Du hast dein Herz-Kreislauf-Training hinter dir, wenn du nur jeden Tag einmal von einem Ende dieses Hauses zum anderen gehst.«

»Ja, es kommt einem wirklich so vor, nicht wahr?«

Monica setzte sich auf ein braun-gelbes Sofa und klopfte einladend auf den Platz neben sich. »Setzen Sie sich, erzählen Sie mir alles.«

»Da gibt es gar nicht viel zu erzählen ...«

»Hat er Sie schon gemalt?«

»Nein.«

Sie zog die Augenbrauen hoch und verzog die pinkfarben geschminkten Lippen. »Jetzt überraschen Sie mich aber.«

»Er hat ein paar Skizzen gemacht, aber ...«

»Und wie sieht er Sie?«

»Als Zigeunerin ... ich weiß auch nicht, warum.«

»Das liegt an Ihren Augen.«

»Das sagt er auch. Sie sind bestimmt sehr stolz auf ihn. Seine Arbeiten sind wundervoll.«

»Ich habe wirklich nicht ahnen können, was eines Tages aus ihm würde, als ich ihm die erste Schachtel Buntstifte gekauft habe. Also, wie haben Sie sich kennengelernt?«

»Mrs. Crompton ...«

»Monica. Ganz gleich, wen ich heirate, ich bleibe immer Monica.«

»Monica. Giselle.« Lila holte tief Luft und zwang sich, es hinter sich zu bringen. »Ich bin Ash im Polizeirevier begegnet. Ich habe gesehen, wie Sage Kendall aus dem Fenster gestürzt ist.«

»Sie sind die Frau, die den Notruf gewählt hat«, hauchte Giselle und griff nach Monicas Hand.

»Ja. Es tut mir leid. Das ist für Sie sicher unangenehm.«

»Nein, es ist mir nicht unangenehm. Dir, Giselle?«

»Nein. Ich bin Ihnen sehr dankbar. Ich bin Ihnen wirklich sehr dankbar, dass Sie die Polizei gerufen haben. Und noch dankbarer bin ich, dass Sie mit Ash gesprochen haben. Die meisten Menschen wären ihm bestimmt aus dem Weg gegangen.«

»Er wollte nachvollziehen können, was ich gesehen hatte. Ich glaube nicht, dass ihm das irgendjemand hätte verweigern können.«

Giselle, die immer noch Monicas Hand hielt, und Ashs Mutter wechselten einen vielsagenden Blick. »Sie vergessen, was ich in meiner Trauerrede über Arschlöcher gesagt habe.«

»Dann kann ich wohl froh sein, in diesem Fall keins gewesen zu sein, aber ...«

»Man hat Ihren Namen in den Medien nicht genannt«, fiel Giselle ihr ins Wort.

»Es gibt ja auch keinen Grund, warum er genannt werden sollte. Das würde doch niemandem nützen.«

»Aber Sie haben Ashton geholfen.« Mit ihrer freien Hand ergriff Monica Lilas Hand. »Er will Antworten finden, eine Lösung, und Sie helfen ihm dabei.«

»Sie brauchen ein Glas Wein«, erklärte Giselle. »Ich hole uns welchen.«

»Bitte, bemühen Sie sich nicht. Ich ...«

»Hol uns Champagner, Süße.« Monica hielt Lilas Hand fest, während Giselle hinauseilte. »Ash hat Oliver geliebt – wir alle haben ihn geliebt, auch wenn er uns manchmal zur Weißglut brachte. Ash neigt dazu, sich für alles verantwortlich zu fühlen. Und wenn er Skizzen von Ihnen gemacht und Sie gebeten hat, heute mit hierherzukommen, dann müssen Sie ihm wirklich sehr geholfen haben.«

»Manchmal ist es leichter, mit jemandem zu sprechen, den man eigentlich gar nicht kennt. Außerdem hat sich herausgestellt, dass wir eine gemeinsame Freundin haben, das trägt natürlich auch dazu bei ...«

»Ja, ebenso wie Ihre Augen – und alles Übrige.« Monica legte den Kopf schräg und sah sie prüfend an. »Sie sind eigentlich nicht sein Typ. Nicht dass er auf einen bestimmten Typ festgelegt wäre, aber Sie haben nichts von dieser Tänzerin. Sie wissen, dass er mit dieser Tänzerin zusammen war? Eine bildschöne junge Frau, enorm begabt – mit einem ebenso großen Ego und einem Temperament, das seinem gleichkam. Ich glaube, die Leidenschaft hat ihm gefallen – und ich meine damit nicht Sex, sondern wirklich die Leidenschaft. Das Drama. Aber nur für kurze Zeit. Tief im Herzen liebt er die Einsamkeit und hat gern seine Ruhe. Sie scheinen mir nicht so launenhaft zu sein.«

»Ich kann ein ganz schönes Luder sein – wenn man die richtigen Knöpfe drückt.«

Monica grinste, und die Ähnlichkeit mit ihrem Sohn war nicht zu übersehen. »Das will ich hoffen. Ich kann schwache Frauen nicht ausstehen. Noch weniger als schwache Männer. Was machen Sie, Lila? Arbeiten Sie?«

»Ja. Ich schreibe, und ich bin Homesitter.«

»Homesitter? Ich schwöre, wenn ich noch einmal so jung wäre wie Sie, würde ich das Gleiche tun! Reisen, sehen, wie andere Leute leben, die neue Umgebung, neue Blickwinkel genießen ... Es ist ein Abenteuer.«

»Ja, das ist es.«

»Aber um davon leben zu können, um Kunden zu gewinnen, müssen Sie verantwortungsbewusst und zuverlässig sein. Vertrauenswürdig.«

»Man kümmert sich um die Häuser anderer Leute – um ihre Habe, ihre Pflanzen, ihre Haustiere. Wenn sie einem nicht vertrauen, dann ist das Abenteuer schnell zu Ende.«

»Ja, ohne Vertrauen hat nichts Bestand. Und was schreiben Sie?«

»Ich schreibe Bücher für Teenager. Romane. Highschooldramen, Politik, Romantik ... Werwölfe, die einander bekriegen.«

»Doch nicht etwa *Mondaufgang*?«, fragte Monica freudig überrascht. »Sind Sie etwa L. L. Emerson?«

»Ja. Sie wissen ja wirklich ... Rylee!«, fiel es ihr wieder ein. »Ash hat mir erzählt, dass mein Buch seiner Schwester gut gefallen hat.«

»*Gefallen?* Sie hat es regelrecht verschlungen! Ich muss sie Ihnen unbedingt vorstellen. Sie wird außer sich sein vor Begeisterung.«

Sie sah unvermittelt auf und neigte leicht den Kopf. »Spence?«

Das musste Ashs – und Olivers – Vater sein, dachte Lila. Äußerst attraktiv, braun gebrannt und fit, dunkles, dichtes Haar, grau an den Schläfen, kühle blaue Augen.

»Lila, das ist Spence Archer. Spence, Lila Emerson.«

»Ja, ich weiß. Miss Emerson, wir sind Ihnen sehr zu Dank verpflichtet.«

»Mein Beileid, Mr. Archer.«

»Danke. Lassen Sie mich Ihnen ein Glas Champagner einschenken«, sagte er, als ein Kellner mit weißem Jackett einen silbernen Sektkühler brachte. »Und dann möchte ich sie dir ein wenig entführen, Monica.«

»Es wäre nicht das erste Mal, dass du mit einem hübschen jungen Ding das Weite suchst.« Sie hob die Hände und schüttelte den Kopf. »Entschuldigung! Reine Gewohnheit – aber heute wirklich unpassend, Spence.« Sie stand auf, trat auf ihn zu und gab ihm einen Kuss auf die Wange. »Ich gehe dann wohl besser. Bis später, Lila! Und machen Sie sich darauf gefasst, dass unsere Rylee vor Ihnen auf die Knie sinken wird.« Sie drückte Spences Arm und ging.

»Es war sehr freundlich von Ihnen, heute zu kommen«, begann Spence und reichte Lila ein Glas Champagner.

»Es war Ashton wichtig.«

»Ja, das habe ich gehört.« Er setzte sich ihr gegenüber.

Sie fand, dass er müde aussah und finster dreinblickte, was nur verständlich war. Trotzdem hätte sie am liebsten Reißaus genommen. Worüber sollte sie sich mit dem Vater eines toten Sohnes, den sie gar nicht gekannt hatte, und eines zweiten Sohnes, mit dem sie ein seltsames, gefährliches Geheimnis teilte, nur unterhalten?

»Es war eine schöne Trauerfeier in einem wunderbaren Ambiente. Ich weiß, dass Ashton alles so tröstlich wie nur möglich für Sie und Olivers Mutter gestalten wollte.«

»Ash ist immer wahnsinnig engagiert. Wie lange kannten Sie Oliver?«

»Gar nicht ... Es tut mir leid, es muss Ihnen wirklich seltsam erscheinen, dass ich hier bin, obwohl ich ihn gar nicht gekannt habe. Ich habe ... Ich habe in jener Nacht einfach nur aus dem Fenster gesehen.«

»Durch ein Fernglas.«

»Ja.« Sie spürte, wie sie rot wurde.

»Zufällig? Die plausiblere Erklärung scheint mir zu sein, dass Sie Olivers Wohnung ausspioniert haben, weil Sie eine seiner Frauen waren. Oder – was noch beunruhigender wäre – dass Sie eine Verbindung zu der Person haben, die ihn getötet hat.«

Die Sätze, die er ihr so kühl entgegenschleuderte, waren so unerwartet und so ungeheuerlich, dass es einen Augenblick dauerte, bis sie begriff, was er da gesagt hatte.

»Mr. Archer, Sie trauern um Ihren Sohn. Sie sind wütend, und Sie wollen Antworten. Aber ich kann Ihnen keine geben. Ich kannte Oliver nicht, und ich weiß auch nicht, wer ihn umgebracht hat.« Sie stellte das Glas mit dem Champagner ab, den sie nicht angerührt hatte. »Ich gehe wohl besser.«

»Sie haben Ash überredet, Sie heute in unser Haus einzuladen. Man hat mir gesagt, Sie hätten viel Zeit mit ihm verbracht, seit Ihrer *zufälligen* Begegnung im Polizeirevier am Tag nach Olivers Tod. Ashton hat bereits damit begonnen, Sie zu malen. Sie sind ganz schön auf Zack, Miss Emerson.«

Sie erhob sich langsam. Er ebenfalls. »Ich kenne Sie nicht«, sagte sie vorsichtig. »Ich weiß nicht, ob es in Ihrer Natur liegt, andere zu beleidigen. Und da ich es nicht weiß, will ich Ihr Verhalten dem Schock und der Trauer zuschreiben. Ich weiß, was der Tod bei den Hinterbliebenen anrichten kann.«

»Und ich weiß, dass Sie eine Frau ohne festen Wohnsitz sind, die ihre Zeit damit verbringt, in den Häusern anderer Menschen zu wohnen, während sie Fantasy-Geschichten für leicht zu beeindruckende Teenager schreibt. Eine Verbindung zu Ashton Archer – mit seinem Namen und seinen Mitteln – wäre für Sie ein beachtlicher Schritt nach oben.«

Inzwischen war in ihr jedes Quäntchen Mitgefühl für den Mann erloschen. »Ich gehe meinen eigenen Weg, mache meine eigenen Schritte. Und nicht jeder dieser Schritte ist von Statusdenken und Geld motiviert. Wenn Sie mich jetzt bitte entschuldigen würden.«

»Glauben Sie mir«, sagte er, als sie sich zum Gehen wandte, »welches Spielchen Sie auch spielen mögen – Sie werden verlieren.«

Sie hielt inne und warf ihm einen letzten Blick zu. Er war attraktiv und vornehm und zugleich gebrochen und hart. »Sie tun mir leid«, murmelte sie und ging.

Blind vor Zorn bog sie zunächst falsch ab, erkannte den Fehler aber schnell. Sie musste raus hier, sie musste weg. Sie verabscheute sich dafür, dass es Spence Archer gelungen war, Schuldgefühle und Wut in ihr zu erzeugen, und damit würde sie sich auseinandersetzen müssen. Aber nicht hier. Nicht hier – auf diesem riesigen, wunderschönen Grundstück voller Leute mit merkwürdigen, verwickelten Beziehungen. Sollte er sich sein riesiges, prächtiges Zuhause, seine weitläufigen Rasenflächen und Pools und den blöden Tennisplatz doch sonst wohin stecken. Sie ließ sich doch von ihm nicht zu einem geldgeilen Möchtegern-Jetset-Emporkömmling abkanzeln!

Als sie endlich draußen war, fiel ihr siedend heiß ein, dass nur Luke die Nummer ihres Fahrers hatte und im Kofferraum just dieses Fahrers ihr Gepäck lag. Doch sie wollte jetzt nicht mit Luke oder Julie oder sonst wem reden müssen. Stattdessen fragte sie einen der Parkwächter nach der Nummer eines Taxiunternehmens, das sie zurück nach New York bringen konnte. Sie würde ihr Gepäck einfach in der Limousine lassen – Julie würde später doch ohnehin damit nach Hause fahren. Sie würde Julie einfach eine SMS schicken und sie bitten, die Sachen zu sich in die Wohnung mitzunehmen. Denn hier würde sie auf keinen Fall länger bleiben. Sie wollte sich keine Minute mehr als nötig gedemütigt, in die Enge getrieben und schuldig fühlen.

Als sie das Taxi die Auffahrt herauffahren sah, straffte sie die Schultern. Ich gehe meinen eigenen Weg, rief sie sich ins Gedächtnis. Sie bestritt ihr Leben aus eigener Tasche, und sie lebte es auf ihre Art.

»Lila!«

Sie hatte die hintere Tür des Taxis bereits geöffnet, drehte sich aber noch mal um. Giselle kam auf sie zugelaufen.

»Sie fahren schon?«

»Ja, ich muss.«

»Ash hat gerade nach Ihnen gesucht.«

»Ich muss los.«

»Das Taxi kann warten.« Giselle packte Lila am Arm. »Gehen wir zurück und ...«

»Ich kann wirklich nicht ...« Entschlossen löste Lila Giselles Hand von ihrem Arm. »Das mit Ihrem Bruder tut mir sehr leid.« Sie stieg ins Taxi und schlug die Tür zu, bat den Taxifahrer loszufahren, lehnte sich zurück und versuchte, nicht länger daran zu denken, was für ein Loch die weite Fahrt zurück in die Stadt in ihre Kasse reißen würde.

Giselle sah ihr einen Augenblick nach und machte dann nachdenklich kehrt. Vor dem Gästehaus traf sie auf Ashton, der mit einer sichtlich nervösen Angie redete. »Du weißt, dass das nicht seine Art ist, Ash! Er geht nicht ans Telefon – weder zu Hause noch im Laden noch ans Handy. Vielleicht hat er einen Unfall gebaut ...«

»Ich fahre ohnehin bald zurück. Aber in der Zwischenzeit können wir ja jemanden zu ihm nach Hause schicken.«

»Ich könnte Janis anrufen und sie bitten, aus Vinnies Büro im Geschäft den Ersatzschlüssel zu holen. Sie hat ihn nicht mehr gesehen, seit sie gestern Abend Feierabend gemacht hat.«

»Ja, lass uns das als Erstes machen. Und dann fahre ich dich zurück.«

»Ich will Olympia ungern allein lassen, aber ich mache mir wirklich Sorgen. Ich rufe sofort bei Janis an und sage Olympia, dass ich fahren muss.«

»Ihr seid nicht die Einzigen, die aufbrechen«, verkündete Giselle, sobald Angie im Gästehaus verschwunden war. »Deine Freundin Lila ist soeben in einem Taxi davongerauscht.«

»Wie bitte? Warum denn das?«

»Ich weiß es nicht genau – aber Dad kam rein, um mit ihr zu reden, und als Nächstes habe ich gesehen, wie sie in ein Taxi gestiegen ist. Sie sah aufgebracht aus. Sie hat sich zwar zusammengenommen, aber sie muss richtig wütend gewesen sein.«

»Verdammt! Bleib bei Angie, ja? Ich brauche nur ein paar Minuten, um mich darum zu kümmern.« Während er den langen Weg zum Haupthaus nahm, um zu vermeiden, die Trauergemeinde durchqueren zu müssen, angelte er sein Handy aus der Tasche. Doch der Anruf landete direkt auf Lilas Mailbox. »Lila, sag dem Taxifahrer, er soll umdrehen, und komm zurück. Wenn du nicht mehr bleiben willst, fahre ich dich nach Hause. Ich regle das schon.« Er steckte das Handy wieder in die Tasche und stürmte auf seine Mutter zu, die im Frühstückszimmer saß. »Hast du Dad gesehen?«

»Ich glaube, er ist gerade nach oben gegangen, vielleicht in sein Büro. Ash ...«

»Jetzt nicht. Tut mir leid, jetzt nicht.«

Er lief die Treppe hinauf in den Westflügel, vorbei an Schlafzimmern und Wohnräumen, und erreichte schließlich das Büro seines Vaters hinter dem Hauptschlafzimmer. Jahrelanges Training sorgte dafür, dass er erst anklopfte, auch wenn es nur pro forma war, ehe er die Tür aufstieß.

Spence hob zur Warnung die Hand. Er saß hinter dem massiven Eichenschreibtisch, der einst Ashs Urgroßvater gehört hatte. »Ich rufe Sie zurück«, sagte er dann und legte den Telefonhörer auf die Gabel. »Ich muss mich noch um ein paar Dinge kümmern, dann komme ich.«

»Ich nehme an, eines dieser Dinge, um die du dich kümmern musstest, war Lila. Was hast du zu ihr gesagt, das sie so aufgebracht hat?«

Spence lehnte sich zurück und legte die Hände auf die gepolsterten Armlehnen seines Schreibtischstuhls. »Ich habe ihr nur ein paar Fragen gestellt. Ich glaube, wir hatten für heute genug Drama, Ash.«

»Mehr als genug. Was für Fragen?«

»Es ist doch merkwürdig, dass diese Frau – die zufällig auch noch mit der Leiterin der Galerie befreundet ist, in der deine Werke ausgestellt werden – die einzige Zeugin sein soll, die beobachtet hat, was in jener Nacht passiert ist, als Oliver ermordet wurde, findest du nicht auch?«

»Nein.«

»Und diese Freundin von ihr war einmal mit einem Mann verheiratet, mit dem du eng befreundet bist.«

Ash sah nur zu deutlich, wohin dieser Weg führen würde. Doch ausgerechnet heute wollte er ihn nicht gehen. »Solche Verbindungen kommen vor. Diese Familie ist der lebendige Beweis dafür.«

»Wusstest du, dass Lila Emerson die Mätresse von Julie Bryants Ehemann war?«

Er hatte eigentlich ruhig bleiben wollen, doch jetzt stieg Zorn in ihm auf. »In diesem Fall trifft der Ausdruck ›Mätresse‹ nicht zu. Aber selbstverständlich wusste ich, dass Lila eine Beziehung zu Julies Ex hatte. Und da du es offensichtlich auch weißt, ist hiermit offenkundig, dass du einen Privatdetektiv auf sie angesetzt hast.«

»Natürlich habe ich das.« Spence öffnete eine Schublade und zog daraus einen Aktendeckel hervor. »Eine Kopie des Berichts. Möchtest du ihn lesen?«

»Warum hast du das getan?« Ash bemühte sich krampfhaft um Beherrschung. Er starrte seinen Vater an. »Sie hat die Polizei gerufen. Sie hat mit mir geredet, hat mir Fragen beantwortet, obwohl sie zu nichts dergleichen verpflichtet gewesen wäre. Das hätten nicht viele Leute getan.«

Doch als würde genau dies seine Thesen untermauern, klopfte Spence mit dem Fingerknöchel auf die Schreibtischplatte. »Und jetzt kaufst du ihr Kleider, verbringst Zeit mit ihr, bereitest dich darauf vor, sie zu malen, und bringst sie – ausgerechnet heute – mit hierher.«

Das Gesicht seines Vaters glich einer undurchdringlichen Maske, aber Ash spürte auch die Trauer dahinter.

»Ich bin dir keine Erklärung schuldig, aber gerade wegen des heutigen Tages sage ich dir eins: Ich habe ihr ein Kostüm gekauft – für ein Bild, so wie ich es häufig tue. Ich verbringe gern Zeit mit ihr, weil sie mir geholfen hat und weil ich sie mag. Ich habe meine Gründe, warum ich sie gebeten habe hierherzukommen. Ich habe den Kontakt zu ihr gesucht, auf der Polizeiwache und danach. Ich habe sie gebeten, für mich Modell zu stehen, und habe sie dazu überredet, obwohl sie es eigentlich gar nicht wollte. Und ich habe sie auch dazu überredet, heute hierherzukommen, weil ich wollte, dass sie dabei ist.«

»Setz dich, Ashton.«

»Dazu habe ich keine Zeit. Es gibt einiges zu tun, und die Dinge erledigen sich nicht von selber, wenn ich hier stehe und mich mit dir auseinandersetze.«

»Wie du willst.« Spence stand auf, trat an ein mit Schnitzereien verziertes Sideboard und schenkte sich aus einer Karaffe einen Whiskey ein. »Aber erst hörst du mir zu. Gewisse Frauen können einem Mann das Gefühl geben, er träfe die Entscheidungen, dabei bringen sie ihn nur dazu. Bist du dir wirklich hundertprozentig sicher, dass sie mit dem Mord an Oliver nichts zu tun hat?« Er zog die Augenbrauen hoch und hob sein Glas, als wollte er Ash zuprosten, ehe er einen Schluck nahm. »Immerhin hat sie den Sturz dieses Models *zufällig* gesehen, weil sie von ihrer Wohnung aus mit einem Fernglas andere Wohnungen ausspioniert hat.«

»Und das sagst ausgerechnet du – der einen Detektiv engagiert hat, um sie auszuspionieren?«

Spence setzte sich wieder an seinen Schreibtisch. »Ich schütze nur, was mir gehört.«

»Nein, in diesem Fall *benutzt* du, was dir gehört, um eine Frau aufs Korn zu nehmen, die nur versucht hat zu helfen. Sie ist hierhergekommen, weil ich sie darum gebeten habe, und sie ist gefahren, weil du – und das wird gerade mehr als deutlich – sie beleidigt hast.«

»Sie zieht herum wie eine Obdachlose, verdient kaum ihren Lebensunterhalt. Sie hatte eine Affäre – jedenfalls wissen wir von mindestens einer – mit einem verheirateten Mann, der finanziell wesentlich besser gestellt war als sie selbst.«

Eher erschöpft als wütend steckte Ash die Hände in die Hosentaschen. »Willst du mir wirklich erzählen, wie unmoralisch es ist, sich durch die Gegend zu vögeln? Du sitzt im Glashaus ...«

Wut loderte in Spences Augen auf. »Ich bin immer noch dein Vater.«

»Das bist du, aber das gibt dir noch lange nicht das Recht, eine Frau zu beleidigen, die mir etwas bedeutet.«

Spence lehnte sich zurück und drehte den Stuhl ein Stück zur Seite, sodass er seinen Sohn besser mustern konnte. »Wie eng ist es?«

»Meine Sache.«

»Ashton, du verkennst die Realität. Es gibt Frauen, die machen sich an einen Mann nur wegen seines Status, seines Vermögens heran.«

»Und wie oft warst du verheiratet – bis jetzt? Wie viele *Mätressen* hast du ausbezahlt?«

»Du solltest mehr Respekt zeigen.« Spence sprang auf.

»Ach, und du nicht?« Nur mühsam konnte Ash seine Wut im Zaum halten. Nicht hier, ermahnte er sich. Nicht heute. »Es geht dir nicht um Oliver. Der Polizeibericht und auch der Bericht, den du in Auftrag gegeben hast, müssen dir doch klargemacht haben, dass Lila nichts mit Oliver oder dem Mord an ihm zu tun hatte. Es geht dir nur um mich und meine Beziehung zu Lila.«

»Die Kernaussage bleibt die gleiche«, erwiderte Spence. »Und du bist in einer verletzlichen Position.«

»Du hältst dich vielleicht für einen Experten, weil du so viele Ehefrauen, Mätressen, Affären, geplatzte Verlobungen und Flirts hinter dir hast. Aber ich sehe es nicht so.«

»Es ist die Aufgabe von Eltern, ihre Kinder vor Fehlern zu schützen, die sie selbst gemacht haben. Diese Frau hat dir nichts zu bieten, und sie hat eine Tragödie ausgenutzt, um dein Vertrauen und deine Zuneigung zu erschleichen.«

»Du irrst dich, in jeder Hinsicht. Denk lieber daran, dass es Oliver war, der deine Zustimmung und deinen Stolz gebraucht hätte. Ich freue mich, wenn du mir diese Gefühle entgegenbringst, aber ich bin nicht abhängig davon. Du hast soeben ganz eindeutig eine Grenze überschritten.«

»Wir sind noch nicht fertig«, sagte Spence, als Ash sich zum Gehen wandte.

»Auch in diesem Punkt irrst du dich.« Ash machte auf dem Absatz kehrt und stürmte die Treppe hinunter. Er war schon fast aus dem Haus, als seine Mutter ihn einholte.

»Ash, was um Gottes willen ist passiert?«

»Abgesehen davon, dass Dad Detektive engagiert, um Lilas Leben zu durchleuchten? Sie so beleidigt, dass sie sich ein Taxi ruft und abreist? Abgesehen von Olivers schneeweißer Trauerfeier und der Tatsache, dass Vinnie verschwunden ist? Abgesehen davon ist es einfach nur ein typisches Archer-Familientreffen.«

»Spence ... O Gott, ich hätte es wissen müssen! Ich habe dieses arme Mädchen mit ihm allein gelassen.« Monica warf einen wütenden Blick in Richtung Treppe. »Bring das mit ihr wieder in Ordnung – ich mag sie, sofern das eine Rolle spielt.«

»Ja, es spielt eine Rolle.«

»Und was ist mit Vinnie?«

»Ich weiß es noch nicht. Ich muss zu Angie, sie macht sich Sorgen.«

»Ja, das kann ich verstehen. Es sieht Vinnie gar nicht ähnlich. Ich würde ja ins Gästehaus gehen, aber Krystal ist gerade in die Richtung gelaufen ...« Krystal war die aktuelle Frau ihres Exmannes. »Sie hat sich wirklich anständig Olympia gegenüber benommen, deshalb halte ich mich lieber fern und komme ihr nicht unnötig in die Quere.«

»Das ist auch besser so.«

»Ich könnte mit Spence sprechen ...«

»Nein.«

»Das ist wahrscheinlich auch besser so.« Sie hakte sich bei ihrem Sohn unter, sodass er gezwungen war, langsamer zu gehen und sich wieder ein wenig zu beruhigen. »Sollen Marshall und ich Angie mit zurück in die Stadt nehmen?«

»Ich mache das schon. Danke, aber ich muss sowieso zurückfahren.«

»Wenn du Lila siehst, sag ihr, dass ich gern irgendwann einmal mit ihr zu Mittag essen möchte.«

»Mach ich.« Dann blieb er stehen. Luke und Julie stürmten auf ihn zu.

»Wir haben gehört, dass Lila abgefahren ist«, begann Julie.

»Ja, es ist ein bisschen Staub aufgewirbelt worden, wie wir es nennen. Wenn ihr sie vor mir seht, sagt ihr ... sagt ihr, ich sage es ihr selbst.«

»Ich fahre am besten in die Stadt zurück.« Julie sah zu Luke auf. »Sie übernachtet heute bei mir. Ich fahre lieber sofort los.«

»Wir fahren zusammen. Sollen wir dich mitnehmen?«, fragte Luke.

»Nein«, antwortete Ash. »Ich muss noch etwas erledigen. Ich melde mich bei dir.«

»Ich bringe euch raus«, sagte Monica zu Luke und Julie.

Solche Situationen meistert niemand besser als meine Mutter, dachte Ash. Er ging unter der Pergola hindurch und trat hinaus in die Sonne. Einen Moment lang genoss er die Stille. Soll ich es noch mal bei Lila versuchen?, überlegte er, doch im selben Moment klingelte sein Handy. In der Hoffnung, dass sie seine Nachricht erhalten hatte, sah er auf das Display hinab – und runzelte die Stirn, als er die Nummer erkannte.

»Janis?«

»Ash, Gott, Ash! Ich konnte nicht ... Ich kann Angie nicht anrufen.«

»Was ist los? Was ist passiert?«

»Mr. V, Mr. V ... Die Polizei ... Ich hab die Polizei gerufen. Sie ist schon auf dem Weg.«

»Atmen Sie tief durch! Und jetzt sagen Sie mir, wo Sie sind.«

»Ich bin im Laden. Ich wollte die Schlüssel zu Mr. Vs Wohnung holen, aus seinem Büro ... Ash ...«

»Atmen Sie tief durch«, wiederholte er, als sie nur mehr schluchzte. »Sie müssen mir sagen, was passiert ist.« Aber er ahnte es bereits. Ihm zog sich der Magen zusammen. »Sagen Sie es mir!«

»Er ist tot. Mr. V ... im Büro ... Jemand hat ihn schwer verletzt. Und da ist noch ein Mann ...«

»Ein Mann?«

»Er ist ebenfalls tot. Er liegt am Boden. All das Blut ... Ich glaube, jemand hat ihn erschossen. Mr. V – er ist an seinen Stuhl gefesselt, und sein Gesicht ist ... Ich weiß einfach nicht, was ich tun soll.«

Gefühle mussten warten. Das Undenkbare musste in die Wege geleitet werden, und zwar schnell. »Sie sagten, Sie haben die Polizei gerufen?«

»Ja, sie sind unterwegs. Aber ich kann Angie nicht anrufen ... Ich konnte es einfach nicht, deshalb habe ich Sie angerufen.«

»Warten Sie draußen auf die Polizei. Gehen Sie raus und warten Sie dort auf die Polizei. Ich bin unterwegs.«

»Beeilen Sie sich! Können Sie schnell machen? Können Sie es ihr sagen? Ich kann das nicht. Ich kann das nicht ...«

»Ich sage es ihr. Warten Sie auf die Polizei, Janis – draußen. Wir kommen, so schnell wir können.«

Er legte auf, und dann stand er einen Augenblick lang da und starrte auf sein Handy.

War es seine Schuld? War das passiert, weil er Vinnie um Hilfe gebeten hatte?

Lila!

Er rief ihre Nummer auf. »Geh verdammt noch mal ans Telefon«, knurrte er, doch erneut sprang nur die Mailbox an. »Hör zu, Vinnie ist ermordet worden. Ich weiß noch nichts Genaueres, aber ich bin auf dem Weg zurück nach New York. Geh in ein Hotel! Schließ die Tür ab und mach niemandem auf! Und wenn ich das nächste Mal anrufe, geh gefälligst ran.«

Er steckte das Telefon in die Tasche und presste sich die Finger auf die Augen. Wie sollte er Angie nur sagen, dass ihr Mann tot war?

12

Sie wollte mit niemandem sprechen – und ihr Telefon gab keine Ruhe. Immer wieder ertönte das Eröffnungsstampfen und Klatschen von »We Will Rock You«. Bei nächster Gelegenheit würde sie diesen verdammten Klingelton ändern. Schlimm genug, dass sie in einem Taxi saß, nachdem der schwerreiche Vater des Mannes, mit dem sie schlafen wollte, sie dermaßen beleidigt hatte. Da brauchte sie nicht auch noch ständig von Queen bombardiert zu werden.

Dabei liebte sie Queen eigentlich.

Nach etwa fünfunddreißig Kilometern war ihre Wut verraucht, und den Rest der Fahrt suhlte sie sich in Selbstmitleid. Da war es schon besser, wütend zu sein.

Sie ignorierte Queen, die afrikanische Ethnomusik, die aus dem Radio des Taxifahrers drang, und das Gitarrenriff von »Highway to Hell«, das ihr den Eingang einer SMS signalisierte. Als sie in die Stadt hineinfuhren, schmollte sie zwar immer noch, war aber immerhin so ruhig und klarsichtig geworden, dass sie ihr Handy aus der Tasche zog und ihre Nachrichten checkte.

Drei Anrufe von Ash, zwei von Julie. Und je eine SMS von beiden. Sie holte tief Luft und entschied, dass Ash nach Punkten gewonnen hatte.

Als sie seine erste Nachricht auf der Mailbox abhörte, verdrehte sie die Augen. Er würde es schon überleben. Männer! Sie kümmerte sich ja auch um sich selbst. Das war Lila Emersons Regel Nummer eins.

Als Nächstes hörte sie Julies Nachricht ab. »Lila, ich habe gerade mit Giselle Archer gesprochen. Sie sagte, du seiest abgefahren. Was ist los? Was ist passiert? Ist alles okay? Ruf mich an.«

»Okay, okay, später.«

Sie hörte sich Ashs zweite Nachricht an. Verzog höhnisch die Lippen, als er verlangte, sie solle ans Telefon gehen. Und dann erstarrte alles um sie herum. Ihre Finger zitterten, als sie die letzte Nachricht ein zweites Mal abspielte.

»Nein, nein«, murmelte sie und rief sofort seine SMS ab.

»*Antworte, verdammt! Bin im Heli auf dem Weg in die Stadt. Brauche den Namen deines Hotels. Schließ die Tür ab und bleib, wo du bist!*«

Instinktiv beugte Lila sich vor. »Ich habe meine Pläne geändert. Bringen Sie mich ...« Wie lautete die verdammte Adresse gleich wieder? Sie forschte in ihrem Gedächtnis, bis ihr der Name des Ladens wieder einfiel. Dann gab sie ihn in ihr Handy ein, um die Adresse herauszufinden, und las sie dem Taxifahrer vor.

»Das kostet Sie aber mehr«, sagte er.

»Bringen Sie mich einfach dorthin.«

Ash stand neben einem uniformierten Polizisten an der Tür zu Vinnies Büro. Seine Wut, sein Schuldgefühl, seine Trauer loderten unter einer dicken Schicht dumpfer Benommenheit. Der kurze, höllische Flug vom Gelände hierher, all die Verwirrung und Panik fielen von ihm ab, als er auf den Mann blickte, den er einmal gekannt und geliebt hatte.

Vinnies normalerweise makelloser Anzug war voller Blut und Urin. Sein attraktives, glatt rasiertes Gesicht war von heftigen Schlägen aufgeplatzt und angeschwollen. Über dem Auge, das nicht vollkommen zugeschwollen war, hing der Schleier des Todes.

»Ja, das ist Vincent Tartelli. Auf dem Stuhl«, fügte Ash vorsichtig hinzu.

»Und der andere Mann?«

Ash holte tief Luft. Von oben herab hörte er das Schluchzen seiner Tante, schreckliche Laute, die sich wahrscheinlich für immer in sein Gedächtnis einbrennen würden. Eine Polizistin hatte sie von hier weggeführt und nach oben gebracht. Sie und Janis, korrigierte sich Ash in Gedanken. Gott sei Dank hatten sie die beiden nach oben gebracht.

Ash zwang sich, die Leiche auf dem Boden zu betrachten. Untersetzt, mit breiten Schultern, die Hände an den Knöcheln zerkratzt und blutig. Rasierter Schädel, ein eckiges Bulldoggengesicht.

»Ich kenne ihn nicht. Ich glaube nicht, dass ich ihn je zuvor schon mal gesehen habe. Er muss derjenige gewesen sein, der Vinnie verprügelt hat. Sehen Sie sich seine Hände an.«

»Wir bringen Sie jetzt nach oben zu Mrs. Tartelli. Die Detectives wollen mit Ihnen sprechen.«

Fine und Waterstone, dachte er. Er hatte vom Hubschrauber aus persönlich bei der Polizei angerufen und nach den beiden verlangt.

»Sie darf ihn so nicht sehen ... Angie – Mrs. Tartelli. Sie darf Vinnie so nicht sehen.«

»Wir kümmern uns darum.« Er dirigierte Ash aus dem Raum und hinüber in den Laden. »Sie können oben warten, bis ...« Er unterbrach sich, als ein weiterer Polizist ihm von der Eingangstür aus ein Zeichen gab. »Warten Sie kurz.«

Wohin geht er denn jetzt?, fragte sich Ash, als der Polizist den Laden verließ. Er blickte sich in dem Ladenlokal um, auf das Vinnie so stolz gewesen war – glänzendes Holz, funkelndes Glas, vergoldetes Dekor. Alte Dinge, kostbare Dinge. Nichts davon war angerührt worden – er sah nichts, was zerbrochen oder durchwühlt worden wäre.

Dies war kein Raubüberfall gewesen; nicht irgendein mordlustiger Junkie, der auf der Suche nach Bargeld gewesen war oder nach irgendetwas, was er zu Geld machen konnte. Es hatte mit Oliver zu tun. Es hatte mit dem Ei zu tun.

»Draußen ist eine Frau für Sie, Lila Emerson.«

»Sie ist eine ...« Was war sie eigentlich? Er konnte es nicht genau benennen. »Sie ist eine Freundin. Wir waren heute Nachmittag bei der Beerdigung meines Bruders.«

»Kein guter Tag für Sie. Wir dürfen sie nicht hereinlassen, aber Sie können nach draußen gehen, um mit ihr zu reden.«

»In Ordnung.«

Es wäre besser, sie wäre nicht hier. Und auch Angie sollte nicht dort oben sein und weinen. Nichts war so, wie es sein sollte. Er konnte nicht mehr, als sich den Umständen anzupassen.

Sie marschierte in einem fort auf dem Bürgersteig auf und ab und blieb erst stehen, als sie ihn aus der Tür treten sah, dann griff sie nach seiner Hand, und wie beim ersten Mal, als er ihr begegnet war, blickte sie ihn aus ihren großen, dunklen Augen mitfühlend an. »Ash!« Sie drückte seine Hand. »Was ist passiert?«

»Was machst du hier? Ich hab dir doch gesagt, du sollst in ein Hotel gehen.«

»Ich habe deine Nachricht bekommen. Dein Onkel wurde getötet – Olivers Onkel.«

»Sie haben ihn schwer verprügelt.« Er musste an die hässlichen blauen Flecken um Vinnies Hals denken. »Ich glaube, er wurde erwürgt.«

»Oh, Ash!« Obwohl er spürte, wie sie zitterte, hielt sie seine Hände fest umschlossen. »Es tut mir so leid! Seine Frau – ich hab sie flüchtig kennengelernt ...«

»Sie ist oben. Sie haben sie nach oben gebracht. Du solltest auch nicht hier sein.«

»Warum sollte ich dich hiermit alleine lassen? Gib mir irgendetwas zu tun, damit ich dir helfen kann.«

»Hier kannst du nichts tun.«

Sie packte seine Hände fester. »Du bist doch auch hier.«

Bevor er antworten konnte, sah er die beiden Detectives.

»Ich habe darum gebeten, dass sie uns Waterstone und Fine schicken. Dort sind sie. Du musst dir jetzt ein Hotel suchen. Nein, geh zu mir nach Hause.« Er kramte in seiner Hosentasche nach den Schlüsseln. »Ich komme nach, sobald ich hier wegkann.«

»Ich bleibe hier. Sie haben mich ja ohnehin schon gesehen«, sagte sie ganz ruhig. »Ich kann doch jetzt nicht einfach fortlaufen. Außerdem lasse ich dich hier nicht allein mit dieser Geschichte.« Sie drehte sich um und stellte sich neben Ash.

»Mr. Archer.« Fines Blick wanderte zwischen Ash und Lila hin und her. »Mein herzliches Beileid. Lassen Sie uns nach drinnen gehen. Sie auch, Miss Emerson.«

Sie traten aus der Sommerhitze und dem rauschenden Verkehr in die Kühle des Ladens.

»Seine Frau«, sagte Ash. »Ich weiß, Sie müssen mit ihr reden und ihr Fragen stellen. Könnten Sie das bitte schnell über die Bühne bringen? Sie muss nach Hause, damit sie hier wegkommt.«

»Wir beeilen uns. Officer, suchen Sie für Miss Emerson ein ruhiges Plätzchen, wo sie warten kann. Mr. Archer, Sie gehen nach oben zu Mrs. Tartelli. Wir kommen so schnell wie möglich zu Ihnen.«

Sie trennen uns, dachte Ash, und dann drückte Lila seine Hand, bevor sie mit dem Polizisten wegging. Vermutlich war dies eine Standardprozedur. Trotzdem lastete sein Schuldgefühl schwer auf ihm.

Er ging nach oben zu Angie und nahm die zitternde Frau in die Arme. Und er hielt Janis' Hand. Die Angestellte kämpfte mit den Tränen.

Dann wurde Janis zur Vernehmung gerufen. Sie warf ihnen aus rot geränderten Augen einen traurigen Blick zu, bevor sie nach unten ging.

»Janis hat gesagt, er hätte eine späte Kundin gehabt.«

»Was?«

Angie hatte bis jetzt noch keinen zusammenhängenden Satz gesagt. Weinend und zitternd hatte sie in seinem Arm gelegen. Aber jetzt begann sie zu sprechen. Ihre Stimme war rau von Tränen.

»Als Janis gestern Feierabend gemacht hat, hatte er noch eine Kundin – eine Frau, die behauptet hat, sie wolle eine neue Wohnung einrichten. Sie hat einiges ausgesucht – samt und sonders gute Stücke. Ihr Mann wollte nachkommen, um sich die Sachen anzusehen, hat Janis gesagt. Deshalb war Vinnie so spät noch hier. Irgendjemand muss hereingekommen sein, bevor er abschließen konnte, oder hat ihn überfallen, bevor der Laden zu war. Er war allein, Ash. Die ganze Zeit über – während ich dachte, er hätte sich verspätet, er würde trödeln – war er hier alleine. Ich hab ihn gestern Abend nicht mal angerufen. Ich war so müde, nachdem ich den ganzen Tag mit Olympia verbracht hatte. Ich hab ihn noch nicht mal mehr angerufen.«

»Ist schon gut«, sagte er.

»Als er gestern zur Arbeit ging, habe ich noch gemeckert, er solle nicht so herumtrödeln. Das tut er manchmal, das weißt du doch auch. Er war so traurig wegen Oliver. Er wollte ein bisschen Zeit für sich, aber ich habe nur genörgelt, er solle pünktlich sein. Er hat ihnen doch bestimmt gegeben, was sie wollten?« Tränen liefen ihr über die Wangen. »Wir haben so oft darüber geredet. Wenn jemand ihn im Laden überfallen würde, dann würde er ihm alles geben, was er wollte. Den Angestellten hat er das auch eingebläut. Nichts auf dieser Welt ist so viel wert wie dein Leben oder die Trauer deiner Familie. Sie hätten ihm doch nicht wehtun müssen. Das hätten sie doch nicht tun müssen.«

»Ich weiß.« Er hielt sie im Arm, bis sie keine Tränen mehr hatte.

Dann kamen die Detectives die Treppe hinauf. »Mrs. Tartelli, ich bin Detective Fine, und das hier ist Detective Waterstone. Unser aufrichtiges Beileid.«

»Kann ich ihn jetzt sehen? Sie wollten mich nicht zu ihm lassen.«

»Wir sorgen gleich dafür. Ich weiß, es ist schwer, aber wir müssen Ihnen zuerst noch ein paar Fragen stellen.«

Fine setzte sich in einen Rosenholzstuhl. Sie sprach mit sanfter Stimme. Ash erinnerte sich daran, dass sie das auch getan hatte, als sie nach Olivers Tod zu ihm gekommen waren.

»Können Sie sich vorstellen, wer Ihrem Mann etwas hätte antun wollen?«

»Niemand, der Vinnie kannte, hätte ihm je etwas Böses gewünscht! Da können Sie jeden fragen.«

»Wann haben Sie ihn zuletzt gesehen oder gesprochen?«

Ash hielt ihre Hand, als Angie den beiden Polizisten im Wesentlichen das Gleiche erzählte, was sie zuvor zu ihm gesagt hatte.

Überdies erklärte sie, warum sie einen Tag früher nach Connecticut gefahren war. »Olympia wollte, dass ich bei ihr war ... Olivers Mutter. Sie ist zwar Vinnies Schwester, aber wir stehen uns ebenfalls sehr nahe. Wir sind wie Schwestern. Sie brauchte mich.« Ihre Lippen bebten. »Also bin ich mit unseren Kindern und Enkelkindern hochgefahren. Vinnie wollte am Abend oder heute früh nachkommen, je nachdem, wie er sich fühlte. Ich hätte ihn zwingen sollen, mit uns mitzufahren. Wenn ich ihn gedrängt hätte, wäre er mit uns gefahren, aber ich habe nichts gesagt, und jetzt ...«

»Tu das nicht, Angie«, murmelte Ash. »Tu das nicht.«

»Er hätte ihnen alles gegeben, was sie wollten. Warum mussten sie ihm so wehtun?«

»Es ist unser Job, das herauszufinden«, sagte Fine. »Es gibt hier viele wertvolle Dinge. Haben Sie einen Tresor?«

»Ja. Im Lager auf der zweiten Etage. Wir nutzen ihn hauptsächlich, um ausgewählte Ware für Kunden oder Objekte für die Schätzung aufzubewahren.«

»Wer hat Zugang zu diesem Tresor?«

»Vinnie und Janis. Und ich.«

»Wir müssen dort einen Blick hineinwerfen. Würden Sie sehen, wenn etwas fehlte?«

»Nein, aber Vinnie hat die Liste in seinem Büro, im Computer. Und Janis wüsste es sicher auch.«

»In Ordnung. Wir lassen Sie jetzt nach Hause bringen. Sollen wir irgendjemanden für Sie anrufen?«

»Ash hat ... meine Kinder angerufen. Unsere Kinder.«

»Sie sind schon zu Hause«, sagte er zu ihr. »Sie sind für dich da.«

»Aber Vinnie nicht.« Erneut traten ihr Tränen in die Augen. »Kann ich Vinnie jetzt sehen?«

»Wir müssen noch ein paar Details klären, aber wir sagen Ihnen Bescheid, sobald Sie ihn sehen können. Ein Officer wird Sie nach Hause bringen. Wir werden unser Möglichstes tun, Mrs. Tartelli.«

»Ash ...«

Er half ihr aufzustehen. »Fahr nach Hause, Angie. Ich kümmere mich um alles, versprochen. Wenn du irgendetwas brauchst, sag mir Bescheid.«

»Ich bringe Sie hinunter, Mrs. Tartelli.« Waterstone legte seine Hand auf ihren Arm.

»Das sind Verwandte Ihres Halbbruders«, sagte Fine, als Angie gegangen war. »Sie scheinen sich sehr nahezustehen.«

»In einer Familie wie meiner sind wir alle irgendwie miteinander verwandt.« Ash drückte sich die Handballen auf die Augen. »Sie sind bereits länger miteinander verheiratet, als ich auf der Welt bin. Was soll sie denn jetzt tun?« Er ließ die Hände sinken. »Es gibt Überwachungsvideos. Ich weiß, dass Vinnie Überwachungskameras hier im Laden hat.«

»Wir haben die CDs.«

»Dann haben Sie gesehen, wer das getan hat. Es müssen mindestens zwei gewesen sein.«

»Wie kommen Sie darauf?«

»Weil Vinnie den toten Mann in seinem Büro nicht erschossen haben kann – den Mann, der nach seinen Händen zu urteilen Vinnie verprügelt hat. Man braucht kein Detective zu sein, um das zu erkennen«, fügte Ash hinzu. »Das ist eine simple logische Schlussfolgerung.«

»Wann haben Sie den Verstorbenen zuletzt gesehen?«

»Am Donnerstagabend. Er kam in mein Loft. Lassen Sie mich die CDs sehen.«

»Ihre Logik macht Sie noch nicht zu einem Detective.«

»Sie vermuten doch auch, dass es einen Zusammenhang zwischen Vinnies Ermordung und dem Mord an Oliver gibt? Ich vermute das ebenfalls. Den Toten in Vinnies Büro habe ich noch nie gesehen, aber vielleicht habe ich den oder die anderen gesehen. Detective, glauben Sie, Angie würde sich so auf mich stützen, wenn Vinnie und ich Schwierigkeiten miteinander gehabt hätten? Sie hat recht mit dem, was sie eben gesagt hat: Alle mochten ihn. Er war ein guter Mensch, ein guter Freund, und auch wenn es nicht in Ihre Definition passt: Er war Familie.«

»Warum ist er am Donnerstag zu Ihnen gekommen?«

»Ich habe einen Bruder verloren, er einen Neffen. Wenn Sie mehr wissen wollen, lassen Sie mich die Videos sehen.«

»Wollen Sie etwa mit mir verhandeln, Mr. Archer?«

»Ich verhandele nicht mit Ihnen, ich bitte Sie um etwas. Zwei Mitglieder meiner Familie sind ermordet worden. Mein Bruder arbeitete für Vinnie, und zwar hier in diesem Laden. Wenn es auch nur die geringste Chance gibt, dass ich zur Aufklärung des Falles beitragen kann, dann will ich es tun.«

»Hat Vinnie für Ihren Bruder etwas aufbewahrt?«

»Nein, aber vielleicht hat das jemand geglaubt. Vinnie war durch und durch ehrenhaft – Sie brauchen mir nicht zu glauben. Aber wenn Sie die Sache überprüfen, werden Sie es sehen.«

»Und Oliver?«

Ashs Kopf begann zu pochen. »Oliver hat unter gewissen Umständen schon mal Grenzen überschritten, ja, auch wenn er selbst das niemals – wirklich niemals – so gesehen hätte. Detective, meine Familie ist am Boden ...« Er musste an seinen Vater denken – unflexibel, in seiner Wut und seiner Trauer nicht zu erreichen. »Herauszufinden, wer das getan hat, wäre zumindest ein Anfang, um sie alle wieder aufzurichten.«

»Ist die Familie wirklich so wichtig?«

»Ja, das ist sie. Auch wenn sie ein wenig unkonventionell ist.« Wieder presste er die Hände auf die Augen. »Gerade dann vielleicht besonders.«

Fine stand auf. »Es kann ja nicht schaden, Ihnen das Video zu zeigen. Warum ist Miss Emerson hier?«

»Sie war ebenfalls bei der Beerdigung und ist vor mir nach Hause gefahren.«

»Sie war bei der Beerdigung Ihres Bruders?«

»Ich hatte sie darum gebeten. Ich wollte gerne, dass sie dabei ist. Als Janis anrief, nachdem sie Vinnie gefunden hatte, gab ich ihr Bescheid. Wenn diese Sache etwas mit Oliver zu tun hat, könnte sie ins Schussfeld geraten.«

»In welcher Beziehung stehen Sie zueinander?«

»In einer sich entwickelnden«, erwiderte er ausweichend.

»Sie soll sich das Video ebenfalls ansehen. Oder haben Sie ein Problem damit?«

»Nein.« Er schüttelte den Kopf. Gemeinsam gingen sie die Treppe hinunter. »Das ist wahrscheinlich sogar besser.«

Unten liefen inzwischen noch mehr Polizisten herum, stellte Ash fest. Und auch die Spurensicherung war mittlerweile eingetroffen. Fine bedeutete Ash zu warten und trat auf einen der Beamten zu. Ash stellte sich an die Tür zum Büro und spähte hinein.

Vinnie und die andere Leiche waren weggebracht worden.

»Angie wird ihn so sehen, wie ich Oliver gesehen habe«, sagte er, als Fine zurückkam. »Auf einer Bahre, mit einem Tuch zugedeckt. Durch eine Scheibe. Sie wird diesen Anblick nie mehr vergessen, ganz gleich, wie viele schöne Erinnerungen sie über all die Jahre hatten. Diesen einen Anblick wird sie nie vergessen.«

»Kommen Sie mit.« Sie hatte einen Laptop dabei und eine versiegelte Beweismitteltüte, in der sich eine CD befand. »Hat Mrs. Tartelli einen Pfarrer oder einen anderen Beistand?«

»Sie sind nicht sonderlich religiös.«

»Ich kann Ihnen die Namen einiger Therapeuten nennen, die auf Trauerbewältigung spezialisiert sind.«

»Ja.« Das würde sicher helfen. »Ja, danke.«

Sie gingen durch den Laden auf einen Esstisch zu, an dem Waterstone sich mit Lila unterhielt. Sie hörte ihm aufmerksam zu. Als er zu seiner Kollegin aufblickte, kroch eine leichte Röte seinen Hals hinauf. Er räusperte sich und lehnte sich zurück.

»Ich wollte den beiden das Überwachungsmaterial zeigen«, verkündete Fine.

Waterstone runzelte die Stirn. Ash rechnete schon damit, dass er etwas dagegen einwenden würde, aber er zuckte nur mit den Schultern. Vielleicht hatte seine Partnerin ihm unmerklich ein Signal übermittelt.

»Ich beginne in dem Moment, da Mr. Tartelli allein mit einer bislang noch unidentifizierten Frau im Laden ist.«

»Eine Frau?« Lila sah zu, wie Fine den Laptop aufklappte und ihn einschaltete. »Es war eine Frau? Aber wie dumm, dass mich das überraschte«, fügte sie sofort hinzu. »Frauen tun genauso schreckliche Dinge wie Männer.« Sie berührte Ashs Hand, als er neben ihren Stuhl trat. »Wie geht es Angie?«

»Sie haben sie nach Hause gefahren. Ihre Familie ist mittlerweile auch wieder daheim.«

Fine schob die CD in das Gerät und drückte auf Start.

Ash sah, wie Vinnie einer Frau in einem luftigen Sommerkleid und Pumps Wein anbot. Klein, dunkle Haare, trainierte Arme, großartige Beine. Als sie sich umdrehte, sah er ihr Profil. Eine Asiatin. Volle, schön geschwungene Lippen, hohe Wangenknochen, mandelförmige Augen, akkurat geschnittener Pony.

»Sie macht sich absolut keine Gedanken um die Kameras – obwohl sie weiß, dass welche da sind. Die vorigen Sequenzen zeigen sie, wie sie mit dem Opfer die Räume durchquert. Sie berührt zahlreiche Dinge, macht sich also auch keine Sorgen um Fingerabdrücke.«

»Ich kann ihr Gesicht nicht richtig erkennen«, sagte Lila.

»Gleich.«

Doch Ash konnte es sich bereits vorstellen. Als Künstler brauchte er nur das Profil, um alles Weitere vor sich zu sehen. Exotisch, äußerst attraktiv, mit fein gezeichneten, ausgewogenen Zügen. Er hätte sie als Sirene gemalt – eine Sirene, die Männer in den Tod lockte. Die auf dem Laptopmonitor lächelte und sich erneut umdrehte.

»Warten Sie! Können Sie ... Warten Sie! Können Sie das Video anhalten, ein paar Sekunden zurückgehen und noch mal anhalten?« Lila presste die Lippen zusammen und beugte sich vor, um besser sehen zu können. »Ich hab sie schon einmal gesehen. Ich hab sie irgendwo schon einmal gesehen, aber ... Im Supermarkt! Der kleine Supermarkt auf halber Strecke zwischen der Wohnung, die ich gehütet habe, und der Bank! Aber da hatte sie lange Haare. Sie war ebenfalls im Supermarkt. Ich hab sogar mit ihr geredet.«

»Sie haben mit ihr geredet?«, wiederholte Fine ungläubig.

»Ja, ich wollte gerade mit meinen Einkäufen den Laden verlassen, da stand sie vor mir. Ich sagte zu ihr, ihre Schuhe würden mir gefallen. Es waren wirklich tolle Schuhe. Sie erwiderte, meine gefielen ihr auch, aber das konnte nicht stimmen. Ich hatte an dem Tag meine normalen Alltagssandalen an den Füßen.«

»Sind Sie sich sicher, dass es sich um dieselbe Frau handelt?«, fragte Waterstone.

»Sehen Sie sich dieses Gesicht an. Es ist wirklich wundervoll. Wie viele Frauen sehen so großartig aus?«

»Hatte sie einen Akzent?«, fragte Fine.

»Nein. Nein, überhaupt nicht. Sie trug ein Kleid, kürzer als das da, ziemlich sexy. Sie zeigte viel mehr Haut, und dann diese hohen Keilsandalen! Sie wirkte ein bisschen erstaunt, als ich sie ansprach, aber das ist meistens so, wenn man Fremden gegenüber etwas Nettes sagt. Aber sie war höflich. Sie hatte wunderschöne Haut, wie Goldstaub auf Porzellan.«

»Wo ist dieser Supermarkt?«

Waterstone schrieb die Adresse auf, die Lila ihm nannte.

»Und Sie? Erkennen Sie sie ebenfalls wieder?«

»Nein.« Ash schüttelte den Kopf. »An dieses Gesicht würde ich mich erinnern. Sie ist groß. Vinnie war etwa eins dreiundachtzig groß, und auf diesen Absätzen wären sie annähernd auf Augenhöhe. Eins sechsundsiebzig ist sie bestimmt. Schlank, aber muskulös. Ich würde sie überall wiedererkennen. Sie spielt eine Kundin mit einem reichen Ehemann, bei der mit einer größeren Akquise zu rechnen ist.«

»Wie kommen Sie darauf?«

»Janis hat es Angie erzählt. Vinnie ist nach Ladenschluss noch geblieben, um auf den Mann zu warten.«

Schweigend ließ Fine den Film weiter ablaufen.

Vinnie trank ein Glas Wein mit seiner Mörderin und ging dann zur Tür, um den Komplizen einzulassen.

Und dann änderte sich alles. Angst trat in Vinnies Blick. Er hob die Hände, als wollte er sich ergeben, wurde aber mit vorgehaltener Pistole in das Büro gezwungen. Dann war auf dem Monitor nur mehr der leere Laden zu sehen.

»Haben Sie den Mann auch schon mal gesehen?«, fragte Fine Lila.

»Nein. Nein, ich glaube nicht, dass ich ihn je zuvor gesehen habe. Er kam mir überhaupt nicht bekannt vor. Nur sie.«

Fine nahm die CD aus dem Laptop, steckte sie wieder in die Tüte und versiegelte sie. »Sie sind wegen einer bestimmten Sache hierhergekommen. So wie es aussieht, hat der Mann versucht, die Information aus seinem Opfer herauszuprügeln. Etwa dreißig Minuten, nachdem sie ins Büro gegangen sind, kommt die Frau wieder heraus und ruft jemanden an. Sie spricht für ein paar Minuten, wirkt zufrieden und geht zurück ins Büro. Etwa vier Minuten später kommt sie alleine wieder – und wirkt wütend. Sie geht nach oben, und die Kameras zeigen, wie sie eine Dose aus dem Regal nimmt und sie in Luftpolsterfolie einschlägt. Dann kommt sie wieder herunter, verpackt sie in eine Schachtel und bindet sogar eine Schleife darum. Sie nimmt einen weiteren Gegenstand, eine Zigarettendose, aus dem Display hinter der Theke – so als wäre die ihr jetzt erst aufgefallen. Beides legt sie in eine Einkaufstüte und spaziert einfach durch die Ladentür.«

»Der Angestellten zufolge stammt die Zigarettendose aus Österreich«, ergänzte Waterstone. »Jahrhundertwende, Wert etwa dreitausend Dollar. Die Dose war eine Fabergé-Bonbonniere und wesentlich wertvoller – sie schätzte den Verkaufswert auf etwa zweihunderttausend. Was wissen Sie über diese Dose?«

»Nichts. Ich weiß noch nicht mal, was eine Bonbonniere ist.«

»Das ist eine Dose, in der man Süßigkeiten oder Plätzchen aufbewahrt«, warf Lila ein. »Antike Bonbonnieren können sehr wertvoll sein. In einem meiner Bücher hab ich mal eine beschrieben«, erklärte sie. »Das Buch hat sich nicht verkauft, aber ich habe darin eine Bonbonniere verwendet, in der vergiftete Trüffel verschickt wurden. Fabergé«, wiederholte sie. »Ash?«

Er nickte. »Über die Dose weiß ich nichts. Vielleicht hat sie die Zigarettendose als Souvenir mitgenommen – wie die

Schuhe und das Parfüm bei Julie. Die Bonbonniere muss ein Geschenk sein, warum sonst sollte sie sie verpacken und auch noch eine Schleife darumbinden? Aber dass sie überhaupt ein Fabergé-Stück mitgenommen hat, war wahrscheinlich kein Zufall. Sie waren hier, weil sie nach einem anderen Fabergé-Kunstwerk gesucht haben – einem, das wesentlich mehr wert ist als diese Dose. Einem der verschollenen Zaren-Eier. Dem Engel mit Wagen.«

»Woher wollen Sie das wissen?«

»Von Oliver. Ich kann es mir nur so zusammenreimen, dass er es bei einer Haushaltsauflösung erworben hat – einem legitimen Geschäft, bei dem er Vinnie vertreten hat. Aber er hat das Ei sozusagen unter der Hand gekauft und Vinnie nichts davon erzählt. Vinnie wusste nichts davon, bis ich ihm am Donnerstagabend davon berichtet habe.«

»Uns haben Sie es nicht gesagt«, fuhr Waterstone ihn an.

»Ich habe erst am Mittwoch Olivers Schließfach geöffnet. Oliver hat mir vor seinem Tod ein Päckchen geschickt. Er hat darauf vertraut, dass ich es für ihn aufbewahre.«

»Er hat Ihnen ein Fabergé-Ei, das Millionen wert ist, mit der Post geschickt?«

»Nein. Er hat mir den Schlüssel zu seinem Bankschließfach geschickt – mitsamt einem Brief, in dem er mich bat, ihn aufzubewahren, bis er ihn wieder bei mir abholen kommt.«

»Ich war dabei«, erklärte Lila. »An genau demselben Tag habe ich auch die Frau im Supermarkt gesehen. Ash ging auf die Bank, um in Olivers Schließfach nachzusehen, und ich war in der Zwischenzeit im Supermarkt.«

»Als mir klar wurde, worum es sich dabei handeln musste, habe ich Vinnie angerufen. Ich habe die Dokumente kopiert, die dabeilagen – die meisten waren auf Russisch – und einen Kaufvertrag zwischen Oliver und einer gewissen Miranda Swanson, Sutton Place, die den Besitz ihres Vaters auf Long Island abwickelte. Vinnie hat mir gegenüber bestätigt, dass Oliver seit ein paar Wochen mit diesem Nachlass betraut war. Und Vinnie kannte jemanden, der die Dokumente für uns übersetzen konnte. Ich habe ihn allerdings nicht gefragt, wer das war.«

»Wo ist das Ei jetzt?«, wollte Fine wissen.

»An einem sicheren Ort.«

Er sah Lila dabei nicht an, aber sie verstand nur zu gut, was er ihr damit sagen wollte. Dieses Detail würde er der Polizei nicht mitteilen.

»Und dort wird es auch bleiben, bis Sie die Frau finden und sie verhaften«, fügte Ash hinzu.

»Es ist ein Beweisstück, Mr. Archer.«

»Die Art und Weise, wie er es erworben hat, mag zwar nicht lupenrein sein, aber es gehörte meinem Bruder. Er hatte dafür einen Kaufvertrag: unterschrieben, datiert und bezeugt. Und wenn ich Ihnen das Ei übergebe, verliere ich jedes Druckmittel, falls diese Frau sich an mich oder meine Familie ranmacht. Also bleibt es dort, wo es jetzt ist.« Er griff in seine Brusttasche und zog ein Foto daraus hervor. »Das ist es. Wenn es Ihnen hilft, kopiere ich die Dokumente für Sie, aber das Ei bleibt, wo es ist. Und wenn Sie mich bedrängen«, fügte er hinzu, »übergebe ich die Sache meinen Anwälten. Allerdings würde ich das lieber vermeiden – und ich glaube, das wäre auch in Ihrem Interesse.«

Waterstone lehnte sich zurück und tippte mit seinen kurz geschnittenen Fingernägeln auf den exquisiten Tisch. »Lassen Sie uns noch mal zu der Nacht zurückgehen, in der Ihr Bruder ermordet wurde. Und dieses Mal lassen Sie nichts aus.«

»Ich habe nie etwas ausgelassen«, erwiderte Ash. »Was man nicht weiß, kann man auch nicht auslassen.«

13

Lila beantwortete Fragen, erläuterte ihre Sicht der Dinge und stieß einen Seufzer der Erleichterung aus, als die Polizei ihnen endlich gestattete zu gehen ... für den Moment.

»Ich hab allmählich das Gefühl, sie könnten Facebookfreunde von mir sein.«

Ash hatte nicht zugehört und warf ihr einen verständnislosen Blick zu, nahm sie bei der Hand und zog sie zur nächsten Straßenecke.

»Fine und Waterstone – ich habe inzwischen so viel Zeit mit ihnen verbracht, dass ich das Gefühl habe, wir sollten in Kontakt bleiben. Oder vielleicht auch nicht. Ach, Ash, das mit Vinnie tut mir so leid.«

»Ja, mir auch.« Er trat an den Straßenrand und versuchte, ein Taxi herbeizuwinken.

»Du hast sicher schrecklich viel zu tun. Ich fahre mit der U-Bahn zu Julie. Heute Nacht schlafe ich ja dort, bevor der neue Job beginnt. Wenn du mich brauchst, ruf an.«

»Was? Nein. Ja, ich habe viel zu tun, aber du bist ein Teil davon.« Er schob sie in das Taxi, das angehalten hatte, und gab dem Fahrer die Adresse. »Wir fahren zu mir.«

Angesichts der Umstände widerstand sie dem intuitiven Wunsch zu widersprechen. »Okay, dann rufe ich schnell Julie an und sage ihr Bescheid. Sie wartet bestimmt schon auf mich.«

»Ich habe Luke eine SMS geschickt. Er ist bei ihr. Sie wissen Bescheid.«

»Na, du hast ja mal wieder alles im Griff.«

Entweder ignorierte er ihre sarkastische Bemerkung willentlich, oder aber es war ihm gar nicht aufgefallen. Er zuckte nur mit den Schultern. »Worüber hast du mit Waterstone geredet, als Fine und ich dazukamen?«

»Oh, über seinen Sohn. Brennon ist sechzehn und treibt ihn in den Wahnsinn. Er hat seine Haare karottenrot gefärbt und beschlossen, ab sofort Veganer zu sein – mal abgesehen von Käsepizza und Milchshakes. Er spielt Bass in einer Garagenband, will die Schule abbrechen und Musiker werden.«

Ash schwieg einen Moment. »Das alles hat er dir erzählt?«

»Ja, wir waren gerade bei seiner Tochter angekommen. Josie ist dreizehn und verbringt viel zu viel Zeit damit, denselben Freunden, die sie gerade eben noch gesehen hat, Minuten später SMS hinterherzuschicken. Es muss echt anstrengend sein, zwei Teenager im Haus zu haben.«

»Ich dachte, er wollte dich vernehmen?«

»Das hat er auch – ich meine, er hat mir Fragen gestellt, aber ich konnte ihm ja nicht wirklich viel erzählen. Deshalb hab ich ihn stattdessen gefragt, ob er eine Familie hätte. Es muss schwer sein als Polizist, vor allem in New York, so einen Beruf mit dem Familienleben unter einen Hut zu bringen. Aber es hat mich abgelenkt, dass er mir von seinen Kindern erzählt hat. Er liebt sie abgöttisch, nur gehen sie ihm im Moment ganz schrecklich auf die Nerven.«

»Warum habe ich bloß nicht daran gedacht, Fine zu fragen, ob sie Familie hat?«

»Sie ist geschieden, keine Kinder.« Geistesabwesend steckte Lila eine Haarsträhne wieder fest, die sich aus ihrem Chignon gelöst hatte. »Aber sie hat wohl eine neue und ziemlich ernsthafte Beziehung, hat zumindest Waterstone gesagt.«

»Für den Rest meines Lebens nehme ich dich mit auf jede Cocktailparty und zu jedem Polizeiverhör.«

»Die Verhöre lassen wir lieber weg.« Sie hätte ihn gern gefragt, was er mit dem Ei vorhatte, aber das Taxi war wohl kaum der richtige Ort dafür. »Bist du wirklich mit dem Helikopter aus Connecticut gekommen?«

»Es war die schnellste Art, um Angie herzubringen. Hinter den Tennisplätzen befindet sich ein Hubschrauberlandeplatz.«

»Ja, natürlich.«

»Ich muss sie unbedingt anrufen«, sagte er mehr zu sich selbst. Als der Taxifahrer vor seinem Haus hielt, zückte er seine Brieftasche. »Und meine Mutter auch. Wenn ich es ihr erzähle, gibt sie es an jeden weiter, der es wissen muss.«

»Willst du ihr ... *alles* erzählen?«

»Nein.« Er bezahlte den Fahrer und hielt Lila die Tür auf. »Noch nicht.«

»Warum?«

»Ich habe es Vinnie erzählt, und jetzt ist er tot.«

»Das ist doch nicht deine Schuld. Ganz sicher nicht«, erwiderte sie. »Oliver hat das Ei erworben. Oliver hat für Vinnie gearbeitet. Oliver hat das Ei erworben, *während* er für Vinnie gearbeitet hat. Glaubst du wirklich, diese Frau hat Vinnie nur getötet, weil du ihm davon erzählt hast? Sie konnte doch gar nicht wissen, was du ihm erzählt hast. Aber ich wette, sie wusste, dass Oliver für ihn gearbeitet hat.«

»Vielleicht.«

»Nein, nicht vielleicht. Mit Sicherheit. Es ist doch nur logisch. Du musst nur deine Emotionen für einen Augenblick beiseiteschieben – was zugegebenermaßen schwierig ist –, dann wirst du es genauso sehen.«

»Willst du ein Bier?«, fragte er, sowie sie die Haustür hinter sich zugemacht hatten.

»Klar, ein Bier, warum nicht.« Sie schlenderte hinter ihm her in die Küche. »Ash, ich habe eine Vermutung, und ich bin wahrscheinlich nur deshalb darauf gekommen, weil ich weder Oliver noch Vinnie gekannt habe.« Sie schwieg, als er zwei Flaschen Corona aus dem Kühlschrank nahm. »Willst du meine Theorie hören?«

»Klar, eine Theorie, warum nicht?«

»Manchmal bist du wirklich unerträglich! Also gut. Die Wahrscheinlichkeit ist hoch, dass diese Frau Oliver kannte – er oder Sage haben sie schließlich in der Mordnacht in ihre Wohnung gelassen. Die Polizei hat gesagt, es gab dort keine Einbruchsspuren. Er hatte in seinem Brief an dich einen Kunden erwähnt – sie ist dieser Kunde. Vielleicht hat er sie über Sage kennengelernt. Immerhin sieht es so aus, als wäre Sage das zentrale Opfer gewesen. Der Tote muss der Typ gewesen sein, der sie geschlagen hat. Sie konnte ihm nur nicht verraten, wo das Ei ist, weil Oliver es ihr nie gesagt hatte. Wie findest du das bisher?«

Er reichte ihr eine geöffnete Bierflasche. »Ziemlich logisch.«

»Ja. Also. Der Typ geht zu weit, und Sage stürzt aus dem Fenster. Jetzt müssen sie schnell handeln, weil die Geschichte aus dem Ruder läuft. Oliver ist sowieso schon bewusstlos, weil sie ihn unter Drogen gesetzt haben – was ebenfalls darauf hinweist, dass sie geglaubt haben, Sage würde über die entscheidende Information verfügen. Außerdem haben sie sicher gedacht, die Information wäre ihr leichter zu entlocken. Sie müssen weg, können Oliver aber nicht mitnehmen, deshalb täuschen sie seinen Selbstmord vor. Es tut mir leid ...«

»Es war ja so. Red weiter.«

»Ich glaube, sie sind ganz in der Nähe geblieben und haben den Aufruhr beobachtet. Vielleicht haben sie auch Olivers Handy gecheckt und gesehen, dass er dich ein paar Tage zuvor angerufen hatte. Aha, denken sie, vielleicht weiß ja der Bruder etwas.«

Trotz seiner Müdigkeit musste er lächeln. »Aha?«

»Oder so ähnlich. Sie folgen dir aus der Polizeiwache, sehen, wie wir miteinander reden. Ich bin die Zeugin. Was habe ich gesehen – oder habe ich sogar irgendwie mehr mit der ganzen Sache zu tun? Jedenfalls suchen die beiden – oder die Frau allein – Julies Wohnung auf, wo ich ihrer Annahme zufolge wohne, aber dort ist nichts. Sie nimmt sich ein paar Souvenirs mit und denkt weiter nach. Dann besuche ich dich hier, und sie schlussfolgert, dass da irgendwas vor sich geht. Sie folgt uns – dann mir, in den Supermarkt, wo ich sie auf ihre Schuhe anspreche. Sie muss gesehen haben, wie wir beide anschließend in das Gebäude der Kilderbrands gegangen sind.«

»Und da hat sie sich gedacht, dass ihr das Zeit gibt, um bei mir einzubrechen und sich umzuschauen.«

»Aber du hattest das Ei nicht hier, ebenso wenig wie die Unterlagen. Sie hat sich vielleicht gefragt, warum du in die Bank gegangen bist, aber zumindest dem Anschein nach hattest du nichts Auffälliges bei dir, als du wieder herausgekommen bist. Sie wird sich wahrscheinlich denken, dass du – oder wir – irgendetwas damit zu tun haben. Aber zunächst einmal sieht sie sich bei Vinnie um.«

»Auf die Idee ist sie sicherlich gekommen, als sie ihn zu mir kommen sah.«

»Ja, klar, aber sie hätte ihm ohnehin einen Besuch abgestattet. Sie hat etwas von Fabergé aus dem Laden mitgenommen. Sie hat ihn sicher auch nach dem Fabergé-Ei gefragt, meinst du nicht auch?«

»Wenn ich vorgäbe, ein reicher Kunde zu sein, ja, dann hätte ich auch nach Fabergé gefragt.«

»Logisch«, bestätigte Lila. »Sie ruft ihren Komplizen hinzu, der schon wieder zu weit geht, aber dieses Mal erschießt sie ihn.«

Er nahm einen Schluck Bier und beobachtete – interessiert und angeregt –, wie Lila Haarnadeln aus ihrer Frisur zog. »Wütend oder kaltblütig?«

»Wahrscheinlich beides. Er war ein Krimineller, aber sie ist ein Raubtier.«

Das Gleiche habe ich auch gedacht, erinnerte er sich und nahm einen weiteren Schluck Bier. »Wie kommst du darauf?«

»Sie hat mit Vinnie gespielt – wie sie durch den Laden gegangen ist und Stücke ausgesucht hat ...« Da ihr Kleid keine Taschen hatte, legte sie die Haarnadeln auf die Küchentheke. Sie fuhr sich mit den Fingern durchs Haar und ließ dann den Kopf kreisen. »Sie wusste, was mit ihm passieren würde – vielleicht nicht so, wie es dann passierte, aber ... Ash, sie hätten ihn auch dann getötet, wenn er das Ei gehabt und ihnen überlassen hätte. Sie ist eine Spinne, und es hat ihr Spaß gemacht, ihr Netz um Vinnie zu spinnen. Das konnte man sehen.«

»Da kann ich dir nicht widersprechen. Deine Theorie ist ziemlich gut. Nur in einem Punkt bin ich anderer Meinung.«

»In welchem?«

»Die schöne Spinne ist nicht der Kunde.«
»Doch, nur so hat es einen Sinn, dass ...«
»Wen hat sie dann angerufen?«
»Entschuldigung?«
»Wen hat sie angerufen, als sie den mordlustigen Kriminellen mit Vinnie allein gelassen hat? Sie hat doch ein Gespräch geführt. Wen würde sie anrufen, während sie dabei sind, aus einem wehrlosen Mann Informationen rauszuprügeln?«
»Oh, diesen Teil hatte ich ganz vergessen.«
Nachdenklich zwirbelte sie ihr Haar wieder hoch. Es war keine bewusste Geste – bewusst eingesetzte Bewegungen sahen anders aus. Sie hob die Haare hoch und ließ sie wieder fallen, als sie sich aus dem lockeren Knoten lösten, zu dem sie ihr Haar gedreht hatte. Doch bewusst oder unbewusst – die Geste fuhr ihm direkt in die Lenden.
»Sie hat vielleicht ... ihren Freund angerufen«, schlug Lila vor. »Ihre Mutter, die Frau, die ihre Katze füttert, wenn sie verreist ist. Nein, Mist! Ihren Boss!«
»Siehst du.«
»Sie ist also nicht der Kunde.« Lila wies auf das Bier, das sie bisher kaum angerührt hatte. »Sie arbeitet für diesen Kunden. Jemand, der sich so ein Ei leisten kann – selbst wenn sie vorhatte, es Oliver zu stehlen –, muss ernsthaft davon überzeugt sein, dass sie die Richtige für diesen Job ist. Wenn du dir eine solche Summe leisten kannst, dann läufst du nicht durch New York, brichst in Wohnungen ein und schlägst Leute zusammen, sondern du engagierst jemanden dafür. Verdammt, das hatte ich nicht mit bedacht. Aber zusammen haben wir beide eine ganz gute Theorie entwickelt.«
»Es liegt auf der Hand, dass es dem Boss anscheinend nichts ausmacht, eine Mörderin zu bezahlen. Du könntest recht haben mit deiner Annahme, dass Sage das Bindeglied zwischen diesem Kunden – oder seiner Spinne – und Oliver war. Jetzt müssen wir nur noch das Wie und das Wer herausbekommen.«
»Ash.« Sie stellte die Bierflasche ab – sie konnte höchstens drei kleine Schlucke genommen haben.

»Willst du vielleicht was anderes als Bier? Möchtest du einen Wein?«

»Nein, schon in Ordnung. Ash, drei Personen – nach allem, was wir wissen – haben wegen des Fabergé-Eis sterben müssen. Und jetzt ist es in deinem Besitz.«

»Das ist richtig.«

»Übergib es der Polizei oder dem FBI oder so. Mach es bekannt. Gib Interviews, mach einen Riesenwirbel darum. Gib diesen seltenen, schier unbezahlbaren Schatz den Behörden zur Sicherheitsverwahrung.«

»Warum sollte ich das tun?«

»Weil sie dann keinen Grund mehr haben, dich umzubringen, und mir wäre es lieb, sie würden es auch gar nicht erst versuchen.«

»Sie hatten auch keinen Grund, Vinnie zu töten.«

»Er hatte sie gesehen.«

»Lila, denk doch mal nach. Die beiden – oder zumindest die Frau wusste genau, dass man ihre Gesichter auf den Überwachungsvideos erkennen würde, aber es war ihr egal. Sie hat Sage, Oliver und Vinnie getötet, weil das ihr Job war. Wenn ich das Ei nicht mehr hätte, wäre ich für sie überflüssig. Solange sie sich aber nicht sicher sein kann, ob ich das Ei habe oder nicht, könnte ich immer noch nützlich sein.«

Sie nahm einen weiteren kleinen Schluck Bier. »Da hast du leider recht. Aber warum hast du das der Polizei nicht gesagt?«

»Weil die beiden ziemlich schlechte Polizisten wären, wenn sie das nicht längst selbst in Betracht gezogen hätten. Und schlechten Polizisten bräuchte ich erst recht nichts zu erzählen.«

»Ich halte sie nicht für schlechte Polizisten.«

»Und guten Polizisten muss ich es nicht extra sagen.« Er öffnete den Weinschrank und nahm eine Flasche Shiraz daraus hervor.

»Du brauchst sie nicht für mich aufzumachen.«

»Du wirst etwa eine Stunde lang für mich Modell sitzen. Mit einem Glas Wein intus bist du entspannter, und das macht es auch für mich leichter.«

»Ash, ich finde nicht, dass heute ein guter Zeitpunkt ist ...«
»Du hättest deine Haare nicht herunterlassen dürfen.«
»Was? Warum?«
»Du solltest besser darauf Acht geben, was du nebenbei tust«, erwiderte er. »Es wird mich ein bisschen ablenken – so wie dich deine Unterhaltung mit Waterstone über seine Familie.« Ash zog den Korken aus der Flasche. »Der kann jetzt erst einmal atmen, während du dich umziehst«, sagte er und holte ein Glas aus dem Schrank. »Das Outfit ist im Umkleideraum oben im Atelier. Ich muss in der Zwischenzeit nur noch kurz telefonieren.«

»Ich bin mir nicht sicher, ob es angesichts der Umstände heute funktioniert, wenn ich dir Modell sitze. Außerdem wohne ich ab morgen am anderen Ende der Stadt, deshalb ...«

»Du hast dich doch nicht etwa von meinem Vater einschüchtern lassen, oder?« Er legte den Kopf schräg, als sie überrascht schwieg. »Wir reden später darüber, erst muss ich noch ein paar Telefonate erledigen. Geh und zieh dich um.«

Sie atmete ein paarmal tief ein und aus. »Versuch es zur Abwechslung mal mit: ›Ich muss noch ein paar Anrufe machen. Lila, würdest du dich in der Zwischenzeit umziehen und dann bitte eine Stunde lang für mich Modell sitzen? Das wäre wirklich nett von dir.‹«

»Okay, genau so.«

Er lächelte, als sie ihn kühl anblickte, dann legte er die Hand unter ihr Kinn und hob ihr Gesicht an. Dann küsste er sie, langsam und leidenschaftlich, und sie schnurrte regelrecht vor Lust.

»Es wäre wirklich sehr nett von dir ...«

»In Ordnung. Und wenn du hochkommst, kannst du mir den Wein mitbringen.«

Er wusste also, warum sie so überstürzt das Anwesen verlassen hatte. Und höchstwahrscheinlich spielte es wirklich keine Rolle, dachte sie sich, als sie die Treppe in den zweiten Stock hinaufging. Allerdings hatte sie tatsächlich beschlossen, ihm nicht mehr Modell zu stehen – aber nicht, weil sie eingeschüchtert gewesen wäre. Sie war wütend gewesen. Und was hatte es für einen Sinn, ein sexuelles Verhältnis zu haben – und darauf lief es doch hinaus –, wenn sie und sein Vater nicht miteinander klarkamen?

»Sex«, murmelte sie und beantwortete damit ihre eigene Frage. Sex war der Sinn – oder zumindest ein Teil davon. Der größte Teil war Ashton selbst. Sie mochte ihn, unterhielt sich gern mit ihm, war gern mit ihm zusammen, sah ihn gern an und dachte gern darüber nach, wie es sein würde, mit ihm zu schlafen. Der Ernst ihrer Lage intensivierte dies alles noch, aber wenn die Situation erst einmal ausgestanden wäre, würde das alles sehr, sehr bald vorbei sein.

Na und?, dachte sie, als sie den Umkleideraum betrat. Nichts währt ewig. Umso wichtiger, jetzt möglichst viel aus dem Ganzen rauszuschlagen.

Sie zog sich aus, hängte ihr schwarzes Allzweckkleid auf, schlüpfte aus ihren schwarzen Schuhen. Und in ihr rotes Kostüm hinein.

Es passte wie angegossen, und mit dem neuen Push-up-BH wurden ihre Brüste unter dem tiefen Ausschnitt zusätzlich betont. Eine Illusion, dachte sie, aber eine schmeichelhafte. Das Mieder schmiegte sich eng um ihren Oberkörper, und wenn sie sich drehte, schwang der weite Rock hoch, sodass man die bunten Volants darunter hervorblitzen sah.

Er weiß eben, was er will, dachte sie. Und er bekommt es.

Sie wünschte sich, sie hätte mehr Make-up dabei als nur Lipgloss – und den Schmuck, den er sich vorgestellt hatte.

Sie wirbelte immer noch herum, als die Tür aufging. »Hier ist dein Wein.«

»Du solltest anklopfen.«

»Warum? Das Kleid ist gut«, fuhr er fort, ohne auf ihr empörtes Schnaufen zu reagieren. »Einfach gut. Deine Augen müssen stärker betont werden – dunkel, rauchig –, und deine Lippen sollten dunkler sein.«

»Ich hab kein Make-up dabei.«

»Dort drüben liegt jede Menge.« Er wies auf eine Kommode mit zahlreichen Schubladen. »Hast du nicht nachgesehen?«

»Ich öffne doch keine fremden Schubladen.«

»Du bist wahrscheinlich eine von fünf Personen auf der ganzen Welt, die das allen Ernstes von sich behaupten können. Aber sieh nur nach und nimm dir, was du brauchst.«

Sie zog die oberste Schublade auf – und ihr fiel regelrecht die Kinnlade hinab. Lidschatten, Augenbrauenstifte, Eyeliner, Mascara – flüssig, auf Puderbasis oder als Creme – mit den jeweils passenden Applikatoren. Alles nach Farbe und Typ sortiert. Sie öffnete die nächste Schublade: Make-up, Rouge, Bronzepuder, jede Menge Pinsel.

»Meine Güte, Julie würde vor Freude und Entzücken Tränen vergießen.«

Eine weitere Schublade war voller Lippenstifte, Lipgloss und Lipliner.

»Meine Schwestern haben sie mir immer wieder aufgefüllt.«

»Du könntest eine eigene Boutique eröffnen!«

In den nächsten Schubladen fand sie Schmuck: Ohrringe, Anhänger, Ketten, Armbänder. »Was für eine Pracht.«

Er trat neben sie und kramte in der Schmucksammlung. »Nimm das hier, das hier und, ja ... das hier auch.«

Es war, als spielten sie Verkleiden, dachte sie und machte bereitwillig mit. Zum Teufel, vielleicht würde sie es ja doch schaffen.

Sie nahm sich Puder und Rouge und überlegte, welchen Lidschatten sie wählen sollte. Stirnrunzelnd sah sie ihn an. »Willst du einfach da stehen bleiben und mir zusehen?«

»Im Moment ja.«

Mit einem Schulterzucken wandte sie sich zum Spiegel und begann, sich zu schminken.

»Muss ich mich für meinen Vater entschuldigen?«

Ihre Blicke trafen sich im Spiegel. »Nein. Das muss er schon selbst tun. Aber darauf brauche ich wohl nicht zu warten.«

»Ich werde auch keine Ausflüchte für ihn erfinden. Er kann

unter gewissen Umständen ein schrecklich hartherziger Mann sein. Und die derzeitigen Umstände sind alles andere als günstig. Aber er hatte wahrhaftig kein Recht, dich so zu behandeln. Du hättest zu mir kommen sollen.«

»Und was hätte ich dir sagen sollen? Buhuuu, dein Daddy hat meine Gefühle verletzt? Es ist sein Haus, und er wollte mich ganz offensichtlich nicht dahaben. Und welcher Mann will schon eine Frau unter seinem Dach sehen, von der er glaubt, sie wäre nur auf Geld aus, und die er im Hinblick auf seinen Sohn für einen opportunistischen Piranha hält?«

»Keine Ausreden«, sagte Ash. »Er hat sich wirklich falsch verhalten.«

Sie legte ein wenig Puder auf und studierte ihr Gesicht. »Du hast dich mit ihm gestritten.«

»Streiten würde ich es nicht gerade nennen. Wir haben unsere unterschiedlichen Standpunkte nur deutlich zum Ausdruck gebracht.«

»Ich will keinen Keil zwischen dich und deinen Vater treiben. Gerade jetzt brauchst du deine Familie.«

»Den Keil hat er selbst hineingetrieben, und damit muss er jetzt klarkommen. Du hättest trotzdem zu mir kommen und es mir sagen müssen.«

»Ich schlage meine Schlachten selbst«, erwiderte sie und legte Rouge auf ihre Wangen auf.

»Es ist aber nicht allein deine Schlacht. Komm raus, wenn du fertig bist. Ich bereite schon mal alles vor.«

Sie hielt inne, griff nach dem Weinglas und nahm einen Schluck. Sowie sie sich daran erinnert hatte, was sie in diesem großen, wunderschönen Haus in Connecticut empfunden hatte, war die Wut zurückgekehrt. Trotzdem konnte sie die Angelegenheit allmählich als beigelegt betrachten. Ash wusste Bescheid, sie wusste Bescheid, sie alle wussten Bescheid, so war es nun mal. Und es gab wichtigere Dinge als die Tatsache, dass sein Vater sie mit Verachtung strafte.

»Du schläfst schließlich nicht mit seinem Vater«, murmelte sie vor sich hin. »Und du hilfst auch nicht seinem Vater mit dem Fabergé-Ei und den Morden.« Was zwischen ihr und Ashton passierte, ging niemanden etwas an.

Als sie fertig war, warf sie einen letzten Blick in den Spiegel. Sie hatte ihre Sache gut gemacht. Vergnügt drehte sie sich um die eigene Achse, und ihr Spiegelbild brachte sie zum Lachen. Sie schnappte sich das Weinglas und nahm es mit hinaus. Als Ash sich vor der Staffelei zu ihr umdrehte, schürzte sie den Rock und schlug ihn aufreizend hin und her. »Und?«

Er starrte sie an. »Fast perfekt.«

»Fast?«

»Die Kette ist falsch.«

Schmollend verzog sie den Mund und griff nach dem Anhänger. »Mir hat sie gefallen.«

»Sie ist falsch – aber das spielt wirklich keine Rolle. Geh bitte wieder drüben ans Fenster. Das Licht ist zwar weg, aber ich komme auch so zurecht.«

Er hatte sein Jackett ausgezogen, seine Krawatte abgelegt und die Hemdsärmel aufgekrempelt.

»Du malst doch nicht etwa so? Willst du dir nicht einen Kittel oder so was überziehen?«

»Kittel sind was für kleine Mädchen draußen im Garten. Ich male heute nicht ... heute Abend«, korrigierte er sich. »Trink den Wein aus oder stell das Glas ab.«

»Als Künstler bist du ganz schön fordernd.« Trotzdem stellte sie das Glas zur Seite.

»Dreh dich! Arme hoch – und sieh mich an.«

Sie tat wie geheißen. Eigentlich machte es sogar Spaß. Sie fühlte sich sexy und irgendwie auch mächtig in diesem volantgeschmückten Kleid. Sie hob die Arme und drehte sich erneut, als er sie darum bat, und versuchte, sich dabei vorzustellen, sie stünde unter einem fahlen Vollmond vor den goldenen Flammen eines Lagerfeuers.

»Nimm dein Kinn hoch. Die Männer beobachten dich. Bring sie dazu, dich zu begehren. Sieh mich an. Augen zu mir.«

Sie wirbelte herum, bis der Raum sich um sie drehte, hob ihre Arme, bis sie schmerzten – und immer noch flog sein Bleistift übers Papier.

»Noch eine Drehung, und ich falle um!«

»Ist schon gut. Mach eine Pause.«

»Ja.« Sie griff sofort zu ihrem Weinglas, nahm einen großen Schluck und trat mit dem Glas in der Hand auf ihn zu. »Oh!«, stieß sie hervor.

Sie wirkte frisch, voller Energie und weiblich zugleich. Ihre Haare flogen herum, ihre Röcke wirbelten, und ein Bein schaute unter den Volants hervor. Sie blickte ihrem Betrachter von der Leinwand aus direkt entgegen: selbstbewusst, leicht amüsiert und sinnlich.

»Es ist wundervoll!«, murmelte sie.

»Ich muss noch ein bisschen daran arbeiten.« Er legte seinen Bleistift weg. »Aber für den Anfang ist es gut.« Er sah sie an, und die Intensität seines Blickes ging ihr durch Mark und Bein. »Ich habe schrecklichen Hunger. Wir bestellen uns was zu essen.«

»Ja, ich könnte ebenfalls was vertragen.«

»Du ziehst dich um, und ich bestelle. Was hättest du denn gern?«

»Ich esse alles außer Pilze, Anchovis und Gurken. Ansonsten bin ich nicht wählerisch.«

»Okay. Ich geh schon mal nach unten.«

Sie zog sich in die Umkleide zurück und streifte zögerlich das Kleid ab. Am liebsten hätte sie es anbehalten. Nachdem sie es aufgehängt hatte, schminkte sie sich ab und band ihr Haar im Nacken zusammen. Aus dem Spiegel blickte ihr wieder Lila entgegen. »Damit endet unsere Vorstellung des heutigen Abends.«

Als sie nach unten ins Wohnzimmer kam, war Ash am Telefon.

»Ich sag Bescheid, sobald ich es herausfinde. Was immer du tun kannst. Ja, ich auch. Bis später.« Er legte auf. »Meine Schwester.«

»Welche?«

»Giselle. Sie lässt dich grüßen.«

»Grüß bei Gelegenheit zurück. Was gibt es denn zu essen?«

»Ich hab mich für Italienisch entschieden. Dort, wo ich normalerweise Essen bestelle, gibt es ein fantastisches Hühnchen mit Parmesan. Ganz ohne Pilze.«

»Klingt gut.«

»Ich hol dir noch ein Glas Wein.«

»Kann ich vielleicht erst noch ein Eiswasser haben? Dieses Herumwirbeln hat durstig gemacht.«

Sie trat an die Fensterfront und sah hinaus auf die Straße, auf die Menschen, die dort vorübereilten. Die Straßenlaternen warfen Lichtinseln auf den Bürgersteig. Es war bereits später, als sie gedacht hatte. Was für ein seltsamer Tag – ein langer, seltsamer, komplizierter Tag.

»Es ist wie Fernsehen«, sagte sie, als sie ihn kommen hörte. »Und hier braucht man nicht einmal ein Fernglas. So viele Menschen, die so viel zu tun haben ... Danke.« Sie nahm ihm das Wasserglas ab. »In New York macht das Beobachten mehr Spaß als in jeder anderen Stadt, in der ich je gewesen bin. Es gibt immer etwas zu sehen, immer jemanden, der irgendwohin muss. Und hinter jeder Ecke wartet eine neue Überraschung.« Sie stemmte sich hoch und setzte sich seitwärts auf die Fensterbank. »Mir war gar nicht klar, dass es schon so spät ist. Nach dem Essen muss ich mich aber beeilen.«

»Du bleibst hier.«

Sie schnellte zu ihm herum. »Ach ja?«

»Hier ist es sicher. Ich habe die Alarmanlage aufrüsten lassen. Luke bleibt in der Zwischenzeit bei Julie – auch eine Vorsichtsmaßnahme.«

»Nennt man das so in euren Kreisen?«

»Er hat es so genannt.« Ash lächelte schief. »Er sagte, er wollte das Zimmer beziehen, das du sonst immer bewohnst.«

»Dann habe ich ja gar kein Bett – na ja, hier wäre zwar eins, aber eben kein Gepäck.«

»Es wird in diesem Augenblick geholt.«

»Du ... Du lässt es abholen?«

»Es dürfte jeden Moment hier ankommen. Der Bote müsste es in den nächsten Minuten bringen.«

»Du hast ja schon wieder alles organisiert ...« Sie stieß sich von der Fensterbank ab und marschierte quer durch das Zimmer.

»Wohin gehst du?«

Sie winkte ab. »Ich hol mir nur Wein.«

»Bring mir einen mit, bitte.«

Er lächelte in sich hinein. Sie faszinierte ihn einfach, gestand er sich ein. Sie war mitfühlend, offen und hatte eine scharfe Beobachtungsgabe. Und ein eisernes Rückgrat, wenn es sein musste. So hatte sie sich wahrscheinlich auch von seinem Vater abgewandt. Mit Feuer in den Augen und Stahl im Rücken.

Als sie mit zwei Gläsern Wein zurückkam, war aus dem Feuer ein schwaches Glühen geworden. »Ich glaube, wir müssen ein paar Dinge ...«

»Das ist entweder das Essen oder dein Gepäck«, sagte er, als die Klingel ertönte. »Vergiss nicht, was du sagen wolltest.«

Es war ihr Gepäck. Nachdem der Bote das Geld eingesteckt hatte, das Ash ihm überreicht hatte, wandte sie ein: »Normalerweise bezahle ich für mich selbst.«

»Wenn du etwas vereinbarst, musst du auch zahlen. Kein Problem.« Feuer und Glut waren ihm gerade egal; er wollte sich heute nur nicht mehr mit ihr streiten. Er versuchte es anders. »Es war ein anstrengender Tag, Lila. Ich komme besser damit klar, wenn ich weiß, dass du hier in Sicherheit bist. Du hättest auch in ein Hotel gehen können, aber das hast du nicht getan.«

»Nein, aber ...«

»Du bist direkt zu mir gekommen, weil du mir helfen wolltest. Und jetzt möchte ich dir helfen. Bleib heute Nacht hier, und morgen früh bringe ich dich zu deinem neuen Job oder morgen Nachmittag, wann immer du eben dort hinmusst.«

Er hatte sich von seinem Bruder verabschieden müssen, dachte sie. Er hatte einen Onkel auf schreckliche Art und Weise verloren. Und er hatte sich ihretwegen mit seinem Vater gestritten. Er hatte sich eine Pause verdient.

»Ich bin dir wirklich dankbar dafür, aber es wäre besser gewesen, mich zuerst zu fragen.«

»Ja, das habe ich schon mal gehört.«

»Es stimmt ja im Allgemeinen auch. Ich muss mich jetzt umziehen, bevor das Essen kommt. Ich habe das Gefühl, ich trage dieses Kleid schon seit einer Woche.«

»Wir bringen die Koffer nach oben.« Er rollte die Koffer zum Aufzug. »Such dir ein Zimmer aus. Du musst nicht notwendigerweise mit mir schlafen.«

»Gut zu wissen.« Sie wartete, dass er das Gitter aufzog. »Müssen kann ich nämlich gar nicht leiden. Aber als Option wäre es nicht schlecht.«

Er drehte sich zu ihr um. »Es ist definitiv eine Option.« Er zog sie an sich.

Der Kuss war leidenschaftlich und besitzergreifend – und dann schrillte es in ihren Ohren. »Oh, verdammt, das Hühnchen mit Parmesan«, murmelte er. »Das ging aber schnell.«

»Wir sollten es wohl entgegennehmen.«

»Warte eine Minute.«

Er eilte zur Eingangstür, sah durch den Türspion und öffnete einem kleinen Mann mit Baseballkappe. »Hi, Mr. Archer. Wie geht's?«

»Ganz gut, Tony.«

»Ich hab hier zweimal Chicken Parm für Sie, zwei Salate und unsere Spezialbrötchen. Wie immer auf Rechnung, wie Sie gesagt haben.«

»Vielen Dank.« Trinkgeld wechselte den Besitzer.

»Danke. Schönen Abend noch, Mr. Archer.«

»Ja, danke.« Ash schloss die Tür und sah sich nach Lila um. »Den werde ich definitiv haben.«

Lila konnte sich ein Grinsen nicht verkneifen. »Ich wette, das Hühnchen kann man hervorragend in der Mikrowelle aufwärmen. Später.« Lächelnd signalisierte sie ihm, zu ihr zu kommen.

»Das werden wir herausfinden.« Er stellte die Tüte auf einen Tisch und folgte ihr in den Aufzug.

14

Er schloss das Gitter und drückte mit der anderen Hand auf den Fahrstuhlknopf, und sobald sie hinaufzurumpeln begannen, drückte er sie mit dem Rücken gegen die Wand. Seine Hände glitten über ihre Hüfte, die Taille, an ihren Brüsten vorbei, bis er schließlich ihr Gesicht umfasste. Dann beugte er sich über sie und gab ihr einen Kuss.

Er begehrte sie – er hatte sie schon vom ersten Augenblick an begehrt, als sie ihm in dem kleinen Café gegenübergesessen hatte. Während er von Schock und Trauer überwältigt gewesen war. Als sie nach seiner Hand gegriffen hatte. Er hatte sie begehrt, als sie ihn trotz der Trauer und all der unmöglichen Fragen zum Lächeln gebracht hatte. Als sie in seinem Atelier im Licht gestanden und verlegen und verwirrt für ihn posiert hatte.

Sie hatte ihm Trost gespendet, ihm Antworten gegeben und ein Feuer in ihm entzündet, das die Trauer wegbrannte. Jetzt aber, da sie mit dem Aufzug nach oben fuhren, wurde ihm schlagartig klar, dass ihm die Tiefe seines Begehrens nicht annähernd bewusst gewesen war. Es breitete sich wie etwas Lebendiges in ihm aus, fuhr durch seine Lenden, seinen Bauch und seine Kehle, als sie sich auf die Zehenspitzen stellte, die Arme um ihn schlang und ihm durchs Haar fuhr. Er konnte an nichts mehr denken, er handelte nur noch.

Seine Hände sanken auf ihre Schultern, und er streifte die Träger ihres Kleides hinunter. Kurz konnte sie die Arme nicht mehr bewegen, und er nutzte die Gelegenheit, um seine Hände auf ihre Brüste zu legen. Er spürte ihre glatte Haut, den Spitzenbesatz ihres BHs, das rasende Pochen ihres Herzens.

Dann wand sie sich selbst aus dem Kleid, aber statt es ganz auszuziehen, schob sie es in der Taille zusammen, legte ihm die Arme um den Hals und schlang ihre nackten Beine um seine Taille.

Der Aufzug hielt mit einem Ruck an.

»Halt dich fest«, sagte er zu ihr und ließ für einen kurzen Augenblick ihre Hüfte los, um das Gitter aufzuschieben.

»Mach dir um mich keine Gedanken«, schnurrte sie und knabberte an seinem Hals. »Du darfst jetzt nur nicht stolpern ...«

Er zog ihr das Band aus den Haaren, packte mit den Händen hinein, sodass sie ihren Kopf nach hinten legte, und fand erneut ihren Mund. Dann trug er sie im bläulichen Schein der Straßenlaternen über den Dielenboden in sein Schlafzimmer und sank mit ihr auf das ungemachte Bett.

Sie rollte sich zur Seite und drückte ihn auf den Rücken, um sich auf ihn zu setzen. Ihr Haar fiel wie ein Vorhang über ihr Gesicht, als sie sich vorbeugte, um an seiner Lippe zu knabbern. Geschickt knöpfte sie sein Hemd auf. »Es ist schon eine ganze Weile her ...« Sie warf ihr Haar zurück, sodass es seidig über eine Seite ihres Gesichts fiel. »Aber ich glaube, ich weiß noch, wie es geht.«

»Wenn du irgendeinen Schritt vergessen solltest«, keuchte er, und seine Hände glitten über ihre Oberschenkel, »dann sage ich es dir.«

Sie streichelte seinen bloßen Oberkörper. »Gut gebaut für einen Mann, der mit Farben und Pinsel arbeitet.«

»Vergiss nicht den Spachtel.«

Leise lachend strich sie ihm über die Schultern. »Sehr schön.« Erneut beugte sie sich über ihn, berührte leicht seinen Mund und ließ ihre Lippen dann über seinen Hals, seine Schultern gleiten. »Wie mache ich mich?«

»Bis jetzt fehlt mir nichts.«

Er drehte den Kopf, sodass sich ihre Lippen wieder trafen, und während sie in einem leidenschaftlichen Kuss versanken, rollte er sich über sie – und ihr Liebesspiel wurde heißer.

Eigentlich hatte Lila vorgehabt, das Tempo zu bestimmen, damit sie bei diesem ersten Mal langsam wieder hineinfand. Doch jetzt untergrub er ihre Absichten, und ihre festen Vorsätze fielen regelrecht in sich zusammen wie ein Kartenhaus. Wie sollte sie ihre Bewegungen, ihren Rhythmus selbst bestimmen, wenn seine

Hände über sie rasten? Seine Berührungen waren genauso, wie er malte – seine Hände glitten stark und zielbewusst über ihre Haut. Er wusste genau, wie er in ihr die Leidenschaft wecken konnte, die er sich wünschte. Als die Lust in ihr wuchs, bog sie sich ihm entgegen und gab sich ihm hin.

Immer drängender, leidenschaftlicher erkundeten sie einander, wälzten sich umeinander, bis ihr Atem nur mehr in keuchenden Stößen kam. Er öffnete den Verschluss ihres BHs, warf ihn zur Seite und schloss seine Lippen um ihre Brust. Sie schnurrte wie eine Katze, ihre Finger gruben sich in seine Schultern, als er sie mit Zunge und Zähnen quälte. Heiß schoss die Lust durch ihren Körper.

Ihr Schweiß vermischte sich, und sie kämpfte kurz mit dem Knopf an seiner Hose. Und dann glitten seine Lippen über ihren Oberkörper nach unten, immer tiefer, bis ihre Welt explodierte.

Sie schrie auf, als der Höhepunkt sie überwältigte, und ritt jede einzelne Welle, die sie beide höher und höher trieb.

Jetzt, o Gott, jetzt.

Innerlich schluchzte sie die Worte, aber sie brachte nur stöhnend seinen Namen hervor, als sie sich an ihn presste, damit er endlich in sie eindrang.

Er beobachtete sie, sah ihre dunklen Augen, die wie schwarze Monde in der Nacht schimmerten. Die anmutige Linie ihres Halses. Er drang vorsichtig in sie ein. Sein Körper bebte, als er sich zwang, den entscheidenden Moment noch ein wenig hinauszuzögern. Bewegungslos verharrte er in ihr und blickte sie unverwandt an.

Sie erschauerte, packte seine Hände und klammerte sich an ihn.

Und so vereint ergaben sie sich beide.

Hinterher blieben sie noch eine Weile erschöpft liegen. Lila wollte nichts lieber, als dass dieser Moment ewig dauerte, bis sie erneut bereit war, sich von ihm nehmen zu lassen.

»Oh Mann«, keuchte sie schließlich, und er grunzte zustimmend. Er lag mit seinem ganzen Gewicht auf ihr, und es machte ihr rein gar nichts aus. Sie spürte seinen schnellen Herzschlag an

249

ihrer Haut, seine erschöpften Gliedmaßen an ihrem Körper. »Beendest du jede Ateliersitzung auf diese Weise?«

»Das hängt von meinem Modell ab.«

Sie schnaubte und hätte ihm sicher einen spielerischen Boxhieb versetzt, wenn sie ihre Arme hätte heben können.

»Normalerweise trinke ich einfach nur ein Bier. Manchmal gehe ich auch joggen oder aufs Laufband.«

»Ich hab was gegen Laufbänder. Man gerät ins Schwitzen, kommt aber nirgends hin. Beim Sex gerätst du ins Schwitzen und kommst überallhin.«

Er hob den Kopf und blickte sie an. »Jetzt muss ich bestimmt jedes Mal, wenn ich aufs Laufband gehe, an Sex denken.«

»Gern geschehen.«

Lachend rollte er sich auf den Rücken. »Du bist echt einzigartig.«

»Ein entscheidendes Ziel ist erreicht.«

»Wieso Ziel?« Als sie nur mit den Schultern zuckte, zog er sie an sich, sodass sie einander direkt ansahen. »Wieso Ziel?«, fragte er noch einmal.

»Ich weiß nicht ... Es liegt wahrscheinlich daran, dass ich in einer militärischen Umgebung groß geworden bin. Uniformen, Vorschriften. Vielleicht ist es meine persönliche Rebellion, einzigartig zu sein.«

»Es funktioniert auf jeden Fall.«

»Solltest du nicht auch irgendein großes Tier in einem Unternehmen sein und alles deinem Ehrgeiz unterordnen? Oder die Sommer als Jetsetter in Monte Carlo verbringen? Vielleicht tust du das ja sogar.«

»Ich ziehe den Comer See vor. Und nein, ich bin nicht der Typ für eine Unternehmenskarriere oder für den Jetset. Ich musste zwar als Künstler nie Hunger leiden, aber ich hätte es getan, wenn es nötig gewesen wäre.«

»Weil du einfach malen musstest. Es ist gut, ein Talent und gleichzeitig Leidenschaft für etwas zu besitzen. Das ist noch lange nicht bei jedem der Fall.«

»Ist denn das Schreiben deine Berufung?«

»Es fühlt sich zumindest so an. Ich liebe es, und ich glaube, ich werde sogar allmählich immer besser. Ohne anderer Leute Häuser zu hüten, würde ich allerdings verhungern. Aber das gefällt mir ebenfalls – und ich bin wirklich gut darin.«

»Du wühlst nicht in Schubladen, die dir nicht gehören.«

»Das stimmt absolut.«

»Ich würde es tun«, erwiderte er. »Die meisten Leute würden es tun. Das verlangt einfach die Neugier.«

»Wenn du der Neugier nachgibst, wirst du nicht mehr gebucht. Außerdem ist es ungezogen.«

»Ja, das stimmt.« Er berührte leicht das kleine Grübchen neben ihrem Mund. »Lass uns das Essen warm machen.«

»Jetzt, da du es erwähnst – ich bin am Verhungern! Mein Kleid liegt immer noch im Aufzug ...«

Er hielt kurz inne. »Die Fenster sind mit einem Einwegfilm überzogen, um Leute wie dich zu frustrieren.«

»Egal. Hast du einen Morgenmantel? Oder ein Hemd? Oder meine Koffer?«

»Wenn du darauf bestehst ...«

Er stand auf. Er musste Augen wie eine Katze haben, dachte sie, um sich so ungezwungen in dem schwachen Licht zu bewegen. Er zog die Schranktüren auf, und als er hineinging, schloss sie messerscharf, dass der Schrank wohl eine beachtliche Größe haben musste. Als er wieder herauskam, warf er ihr ein Hemd zu. »Es ist zu groß für dich.«

»Was nur bedeutet, dass es mir über den Hintern reicht. Beim Essen muss der Hintern bedeckt sein.«

»Das ist aber eine strenge Regel.«

»Ich habe nicht viele Regeln«, erwiderte sie und schlüpfte in das Hemd, »aber die wenigen, die ich habe, sind unverrückbar.«

Es bedeckte tatsächlich ihren Hintern – es reichte ihr sogar bis zu den Oberschenkeln. An den Armen war es ebenfalls zu lang. Sie knöpfte es züchtig zu und krempelte die Ärmel hoch.

Ich würde sie auch so malen, dachte er. Immer noch weich und zerzaust vom Sex, mit glasigen Augen und in eins seiner Hemden gehüllt.

»So.« Sie strich den Saum glatt. »Jetzt hast du etwas, was du mir nach dem Essen ausziehen kannst.«

»Wenn du es so siehst ... Regeln sind Regeln.« Er schlüpfte in eine Jogginghose und streifte sich ein T-Shirt über, und gemeinsam gingen sie die Treppe hinunter. »Du hast mich eine Zeit lang richtig abgelenkt. Du bist gut darin.«

»Vielleicht hilft es uns ja, den nächsten Schritt zu planen, wenn wir eine Zeit lang nicht an die jüngsten Ereignisse denken.« Sie spähte in die Tüte mit dem Essen. »Gott, das riecht vielleicht lecker!«

Er fuhr ihr mit der Hand übers Haar. »Wenn ich die Zeit noch mal zurückdrehen könnte, hätte ich dich nicht in all das mit hineingezogen. Natürlich bin ich froh, dass du hier bist, aber ich wollte dich in all das nicht mit hineinziehen.«

»Ich stecke ohnehin genauso tief mit drin wie du, und außerdem bin ich hier.« Sie nahm die Tüte in die Hand und hielt sie ihm hin. »Komm, essen wir. Und vielleicht können wir schon mal überlegen, wie wir weiter vorgehen.«

Er hatte schon darüber nachgedacht und versuchte jetzt, seine Gedanken zu sortieren, während sie erst das Essen warm stellten und sich an den Küchentisch setzten, an dem er meistens seine Mahlzeiten einnahm.

»Du hattest recht«, sagte sie nach dem ersten Bissen. »Es ist wirklich köstlich. Also ... Was hast du vor? Du hast dein nachdenkliches Gesicht aufgesetzt«, fügte sie hinzu. »So guckst du immer, wenn du dir überlegst, wie du malen sollst. Es ist nicht dieser völlig fokussierte, intensive Blick, den du beim Zeichnen hast ... sondern der Blick, während du dich innerlich damit auseinandersetzt.«

»Das sieht man mir an?«

»Ja, und das wüsstest du auch, wenn du mal ein Selbstporträt malen würdest. Also, was denkst du?«

»Wenn die Polizei diese Asiatin identifiziert, spielt es vielleicht gar keine Rolle mehr ...«

»Du glaubst aber nicht daran – und ich ebenso wenig. Die Frau hat sich wegen der Kameras keinerlei Sorgen gemacht. Also ist es ihr entweder egal, wenn sie identifiziert wird, oder sie ist in keinem System erfasst und kann somit gar nicht erst identifiziert werden.«

»So oder so scheint es ihr ziemlich wenig auszumachen, dass die Polizei wegen mehrerer Morde hinter ihr her ist.«

»Sie hat wahrscheinlich schon andere Morde begangen, meinst du nicht auch? Gott, das ist komisch – wir sitzen hier, essen Hühnchen mit Parmesan und reden über mehrere Morde.«

»Es zwingt uns ja niemand.«

»Nein, aber wir tun es trotzdem.« Sie drehte Pasta auf ihre Gabel. »Wir tun es. Dass es merkwürdig ist, macht es ja nicht weniger notwendig. Ich dachte, ich könnte vielleicht so tun, als wäre es der Plot einer Geschichte und hätte mit mir persönlich nichts zu tun. Aber das funktioniert einfach nicht. Es ist nun mal die Realität, und damit müssen wir leben. Also: Sie hat wahrscheinlich schon früher Morde begangen.«

Unwillkürlich musste Ash an das saubere schwarze Einschussloch zwischen den Augenbrauen des Mannes denken. »Ja, das glaube ich auch. Also, dass es nicht das erste Mal für sie war. Und wenn wir recht haben, scheint ihr Boss verdammt tiefe Taschen zu haben. Einen Amateur würde er für so was jedenfalls nicht engagieren.«

»Wenn er sie aber engagiert hat, um dieses Ei herbeizuschaffen, dann hat sie ihren Auftrag immer noch nicht ausgeführt.«

»Richtig.«

Lila zeigte mit der Gabel auf Ash. »Du denkst darüber nach, wie du sie mithilfe des Eis aus der Reserve locken kannst. Wenn sie das Ei nicht abliefert, könnte sie ihren Job oder ihr Honorar verlieren – und vielleicht sogar ihr Leben, wenn demjenigen, der sie bezahlt, ein Menschenleben nichts bedeutet, solange er nur bekommt, was er begehrt.«

»Wenn sie das Ei haben will – und worum sonst sollte es gehen? –, dann hat sie nicht mehr allzu viele Optionen. Ich weiß nicht, was Vinnie ihr unter Schmerzen gesagt haben könnte, aber ich glaube eigentlich, dass er rein gar nichts verraten hat. Und selbst wenn er etwas gesagt hat, dann wusste er nur, dass ich das Ei mit auf das Familiengelände nehmen wollte, um es dort in Sicherheit zu bringen, aber wo genau ich es versteckt habe, wusste er nicht.«

»Wenn sie irgendwie herausbekommen hat, dass es sich dort befindet, steckt sie in einer Zwickmühle. Es ist ein riesiges Anwesen. Und selbst wenn sie dort hineinkäme ...«

»Bei den Sicherheitsvorkehrungen meines Vaters ein fast unüberwindbares Wenn. Trotzdem – selbst wenn sie so clever wäre, sich als Bedienstete einstellen zu lassen oder sich eine Einladung zu erschleichen, wüsste sie immer noch nicht, wo sie auch nur anfangen sollte zu suchen. Ich habe es ...«

»Sag es mir nicht.« Intuitiv hielt sie sich die Ohren zu. »Wenn ...«

»Wenn irgendetwas schiefginge und sie dich in die Finger bekäme? Dann wirst du ihr sagen, dass der Engel mit Wagen in dem kleinen Safe im Stallbüro ist. Wir haben im Moment keine Pferde, deshalb wird es nicht benutzt. Es ist ein fünfstelliger Code: drei-eins-acht-neun-null. Das ist Olivers Geburtstag: Monat, Tag, Jahr. Wenn ich es Vinnie gesagt hätte, wäre er vielleicht noch am Leben.«

»Nein.« Sie griff nach seiner Hand. »Sie wollten ihn töten. Wenn sie ihn am Leben gelassen hätten, hätte er es dir oder der Polizei erzählt. Und ganz ehrlich – selbst wenn er das Ei bei sich gehabt und ihnen überlassen hätte, dann hätten sie ihn trotzdem umgebracht.«

»Ich weiß.« Er brach eine Brotstange entzwei und gab ihr eine Hälfte. »Aber das ist schwer zu akzeptieren. Du solltest trotzdem wissen, wo es sich befindet.«

»Um es als Joker zu benutzen oder um dich zu retten, wenn sie dich erwischt?«

»Hoffentlich wird das nicht nötig sein. Es lag an Oliver; entweder hat er den Deal rückgängig gemacht, oder er wollte mehr Geld. Er ist sicher nicht auf die Idee gekommen, dass sie für das Ei ihn oder seine Freundin töten würden – und er muss sie benutzt haben, um den Kontakt herzustellen.«

»Der Optimist«, sagte sie leise. »Der Optimist glaubt immer, dass alles gut ausgehen wird.«

»Ja, so war es bestimmt. Natürlich hat er gewusst, dass er ihnen Ärger macht. Deshalb hat er mir auch diesen Schlüssel zukommen lassen. Aber er hat sich bestimmt gedacht, er könnte sie dazu bringen, mehr zu zahlen – vielleicht wollte er den Kunden auch mit anderen interessanten Stücken locken.«

»So verhält sich nur ein Narr.«

»Und das war er.« Ash blickte auf sein Weinglas hinab. »Ich könnte ja eine Variation spielen.«

»Was denn für eine Variation?«

»Oliver muss irgendeinen Weg gefunden haben, um mit dieser Frau oder ihrem Boss Kontakt aufzunehmen. Oder er kannte jemanden, über den das möglich war. Das muss ich herausfinden. Dann nehme ich Kontakt zu ihnen auf und schlage ihnen einen neuen Deal vor.«

»Aber wenn sie wissen, dass du das Ei hast, was soll sie dann noch davon abhalten, dich wie Oliver und Vinnie ebenfalls zu ermorden? Ash!« Sie legte ihre Hand über seine. »Ich hab es ernst gemeint, als ich sagte, ich will nicht, dass sie dich umbringen.«

»Ich mache ihnen klar, dass sich das Ei an einem absolut sicheren Ort befindet. Sagen wir mal, an einem Ort, von dem man es nur entfernen kann, wenn ich und eine zweite autorisierte Person anwesend sind. Für den Fall, dass mir etwas passieren sollte – ich komme ums Leben, habe einen Unfall, verschwinde –, habe ich Anweisungen hinterlassen, dass eine weitere autorisierte Person den Kasten mitsamt Inhalt sofort ins Metropolitan Museum of Art bringt.«

Nach Lilas Ansicht ging er mit dem Thema viel zu leichtfertig um. »Ich glaube nicht, dass das funktionieren würde ... Ich muss darüber nachdenken.«

»Dazu hast du reichlich Zeit. Ich muss ja auch erst in Erfahrung bringen, wie ich mit dieser Asiatin oder ihrem Boss Kontakt aufnehmen kann.«

»Du könntest es auch von vorneherein einem Museum stiften und diesen Pressewirbel auslösen, der mir vorgeschwebt hat. Dann hätten sie wirklich keinen Grund mehr, dich zu verfolgen.«

»Die Asiatin würde einfach so verschwinden: um entweder der Polizei zu entkommen oder dem Mann, der sie engagiert hat. Drei Menschen sind gestorben, und zwei davon haben mir viel bedeutet. Ich kann mich nicht einfach so heraushalten.«

Lila dachte einen Moment darüber nach. Sie empfand etwas für Ash – sie hatte mit ihm geschlafen. Sie war mittlerweile in vielerlei Hinsicht mit ihm *verbunden*. Und doch war sie sich nicht sicher, wie sie mit ihm über dieses Thema sprechen sollte. Aber der direkte Weg war noch immer der beste, sagte sie sich. »Du hast wahrscheinlich recht. Sie wird verschwinden. Wenn das passieren würde, wären alle Sorgen und die Gefahr vorüber.«

»Vielleicht, vielleicht aber auch nicht.«

»Lass uns in dieser Hinsicht optimistisch sein, dieses eine Mal nur. Aber es gäbe keine Gerechtigkeit und keinen Abschluss für dich, oder zumindest hättest du es nicht mehr in der Hand. Und darum geht es dir in Wirklichkeit, nicht wahr? Du willst es selber in der Hand haben. Du willst mit ihr fertigwerden, wie du mit einem aufdringlichen Betrunkenen in einer Bar fertigwirst.«

»Ich würde sie nicht schlagen. Sie ist eine Frau, und manche Regeln sitzen zu tief.«

Lila lehnte sich zurück und sah ihn nachdenklich an. Er wirkte ruhig und vernünftig, aber hinter der Fassade lag auch stählerne Entschlossenheit. Er hatte sich längst entschieden, und er würde den Schritt gehen, ob mit oder ohne ihre Hilfe.

»Okay.«

»Okay, was?«

»Ich bin dabei. Aber wir müssen das alles noch mal genau besprechen und es Schritt für Schritt ausarbeiten. So ein groß angelegter Schwindel gehört doch wohl auch nicht zu deinem üblichen Repertoire.«

»Vielleicht sollten wir noch mal darüber schlafen.«

Lila griff nach ihrem Weinglas und lächelte. »Vielleicht sollten wir das.«

Julie konnte nicht schlafen. Kaum verwunderlich unter den Umständen. Sie hatte den Tag mit einer Beerdigung begonnen, von der ihre beste Freundin überstürzt wieder abgereist war, nachdem der Vater des Verstorbenen sie beleidigt hatte. Und jetzt, am Ende des Tages, schlief ihr Exmann in ihrem Gästezimmer.

Dazwischen hatte es einen weiteren Mord gegeben, was furchtbar war, zumal sie Vinnie Tartelli und seine Frau bei einer von Ashs Ausstellungen persönlich kennengelernt hatte. Und all das sollte etwas zu tun haben mit der Entdeckung eines der verschollenen Fabergé-Eier des russischen Zaren? Faszinierend.

Sie hätte das Ei ganz schrecklich gern gesehen, gleichzeitig aber war ihr bewusst, dass sie nicht derart begeistert an einen verloren geglaubten Schatz denken durfte, nachdem dafür diverse Menschen ihr Leben hatten lassen müssen. Trotzdem war der Gedanke an das Ei wesentlich weniger beunruhigend als der Gedanke an Luke, der nebenan in ihrem Gästebett lag und schlief.

Sie wälzte sich herum und starrte an die Decke. Um sich abzulenken versuchte sie, sich den Engel mit Wagen vorzustellen. Doch der Kompass ihrer Gedanken pendelte sich immer wieder auf ihren wahren Norden ein – auf Luke.

Sie hatten zusammen zu Abend gegessen und sich bei thailändischem Essen wie zwei kultivierte Menschen über die Morde und über russische Preziosen unterhalten. Sie hatte nicht widersprochen, als er vorgeschlagen hatte, bei ihr zu übernachten. Verständlicherweise, wie sie sich sagte, hatte die Gesamtsituation sie nervös gemacht. Schließlich war diejenige, die Oliver und jetzt auch noch den armen Mr. Tartelli umgebracht hatte, schon einmal in ihre Wohnung eingedrungen. Natürlich würde sie kein zweites Mal einbrechen, ganz sicher nicht. Aber was, wenn doch ... Selbst wenn Julie für die Rechte und Gleichberechtigung der Frauen eintrat, fühlte sie sich angesichts der Umstände sicherer mit einem Mann in der Wohnung.

Da dieser Mann allerdings Luke war, stürmte eine Menge Erinnerungen auf sie ein. Viele davon waren sexueller Natur. Gott, sexy Erinnerungen waren für einen erholsamen Schlaf auch nicht gerade förderlich.

Sie wäre besser nicht so früh ins Bett gegangen, aber es war ihr sicherer und klüger vorgekommen, sich in ihr eigenes Zimmer zurückzuziehen. Vielleicht sollte sie ihr iPad holen und noch ein bisschen arbeiten oder spielen. Sie könnte auch etwas lesen – damit würde sie sich sicherlich ablenken können. Sie sollte sich leise in die Küche schleichen, ihr Tablet holen und sich den Kräutertee aufbrühen, den ihr die Ernährungsberaterin empfohlen hatte. Dabei hatte sie diese längst gefeuert, weil ihre Ratschläge ihr nicht genützt hatten – ihr Körper *brauchte* die regelmäßige Zufuhr von Koffein und Süßstoff. Aber der Tee würde sie entspannen.

Sie stand auf und warf sich sicherheitshalber den Morgenmantel über. Leise, vorsichtig wie ein Dieb, öffnete sie die Zimmertür und schlich auf Zehenspitzen in die Küche.

Sie machte nur das Licht am Herd an, gab Wasser in den Kessel und setzte ihn auf. Viel, viel besser, als sich im Bett herumzuwälzen und alte, erregende Erinnerungen erneut zu durchleben, dachte sie, als sie den Schrank öffnete, um die Teedose herauszuholen. Ein schöner, beruhigender Tee, ein bisschen Arbeit und dann vielleicht ein langweiliges Buch. Sie würde schlafen wie ein Baby.

Angesichts dieser Perspektive hoch zufrieden holte sie ihre hübsche kleine Teekanne heraus, deren helles Grün mit den violetten Blumen sie unweigerlich glücklich stimmte. Konzentriert wärmte sie die Kanne und maß den Tee in ein kleines Tee-Ei ab.

»Kannst du nicht schlafen?«

Sie schrie jäh auf und ließ das Tee-Ei fallen – zum Glück hatte sie es eben erst geschlossen. Hinter ihr stand Luke. Er trug lediglich seine Anzughose – der Reißverschluss war zugezogen, aber der Knopf stand offen. Ihr erster Gedanke – dass der Junge, den sie einst geheiratet hatte, sich sehr, sehr gut entwickelt hatte – war ihr kaum zu verübeln. Mit dem zweiten Gedanken bedauerte sie, sich bereits abgeschminkt zu haben.

»Entschuldige, ich wollte dich nicht erschrecken.« Er trat auf sie zu und hob das Tee-Ei auf.

»Und ich wollte dich nicht wecken.«

»Das hast du auch nicht. Ich hab dich gehört und wollte nur sichergehen, dass das tatsächlich du bist, die hier herumschleicht.«

Bleib zivilisiert, mahnte sie sich. Bleib erwachsen. »Ich konnte einfach nicht abschalten. Ich weiß nicht, was ich denken oder fühlen soll – diese Morde sind schließlich quasi in meiner Nachbarschaft passiert. Und dann das Ei ... Daran muss ich auch ständig denken. Für die Kunstwelt bedeutet es eine gigantische Entdeckung – und meine beste Freundin ist in all das verwickelt.«

Ich rede viel zu schnell, dachte sie. Doch sie konnte daran nichts ändern. Warum war ihre Küche bloß so klein? Sie standen einander praktisch auf den Füßen.

»Ash kümmert sich um sie.«

»Um Lila braucht sich niemand zu kümmern, aber ich weiß natürlich, dass er sein Bestes gibt.«

Sie fuhr sich mit den Händen durchs Haar. Es sah bestimmt grauenhaft aus – nach all dem Herumwälzen und Hin-und-her-Drehen im Bett. Ungeschminktes Gesicht, ungekämmte Haare. Zum Glück hatte sie nicht die Deckenlampe eingeschaltet.

»Möchtest du auch einen Tee? Es ist ein Kräutertee mit Baldrian, Ehrenpreis, Kamille und etwas Lavendel. Gut gegen Schlaflosigkeit.«

»Leidest du an Schlaflosigkeit?«

»Nein, eigentlich nicht. In normalem Umfang, würde ich sagen – wenn ich viel Stress habe.«

»Du solltest es mal mit Meditation versuchen.«

Sie starrte ihn an. »Du meditierst?«

»Nein. Ich kann mein Gehirn leider nicht ausschalten.«

Lachend nahm sie eine zweite Tasse aus dem Schrank. »Ich hab es zweimal versucht, aber meine Oms verwandeln sich immer in: ›Oh, ich sollte mir diese fabelhafte Tasche kaufen, die ich bei Barneys gesehen haben. Soll ich diesen Künstler lieber so vermarkten oder anders? Warum habe ich nur diesen Cupcake gegessen?‹«

»Bei mir dreht es sich immer um Personaltermine, um Inspektionen durchs Gesundheitsamt – und hin und wieder ebenfalls um Cupcakes.«

Sie setzte den Deckel auf die Kanne und ließ den Tee ziehen. »Heute Abend waren es Mord und Fabergé und ...«

»Und?«

»Ach, alles Mögliche.«

»Komisch, bei mir waren es Mord, Fabergé – und du.«

Sie warf ihm einen Blick zu, und als sich ihre Blicke trafen, spürte sie Schmetterlinge im Bauch. »Na ja, wenn man die Umstände bedenkt ...«

»Du bist immer noch oft in meinem Kopf.« Er fuhr mit dem Finger von ihrer Schulter zu ihrem Ellbogen – eine alte Gewohnheit, an die sie sich noch gut erinnerte. »Meine Gedanken drehen sich häufig um dich. Was wäre, wenn wir dieses getan hätten statt jenem? Was wäre, wenn ich dies gesagt hätte und nicht das? Wenn ich gefragt hätte, statt nicht zu fragen?«

»Es ist doch ganz normal, dass man sich solche Gedanken macht.«

»Geht es dir auch so?«

»Ja, natürlich. Willst du Honig? Ich trinke ihn ohne, aber ich hätte Honig, wenn ...«

»Hast du dich jemals gefragt, warum wir gescheitert sind? Warum wir beide blöde Dinge getan haben, statt darauf hinzuarbeiten, dass es klappt?«

»Ich wollte lieber böse auf dich sein. Es kam mir einfacher vor, böse auf dich zu sein, statt mir zu wünschen, ich hätte dies gesagt oder jenes getan. Wir waren noch Kinder, Luke.«

Er packte sie am Arm, drehte sie zu sich, griff ihren anderen Arm und zog sie vor sich. »Inzwischen sind wir keine Kinder mehr.« Seine Hände waren so fest – sie wärmten ihre Haut durch die dünne Seide ihres Morgenmantels. Unverwandt sah er sie an, und alle Fragen, alle Gedanken, alle Erinnerungen lösten sich in nichts auf.

»Nein«, sagte sie, »wir sind keine Kinder mehr.«

Und da nichts sie zurückhielt, schmiegte sie sich an ihn, um sich das zu nehmen, was sie wollte.

Später, während der Tee längst vergessen auf der Küchentheke stand, kuschelte sie sich an seinen Körper und schlief wie ein Baby.

15

Da sie irgendwann mit der Arbeit weitermachen musste, kochte Lila Kaffee und stellte ihren Laptop auf Ashs Küchentisch. Dann vertiefte sie sich wieder in ihre Geschichte, die in den letzten Tagen viel zu wenig Aufmerksamkeit abbekommen hatte. Sie saß in Ashs Hemd am Küchentisch, blendete alles um sich herum aus und begab sich zurück an die Highschool und mitten hinein in die Werwolfkriege.

Erst nach zwei Stunden kam Ash herein. Lila hob den Finger, damit er sie nicht bei ihrem letzten Gedanken störte. Dann speicherte sie den Text ab und lächelte Ash an. »Guten Morgen.«

»Ja ... Was machst du da?«

»Ich habe geschrieben. Ich musste endlich weitermachen. Du hast wirklich das perfekte Timing. An dieser Stelle kann ich für den Moment gut aufhören.«

»Warum weinst du?«

»Oh.« Sie wischte die Tränen weg. »Ich habe gerade eine echt sympathische Figur umgebracht. Es musste sein, aber jetzt fühle ich mich schlecht. Er wird mir fehlen.«

»Mensch oder Werwolf?«

Sie zog ein Taschentuch aus der Packung, die sie immer griffbereit neben ihren Computer legte. »Werwölfe sind – in meiner Geschichte – nur an drei Tagen im Monat Werwölfe, ansonsten sind es Menschen. Aber in diesem Fall war es ein Werwolf. Meine Hauptfigur wird am Boden zerstört sein.«

»Mein Beileid. Möchtest du noch einen Kaffee?«

»Nein danke, ich hatte schon zwei. Ich dachte, wenn ich mich hier hinsetze, störe ich dich am wenigsten«, fügte sie hinzu, während er sich an die Kaffeemaschine stellte. »Ich kann erst heute Nachmittag meinen neuen Job antreten, und ich möchte noch nicht so früh bei Julie auftauchen. Keine Ahnung, ob ich dort schon erwünscht bin.«

»Das wird schon alles gut sein.«

»Stimmt irgendwas nicht?«

»Vor der ersten Tasse Kaffee stimmt nie etwas.« Er nahm einen Schluck schwarzen Kaffee. »Ich könnte uns Rührei machen, wenn du möchtest.«

Sie sah ihn nachdenklich an. Er wirkte irgendwie grimmig.

»Rührei ist eines der wenigen Gerichte, die ich wirklich gut zubereiten kann. Ich tausche es ein für einen Ort, an dem ich mich bis zwei aufhalten kann.«

»Gekauft.« Er nahm einen Karton mit Eiern aus dem Kühlschrank.

»Setz dich und trink deinen Kaffee, und ich kümmere mich um den Rest.«

Doch er setzte sich nicht. Er sah ihr zu, wie sie an den Kühlschrank trat und Käse und Butter herausholte, lehnte am Tresen und trank Kaffee, während sie in seinen Schränken nach einer Pfanne, einer kleinen Schüssel und einem Schneebesen suchte – er war sich nicht einmal sicher, ob er überhaupt so was besaß.

»Du siehst gut aus am Morgen«, sagte er zu ihr.

»Ah, der Kaffee wirkt.« Sie schenkte ihm ein Lächeln, das so frisch und fröhlich war wie eine Tulpe im Frühling. »Aber normalerweise geht es mir morgens wirklich gut – weil alles neu beginnt.«

»Man nimmt aber auch Altes mit hinüber in den neuen Tag. Kannst du diesen Job noch absagen? Und einfach hierbleiben, bis alles ausgestanden ist?«

»Nein, das geht nicht. Ich hätte nicht genug Zeit, um einen Ersatz zu finden oder mit meinen Kunden ein anderes Arrangement zu treffen. Sie zählen auf mich. Außerdem«, fuhr sie fort und schlug die Eier in der Schüssel auf, »weiß die Asiatin so nicht, wo ich mich aufhalte.«

»Du hast eine Webseite.«

»Dort wird nur angezeigt, wann ich bereits gebucht wurde,

aber nicht, wo oder bei wem. Sie hätte keinen Grund, ausgerechnet in Tudor City nach mir zu suchen.«

»Vielleicht nicht, aber es ist ziemlich weit weg von hier ... wenn etwas passiert ...«

Sie gab Käse zu den Eiern, eine Prise Salz, ein bisschen Pfeffer. »Du machst dir Sorgen um mich, aber ich bin durchaus in der Lage, auf mich selbst aufzupassen. Du hattest nur noch keine Gelegenheit, mich in Aktion zu erleben.« Sie gab die aufgeschlagenen Eier in die Pfanne, die sie zuvor mit Butter bepinselt hatte. »Möchtest du Toast dazu? Hast du Brot?«

Er nahm Brot aus einem Kasten und steckte ein paar Scheiben in den Toaster. An diesem Teil des Problems würde er später weiterarbeiten. »Wie viel Zeit brauchst du noch für die Werwölfe?«

»Wenn ich die nächste Szene – in der Kaylee Justins zerfetzten Körper findet – noch anreißen könnte, hätte ich wirklich viel geschafft. In meinem Kopf ist sie schon fertig – also vielleicht noch zwei Stunden?«

»Dann kannst du danach noch zwei Stunden für mich Modell stehen, bis du zu deinem nächsten Job musst. Das passt.« Er trank seinen Kaffee aus und nahm sich einen zweiten, dann holte er Teller aus dem Schrank.

»Versuch es doch mal mit: ›Passt das für dich, Lila?‹«

Er nahm die Brotscheiben aus dem Toaster und legte sie auf die Teller. »Passt das für dich, Lila?«

»Ich wüsste nicht, warum es nicht passen sollte.« Sie verteilte das Rührei und schob ihm seinen Teller zu. »Aber erst müssen wir sehen, wie ich mit dem Schreiben vorankomme.«

»In Ordnung.«

Ein paar Blocks entfernt wachte Julie auf: entspannt und ausgeruht. Sie rekelte sich und stieß einen langen, zufriedenen Seufzer aus. Als sie sah, dass Luke nicht mehr neben ihr lag, sank ihre Stimmung ein wenig – doch dann schüttelte sie die Enttäuschung ab. Er führte eine Bäckerei, rief sie sich ins Gedächtnis. Und er hatte ihr gesagt, dass er noch vor fünf Uhr würde aufstehen müssen.

Zwar waren die Tage vorbei, da sich für sie um fünf Uhr morgens nach einer Party die Nacht überhaupt erst dem Ende zuneigte, trotzdem war sie weit davon entfernt, dies als vernünftige Zeit zum Aufstehen zu empfinden.

Seine Arbeitsmoral war bewundernswert, aber ein bisschen träger Morgensex wäre auch nicht schlecht gewesen, gefolgt von einem Frühstück, bei dem sie ihre Kochkünste unter Beweis hätte stellen können. Sie mochten begrenzt sein, aber ihr French Toast war wirklich Weltklasse.

Sowie sie sich dabei ertappte, wie sie faul im Bett lag und von langen Nächten träumte, setzte sie sich entschlossen auf. Die Zeiten waren vorüber, rief sie sich in Erinnerung, genau wie die Partys, die eine ganze Nacht angedauert hatten.

Es war nur Sex gewesen. Zwar wirklich toller Sex zwischen zwei Menschen, die eine gemeinsame Geschichte hatten, aber eben nur Sex. Und es hat schließlich überhaupt keinen Zweck, die Sache zu verkomplizieren.

Sie stand auf und schlüpfte in ihren Morgenmantel, der noch genau dort lag, wo sie ihn letzte Nacht hatte fallen lassen – über ihrer Nachttischlampe. Sie waren beide erwachsen, und als Erwachsene konnten sie mit Sex – ob es sich nun um eine einzige Nacht oder um eine länger andauernde Affäre handelte – vernünftig und verantwortungsvoll umgehen. Sie hatte nicht die Absicht, darüber hinauszudenken. Und jetzt würde sie sich wie eine vernünftige, verantwortungsbewusste Erwachsene einen Kaffee machen, sich einen Bagel mitnehmen – oder einen Joghurt, dachte sie, als ihr wieder einfiel, dass sie vergessen hatte, Bagels zu kaufen – und zur Arbeit gehen.

Summend ging sie in die Küche – und blieb abrupt stehen.

Auf ihrer Küchentheke auf ihrer hübschen Kuchenplatte aus Porzellan prangte unter einem ihrer Glasschälchen ein großer, goldbrauner Muffin mit Zuckerguss.

Langsam und vorsichtig hob sie die Glaskuppel an, beugte sich über das Gebäck und schnupperte. Heidelbeere. Er hatte die Heidelbeeren gefunden, die sie vorgestern gekauft hatte, und sie in dem Muffin verarbeitet. Angesichts der perfekten Proportionen kam es ihr beinahe vor wie ein Sakrileg – doch dann brach sie ein Stück von der Spitze ab und schob es sich in den Mund.

Es schmeckte genauso, wie es aussah.

Er hatte ihr einen Muffin gebacken. Einfach so.

Was hatte das zu bedeuten?

Hieß ein Muffin: Danke für den echt guten Sex? Oder bedeutete es Beziehung? Bedeutete es ...

Woher sollte sie wissen, was es bedeutete? Niemand außer ihrer Großmutter hatte je einen so tollen Muffin für sie gebacken. Und er hatte sie damit eiskalt erwischt, ehe sie auch nur die Chance gehabt hatte, ihren Kopf mit einer Tasse Kaffee klarzubekommen.

Sie brach ein weiteres Stückchen ab, kaute genüsslich darauf herum und grübelte noch ein bisschen darüber nach.

Im Keller unter der Bäckerei knetete Luke auf dem bemehlten Arbeitstisch Teig. Er hatte zwar eine entsprechende Maschine, aber wann immer sich die Gelegenheit bot, benutzte er lieber seine Hände. Der eintönige Rhythmus, in dem er Hände und Arme einsetzte, und die sich verändernde Konsistenz des Teigs gaben ihm Zeit zum Nachdenken – oder vielmehr zum Nichtdenken. Die ersten Teigberge des Morgens waren bereits zweimal gegangen und weiterverarbeitet worden und buken inzwischen im Ziegelofen hinter ihm.

Ein Kunde hatte für heute zusätzliche Brotlaibe bestellt. Er und sein Bäckermeister hatten bereits Muffins, Brötchen, Plunder, Donuts und Bagels für den Vormittagsbetrieb gebacken und anschließend die Kuchen, Pasteten, Scones, Cupcakes und Bagels in Angriff genommen, und wenn dieser Teig fertig wäre, würde er nach oben in den Laden eilen.

Er sah zu der Uhr hinüber, die an dem Edelstahlregal an der gegenüberliegenden Wand angebracht war. Es war schon fast acht. Julie war inzwischen sicher aufgestanden.

Ob sie den Muffin gefunden hatte, den er ihr dagelassen hatte? Heidelbeeren hatte sie immer schon gern gemocht. Und dunkle Schokolade. Er würde ihr irgendwas Spezielles mit dunkler Schokolade kreieren.

Gott, sie hatte ihm so gefehlt. Viel mehr, als er sich in all den Jahren hatte eingestehen wollen. Wie sie aussah, wie sie sich anhörte, wie sie sich anfühlte.

Nach Julie hatte er Rothaarigen abgeschworen. Großen Rothaarigen mit einem tollen Körper und strahlend blauen Augen. Noch monatelang, wenn nicht sogar jahrelang nach ihrer Trennung hatte er sich in bestimmten Augenblicken nach ihr verzehrt – wann immer er etwas gesehen hatte, worüber sie gelacht hätte. Er hatte sich durch das Jurastudium gequält, und selbst an dem Tag, als er Baker's Dozen eröffnet hatte, hatte er an sie gedacht. Er hatte sich gewünscht, ihr zeigen zu können, dass er seinen Weg gefunden und endlich etwas aus sich gemacht hatte.

Nach Julie hatte er nicht eine ernsthafte Beziehung mehr gehabt. Frauen waren für ihn lediglich Ablenkung und Zeitvertreib gewesen – ganz gleich, wie sehr er sich um etwas Festes bemüht hatte. Tief in seinem Herzen war sie immer da gewesen. Und jetzt musste er sich überlegen, wie er sie langsam wieder in sein Leben zurückholen – und festhalten konnte.

»Ich bin gleich da«, rief er, als er jemanden die Treppe herunterkommen hörte. »Fünf Minuten noch.«

»Sie meinten, es wäre in Ordnung, wenn ich hier herunterkäme. Na ja, das Mädchen mit den violetten Haaren hat das gesagt«, schob Julie hinterher.

»Klar, komm nur!«

Sie brachte ihn zum Strahlen: ihr leuchtend rotes Haar, das sie mit Silberkämmen zurückgesteckt hatte, ihr wundervoller Körper, der in einem Kleid steckte, das die Farbe der Heidelbeeren aus ihrem Muffin hatte.

»Ich hab zwar nicht damit gerechnet, dich hier zu sehen, aber willkommen in meiner Höhle! Ich bin fast fertig. Der iPod liegt auf dem Regal, mach die Musik leiser.«

Sie machte Springsteen den Garaus – obwohl sie genau wusste, wie sehr er auf den Boss stand.

»Ich verbringe viel Zeit hier unten oder in der Hauptbackstube und im hinteren Büro. Deshalb habe ich wahrscheinlich nie mitbekommen, wenn du im Laden warst. Im Kühlschrank sind kalte Getränke«, sagte er und sah sie über den Teigberg hinweg an. »Oder soll ich dir einen Kaffee von oben bringen lassen?«

»Nein danke. Ich muss nur wissen, was es bedeutet.«

»Was? Das Leben an sich?« Erneut prüfte er mit den Händen die Teigstruktur. »In dieser Hinsicht bin ich noch zu keiner endgültigen Schlussfolgerung gekommen.«

»Der Muffin, Luke.«

»Was der Muffin bedeutet?« Gott, sie roch so gut. Ihr Duft und der Duft nach frisch gebackenem Brot würden in seinem Kopf für immer verbunden sein. »Sein ganzer Zweck besteht in einer einzigen Aussage: Iss mich. Und – hast du ihn gegessen?«

»Ich will nur wissen, warum du mir den Muffin gebacken hast. Es ist eine einfache Frage.«

»Weil ich Bäcker bin?«

»Backst du für jede Frau, mit der du schläfst, am Morgen einen Muffin?«

Er kannte diesen spröden Tonfall. Sie ist nervös und verärgert, dachte er. Wegen des Muffins?

»Manche essen lieber Plunder – aber nein, ich backe nicht für jede. Allerdings hab ich mir nicht wirklich viel dabei gedacht, als ich ihn gebacken habe. Es ist doch nur ein Muffin ...«

Sie schob sich die riesige Tasche über die Schulter. »Wir haben miteinander geschlafen.«

»Ja, und wie.« Er knetete weiter, um seine Hände beschäftigt zu halten, doch die Freude an seiner Arbeit, an diesem Morgen, an ihr ließ schlagartig nach. »War das falsch – oder war der Muffin in falsch?«

»Ich glaube, wir sollten uns Klarheit verschaffen ...«

»Verschaffen wir uns Klarheit.«

»Mach dich nicht lustig über mich! Wir hatten gestern einen schwierigen Tag, und unsere Freunde sind in etwas Beängstigendes, Verwirrendes verwickelt. Wir haben eine gemeinsame Geschichte, und wir ... wir konnten beide nicht schlafen, deshalb hatten wir Sex. Guten Sex. Ohne jede ... Komplikation. Und dann hast du mir einen Muffin gebacken.«

»Bislang alles korrekt. Ich habe dir einen Muffin gebacken.«

»Ich will nur, dass wir beide uns darüber im Klaren sind, was letzte Nacht war – wir dürfen es nicht komplizierter machen, als es in Wirklichkeit ist, zumal wir durch Lila und Ash in einer äußerst komplizierten Lage stecken.«

»Es ist doch alles ganz einfach. Ich dachte, ein einfacher Muffin ...«

»Na gut. Danke. Ich muss zur Arbeit.«

Sie zögerte noch einen Moment, als wartete sie darauf, dass er noch etwas sagte. Dann ging sie nach oben. Sie ging weg, und er kam sich wieder genauso vor wie vor mehr als zehn Jahren.

Lila widersprach nicht, als Ash darauf bestand, sie zu ihrem nächsten Job zu begleiten. Es konnte schließlich nicht schaden, wenn er mit eigenen Augen sah, wo sie untergebracht sein würde und wie sicher es dort war.

»Sie sind Wiederholungstäter«, erklärte sie ihm, als das Taxi in Richtung Uptown fuhr. »Ich habe schon zweimal für sie gearbeitet – allerdings nicht in dieser Wohnung. Sie sind erst vor ein paar Monaten dorthingezogen. Earl Grey ist ebenfalls neu – aber er ist echt süß.«

»Die neue Wohnung ist bestimmt in jeder Hinsicht besser.«

»Ja, sie ist großartig und hat eine ganz wundervolle Aussicht. Und die Gegend ist klasse, um mit Earl Grey spazieren zu gehen. Ach, und ich habe heute früh eine E-Mail von Macey bekommen!«

»Macey?«

»Kilderbrand – die letzte Kundin. Sie ist hoch zufrieden mit meinen Diensten – und sie glaubt, dass Thomas mich vermisst.

Sie planen im Januar einen Skiurlaub und möchten mich jetzt schon dafür buchen. Also scheint alles in Ordnung gewesen zu sein – trotz der Ereignisse.«

»Aber das hier ist jetzt ein kürzerer Job, oder?«

»Bei den Lowensteins bleibe ich nur acht Tage – sie besuchen Freunde und sehen nach irgendeinem Anwesen auf Saint Bart's.«

Als das Taxi vor dem Eingang des massiven neugotischen Gebäudekomplexes auf der East Forty-first Street hielt, zückte Lila ihre Kreditkarte.

»Lass mich das machen.«

Lila schüttelte den Kopf und trug auf dem Belegstreifen ein Trinkgeld ein. »Mein Job, meine Geschäftskosten. Ich mag ja neuerdings einen reichen Liebhaber haben, aber den brauche ich nur für den Sex.«

»Der Glückliche ...«

»Oh ja«, sagte sie, während sie ihren Beleg einsteckte und ausstieg, »das ist er wirklich. Hi, Dwayne!« Sie strahlte den Portier an, der bereits zum Taxi geeilt war. »Lila Emerson – Sie erinnern sich vielleicht nicht mehr an mich, aber ...«

»Ich erinnere mich noch gut an Ihren Besuch bei den Lowensteins, Miss Emerson. Ich habe die Schlüssel für Sie. Sie sind wie immer pünktlich.«

»Ich gebe mir Mühe. Sind die Lowensteins denn schon abgereist?«

»Ich habe sie vor etwa einer Stunde ins Taxi gesetzt. Warten Sie, ich nehme das ...« Er hob den zweiten Koffer aus dem Kofferraum. »Soll ich Ihnen das Gepäck raufbringen?«

»Nein danke, wir machen das schon. Das hier ist mein Freund Ashton Archer. Er hilft mir, mich einzurichten. Wissen Sie zufällig, wann Earl Grey das letzte Mal ausgeführt wurde?«

»Mr. Lowenstein ist mit EG noch kurz vor der Abreise eine letzte Runde gegangen. Er müsste es eigentlich noch eine ganze Weile aushalten.«

»Sehr gut. Was für ein prachtvolles Gebäude! Ich werde meinen Aufenthalt hier sehr genießen.«

»Wenn Sie Fragen haben oder einen Wagen benötigen, sagen Sie mir Bescheid.«

»Danke.« Sie nahm ihm die Schlüssel ab und betrat die Lobby, die mit ihren Buntglasfenstern wie eine lichterfüllte Kathedrale wirkte. »Habe ich nicht einen großartigen Job?«, wandte sie sich an Ash, als sie mit dem Aufzug nach oben fuhren. »Wie sonst könnte ich eine Woche in einer Penthousewohnung in Tudor City verbringen? Wusstest du, dass es hier sogar einen kleinen Golfplatz gibt? Und einen Tennisplatz. Hier haben schon berühmte Leute Tennis gespielt. Ich kann mich nur leider nicht mehr daran erinnern, wer, weil ich mich absolut nicht für Tennis interessiere.«

»Mein Vater hat damals, als Helmsley es verkauft hat, darüber nachgedacht, hier einzusteigen – mit Partnern allerdings.«

»Wirklich? Wow.«

»Ich weiß allerdings nicht mehr, warum es dann doch nicht zu dem Geschäft gekommen ist. Er hat sich damals nur vage geäußert.«

»Meine Eltern haben in Alaska einen kleinen Campingplatz gekauft. Sie haben vorher lange darüber geredet und nachgedacht. Ich liebe es, in solchen alten Gebäuden zu arbeiten«, sagte sie, als sie aus dem Aufzug traten. »Die neuen sind natürlich auch ganz in Ordnung, aber Gebäude wie dieses haben einfach immer etwas Besonderes.« Sie schloss auf und schob die Tür auf. »Da sind wir schon«, sagte sie mit weit ausholender Geste, bevor sie sich dem Alarmdisplay zuwandte, um den Code einzugeben.

Die deckenhohe Fensterwand gab einen atemberaubenden Blick auf New York und aufs Chrysler Building frei. Hohe Decken, glänzende Holzböden und das sanfte Schimmern von Antiquitäten beherrschten den Raum.

»Großartig! Wir hätten eigentlich in den ersten Stock fahren müssen – es ist eine Maisonette –, aber ich dachte, der Wow-Effekt hier auf der Hauptebene würde dir gefallen.«

»Ja, das hat was.«

»Ich will nur schnell in der Küche nachsehen. Earl Grey ist entweder dort, oder aber er versteckt sich oben im großen Schlafzimmer.«

Sie ging durch einen Essbereich mit einem langen Mahagonitisch, einem kleinen Gaskamin und einem Vitrinenschrank, der eine hübsche Sammlung bunt zusammengewürfelten Porzellans enthielt. Und auch die Küche passte zum Charakter der Wohnung: die naturbelassene Ziegelmauer, die dunklen, mit Schnitzereien verzierten Walnussschränke, die zahlreichen Kupferakzente ... Auf den schiefergrauen Fliesen stand ein kleines weißes Hundekörbchen, und darin lag der kleinste Hund, den Ash je gesehen hatte – wenn es sich dabei überhaupt um einen Hund handelte.

Er war weiß wie das Körbchen, wie ein Pudel geschoren und trug statt eines Halsbands eine Miniaturfliege – violett mit weißen Tupfen. Und er zitterte wie Espenlaub.

»Hey, Baby!« Lilas Stimme war fröhlich, aber sehr ruhig. »Kannst du dich noch an mich erinnern?« Sie öffnete den Deckel einer hellroten Dose auf der Theke und nahm einen Hundekeks daraus hervor, der höchstens so lang wie Ashs Daumen war. »Willst du ein Plätzchen?« Sie hockte sich vor das Tier hin – und das Zittern ließ nach. Der Schwanz – was noch davon übrig war – wackelte leicht hin und her. Dann hüpfte der Hund, der kein richtiger Hund war, aus seinem winzigen Körbchen, stellte sich auf die Hinterbeine und tanzte.

Ash musste unwillkürlich grinsen, und Lila gab dem Hündchen lachend das Plätzchen.

»Mit einem derart gefährlichen Hund brauchst du dir wirklich keine Sorgen zu machen«, meinte Ash.

»Ich glaube, die Alarmanlage hier reicht für Earl Grey und für mich.« Sie nahm den Hund in die Arme und streichelte ihn. »Willst du ihn auch mal halten?«

»Nein danke. Er ist mir ein bisschen unheimlich. Ich bin mir nicht sicher, ob ein Hund wirklich in eine Hemdtasche passen sollte.«

»Er ist zwar klein, aber er hat Köpfchen!« Sie küsste den Pudel auf die Nasenspitze und setzte ihn wieder ab. »Soll ich dir die Wohnung zeigen, bevor ich auspacke?«

»Ja, gerne.«

»Vor allem, damit du dich umsehen und dir alles merken kannst, falls du hierherkommen solltest, um mich zu retten, was?«

»Machst du dir darüber Gedanken? Wir müssen doch ohnehin deine Koffer nach oben bringen.«

Als sie ihn auf der unteren Ebene herumführte, stellte er sich vor, wie sie ihren Laptop im Esszimmer aufstellte und die Aussicht genoss. Als sie hinaufgehen wollten, griff sie nach einem der Koffer, doch er nahm ihn ihr aus der Hand und trug beide Koffer nach oben.

»Ist das Männersache, oder hat das etwas mit guten Manieren zu tun?«

»Ich bin nun mal ein Mann mit Manieren.«

»Und dies hier ist eine Wohnung mit Aufzug. Er ist zwar klein, aber ausreichend.«

»Was du nicht sagst.«

»Drei Schlafzimmer – alle mit eigenem Bad –, ein Arbeitszimmer für ihn und eins für sie – was allerdings eher einem zweiten Wohnzimmer gleichkommt, in dem ihre Orchideen stehen. Sie sind fabelhaft! Diesen Raum hier benutze ich.«

Sie betraten ein kompakt möbliertes Gästezimmer, das in weichen Blau- und Grautönen gehalten war. Die Möbel waren abgetönt weiß, und nur ein Wandgemälde mit Mohnblumen fügte einen unerwarteten Farbtupfer hinzu.

Lila klopfte sich im Geiste auf die Schulter. Das hier würde für die nächsten acht Tage ihr Zimmer sein. »Es ist zwar der kleinste Raum von allen, aber er hat was Beruhigendes, Friedliches ... Stell die Koffer einfach dorthin, dann können wir die zweite Etage erkunden.«

»Geh du voraus.«

»Hast du dein Handy dabei?«

»Ja.«

»Lass uns den Aufzug benutzen, damit ich mich vergewissern kann, ob alles in Ordnung ist. Er hat zwar einen Notfallknopf, aber es ist immer gut, ein Handy dabeizuhaben.«

Er hätte den Aufzug fast für einen Wandschrank gehalten, so raffiniert verkleidet war er. »Aber nicht annähernd so schön wie deiner«, kommentierte Lila, als sie hinauffuhren.

»Dafür allerdings viel leiser.«

»Das Klopfen bei dir kann ich reparieren, glaube ich.«

»Du reparierst mit deinem komischen Werkzeug auch Aufzüge?«

»Es ist ein Leatherman – ein brillantes Werkzeug! Dein Aufzug wäre der erste, den ich reparieren würde – aber eigentlich mag ich das Klopfen und Quietschen ganz gern. Da weiß ich wenigstens, dass er funktioniert.«

Sie betraten ein Fernsehzimmer, das nach Ashs Einschätzung größer war als die meisten Studio-Appartements in Gänze. Der Raum enthielt eine Projektionsleinwand, sechs bequeme Ledersessel, eine Bar mit Wasseranschluss und eingebautem Weinkühler sowie eine Gästetoilette.

»Sie haben eine gigantische DVD-Sammlung, und ich darf sie benutzen. Aber weißt du, was mir am besten gefällt?«

Sie griff nach einer Fernbedienung. Die dunklen Vorhänge öffneten sich und gaben durch ein Paar hohe Glasschiebetüren den Blick frei auf eine hübsch geklinkerte Terrasse, in deren Mitte sich ein Brunnen erhob, der jetzt allerdings abgestellt war.

»Nichts ist schöner, als in New York eine Terrasse zu haben!«

Sie zog die Türen auf. »Keine Tomaten oder Kräuter, aber ein paar schöne Blumenkübel – und in diesem kleinen Schuppen dort drüben befinden sich die Gartengerätschaften und ein paar zusätzliche Stühle.«

Routiniert prüfte sie mit dem Daumen die Erde in den Töpfen und nickte zufrieden, weil sie überall noch leicht feucht war. »Ein hübscher Ort für Drinks vor oder nach dem Essen. Möchtest du später mit mir zu Abend essen?«

»Mit dir will ich nur Sex.«

Lachend wandte sie sich zu ihm. »Wir bestellen uns etwas.«
»Ich muss noch ein paar Sachen erledigen, aber gegen sieben oder halb acht könnte ich wiederkommen und Essen mitbringen.«
»Das klingt perfekt. Überrasch mich!«

Er fuhr zu Angie, stieg jedoch schon weit vor der Wohnung aus dem Taxi. Zum einen brauchte er ein bisschen frische Luft, aber noch wichtiger war ihm, die Frau abzuhängen, die ihn womöglich beobachtet hatte, die Taxinummer in Erfahrung brachte und dann den Wagen zu Lilas neuer Adresse zurückzuverfolgen vermochte. Vielleicht war er ja mittlerweile paranoid, aber warum sollte er irgendein Risiko eingehen?

Er verbrachte eine anstrengende, unglückliche Stunde mit Angie und ihrer Familie. Von dort ging er zu Fuß nach Hause. Ob sein Radar wohl funktionierte?, fragte er sich. Würde er es bemerken, wenn sie ihn observierte und ihn verfolgte? Natürlich würde er sie wiedererkennen, wenn er sie sähe, davon war er felsenfest überzeugt. Deshalb hoffte er halb – sogar mehr als halb –, dass sie irgendetwas unternehmen würde.

Der Mann mit dem Trenchcoat marschierte leise vor sich hin murmelnd an ihm vorüber, dann eine Frau mit Kinderwagen. Er konnte sich noch gut daran erinnern, wie sie noch vor wenigen Wochen hochschwanger in der Gegend unterwegs gewesen war. Eine große, attraktive Asiatin sah er nicht.

Er machte einen Umweg über eine Buchhandlung, schlenderte an den Regalen entlang, behielt jedoch mit einem Auge stets die Eingangstür im Blick. Er kaufte einen Bildband über Fabergé-Eier und ein Buch über ihre Geschichte und unterhielt sich noch kurz mit dem Angestellten, damit dieser sich auch ja an ihn erinnerte, falls sich irgendjemand nach ihm erkundigen sollte. Er wollte eine Fährte legen. Und er fühlte ein Prickeln im Nacken, als er einen Block von seinem Haus entfernt die Straße überquerte. Er zog sein Handy aus der Tasche, als wollte er einen Anruf annehmen, fummelte mit seiner Einkaufstüte herum, drehte sich zur Seite und blickte sich um.

Aber die Frau war nirgends zu sehen.

Noch ehe er das Telefon wieder in die Tasche stecken konnte, klingelte es. Die Nummer auf dem Display kannte er nicht.

»Ja, Archer?«

»Mr. Archer, mein Name ist Alexi Kerinov.«

Ash verlangsamte sein Tempo. Der Akzent war dezent, aber definitiv osteuropäisch. »Mr. Kerinov ...«

»Ich bin ein Freund von Vincent Tartelli – Vinnie. Ich habe gerade erst erfahren, was passiert ist. Ich hatte versucht, ihn zu erreichen, und bin ... Das ist ja furchtbar!«

»Woher kannten Sie Vinnie?«

»Ich war sowohl sein Kunde als auch ein gelegentlicher Berater. Er hat mich jüngst gebeten, ein paar Dokumente aus dem Russischen zu übersetzen, und er hat mir Ihren Namen und Ihre Nummer gegeben.«

Das ist nicht der Boss der Frau, dachte Ash. Das ist Vinnies Übersetzer. »Er hat erwähnt, dass er sie Ihnen zeigen wollte. Hatten Sie schon Gelegenheit, sie sich anzusehen?«

»Ja, ja. Ich bin zwar noch nicht ganz fertig, aber ich habe bereits herausgefunden ... Ich wollte eigentlich direkt mit Vinnie sprechen, aber als ich versuchte, ihn zu Hause zu erreichen, hat Angie mir erzählt ... Es ist ein schrecklicher Schock.«

»Für uns alle.«

»Er hat immer sehr liebevoll von Ihnen gesprochen. Er sagte, sie wären nur zufällig in den Besitz dieser Dokumente geraten und wollten nun wissen, was drinsteht.«

»Ja. Er hat mir damit einen Gefallen tun wollen.« Und das würde sein ganzes Leben lang auf Ash lasten. »Er hat sie also an Sie weitergeleitet.«

»Ich muss dringend mit Ihnen sprechen. Können wir uns treffen? Ich bin erst morgen wieder in New York – ich bin derzeit in D. C. und habe sie hierhin mitgenommen, aber ich komme morgen zurück. Können wir uns treffen?«

Ash hatte mittlerweile sein Haus erreicht. Er zog seine Schlüssel hervor, entriegelte die zahlreichen Schlösser an seiner Haustür und gab den neuen Sicherheitscode ein. »Ja, kein Problem. Waren Sie schon mal in Vinnies Haus?«

»Ja, häufig.«

»Zufällig auch zum Abendessen?«

»Ja ... warum?«

»Was ist Angies Spezialität?«

»Gebratenes Hühnchen mit Knoblauch und Salbei. Bitte, rufen Sie Angie an. Sie haben Bedenken, das kann ich gut verstehen, aber sie wird Ihnen bestätigen können, wer ich bin.«

»Sie wissen von dem Hühnchen, das reicht mir schon. Wollen Sie mir nicht schon am Telefon kurz umreißen, was Sie herausgefunden haben?«

Ash betrat das Haus, sah sich kurz in der Eingangshalle mit dem neuen Monitor um und schloss die Tür erst wieder, nachdem er sich vergewissert hatte, dass niemand in seiner Abwesenheit eingedrungen war.

»Sie wissen, wer Fabergé war?«

Ash legte das Buch auf einen Tisch. »Ja.«

»Dann kennen Sie auch die Eier der Zaren?«

»Ja, und ich weiß auch, dass acht davon als verschollen gelten. Eines davon ist der Engel mit Wagen.«

»Ah, Sie wissen es schon? Haben Sie irgendeines der Dokumente verstehen können?«

»Nein, diese Dokumente nicht ...« Wie sollte er es ihm begreiflich machen? »Es gab auch ein paar Unterlagen auf Englisch.«

»Dann wissen Sie auch, dass man mithilfe dieser Dokumente das Ei aufspüren kann! Es ist ein enormer Fund! Und das andere ebenso ...«

»Welches andere?«

»Das andere verschollene Ei. In diesen Papieren ist von zwei Eiern die Rede: vom Engel mit Wagen und vom Nécessaire-Ei.«

»Zwei Eier ...«, murmelte Ash. »Wann treffen Sie morgen ein?«

»Ich bin um kurz nach eins da.«

»Erzählen Sie niemandem davon.«

»Vinnie hat mich gebeten, nur mit ihm oder mit Ihnen zu

sprechen – nicht mal mit meiner oder mit seiner Frau. Er war ein Freund, Mr. Archer. Er war ein guter Freund.«

»Verstehe. Ich gebe Ihnen jetzt eine Adresse, wo wir uns morgen treffen sollten. Morgen, gleich nach Ihrer Ankunft.«

Er gab Kerinov Lilas Adresse in Tudor City. Dort sind wir sicher, dachte er; dort wären sie weit genug sowohl von seinem Haus als auch von Vinnies Laden entfernt. »Sie haben meine Nummer. Wenn irgendwas passiert oder wenn Sie ein komisches Gefühl haben – ganz gleich, weswegen –, rufen Sie mich an. Oder die Polizei.«

»Hat diese Sache irgendwas mit Vinnies Tod zu tun?«

»Ich glaube ja.«

»Ich komme morgen direkt zu Ihnen. Wissen Sie, wie viel die Eier wert wären, wenn sie entdeckt würden?«

»Ja, ich habe eine ziemlich klare Vorstellung davon.«

Dann legte Ash auf. Er schnappte sich die beiden Bücher und ging hinauf in sein Arbeitszimmer. Dort begann er, über das zweite Ei zu recherchieren.

16

Lila packte ihre Koffer aus. Wie immer genoss sie das Gefühl des Neuen. Ihre Kunden hatten ihr Vorräte dagelassen, wofür sie dankbar war. Trotzdem würde sie später mit Earl Grey hinausgehen und noch ein paar Dinge einkaufen. Eine Zeit lang spielte sie mit dem kleinen Hund, der begeistert hinter einem kleinen roten Gummiball herrannte. Zuerst ließ sie ihn das Bällchen apportieren, danach musste er es suchen. Als der Hund müde wurde, zog er sich in eines seiner Körbchen zurück, und Lila stellte ihren Laptop auf, schenkte sich ein großes Glas Zitronenwasser ein und machte sich daran, ihren Blog zu aktualisieren, E-Mails zu beantworten und zwei Buchungsanfragen zu bestätigen.

Sie überlegte gerade, ob sie an ihrer Geschichte weiterschreiben sollte, als das Haustelefon klingelte.

»Wohnung Lowenstein?«

»Miss Emerson, hier ist Dwayne aus dem Foyer. Eine Miss Julie Bryant für Sie.«

»Das ist eine Freundin von mir. Schicken Sie sie direkt herauf. Danke, Dwayne!«

»Gern geschehen.«

Lila sah auf die Uhr und runzelte die Stirn. Es war viel zu spät für Julies Mittagspause, aber immer noch zu früh für sie, um Feierabend machen zu können. Andererseits war ihr der Besuch überaus willkommen – sie musste Julie unbedingt von Ash erzählen, von ihr und Ash und von ihrer Nacht nach dem schrecklichen gestrigen Tag.

Sie ging zur Tür, öffnete sie und wartete. Wenn Julie klingelte, würde sie nur den Hund wecken.

Erst als das Ping des Aufzugs ertönte und sie sah, wie die Türen aufglitten, schoss ihr der Gedanke durch den Kopf, dass es vielleicht gar nicht Julie war, sondern die Asiatin, die Julies Namen missbraucht hatte, um sich Zutritt zu dem Gebäude zu verschaffen. Gerade wollte sie die Tür wieder zuschlagen, als Julie aus dem Aufzug trat.

»Ah, du bist es wirklich.«

»Natürlich bin ich es. Ich hab doch gesagt, dass ich es bin.«

»Kopfkino ...« Lila tippte sich an die Schläfe. »Du hast aber heute früh Feierabend gemacht.«

»Ja. Ich brauchte ein bisschen Zeit und Ruhe ...«

»Dann bist du hier genau richtig.« Lila machte eine weit ausholende Geste. »Wundervolle Aussicht, nicht wahr?«

»Ja, wirklich.« Julie ließ ihre Arbeitstasche auf einen Sessel fallen und sah sich staunend um. »Ich war im letzten Jahr auf einer Party hier im Haus, aber die damalige Wohnung war nicht annähernd so atemberaubend wie diese hier – auch wenn sie ziemlich großartig war.«

»Warte, bis du die Terrasse im oberen Stockwerk siehst! Ich könnte den ganzen Sommer hier verbringen. Ah, du hast Wein mitgebracht«, fügte sie hinzu, als Julie mit großer Geste eine Flasche aus ihrer Tasche zog wie ein Magier, der ein Kaninchen aus seinem Hut zauberte. »Es ist also ein Wein-Besuch.«

»Definitiv.«

»Gut, weil ich dir etwas sagen muss, was gut zu Wein passt.«

»Ich dir auch«, erwiderte Julie und folgte Lila zur Bar. »Gestern war so ein verrückter, schrecklicher Tag – und dann ...«

»Ich weiß. Genau das.« Lila entkorkte die Flasche mit einem schicken, an der Theke montierten Korkenzieher. »Es geht doch immer um das ›Und dann‹... Ich hab mit ihm geschlafen«, sagten sie beide gleichzeitig.

Sie starrten einander an.

»Was?«

»Was?«, echote Julie.

»Du redest hoffentlich von Luke – weil ich nämlich mit Ash geschlafen habe. Und ich hätte es unter Garantie bemerkt, wenn auch du mit ihm geschlafen hättest. Du hast mit Luke geschlafen? Schlampe.«

»Schlampe? Das gilt ja wohl eher für dich! Ich war schließlich mal mit Luke verheiratet.«

»Ja, genau, das meine ich. Sex mit dem Ex ...« Lila schnalzte mit der Zunge. »Das tun definitiv nur Schlampen. Aber wie war es? Ich meine, sind viele Erinnerungen hochgekommen?«

»Nein. Na ja, doch, in gewisser Weise. Schließlich kenne ich ihn und fühle mich wohl mit ihm. Aber wir sind beide erwachsener geworden, deshalb war es anders als einfach nur eine Wiederholung. Ich dachte erst, es könnte so eine Art Abschluss werden, den wir ja nie gehabt haben. Damals, als wir uns getrennt haben, waren wir beide nur noch traurig und wütend. So jung und dumm. Rückblickend denke ich, dass wir einfach nur Ehepaar gespielt haben, ohne wirklich zu begreifen, dass wir keinen müden Cent besaßen und kaum die Miete berappen konnten – und seine Eltern drängten ihn die ganze Zeit über, ein Studium aufzunehmen. Wir hatten beide keinen Plan«, fügte sie achselzuckend hinzu. »Wir sind einfach durchgebrannt, haben geheiratet, ohne auch nur einen Gedanken an die Realität zu verschwenden. Und als wir beide merkten, dass es durchaus real war, konnten wir damit nicht umgehen.«

»Ja, die Realität ist hart.«

»Und man muss wirklich mit ihr umgehen können! Aber wir wussten einfach nicht, wie wir unsere Beziehung und alles andere, was wir wollten, unter einen Hut bringen sollten. Damals dachte ich, das wäre seine Schuld gewesen, aber das stimmte gar nicht. Und er glaubte wahrscheinlich, ich wäre schuld gewesen, aber er hat nie irgendetwas in der Art zu mir gesagt. Das war damals schon ein Problem für mich. Er sagte immer nur das, was man hören wollte, und damit machte er mich wahnsinnig. Er hätte mir sagen müssen, was er wirklich dachte, verdammt noch mal.«

»Er wollte, dass du glücklich bist.«

»Ja, und ich wollte, dass er glücklich ist – und am Ende waren wir es beide nicht, und das lag einzig und allein daran, dass wir mit der Realität nicht klarkamen. Unsere kleinen Auseinandersetzungen türmten sich schließlich zu einem riesengroßen Krach auf – bis ich ging. Er hat mich nicht zurückgehalten.«

»Du hättest es dir gewünscht ...«

»Gott, ja, ich wollte, dass er mich aufhält. Aber ich hatte ihn verletzt, und deshalb ließ er mich gehen. Ich habe es immer ...«

»Bedauert«, beendete Lila den Satz für sie. »Die Trennung, nicht Luke. Das hast du mir mal nach zwei Schoko-Martinis erzählt.«

»Schoko-Martinis sollten verboten sein. Ja, es stimmt, ich habe immer bedauert, wie es zu Ende gegangen ist, und vielleicht habe ich mich immer gefragt, was gewesen wäre, wenn wir zusammengeblieben wären. Aber jetzt ...« Sie nahm Lila das angebotene Weinglas aus der Hand. »Jetzt ist schon wieder alles völlig durcheinander und verwirrend.«

»Warum? Warte mit der Antwort. Lass uns erst nach oben gehen. Nimm die Flasche mit, und wir setzen uns raus.«

»Wir können uns gerne nach draußen setzen, aber die Flasche bleibt hier«, erklärte Julie. »Ich muss daheim noch eine Menge Papierkram erledigen, weil ich so früh gegangen bin. Mehr als ein Glas kann ich mir nicht leisten.«

»Na gut.«

Lila führte Julie auf die Terrasse.

»Du hast recht, hier draußen könnte man leben. Ich glaube wirklich, ich muss umziehen«, murmelte Julie. »Ich muss mir eine Wohnung mit Terrasse suchen. Aber zuerst brauche ich eine Gehaltserhöhung. Und zwar eine richtig große ...«

»Warum?«, fragte Lila und setzte sich. »Ich meine nicht die Gehaltserhöhung, sondern die Sache mit Luke. Warum ist sie so verwirrend?«

»Er hat mir einen Muffin gebacken.«

Lila warf Julie einen Seitenblick zu und grinste. »Oh.«

»Ich *weiß!* Es bedeutet etwas. Es heißt nicht nur: ›Hier, ein Muffin‹, sondern er hat ihn *für mich* gebacken. Im Morgengrauen. Wahrscheinlich noch vor Sonnenaufgang. Es hat etwas zu bedeuten.«

»Es bedeutet, dass er noch vor Sonnenaufgang an dich gedacht hat, und er wollte, dass du an ihn denkst, wenn du aufwachst. Das ist wirklich süß.«

»Warum hat er das dann nicht gesagt, als ich ihn danach gefragt habe?«

»Was hat er denn stattdessen gesagt?«

»Dass es nur ein Muffin wäre. Ich bin in seine Bäckerei marschiert, und er stand unten in seiner Backhöhle vor einem riesigen Teigberg. Verdammt, warum ist das eigentlich so sexy? Warum ist es sexy, wenn er in seiner Backhöhle bis zu den Ellbogen in einem riesigen Berg Teig steckt?«

»Weil er grundsätzlich sexy ist – und ein Kerl in einer Höhle ist obendrein sexy. Hinzu kommt noch, dass er mit seinen Händen arbeitet, und das ist eine dreifache Bedrohung.«

»Es ist einfach nicht richtig. Sex, ein Muffin und dann auch noch die Backhöhle. Ich wollte doch einfach nur eine Antwort.«

»Oh.«

»Was soll das heißen, oh? Ich kenne dieses Oh.«

»Dann brauche ich es ja auch nicht weiter auszuführen. Aber okay – er hat dir einen Muffin gebacken, der etwas zu bedeuten hat, da gebe ich dir recht. Und du bist einfach so in seinen Arbeitsbereich hineinspaziert und hast ihn gefragt, was es bedeutet.«

»Ja. Und was ist falsch daran?«

»Vielleicht hättest du einfach den Muffin essen und dich später dafür bedanken sollen.«

»Ich wollte es aber wissen.« Julie ließ sich auf den Stuhl neben Lila fallen.

»Ja, ich weiß. Aber aus seiner Perspektive ... Willst du meine ehrliche Meinung hören?«

»Wahrscheinlich lieber nicht. Nein, definitiv nicht. Aber ich sollte es wohl wissen, also erklär es mir.«

»Er hat etwas Nettes, etwas Fürsorgliches für dich getan – und da er Bäcker ist, passt es doch auch. Er wollte, dass du lächelst und an ihn denkst, weil er beim Backen an dich gedacht hat –

und ich wette, er hat dabei ebenfalls gelächelt. Aber stattdessen machst du dir Gedanken.«

»Ja, ich hab mir Gedanken gemacht – auch wenn eine Stimme in meinem Kopf die ganze Zeit schreit: ›Hör auf, dich so blöd zu benehmen! Hör einfach auf damit!‹« Julie nahm einen Schluck Wein. »Ich wollte doch nur mit ihm flirten ... irgendetwas Leichtes, Erwachsenes. Aber als ich dann diesen verdammten Muffin sah ...«

»Du liebst ihn immer noch.«

»Ja, ich liebe ihn immer noch. Mit Maxim hätte es nie funktioniert – ich wusste es damals schon, wollte es aber nicht wahrhaben, als ich ihn heiratete ... Es hätte auch nicht funktioniert, wenn du nicht mit ihm geschlafen hättest. Blöde Schlampe.«

»Ahnungslose Ehefrau.«

»Luke würde mich nie betrügen. Das wäre einfach nicht seine Art. Und gestern Nacht war es, als wäre ich wieder nach Hause gekommen – alles passte auf einmal zusammen und hatte Sinn und Verstand.«

»Und warum bist du dann unglücklich?«

»Weil ich so nicht sein will, Lila. Ich will nicht die Frau sein, die eine süße Illusion aus der Vergangenheit nicht loslassen kann.« Sie unterstrich jedes ihrer Wörter mit einer Geste. »Mit Sex allein hätte ich umgehen können. Das habe ich ja auch getan.«

»Aber der Muffin hat alles verändert.«

»Ich weiß, das klingt total lächerlich.«

»Nein, tut es nicht.« Lila legte ihre Hand auf die ihrer Freundin. »Absolut nicht.«

»Wahrscheinlich ist es notwendig, dass du mir das sagst. Ich hätte akzeptieren sollen, wie süß und fürsorglich er war – denn genau das war er –, und es darauf beruhen lassen sollen, statt mich andauernd zu fragen, ob mehr dahintersteckte. Zum Teufel, ich wollte ja sogar, dass mehr dahintersteckte! Obwohl es mir gleichzeitig schrecklich Angst macht, dass es tatsächlich so sein könnte.«

»Zweite Versuche machen einem immer mehr Angst als erste, weil du genau weißt, wie viel du riskierst.«

»Stimmt.« Julie schloss die Augen. »Ich wusste, dass du mich verstehen würdest. Ich muss diese Sache in Ordnung bringen, vor allem, da er mit Ash befreundet ist und ich mit dir. Und ich bin heute eine lausige Freundin, weil ich dich gar nicht gefragt habe, wie du dich fühlst ... wegen dir und Ash.«

»Ich fühle mich großartig – aber ich habe auch keinen Muffin bekommen. Ich hab bloß Rührei für uns beide gemacht.«

»Ihr seht toll zusammen aus. Ich habe das vorher nur nicht gesagt, damit du keine Blockade kriegst.«

»Findest du?«, fragte Lila. »Findest du, dass wir wirklich gut zusammen aussehen? Er ist in jeder Hinsicht so wahnsinnig attraktiv ...«

»In jeder Hinsicht?«

»Der Künstler – Jeans, T-Shirt, ein paar Farbflecke hier und da, sein übernächtigtes Gesicht. Und dann der reiche Erbe im Armani-Anzug. Es war doch Armani, oder nicht? Ich kenne mich da nicht so aus.«

»Gestern? Nein, Tom Ford. Definitiv.«

»Du weißt so was immer.«

»Ja. Und ich finde wirklich, dass ihr toll zusammen ausseht. Ihr seid beide irrsinnig attraktiv.«

»So was kann auch nur eine beste Freundin sagen – und vielleicht noch meine Mutter. Aber ich kann wirklich ganz hübsch aussehen, wenn ich ein bisschen Zeit und Mühe investiere.«

»Du hast wundervolle Haare – dick, lang –, großartige Augen, einen sehr sexy Mund und perfekte Haut. Also hör endlich auf ...«

»Du tust meinem Ego so gut! Aber gestern Nacht war auch recht gut für mein Ego. Ich glaube, er hätte den ersten Schritt früher oder später ebenfalls getan – du weißt schon, das merkt man irgendwie.«

»Im Guten wie im Schlechten.«

»Aber ich habe angefangen – oder ich habe zumindest die Tür

aufgemacht. Und er ist hindurchgegangen und ... Es war nicht wie nach Hause zu kommen. Es war, als hätte ich einen neuen Kontinent entdeckt. Aber ...«

»Kommen wir zu den Blockaden.« Julie prostete dem Chrysler Building zu.

»Nein, keine Blockaden – ich erforsche immer noch eine neue Welt. Es macht mir Sorgen, dass er all diese Schuld mit sich herumträgt, Julie. Es ist falsch, dass er sich das alles auflädt. Aber ich weiß mittlerweile – und habe es gestern, als ich seine Familie erlebt habe, mit eigenen Augen sehen können –, dass er das geheime Familienoberhaupt ist. Sein Vater ist lediglich der Repräsentant. Ash hingegen ist der Macher.«

»Luke hat mir erzählt, dass das schon seit Jahren so ist. Der Vater leitet die Geschäfte, aber Ash kümmert sich um die Familie. Luke sagt, das Familienmotto müsse eigentlich lauten: ›Ashton kümmert sich darum.‹«

Lila schnaubte und nahm einen Schluck Wein. »Und das ist ein *Problem*, keine Blockade«, sagte sie. »Für meinen Geschmack kümmert er sich ein bisschen zu viel – er ist einfach so gestrickt. Er beschließt einfach, dass ich bei ihm übernachte, weil Luke bei dir übernachtet – das war ja auch gut so. Aber statt mit mir darüber zu reden, lässt er einfach mein Gepäck abholen.«

»Und wie sieht er das alles?«

»Blödsinn. Du erntest, was du säst.« Sie reckte das Kinn nach vorn und tippte leicht mit dem Finger dagegen. »Okay, du hast recht.«

»Er kümmert sich um die Details, und, ja, er kümmert sich um dich. Es ist doch nicht verkehrt, jemanden zu haben, der sich um einen kümmert? Solange dieser Jemand begreift, wo die Grenzen sind, und du bereit bist, deine eigenen Grenzen ein wenig zu korrigieren.«

»Vielleicht. Weißt du, er malt mich jetzt, obwohl ich das eigentlich gar nicht wollte – und auf einmal will ich es doch. Also frage ich mich: Will ich wirklich, dass er mich malt, oder habe ich mich nur irgendwie dazu überreden lassen? Ich bin mir nicht sicher. Allerdings bin ich mir sehr, sehr sicher, dass ich mit ihm zusammen sein will. Ich will diese ganze vermaledeite Fabergé-Sache mit ihm gemeinsam durchstehen, und ich will noch einmal mit ihm schlafen. Das steht für mich unverrückbar fest.«

Julie beugte sich vor und legte ihre Hände auf Lilas Wangen. »Sieh dir dieses Gesicht an. Du bist glücklich.«

»Ja, das bin ich. Es sagt mir was – ich bin mir zwar nicht sicher, was –, dass ich glücklich sein kann, obwohl um mich herum all diese schrecklichen Dinge passieren. Drei Menschen sind umgebracht worden, und zwei davon haben Ash sehr viel bedeutet. Er ist unversehens in den Besitz eines unglaublich wertvollen Fabergé-Eis gelangt, das als verschollen galt. Dann ist da diese fast schon bizarr schöne Asiatin, die das Ei unbedingt haben will und dafür drei Menschen getötet oder zumindest dabei assistiert hat. Sie weiß, wer ich bin, und sie hat dein Parfüm ...«

»Ich glaube, sie hat diesen Duft für mich für alle Zeiten ruiniert. Ich weiß, dass du Ash helfen willst – das wollen wir alle. Aber sosehr ich ihn mag: Du bist meine beste Freundin. Und du musst vorsichtig sein.«

»Ja, das bin ich auch. Diese Frau hält zwar garantiert nach uns und nach dem Ei Ausschau. Aber die Polizei hat uns ebenfalls im Blick. Außerdem – überleg doch mal: Oliver und seine Freundin zu töten hat ihr nichts gebracht. Warum sollte sie den gleichen Fehler zweimal machen?«

»Ich weiß nicht ... Vielleicht ist sie einfach eine Killerin. Eine Irre. Du darfst nicht zu rational an die Sache herangehen.«

Nachdenklich nickte Lila. Julie hatte recht. »Dann werde ich mich eben von nun an ein bisschen klüger verhalten. Ich bin ohnehin klüger als sie ... Nein, du brauchst gar nicht die Augen zu verdrehen! Ich glaube das wirklich. Es war nicht sonderlich klug von ihr, Dinge aus deiner Wohnung mitgehen zu lassen. Wenn sie nichts mitgenommen hätte, hätten wir nie gewusst, dass sie überhaupt dort gewesen ist! Und es war alles andere als klug, ausgerechnet dein Parfüm aufzulegen, als sie in Ashs Haus eingebrochen ist – obwohl es natürlich auch eine Rolle spielt, dass wir so kurz nach dem Einbruch dort angekommen sind und der Duft noch in der Luft hing. Es war nicht klug, diesen Verbrecher mit Vinnie allein zu lassen. Er hatte ja bereits bei Olivers Freundin seinen Mangel an Selbstbeherrschung demonstriert. All das wirkt auf mich eher arrogant und impulsiv, Julie, aber nicht klug. Klug werde ich sein.«

»Mir wäre es lieber, du würdest auf deine Sicherheit achten.«

»Ich sitze im obersten Stockwerk eines Hochsicherheitsgebäudes, und nur eine Handvoll Leute weiß, dass ich überhaupt hier bin. Ich würde sagen, ich bin hier sicher.«

»Dann bleib das auch. Und jetzt sollte ich nach Hause gehen und meinen Papierkram erledigen.«

»Und dir überlegen, wie du mit Luke wieder ins Reine kommst.«

»Das auch ...«

»Ich komme mit dir nach draußen. Ich muss ohnehin mit dem Hund spazieren gehen und ein bisschen was zu essen einkaufen.«

»Was denn für ein Hund? Ich hab keinen Hund gesehen.«

»Er ist wirklich leicht zu übersehen. Du weißt, dass du mit deinem Papierkram auch hierherkommen kannst, wenn du nicht allein sein willst«, sagte sie, als sie nebeneinander her zum Aufzug gingen. »Die Wohnung ist groß genug.«

»Ich brauche ein bisschen Zeit zum Grübeln, und sicher kommt doch auch Ash heute Abend vorbei.«

»Ja, und er will Essen mitbringen. Aber wie gesagt, es ist eine große Wohnung. Und du bist schließlich meine beste Freundin.«

Julie nahm sie kurz in die Arme, als sie aus dem Aufzug traten. »Ich komme später in der Woche sicher auf dein Angebot zurück. Aber für heute Abend ist Arbeit und Grübeln angesagt.«

Sie stellte ihr leeres Glas auf die Küchentheke und nahm ihre Arbeitstasche, während Lila sich eine schmale blaue, mit Strass besetzte Hundeleine schnappte.

»Oh!«, sagte Julie, als ihre Freundin Earl Grey aus dem Körbchen hob. »Der ist ja winzig. Und so süß!«

»Ja, und wirklich lieb! Hier.«

Sie reichte das kleine weiße Fellbündel an Julie weiter, die es gurrend und mit Kusslauten in Empfang nahm, während Lila nach ihrer Tasche griff.

»Oh, ich will auch so einen! Ich könnte ihn bestimmt mit zur Arbeit nehmen. Er würde unsere Kundschaft so verzaubern, dass sie gleich noch mehr kaufen würde, als sie ursprünglich vorhatte.«

»Du denkst immer nur an deinen Job.«

»Wie soll ich denn sonst die dicke Gehaltserhöhung bekommen, mit der ich meine Terrassenwohnung und den winzigen Hund finanzieren kann, den ich in einer Tasche mit mir herumtragen werde? Ich bin jedenfalls froh, dass ich vorbeigekommen bin«, fügte sie hinzu, als sie hinaus auf die Straße traten. »Ich war frustriert und gestresst, und jetzt habe ich das Gefühl, als würde ich von einem Yogakurs kommen.«

»Namaste!«

Auf dem Bürgersteig verabschiedeten sie sich voneinander. Julie sprang in ein Taxi, das Dwayne, der Portier, für sie herangewinkt hatte. Auf der Fahrt in Richtung Downtown überprüfte sie ihre E-Mails. Nichts von Luke – aber warum sollte er sich auch melden? Sie würde darüber nachdenken müssen, wie sie am besten mit ihm umgehen sollte, aber im Moment musste sie sich erst mal um die zahlreichen beruflichen Nachrichten kümmern.

Sie antwortete ihrer Assistentin, rief einen ihrer persönlichen Kunden an, um über ein Gemälde zu sprechen, und beschloss nach einem Blick auf die Uhr, den Künstler, der sich gerade in Rom aufhielt, ebenfalls jetzt gleich anzurufen. Wenn ein Kunde ihr etwas abkaufen wollte, war es ihr Job, den besten Deal für alle Beteiligten auszuhandeln.

Sie beruhigte den launischen Künstler, umschmeichelte ihn ein wenig und appellierte an seine Sachlichkeit. Dann riet sie ihm, feiern zu gehen, weil sie davon überzeugt war, den Kunden zum Erwerb des zweiten Bildes, an dem er Interesse gezeigt hatte, bewegen zu können.

»Geh Farbe kaufen«, murmelte sie, als sie das Gespräch beendet hatte und die nächste Nummer eintippte. »Und etwas zu essen. Ich bin dabei, dich reich zu machen ... Mr. Barnseller! Ich bin's, Julie. Ich glaube, ich kann Ihnen ein sehr gutes Angebot unterbreiten.« Sie gab dem Taxifahrer ein Handzeichen, wies zum Bürgersteig und zückte ihr Portemonnaie. »Ja, ich habe soeben mit Roderick persönlich gesprochen. Er hat eine wirklich starke persönliche Bindung zu *Counter Service*. Habe ich Ihnen erzählt, dass er in diesem Diner gearbeitet hat, um die Kunstschule bezahlen zu können? Ja, genau. Aber ich habe ihm Ihre Reaktion geschildert – und die zu dem dazugehörigen Werk, *Order Up*. Jedes für sich genommen ist natürlich wundervoll, aber als Set haben sie einfach einen ganz eigenen Reiz.« Sie zahlte das Taxi und stieg aus. »Da er die beiden Bilder nur ungern auseinanderreißen möchte, habe ich ihn dazu überredet, uns einen Preis für beide zu nennen. Mir persönlich würde es wirklich in der Seele wehtun, wenn Ihnen irgendjemand *Order Up* vor der Nase wegschnappte, zumal ich der festen Überzeugung bin, dass Rodericks Werke im Wert rapide steigen werden.«

Sie ließ ihm Zeit, Bedenken anzumelden und mit sich zu hadern, aber sie konnte ihm anhören, dass der Deal bereits unter Dach und Fach war. Der Kunde wollte diese Bilder – sie musste ihm nur noch das Gefühl geben, ein gutes Geschäft gemacht zu haben.

»Ich will ehrlich sein, Mr. Barnseller. Roderick möchte so ungern nur eines der beiden Bilder verkaufen, dass er uns mit dem Preis für das Bild alleine nicht entgegenkommen wird. Aber ich konnte ihn jetzt schon dazu überreden, beide für zweihunderttausend herzugeben, und ich ahne, dass ich ihn womöglich sogar noch auf einhundertfünfundachtzig herunterhandeln könnte – und wenn ich dafür unsere Kommission geringer halten müsste, um Sie beide glücklich zu machen.«

Sie schwieg einen Moment, dann machte sie einen kleinen Freudensprung auf dem Bürgersteig. Ihre Stimme blieb jedoch kühl und professionell.

»Sie haben einen wundervollen Geschmack und ein ganz außergewöhnliches Auge für Kunst. Ich versichere Ihnen, Sie werden sich jedes Mal wieder daran erfreuen, wenn Sie die Bilder vor sich sehen. Ich sage in der Galerie Bescheid, damit sie sie als verkauft markieren. Wir schicken sie Ihnen dann zu. Ja, natürlich können Sie das mit meiner Assistentin am Telefon besprechen. Sie können aber auch morgen vorbeikommen. Ich freue mich sehr, Sie wiederzusehen. Herzlichen Glückwunsch, Mr. Barnseller. Sehr gerne. Es gibt nichts, was ich lieber tue, als das richtige Kunstwerk mit der richtigen Person zusammenzubringen.«

Sie vollführte ein weiteres kleines Freudentänzchen, dann rief sie den Künstler wieder an.

»Stellen Sie den Champagner kalt, Roderick. Sie haben gerade zwei Bilder verkauft. Wir haben hundertfünfundachtzig bekommen. Ja, ich weiß, dass ich Ihnen gesagt habe, ich würde mit hundertfünfundsiebzig rechnen. So tief brauchte ich aber gar nicht zu gehen. Er liebt Ihre Bilder, und das können Sie genauso feiern wie Ihre vierzig Prozent. Na los, erzählen Sie es Georgie, feiern Sie und fangen Sie morgen mit einem neuen fabelhaften Bild an, um die beiden verkauften zu ersetzen. Ja, ich vergöttere Sie auch. *Ciao!*«

Grinsend schickte sie ihrer Assistentin eine SMS mit Anweisungen, während sie geschickt den anderen Fußgängern auf dem Bürgersteig auswich. Den Blick immer noch auf ihr Handy gerichtet, wandte sie sich der Eingangstreppe ihres Hauses zu – und wäre beinahe über Luke gestolpert.

Er hatte bereits fast eine Stunde lang auf den Stufen zum Eingang gesessen und gewartet. Und er hatte sie beobachtet, seit sie aus dem Taxi gestiegen war – das Telefonat, die kurze Pause und den Freudensprung, das breite, glückliche Grinsen.

Und jetzt ihre Überraschung.

»Ich war bei dir in der Galerie. Sie haben gesagt, du wärst früh nach Hause gegangen, deshalb habe ich mir gedacht, ich warte hier auf dich.«

»Oh, ich war noch uptown bei Lila.«

»Und hast auf dem letzten Stück deines Heimwegs eine gute Nachricht bekommen ...«

»Ich habe soeben zwei Bilder verkauft. Ein gutes Geschäft für den Künstler, für die Galerie und für den Kunden. Es ist schön, wenn man für alle drei Seiten etwas tun kann.« Sie zögerte kurz, dann setzte sie sich neben ihn auf die Treppe und beobachtete mit ihm zusammen, wie New York an ihnen vorbeirauschte.

Gott, dachte sie, wie konnte eine zweimal verheiratete, zweimal geschiedene Stadtbewohnerin sich nur so fühlen, als wäre sie wieder achtzehn und säße auf der Treppe ihrer Eltern in Bloomfield, New Jersey, neben ihrer Sandkastenliebe? Bis über beide Ohren verknallt.

»Was tun wir hier, Luke?«

»Ich habe mir eine Antwort auf deine Frage von heute früh zurechtgelegt.«

»Oh, das ... Dazu wollte ich dich sowieso anrufen. Es war albern von mir. Ich weiß auch nicht, was in mich gefahren ist, und ich bin ...«

»Ich habe dich vom ersten Tag an geliebt – vom ersten Tag an der Highschool, vom ersten Tag in Mrs. Gottliebs tödlichem Geschichtsunterricht.«

Ja, der Unterricht war wirklich tödlich langweilig gewesen, dachte Julie, aber sie presste die Lippen zusammen, damit kein Wort, keine Emotionen oder gar Tränen daraus hervordrangen.

»Und das ist mittlerweile ungefähr mein halbes Leben lang. Vielleicht waren wir damals zu jung und haben es deshalb vermasselt.«

»Ja, wir waren zu jung.« Jetzt traten ihr doch die Tränen in die Augen, und sie ließ ihnen freien Lauf. »Wir haben es vermasselt.«

»Aber ich bin nie über dich hinweggekommen. Ich bin zwischen damals und jetzt ganz gut klargekommen – verdammt gut. Trotzdem bist es immer noch du. Und du wirst es immer sein.« Er sah sie an. »Das wollte ich nur loswerden.«

Julie spürte, wie sich ihr die Kehle zusammenzog. Die Tränen, die ihr über die Wangen liefen, waren warm und süß. Ihre Hände zitterten ein wenig, als sie sein Gesicht berührte.

»Du warst es, an jenem ersten Tag. Und du bist es immer noch. Du wirst es immer sein.«

Und während New York an ihnen vorbeirauschte, küssten sie sich. Julie dachte an die Hortensien ihrer Mutter, an die großen blauen Blütenbälle neben der Treppe, auf der sie vor so langer Zeit im Sommer gesessen hatten.

Manches blühte eben doch wieder auf.

»Lass uns reingehen.«

Er lehnte seine Stirn an ihre und atmete tief durch. »Ja. Lass uns reingehen.«

Lila sah Kerzen und Wein vor sich, hübsche Teller und Gläser auf der Terrasse. Mit den richtigen Accessoires konnte selbst ein Take-away-Abendessen romantisch und schön sein. Aber das Beste daran war ohnehin New York an einem Sommerabend.

Dann fing es an zu regnen, und sie musste ihre Pläne über den Haufen werfen. Ein gemütliches Essen vor den regengepeitschten Fenstern. Immer noch romantisch, zumal es jetzt auch noch zu donnern begann.

Sie nahm sich Zeit, um sich zurechtzumachen, bürstete ihr Haar und steckte es locker zusammen, schminkte sich so, dass man es kaum sah. Eine schmale schwarze Hose, ein durchscheinendes, kupferfarbenes Top, das ihrer Meinung nach die goldenen Sprenkel in ihren Augen zum Leuchten brachte, über einem Spitzenhemdchen.

Kurz ging ihr durch den Kopf, dass sie ihre Garderobe würde aufpeppen müssen, sofern Ash und sie zusammenblieben – und dann ging ihr nur mehr durch den Kopf, dass er zu spät dran war. Sie zündete die Kerzen an, legte Musik auf und schenkte sich ein Glas Wein ein.

Um acht wollte sie schon bei ihm zu Hause anrufen, als das Haustelefon klingelte.

»Miss Emerson, hier ist Dwayne aus der Lobby. In der Halle ist ein Mr. Archer für Sie.«

»Oh, Sie können ... Würden Sie ihn bitte kurz an den Apparat holen, Dwayne?«

»Lila!«

»Ich wollte mich nur vergewissern. Gib Dwayne das Telefon zurück. Ich sag ihm, er soll dich hochschicken.«

Siehst du, dachte sie, als Ash auf dem Weg war. Ich bin vorsichtig. Klug. Sicher.

Als sie die Tür öffnete, stand Ash mit tropfnassem Haar und einer Take-away-Tüte in der Hand vor ihr. »Dein Lächeln funktioniert wohl nicht als Regenschirm. Komm rein, ich hole dir ein Handtuch.«

»Ich habe Steak mitgebracht.«

Sie steckte den Kopf aus dem Badezimmer. »Steak vom Takeaway?«

»Ich kenne da ein Lokal ... und ich hatte Heißhunger auf Steak. Ich hab bei deinem auf medium getippt – wenn du lieber blutig willst, kannst du meins haben.«

»Nein, medium ist wunderbar.« Sie kam mit einem Handtuch zurück und nahm dafür die Tüte entgegen. »Der Wein ist schon offen. Bier hätte ich auch gekauft, wenn dir das lieber wäre ...«

»Ein Bier wäre jetzt perfekt.« Er rubbelte sich die Haare trocken und schlenderte hinter ihr her. Im Esszimmer blieb er abrupt stehen. »Du hast dir aber Mühe gemacht!«

»Hübsches Geschirr und Kerzen machen einem Mädchen doch keine Mühe.«

»Und du siehst toll aus. Das hätte ich dir eben schon sagen sollen – und ich hätte Blumen mitbringen müssen.«

»Du sagst es mir ja jetzt, und du hast Steaks mitgebracht.«

Sie reichte ihm ein Bier, aber er stellte es beiseite und nahm sie erst mal in den Arm. Das war es, dachte sie – das Summen, das Rauschen im Blut, unterstrichen von dumpfem Donnergrollen.

Er legte seine Hände auf ihre Arme und hielt sie ein wenig von sich weg. »Es gibt noch ein zweites Ei.«

»Was?« Sie riss die Augen auf. »Es gibt zwei?«

»Der Übersetzer, den Vinnie beauftragt hatte, hat mich angerufen. Er sagt, in den Dokumenten wird ein weiteres Ei beschrieben, das sogenannte Nécessaire, und er hat Hinweise gefunden, mithilfe derer man es finden kann.« Er zog sie wieder an sich und küsste sie noch einmal. »Damit haben wir nur noch mehr in der Hand. Ich habe heute stundenlang recherchiert. Er kommt morgen zurück nach New York, und ich treffe mich hier mit ihm. Wir werden das zweite Ei finden.«

»Warte ... Das muss ich erst mal verdauen.« Sie presste sich die Fingerkuppen an die Schläfen. »Wusste Oliver davon? Und weiß es die Asiatin?«

»Keine Ahnung ... aber ich denke nicht. Warum sollte Oliver das zweite Ei nicht auch angeboten haben? Er hätte es doch ebenfalls aufspüren oder zumindest anhand der Dokumente mit verhandeln können. Aber ich weiß es ehrlich gesagt nicht.« Ash griff nach der Bierflasche. »Ich kann lediglich versuchen, Olivers Gedanken nachzuvollziehen. Er hätte bestimmt versucht, es zu finden. Er hätte nicht widerstehen können ... Zum Teufel, ich kann ja selbst nicht widerstehen – und ich bin nicht annähernd so impulsiv wie er! Ich hätte dich fragen sollen, bevor ich Kerinov hierherbestellt habe ...«

»Ist Kerinov der Übersetzer?«

»Ja. Ich hätte dich fragen sollen. Es kam mir sicherer und effizienter vor, wenn er direkt vom Bahnhof hierherkommt.«

»Das ist schon in Ordnung. Aber mir dreht sich der Kopf. Ein zweites Zaren-Ei?«

»Ja. Ich würde gern mit der Frau reden, von der Oliver das erste Ei erstanden hat. Er muss die Dokumente von ihr bekommen haben. Womöglich hat sie nicht gewusst, was da in ihrem Besitz war, aber vielleicht kann sie uns trotzdem etwas dazu sagen. Ihre Haushälterin meinte, sie wäre im Moment nicht in der Stadt, und ich habe nicht aus ihr herausbekommen, wo sie sich aufhält. Aber ich habe meinen Namen und meine Telefonnummer hinterlassen.«

»Eines war schon unglaublich – aber zwei?« Lila ließ sich auf die Armlehne des Sessels sinken. »Wie sieht es denn aus? Das zweite Ei?«

»Es wurde als Etui entworfen – eine kleine, dekorative Schachtel für Toilettenartikel. Es ist mit Diamanten, Rubinen, Saphiren und Smaragden verziert – jedenfalls meiner Recherche zufolge. Die Überraschung ist wahrscheinlich ein Maniküreset, aber soweit bekannt ist, gibt es keine Bilder davon. Es wurde 1917 im Gatschina-Palast beschlagnahmt, an den Kreml geschickt und dann 1922 an den Sownarkom weitergeleitet.«

»Was soll das sein?«

»Lenins Rat der Volkskommissare – der bolschewistische Ministerrat. Ab diesem Zeitpunkt gibt es keine Aufzeichnungen mehr.«

»Ein Maniküreset«, murmelte Lila, »das Millionen wert ist. Wären es wieder Millionen?«

»Ja, wahrscheinlich.«

»Das hört sich alles so irreal an! Bist du dir sicher, dass du diesem Kerinov trauen kannst?«

»Vinnie hat es getan.«

»Okay.« Sie stand auf und nickte. »Wir sollten die Steaks wahrscheinlich aufwärmen.«

»Ich habe auch Kartoffelspalten und Spargel mitgebracht.«

»Wir stellen die Sachen warm und essen – ich weiß gar nicht mehr, wann ich zuletzt ein Steak auf dem Teller hatte! Und dabei planen wir in aller Ruhe, wie wir weiter vorgehen.« Sie sah zu ihm auf, als er ihr übers Haar strich. »Was ist?«

»Mir ist gerade durch den Kopf gegangen, wie froh ich bin, hier mit dir abendessen zu dürfen. Und ich bin froh, dass ich später mit dir nach oben gehen und dich berühren kann.«

Sie schlang die Arme um ihn. »Was auch immer passiert ...«

»Was auch immer passiert.«

Und das, dachte sie bei sich und genoss den Moment, war alles, was man sich nur wünschen konnte.

17

Lila spähte zu ihrem Handy auf dem Nachttisch hinüber. Wer um alles in der Welt schickte ihr so früh eine SMS? Sie kannte niemanden, der vor sieben Uhr aufstand und noch dazu bereits in der Lage war, eine Nachricht zu schreiben.

Am besten, sie ignorierte es und schlief einfach weiter. Doch nach dreißig Sekunden gab sie auf. Sie war nun mal ein Mädchen. Und welches Mädchen konnte sein Handy ignorieren?

»Guck später nach«, murmelte Ash, als sie sich aufrichtete, um nach ihrem Handy zu greifen.

»Ich bin eine Sklavin der modernen Telekommunikation.« Sie legte den Kopf auf seine Schulter und rief die SMS auf.

»Luke hat auf mich gewartet, als ich gestern nach Hause kam, und hat mir eine Apfeltasche gebacken, ehe er heute früh wieder gegangen ist. Er ist mein Muffin.«

»Oooh.« Und genau das schrieb sie auch zurück.

»Was ist?«

»SMS von Julie. Sie und Luke sind zusammen ...«

»Gut. Es ist besser, wenn jemand bei ihr ist, bis alles ausgestanden ist.«

»Nein – ich meine, ja, aber er ist nicht mehr da, um auf sie aufzupassen.« Lila legte das Handy wieder auf den Nachttisch und kuschelte sich an Ash. »Natürlich passt er auch auf sie auf. Aber ich meine, sie sind wieder zusammen.«

»Das sagtest du schon.« Seine Hand glitt über ihren Rücken und ihren Hintern.

»Zusammen-zusammen.«

»Hmm.« Die Hand glitt ihre Seite wieder hinauf, streifte ihre Brust. Hielt inne. »Was?«

»Sie sind ein Paar – und sag jetzt nicht: ›Was für ein Paar‹! Ein Paar-Paar.«

»Sie haben Sex?«

»Definitiv, aber das ist noch nicht alles. Sie lieben einander immer noch, das hat Julie mir gestern gestanden. Sie brauchte es allerdings gar nicht erst zu sagen, weil ich es ohnehin schon wusste.«

»Du wusstest es?«

»Sie haben es ausgestrahlt. Jeder, der Augen im Kopf hat, konnte es ihnen ansehen.«

»Ich habe doch auch Augen im Kopf.«

»Aber du hast nicht richtig hingesehen. Du warst viel zu sehr mit anderen Dingen beschäftigt. Und ...« Jetzt ließ auch sie ihre Hand über seinen Körper wandern. Sie fand ihn – hart und bereit. »Und zwar hiermit.«

»Ja, das lenkt mich kolossal ab.«

»Das will ich hoffen.« Lächelnd beugte sie sich über ihn und gab ihm einen Kuss.

Sie war so weich – ihre Haut, ihr Haar, ihre Wangen. Mit den Händen und Lippen erkundete er ihren Körper. Sie hatte gestern Abend die Vorhänge nicht ganz zugezogen, und durch den schmalen Spalt drang Sonnenlicht. In diesem träumerischen Licht berührte er sie, weckte ihren Körper, wie sie seinen weckte. In diesem Licht verspürte keiner von ihnen Eile; sie mussten einander nicht antreiben. Sie gaben sich einfach dem langsamen Anstieg hin, schwelgten in ihren Empfindungen, genossen die Berührungen von Haut auf Haut, Zungen und Fingerspitzen, bis sie gemeinsam nach mehr strebten.

Als er in sie eingedrungen war, bewegten sie sich wie zu einem langsamen, schläfrigen Tanz. Sie umfasste sein Gesicht mit den Händen und streichelte es, während sie ihn unverwandt anblickte. Es gab nur sie beide.

Nur dies. Nur sie.

Nur dies, dachte sie und beugte sich ihm entgegen.

Nur ihn, als sie seinen Kopf heranzog und ihn küsste.

Sanft und zärtlich floss die Lust wie Wein durch ihre Körper, bis sie schließlich beide überflossen.

Später ging sie – immer noch verschlafen, aber befriedigt –

nach unten, um Kaffee zu kochen. Earl Grey folgte ihr auf den Fersen. »Lass mich wenigstens noch eine halbe Tasse Kaffee trinken, ja? Dann gehe ich mit dir Gassi.« Doch noch ehe sie das Wort ausgesprochen hatte, merkte sie, dass sie einen Fehler begangen hatte. Der Hund begann zu quietschen und stellte sich auf die Hinterbeine, um einen kleinen Freudentanz aufzuführen. »Okay, okay, mein Fehler. Gib mir eine Minute.«

Sie öffnete den kleinen Wandschrank, in dem sich die Leine, Plastiktüten und das Paar Flipflops befanden, das sie dort zum Gassigehen verstaut hatte.

»Was ist denn hier los?«, fragte Ash, als er in die Küche kam. »Hat er einen Anfall?«

»Nein, er ist einfach nur außer sich vor Vorfreude. Ich habe aus Versehen das Wort G-a-s-s-i ausgesprochen – das Ergebnis siehst du ja. Ich gehe nur schnell mit ihm runter, bevor er vor Aufregung noch einen Herzinfarkt bekommt.« Sie nahm einen Thermokaffeebecher aus dem Küchenschrank und füllte ihn mit schwarzem Kaffee. »Es dauert nicht lange.«

»Ich gehe mit ihm raus.«

»Das ist aber mein Job«, rief sie ihm in Erinnerung und zog eine Haarspange aus der Tasche, um ihre Haare mit einem gekonnten Handgriff zusammenzubinden. »Aber ich habe uns gestern Rührei gemacht.« Sie warf Ash einen Blick zu, während sie den fast schon hysterischen Hund anleinte. »Luke hat Julie gestern einen Muffin gebacken – einfach so. Und heute hat er ihr eine Apfeltasche gemacht.«

»Der Mistkerl will doch nur angeben! Aber kein Problem, ich mache uns Frühstück. Ich kann ganz hervorragend Müsli in Schüsseln verteilen.«

»Was für ein Glück, dass ich gestern erst eine Schachtel Schokocrispies gekauft habe. Oberster Schrank links neben dem Kühlschrank. Bis später!«

»Schokocrispies?«

»Meine geheime Schwäche«, rief sie über die Schulter, während der kleine Hund sie zur Tür zog.

»Schokocrispies«, murmelte er in dem leeren Raum vor sich hin. »Schokocrispies habe ich nicht mehr gegessen, seit ... Ich glaube, ich habe noch nie im Leben Schokocrispies gegessen.«

Er fand die Schachtel, riss sie auf und studierte den Inhalt. Schließlich zuckte er mit den Schultern, griff hinein und probierte ein paar Flocken. Und musste feststellen, dass er sein ganzes Leben lang ein Müslisnob gewesen war.

Er nahm sich eine Tasse Kaffee und stellte zwei Schalen mit Schokocrispies auf den Tisch. Dann fiel ihm wieder ein, welchen Aufwand sie am Vorabend getrieben hatte, und er stand wohl überdies jetzt in Konkurrenz zu Luke. Also stellte er alles auf ein Tablett. Er stöberte einen Notizblock und einen Bleistift auf und schrieb seine Version einer Notiz darauf, bevor er alles auf die Terrasse trug.

Lila stürmte herein, gerade wie sie hinausgestürmt war – nur dass sie Earl Grey inzwischen auf dem Arm trug. »Dieser Hund ist ein echter Krawallbruder! Er wollte auf einen Lhasa Apso losgehen, um mit ihm zu kämpfen oder Sex zu haben – keine Ahnung. Nach diesem Abenteuer sind wir beide halb verhungert, deshalb ... Ich rede mit mir selbst«, stellte sie fest und hielt inne. Dann griff sie nach dem Zettel, der auf der Theke lag, und runzelte die Stirn, doch ihr Stirnrunzeln verwandelte sich augenblicklich in ein strahlendes Lächeln.

Er hatte sie gezeichnet, wie sie am Tisch auf der Terrasse saßen und mit Kaffeetassen anstießen. Selbst Earl Grey hatte er nicht vergessen. Der Hund stand auf den Hinterbeinen und hob die Pfötchen. »Er ist wirklich ein Prachtkerl«, murmelte sie, und ihr Herz flog ihm regelrecht entgegen. »Wer hätte gedacht, dass er so hinreißend sein kann? Na, EG, anscheinend frühstücken wir heute auf der Terrasse. Ich hole nur rasch dein Futter.«

Er stand an der hohen Mauer und sah gen Westen, doch als sie mit dem Hund und zwei kleinen Näpfen auf die Terrasse trat, drehte er sich um.

»Was für eine wunderbare Idee!« Sie setzte Earl Grey im Schatten ab und stellte ihm das Futter vor die Nase. Dann füllte sie den winzigen Wassernapf mit Wasser aus dem Schlauch. »Und du hast alles so schön angerichtet – du mit deinem Künstlerblick!«

Er hatte den Tisch mit blauen Müslischalen, einer Schale Erdbeeren, Saftgläsern, einer weißen Kaffeekanne mit dazu passender Zuckerdose und Milchkännchen und blau-weiß gestreiften Servietten eingedeckt. In einer kleinen Kugelvase stand ein Strauß Löwenmäulchen, die er anscheinend aus einem der Blumenkübel stibitzt hatte. »Es ist zwar keine Apfeltasche, aber ...« Sie trat auf ihn zu und gab ihm einen Kuss. »Ich bin ganz verrückt nach Schokocrispies.«

»So weit würde ich nicht gehen, aber sie sind wirklich gar nicht übel.«

Sie zog ihn zum Tisch und setzte sich hin. »Mir hat vor allem die Zeichnung gefallen. Nächstes Mal muss ich unbedingt daran denken, mir die Haare zu kämmen, bevor ich mit dem Hund rausgehe.«

»Ich mag sie lieber zerzaust.«

»Männer lieben das offensichtlich. Milch?«

Er beäugte den Inhalt seiner Müslischale. »Was passiert mit dem Zeug, wenn du Milch dazugibst?«

»Reinste Magie«, verkündete sie und goss Milch in beide Schalen. »Gott, heute ist ein wunderbarer Tag! Der Regen hat alles weggewaschen – einschließlich der Schwüle. Was machst du heute Vormittag?«

»Ich wollte eigentlich noch ein bisschen recherchieren, aber das kommt mir jetzt wie Zeitverschwendung vor. Ich kann auch einfach abwarten, was Kerinov zu sagen hat. Vielleicht arbeite ich ein bisschen hier und mache ein paar Zeichnungen ... New York aus der Vogelperspektive. Und ich sollte ein paar Leute anrufen. Schmeckt wirklich gar nicht schlecht«, fügte er hinzu und nahm einen weiteren Löffel voll Schokocrispies. »Sieht zwar schlimm aus, aber wenn du nicht hinguckst, ist es echt okay.«

»Ich will auch versuchen zu arbeiten. Wenn dieser Mann kommt, dann werden wir ja sehen. Aber könnte es nicht auch sein, dass die Mörder das andere Ei bereits haben? Das Nécessaire?«

»Möglich.« Daran hatte er noch gar nicht gedacht. »Aber dann haben sie es nicht von Oliver, denn der hatte die dazugehörigen Dokumente. Ich habe mittlerweile all seine Unterlagen gründlich durchgesehen. Wenn sie es wirklich in ihren Besitz gebracht haben sollten, dann wollen sie jetzt das zweite Ei. Aber wie ich Oliver kannte, wollte er vielmehr das ganz große Geld mit dem einen Ei machen, um mit einem Teil der Summe nach dem anderen zu suchen und damit noch mehr Gewinn erzielen zu können. Immer größer und noch größer – das war Olivers Motto.«

»Okay, dann gehen wir mal davon aus. Wahrscheinlich ist es nicht mehr in Russland. Wenn es in Russland geblieben wäre, dann wäre es doch längst wieder aufgetaucht, oder nicht? Es wurde höchstwahrscheinlich aus dem Land geschmuggelt und unter der Hand verkauft. Die Wahrscheinlichkeit, dass es sich bereits bei derselben Person befand, mit der dein Bruder zu tun hatte, ist allerdings äußerst gering. Es ist schwer zu glauben, dass jemand gleich zwei Eier besessen haben könnte – und dass Oliver sie einfach so gekauft hätte.« Lila knabberte an einer Erdbeere. »Russland und eine Einzelperson in New York kommen also nicht infrage. Das wäre schon mal ein Fortschritt.«

»Lass uns auf Kerinov warten.«

»Ja, wir warten. Ich hasse Warten!« Sie stützte ihr Kinn auf die Hand. »Ich wünschte mir, ich könnte Russisch lesen!«

»Ich auch.«

»Französisch kann ich ein bisschen. Ein ganz kleines bisschen. Ich habe an der Highschool nur deshalb Französisch gewählt, weil ich mir vorgestellt habe, ich würde eines Tages nach Paris ziehen und dort in einer hübschen kleinen Wohnung leben.«

Und er konnte sie sich dort nur zu gut vorstellen, stellte er fest. Andererseits konnte er sie sich überall vorstellen. »Und was wolltest du in Paris machen?«

»Tausend Arten lernen, wie man Schals trägt, das perfekte Baguette kaufen und einen brillanten tragischen Roman verfassen.

Ich habe allerdings meine Meinung geändert, als ich festgestellt habe, dass ich in Wirklichkeit Paris nur besuchen wollte. Und warum sollte ich einen brillanten tragischen Roman schreiben, wenn ich selbst gar keinen lesen will?«

»Wie alt warst du, als dir das alles klar geworden ist?«

»Das war in meinem zweiten Jahr am College, als eine vertrocknete, engstirnige Dozentin für englische Literatur uns einen brillanten tragischen Roman nach dem anderen lesen ließ. An manchen konnte ich beim besten Willen nichts Brillantes entdecken. Den letzten Kick hat mir dann gegeben, als ich eine meiner Kurzgeschichten an *Amazing Stories* verkauft habe – wie sich irgendwann herausstellte, ein Vorläufer zu der Serie, die ich jetzt gerade schreibe. Ich war wahnsinnig aufgeregt.«

»Da musst du neunzehn oder zwanzig gewesen sein, oder?« Er nahm sich vor, die Geschichte aufzustöbern und zu lesen – vielleicht konnte er so ein wenig ergründen, was für eine Person sie damals gewesen war. »Das ist aber auch aufregend.«

»Genau. Selbst für meinen Vater war es aufregend.«

»Wieso?«

»Ich sollte es nicht so abtun ...« Sie nahm noch einen Löffel voll Müsli. »Seiner Meinung nach war das Schreiben nur ein nettes Hobby. Er hatte wohl erwartet, ich würde eines Tages Lehrerin werden. Jedenfalls erfuhr meine Englischdozentin irgendwann davon und posaunte es prompt im Unterricht aus – und meinte überdies, es wäre hundsmiserabler Mist für die breiten Massen, und jeder, der so etwas lesen oder schreiben würde, hätte in ihrem Unterricht und überhaupt am College nichts verloren.«

»Na, das war ja ein Drache! Wahrscheinlich war sie bloß eifersüchtig.«

»Ja, ein Drache war sie, aber sie meinte es ernst. Alles, was in den letzten hundert Jahren geschrieben worden war, war ihrer Ansicht nach Unrat. Trotzdem nahm ich mir das, was sie gesagt hatte, sehr zu Herzen. Ich schmiss den Kurs und verließ das College. Meine Eltern waren empört. Deshalb ...«

Erneut wollte sie mit den Schultern zucken, aber er legte seine Hand über ihre. »Du hast es ihnen allen gezeigt.«

»Ich weiß nicht ... Wie hast du ...«

»Nein, frag mich jetzt nicht, wie ich meine Collegejahre verbracht habe. Was hast du getan, nachdem du das College abgebrochen hattest?«

»Ich habe ein paar Belletristikschreibkurse belegt und begann zu bloggen. Da mein Vater mir andauernd erzählte, ich sollte zur Armee gehen, wo ich Disziplin und Zielstrebigkeit beigebracht bekäme, kellnerte ich stattdessen, um sein Geld nicht annehmen zu müssen – nachdem ich ja auch so schon keinen seiner Ratschläge annahm. Mittlerweile ist er stolz auf mich. Er denkt immer noch, ich würde eines Tages vielleicht wirklich mal etwas Brillantes, vielleicht sogar Tragisches schreiben, aber er ist inzwischen ganz zufrieden mit dem, was ich tue.«

Er ließ das Thema Väter für den Moment ruhen. Von Vätern, die nicht zufrieden mit der Berufswahl ihrer Kinder waren, konnte er ein Lied singen.

»Ich hab dein Buch gekauft ...«

»Nein!« Erfreut sah sie ihn an. »Wirklich?«

»Und ich hab es gelesen. Es hat echt Spaß gemacht. Es ist gut geschrieben – und unglaublich bildhaft! Du malst mit Worten.«

»Ein großes Kompliment von jemandem, der tatsächlich Bilder malt. Und dann auch noch einen Roman für Teenager ...«

»Ich bin zwar kein Teenager mehr, aber es hat mich trotzdem gefesselt. Ich kann verstehen, warum Rylee das zweite Buch so sehnsüchtig erwartet. Ich habe es nur nie erwähnt«, fügte er hinzu, »weil ich dachte, du könntest argwöhnen, dass ich es nur gesagt hätte, damit du mit mir schläfst. Aber dazu ist es jetzt ja zu spät.«

»Das ist ... nett. Ich hätte so was in der Art wahrscheinlich wirklich vermutet, und trotzdem hättest du damit punkten können. So allerdings noch mehr. Das hier gefällt mir übrigens sehr«, sagte sie und machte eine weit ausholende Geste. »Uptown, aber immer noch recht normal. Zaren-Eier und skrupellose Sammler kommen einem hier regelrecht vor wie aus einem Roman entsprungen.«

»Kaylee könnte doch eins finden ...«

Lila schüttelte den Kopf. »Nein, kein Fabergé-Ei, aber vielleicht irgendein legendäres, mystisches Ei. Ein Drachen-Ei oder ein magisches Kristall-Ei. Hmm. Das könnte spannend sein. Aber wenn ich will, dass sie überhaupt irgendwas tut, dann sollte ich allmählich zu ihr zurückkehren.«

Ash stand mit ihr zusammen auf. »Ich will heute Abend hierbleiben.«

»Oh. Weil du mit mir schlafen willst oder weil du mich nicht allein lassen willst?«

»Beides.«

»Der erste Grund gefällt mir. Aber du kannst dich nicht einfach so als mein Homesittingpartner aufspielen, Ash.«

Er berührte ihren Arm, als sie begann, das Geschirr auf das Tablett zu stellen. »Belassen wir es erst einmal dabei. Bis heute Abend.«

Ja, kurzfristige Pläne funktionierten besser, fand sie. »In Ordnung.«

»Und morgen solltest du mir zwei Stunden im Atelier schenken. Den Hund kannst du natürlich mitbringen.«

»Ja?«

»Wir könnten zu Lukes Bäckerei spazieren.«

»Bestechung mit Cupcakes – großartig. Also gut. Wir warten ab, wie es heute läuft. Kerinov steht als Erster auf der Liste.«

Er mochte Listen, langfristige Pläne und jeden einzelnen Schritt, den man tun musste, um ans Ziel zu gelangen. Er war gerne hier bei Lila. Aber er begann auch, darüber nachzudenken, wie es wohl sein mochte und was nötig sein würde, um seine Ziele zu erreichen.

Als Lila mit Earl Grey vom Nachmittagsspaziergang wiederkam, sprach der Portier gerade mit einem dünnen, kleinen Mann. Er hatte einen Bauch wie ein Fußball und einen langen grauen Zopf, trug verwaschene Jeans, ein Grateful-Dead-T-Shirt und eine abgenutzte Umhängetasche über der Schulter. Sie hielt ihn für einen Boten und war schon fast mit einem Lächeln für den Portier an den beiden vorbei, als sie ihn mit einem sehr dezenten Akzent sagen hörte: »Alexi Kerinov.«

»Mr. Kerinov?« Sie hatte jemand viel Älteren als diesen Mann erwartet, der vielleicht Mitte fünfzig war. Statt mit getönter Brille hatte sie mit jemandem im Anzug und mit weißen Haaren gerechnet – vielleicht noch ein gepflegtes kleines Bärtchen.

Er warf ihr einen misstrauischen Blick zu. »Ja?«

»Ich bin Lila Emerson, die Freundin von Ashton Archer.«

»Ah, freut mich, Sie kennenzulernen.« Sie gaben einander die Hand. Seine Finger waren weich wie Babyhaut.

»Würde es Ihnen etwas ausmachen, sich auszuweisen?«

»Nein, selbstverständlich nicht.« Er zog seine Brieftasche hervor und zeigte ihr seinen Führerschein. Ein Motorradfahrer, stellte sie fest. Nein, dachte sie, er ist wirklich komplett anders, als ich ihn mir vorgestellt habe.

»Ich nehme Sie mit nach oben. Danke, Dwayne!«

»Gern geschehen, Miss Emerson.«

»Könnte ich vielleicht den Koffer hier stehen lassen?« Kerinov wies auf das Gepäck am Empfangstresen.

»Natürlich«, erwiderte Dwayne. »Ich bewahre ihn für Sie auf.«

»Danke. Ich war in D.C.«, erklärte er Lila, als er ihr zum Aufzug folgte. »Eine kurze Geschäftsreise. Ist das ein Zwergpudel?« Er hielt Earl Grey die Hand hin, um ihn daran schnuppern zu lassen. »Meine Schwiegermutter hat auch so einen. Er heißt Kiwi.«

»Das hier ist Earl Grey.«

»Sehr vornehm.«

»Geht so ... Mögen Sie die?« Grinsend zeigte sie auf sein T-Shirt.

»Das erste Konzert nach meiner Ankunft in Amerika. Es hat mein Leben verändert.«

»Wie lange leben Sie schon hier?«

»Ich war acht, als wir die Sowjetunion verließen.«

»Also noch vor dem Fall der Mauer.«

»Oh ja. Meine Mutter war Tänzerin im Bolschoi-Ballett, mein Vater Geschichtslehrer und ein sehr kluger Mann, der seine politischen Überzeugungen so gründlich für sich behielt, dass nicht einmal seine Kinder davon wussten.«

»Wie sind Sie herausgekommen?«

»Meine Schwester und ich erhielten die Erlaubnis, in London eine Aufführung von *Schwanensee* zu besuchen. Mein Vater hatte Freunde in London, Kontakte. Er und meine Mutter hatten das alles schon Monate zuvor geplant, ohne Tallia oder mir auch nur ein einziges Wort zu sagen. Eines Abends nach der Vorstellung stiegen wir in ein Taxi – um noch zu einem späten Abendessen zu fahren, wie meine Schwester und ich dachten, doch hinter dem Steuer saß kein Taxifahrer. Der Freund meines Vaters fuhr uns – in einem Irrsinnstempo – durch die Straßen von London zur Botschaft, wo man uns Asyl gewährte. Von dort aus flogen wir weiter nach New York. Es war sehr aufregend.«

»Das kann ich mir vorstellen. Aber für Ihre Eltern muss es schrecklich gewesen sein.«

»Ich habe erst sehr viel später verstanden, welche Risiken sie auf sich genommen hatten. Wir führten ein gutes Leben in Moskau, wissen Sie, sogar ein ziemlich privilegiertes.«

»Aber sie wollten die Freiheit.«

»Ja. Mehr für ihre Kinder als für sich selbst. Deshalb machten sie uns dieses Geschenk.«

»Wo sind sie jetzt?«

»Sie leben in Brooklyn. Mein Vater ist mittlerweile im Ruhestand, aber meine Mutter führt noch immer eine kleine Tanzschule.«

»Sie haben alles hinter sich gelassen«, sagte Lila, als sie aus dem Aufzug stiegen. »Um ihren Kindern ein Leben in Amerika zu ermöglichen. Das ist wirklich heldenhaft.«

»Ja, das sehen Sie ganz richtig. Ich bin ihnen eine Menge schuldig ... Jerry Garcia und derlei Dinge. Waren Sie auch mit Vinnie befreundet?«

»Nein, eigentlich nicht. Aber Sie, nicht wahr?« Sie schloss die Wohnungstür auf. »Es tut mir sehr leid.«

»Er war ein guter Mann. Morgen ist seine Beerdigung. Ich hätte nie gedacht ... Wir haben erst vor wenigen Tagen miteinander gesprochen. Als ich die Dokumente las, dachte ich noch: Vinnie wird außer sich sein! Ich konnte es kaum erwarten, es ihm zu erzählen, mich mit ihm zu treffen und zu planen, wie er am besten weiter vorgehen sollte. Und jetzt ...«

»Müssen Sie Ihren Freund beerdigen.« Sie legte die Hand auf seinen Arm und führte ihn hinein.

»Das ist ja wundervoll! Was für eine Aussicht! Das ist George III. ...« Er trat vor ein vergoldetes Schränkchen.

»Wunderschön, perfekt. Circa 1790. Und ich sehe, Sie sammeln Riechfläschchen. Dieses Opalglas ist besonders fein. Und dieses ... Oh, entschuldigen Sie.« Er drehte sich zu ihr um und hob die Hände. »Ich habe mich vor Begeisterung vergessen.«

»Eine Begeisterung, die Sie mit Vinnie teilten.«

»Ja. Wir haben uns bei einer Auktion um eine Bergère kennengelernt – Zitronenholz.«

Sie konnte die Zuneigung und das Bedauern in seiner Stimme hören. »Wer hat die Auktion für sich entschieden?«

»Er. Er war sehr mutig. Sie haben einen exquisiten Geschmack, Miss Emerson, und ein brillantes Auge.«

»Sagen Sie bitte Lila, und eigentlich ist es nicht ...«

In diesem Moment trat Ash aus dem Aufzug. Mit einem alarmierten Blick auf Kerinov trat er zu Lila und zog sie hinter sich.

»Ash, das ist Alexi Kerinov. Ich habe ihn in der Lobby getroffen, als ich mit Earl Grey zurückkam.«

»Sie sind zu früh.«

»Ja, der Zug war überpünktlich, und ich hatte Glück mit dem Taxi. Ich bin direkt hierhergekommen, wie Sie es mir gesagt haben.« Kerinov hob die Hände, als wollte er sich ergeben. »Sie haben nur recht, wenn Sie vorsichtig sind.«

»Er hat mir seinen Führerschein gezeigt, bevor wir hinaufgefahren sind. Sie fahren Motorrad ...«

»Ja, eine Harley, eine V-Rod. Meiner Frau wäre es lieber, ich hätte keine ...« Er lächelte schief, hielt aber den Blick misstrauisch auf Ash gerichtet. »Es gibt ein Bild von Ihnen«, sagte er, »mit Oliver und Ihrer Schwester Giselle zwischen den Fotos von Vinnies Kindern – über dem Intarsientisch im Parterre seines Hauses. Er hat Sie als seinen Sohn angesehen.«

»Ich habe ähnlich für ihn empfunden. Ich danke Ihnen, dass Sie gekommen sind.« Ash gab ihm die Hand.

»Ich bin ein wenig nervös«, gestand Kerinov. »Ich habe kaum geschlafen, seit wir telefoniert haben. Diese Dokumente sind wirklich von Bedeutung. Es wird viel geredet, und es gibt natürlich Gerüchte in meiner Welt – alle möglichen Informationen bezüglich der verschollenen Zaren-Eier. In London, in Prag, in New York ... Aber nichts hat je wirklich dazu geführt, dass eines wiedergefunden worden wäre. Doch in Ihren Unterlagen verbirgt sich eine Art Landkarte, ein Wegweiser. So etwas Konkretes habe ich noch nie in der Hand gehabt.«

»Wollen wir uns nicht setzen?«, fragte Lila. »Möchten Sie einen Tee? Kaffee? Etwas Kaltes?«

»Etwas Kaltes wäre gut.«

»Wir setzen uns ins Esszimmer«, beschloss Ash. »Dort können Sie alles ausbreiten.«

»Können Sie mir sagen, was die Polizei weiß? Über Vinnie und Oliver? Oh, mein aufrichtiges Beileid wegen Ihres Bruders. Ich hatte das Vergnügen, ihn kennenzulernen – in Vinnies Laden. Er war noch so jung«, sagte er mit echtem Bedauern. »Und sehr charmant.«

»Ja, das war er.«

»Die Dokumente haben Oliver gehört, nicht wahr?«

»Ja, sie waren in seinem Besitz.« Ash führte Kerinov zu dem langen Tisch hinüber.

»Und er ist dafür gestorben, genau wie Vinnie. Gestorben, weil sie zu den Eiern führen. Diese Eier sind unzählige Millionen Dollar wert – historisch betrachtet ist ihr Wert nicht einmal zu beziffern. Für einen Sammler wären sie unermesslich kostbar. Es gibt ganz sicher Leute, die dafür töten würden, um sie in ihren Besitz zu bringen. Aber wiederum historisch gesehen klebt Blut an ihnen – das Blut der Zaren.« Kerinov öffnete seine Umhängetasche und zog einen braunen Umschlag daraus hervor. »Das hier sind die Kopien, die Vinnie mir geschickt hat. Sie sollten sie an einem sicheren Ort aufbewahren.«

»Ja, das mache ich.«

»Und hier ist meine Übersetzung.« Er zog zwei weitere Umschläge heraus. »Eine für jedes Ei. Sie sollten ebenfalls sicher aufbewahrt werden. Die Dokumente waren überwiegend in russischer Sprache verfasst, manche aber auch auf Tschechisch. Dafür habe ich ein bisschen länger gebraucht. Darf ich?«, fragte er, bevor er einen der Umschläge öffnete. »Sie sehen hier die Beschreibung – wir kennen sie bereits von der Fabergé-Rechnung und aus der Inventarliste der Beschlagnahme während der Revolution 1917.«

Ash überflog die getippte Beschreibung des Engels mit Wagen. »Dieses Ei hat Alexander III. für seine Frau Maria Feodorowna in Auftrag gegeben. Es kostete damals zweitausenddreihundert Rubel – zu jener Zeit eine fürstliche Summe, die manch einer angesichts der notleidenden Bevölkerung sicherlich als frivol bezeichnen würde. Trotzdem ist dies natürlich nichts im Vergleich zum heutigen Wert. Danke«, sagte er, als Lila ein Tablett mit einem Krug Limonade und hohen Gläsern mit Eiswürfeln brachte. »Limonade ist eins meiner Lieblingsgetränke.«

»Meins auch.«

Er nahm einen großen Schluck. »Meine Kehle ist ganz trocken ... Das alles ist so schrecklich und aufregend zugleich.«

»Wie nach der Ballettaufführung aus der UdSSR zu fliehen.«

»Ja.« Er holte tief Luft. »Ja. Nikolaus, der nach seinem Vater Zar wurde, schickte Millionen von Bauern in den Krieg. Die Landbevölkerung musste eine unvorstellbare Steuerlast stemmen – und die Revolution zeichnete sich bereits am Horizont ab. Die Arbeiter taten sich zusammen, um die Regierung zu stürzen. Die Interimsregierung – und die gesamte Oberschicht – wurde von den Sowjets angegriffen. Im Herbst 1917 fand ein grässliches Blutbad statt, in dessen Folge Lenin die Macht übernahm. Der Schatz der Zaren und all ihre Besitztümer wurden konfisziert und die Zarenfamilie ermordet. Ein paar Gegenstände aus ihrem Schatz wurden verscherbelt – darüber gibt es Dokumente. Lenin brauchte Devisen, und er wollte dem Bürgerkrieg ein Ende setzen. Das alles ist Geschichte, ich weiß – aber der Hintergrund ist wesentlich.«

»Sie haben von Ihrem Vater gelernt, die Geschichte wertzuschätzen.« Lila sah von ihm zu Ash. »Sein Vater war Geschichtslehrer in der UdSSR, ehe sie von dort flohen.«

Es überraschte Ash nicht im Geringsten, dass sie bereits über Kerinovs familiären Hintergrund Bescheid wusste.

»Mein Vater, ja. Die Geschichte unseres Landes kannten wir in- und auswendig – natürlich auch die Geschichte anderer Länder, aber vor allem die unseres Heimatlandes.« Kerinov nahm noch einen Schluck Limonade. »Der Krieg ging also weiter, und Lenins Versuche, einen Friedensvertrag mit Deutschland zu schließen, scheiterten. Er verlor Kiew, und der Feind stand nur mehr wenige Kilometer vor Petrograd, als der Vertrag endlich unterzeichnet wurde.«

»Eine schreckliche Zeit«, murmelte Lila. »Warum lernen wir nur nicht daraus?«

»Mein Vater würde sagen, dass Macht immer nach mehr strebt. Die beiden Kriege – der Vaterländische sowie der Zweite Weltkrieg – haben Russland viel Blut und ein Vermögen gekostet, aber auch der Frieden hatte seinen Preis. Ein paar Stücke aus dem Schatz der Zaren wurden daraufhin in aller Öffentlichkeit verkauft, andere Dinge eher im Verborgenen. Einiges blieb tatsächlich in Russland. Und von den geschätzt fünfzig Zaren-Eiern fanden abgesehen von den acht verschollenen alle ihren Weg in ein Museum oder eine Privatsammlung. Das wissen wir mit Sicherheit«, fügte er hinzu. Dann tippte er mit dem Finger auf den Ausdruck, den er mitgebracht hatte. »Hier steht, dass der Engel mit Wagen 1924 verkauft wurde. Das war nach Lenins Tod und fällt in die Zeit des Gerangels rund um die Troika, kurz bevor Stalin an die Macht kam. Krieg und Politik. Anscheinend hatte eines der Troikamitglieder Zugang zum Zarenvermögen und verkaufte das Ei für zweitausend Rubel an Wladimir Starski. Das ist weit weniger, als es wert war, aber immer noch eine gewaltige Summe für einen Sowjet. Hier steht, dass Starski das Ei mit heim in die Tschechoslowakei nahm – als Geschenk für seine Frau.«

»Und diese Tatsache wurde nur deshalb nicht dokumentiert, weil das Ei ursprünglich gestohlen war?«

Kerinov nickte Lila zu. »Ja. Zur damaligen Zeit galt der Schatz als Eigentum der Sowjets. Trotzdem wurde das Ei nach Prag gebracht und blieb dort, bis es 1938 wieder verkauft wurde. In jenem Jahr marschierten die Nazis in der Tschechoslowakei ein. Hitler wollte das Land und seine Bevölkerung in sein Reich einverleiben und machte Jagd auf die Intellektuellen. Starskis Sohn verkaufte das Ei nach New York, und zwar an einen Amerikaner namens Jonas Martin – für fünftausend US-Dollar.«

»Dieser Starski muss verzweifelt gewesen sein«, dachte Lila laut nach. »Um Hitler zu entkommen und sich selbst und seine Familie zu retten, hat er bestimmt so viele Wertgegenstände verkauft, wie er nur konnte.«

»Das glaube ich auch.« Kerinov schlug demonstrativ mit der Faust auf den Tisch. »Wieder herrschte Krieg, wieder wurde Blut vergossen. Dieser Jonas Martin war nach allem, was ich herausfinden konnte, ein reicher amerikanischer Banker. Fünftausend dürften für ihn nicht allzu viel gewesen sein – und Starskis Sohn hat garantiert gedacht, es wäre bloß ein reich verziertes Souvenir oder so. Jedenfalls hat er den wahren Wert offensichtlich nicht erkannt. So kam es also nach New York, in ein vornehmes Haus am Sutton Place.«

»Wo Oliver es bei der Erbin, Miranda Swanson, entdeckte.«

»Sie ist tatsächlich die Enkelin von Jonas Martin. Das Dokument endet mit dem Verkauf an Martin. Aber ...« Kerinov öffnete den zweiten Umschlag. »Das Nécessaire – ebenfalls inklusive Beschreibung, wie bei dem Engel mit Wagen. Und auch seine Geschichte ist in weiten Teilen die gleiche: Krieg, Revolution, Machtwechsel. 1922 – aus diesem Jahr stammt der letzte offizielle Eintrag – wurde es konfisziert und zur Sownarkom gebracht. Von dort reiste es mit dem ersten Ei – man könnte die beiden als Paar bezeichnen – von Russland in die Tschechoslowakei und weiter nach New York. Von Alexander an Maria zu Lenin zu dem Dieb der Troika und über Starski und seinen Sohn zu Martin.«

»Beide in New York ...« Lila sah zu Ash hinüber. »Das hätten wir wohl nicht angenommen.«

»Beide«, bestätigte Kerinov, »allerdings nur bis zum zwölften Juni 1946, als das Nécessaire einen anderen Weg einschlug. Es ... Entschuldigung!« Er öffnete den Umschlag mit den russischen Dokumenten. »Hier.« Er tippte auf einen Abschnitt. »Das hier ist wieder Russisch – aber es ist nicht korrekt. Die Grammatik stimmt nicht, und ein paar Wörter sind falsch geschrieben. Das hat irgendjemand verfasst, der nicht fließend Russisch konnte, sondern nur – sagen wir – eine Art Arbeitswissen besaß. Das Ei wird darin nicht mit Namen genannt, sondern nur beschrieben als ›eiförmiger Kasten, mit Juwelen besetzt‹ und als ›Damen-Maniküreset aus dreizehn Teilen‹. Gewonnen von Antonio Bastone beim Five-Card-Draw gegen Jonas Martin junior.«

»Das ist ein Pokerspiel«, murmelte Lila.

»Ja, so interpretiere ich es auch. Wie gesagt, es ist nicht ganz fehlerfrei, aber immer noch unmissverständlich. Und es handelt sich um Martin junior.«

»Der Sohn setzt beim Pokern ein vermeintlich wertloses Schmuckstück, vielleicht weil er kein Bargeld mehr hatte oder glaubte, er hätte noch Chancen zu gewinnen.«

Kerinov nickte Ash zu. »Ja, vermutlich. Sehen Sie hier? Wert auf achttausend festgesetzt. ›Pech gehabt, Jonnie‹, steht da. Ich habe den jüngeren Martin im *Who Is Who* gefunden – er war damals zwanzig, hat in Harvard Jura studiert. Über Antonio Bastone habe ich bis jetzt noch nichts herausfinden können.«

»Das klingt wie ein schlechter Scherz«, warf Lila ein, »dass sie das einfach so in das russische Dokument hineingeschrieben haben ... Sie haben sich offenbar nie die Mühe gemacht herauszufinden, was sie in Wahrheit vor sich hatten. Und diesem Jonnie war es offenbar sowieso egal. Er setzt es beim Pokern ein, einfach so – wie wertlosen Plunder.«

»Oliver hätte so etwas auch gemacht«, sagte Ash leise. »Er wäre genauso sorglos damit umgegangen. Irgendwie schließt sich dadurch der Kreis, nicht wahr?«

Lila legte ihre Hand auf die von Ash. »Oliver hatte keine Chance mehr, aus seinen Fehlern zu lernen. Aber wir haben jetzt die Chance, es richtig zu machen.«

»Wir können sie finden«, sagte Kerinov nachdrücklich und beugte sich vor. »Davon bin ich felsenfest überzeugt. Wir müssen einfach die Geschichte genauer überprüfen und die Lücken füllen. Sie sind noch nicht verloren – gerade weil wir sie aufspüren können. Mit Vinnie hätte ich jetzt mit einem Wodka auf diese Suche angestoßen.«

»Und was würden Sie tun, wenn Sie sie fänden?«, fragte Ash.

»Sie gehören in ein Museum. Hier, in der großartigsten Stadt der Welt. Den Russen wäre das vielleicht nicht recht, aber diese Dokumente hier belegen, dass sie wiederholt verkauft worden sind. Sie sind Kunstwerke – historische Kostbarkeiten. Sie sollten der Welt gehören.« Er griff nach seinem Glas, stellte es dann aber abrupt wieder hin. »Sie wollen sie doch nicht etwa behalten? Sie bei sich in die Vitrine stellen? Mr. Archer, Sie sind ein wohlhabender Mann, Sie können es sich leisten, großzügig zu sein. Und Sie sind Künstler – Sie müssen doch verstehen, dass Kunst der Öffentlichkeit zugänglich gemacht werden muss!«

»Mich brauchen Sie nicht zu überzeugen. Ich wollte nur wissen, wo Sie stehen. Lila?«

»Ganz meine Meinung.«

»Okay. Oliver hat diese Dokumente und den Engel mit Wagen erworben.«

»Entschuldigung – ›und‹? Sie meinen ›für‹, oder etwa nicht?«

»Und«, wiederholte Ash. »Er hat die Dokumente *und* das Ei erworben.«

Kerinov sank auf seinen Stuhl zurück. Sein Gesicht wurde leichenblass, dann stieg ihm die Röte ins Gesicht. »Mein Gott. Mein Gott. Er ... Sie haben es? Sie haben eines der verschollenen Zaren-Eier. Hier? Bitte, ich muss ...«

»Nicht hier. An einem sicheren Ort. Ich glaube, Oliver war dabei, ein Geschäft mit jemandem abzuschließen, und er hat versucht, den Preis hochzutreiben. Er und seine Freundin haben diesen Versuch mit dem Leben bezahlt. Und bei dem Versuch, mir bei der Aufklärung der Angelegenheit zu helfen, wurde auch Vinnie ermordet. Das hier ist mehr als bloß die Jagd nach einem verschollenen Schatz.«

»Verstehe. Bitte, einen Moment ...« Er stand auf und trat ans Fenster. Dann kam er zurück an den Tisch und ging noch einmal ans Fenster zurück. »Mein Herz rast. Was würde mein Vater jetzt wohl sagen? Er ist ein Mann, der die Vergangenheit studiert und nur wenig Verständnis für die Kapriolen reicher Männer hat. Was würde er sagen, wenn ich ihm erzählte, dass sein Sohn einen Anteil daran hätte, dieses historische Stück der Welt wiederzugeben?« Er setzte sich wieder an seinen Platz, langsam und vorsichtig wie ein alter Mann. »Es ist vielleicht albern, in so einem Moment an meinen Vater zu denken.«

»Nein.« Lila schüttelte den Kopf. »Nein. Wir wollen alle, dass unsere Väter stolz auf uns sind.«

»Ich schulde ihm so viel ...« Kerinov tippte auf sein T-Shirt. »Für mich, der sich ständig mit den Kapriolen reicher Männer beschäftigt, ist es ein Lebenswerk. Und Vinnie ...« Er brach ab und presste sich die Finger auf die Augen. Als er die Hände wieder sinken ließ, sagte er: »Sie haben mich ins Vertrauen gezogen. Ich bin Ihnen überaus dankbar dafür, und ich bin demütig.«

»Vinnie hat Ihnen vertraut.«

»Ich werde für Sie tun, was ich für ihn getan hätte. Alles, was ich kann. Er hat Sie als seinen Sohn angesehen«, sagte Kerinov erneut. »Deshalb werde ich alles tun, was in meiner Macht steht. Sie haben es tatsächlich gesehen. Es berührt.«

Schweigend zog Ash sein Handy aus der Tasche und zeigte ihm die Fotos, die er aufgenommen hatte.

»Gott. Mein Gott. Es ist mehr als exquisit. Soweit ich weiß, besitzen Sie die einzige scharfe Fotografie dieses Kunstwerks. Es muss ins Metropolitan Museum. Es darf nicht weggeschlossen werden.«

»Es wird nicht weggeschlossen werden. Die Leute, die es sich aneignen wollten, haben zwei Mitglieder meiner Familie getötet. Es ist nicht nur ein Kunstwerk und ein Stück Geschichte – es ist überdies mein Druckmittel. Und jetzt gibt es auf einmal noch eins davon. Ich muss es vor ihnen aufspüren. Und deshalb müssen wir diesen Antonio Bastone finden – oder wahrscheinlich vielmehr seine Erben, denn wenn er noch leben sollte, müsste er weit in den Neunzigern sein, also sind unsere Chancen eher gering.«

»Er hat es möglicherweise weiterverkauft oder es ebenfalls bei einem Pokerspiel verloren. Er kann es auch einer Frau geschenkt haben.« Lila hob die Hände. »Aber ich glaube, selbst für einen Sohn reicher Männer – und er war einer wie unser Pechvogel Jonnie – kann es nicht alltäglich gewesen sein, ein solches Schmuckstück beim Pokern zu gewinnen. Vielleicht ist die Geschichte ja weitererzählt worden, und wir erfahren so, was aus dem Ei geworden ist. Es ist auf jeden Fall ein guter Ausgangspunkt.«

»Jura in Harvard, 1946. Sie waren vielleicht beide auf der Universität. Und vielleicht weiß auch Miranda Swanson etwas darüber. Bei ihr kann ich nachfragen«, sagte Ash.

»Und ich werde weiter recherchieren. Ich habe zwar noch ein paar andere Dinge zu tun, aber die kann ich delegieren. Ich werde mich auf diese Angelegenheit konzentrieren. Ich kann nur wiederholen, wie dankbar ich Ihnen bin, Teil dieser Geschichte zu sein.« Kerinov warf noch einen langen Blick auf das Foto, dann reichte er Ash das Handy zurück.

»Eine Minute ...« Lila stand auf und verschwand.

»Dieses Gespräch muss unter allen Umständen unter uns bleiben«, begann Ash.

»Selbstverständlich. Sie haben mein Wort.«
»Sie dürfen es auch gegenüber Ihrer Familie nicht erwähnen.«
»Nein, das werde ich nicht«, sagte Kerinov. »Ich kenne einige Sammler und weiß von anderen, die womöglich mehr wissen könnten. Mit meinen Kontakten kann ich herausfinden, wer ein besonderes Interesse an Fabergé oder russischen Antiquitäten hat.«
»Seien Sie vorsichtig. Diese Leute haben schon drei Leben ausgelöscht. Sie werden nicht zögern, einen weiteren Mord zu begehen.«
»Es ist mein Geschäft, Fragen zu stellen, Informationen über Sammlungen und Sammler zusammenzutragen. Ich werde nichts unternehmen, was irgendwie Verdacht erregen könnte.«
Lila kam mit drei Schnapsgläsern und einer gekühlten Flasche Ketel One auf einem Tablett zurück.
Kerinov sah zu ihr auf. »Sie sind sehr freundlich.«
»Ich glaube, der Augenblick verlangt danach.« Sie schenkte den eiskalten Wodka in die Schnapsgläser und hob ihr Glas. »Auf Vinnie.«
»Auf Vinnie«, murmelte Kerinov und kippte den Wodka hinunter.
»Und noch einen.« Lila schenkte erneut ein. »Auf das Überdauern der Kunst. Was ist Russisch für ›Zum Wohl‹, Alexi?«
»Wenn ich auf Ihre Gesundheit trinke, sage ich: *Za vashe zdorovie.*«
»Okay. *Za vashe zdorovie.*«
»Sie haben ein gutes Ohr. Auf das Überdauern der Kunst, auf unsere Gesundheit und den Erfolg.«
Sie stießen miteinander an, und das helle Klirren der drei Gläser vermischte sich zu einem einzigen Klang.
Und damit, dachte Lila, als sie ihren Wodka hinunterkippte, wurde der nächste Schritt eingeläutet.

18

Lila legte für den Rest des Tages die Arbeit ad acta und widmete sich den Errungenschaften der modernen Technologie. Während Ash mit ein paar alten Harvard-Kontakten telefonierte, stürzte sie sich in diverse soziale Onlinenetzwerke. Ein fast Hundertjähriger – wenn er denn überhaupt noch lebte – würde unter Garantie keinen Facebook-Account haben, aber es bestand immerhin die Möglichkeit, dass einer seiner Nachkommen sich dort tummelte. Ein Enkel vielleicht, der nach seinem Großvater benannt worden war, oder eine Enkelin – Antonia? Es konnte sich auf jeden Fall lohnen, bei Google und Facebook ein bisschen nachzuforschen. Zuallererst würde sie den Namen Jonas Martin eingeben und nachsehen, ob sie vielleicht gemeinsame Bekannte hatten.

Sie winkte Ash, der zögernd in der breiten Flügeltür zum Esszimmer stand, und signalisierte ihm hereinzukommen. »Ich schreibe nicht. Ich recherchiere auch ein bisschen. Hattest du Glück?«

»Ein alter Bekannter wird einen Freund bitten, für ihn nachzuforschen, und ich habe Verbindung zur Jahrbuch-Redaktion der Harvard Law aufgenommen. Von 1943 bis 1945 wurden zwar keine Jahrbücher veröffentlicht, aber es gibt eins von 1946 – allerdings ohne Bilder. Ich will es mir trotzdem mal anschauen, auch die Folgebände.«

Sie lehnte sich zurück. »Das klingt doch gut.«

»Ich könnte auch einen Privatdetektiv engagieren.«

»Und uns damit den ganzen Spaß verderben? Ich sehe gerade bei Facebook nach.«

»Bei Facebook?«

»Du hast doch auch einen Facebook-Account«, erwiderte sie. »Ich habe dir übrigens eine Freundschaftsanfrage geschickt. Du hast im Übrigen sogar zwei Seiten – eine private und eine berufliche. Aber die berufliche Seite hast du seit mehr als zwei Monaten nicht mehr aktualisiert.«

»Du klingst wie meine Agentin«, knurrte er. »Ich lade hin und wieder neue Bilder hoch, wenn ich mal daran denke. Warum siehst du auf Facebook nach?«

»Warum hast du einen privaten Account?«

»So bleibe ich über die Familie auf dem Laufenden.«

»Ganz genau. Ich wette, die Familien Bastone und Martin machen es ganz genauso. Bastone ist ein italienischer Name. Wusstest du, dass Italien die neuntmeisten Facebook-Nutzer weltweit stellt?«

»Nein, das wusste ich nicht.«

»Es gibt dreiundsechzig Antonio Bastones auf Facebook und drei Antonias. Im Moment spiele ich mit Tony und Toni mit i. Anthony kommt auch noch infrage. Ich sehe mir ihre Accounts an; manche von ihnen gehen ziemlich locker mit ihren Privatsphäreeinstellungen um. Vielleicht finde ich in den Freundeslisten ja einen Martin oder eine Swanson – das könnte dann eine Spur sein.«

»Facebook«, murmelte er, und Lila musste lachen.

»Du hast nur nicht daran gedacht, weil du nicht mal deine eigene Seite auf dem neuesten Stand hältst.«

Er setzte sich ihr gegenüber. »Lila ...«

Sie schob ihren Laptop beiseite und legte die Hände auf den Tisch. »Ashton.«

»Was willst du mit diesen sechsundsechzig Facebook-Usern anstellen?«

»Ich glaube, inklusive aller Tonys und Tonis werden es noch mehr sein ... Die Liste ihrer Freunde, wie gesagt – aber ob mit oder ohne diese Verbindung will ich versuchen herauszufinden, ob es irgendeinen Nachkommen von Antonio Bastone gibt, der in den Vierzigerjahren nach Harvard ging. Wir wissen zwar nicht genau, ob er dort lebte – sie könnten sich schließlich ebenso gut in einem Striplokal getroffen haben, aber ich will es nicht unversucht lassen. Vielleicht habe ich ja Glück, vor allem, wenn ich gleichzeitig über Google gehe.«

»Das klingt ziemlich kreativ.«

»Kreativität ist meine Göttin, Technologie mein Liebhaber.«

»So was macht dir Spaß.«

»Natürlich! Ein Teil von mir sagt, das sollte es besser nicht – weil dort draußen jemand herumläuft, der mich töten würde, wenn er nur die Möglichkeit dazu hätte. Aber ich kann einfach nicht anders. Es fasziniert mich.«

Er ergriff ihre Hand. »Ich lasse nicht zu, dass dir etwas passiert. Und sag jetzt nicht, du kannst auf dich selbst aufpassen. Du bist jetzt mit mir zusammen.«

»Ash ...«

Er legte seine Finger fester um ihre Hand. »Du bist jetzt mit mir zusammen. Wir brauchen vielleicht beide ein bisschen Zeit, um uns daran zu gewöhnen, aber so ist es nun mal. Ich habe mit Bob geredet.«

»Mit wem?«

»Mit meinem Bruder Bob.«

Es gab einen Bob zwischen all den Giselles, Rylees und Estebans?

»Ich brauche dringend eine Kopie von eurem Stammbaum.«

»Er ist bei Angie. Er und Frankie – das ist der älteste Sohn von Vinnie und Angie – sind eng miteinander befreundet. Ich habe ihn gebeten, Frankie zu überreden, mir sämtliche Informationen zu beschaffen, die Vinnie zum Swanson-Besitz hatte, und über die Käufe, die Oliver ausgehandelt hat.«

»Damit du sehen kannst, ob irgendetwas auf das Nécessaire oder Bastone hinweist?«

»Es ist zwar weit hergeholt, aber warum nicht? Und ich muss unbedingt diese Swansons besuchen. Deshalb habe ich auch meine Mutter angerufen: Sie kennt Gott und die Welt und ist tatsächlich sogar entfernt bekannt mit Miranda Swanson, die sie im Übrigen als gut gekleidete Dumpfbacke bezeichnet hat. Meine Mutter hat sich ein bisschen umgehört und herausgefunden, wo Miranda Swanson und ihr Mann Biff Urlaub machen.«

»Er heißt nicht wirklich Biff, oder? So heißt doch kein Mensch.«

»Doch, meine Mutter sagt, das sei sein Name.« Wie auf Kommando summte sein Handy auf dem Tisch. »Ich hätte schon früher an meine Mutter denken sollen. Mom!«, rief er, als er den Anruf entgegennahm. »Das ging ja schnell.«

Lila ließ ihn allein telefonieren und ging nach oben, um Schuhe, Baseballkappe und ihre Sonnenbrille zu holen. Ihren kleinen Reißverschlussbeutel mit Schlüsseln, ein bisschen Geld und ihren Ausweis steckte sie in die Tasche. Als sie gerade wieder hinuntergehen wollte, kam Ash ihr entgegen.

»Wo warst du?«, begann er. »Oder vielmehr, wo willst du hin?«

»Ich war oben, um ein paar Dinge zu holen, die ich brauche, um mit Earl Grey Gassi zu gehen. Nein, die wir brauchen. Du könntest ebenfalls einen kleinen Spaziergang im Park vertragen – und dabei kannst du mir erzählen, was deine Mutter berichtet hat.«

»Gut.« Er musterte ihre Kappe und kniff die Augen zusammen. »Du bist ein Mets-Fan?«

Gelassen setzte sie die Sonnenbrille auf. »Na los, verpass mir eins.«

Er schüttelte nur den Kopf. »Das stellt unsere Beziehung ernsthaft auf die Probe ... Ich hole die Leine.«

»Und die Tüten!«, rief sie ihm nach.

Angeführt von einem aufgeregten Earl Grey fuhren sie nach unten und nahmen die Treppe, die Tudor City mit dem Park verband.

»Ist das ein Zeichen?«, fragte Lila. »Wir nehmen gerade die Scharanski-Treppe, die nach einem russischen Dissidenten benannt ist.«

»Ich glaube, wenn wir die Sache hinter uns haben, werde ich für eine ganze Weile die Nase voll haben von allem Russischen. Aber mit dem Spaziergang im Park hattest du tatsächlich recht – den kann ich wirklich gebrauchen.«

Er atmete tief durch. Von der First Avenue drang gedämpfter Verkehrslärm zu ihnen herüber, als sie über den breiten Spazierweg im Schatten der Robinien hinter dem winzigen Hund herschlenderten. Sie umrundeten eine der Rasenflächen und genossen die Stille und Ruhe der schattigen städtischen Oase in vollen Zügen. Auch andere Leute gingen spazieren – Mütter mit Babys oder Kleinkindern in Buggys, Hundebesitzer, Leute, die sich das Handy ans Ohr hielten oder tanzten, wie etwa ein Mann mit dünnen Beinen in schwarzen Radlershorts, der zu den Klängen aus seinen Ohrstöpseln ungelenk durch die Gegend hüpfte.

»Was hat deine Mutter denn nun gesagt?«, fragte Lila, während Earl Grey übers Gras flitzte und überall schnüffelte.

»Sie hat in ihrem Buch nachgesehen – wenn du glaubst, meine Stammbaumtabelle wäre ausgefeilt, dann solltest du erst mal das Gesellschaftsbuch meiner Mutter sehen! Damit könntest du einen Krieg planen. Sie hat eine weitere Bekannte kontaktiert, die mit Miranda Swanson befreundet ist. Die Swansons sind offenbar bis nach Labor Day in den Hamptons, obwohl sie ab und zu auch zurück in die Stadt kommen, um Freunde zu besuchen oder – in seinem Fall – irgendwelche Geschäfte abzuwickeln. Meine Mutter hat die Adresse und Miranda Swansons Handynummer rausbekommen.«

»Ruf sie an.« Lila nahm ihn an der Hand und führte ihn zu einer Bank. »Ruf sie auf der Stelle an.«

»Das muss ich gar nicht – das hat meine Mutter bereits getan.«

»Das ging ja wirklich schnell.«

»In Lichtgeschwindigkeit! Sie ist sofort in die Hamptons aufgebrochen und hat sich für heute Abend eine Cocktaileinladung bei den Swansons erschwatzt. Die Einladung schließt übrigens mich und meine Freundin mit ein ... Lust auf Cocktails am Strand?«

»Heute Abend? Ich habe doch gar nichts anzuziehen für eine Cocktailparty am Strand – und dann noch in den Hamptons!«

»Es ist am *Strand*. Das heißt, es wird leger.«

»Männer!«, murmelte sie. »Ich brauche was zum Anziehen.« Diese Beziehung wird mich noch meinen letzten Cent kosten, dachte sie insgeheim. »Geh mit Earl Grey nach Hause, okay?« Sie kramte die Schlüssel hervor und reichte ihm die Leine. »Ich muss shoppen gehen.« Und im Nu war sie weg und hatte ihn stehen lassen.

»Es ist doch nur am Strand ...«, wiederholte er verdutzt.

Für ihre Verhältnisse hatte sie ein wahres Wunder vollbracht. Kühles Pink mit einem tiefen – sehr tiefen – Rückenausschnitt, über den im Zickzack dünne Stoffstreifen verliefen. Hohe Römersandalen in Türkis und eine Strohtasche, die in denselben zwei Farben gestreift und groß genug für ihr Hauptaccessoire war: einen hinreißenden Zwergpudel.

Ihr Handy klingelte, als sie sich gerade ein weiteres Mal die Wimpern tuschte. »Fertig?«, fragte Ash.

»In zwei Minuten.« Sie legte auf. Dass es ihm gelungen war, in noch kürzerer Zeit nach Hause zu fahren, sich umzuziehen und wiederzukommen, als sie allein zum Umziehen gebraucht hatte, ärgerte sie. Sie packte ein bisschen Hundespielzeug in die neue Tasche und setzte Earl Grey dazu. Den Schal, zu dem die Verkäuferin sie überredet hatte – türkisfarben mit pinkfarbenen Wellen – legte sie neben den Hund, dann stürmte sie los, um auch wirklich in zwei Minuten unten zu sein.

Vor der Tür lehnte Ash an seiner alten Corvette und plauderte mit dem Portier.

»Warten Sie, Miss Emerson, ich übernehme das!« Er öffnete die Wagentür. »Einen schönen Abend!«

»Danke.« Sie glitt auf den Beifahrersitz und warf einen Blick auf das Armaturenbrett. Ash kam um den Wagen herum, um sich hinters Steuer zu setzen.

»Du hast ein Auto?«

»Ja. Ich fahre nur nicht oft damit.«

»Ein ziemlich heißer Schlitten.«

»Wenn du mit einer Frau in die Hamptons fährst, muss es eben ein heißer Schlitten sein.«

»Gut gebrüllt! Ich werde allmählich nervös ...«

»Weswegen denn?« Er schoss regelrecht durch den dichten Verkehr, als würde er täglich Auto fahren – mit skrupelloser Entschlossenheit.

»Wegen allem ... Ich stelle mir gerade vor, wie diese Miranda sagt: ›Oh, Antonio! Natürlich, so ein lieber alter Kerl! Er sitzt dort drüben in der Ecke. Sagen Sie ihm ruhig Guten Tag.‹«

»Ich glaube nicht, dass das passieren wird.«

»Natürlich nicht, aber ich muss dauernd daran denken. Dann würden wir hingehen, und er würde sagen – oder schreien, weil er mittlerweile stocktaub ist: ›Poker? Pechsträhnen-Jonnie! Das waren noch Zeiten!‹ Und dann würde er uns erzählen, dass er das Ei einem Mädchen geschenkt hätte, mit dem er damals geschlafen hat. Wie hieß sie gleich wieder? Dann müsste er ganz unwillkürlich lachen, würde urplötzlich nach vorn sacken und wäre mausetot.«

»Aber dann wäre er wenigstens mit einer glücklichen Erinnerung gestorben.«

»In einer anderen Version platzt die Asiatin herein – von Kopf bis Fuß in Alexander McQueen, da bin ich mir sicher – und hält uns mit ihrer Pistole in Schach. Hinter ihr kommt der Boss herein, und er sieht aus wie Marlon Brando. Nicht wie der sexy Marlon Brando aus den alten Schwarz-Weiß-Filmen, sondern wie der fette Marlon Brando. Er trägt einen weißen Anzug und einen Panamahut.«

»Es ist Sommer ...«

»Aber weil das alles meiner Fantasie entspringt, kann ich Kung-Fu, und die Asiatin und ich liefern uns einen Zweikampf. Ich besiege sie, und du überwältigst den Boss.«

Ash warf ihr einen flüchtigen Seitenblick zu. »Du kriegst die heiße Frau und ich den fetten Brando? Das kommt mir aber ungerecht vor.«

»So ist es aber. Und als wir schon denken, es wäre endlich ausgestanden, passiert etwas ganz Schreckliches. Ich kann Earl Grey nicht finden. Ich sehe überall nach, aber ich kann ihn nicht finden. Mir wird ganz schlecht, wenn ich nur daran denke.«

»Dann ist es ja gut, dass nichts dergleichen passieren wird.«

»Ich wünschte mir trotzdem, ich könnte Kung-Fu ...« Lila spähte in ihre Tasche, in der sich der Hund zusammengerollt hatte und schlief.

»Was ist denn da drin? Hast du allen Ernstes den Hund mitgenommen?«

»Ich konnte ihn doch nicht allein lassen! Ich habe die Verantwortung für ihn. Außerdem haben Frauen nur deshalb so winzige Hunde, damit sie sie in ihren schicken Handtaschen ausführen können.« Sie lächelte Ash an. »Sie werden mich einfach nur für ein bisschen exzentrisch halten.«

»Wie kämen sie bloß darauf?«

Sie liebte neue Räume, und obwohl sie das Hamptons-Haus der Swansons für sich selbst nicht ausgesucht hätte, war es doch beeindruckend: weiß, mit viel Glas, geraden Linien, ultramodern. Auf den in Weiß gehaltenen Terrassen standen weiße Blumentöpfe mit roten Blühpflanzen. Nicht gerade zwanglos, dachte sie. Eher ein Beleg für Geld und einen entschlossen zeitgenössischen Stil.

Auf den Terrassen wimmelte es bereits von Menschen – Frauen in luftigen Kleidern, Männer in hellen Anzügen oder Sportjacken. Die Sonne schien, und das leise Rauschen der Wellen mischte sich mit der Musik aus den offenen Fenstern. Kellner trugen Tabletts mit Bellinis, Champagner, Bier und Fingerfood durch die Menge.

Durch die riesigen Fensterfronten wurden der Himmel und das Meer regelrecht ins Haus geholt. Doch das viele Weiß wirkte auch kühl, schmerzte beinahe in den Augen.

Die mit Silberkanten abgesetzten Möbel kontrastierten mit dem leuchtenden Rot, Blau oder Grün von Sesseln und Sofas – mit Farben, die sich in den silbern gerahmten Kunstwerken an den Wänden wiederholten. Nirgends eine weiche Linie, dachte Lila. »Hier könnte ich nicht arbeiten«, sagte sie leise zu Ash. »Ich hätte ständig Kopfschmerzen.«

Eine – ebenfalls in Weiß gekleidete – kleine Frau kam auf sie zu. Sie hatte ihr eisblondes Haar hochgesteckt und so unheimlich grüne Augen, dass Lila sofort den Verdacht hegte, dass die Dame gefärbte Kontaktlinsen trug.

»Sie müssen Ashton sein!« Sie griff nach Ashtons Hand und beugte sich vor, um ihn auf beide Wangen zu küssen. »Ich freue mich sehr, dass Sie herkommen konnten! Ich bin Miranda.«

»Es war wirklich nett von Ihnen, uns einzuladen. Miranda Swanson, Lila Emerson.«

»Frisch wie ein Erdbeerparfait! Ich besorge Ihnen etwas zu trinken.« Sie ließ den Finger in der Luft kreisen, ohne sich umzusehen. »Wir haben Bellinis – aber Sie bekommen natürlich, was immer Sie bevorzugen.«

»Ich hätte schrecklich gerne einen Bellini.« Lila lächelte sie strahlend an. Die Frau tat ihr beinahe ein bisschen leid. Sie musste etwa im gleichen Alter sein wie Ashs Mutter, doch Miranda war dürr wie ein Stock. Anscheinend ernährte sie sich nur von nervöser Energie und Champagner.

»Sie müssen die anderen kennenlernen! Bei uns geht es immer sehr locker zu. Ich war entzückt, als Ihre Mutter angerufen hat, Ashton. Ich hatte ja keine Ahnung, dass sie einen Teil des Sommers hier verbringt!«

Lila nahm ein Glas vom Tablett eines Kellners. »Sie haben ein großartiges Haus.«

»Ja, und wir lieben es. Als wir es letztes Jahr gekauft haben, haben wir es erst einmal renovieren lassen. Es ist wunderbar, wenn man der Stadt und der Hitze und den Menschenmassen entfliehen kann. Sie wissen sicher, was ich meine. Warten Sie, ich stelle Sie ...«

In diesem Moment streckte Earl Grey den Kopf aus einer Ecke der Strohtasche.

Miranda blieb der Mund offen stehen, und Lila hielt den Atem an. Halb erwartete sie, dass die Frau aufschreien würde – doch stattdessen quiekte sie nur. »Ein Hündchen!«

»Das ist Earl Grey. Ich hoffe, Sie haben nichts dagegen, aber ich wollte ihn nicht allein zu Hause lassen.«

»Oh, oh, er ist ein Schatz! Ein richtiger kleiner Schatz!«
»Möchten Sie ihn mal halten?«
»Ja, schrecklich gern!« Miranda nahm den Hund in beide Hände und verfiel sofort in Babysprache.
Lila warf Ash einen Blick zu und lächelte. »Könnte ich vielleicht draußen ein wenig mit ihm spazieren gehen?«
»Aber natürlich! Ich zeige Ihnen den Weg. Willst du Gassi gehen?«, gurrte Miranda und rieb ihre Nase über die von Earl Grey. Sie kicherte, als er ihr mit seiner winzigen Zunge übers Gesicht fuhr.
Lila zwinkerte Ash zu, als sie der hingerissenen Miranda nach draußen folgte.
Ebenfalls mit einem Bellini in der Hand trat Monica neben ihren Sohn. »Da hast du dir aber ein cleveres Mädchen angelacht.«
Er beugte sich herunter und küsste seine Mutter auf die Wange. »Ich weiß nicht genau, ob ich sie mir *angelacht* habe – aber clever ist sie in der Tat.«
»Mein Sohn wusste schon immer, wie er bekommt, was er will.« Sie küsste ihn ebenfalls auf die Wange. »Wir müssen ein paar Leute begrüßen, aber danach suchen wir uns ein nettes, ruhiges Fleckchen in diesem lächerlichen Haus, und du erzählst mir, warum du unbedingt Miranda Swanson kennenlernen wolltest.«
»Na gut.« Aber er blickte sehnsüchtig zur Tür.
»Ich glaube, Lila kommt ganz gut allein zurecht.«
»Das behauptet sie jedenfalls ständig.«
»Eine ganz schöne Herausforderung für jemanden, der sich daran gewöhnt hat, für viel zu viele Personen immer alles zu regeln. Lass uns ein bisschen herumgehen.« Sie ergriff seine Hand und zog ihn zu einem Grüppchen im Wohnzimmer hinüber. »Toots, ich glaube, Sie kennen meinen Sohn noch nicht ...«
Toots?, dachte Ash resigniert.
Draußen spazierte Lila über einen breiten – weiß gekiesten – Weg zwischen scharfkantigen Ziergräsern und dornigen Rosenbüschen hindurch und wartete auf ihre Gelegenheit.

»Biff und ich sind so viel unterwegs, dass ich nie daran gedacht habe, mir einen Hund anzuschaffen. Zu viel Aufwand. Aber jetzt ...« Miranda hielt Earl Greys Leine in der Hand, während er an den Gräsern schnüffelte. »Ich wüsste schrecklich gern den Namen Ihres Züchters!«

»Ich kümmere mich darum. Ich bin Ihnen sehr dankbar, dass Sie uns heute Abend eingeladen haben und wegen Earl Grey so verständnisvoll sind. Ash hat mir erzählt, dass Sie seinen Halbbruder Oliver kannten.«

»Wen?«

»Oliver Archer. Er hat über Old World Antiques für Sie den Nachlass ...«

»Oh! Weshalb habe ich das nicht zusammengebracht? Er hat erwähnt, dass er Spence Archers Sohn sei. Das hatte ich ja ganz vergessen! Dieser Nachlass hat unglaublich viel Mühe gemacht, und er hat mir wirklich sehr geholfen.«

»Ja, da bin ich mir sicher.«

»Biff und ich haben keinen Sinn darin gesehen, dieses alte Haus mit all dem Plunder zu behalten. Meine Großmutter hat einfach alles gesammelt ...« Sie verdrehte die Augen. »Man hätte meinen können, es wäre ein Museum gewesen, so vollgestopft und verstaubt war es dort.«

»Trotzdem muss es Ihnen doch schwergefallen sein, sich von Familienerbstücken zu trennen.«

»Ich lebe lieber im Hier und Jetzt. Antiquitäten sind doch nur alte Dinge, die schon mal jemand anderer benutzt hat, finden Sie nicht auch?«

»Nun ...« So konnte man es natürlich auch sehen, dachte Lila. »Ja, Sie mögen recht haben.«

»Und so vieles davon war einfach zu schwer und zu dunkel oder kitschig. Biff und ich mögen es lieber klar und modern. Oliver – natürlich erinnere ich mich an ihn! – war uns eine immense Hilfe. Ich sollte ihn auf ein Sommerwochenende hierher einladen.«

»Oh, das tut mir leid – ich dachte, Sie wüssten es bereits ... Oliver wurde vor ein paar Wochen umgebracht.«

Schock und Entsetzen legten sich auf Mirandas Gesicht. »Das ist ja schrecklich! Er war noch so jung und sah so gut aus! Das ist ja tragisch – wie ist es passiert?«

»Er wurde erschossen. Es war überall in den Nachrichten.«

»Ach, die Nachrichten höre ich so selten ... Das ist immer so deprimierend.«

»Ja, da haben Sie recht«, stimmte Lila ihr zu.

»Erschossen ...« Miranda erschauderte. »Ein Einbruch, ein Diebstahl wahrscheinlich?«

»Ja, so etwas in der Art. Sie haben ihm ein Ei verkauft ...«

»Braver Junge, macht sein Pipi. Bitte?« Sie sah verwirrt zu Lila hinüber. »Ein Ei? Warum sollte ich ihm ein Ei verkaufen?«

»Ein Schmuck-Ei. Ein Engel mit Wagen.«

»Seltsam. Ich kann mich gar nicht daran erinnern. Oh, warten Sie – doch, ja. Gott, es war so *kitschig* und altmodisch! Da waren auch eine Menge Papiere dabei, in irgendeiner seltsamen Sprache. Aber Oliver hatte offensichtlich Gefallen daran und fragte mich, ob ich mir vorstellen könnte, es ihm direkt zu verkaufen. Ich hatte nichts dagegen.«

»Die Papiere waren eigentlich für zwei Eier ...«

»Wirklich? Also, wie ich schon sagte, das Haus war voll mit Plunder. Biff und ich sind eher Minimalisten.«

»Ash hat davon gehört – er verwaltet inzwischen den Nachlass seines Bruders. Sie wissen ja, wie das ist ...«

Miranda verdrehte müde die Augen. »Es kostet wahnsinnig viel Zeit und Energie.«

»Oh ja. Als er die Papiere durchgesehen hat, hat er erfahren, dass ein gewisser Jonas Martin junior das zweite Ei bei einem Pokerspiel an einen Antonio Bastone verloren hat.«

»Bastone?« Ein fröhlicher Ausdruck trat in ihr Gesicht. »Tatsächlich? Es gibt eine Familienlegende darüber, dass irgendein Schatz einfach verspielt wurde. Mein Großvater, Jonas Martin, war das schwarze Schaf der Familie. Er hatte eine enorme Schwäche für Glücksspiel und Frauen.«

»Kennen Sie die Familie Bastone?«

»Ich war mal mit Giovanni zusammen – einen Sommer lang, als wir in Italien Urlaub machten. Damals war ich noch keine achtzehn. Ich war ganz vernarrt in ihn – wahrscheinlich weil mein Vater alles andere als damit einverstanden war, natürlich auch wegen dieser Pokergeschichte.«

»Wo in Italien war das, wenn ich fragen darf?«

»In Florenz; zumindest waren wir dort die meiste Zeit. Die Villa der Bastones liegt irgendwo in der Toskana ... Giovanni hat ein italienisches Model geheiratet und jede Menge Kinder mit ihr bekommen. Ich habe ihn seit Jahren nicht mehr gesehen, aber wir schreiben einander immer noch Weihnachtskarten. Eine Frau hat schließlich nur eine erste Liebe.«

»Und sie kann von Glück reden, wenn diese erste Liebe eine Villa in der Toskana besitzt! Haben Sie jemals mit ihm über das Ei geredet, das sein Großvater Ihrem Großvater abgeluchst haben soll?«

»Wir hatten wichtigere Dinge zu bereden – wenn wir überhaupt geredet haben. Ich sollte allmählich zurückgehen – auch wenn ich den ganzen Abend hier mit diesem kleinen Schätzchen verbringen könnte!« Sie hob Earl Grey hoch. »Glauben Sie, er ist fertig?«

»Ja, ich würde sagen, wir sind fertig.«

Als sie langsam zum Haus zurückschlenderten, ließ Lila ihre Unterhaltung in belanglosen Small Talk münden. Sie erwähnte ein paar Namen von Kunden, die ebenfalls Häuser in East Hampton hatten. Ihre Wege trennten sich, als Miranda sie zwei Paaren auf der Ostterrasse vorstellte – und dabei ihren Namen falsch aussprach. Lila beschloss kurzerhand, dass ihre zweite Persönlichkeit, Leela, eine reiche Tochter war, die sich derzeit als Modedesignerin versuchte. Einige Minuten lang vergnügte sie sich mit der erfundenen Figur, dann entschuldigte sie sich und machte sich wieder auf die Suche nach Ash.

Er fand sie schneller als sie ihn. Er trat von hinten an sie heran und legte seinen Arm fest um ihre Taille. »Da bist du ja! Du musst dir unbedingt die Aussicht aus dem ersten Stock ansehen.«

»Muss ich?«, fragte sie, als er sie zu einer glänzend weißen Treppe schob.

»Ja, meine Mutter ist oben, und ich habe den Befehl bekommen, dich zu ihr zu bringen. Ich musste sie einweihen«, fügte er leise hinzu.

»Wirklich?«

»Na ja, zumindest in groben Zügen. Du kannst dich mit ihr unterhalten, während ich Biff Swanson suche und mal sehe, was ich über das Ei herausfinden kann.«

»Das wird nicht nötig sein. Mrs. Crompton, wie schön, Sie wiederzusehen!«

»Monica. Zeigen Sie mir Ihre Geheimwaffe.«

»Meine Geheimwaffe?«

»Den berühmten Earl Grey.«

Als er seinen Namen hörte, streckte der kleine Hund den Kopf aus der Tasche und kläffte fröhlich.

»Ich habe ja mehr für große, kräftige Hunde übrig, aber süß ist er ja! Ein hübsches Gesichtchen.«

»Das macht seinen Charme aus. Sein glücklicher Gesichtsausdruck.«

»Zunächst« – sie griff Lila am Arm und führte sie von einer kleinen Gruppe von Gästen weg – »möchte ich mich für Ashtons Vater entschuldigen.«

»Das müssen Sie nicht.«

»Ich hätte Sie nicht mit ihm allein gelassen, wenn ich geahnt hätte, was in ihm vorging. Ich habe allerdings zwei Kinder mit ihm und hätte es wissen oder zumindest vermuten müssen. Seine jetzige Frau und ich haben nicht viel gemeinsam; wir mögen einander auch nicht besonders. Aber sie wäre entsetzt, wenn sie wüsste, wie er einen Gast in ihrem Haus behandelt hat. Ebenso Olivers arme Mutter und Isabella – Spences dritte Frau. Deshalb möchte ich mich im Namen aller ehemaligen und jetzigen Frauen bei Ihnen entschuldigen, dass er Sie so schäbig behandelt hat.«

»Danke. Es war für alle ein schwieriger Tag.«

»Ein schrecklicher Tag, der obendrein auch noch grauenhaft

geendet hat. Ash hat mir erzählt, was vor sich geht, oder vielmehr hat er mir wohl gerade so viel erzählt, wie er für richtig hält. Ich habe Vinnie sehr gemocht. Er und Angie ... Die ganze Familie wird immer Teil meiner Familie sein. Ich will, dass die Leute, die für seinen Tod verantwortlich sind und Angie das Herz gebrochen haben, festgenommen und bestraft werden. Aber ich will nicht, dass mein Sohn oder eine junge Frau, die ich jetzt schon ins Herz geschlossen habe, dabei in Gefahr geraten.«

»Ich verstehe. Im Moment sammeln wir nur Informationen.«

»Ich bin nicht wie Oliver, Mom«, warf Ash ein.

»Zum Glück!« Ein Windhauch spielte mit ihrem goldroten, welligen Haar. »Abgesehen von zahllosen anderen Unterschieden bist du weder gierig, zu anspruchsvoll noch dumm. Oliver hatte all diese Eigenschaften – und leider manches Mal zur selben Zeit. Es heißt, man soll nicht schlecht über die Toten reden, aber das ist Humbug. Wir werden alle sterben. Worüber sollen wir denn sonst reden?«

Lila musste unwillkürlich lachen. »Ash sagt, er passt auf mich auf – und während er das versucht, passe ich wiederum auf ihn auf.«

»Ja, Sie sollten beide aufeinander Acht geben.«

»Und da Sie ja mittlerweile Bescheid wissen, kann ich Ihnen – und dir, Ash – ja kurz erzählen, dass meine Geheimwaffe gewirkt hat. Die Kurzfassung ist: Miranda hatte keine Ahnung, was Oliver ihr da abkaufen wollte – in ihren Augen war das Ei nur altmodischer Kitsch, nur ein Objekt mehr in einem vollgestopften alten Haus, das sie ohnehin loswerden wollte.«

»Das Anwesen der Martins ist eins der schönsten Häuser auf Long Island«, wandte Monica ein. »Es war schon viel zu lange nichts mehr daran gemacht worden, weil Mirandas Großmutter – ihr Vater starb vor ein paar Jahren – lange krank war. Ich war dort früher hin und wieder zu Partys. Als ich zum ersten Mal dort war, war ich mit dir schwanger, Ash.«

»Es ist eine kleine, inzestuöse Welt ... Was ist mit der Verbindung zu Bastone?«

»Da du schon von inzestuös redest – Miranda hatte vor vielen Jahren in der Toskana eine Affäre mit Giovanni Bastone. Die Bastones haben dort eine Villa, anscheinend in der Nähe von Florenz, weil sie erwähnte, dort seien sie oft gewesen. Und sie erinnert sich noch vage an eine Familienlegende über Jonas Martin – das schwarze Schaf der Familie –, der irgendeinen Familienschatz an Antonio Bastone verspielt haben soll. Einer der Gründe im Übrigen, warum ihr Vater die Liebelei mit dem jungen Bastone gar nicht gern gesehen hat. Er – Giovanni – hat ein Model geheiratet und mit ihr diverse Kinder bekommen.«

Monica warf ihr einen erfreuten Blick zu. »Und das alles haben Sie beim Gassigehen erfahren?«

»Ja. Sie hatte keine Ahnung, was mit Oliver passiert ist, und selbst nachdem sie erfahren hat, dass er umgebracht wurde, hat sie es nicht mit dem Ei in Verbindung gebracht. Sie ist wirklich eine nette Frau – ein wenig einfältig, aber freundlich. Ich darf nicht vergessen, ihr den Namen von Earl Greys Züchter zu schicken. Sie möchte auch einen Zwergpudel. Wenn ich das tue, kann ich sie ja gleichzeitig um Giovanni Bastones Adresse bitten – aber die müssten wir eigentlich auch selbst herausfinden können.« Zufrieden nahm Lila sich ein Glas vom Tablett eines vorbeieilenden Kellners. »Finden Sie Cocktailpartys nicht auch wunderbar?«

»Ja.« Monica stieß mit Lila an. »Der arme Ash toleriert sie nur, sofern ihm ein Weg nach draußen offensteht. Er legt sich jetzt schon eine Fluchtstrategie zurecht. Gib uns noch eine halbe Stunde«, riet sie ihm. »Sehen und gesehen werden. Dann darfst du gehen, und ich gebe dir Rückendeckung. Ihnen natürlich auch.« Monica legte den Arm um Lilas Taille. »Wie müssen uns wirklich mal zu einem langen, ausführlichen Mittagessen treffen, wenn ich das nächste Mal in New York bin.«

Eine halbe Stunde, dachte Ash und warf einen Blick auf seine Armbanduhr, bevor er die Damen nach unten begleitete.

19

Als sie zurück in New York waren, verkündete Ash, dass jetzt er an der Reihe sei, mit Earl Grey Gassi zu gehen – obwohl er eigentlich der Meinung war, dass kein Mann mit einem Hund spazieren gehen sollte, der kaum größer war als ein Hamster. Lila war das nur recht. Sie ging in die Küche und wühlte in ihren Vorräten. Die kleinen Partyhäppchen hatten lediglich ihren Appetit geweckt. Als Ash zurückkehrte, war ihr Trostessen – Makkaroni mit Käse – bereits fertig, und sie saß am Computer und sah nach, ob sich auf Facebook bereits irgendetwas getan hatte.

»Du hast Makkaroni mit Käse gemacht ...«

»Ein Fertiggericht. Entweder du magst es, oder du lässt es bleiben.«

»Die blaue Schachtel, oder?«

»Natürlich. Ich habe meine Standards.«

Er nahm sich ein Bier aus dem Kühlschrank. Da er mit dem Auto gefahren war, hatte er während der Cocktailparty nur ein einziges Bier getrunken. Sein zweites heute Abend hatte er sich mehr als verdient.

»Die blaue Schachtel war das Einzige, was ich zubereiten konnte, als ich in meine erste eigene Wohnung gezogen bin. Das – und Eier«, erinnerte er sich grinsend. »Wenn ich bis spät in die Nacht hinein gearbeitet habe, hab ich mir immer das eine oder das andere gemacht. Nichts geht über Makkaroni und Käse um drei Uhr morgens!«

»Wir könnten ja abwarten und überprüfen, ob das auch heute noch Gültigkeit hat – andererseits habe ich jetzt Hunger. Oh, Ashton! Ich hab einen Treffer!«

»Wobei?«

»Bei meinen Facebook-Anfragen. Eine Antonia Bastone hat geantwortet. Ich hatte sie gefragt: ›Bist du verwandt mit Antonio

Bastone, der in den Vierzigern mit Jonas Martin Poker gespielt hat?‹, und sie hat zurückgeschrieben: ›Ich bin die Urgroßenkelin von Antonio Bastone, der mit einem Amerikaner namens Jonas Martin befreundet war. Und wer bist du?‹«

Er steckte die Gabel in die Schüssel mit den Makkaroni. »Antonia könnte in Wahrheit aber auch ein vierzigjähriger Mann mit Schmerbauch sein, der darauf spekuliert, sich irgendein naives Mädchen aus dem Internet anzulachen.«

Sie starrte auf ihren Laptopmonitor und hob kaum den Kopf. »Wer sollte sich denn ausgerechnet diesen Namen als Decknamen aussuchen? Hab ein wenig Vertrauen – und gib mir eine Gabel. Wenn wir schon aus der Schüssel essen, dann will ich wenigstens eine eigene Gabel haben.«

»Auch noch heikel ...« Er nahm noch einen schnellen Bissen. »Gott, das bringt Erinnerungen hoch! Ich weiß noch, wie ich nach einer langen Nacht mit ... Eine Gabel«, unterbrach er sich und verschwand in der Küche.

»Zu diesen Erinnerungen gehört neben Makkaroni und Käse anscheinend auch eine nackte Frau.«

»Kann sein.«

Mit einer zusätzlichen Gabel und ein paar Servietten kam er wieder zurück.

»Nur zu deiner Info: Ich habe durchaus auch Erinnerungen an nackte Männer.«

»Dann ist ja alles gut.« Er setzte sich wieder. »Okay, der Schmerbauch mittleren Alters ist vielleicht wirklich ein bisschen weit hergeholt. Sie schreibt: ›der Amerikaner‹ – möglicherweise hat sie ja vorher auf deiner Seite nachgesehen? Aber wahrscheinlich hast du ja tatsächlich einen Treffer gelandet. Du bist echt ausgebufft, Lila. Ich hätte den Hund niemals mit in die Hamptons genommen – und auf Facebook hätte ich es auch nicht probiert. Aber mit beidem hattest du Erfolg.«

»Ich würde es ja Glück nennen, wenn falsche Bescheidenheit nicht so nervig wäre. Was soll ich ihr verraten, Ash? Ich habe wirklich nicht damit gerechnet, dass ich so schnell von jemandem hören würde, deshalb habe ich über den nächsten Schritt noch gar nicht richtig nachgedacht. Ich kann doch wohl schlecht damit herausplatzen, dass ich die Freundin eines Halbbruders des Mannes bin, der wegen ausgerechnet desjenigen Fabergé-Eis umgebracht wurde, das ihr Urgroßvater nicht beim Pokern gegen Jonas Martin gewonnen hat. Aber ich muss ihr irgendetwas sagen, das ausreicht, um den Dialog aufrechtzuerhalten.«

»Du bist doch Autorin? Du schreibst doch ständig gute Dialoge? Deine Teenager hören sich doch auch an wie echte Teenager.«

»Ja, sicher bin ich Autorin, aber diesen Teil des Plots habe ich noch nicht ausgearbeitet.«

»Dann schreib ihr doch, du seist Autorin – was ja auch stimmt. Das kann sie überprüfen. Du bist bekannt mit Miranda Swanson – was ebenfalls stimmt –, die wiederum die Enkelin von Jonas Martin ist und mit Giovanni Bastone bis heute Weihnachtsgrüße austauscht. Stimmt alles. Du bist in Sachen Familiengeschichte unterwegs, vor allem interessiert dich die Verbindung Martin-Bastone und der damalige Spieleinsatz – für ein Buch. Das stimmt zwar nicht, klingt aber zumindest plausibel.«

»Ein ziemlich guter Plot, den du da aus dem Ärmel geschüttelt hast.« Sie nahm einen Bissen Makkaroni. »Vielleicht schreibe ich tatsächlich später mal ein Buch über all das. Ich recherchiere also ... Okay, das ist gut. Die Wahrheit plus die potenzielle Wahrheit.« Sie tippte eine Antwort ein. »Und am Ende schreibe ich: ›Wärst du oder wäre irgendein anderes Mitglied deiner Familie bereit, mit mir zu reden?‹« Dann drückte sie auf Senden. »So ...« Sie steckte die Gabel erneut tief in die Makkaroni. »Dann warten wir mal ab.«

»Da wüsste ich was Besseres. Wie sieht dein Terminkalender aus?«

»Mein Terminkalender? Ich bin hier bis Montagnachmittag, dann habe ich zwei Tage Zeit, bevor ich einen Job in Brooklyn antrete, und danach ...«

»Zwei Tage reichen wahrscheinlich nicht. Könnte dich in Brooklyn jemand vertreten?«

»Ja, das ginge schon irgendwie, aber ...«

»Dann lass dich vertreten«, sagte er. »Wir fahren in die Toskana.«

Sie riss die Augen auf. »Na, du verstehst dich aber darauf, Makkaroni und Käse aufzuwerten!«

»Wir fliegen am Montag, sobald du frei hast. Bis dahin haben wir ausreichend Zeit, um die Bastone-Villa ausfindig zu machen – und mit ein bisschen Glück dorthin eingeladen zu werden. Wenn wir kein Glück haben sollten, dann denken wir uns einfach etwas anderes aus.«

»Wir fliegen einfach so« – sie wedelte mit beiden Händen durch die Luft – »in die Toskana?«

»Du verreist doch gern.«

»Ja, aber ...«

»Ich muss den nächsten Schritt tun, und das ist nun mal, die Existenz des Nécessaires zu verifizieren. Und ohne dich kann ich nicht fahren, Lila. Bis die Sache ausgestanden ist, will ich dich nicht allein lassen. Du magst diese Bedingungen zwar nicht, aber es geht nun mal nicht anders. Also betrachte es als einen Gefallen, den du mir tust.«

Nachdenklich spießte sie ein Stück Pasta auf die Gabel. »Du kommst auf Ideen ...«

»Mag sein, aber du willst doch auch mit, oder nicht? Du willst doch nicht hierbleiben, während ich in Italien die Strippen ziehe?«

In Brooklyn warteten eine Katze auf sie, ein Hund, ein Aquarium mit Salzwasserfischen – und ein Garten. Sie hatte sich auf den zweiwöchigen Aufenthalt schon lange gefreut. Aber im Vergleich zur Toskana, zu einem weiteren Teil des Puzzles und Ashton ...

»Ich muss erst eine Vertretung finden, die meine Kunden akzeptieren.«

»Einverstanden.«

»Ich werde sehen, was ich tun kann.«

Lila sah nach Earl Grey, der fröhlich in ihrer Strohtasche saß, bevor sie sich auf den Weg zu Julies Galerie machte. Dort war nicht sonderlich viel los: nur ein paar Touristen, die sich vermutlich nur umsehen, aber nichts kaufen wollten – und eine Angestellte, die sich mit einer Kundin mit kantigen Gesichtszügen über die Skulptur einer weinenden Frau unterhielt. Unwillkürlich fragte sich Lila, warum sich jemand so etwas Unglückliches ins Haus holen wollte. Aber Kunst sprach natürlich die unterschiedlichsten Menschen an.

Sie fand Julie genau dort, wo sie ihrer SMS zufolge sein wollte: im Hinterzimmer, wo sie soeben vorsichtig ein Gemälde für den Versand vorbereitete. »Ein großer Abschluss – ich habe versprochen, es höchstpersönlich zu verpacken.« Julie blies sich eine Haarsträhne aus dem Gesicht. »Tolle Tasche! Wann hast du dir die denn gekauft?«

»Gestern. Warum bist du barfuß?«

»Oh, ich bin auf dem Weg zur Arbeit mit dem Absatz in einem Gitter hängen geblieben, dabei ist er halb abgerissen, und jetzt ist er ganz wacklig. Ich muss den Schuh nachher gleich zum Schuster bringen.«

Lila zog ein kleines Blatt Sandpapier und ihren Superkleber aus der Tasche. »Ich repariere ihn dir.« Sie schnappte sich den Schuh – einen hübschen Peeptoe von Jimmy Choo – und machte sich ans Werk. »Die Tasche«, fuhr sie fort, während sie die beiden Grundflächen mit Sandpapier bearbeitete. »Ich war in den Hamptons auf einer Cocktailparty und brauchte etwas, um Earl Grey darin spazieren zu tragen.«

»Du hast den Hund zu einer Cocktailparty in den Hamptons mitgenommen?«

»Ja. Mit richtigem Schuhleim würde es besser funktionieren, aber« – Lila zog an dem frisch geklebten Absatz – »so müsste es auch halten. Hier. Und jetzt brauche ich deinen Rat.«

Sie berichtete Julie von den Fortschritten, die sie in der Zwischenzeit gemacht hatten, während ihre Freundin das Gemälde in mehrere dicke Lagen Luftpolsterfolie wickelte.

»Auf die Idee mit Facebook, um Kunstwerke und Mörder aufzuspüren, konntest auch nur du kommen!«

»Sie hat auf meine letzte Nachricht noch nicht reagiert, also hat es am Ende vielleicht doch nichts gebracht. Aber Ash will auf jeden Fall in die Toskana fahren – gleich nächste Woche. Und er will, dass ich mitkomme.«

»Er will mit dir nach Italien fliegen?«

»Das wird kein Liebesurlaub, Julie! So etwas könnte ich auch gar nicht in Erwägung ziehen, schließlich bin ich anderweitig gebucht.«

»Entschuldige mal, es sind vielleicht keine Flitterwochen, aber eine Reise nach Italien – noch dazu in die Toskana – hat immer etwas Romantisches!« Julie warf Lila einen strengen Blick zu und stemmte eine Faust in die Hüfte. »Sag, dass du fährst.«

»Genau diesen Rat wollte ich von dir haben – aber überleg dir gut, was du sagst. Ich wüsste tatsächlich jemanden, der mich bei meinem nächsten Job vertreten könnte … Es würde ein ordentliches Loch in meine Kriegskasse reißen, aber sie wäre echt gut, und meine Kunden würden sicher zufrieden mit ihr sein. Ich will ja nach Italien, weil … Ach, aus vielen Gründen. Er wartet jedenfalls immer noch auf meine Antwort. Ich fahre gleich zu ihm. Ich musste ihn heute früh zu Vinnies Beerdigung förmlich aus der Tür schubsen und ihm schwören, dass ich heute Nachmittag mit dem Taxi zu ihm komme.«

»Diese Vorsichtsmaßnahme ist nur vernünftig.«

»Ja, obwohl es gerade mal zehn Blocks von meiner derzeitigen Arbeitsstelle entfernt ist. Allmählich komme ich mir vor wie Jason Bourne.« Sie zupfte an ihren Haaren. »Julie, in was bin ich da nur hineingeraten?«

»Ich denke, bei Ash bist du sicher, aber die Situation ist gefährlich. Wenn du nervös oder unsicher bist …«

»Nein, nicht in dieser Hinsicht – da komme ich sowieso nicht mehr raus.« Nein, dachte sie, das war keine Option. »Ich habe mit drinsteckt, seit ich in jener Nacht aus dem verdammten Fenster gesehen habe. Nein, ich meine: mit Ash. In was bin ich da nur hineingeraten?«

»Ich glaube, das ist ziemlich klar: Du steckst in einer Liebesbeziehung und suchst jetzt nach dem Haar in der Suppe.«

»Nein, ich suche nicht danach. Ich möchte nur gerne darauf vorbereitet sein, sofern Probleme auftauchen sollten. Ich mag es nicht, wenn es mich unvorbereitet trifft.«

»Du kannst besser als jeder andere, den ich kenne, den Augenblick genießen – es sei denn, es geht um dich persönlich. Du bist gern mit ihm zusammen, du hast Gefühle für ihn. Und es ist offensichtlich, dass es bei ihm genauso ist. Warum willst du also auf irgendwelche Probleme vorbereitet sein?«

»Er gluckt.«

»Wenn du mich fragst – das liegt an der Situation.«

»Na gut, das stimmt wohl. Er ist daran gewöhnt, Details zu regeln und Menschen und Situationen zu steuern. Hinzu kommt, dass er das Gefühl hat, sich nicht hinreichend um Oliver gekümmert zu haben. Aber er hat wirklich eine anstrengende Art, Dinge geschehen zu lassen, und ...«

»Und du kümmerst dich gern um deine eigenen Angelegenheiten und magst es lieber locker.« Zufrieden betrachtete Julie das eingewickelte Kunstwerk und griff nach einer Rolle Klebeband. »Manchmal kann die Antwort sein, sich an jemanden zu binden. Es ist einfach eine andere Art von Abenteuer.«

»Du siehst doch alles nur noch durch die rosarote Brille«, schimpfte Lila.

»Ja, das stimmt. Ich habe mich schon als Fünfzehnjährige in Luke verliebt. Ich habe es mir lange Zeit nicht eingestehen wollen, aber es ist immer Luke gewesen ...«

»Das klingt romantisch.« Lila legte sich die Hand aufs Herz. »Wie im Film.«

»Für mich ist es aber die Realität.«

»Das macht es umso romantischer.«

»Ja, wahrscheinlich.« Mit einem verträumten Lächeln fixierte Julie die Luftpolsterfolie. »Trotzdem bin ich auch allein immer ganz gut klargekommen. Ich kann auch allein glücklich sein – und du auch. Ich glaube, das macht es umso besonderer und stärker, wenn wir dann einen solchen Schritt tun – wenn wir sagen können: Okay, da ist jemand, dem ich vertrauen und mit dem ich meine Zukunft planen kann.«

»Du planst deine Zukunft?«

»Ich habe eigentlich gerade von dir gesprochen, aber es trifft natürlich auch auf mich zu. Wir lassen es langsam angehen. Langsamer«, fügte sie lächelnd hinzu, als Lila die Augen zusammenkniff. »Aber wir haben schon die vergangenen zwölf Jahre vergeudet. Es reicht langsam ... Willst du meinen Rat hören? Leg nichts voreilig ad acta, nur weil du im Geiste noch andere Möglichkeiten vor dir siehst. Fahr in die Toskana, pass auf dich auf, löse einen Kriminalfall und sei verliebt. Das bist du nämlich.«

»Ich weiß nicht, wie man sich da fühlen muss ...«

»Du brauchst es auch gar nicht zu wissen, nur zu fühlen.«

»Es verändert alles.«

Julie hob mahnend den Zeigefinger. »Und trotz der Tatsache, dass du ständig in fremden Wohnungen lebst, hast du panische Angst vor Veränderungen. Davor, die Dinge nicht mehr im Griff zu haben. Versuch es doch einfach mal mit etwas anderem. Wechselt euch ab beim Fahren.«

»Wechselt euch ab, fahr in die Toskana, steh Modell für ein Gemälde – was ich erst wirklich nicht wollte, und jetzt kann ich kaum erwarten, dass es fertig wird. Sei verliebt. Wenn man all das zusammenrechnet, dann kommt es einem doch regelrecht vor wie ein Kinderspiel, einen Mörder mit einem Kunstobjekt zu ködern.«

»Ich habe im Übrigen auch gesagt, du sollst auf dich aufpassen. Und das meine ich ernst, Lila. Am besten schickst du mir jeden Tag eine E-Mail, solange du weg bist – nein, zwei. Und ehe du abreist, gehen wir noch mal einkaufen.«

»Ich kann es mir nicht leisten, shoppen zu gehen – ich muss Brooklyn sausen lassen.«

»Du fährst nach Italien. Du kannst es dir nicht leisten, nicht shoppen zu gehen.«

Damit wäre dies also geklärt, dachte Lila, als sie die Galerie verließ. Sie hatte soeben ihr gesamtes Sommerbudget in den Wind geschossen. Aber es war auch schon Jahre her, seit sie das letzte Mal leichtsinnig gewesen war – und das zeigte sich inzwischen eben auch am Inhalt ihrer Koffer.

Ich sollte wirklich endlich ein bisschen leben, dachte sie und beschloss, zu Fuß zu Ashs Wohnung zu gehen und auf dem Weg dorthin einen kleinen Schaufensterbummel zu machen. Ein paar neue Sommerkleider, ein paar Caprihosen, Tanktops und einige luftige Oberteile. Einige ihrer alten Sachen könnte sie mit ein paar Kniffen einfach aufpeppen; anderes würde sie wegwerfen. Solange alles in ihre Koffer passte, wäre sie abfahrbereit.

Eine Schaufensterauslage fesselte ihre Aufmerksamkeit besonders – eine weiße, gesichtslose Schaufensterpuppe in einem luftigen Kleid mit smaragdgrünen Riemchen-Keilsandalen an den Füßen. Aber sie durfte sich keine grünen Sandalen kaufen. Sie sollte sich besser Schuhe in einer neutralen Farbe zulegen, die zu allem passten – genau wie diejenigen, die sie im Augenblick anhatte.

Aber Grün konnte durchaus neutral wirken. Gras war grün, und eigentlich passte es doch zu allem ...

Während sie noch hin- und herüberlegte, bemerkte sie plötzlich, wie jemand hinter sie trat, und noch ehe sie einen Schritt zur Seite machen konnte, spürte sie einen leichten Stich in der Seite.

»Bleiben Sie ganz still, sonst geht das Messer blitzschnell tiefer. Nicken Sie, wenn Sie mich verstanden haben.«

In der Schaufensterscheibe erkannte Lila die Reflexion des schönen Gesichts wieder, die langen schwarzen Haare. Sie nickte.

»Gut. Wir müssen uns unterhalten, Sie und ich. Mein Partner hat ein Auto, es steht dort hinter der nächsten Ecke.«

»Sie haben Ihren Partner umgebracht.«

»Und mir einen neuen zugelegt. Der alte war ... unbefriedigend. Sie sollten besser darauf achten, dass Sie mich zufriedenstellen ... Gehen wir. Wie zwei Freundinnen an einem Sommertag.«

»Was Sie von mir wollen, habe ich nicht ...«

»Darüber unterhalten wir uns an einem ruhigeren Ort.« Die Frau legte fest den Arm um Lilas Taille, als wären sie beste Freundinnen oder ein Liebespaar. Das Messer verharrte wie eine tödliche Mahnung an Lilas Seite.

»Ich hab doch nur aus dem Fenster gesehen!« Bleib ruhig, befahl sie sich. Sie waren am helllichten Tag auf der Straße unterwegs. Es musste doch irgendetwas geben, was sie tun konnte.

»Ich kannte Oliver Archer nicht einmal.«

»Und trotzdem waren Sie auf seiner Beerdigung.«

»Wegen seines Bruders.«

»Und den Bruder kennen Sie sehr gut. Das alles kann ganz leicht für Sie sein: Der Bruder gibt mir, was mir versprochen wurde, und alle sind zufrieden.«

Lila musterte im Vorbeigehen die Gesichter der Passanten. Seht mich an!, schrie sie im Geiste. Ruft die Polizei!

Aber jeder Einzelne eilte bloß achtlos an ihr vorüber.

»Warum tun Sie das? Warum töten Sie?«

»Warum sitzen Sie in den Häusern anderer Leute?« Jai schenkte ihr ein Lächeln. »Das ist es nun mal, womit wir unser Geld verdienen, nicht wahr? Auf Ihrer Website stehen zahlreiche Empfehlungen. Wir sind beide gut in dem, was wir tun.«

»Dann ist es also nur ein Job ...«

»Das ist ein sehr amerikanischer Ausdruck. Nein, es ist kein Job – es ist ein Abenteuer. Mein Auftraggeber zahlt gut und erwartet, dass ich hervorragende Arbeit leiste. Ich leiste hervorragende Arbeit. Ah, mein Partner fährt anscheinend gerade einmal um den Block ... New York ist so belebt, so voller Bewegung! Das gefällt mir. Ich glaube, das haben wir gemeinsam. Und wir sind für unsere Arbeit viel unterwegs. Ja, wir haben viele Gemeinsamkeiten. Wenn unser Gespräch gut verläuft, können Sie schon bald zurückgehen und sich dieses hübsche Kleid aus dem Schaufenster kaufen.«

»Und wenn nicht?«

»Dann vollende ich meinen Job. Sie wissen doch: Gegenüber seinem Auftraggeber hat man eine Verantwortung.«

»Ich würde für niemanden töten. Die Polizei kennt Ihr Gesicht. Sie können nicht ...«

Das Messer grub sich ein wenig tiefer, und ein scharfer Schmerz fuhr an Lilas Seite empor.

»Ich sehe hier nirgends Polizei. Sie?«

»Aber Ihren Partner sehe ich auch nicht.«

Jai lächelte. »Nur Geduld.«

Da auf einmal entdeckte Lila den Trenchcoatmann. Er stapfte in ihre Richtung. Ich könnte ihn benutzen, dachte sie – zusammen mit der Wut, die in mir brodelt. Sie müsste nur den perfekten Zeitpunkt abpassen, und dann ...

Im selben Moment streckte Earl Grey seinen Kopf aus der Tasche und kläffte einmal kurz, um allen mitzuteilen, dass er auch noch da war. Es war nur ein winziger Moment, in dem die Asiatin überrascht den Griff ein wenig lockerte – doch Lila wusste ihn zu nutzen. Sie stieß sie mit der Schulter von sich weg, sodass die Asiatin einen Schritt nach hinten taumelte, und dann rammte sie ihr mit voller Wucht die geballte Faust ins Gesicht. Jai verlor das Gleichgewicht und landete auf dem Hintern.

Und Lila rannte los.

Zuerst war es die blinde Panik. In ihren Ohren rauschte es, ihr Herz schlug ihr bis zum Hals. Sie riskierte einen schnellen Blick über die Schulter und sah, dass die Frau einen Mann zur Seite stieß, der ihr hatte aufhelfen wollen.

Sie trägt High Heels, dachte Lila, und ein Funke Hoffnung mischte sich in ihre Panik. Die Eitelkeit würde sie wertvolle Zeit kosten.

Sie sprintete weiter – die Tasche mit dem kleinen Hund, der sich sofort wieder zurückgezogen hatte, fest an sich gedrückt. Zu Julie und zur Galerie war es zu weit, und um zu Ashs Haus zu kommen, würde sie die Straße überqueren müssen ... Die Bäckerei! Lukes Bäckerei!

Sie rannte den gesamten Block entlang, stieß mit Passanten zusammen, die ihr auswichen und Flüche nachriefen. Schließlich bog sie keuchend und nach Atem ringend um die Ecke und stürmte in das Ladenlokal von Baker's Dozen. Über Stücken von Pfirsichkuchen und Kiwitörtchen hielten die Kunden abrupt inne und starrten sie an, doch sie rannte einfach weiter, hinter die Theke und hinüber in die riesige Backstube, in der es nach Hefe und Zucker roch.

Ein untersetzter, rundgesichtiger Mann, der gerade dabei gewesen war, kleine Röschen auf einen dreistöckigen Kuchen zu setzen, rief erschrocken: »Lady, Sie dürfen nicht hier rein!«

»Luke«, brachte sie keuchend hervor. »Ich muss zu Luke ...«

»Schon wieder so eine!« Eine Frau mit violetten Haaren zog ein Blech mit Brownies aus dem Ofen. Schlagartig roch es intensiv nach Schokolade. Doch dann bemerkte sie Lilas Gesichtsausdruck. Sie stellte das Kuchenblech ab und schob ihr einen Hocker zu. »Sie setzen sich besser ... Ich hole ihn.«

Lila atmete tief durch, fuhr mit der Hand in ihre Tasche, um ihr Handy hervorzuziehen, und stieß auf einen zitternden Earl Grey. »Oh, Baby, es tut mir so leid ...«

»Dieses Ding muss sofort hier raus!« Der Kuchenkünstler, dessen Stimme plötzlich um zwei Oktaven höher schrillte, ließ seine Pipette fallen. »Was ist das überhaupt? Bringen Sie es aus der Küche raus!«

»Tut mir leid, es ist ein Notfall.« Lila drückte das zitternde Hündchen an ihre Brust und tastete erneut nach ihrem Handy. Noch ehe sie die Nummer des Notrufs eintippen konnte, kam Luke auch schon die Treppe hinaufgestürmt.

»Was ist passiert? Wo ist Julie?«

»In der Galerie. Es geht ihr gut. Sie hatte ein Messer ...«

»Julie?«

»Nein, die Asiatin! Sie hatte ein Messer. Ich musste wegrennen. Ich weiß nicht, ob sie gesehen hat, dass ich hier hereingelaufen bin ... Ich hab mich nicht mehr umgedreht. Vielleicht war da auch ein Auto – ich weiß es nicht.«

»Setz dich.« Luke drückte sie auf den Hocker. »Simon, hol ihr ein Glas Wasser!«

»Boss, sie hat ein Tier bei sich. In der Küche sind Tiere verboten.«

»Das ist ein Zwergpudel.« Lila drückte den Hund fest an sich. »Sein Name ist Earl Grey, und er hat mir das Leben gerettet. Er hat mir das Leben gerettet ...«, wiederholte sie und sah Luke hilfesuchend an. »Wir müssen die Polizei verständigen. Und Ashton.«

»Ich kümmere mich darum. Trink erst mal was.«

»Es geht mir gut. Ich bin nur ein bisschen in Panik geraten. So schnell bin ich seit meiner Schulzeit im Sportunterricht nicht mehr gerannt.« Sie nahm ein paar Schlucke. »Kann ich vielleicht eine Schale haben? Earl Grey braucht auch ein bisschen Wasser. Er ist völlig durcheinander.«

»Hol ihr eine Schüssel«, befahl Luke.

»Boss!«

»Eine Schüssel, verdammt noch mal! Ich bringe dich zu Ash, und dann rufen wir die Polizei. In der Zwischenzeit erzählst du mir, was vorgefallen ist.«

»Okay.« Sie nahm dem zögerlichen Simon die Schüssel aus der Hand.

»Das ist ja gar kein Hund«, murmelte er.

»Er ist mein Held.«

»Aber er ist kein ... Lady, Sie bluten!«

»Ich ...« Erneut stieg Panik in ihr auf, als sie das Blut auf ihrer Bluse sah. Sie zerrte den Stoff aus dem Saum, schüttelte dann aber erleichtert den Kopf. »Sie hat mich nur ganz leicht mit einem Messer gepiekt. Es ist nur ein Kratzer.«

»Hallie, den Erste-Hilfe-Kasten ...«

»Es ist nichts Ernstes – nur hab ich jetzt ein Loch in meiner guten weißen Bluse ... und einen Blutfleck.«

»Hier, Lady. Ich gebe dem Hund Wasser.«

»Er hat Angst bekommen, als ich losgerannt bin.« Lila sah Simon in die Augen. Er wirkte nicht mehr annähernd so feindselig wie zuvor. »Ich heiße Lila. Und das ist Earl Grey.« Vorsichtig reichte sie Hund und Schüssel an Simon weiter.

»Ich mache die Wunde trotzdem sauber«, sagte Luke. Seine Stimme und seine Hände waren so sanft wie die einer Mutter, die ihr verängstigtes Kind beruhigt. »Ich mache sie nur sauber und verbinde sie.«

»Okay, okay. Ich rufe Detective Fine an und frage sie, ob sie und ihr Partner direkt zu Ash kommen können. Er wartet bestimmt schon auf mich. Ich bin spät dran.«

Sie war wie benommen, stellte sie fest. Nachdem das Adrenalin verrauscht war, fühlte sich ihr Körper irgendwie ein bisschen zu leicht an. Sie war dankbar dafür, dass Luke sie auf dem kurzen Weg hinüber zu Ashs Haus stützte. Ohne seinen festen Griff wäre sie garantiert davongeflogen. Er war in der Bäckerei so ruhig und sanft gewesen und kam ihr jetzt plötzlich vor wie ein Baum, der jedem Sturm trotzen konnte.

Klar, dass Julie in ihn verliebt war.

»Du bist ihr Baum.«

»Ich bin was?«

»Du bist Julies Baum. Ein Baum mit gesunden, tief greifenden Wurzeln.«

»Okay ...« Er hatte seinen Arm um sie gelegt und tätschelte beruhigend ihren Oberarm.

Sowie sie in Sichtweite waren, kam Ash auf sie zugerannt – so schnell, dass sie ihn kaum klar erkennen konnte. Er riss sie in die Arme.

»Mir geht es gut«, hörte sie sich selbst sagen.

»Ich muss nach Julie sehen«, sagte Luke. »Ich muss mich vergewissern, dass bei ihr alles in Ordnung ist.«

»Ja, geh nur. Ich halte sie.«

»Ich kann allein laufen. Das ist doch albern! Ich bin drei Blocks weit gerannt ... ungefähr. Ich kann laufen.«

»Jetzt nicht. Ich hätte auf dich warten sollen. Oder dich abholen sollen.«

»Hör auf!« Doch da sie nicht die Kraft aufbringen konnte, ihm zu widersprechen, ließ sie einfach ihren Kopf an seine Schulter sinken, während er sie auf den Arm nahm und in sein Haus trug.

Er brachte sie direkt zum Sofa. »Lass mich sehen, wo sie dich verletzt hat.«

»Luke hat sich schon darum gekümmert. Es ist nur ein Kratzer, mehr nicht. Sie wollte mir bloß Angst einjagen, und das ist ihr auch gelungen. Das ist ihr wirklich gelungen. Mehr hat sie nicht getan – und sie hat auch nicht bekommen, was sie wollte. Aber das Luder hat meine Bluse ruiniert.«

»Lila ...« Er legte seine Stirn an ihre, und Lila stieß einen langen Seufzer aus.

Allmählich ließ das Schwindelgefühl nach. Sie war wieder auf dem Boden der Tatsachen angekommen. Sie würde nicht davonfliegen, stellte sie fest, weil er sie an sich drückte.

»Earl Grey hat schon wieder Punkte gesammelt.«

»Was?«

»Er hat im entscheidenden Augenblick den Kopf aus der Tasche gestreckt und sie erschreckt. Ich hatte gerade beschlossen, den richtigen Zeitpunkt abzuwarten und dann den Trenchcoatmann auf mich aufmerksam zu machen – aber Earl Grey war besser. Wer erwartet denn schon, einen Hund aus einer Tasche gucken zu sehen – vor allem, wenn du dich darauf konzentrierst, jemanden zu entführen? Noch dazu am helllichten Tag. Sie hat sich mächtig erschrocken, ich stieß sie weg, und dann hab ich ihr einen Fausthieb verpasst, und sie ist auf den Hintern geplumpst. Da bin ich losgerannt. Sie hatte hohe Absätze – sie ist also eitel und überaus selbstbewusst. Und sie hat mich unterschätzt. Allein schon deswegen ist sie ein Luder. Lass mich aufstehen ...«

Sie stemmte sich von der Couch hoch und zog den Hund aus der Tasche. Dann ging sie langsam mit ihm auf und ab, als hielte sie ein Baby im Arm.

Jetzt endlich kam die Wut. Es war wie ein Befreiungsschlag. Sie empfand Wut, und sie war beleidigt, und diese Gefühle drängten ihre Angst in den Hintergrund.

»Sie hat allen Ernstes geglaubt, ich würde ihr keine Probleme machen. Sie dachte wohl, ich würde einfach mit ihr mitgehen – zitternd, schwach und *blöd*. Sie überfällt mich an einem Vormittag mitten in Chelsea und rechnet nicht damit, dass ich mich wehre.«

Sie drehte sich auf dem Absatz um und marschierte zurück. Ihre Augen blitzten, und ihr Gesicht war nicht mehr bleich, sondern vor Zorn gerötet.

»Verdammt, ich bin die Tochter eines Lieutenant Colonel im Ruhestand! Ich kann zwar kein Kung-Fu, aber die Grundlagen der Selbstverteidigung beherrsche ich sehr wohl. Und ich kann mit einer Waffe umgehen. Ich kann mit mir selbst umgehen. Sie ist diejenige, die auf dem Hintern gelandet ist. Wer ist jetzt die Blöde?«

»Sie hat dich mit dem Messer verletzt.«

»Sie hat mir die Haut ein bisschen aufgeritzt.« Die Panik, der leichte Schock, das Zittern – das alles war jetzt zu heißer Wut geworden. »›Wir müssen uns unterhalten, Sie und ich‹, hat sie in ihrer arroganten Art gesagt. Und wenn unser Gespräch sie nicht zufriedenstellen würde, dann müsste sie wohl ihren Job verrichten. Und der ist es, Leute umzubringen. Sie wollte, dass ich zittere und greine und bettle – wie Olivers arme Freundin es getan hat. Na, den Gefallen habe ich ihr nicht getan, was? Sie hat vielleicht meine beste weiße Bluse ruiniert, aber jedes Mal, wenn sie in den nächsten Tagen in den Spiegel guckt oder sich hinsetzt, wird sie an mich denken.«

Er trat zu ihr und stellte sich vor sie hin. »Bist du jetzt fertig?«

»Beinahe. Wo ist Luke?«

»Er ist zu Julie gegangen.«

»Das ist gut – obwohl sie sich jetzt wahrscheinlich auch Sorgen macht.« Sie blickte an sich hinab und sah, dass Earl Grey mit dem Köpfchen an ihrer Brust eingeschlafen war. »Dieses Drama hat ihn völlig fertiggemacht.« Sie schlich zu ihrer Tasche, zog seine kleine Decke hervor und breitete sie auf der Couch aus, damit er dort weiterschlafen konnte. »Genauso hatte ich es mir vorgenommen – sie von mir wegzustoßen und davonzulaufen. Aber ich hätte bestimmt in die Notaufnahme gemusst, um genäht zu werden – sie hätte sicher richtig zugestochen. Erst Earl Grey hat mir die Gelegenheit verschafft, unverletzt davonzukommen. Ich muss heute noch mit ihm in den Hundeladen gehen und kaufe ihm alles, was sein kleines Hundeherz begehrt!«

»Woher willst du denn wissen, was sein Herz begehrt?«

»Wir haben jetzt eine seelische Verbindung – wie die Jedis.« Ganz ruhig setzte sie sich auf die Armlehne der Couch neben den Hund und sah Ash direkt ins Gesicht. »Ich habe eine ziemlich gute Menschenkenntnis. Ich beobachte sie – das habe ich immer schon gemacht. Ich war stets die Außenseiterin; das neue Kind in einer Stadt ist immer erst mal Außenseiter. Und als Außenseiter lernt man zu beobachten, abzuwägen, zu beurteilen. Ich bin ziemlich gut darin. Was immer ich zu ihr gesagt haben würde, wenn sie es geschafft hätte, mich zu ihrem Unterschlupf zu bringen, wo sie mit mir hätte reden wollen – sie hätte mich nach unserem Gespräch umgebracht. Und sie hätte es genossen. Es ist ihr Talent und ihre Berufung.«

»Ich überlasse ihr das Fabergé-Ei, dann ist alles vorbei.«

»Das wird ihr nicht genügen – das will ich dir doch gerade deutlich machen. Ihr Auftraggeber wird sich möglicherweise damit zufriedengeben – und sie hat einen Auftraggeber. Sie hat ihn mir gegenüber erwähnt. Aber ihr persönlich wird es nicht genügen – vor allem jetzt nicht mehr.« Sie stand auf und trat zu ihm, wollte einfach nur noch in den Arm genommen werden. »Sie hat makellose Haut. Von Nahem ist ihr Gesicht wirklich atemberaubend schön, und ihre Haut ist einfach nur perfekt. Aber mit ihren Augen stimmt etwas nicht. Nein, *in* ihren Augen«, korrigierte sie sich. »Es gibt genau so eine Figur in meinen Büchern. Sie ist ein wildes Tier, das mal in Menschengestalt auftritt, mal als Wolf. Aber ihre Augen habe ich mir genauso vorgestellt wie die jener Frau ...«

»Sasha.«

»Ja.« Lila lachte beinahe. »Du hast es tatsächlich gelesen! Ich wusste genau, was mit ihr los war, als ich ihr heute in die Augen gesehen habe. Sie ist ein Killer. Es geht nicht nur um das, was sie tut – es geht vielmehr um das, was sie ist. Sie ist ein wildes

Tier. Für sie ist immer Vollmond.« Sie atmete einmal tief durch und war auf einmal ganz ruhig. »Ash, wir könnten ihr das Fabergé-Ei in einer üppigen Geschenkverpackung überreichen, und sie würde mich trotzdem töten und dich und jeden, der ihr sonst noch in die Quere kommt. Sie braucht das – so wie du malen musst und ich schreiben. Vielleicht sogar noch mehr.«

»Was ich brauche, ist, dass du in Sicherheit bist.«

»Dann müssen wir es zu Ende bringen, weil keiner von uns je sicher sein wird, ehe sie hinter Gittern landet. Glaub mir, Ash, ich habe es in ihren Augen gesehen.«

»Ich glaube dir. Und du kannst mir glauben, dass du nicht mehr allein rausgehen wirst, bevor sie hinter Gittern sitzt. Widersprich mir nicht«, fuhr er sie an, ehe sie auch nur den Mund aufmachen konnte. »Beim nächsten Mal wird sie dich nicht mehr unterschätzen.«

Es ärgerte sie kolossal, aber unterm Strich hatte er recht. »Da könnte was dran sein ...«

»Was sollte das überhaupt heißen, du kannst mit einer Waffe umgehen?«

»Ich bin ein Army-Kind«, rief sie ihm ins Gedächtnis. »Mein Vater hat mir beigebracht, wie man mit einer Waffe umgeht, wie man schießt. Seit fünf, sechs Jahren habe ich keine mehr in der Hand gehalten – aber ich könnte es immer noch, wenn ich müsste. Und ich kann ein bisschen boxen – und ich beherrsche ein paar grundlegende und ziemlich effektive Selbstverteidigungstechniken. Etwa einen Monat nachdem ich nach New York gezogen war, hat irgend so ein Typ versucht, mich auszurauben. Ich hab ihm die Eier bis hinauf in den Rachen gekickt. Sie stecken wahrscheinlich immer noch dort oben fest.«

»Du schaffst es immer wieder, mich zu überraschen.«

Er nahm sie erneut in den Arm und hielt sie fest, um sie und sich selbst zu trösten. Wenn sie der Frau das nächste Mal begegneten, dachte er, würde sie keine Waffe brauchen. Er hatte noch nie in seinem Leben eine Frau geschlagen, wäre auch nie auf den

Gedanken gekommen – aber für eine Frau, die Lilas Blut vergoss, war er bereit, eine Ausnahme zu machen.

Er kümmerte sich um das, was ihm gehörte.

Er hob ihr Gesicht an und küsste sie auf die Lippen. »Ich gehe schon«, sagte er leise, als die Klingel ertönte. Die Polizei, dachte er – oder Luke. Sie mussten den nächsten Schritt unternehmen. Und er war mehr als bereit dazu.

20

Julie stürmte herein und riss Lila in die Arme. »Geht es dir gut? O Gott, Lila!«

»Es ist alles in Ordnung. Luke hat dir doch gesagt, dass mir nichts passiert ist?«

»Ja, aber ...« Sie ließ Lila kurz los und sah sie an. »Sie hat dich angegriffen.«

»Eigentlich nicht ...«

»Sie hatte ein Messer. O Gott! Sie hat dich damit verletzt. Du hast geblutet.«

»Ach was.« Lila legte ihre Hände an Julies Wangen und sah ihre Freundin eindringlich an. »Es war nur ein Kratzer, und Luke hat mich verarztet. Aber ich habe ihr einen Schlag verpasst, dass sie auf den Hintern geflogen ist!«

»Sie muss dir von der Galerie aus gefolgt sein.«

»Ich weiß nicht ... Sie war wahrscheinlich einfach in der Gegend und hat auf ihr Glück gehofft. Und das hat ja auch funktioniert – bis ich sie umgehauen habe. Wenn man meine hübsche weiße Bluse dagegenhält, hat sie draufgezahlt.«

»Ich glaube, du solltest dich ein paar Wochen lang zu deinen Eltern zurückziehen. Alaska ist weit weg. Bis dorthin wird sie dir nicht folgen.«

»Nein, unter keinen Umständen! Ash und ich können erklären, was ...«

Da klingelte es erneut.

»Die Polizei«, verkündete Ash mit einem Blick auf seinen Monitor.

»Wir unterhalten uns nachher weiter.« Lila drückte Julies Hand, während Ash zur Tür ging. »Vertrau mir.«

Fine und Waterstone traten ein und sahen von einem Anwesenden zum anderen. Fine bemerkte das Blut auf Lilas Bluse. »Sie haben sich verletzt ...«

»Es ist nur ein Kratzer. Möchten Sie vielleicht einen Kaffee oder Tee? Oder etwas Kaltes? Ich könnte selbst eine Erfrischung vertragen.«

»Ich kümmere mich darum.« Luke ging zur Küche. »Ich kenne mich aus.«

»Setzen wir uns.« Ash legte Lila den Arm um die Taille, wobei er sorgfältig darauf achtete, die Wunde nicht zu berühren. »Lila sollte sich eine Weile hinsetzen.«

»Mir geht es gut, aber es stimmt, ich setze mich lieber.«

Da er sie nicht loslassen wollte, setzten sie sich nebeneinander auf die Couch, während die Polizisten ihnen gegenüber Platz nahmen.

»Erzählen Sie uns, was passiert ist«, bat Fine.

»Ich bin auf dem Weg hierher bei Julie in der Galerie vorbeigegangen. Ash wollte heute Nachmittag malen ...« Lila lehnte sich zurück und erzählte den beiden Polizisten die ganze Geschichte so ausführlich wie nur möglich. Als sie ihnen Earl Grey vorführte, verzog Fine leicht schockiert das Gesicht. Waterstone grinste nur breit.

»Das ist das kleinste Hündchen, das ich je gesehen habe.«

»Er ist wirklich süß.« Sie setzte ihn zu Boden, damit er die Umgebung erkunden konnte. »Und er ist mein Held. Als er den Kopf aus der Tasche streckte, war sie so überrascht, dass ich mich losreißen konnte. Ich schlug sie nieder und rannte davon.«

»Aber diesen Partner, von dem sie gesprochen hat, haben Sie nicht gesehen?« Fine warf dem Hund, der an ihren Schuhen schnüffelte, einen misstrauischen Blick zu.

»Nein. Und der New Yorker Straßenverkehr ist heute ebenfalls mein Held – zu Fuß hätte sie mich nie im Leben einholen können. Sie trug hohe Absätze, und ich hatte einen ordentlichen Vorsprung. Zum Glück konnte ich noch so klar denken, dass ich direkt zu Lukes Bäckerei gelaufen bin.« Lächelnd blickte sie auf, als Luke mit einem Tablett voller Gläser mit Eistee hereinkam. »Ich glaube, ich hab mich dort ein bisschen hysterisch aufgeführt ...«

»Nicht im Geringsten.« Er verteilte die Gläser. »Du bist wirklich gut mit der Situation umgegangen.«

»Danke. Dann habe ich Sie angerufen, und jetzt sitzen wir hier. Sie hat lange Haare – bis zu den Schulterblättern. Mit den Absätzen ist sie etwa eins vierundsiebzig groß, und sie spricht ganz ohne Akzent. Ihre Satzmelodie klingt leicht ausländisch, aber ihr Englisch ist exzellent. Sie hat grüne – hellgrüne – Augen, und das Töten ist ihr Beruf und ihre Berufung. Aber das wissen Sie ohnehin schon alles«, schloss Lila, »Sie wissen ja, wer sie ist!«

»Ihr Name ist Jai Maddok. Ihre Mutter ist Chinesin, ihr Vater war Engländer – er ist mittlerweile verstorben.« Fine machte eine Pause, als müsste sie kurz nachdenken, dann fuhr sie fort: »In diversen Ländern wird nach ihr gefahndet. Mord und Diebstahl sind ihre Spezialgebiete. Vor drei Jahren hat sie zwei Mitglieder des MI6, die ihr auf den Fersen waren, in eine Falle gelockt und getötet. Seitdem ist sie nur noch selten aufgetaucht. Die Informationen über sie sind nicht allzu üppig, aber sämtliche Ermittler, die bislang mit ihr zu tun hatten, sagen übereinstimmend, sie sei skrupellos, gerissen und höre nicht mehr auf, bis sie bekommt, was sie will.«

»Und sie haben in allen Punkten recht. Aber gerissen bedeutet nicht immer notwendigerweise klug.« Lila musste wieder an die hellgrünen Augen denken. »Sie ist eine Soziopathin – und überaus narzisstisch veranlagt.«

»Ich wusste gar nicht, dass Sie Psychologie studiert haben.«

Lila erwiderte kühl Fines skeptischen Blick. »Ich weiß, wem ich heute in die Augen gesehen habe. Ich bin ihr entkommen, weil ich nun mal nicht blöd bin – und weil sie zu selbstbewusst aufgetreten ist.«

»Jeder, der zwei ausgebildete Agenten überwältigt hat, kann mit Fug und Recht selbstbewusst auftreten.«

»Da muss sie ausreichend Zeit zu planen gehabt haben«, warf Ash ein, bevor Lila etwas erwidern konnte. »Und es ging damals um ihr eigenes Überleben. Hinzu kommt außerdem, dass sie die Fähigkeiten dieser beiden Männer ganz sicher nicht unterschätzt hat.«

Lila nickte und lächelte. Ash hatte die Situation präzise erfasst. Er verstand exakt, was sie dachte und fühlte.

»Bei Lila hat sie nicht mit Widerstand gerechnet, und deshalb wurde sie nachlässig.«

»Glauben Sie ja nicht, dass das noch einmal passiert«, warf Waterstone ein. »Sie haben heute verdammtes Glück gehabt.«

»Ich glaube nie, dass jemand den gleichen Fehler zweimal macht. Erst recht nicht mir gegenüber«, erwiderte Lila.

»Dann geben Sie uns das Fabergé-Ei und lassen Sie uns die Pressemitteilung vorbereiten. So ist es nicht länger in Ihrer Obhut, und Jai Maddok hat keinen Grund mehr, Ihnen aufzulauern.«

»Sie wissen genau, dass das nicht stimmt«, sagte Lila zu Fine. »Wir stellen für sie lose Fäden dar, die sie abschneiden muss. Außerdem habe ich sie heute beleidigt, und das wird sie nicht einfach auf sich sitzen lassen. Wenn wir Ihnen das Ei überlassen, braucht sie uns nur noch zu töten.«

Waterstone setzte sich auf die Kante seines Sessels. So geduldig, wie er sich wahrscheinlich auch mit seinen beiden Teenagern zu Hause unterhielt, sagte er zu Lila: »Wir können Sie beschützen. FBI, Interpol – wir ermitteln in alle Richtungen.«

»Ja, ich glaube Ihnen, dass Sie das könnten und sicher auch tun würden. Jedenfalls eine Zeit lang. Aber irgendwann würde es Ihr Budget zu sehr belasten – und sie kann es sich leisten zu warten. Wie lange ist sie bereits Berufskillerin?«

»Seit ihrem siebzehnten oder vielleicht sogar sechzehnten Lebensjahr.«

»Also ihr halbes Leben lang.«

»Ja, so ungefähr.«

»Sie wissen einiges über sie«, begann Ash, »aber Sie wissen immer noch nicht, für wen sie derzeit arbeitet.«

»Noch nicht. Wir arbeiten daran, wir haben gute Leute, die an der Sache dran sind«, sagte Fine. »Wir werden denjenigen, der sie bezahlt, zu fassen kriegen.«

»Selbst wenn Ihnen das gelingen sollte, wird es sie nicht aufhalten.«

»Ein umso triftigerer Grund, Sie zu beschützen.«

»Lila und ich wollen für ein paar Tage verreisen. Ihr solltet mitkommen«, wandte sich Ash an Luke und Julie. »Aber darüber reden wir später.«

»Wohin verreisen Sie denn?«, wollte Fine wissen.

»Nach Italien. Wir verschwinden für eine Weile aus New York. Wenn Sie sie schnappen, solange wir weg sind, ist das Problem gelöst. Ich möchte wirklich, dass Lila in Sicherheit ist, Detectives. Ich will mein Leben wiederhaben, und ich will, dass die Person, die für den Tod von Oliver und Vinnie verantwortlich ist, hinter Schloss und Riegel kommt. All das wird erst der Fall sein, wenn Sie dieser Jai Maddok das Handwerk legen.«

»Wir brauchen Ihre Adresse in Italien. Und teilen Sie uns bitte mit, wann Sie abreisen und wann Sie vorhaben zurückzukommen.«

»Ja, natürlich.«

»Wir wollen Ihnen die Arbeit wirklich nicht erschweren«, fügte Lila hinzu.

Fine warf ihr einen Blick zu. »Vielleicht nicht, aber Sie machen es uns auch nicht gerade leichter.«

»Was sollen wir denn tun?«, fragte Lila aufgebracht, als die Detectives endlich wieder weg waren. »Uns irgendwo verstecken, bis sie sie finden und einsperren – was seit mehr als zehn Jahren niemandem gelungen ist? Wir haben doch nicht damit angefangen! Ich hab doch nur aus dem Fenster gesehen – und du hast einen Brief von deinem Bruder aufgemacht.«

»Wenn man das alles nur durch ein bisschen Versteckspielen lösen könnte, dann würde ich alles daransetzen, dass du dich versteckst. Aber ...« Ash hatte die beiden Polizisten zur Tür gebracht und sich wieder neben Lila aufs Sofa fallen lassen. »Du hattest recht, als du gesagt hast, dass sie alle Zeit der Welt hat, um abzuwarten. Wenn sie jetzt untertaucht, können wir nicht mehr sicher sein, wann und wo sie das nächste Mal auf dich losgehen wird.«

»Oder auf dich.«

»Oder auf mich. Also auf nach Italien.«

»Italien«, stimmte Lila zu und warf Julie und Luke einen auffordernden Blick zu. »Kommt ihr mit?«

»Ich weiß nicht … Ich habe noch keine Sekunde über Urlaub nachgedacht, aber ich würde schrecklich gerne …«, sagte Julie. »Was haben wir dort überhaupt vor?«

»Es geht einfach nur darum, dass wir zwei zusätzliche Personen sind«, erwiderte Ash. »Nach dem heutigen Vorfall will ich nicht, dass Lila sich irgendwo allein aufhält. Dass man allein gut zurechtkommt«, fügte er hinzu, um ihr zuvorzukommen, »heißt eben noch lange nicht, dass es auch für immer so sein muss.«

»Ich könnte ja eine Geschäftsreise daraus machen: ein paar Galerien besuchen, mir einige Straßenkünstler ansehen … Ich rede mal mit den Inhabern und stelle es ihnen so dar. Ich habe gerade ein paar große Abschlüsse gemacht, sie werden wahrscheinlich nichts dagegen haben.«

»Gut. Um den Rest kümmere ich mich.«

»Wie meinst du das?«, wandte sich Lila an Ash.

»Wir müssen schließlich irgendwie dorthinkommen, irgendwo wohnen, uns dort fortbewegen. Darum werde ich mich kümmern.«

»Und warum du?«

Er legte seine Hand über ihre. »Weil es mein Bruder war.«

Dagegen kann wohl keiner etwas einwenden, dachte sie sich und verschränkte ihre Finger mit seinen. »In Ordnung, aber ich bin diejenige, die Antonia Bastone kontaktiert hat. Um sie kümmere ich mich.«

»Und was heißt das?«

»Wenn wir dort ankommen, ist es sicher hilfreich, einen Zugang zur Villa der Bastones zu haben, und dafür werde ich Sorge tragen.«

»Das schaffst du bestimmt.«

»Darauf kannst du wetten.«

»Dann ist in Sachen Reise ja alles geklärt«, sagte Luke. »Ich muss wieder in den Laden, wenn ihr mich hier nicht mehr braucht.«

»Nein, jetzt übernehme ich.« Ash strich Lila übers Haar und stand auf. »Danke. Für alles.«

»Ich würde ja sagen: jederzeit. Aber wir wollen mal nicht hoffen, dass so etwas häufiger passiert.«

»Du warst einsame Spitze.« Lila stand ebenfalls auf und trat zu Luke, um ihn zu umarmen. »Wenn mir jemals wieder jemand mit ruhiger, sicherer Hand eine Wunde versorgen muss, dann weiß ich, an wen ich mich wenden kann.«

»Halt dich fern von verrückten Frauen mit Messern.« Er gab ihr einen spielerischen Kuss und tauschte über ihren Kopf hinweg erneut eine stumme Nachricht mit Luke aus. »Ich bringe dich bei der Galerie vorbei«, sagte er dann zu Julie. »Und heute Abend hole ich dich dort ab.«

Sie legte den Kopf schräg. »Bist du jetzt mein Bodyguard?«

»Sieht ganz so aus.«

»Soll mir recht sein.« Sie trat zu Lila und umarmte sie. »Sei vorsichtig!«

»Ich verspreche es.«

»Und tu, was du am besten kannst – pack nur das Nötigste ein. Wir gehen in Italien shoppen.« Sie wandte sich zu Ash um und umarmte ihn ebenfalls. »Pass gut auf sie auf, ob sie es will oder nicht.«

»Na klar.«

Als sie mit Ash zur Eingangstür ging, wandte sie sich noch mal zu Lila um. »Ich ruf dich später an.«

Lila wartete, bis Ash wieder die Tür hinter ihnen zugemacht hatte. »Ich bin nicht unvorsichtig.«

»Nein, deine Neigung zum Risiko ist nicht zwangsläufig unvorsichtig. Aber meine Neigung, mich um andere zu kümmern, bedeutet auch nicht unbedingt, dass ich kontrollsüchtig bin.«

»Hmm. Es könnte jemandem glatt so vorkommen, der es seit Jahren gewöhnt ist, sich um sich selber zu kümmern.«

»Wahrscheinlich – genauso wie jemand, der es gewöhnt ist, Risiken einzugehen, jemandem, der die Risiken lieber umgeht, unvorsichtig erscheinen kann.«

»Das ist wirklich ein Dilemma.«

»Möglich – aber wir haben noch ein viel größeres Problem.« Er trat neben sie und berührte leicht ihre verletzte Seite. »Im Moment erscheint es mir am wichtigsten, dafür zu sorgen, dass so etwas nie wieder passiert. Und das erreichen wir nur, indem wir Jai Maddok hinter Gitter bringen.«

»Vielleicht gelingt uns das ja in Italien.«

»Ja, das ist der Plan. Wenn ich gewusst hätte, wohin das alles führen würde, hätte ich dich vor der Polizeiwache nie angesprochen. Aber ich hätte an dich gedacht. Du wärst mir trotz der Umstände nicht mehr aus dem Kopf gegangen, dabei hätte ich dich dann nur ein einziges Mal kurz gesehen ...«

»Ich wäre dir auch hinterhergelaufen, wenn ich gewusst hätte, dass all das passieren würde.«

»Trotzdem bist du nicht unvorsichtig.«

»Manche Dinge sind es wert, ein Risiko einzugehen. Ich weiß nicht, was als Nächstes passieren wird, Ash. Ich muss einfach weitermachen, bis ich es herausfinde.«

»Ich auch.« Aber er dachte auch an sie. Nur an sie.

»Ich tausche Brooklyn gegen Italien, überlasse dir die Planung und verschaffe uns Zugang zu den Bastones. Den Rest nehmen wir einfach, wie er kommt.«

»Es wird schon funktionieren. Hast du Lust, für mich Modell zu sitzen?«

»Deshalb bin ich ja hier. Alles andere war nur ein kleines Zwischenspiel.«

»Dann lass uns anfangen.«

Sie nahm den Hund auf den Arm. »Er geht dorthin, wo ich hingehe.«

»Nach dem heutigen Tag will ich dir da mal nicht widersprechen.«

Während er malte, verbannte er die Vorfälle des Tages aus seinen Gedanken. Lila konnte es ihm ansehen. Er konzentrierte sich nur mehr auf die Arbeit. Wie er den Pinsel führte, den Kopf schräg legte, sich sicher bewegte. Einmal klemmte er den Pinsel zwischen die Zähne und malte mit einem anderen weiter, vermischte Farben auf seiner Palette. Sie hätte ihn gerne gefragt, woher er so genau wusste, welchen Pinsel er benutzen musste, wie er sich für diese oder jene Farbmischung entschied. War das eine erlernte Technik, oder leitete ihn die Intuition? Wusste er es einfach?

Aber wenn ein Mann so einen intensiven Gesichtsausdruck hatte, wenn er sie mit seinen Blicken derart durchdringen konnte, als sähe er jedes ihrer Geheimnisse, war es wohl besser zu schweigen. Außerdem sagte er sowieso kaum je etwas, wenn die Musik dröhnte und er die Leinwand bearbeitete.

Eine Zeit lang richtete er seinen Blick nur auf die Leinwand, und sie dachte schon, er hätte vergessen, dass sie auch noch da war. Für ihn ging es nur mehr um das Bild, das er schaffen wollte, nur noch um Farbe, Struktur, Form. Doch dann blickte er sie wieder an – und sie hielt die Luft an. Ein heißer, vibrierender Moment, bevor er seine Aufmerksamkeit wieder ganz der Leinwand zuwandte.

Mit ihm zusammen zu sein glich einer emotionalen Achterbahn, dachte sie. Sie liebte schnelle, wilde Fahrten – aber ein Mann, der ihr ohne jedes Wort oder auch nur eine einzige Berührung den Atem rauben konnte, hatte eine immense Macht. Wusste er, was er mit ihr anstellte? Wie ihre Haut prickelte, wenn er sie ansah? Dass ihr Herz unter seinem Blick schneller zu schlagen begann?

Sie waren inzwischen ein Liebespaar, und mit den körperlichen Aspekten einer Beziehung hatte sie noch nie Probleme gehabt. Doch dieser emotionale Wirbelsturm war neu für sie und überwältigend und machte sie tatsächlich ein wenig nervös.

Gerade als ihre Arme zu zittern begannen, wachte der Hund auf und begann, an ihr hochzuspringen und zu winseln.

»Nicht!«, fuhr er sie an, als sie die Arme senken wollte.

»Ash, meine Arme wiegen mindestens eine Tonne, und der Hund muss vor die Tür.«

»Nur noch eine Minute. Eine einzige Minute.«

Der Hund winselte erneut; ihre Arme zitterten. Mit langen, langsamen Strichen glitt sein Pinsel über die Leinwand.

»Okay. In Ordnung.« Er trat einen Schritt zurück und musterte mit zusammengekniffenen Augen sein Werk. »Okay.«

Lila nahm den Hund auf den Arm und rieb sich die schmerzenden Schultern. »Darf ich es sehen?«

»Das bist schließlich du ...«, sagte er mit einem Schulterzucken und trat an seinen Arbeitstisch, um die Pinsel zu reinigen.

Er hatte ihren Körper, ihr langes, fließendes Gewand, die hervorblitzenden Unterröcke meisterhaft eingefangen. Sie sah die Konturen ihrer Arme, ihres Gesichts – diese Details würde er allerdings erst noch malen müssen. Nur die Umrisse waren bereits da. Ein entblößtes Bein mit einem angewinkelten, erhobenen Fuß.

»Das könnte jeder sein.«

»Es ist aber nicht jeder.«

»Eine kopflose Tänzerin.«

»Das wird sich noch ändern.«

Er hatte auch schon einen Teil des Hintergrunds fertiggestellt – das Orange und Gold eines Lagerfeuers, der hinter ihr aufsteigende Rauch, einen Ausschnitt des sternenklaren Himmels. Dafür hatte er sie nicht gebraucht.

»Warum malst du das Gesicht erst so spät?«

»Dein Gesicht«, korrigierte er sie. »Weil es am wichtigsten ist. Die Linien, die Farben, die Krümmung deiner Arme – das alles ist wichtig, weil jedes Detail für sich eine Aussage hat. Aber dein Gesicht drückt alles auf einmal aus.«

»Und was drückt es aus?«

»Das werden wir noch herausfinden müssen. Du kannst dich schon mal umziehen. Nimm dir was aus der Kleiderkammer, wenn du deine Bluse nicht mehr anziehen willst. Ich gehe in der Zwischenzeit mit dem Hund nach draußen. Danach muss ich noch ein paar Dinge zusammenpacken, und dann fahren wir zurück in deine Wohnung. Ich bleibe heute Nacht bei dir.«

»Einfach so?«

Ein Schatten huschte über sein Gesicht. »Darüber haben wir doch ausführlich geredet, Lila. Wenn du dich zurückziehen willst, kannst du mir ja sagen, ich soll in einem der anderen Zimmer schlafen. Aber das werde ich offen gestanden nicht tun. Ich werde dich verführen ... Aber sagen kannst du es ja zumindest.«

Da sie sich nicht sicher war, ob sein sachlicher Tonfall sie eher irritierte oder erregte, hielt sie den Mund und verschwand stumm im Umkleideraum. Dort wählte sie ein mintgrünes Tanktop und musterte kurz den Pflasterverband über dem Kratzer, ehe sie es sich überzog. Dann studierte sie ihr Gesicht im Spiegel. Was würde es ausdrücken? Wusste er es denn schon? Wartete er noch ab? Sie wünschte sich, er hätte es bereits gemalt, damit sie wüsste, was er vor sich sah, wenn er sie anschaute.

Wie würde sie ohne diese Antworten zur Ruhe kommen? Wie, wenn sie nicht wüsste, wie das alles funktionierte – ob es überhaupt funktionierte?

Sie schminkte sich ab, wobei sie sich insgeheim fragte, warum sie überhaupt derart sorgfältig ihr dramatisches Make-up aufgelegt hatte, wenn ihr Gesicht auf der Leinwand doch leer geblieben war. Wahrscheinlich gab es irgendeinen Grund, den nur der Künstler verstand, warum sie sich komplett in die Figur verwandeln musste, die er sich vorstellte.

Verführung?, dachte sie. Nein, sie wollte nicht verführt werden. Verführung brachte ein unausgewogenes Machtverhältnis mit sich, eine Art unfreiwilliges Nachgeben. Trotzdem hatte er recht: Diese Grenze hatten sie beide ohnehin schon überschritten – und sie wussten beide, dass sie mit ihm zusammen sein wollte.

Für ihn Modell zu stehen hatte sie misslaunig gemacht, gestand sie sich ein. Sie sollte dieses Gefühl besser zurückdrängen; es gab im Moment weiß Gott Wichtigeres. Das Blut auf ihrer ruinierten Bluse war Beweis genug. Sie betrachtete den Fleck und musste erneut an den Überfall zurückdenken. Mittlerweile war sie so weit zuzugeben, dass sie aufmerksamer hätte sein müssen. Wenn sie besser aufgepasst hätte, wäre sie nicht derart überrumpelt worden; ihre Bluse wäre immer noch ganz, und sie müsste keinen Verband tragen. Das konnte und würde sie in Zukunft anders machen. Und doch kam sie sich vor, als hätte sie eine kleine Schlacht gewonnen. Jai hatte ihr eine kleine Verletzung zugefügt, aber das war auch schon alles.

Sie rollte die Bluse zusammen und legte sie in ihre Tasche. Sie warf sie besser in der Wohnung ihrer Kunden weg als hier bei Ash. Wenn er sie im Abfall fände, würde er sich nur wieder umso vehementer als ihr Beschützer aufspielen.

Sie zog ihr Handy aus der Tasche und sah kurz nach, ob sie irgendwelche Nachrichten bekommen hatte. Sekunden später stürmte sie die Treppe herunter. Ash kam gerade mit dem Hund herein.

»Antonia hat mir geantwortet! Ich habe einen Fuß in der Tür! Sie hat mit ihrem Vater gesprochen – mit dem Mann, der mit Miranda Swanson zusammen war. Das Namedropping hat etwas genützt – und sie hat überdies sogar eine Freundin, die mein Buch gelesen hat. Es hat funktioniert!«

»Was hat ihr Vater gesagt?«

»Er will mehr über mich wissen: was ich tue, wie ich aussehe. Ich habe ihr geschrieben, ich würde nächste Woche mit ein paar Freunden nach Florenz reisen, und habe gefragt, ob es möglich wäre, ihn zu treffen – Ort und Zeitpunkt dürfte er bestimmen. Dann habe ich den Namen Archer fallengelassen, weil ... Na ja, Geld redet doch gern mit Geld, war es nicht so?«

»Eins hört dem anderen auf jeden Fall aufmerksamer zu.«

»Das ist ja fast das Gleiche.« Selbstzufrieden kramte sie in ihrer Tasche nach Earl Greys kleinem Bällchen und warf es quer durchs Zimmer, damit der Hund ihm nachjagen konnte. »Ich mache eine Recherche-Schrägstrich-Vergnügungsreise mit dir und zwei Freunden. Ich glaube, die Tür ist gerade einen Spalt weiter aufgegangen.«

»Vielleicht. Die Bastones wissen unter Garantie, was für eine Kostbarkeit sich in ihrem Besitz befindet. Miranda mag ahnungslos gewesen sein, aber bei einem Mann wie Bastone gehe ich nicht davon aus, dass er nicht weiß, was für ein wertvoller Kunstgegenstand seiner Familie in den Schoß gefallen ist.« Als Earl Grey ihm den Ball zurückbrachte und ihn hoffnungsvoll vor Ashs Füße fallen ließ, rollte Ash ihn erneut quer durch den Raum. »Wenn sie es überhaupt noch haben«, fügte er leise hinzu, während der Hund fröhlich dem Ball hinterherjagte.

»Wenn er ... Ja, Mist, er hat es vielleicht verkauft. Darüber habe ich noch gar nicht nachgedacht.«

»Auf jeden Fall erwirtschaftet er mit seinen Familienunternehmen – Weinberge, Olivenhaine – jedes Jahr Millionen, und er ist der Vorstandsvorsitzende. Eine solche Position hast du nicht, wenn du keine Ahnung hast. Wenn es sich immer noch bei ihm befindet, warum sollte er es uns verraten oder es uns gar zeigen?«

»Du hast anscheinend ein paar sehr pessimistische Gedanken gehabt, während du mit dem Hund draußen warst.«

Ash versetzte dem Ball erneut einen Schubs. »Ich finde sie eher realistisch.«

»Wir haben jetzt erst einmal den Fuß in der Tür. Was als Nächstes passiert, müssen wir eben abwarten.«

»Das werden wir auch tun, aber mit realistischen Erwartungen. Warte, ich packe noch schnell ein paar Sachen zusammen, und dann gehen wir zu dir.« Er trat auf sie zu und legte seine Hände um ihr Gesicht. »Mit realistischen Erwartungen.«

»Und die wären?«

Er streifte ganz leicht, fast spielerisch ihre Lippen, doch schon im nächsten Moment riss er sie an sich und küsste sie so wild und leidenschaftlich, dass sie sich wünschte, der Augenblick würde nie zu Ende gehen.

»Das zwischen uns ...« Er hielt ihr Gesicht weiter umfasst. »So wäre es immer gekommen, ganz gleich, wo und unter welchen Umständen wir uns begegnet wären. Und das müssen wir pflegen.«

»Es passiert so viel ...«

»Und das hier ist ein Teil davon. Die Tür steht offen, Lila, und ich werde hindurchgehen. Und dich nehme ich mit.«

»Ich will aber nirgendshin mitgenommen werden.«

»Dann musst du eben nachkommen. Ich bin gleich so weit.«

Sie blickte ihm nach, als er die Treppe hinaufging. Jeder Zentimeter ihres Körpers vibrierte, von seinem Kuss, von seinen Worten, von dem entschlossenen Ausdruck in seinen Augen.

»In was bin ich da nur hineingeraten?«, murmelte sie und sah zu dem Hund hinüber. »In der Hinsicht bist du mir wirklich keine Hilfe.«

Sie schnappte sich die Leine und steckte sie in ihre Tasche. Dabei sah sie die zusammengeknüllte Bluse. Ich muss allmählich generell ein bisschen besser aufpassen, sagte sie sich. Derlei Überraschungen konnten mehr als nur einen kleinen Kratzer verursachen.

Sie fuhren auf Umwegen in die Wohnung zurück, was Lila nichts ausmachte. Sie betrachtete es als eine Art Safari. Sie hatten Ashs Haus durch den Hinterausgang verlassen und waren mit der Subway nach Midtown gefahren, wo er ihr bei Saks eine neue Bluse gekauft hatte. Dann waren sie zu Fuß zum Park hinübergeschlendert und hatten von dort aus ein Taxi nach Uptown genommen.

»Diese Ersatzbluse hat doppelt so viel gekostet wie das Original«, sagte sie, als sie die Wohnungstür aufschloss. Der hocherfreute Earl Grey stürzte sich sofort auf sein Quietschspielzeug. »Außerdem kannst du mir nicht ständig neue Kleider kaufen.«

»Ich habe dir doch gar keine Kleider gekauft.«

»Zuerst das rote ...«

»Das war doch nur ein Requisit für das Bild. Willst du ein Bier?«

»Nein. Und gerade hast du mir eine Bluse gekauft.«

»Du bist in diesem Zustand zu mir gekommen«, erwiderte er. »Wenn ich zu dir gekommen wäre, hättest du mir ein Hemd gekauft. Willst du jetzt etwa arbeiten?«

»Vielleicht ... Ja«, korrigierte sie sich. »Wenigstens ein, zwei Stunden.«

»Dann gehe ich jetzt nach oben und bereite weiter die Reise vor.«

»Ich bin wegen des Bildes zu dir gekommen.«

»Das stimmt, und jetzt bin ich hier, damit du endlich in Ruhe arbeiten kannst.« Er strich ihr übers Haar und zupfte leicht an den Spitzen. »Du suchst immer nach Problemen, wo es keine gibt, Lila.«

»Warum habe ich dann das Gefühl, Probleme zu haben?«

»Gute Frage. Ich bin im ersten Stock, wenn du mich brauchst.«

Vielleicht würde ich auch lieber im ersten Stock sitzen, sagte sie sich. Aber daran hatte er wohl nicht gedacht. Na klar, ihr Laptop stand im Erdgeschoss, aber was wäre, wenn sie aus einer kreativen Laune heraus auf der Terrasse arbeiten wollte? Dies war zwar nicht der Fall – aber es hätte doch sein können.

Sie benahm sich wirklich wie ein Idiot – schlimmer noch, wie ein zänkischer Idiot –, aber sie kam in dieser Hinsicht einfach nicht aus ihrer Haut. Er hatte sie so geschickt eingefangen, dass sie gar nicht erkannt hatte, wie um sie herum Mauern hochgezogen wurden. Mauern engten sie ein, deshalb hatte sie auch keine eigene Wohnung. Nirgends sesshaft zu sein machte ihr Leben einfacher, bindungsfreier, praktischer.

Er hatte das alles verändert, und nur seinetwegen stand sie auf einmal auf fremdem Terrain. Und statt es ganz einfach zu genießen, sah sie sich ständig danach um und vergewisserte sich, dass die Hintertür auch ja gut zu erreichen war.

»Idiotin«, murmelte sie.

Sie nahm ihre ruinierte Bluse aus der Tasche und begrub sie im Abfalleimer in der Küche, den sie später ausleeren würde. Dann machte sie sich einen Krug mit kaltem Zitronenwasser und setzte sich an ihren Arbeitsplatz.

Ein großer Vorteil des Schreibens war, dass sie in eine andere Welt eintauchen konnte, wenn ihre eigene gerade ein bisschen zu kompliziert wurde. Sie versuchte, sich ganz darauf zu konzentrieren, und gelangte an den Punkt, da Wörter und Bilder ganz von allein aus ihr herausflossen. Sie vergaß die Zeit, schrieb von herzzerreißendem Verlust, eiserner Entschlossenheit und dem Verlangen nach Rache und kam schließlich bis zu Kaylees Vorbereitungen für die letzte Schlacht des Buches – und ihrer Abschlussprüfung. Dann lehnte sie sich zurück, presste die Finger auf ihre müden Augen und lockerte ihre verspannten Schultern.

Erst da fiel ihr auf, dass Ash im Wohnzimmer saß und sie beobachtete. Der kleine Hund hatte sich zu seinen Füßen zusammengerollt, und Ash hielt einen Skizzenblock in der Hand.

»Ich hab dich gar nicht herunterkommen gehört.«

»Du warst ja auch noch nicht fertig.«

Sie strich sich übers Haar, das sie im Nacken lose zusammengesteckt hatte. »Hast du mich gezeichnet?«

»Das tue ich immer noch«, sagte er. »Du siehst anders aus, wenn du in deine Arbeit vertieft bist. Intensiver. In einer Minute fast weinerlich und in der nächsten stinksauer. Ich könnte eine ganze Serie daraus machen.« Er zeichnete weiter. »Und jetzt wird es dir unangenehm – und das ist schade. Ich kann wieder nach oben gehen, bis du fertig bist.«

»Nein, nein, ich habe für heute genug geschafft. Ich muss das, was jetzt passiert, erst ein wenig überdenken.« Sie stand auf und trat zu ihm. »Darf ich es sehen?« Sie blätterte durch den Skizzenblock und sah Bilder ihrer selbst: vornübergebeugt – grässlich schlechte Haltung!, dachte sie sich und richtete sich unwillkürlich gerade auf –, die Haare zerzaust und das Gesicht ein Spiegel der Stimmungen, die sie zu Papier gebracht hatte. »Gott!« Sie angelte nach der Haarspange, doch Ash hielt ihre Hand fest.

»Nicht. Warum willst du das tun? Das bist du, bei der Arbeit, eingefangen in dem Moment, in dem du das, was du im Kopf hast, niederschreibst.«

»Ich sehe irgendwie irre aus ...«

»Nein, nur hoch konzentriert.« Er zog sie auf den Schoß.

»Vielleicht beides auf einmal.« Sie lachte leise. »Du könntest das hier *Schlafen bei der Arbeit* nennen.«

»Nein. *Vorstellungskraft*. Was hast du geschrieben?«

»Heute? Eine Menge. Es war ein guter, langer Abschnitt. Kaylee ist schnell und auf die harte Tour erwachsen geworden –

was mir ein bisschen leidtut, aber es musste sein. Sie hat jemanden verloren, der ihr sehr nahestand, und sie musste erfahren, dass einer ihrer Art jemanden getötet hat, den sie liebte ... einer, der nur getötet hat, um Kaylee zu bestrafen. Es ... Oh, das ist sie!«

Sie hatte eine weitere Seite in Ashs Skizzenblock umgeschlagen, und da stand sie: Kaylee, inmitten eines dunklen Waldes, in Wolfsgestalt.

Sie war von wilder Schönheit, ihr Körper der eines schlanken, muskulösen Wesens, die Augen unheimlich menschlich und voll Kummer. Über den kahlen Bäumen leuchtete der Vollmond.

»Genau so sehe ich sie! Woher wusstest du das?«

»Ich hab dir doch gesagt, dass ich das Buch gelesen habe.«

»Ja, aber ... Das ist sie. Jung, schlank, traurig, hin- und hergerissen zwischen ihren zwei Naturen. Bisher habe ich sie immer nur im Kopf gesehen, aber jetzt sehe ich sie das erste Mal wirklich vor mir.«

»Ich kann die Skizze für dich einrahmen, damit du sie dir immer ansehen kannst.«

Sie ließ den Kopf auf seine Schulter sinken. »Du hast eine der wichtigsten Personen in meinem Leben gezeichnet, als würdest du sie kennen. Ist das eine Form von Verführung?«

»Nein.« Er ließ seine Finger über ihre Seite gleiten. »Aber ich kann dir gerne zeigen, was Verführung ist.«

»Zuerst muss ich mit dem Hund Gassi gehen.«

»Lass uns doch zusammen mit ihm rausgehen, irgendwo etwas essen, und wenn wir wieder zurück sind, verführe ich dich.«

Neue Grenzen, dachte Lila, waren dazu da, erforscht und übertreten zu werden.

»In Ordnung. Aber da ich jetzt eine ziemlich genaue Vorstellung davon habe, wie ich aussehe, brauche ich erst noch zehn Minuten ...«

»Wir warten auf dich.«

Erneut griff er nach Block und Bleistift. Und nachdem sie nach oben gelaufen war, begann er, sie aus dem Gedächtnis zu zeichnen – nackt, in zerwühlte Bettlaken gehüllt, lachend.

Ja, er würde auf sie warten.

TEIL III

Gut verloren – etwas verloren!
Ehre verloren – viel verloren!
Mut verloren, alles verloren!
Johann Wolfgang von Goethe

21

Lila liebte ihre Listen. Für sie wurden Wörter auf Papier Realität. Wenn sie sie niederschrieb, wurden sie wahr. Eine Liste vereinfachte die Reise nach Italien, machte das Packen effizienter, genau wie alle übrigen Schritte, die unternommen werden mussten, bis sie im Flugzeug saßen. Voller Vorfreude erstellte sie eine Packliste, dann häufte sie Stapel auf dem Bett im Gästezimmer auf: einen Stapel zum Mitnehmen, einen, der bei Julie bleiben sollte, und einen dritten für Kleiderspenden. Das würde ihr Gepäck reduzieren und Platz schaffen für die Einkäufe, zu denen Julie sie bestimmt überreden würde.

Ash streckte den Kopf durch die Tür. »Kerinov hat mich gerade angerufen. Er kommt vorbei.«

»Jetzt?«

»Gleich. Er hat neue Informationen für mich. Was tust du da? Wir fahren doch erst in drei Tagen.«

»Ich bin in der Planung, in der Vor-Pack-Phase. Da ich kein neues Haus beziehe, brauche ich ein paar Dinge gar nicht erst mitzunehmen. Außerdem muss ich meine Garderobe ohnehin ein bisschen auffrischen. Und ich brauche Platz für die Gegenstände, die ich nicht mitnehmen kann.« Sie hielt ihren Leatherman in die Luft, den sie für gewöhnlich in der Handtasche mit sich herumtrug. »Das hier zum Beispiel. Oder auch die Reisekerzen, die ich sonst immer mitnehme, mein Feuerzeug, mein Teppichmesser, mein ...«

»Schon verstanden – aber in Privatmaschinen gibt es all diese Einschränkungen nicht.«

»Privatmaschinen?« Lila ließ ihren Leatherman fallen. »Fliegen wir etwa in einer Privatmaschine nach Italien?«

»Wenn ich schon eine habe, dann sollten wir sie auch benutzen.«

»Du hast ein Privatflugzeug?«

»Die Familie hat eins. Zwei eigentlich. Pro Jahr steht uns eine gewisse Flugzeit zu – solange die Maschine nicht dringend anderweitig benötigt wird. Ich hab dir doch gesagt, ich kümmere mich um die Details.«

»Details.« Sie ließ sich auf die Bettkante plumpsen.

»Hast du ein Problem damit, dass du dein Multifunktionswerkzeug und dein Teppichmesser mit an Bord nehmen darfst?«

»Ach was. Und in einem Privatjet zu fliegen ist aufregend – wird aufregend sein. Es wirft mich ehrlich gesagt gerade ein bisschen um.«

Er setzte sich neben sie. »Mein Urgroßvater hat damit angefangen. Als Sohn eines walisischen Bergmanns wollte er, dass es seinen Kindern einmal besser geht. Sein ältester Sohn war erfolgreich, kam nach New York, wurde noch erfolgreicher. Ein paar Mitglieder meiner Familie haben ihr Vermögen vergrößert, andere haben es verprasst. Und wenn du dir jetzt von meinem Vater die Freude verderben lassen solltest, dann werde ich sauer.«

»Ich bin daran gewöhnt, für mich selbst zu zahlen. Mit Privatjets kann ich natürlich nicht mithalten.«

»Soll ich dir stattdessen einen Flug in der Economyclass buchen?«

»Nein!« Jetzt lächelte sie. »Ich bin nicht komplett neurotisch. Ich will damit nur sagen, dass ich keinen Privatjet bräuchte. Aber ich werde die Erfahrung genießen, und glaube ja nicht, dass ich sie für selbstverständlich halte.«

»Schwer zu glauben, so entsetzt, wie du ausgesehen hast.«

»Na ja ...« Lila hob ihren Leatherman auf und drehte ihn in den Händen. »Dann muss ich meine Packstrategie wohl noch mal überdenken. Aber erst einmal könnte ich ein Abendessen zubereiten ...«

»Das wäre schön.«

»Ich meinte, für Kerinov.«

»Ich glaube nicht, dass er lange bleiben will. Er hatte noch einen Termin und kommt nur schnell vorbei, bevor er sich mit seiner Frau wegen irgendeiner Familienangelegenheit trifft. Du kannst ihm ja erzählen, wie weit wir mit den Bastones gekommen sind.«

»Dann koche ich eben nur für uns beide.« Sie warf einen Blick auf die ordentlichen Kleiderstapel. »Ich muss wieder neu anfangen.«

»Mach das«, sagte er und zog sein klingelndes Handy aus der Tasche. »Mein Vater? Ich gehe nach unten. Dad«, sagte er im Hinausgehen.

Lila blieb wie versteinert stehen. Sie hasste es, sich schuldig zu fühlen, aber genau dieses Gefühl gab Spence Archer ihr. Vergiss es einfach, befahl sie sich und begann mit einer neuen Liste.

Während Lila ihre Reisestrategie den neuen Umständen anpasste, starrte Ash aus dem Fenster auf New York hinaus und telefonierte mit seinem Bruder Esteban. Einer der Vorteile von so vielen Geschwistern war, dass zumindest eins von ihnen immer zur Stelle war, wenn man ein bestimmtes Problem lösen musste. »Ja, danke. Ja, das dachte ich mir auch. Ich weiß nicht, wie weit Oliver gegangen ist. Zu weit. Nein, du hast recht, ich hätte ihn wahrscheinlich nicht aufhalten können. Ja, ich werde vorsichtig sein.« Er blickte zur Treppe zurück, musste an Lila denken und an all die vielen Gründe, um vorsichtig zu sein. »Du warst mir eine große Hilfe. Ich halte dich auf dem Laufenden. Bis dann«, fügte er hinzu. Dann klingelte das Haustelefon. »Ja, versprochen. Wir hören uns.« Er steckte das Handy in die Tasche und griff zum Hörer der Sprechanlage, um Kerinov einzulassen.

Langsam kommt Bewegung in die Sache, dachte er. Noch wusste er nicht genau, wohin dies alles führen würde, aber er verspürte endlich Rückenwind. Er wandte sich zur Haustür und ging Kerinov entgegen. »Alexi! Schön, Sie zu sehen.«

»Ash, ich habe gerade von ...« Lila kam die Treppe heruntergelaufen und hielt inne, als sie Kerinov sah. »Alexi! Hallo.«

»Ich hoffe, der Zeitpunkt ist nicht ungünstig ...«

»Es ist immer günstig. Möchten Sie etwas trinken?«

»Bitte, machen Sie sich keine Mühe. Ich muss gleich weiter zu meiner Familie.«

»Kommen Sie, wir setzen uns«, schlug Ash vor.

»Ich konnte über diese Angelegenheit jüngst nicht mit Ihnen reden«, sagte Kerinov zu Ash, als sie sich im Wohnzimmer niedergelassen hatten, »zumindest nicht bei Vinnies Beerdigung.«

»Es war ein harter Tag.«

»Ja. Aus Ihrer Familie waren so viele da ...« Kerinov blickte auf seine Hände hinab und spreizte die Finger. »Es ist gut, an solchen Tagen eine große Familie zu haben.« Er seufzte leise, dann fuhr er fort: »Ich habe ein paar Informationen ...« Er zog einen braunen Umschlag aus seiner Umhängetasche. »Ich habe mir ein paar Notizen gemacht, und ich hab mit einigen Kollegen gesprochen, die mehr wissen über Fabergé und die Zarenzeit als ich. Es gab immer wieder Gerüchte – eines der verschollenen Eier soll vielleicht in Deutschland sein. Durchaus möglich, dass die Nazis eins der kaiserlichen Eier zusammen mit anderen Schätzen in Polen oder in der Ukraine konfisziert haben. Aber es gibt für diese Hypothese keinerlei Belege – und erst recht keine Landkarte wie für diese beiden.«

»Eins in New York«, warf Lila ein, »eins in Italien ... oder vielmehr hoffentlich in Italien.«

»Ja, Ashton hat mir gesagt, dass Sie nach Italien reisen wollen, um das Nécessaire aufzuspüren. Es gibt öffentliche und private Sammlungen, und einige der privaten sind – sagen wir – *sehr* privat. Aber ich habe ein paar Namen in Erfahrung bringen können. Möglichkeiten. Einer dieser Namen ist meiner Ansicht nach besonders interessant.« Er beugte sich vor und ließ die Hände zwischen den Knien baumeln. »Es gab da einen Mann, Basil Vasin, der behauptete, der Sohn von Großherzogin Anastasia zu sein, einer der Töchter von Nikolaus und Alexandra. Das war lange bevor bewiesen werden konnte, dass Anastasia gemeinsam mit ihrer Familie hingerichtet worden war. Nach der Exekution durch die Bolschewiken und noch Jahrzehnte später gab es immer wieder Gerüchte, sie wäre entkommen und hätte überlebt.«

»Gab es da nicht auch einen Film«, erinnerte sich Lila, »mit ... Ach, wer war es gleich wieder? Ingrid Bergman.«

»*Anna Anderson*«, bestätigte Kerinov. »Sie war die berühmteste all der Frauen, die behaupteten, Anastasia zu sein, aber sie war nicht die Einzige. Vasin jedenfalls behauptete von sich, ihr Sohn zu sein. Er sah sehr gut aus, war äußerst charmant und so überzeugend, dass es ihm gelang, eine reiche Erbin zu heiraten: Annamaria Huff, eine entfernte Cousine der Königin von England. Sie begann, russische Kunst für ihn zu sammeln – auch Fabergé-Eier, als Tribut an seine Familie. Ihr größter Wunsch war es, die verschollenen Zaren-Eier wiederzufinden, aber es gelang ihr nicht – zumindest nicht offiziell.«

»Aber Sie meinen, sie könnte insgeheim eins erworben haben?«, fragte Ash.

»Ich kann es nicht mit Sicherheit sagen. Meine Recherchen haben ergeben, dass die beiden ein Luxusleben geführt haben, wobei sie sich ständig auf ihr und auf sein königliches Blut beriefen.«

»Wenn sie wirklich eins erworben hätten, dann hätten sie es doch bestimmt publik gemacht.«

»Ja, das glaube ich auch, aber weiß man es? Sie hatten einen Sohn, ihr einziges Kind, der das Vermögen und ihren gesamten Besitz erbte – und eben auch die Sammlung. Und nach allem, was ich herausgefunden habe, auch ihr Verlangen nach den verschollenen Eiern.«

»Er muss doch gewusst haben, dass die Behauptung seines Vaters, ein Romanow zu sein, widerlegt worden war«, warf Ash ein. »Sie haben schließlich Anastasias Leiche gefunden und einen Gentest durchgeführt.«

»Die Menschen glauben, was sie glauben wollen«, murmelte Lila. »Welcher Sohn möchte sich schon eingestehen, dass sein Vater ein Lügner und Betrüger war? Natürlich gab es eine Menge Verwirrung – auch ich habe ein bisschen recherchiert. Gerade Frauen konnten mit einiger Glaubwürdigkeit behaupten, eine der Töchter des Zaren zu sein. Die neue russische Regierung versuchte damals gerade, einen Friedensvertrag mit Deutschland auszuhandeln, und ließ öffentlich verlautbaren, die Töchter seien allesamt an einen sicheren Ort gebracht worden.«

»Ganz genau.« Kerinov nickte. »Um die brutale Ermordung wehrloser Frauen und Kinder zu vertuschen.«

»Aus den Gerüchten, die in die Welt gesetzt worden waren, um die Morde zu vertuschen, wurden allmählich Gerüchte, dass zumindest Anastasia überlebt hätte. Dann haben sie die Gräber gefunden«, fügte Ash hinzu. »Allerdings gaben manche Leute nichts auf die wissenschaftlichen Untersuchungen.«

Nein, manche nicht – und er musste an Oliver denken.

»Tja, manche Menschen glauben eben wirklich nur, was sie glauben wollen.« Alexi lächelte schief. »Für sie haben die Wissenschaft und die Geschichte keine Relevanz.«

»Wann wurde eigentlich zweifelsfrei bewiesen, dass die Tochter mitsamt ihrer Familie hingerichtet wurde?«, fragte Lila.

»2007. Damals wurde ein zweites Grab gefunden, und Wissenschaftler konnten nachweisen, dass darin Anastasia und ihr jüngerer Bruder lagen. Eine grausame Tat«, fügte Alexi hinzu, »sie nach ihrem Tod auch noch von den übrigen Familienmitgliedern zu trennen. Aber es wurde eben alles darangesetzt, um diese Morde zu vertuschen.«

»Vasins Sohn müsste demnach heute ein erwachsener Mann sein. Wie demütigend und frustrierend es sein dürfte, wenn die eigene Familiengeschichte als Lüge entlarvt wird!«

»Er behauptet es trotzdem weiterhin.« Alexi tippte mit dem Zeigefinger auf den Umschlag. »Es steht alles hier drin. Es gibt immer noch zahlreiche Menschen, die lieber glauben wollen, die Entdeckungen von damals und die Dokumentation wären gefälscht worden. Es erscheint ihnen viel romantischer zu behaupten, sie hätte überlebt.«

»Dabei sind sie auf ebenso brutale Weise gestorben«, ergänzte Lila. »Glauben Sie, dieser Vasin ist derjenige, für den Oliver das Ei erworben hat?«

»Es gibt auch andere Möglichkeiten – es steht alles in meinen Notizen. Eine Französin, deren Stammbaum tatsächlich auf die Romanows zurückgeht, und ein Amerikaner, von dem es heißt, er sei bereit, gestohlene Kunstwerke zu kaufen ... Aber ich persönlich tendiere zu diesem Mann – Nicholas Romanow Vasin. Er ist in zahlreiche internationale Unternehmungen involviert: Finanzen, andere Interessen ... Aber er lebt sehr zurückgezogen. Er hat Anwesen in Luxemburg, Frankreich, Prag und in New York.«

»In New York?«

Kerinov nickte. »An der Nordküste von Long Island. Er lädt selten ein, erledigt die meisten seiner Geschäfte aus der Ferne – per Telefon, E-Mail oder Videokonferenz. Es heißt, er leide an Mysophobie – der Angst vor Krankheitserregern.«

»Er macht sich nicht gerne die Hände schmutzig«, murmelte Ash. »Das passt. Für die Drecksarbeit engagiert er jemand anderen.«

»Ich habe die Namen und sämtliche Informationen, an die ich herangekommen bin, für Sie aufgeschrieben, aber über die Entdeckung oder den Erwerb der Eier konnte ich leider nichts herausfinden. Ich wünschte mir, ich könnte Ihnen mehr geben.«

»Sie nennen uns Namen und zeigen uns eine Richtung auf – Namen, die wir gegenüber Bastone erwähnen können, wenn wir ihn treffen.«

»Und das werden wir«, sagte Lila. »Am Donnerstagnachmittag. Antonia hat sich gemeldet, bevor ich heruntergekommen bin«, erklärte sie. »Ihr Vater ist einverstanden, mit uns zu reden. Die Einzelheiten wird er uns noch mitteilen, aber wir sind nächsten Donnerstag in die Villa Bastone eingeladen.«

»Um zwei Uhr«, fügte Ash hinzu. »Mein Bruder Esteban arbeitet in derselben Branche. Ich hatte ihn gebeten, Bastone einen kleinen Hinweis zu geben.«

»Gut für uns.«

»Der nächste Punkt auf der Landkarte«, sagte Kerinov. »Halten Sie mich auf dem Laufenden? Ich wollte, ich könnte mitkommen, aber Familie und Geschäft verlangen in den kommenden Wochen meine Anwesenheit hier in New York. Apropos Familie – ich muss jetzt gehen.« Er erhob sich. »*Udachi* – viel Glück!«

Er schüttelte Ash die Hand und errötete ein wenig, als Lila, die ihn zur Tür gebracht hatte, ihn umarmte. Sie rieb sich die Hände, als er gegangen war. »Dann wollen wir doch mal Nicholas Romanow Vasin googeln. Natürlich haben wir Alexis Notizen, aber wir können ja auch selbst ein bisschen buddeln.«

»Ich habe da eine bessere Quelle als Google – meinen Vater.«

»Oh.« Wie war das gleich wieder? Geld redet mit Geld, dachte sie. Das hatte sie sogar selbst gesagt. »Gute Idee. Du kannst ja mit ihm reden, und ich kümmere mich in der Zwischenzeit wie versprochen um das Abendessen. Die beiden anderen Namen sollten wir wahrscheinlich ebenfalls überprüfen. Vielleicht kennt er sie ja auch.«

»Oder zumindest hat er von ihnen gehört. Ich habe übrigens nicht vergessen, dass immer noch seine Entschuldigung aussteht, Lila.«

»Das steht nicht auf der Top-Ten-Liste der Dinge, um die ich mir zurzeit Gedanken mache.«

»Aber auf meiner.« Er ging vor ihr in die Küche und schenkte zwei Gläser Wein ein. »Für die Köchin.« Er reichte ihr eins der Gläser. »Ich lasse dich jetzt besser in Ruhe.«

Als er gegangen war, zuckte sie mit den Schultern und nahm einen Schluck Wein. Sein Vater konnte durchaus über wichtige Informationen verfügen, und nur das zählte. Im Moment spielte es noch keine Rolle, was sein Vater von ihr dachte. Aber später ... Wer wusste schon, was später eine Rolle spielen würde? Im Moment musste sie sich erst einmal überlegen, was sie kochen wollte.

Er ließ ihr fast eine Stunde Zeit, bevor er wieder in die Küche kam. »Es riecht großartig! Was gibt es denn?«

»Ich weiß noch nicht genau ... nicht Scampi und auch nicht Linguine, es hat aber Elemente von beidem. Nennen wir es Scampine. In Gedanken bin ich offenbar längst in Italien. Auf jeden Fall ist das Essen gleich fertig.«

Sie servierte es in großen, flachen Schalen mit dem Rosmarinbrot, das Ash in Lukes Bäckerei gekauft hatte, und einem weiteren wohlverdienten Glas Wein, probierte einen Bissen und nickte. Gerade genug Knoblauch, dachte sie, und die Zitrone schmeckte man deutlich heraus. »Nicht übel.«

»Besser als das. Es ist fantastisch!«

»Im Allgemeinen gelingt es mir ganz gut, wenn ich irgendetwas ausprobiere. Aber beim Experimentieren kann ein winziger Fehler gewaltige Konsequenzen haben.«

»Du solltest dir das Rezept aufschreiben.«

»Nein, das nimmt dem Ganzen die Spontaneität.« Sie spießte einen Shrimp auf und wickelte Nudeln darum. »Und – konnte dein Vater dir weiterhelfen?«

»Er kennt Vasin, das heißt, er ist ihm vor fast zehn Jahren einmal begegnet. Laut meinem Vater war er nie besonders umgänglich, aber derart zurückgezogen, wie Alexi es beschrieben hat, lebt er erst seit ein paar Jahren. Er war nie verheiratet, und er scheint auch nie mit einer Frau – oder einem Mann – zusammen gewesen zu sein. Schon damals wollte er niemandem die Hand schütteln – obwohl sie sich bei irgendeiner hochrangigen Geschichte kennenlernten, bei der mehrere Regierungsmitglieder anwesend waren. Er brachte einen Assistenten mit, der ihm den ganzen Abend über Wasser aus eigener Abfüllung einschenkte. Mein Vater meinte, Vasin sei aufgeblasen, unkonzentriert, exzentrisch und ohne jeglichen Charme. Körperlich muss er allerdings sehr attraktiv sein.«

»Groß, dunkelhaarig und gut aussehend. Ich habe unterdessen mal bei Google nachgesehen und ein paar Fotos aus den Achtziger- und Neunzigerjahren gefunden. Damals sah er aus wie ein Filmstar.«

»Das war wohl auch seine Intention. Er hat ein paar Filme finanziert und stand kurz vor der Finanzierung eines Remakes von *Anastasia* – das Drehbuch wurde gerade geschrieben, und erste Castings fanden statt. Dann wurden die Ergebnisse des Gentests bekannt, und mit dem allgemeinen Konsens, dass Anastasia mit dem Rest ihrer Familie gestorben war, platzte das Projekt.«

»Wahrscheinlich eine große Enttäuschung für ihn.«

»Danach stieg er aus der Filmbranche aus, wie sich mein Vater erinnert. Und der Event, an dem sie beide teilnahmen, war eine der letzten Einladungen, die Vasin überhaupt je annahm. Danach zog er sich zurück und betrieb seine Geschäfte, wie Kerinov sagte, nur mehr aus der Ferne.«

»Wenn jemand so reich ist und nicht wenigstens einen Teil des Vermögens dazu hernimmt, um die Welt zu sehen, Orte zu genießen, Menschen zu begegnen ...« Versonnen wickelte Lila noch mehr Pasta um ihre Gabel. »Er muss eine ganz schreckliche Angst vor Keimen haben.«

»Auf jeden Fall ist er nach dem Urteil meines Vaters ein ziemlich skrupelloser Geschäftsmann. Er war mal wegen Werksspionage angezeigt, aber seine Anwälte haben ihn wieder rausgeboxt. Sein Spezialgebiet sind feindliche Übernahmen.«

»Klingt wie ein verhätschelter Prinz.«

»Dafür hält er sich mit Sicherheit auch.«

»Ha.« Amüsiert spießte sie einen weiteren Shrimp auf.

»Früher einmal hat er Journalisten Zugang zu seiner Kunstsammlung gewährt, aber seit einigen Jahren bleibt der Öffentlichkeit der Zutritt verwehrt.«

»Er schottet sich selbst von der Gesellschaft ab, hortet Kunst, leitet sein Geschäftsimperium mithilfe technologischer Mittel – und das alles kann er nur tun, weil er so reich ist.«

»So reich, dass niemand genau weiß, wie reich er in Wirklichkeit ist. Und da ist noch etwas, was mich genau wie Alexi zu Vasin tendieren lässt: Mein Vater erwähnte zwei geschäftliche Konkurrenten, die beide einem tragischen Unfall erlegen sind.«

»Das muss noch nichts heißen.«

»Mitte der Neunziger arbeitete ein Journalist an einem Buch über Vasins Vater, der damals noch lebte. Als er über das Bombenattentat in Oklahoma City berichten sollte, verschwand er. Man hat nie wieder etwas von ihm gehört, und auch seine Leiche wurde nie gefunden.«

»Hat das dein Vater erzählt?«

»Er hat sich daran erinnert, ja. Er weiß nur, dass es um Oliver geht, aber nicht, wohinter ich her ...«

»Du hast ihm doch nichts von dem Ei gesagt? Ash ...«

»Nein, ich habe es ihm nicht gesagt. Es reicht, wenn ihm klar ist, dass mein Interesse an Vasin etwas mit Oliver zu tun hat. Er macht sich ohnehin schon genug Gedanken, da brauche ich ihn nicht auch noch mit sämtlichen Details zu belasten.«

»Wenn er die Details kennte, hätte er vielleicht Antworten. Aber ich kann dir keine Vorhaltungen machen«, erwiderte sie und zuckte mit den Schultern. »Ich habe meinen Eltern lediglich erzählt, ich würde Urlaub machen.«

»Wahrscheinlich ist es so am besten.«

»Das habe ich mir auch gesagt, und trotzdem habe ich ein schlechtes Gewissen. Du nicht?«

»Nicht im Geringsten«, entgegnete er unbekümmert. »Mit dem Namen der Frau, den Alexi uns gegeben hat, kann Dad nichts anfangen, aber den Amerikaner, den er überdies erwähnt hat, kennt er sogar ziemlich gut. Nach allem, was er mir über diesen Jack Peterson erzählt hat, hätte der Mann keine Bedenken, Hehlerware zu kaufen, beim Kartenspiel zu betrügen oder illegale Insiderdeals abzuschließen – aber Mord, vor allem, wenn es sich um den Sohn eines Bekannten handelt, käme für ihn absolut nicht infrage. Mein Dad meinte, Peterson spielt gern und gewinnt gern, kann aber auch mit Anstand verlieren.«

»Nicht der Typ, um einen Mörder zu engagieren ...«

»Nein, das kam mir auch nicht so vor.«

»Okay, dann konzentrieren wir uns im Moment also auf Nicholas Romanow Vasin. Was, meinst du, wird passieren, wenn wir seinen Namen gegenüber Bastone fallen lassen?«

»Das werden wir herausfinden. Hast du deine Packliste überarbeitet?«

»Ja, alles wieder unter Kontrolle.«

»Gut. Dann lass uns aufräumen. Wir müssen wahrscheinlich noch mit dem Hund nach draußen, und dann mache ich noch ein paar Skizzen von dir.«

Um den Moment noch ein wenig länger zu genießen, lehnte sie sich mit ihrem Glas Wein in der Hand zurück. »Du hast doch schon mit dem Bild angefangen.«

»Es geht um ein anderes Projekt. Ich will ein paar neue Werke für eine Ausstellung im nächsten Winter fertig machen.« Er stand auf und stellte die Teller übereinander. »Dazu brauche ich mindestens noch zwei weitere Bilder von dir. Zuerst schwebt mir die Fee im Garten vor ...«

»Ach ja, die hattest du erwähnt. Smaragde. Wie eine glitzernde Tinkerbell.«

»Definitiv nicht wie Tinkerbell! Mehr wie Titania, die aus dem Mittsommerschlaf erwacht. Und nackt.«

»Was? Nein!« Sie lachte über die Vorstellung, aber dann fiel ihr wieder ein, dass sie auch beim ersten Bild zunächst abgelehnt hatte. »Nein«, wiederholte sie dennoch, und ein drittes Mal: »Nein.«

»Wir reden später darüber. Lass uns jetzt mit dem Hund spazieren gehen. Ich kauf dir auch ein Eis.«

»Nicht mal mit Eiscreme kannst du mich aus meinen Kleidern quatschen!«

»Ich weiß auch so, wie ich dich aus deinen Kleidern bekomme ...« Er packte sie und drückte sie gegen den Kühlschrank. Seine Hände glitten über ihren Körper, und er küsste sie leidenschaftlich.

»Ich posiere nicht nackt. Und ich hänge ganz gewiss nicht nackt in Julies Galerie.«

»Es ist *Kunst*, Lila, kein Porno.«

»Ich kenne den Unterschied. Trotzdem ist es meine Nacktheit ...«, stieß sie hervor, während seine Daumen über ihre Nippel glitten.

»Du hast den perfekten Körper dafür. Schlank, fast zart, aber nicht schwach. Ich mache ein paar Skizzen und ein paar Entwürfe. Wenn sie dir nicht gefallen, zerreiße ich sie.«

»Du zerreißt sie.«

Erneut presste er seine Lippen auf ihre. »Ich lasse sie von dir zerreißen. Aber zuerst muss ich dich berühren, dich lieben. Und dann zeichne ich dich, wenn deine Augenlider noch ganz schwer sind und deine Lippen weich. Wenn du dann nicht siehst, wie perfekt du bist, wie magisch, zerreißt du sie. Einverstanden?«

»Ich ... Ja, ich ...«

»Gut.« Er küsste sie wieder, ließ sich Zeit, dann trat er einen Schritt zurück. »Ich hole den Hund.«

Verträumt trat Lila an den Schrank, um die Leine herauszuholen. Verdutzt hielt sie inne. Er hatte gerade aus ihrem unverrückbaren Nein ein entschiedenes Ja gemacht.

»Das war hinterhältig!«

»Du hast ein Vetorecht«, rief er ihr in Erinnerung und griff nach der Leine. »Und du bekommst ein Eis.«

»Für einen Künstler kannst du ziemlich gut verhandeln.«

»Das liegt uns Archers im Blut.« Er befestigte die Leine an Earl Greys Halsband. »Dann wollen wir mal«, sagte er und grinste, als der kleine Hund zwischen ihnen zu tänzeln begann. Da das Gepäckvolumen offenbar kein Problem darstellte, teilte Lila das, was sie zu brauchen glaubte, zwischen ihren beiden Koffern auf. Auf diese Art und Weise hätte sie darin noch Platz für Neues, dachte sie. Zwar hatte sie die Tasche mit den Sachen, die sie nicht mit nach Italien nehmen wollte, zu Julie bringen wollen, aber Ash nahm sie ebenso wie die Tasche mit den aussortierten Sachen mit zu sich nach Hause.

Er kümmerte sich um alles.

Sie musste zugeben, dass es so einfacher und effizienter war – aber sie war sich immer noch nicht im Klaren darüber, ob sie sich je an dieses ständige »Ich kümmere mich darum« gewöhnen würde. Außerdem war sie tatsächlich eingeknickt und hatte nackt für ihn Modell gestanden. Sie war verlegen gewesen und hatte sich unwohl gefühlt – bis er ihr die erste Zeichnung hingehalten hatte.

Gott, sie hatte wirklich wunderschön und geradezu magisch ausgesehen. Und obwohl die Fee, zu der sie geworden war, ganz offensichtlich unbekleidet war, hatte sie mitsamt der Flügel, die er ihr gezeichnet hatte, nicht nackt gewirkt. Danach war Lila entspannter an die Sache herangegangen. Die Smaragde waren zu funkelnden Tautropfen in ihrem Haar geworden, und das Laub um sie herum hatte geschimmert. Nacktheit gehörte eben doch dazu, dachte sie sich – aber sie war sich nicht sicher, was ihr Vater dazu sagen würde, wenn er das Bild je sehen würde.

Sie hatte die Zeichnungen nicht zerrissen. Wie hätte sie es über sich bringen können?

»Darauf hat er von Anfang an spekuliert«, sagte sie zu Earl Grey, als sie die Willkommensblumen für ihre Kunden arrangierte. »Er wusste genau, dass er bekommen würde, was er wollte. Ich weiß nur nicht, wie ich mich dabei fühlen soll. Aber eigentlich muss man ihm dafür Bewunderung zollen, oder nicht?« Sie kniete sich neben den kleinen Hund, der seine Vorderpfoten beschützend über ein kleines Spielzeugkätzchen – ihr Abschiedsgeschenk – gelegt hatte. »Ich werde dich wirklich vermissen – mein Zwergpudelheld!« Als die Klingel ertönte, trat sie an die Tür, warf einen Blick durch den Spion und machte auf. »Du hättest auch einfach nur von unten anzurufen brauchen.«

»Vielleicht wollte ich mich ja ebenfalls von Earl Grey verabschieden? Bis irgendwann mal wieder, Kumpel! Bist du fertig?«

Ihre beiden Koffer, ihr Laptop und die Handtasche standen bereits an der Tür. »Sei schön brav«, sagte sie zu dem Hund. »Sie kommen in ein paar Stunden nach Hause.« Sie sah sich ein letztes Mal um – alles war in bester Ordnung –, dann schnappte sie sich die Handtasche vom Boden und einen ihrer Koffer.

»Ich habe Julie und Luke schon abgeholt, sodass wir direkt von hier aus zum Flughafen fahren können. Hast du deinen Pass? Entschuldigung«, fügte er hinzu, als sie ihm einen mahnenden Blick zuwarf. »Reine Gewohnheit. Bist du jemals mit sechs Geschwistern – drei davon halbwüchsige Mädchen – nach Europa gereist?«

»Nein, das kann ich leider nicht behaupten.«

»Glaub mir, das hier wird einfacher, trotz unserer Mission.« Er strich ihr mit der Hand übers Haar und gab ihr, als der Aufzug losfuhr, einen Kuss. Solche Dinge hat er einfach im Blut, dachte sie. Er kümmert sich um alles, organisiert alles – und dann berührte er sie oder warf ihr diesen gewissen Blick zu, und schlagartig war in ihr nichts mehr organisiert, nichts mehr alltäglich.

Sie reckte sich auf die Zehenspitzen und erwiderte seinen Kuss.
»Danke.«
»Wofür?«
»Weil du mein überschüssiges Gepäck bei dir untergestellt und meine aussortierten Sachen mitgenommen hast. Ich hatte mich noch gar nicht dafür bedankt.«
»Du warst zu beschäftigt, um mir zu sagen, ich bräuchte mich nicht darum zu kümmern.«
»Ich weiß ... Es war bloß ein kleines Problemchen, aber ich danke dir trotzdem. Und danke für die Reise – was auch immer der Hauptgrund ist: Ich fliege nach Italien, eines meiner Lieblingsländer! Und meine beste Freundin und ihr Freund, den ich ebenfalls sehr mag, sind auch dabei. Und du. Danke!«
»Ich fahre mit meinem besten Freund, seiner Freundin und mit dir. Danke gleichfalls!«
»Und noch ein Dankeschön, dieses Mal im Voraus – danke, dass du nicht schlecht von mir denkst, wenn wir vor dem Privatjet stehen und ich anfange zu kreischen. Außerdem muss es dort zahlreiche Knöpfe und Schalter geben, und ich will wahrscheinlich mit allen spielen! Und ich werde bestimmt die Piloten überreden, mich eine Zeit lang im Cockpit sitzen zu lassen. Das könnte dir vielleicht peinlich sein ...«
»Lila!« Er manövrierte sie aus dem Aufzug. »Ich habe ganze Teenagerhorden durch Europa begleitet. Mir ist nichts mehr peinlich.«
»Das ist gut ... Also dann: *Buon viaggio* uns beiden!« Sie griff nach seiner Hand und ging mit ihm hinaus.

22

Sie kreischte zwar nicht, aber sie spielte mit allem, und noch ehe das Fahrgestell eingeklappt war, war sie mit dem Piloten, den Kopiloten und der Flugbegleiterin per Du. Kurz nachdem sie eingestiegen waren, war sie der Flugbegleiterin in die Bordküche gefolgt, um sich einweisen zu lassen.

»Das da ist ein Heißluftherd«, verkündete sie. »Nicht nur eine Mikrowelle, sondern ein richtiger Herd.«

»Willst du etwa kochen?«, wunderte sich Ash.

»Ich könnte, wenn ich wollte – und wenn es wie in diesem Film, [xxxxx] *2012*, wäre und wir nach China fliegen müssten. Und wir haben BBML! Das hattest du gar nicht erwähnt!«

»Wahrscheinlich weil ich nicht mal weiß, was das ist.«

»Broadband Multi-Link. Wir können also E-Mails verschicken, während wir über den Atlantik fliegen. Ich muss unbedingt jemandem mailen! Ach, Technologie ist doch was Tolles!« Sie drehte sich im Gang. »Und im Waschraum stehen sogar Blumen. Das ist so nett!« Sie lachte, als der Champagnerkorken knallte – »Oh, Himmel!« –, und nahm einen großen Schluck.

Sie saugt das alles geradezu in sich auf, dachte Ash. Vielleicht hatte er das bereits bei ihrer ersten Begegnung unbewusst wahrgenommen – selbst durch die Trauer, die Wut und den Schock hindurch: ihre Offenheit für Neues, ihr Interesse für alles, was ihr begegnete. Nichts war für sie je selbstverständlich.

Und er genoss es in vollen Zügen: mit ihr, mit Freunden, dieses kleine Zwischenspiel. New York und den Tod hatten sie hinter sich gelassen, und jetzt lag Italien vor ihnen. Und die Stunden im Flugzeug würden einem willkommenen Schwebezustand gleichkommen. Irgendwo über dem Atlantik, nach einem netten kleinen Imbiss mit Wein, machte sie sich auf den Weg zum Cockpit. Kein Zweifel, dass sie binnen Kurzem die Lebensgeschichten der

Piloten in Erfahrung gebracht hätte. Und es würde ihn auch nicht überraschen, wenn sie ihr für einen Augenblick die Kontrolle über das Flugzeug überlassen würden.

»Sie sitzt bestimmt am Steuer«, sagte Julie.

»Das habe ich auch gerade gedacht.«

»Du kennst sie schon ziemlich gut – und sie gewöhnt sich langsam an dich ...«

»Ach ja?«

»Es fällt ihr schwer, Dinge zu akzeptieren, die sie sich nicht selbst erarbeitet hat – oder dass jemand ihr eine Hand reicht oder sie sich sogar auf jemanden verlassen kann. Aber sie gewöhnt sich allmählich daran. Und es ist schön zu sehen, wie sehr du sie liebst. Ich lege mich jetzt ein bisschen hin und lese.« Sie ging nach vorn in die Kabine, stellte ihren Sitz zurück und machte es sich gemütlich.

»Ich will sie fragen, ob sie mich noch einmal heiratet.«

Ash blinzelte Luke an. »Wie bitte?«

»Wir sind uns einig, dass wir es langsam angehen lassen wollen.« Er spähte zu Julie hinüber. »Wenn sie Nein sagt und noch warten will, ist das vollkommen okay. Aber früher oder später wird sie mich heiraten, und mir wäre früher lieber.«

»Noch vor einem Monat hast du geschworen, du würdest nie wieder heiraten. Und da warst du sogar nüchtern.«

»Weil es nur eine Julie gibt und ich dachte, ich hätte es mit ihr für alle Ewigkeit vermasselt. Oder wir hätten es miteinander vermasselt ...«, sagte Luke. »Jedenfalls kaufe ich ihr in Florenz einen Ring und frage sie. Ich dachte, ich sage es dir besser – schließlich haben wir ja Termine, und ich bin bei allem dabei, wenn du mich brauchst. Ich muss das nur irgendwann dazwischenschieben.« Er schenkte den Rest Champagner in ihre Gläser. »Wünsch mir Glück!«

»Aber klar! Und ich brauche wohl gar nicht erst zu fragen, ob du dir sicher bist. Ich sehe es dir an.«

»Ich war noch nie im Leben sicherer.« Luke blickte erneut nach vorn. »Sag Lila nichts davon. Sie würde mit Sicherheit versuchen, es für sich zu behalten, aber Freundinnen haben da eine Art Entschlüsselungscode, glaube ich.«

»Ich werde schweigen wie ein Grab. Aber du wirst Katrina das Herz brechen.«

Lachend schüttelte Luke den Kopf. »Im Ernst?«

»Todernst. Danke auf jeden Fall – so wird sie hoffentlich endlich damit aufhören, mich mit SMS zu bombardieren, damit ich dich in irgendeinen Club, zum Segeln oder zu einer sonstigen Unternehmung mitnehme, die sie sich ausgedacht hat.«

»Macht sie das wirklich? Sie ist erst zwölf!«

»Sie ist zwanzig, und ja, sie macht so was. Ich war dein Schutzschild, Mann. Du bist mir was schuldig.«

»Du könntest mein Trauzeuge sein ...«

»War das nicht ohnehin klar?«

Er dachte darüber nach, wie es wäre, sich so sicher zu sein und den nächsten Schritt zu wagen. Er dachte über seinen Bruder nach, der immer nach mehr gestrebt und nichts festgehalten hatte.

Er war gerade eingeschlafen, als Lila endlich aus dem Cockpit wiederkam und sich neben ihm ausstreckte. Als er in der dunklen Kabine neben ihr erwachte, wusste er genau, was er wollte – wie er es immer schon gewusst und wie er auch stets einen Weg gefunden hatte, es zu bekommen. Nur war das Objekt seiner Begierde diesmal kein Objekt, sondern ein Mensch, und um Lila für sich zu gewinnen, würde er mehr benötigen als ihre Akzeptanz. Wie dieses Mehr jedoch aussehen sollte, war ihm nicht klar – genau wie so vieles andere immer noch ungeklärt war.

Der Tod hatte sie zusammengebracht; darüber waren sie zwar inzwischen hinaus, aber es war und blieb ihrer beider Anfang. Der Tod und was danach kam – und was sie jetzt gerade gemeinsam verfolgten.

Er sah auf die Uhr. In etwas mehr als einer Stunde würden sie landen.

Das kleine Zwischenspiel war beinahe vorüber.

Sie traten aus dem Flugzeug hinaus in die italienische Sonne und auf einen Wagen zu, der bereits auf sie wartete. Der charmante junge Fahrer, Lanzo, hieß sie in exzellentem Englisch in Florenz willkommen und gelobte, ihnen während ihres Aufenthalts jederzeit – Tag und Nacht – zur Verfügung zu stehen. »Mein Cousin führt eine Trattoria in der Nähe Ihres Hotels. Hier ist die Speisekarte. Sie werden dort bestens versorgt werden. Meine Schwester arbeitet in den Uffizien und kann für Sie eine Besichtigung arrangieren, eine private, wenn Sie möchten.«

»Haben Sie eine große Familie?«, erkundigte sich Lila.

»Oh, *sì!* Ich habe zwei Brüder, zwei Schwestern und viele, viele Cousinen und Cousins.«

»Und sie alle leben in Florenz?«

»Die meisten, ja, zumindest in der näheren Umgebung. Ich habe auch Cousinen, die für die Bastones arbeiten. In zwei Tagen fahre ich Sie zur Villa. Die Bastones sind eine bedeutende Familie, und die Villa ist wirklich schön.«

»Waren Sie schon mal dort?«

»*Sì, sì.* Ich war dort ... äh ... Kellner bei ein paar wichtigen Partys. Meine Eltern besitzen einen Blumenladen, und manchmal liefere ich Blumen dorthin aus.«

»Hansdampf in allen Gassen!«

»*Scusi?*«

»Sie machen viele Jobs. Sie haben viele Fähigkeiten.«

Er fuhr wie ein Irrer, aber das taten hierzulande anscheinend alle. Die gesamte Fahrt vom Flughafen bis zum Hotel unterhielt sich Lila mit ihm. Und sie liebte, was sie sah: Das Licht erinnerte sie an Sonnenblumen, und die Luft schien regelrecht Kunst zu atmen. Florenz lag unter einem sommerblauen Himmel, und durch die schmalen Straßen und Gassen und um einfach jede farbenfrohe Piazza fuhren Motorroller vor wundervollen alten Gebäuden umher. Und die Menschen!, dachte sie. So viele Nationalitäten mischten sich hier in den Cafés, den Läden und den wundervollen alten Kirchen. Rote Ziegeldächer flirrten in der Augusthitze, und über allem erhob sich die Kuppel des Duomo. Vor sonnenheißen

Mauern blühten bunte Blumen in Töpfen und Kübeln. Sie erhaschte einen Blick auf den Arno und fragte sich kurz, ob sie wohl Zeit haben würden, einen kleinen Spaziergang am Ufer zu machen, über die Brücken zu laufen – einfach nur *zu sein*.

»Ihr Hotel ist ganz hervorragend«, verkündete Lanzo. »Sie werden den Service genießen.«

»Durch Ihre Cousins?«

»Mein Onkel ist der Portier. Er wird sich gut um Sie kümmern.« Lanzo zwinkerte ihr zu, als er vor dem Hotel anhielt.

Hohe Fenster mit dunklen Holzrahmen vor weiß verputzten Wänden. Kaum hatte Lanzo angehalten, trat ein Mann in einem perfekt sitzenden grauen Anzug heraus, um sie willkommen zu heißen. Lila sog alles um sich herum in sich auf – strahlte den Hoteldirektor an, der ihnen die Hände schüttelte und sie in Empfang nahm. Sie stand einfach nur da und genoss es – die hübsche Straße mit den Läden und Restaurants, das Rauschen des Verkehrs, das Gefühl, an einem neuen, fremden Ort zu sein. An dem sie – das musste sie allmählich akzeptieren – für rein gar nichts die Verantwortung trug. Sie wanderte durch die Lobby, während Ash die Formalitäten erledigte. Die große Halle war ruhig und kühl und mit schweren Ledersesseln, hübschen Lampen und zahllosen Blumen fantastisch eingerichtet.

Julie trat zu ihr und reichte ihr ein Glas. »Sprudelnder Pink-Grapefruit-Saft – er schmeckt köstlich! Ist alles in Ordnung? Du bist so still.«

»Ich muss das alles erst einmal verdauen. Es ist alles so schön, aber auch ein bisschen surreal. Wir sind tatsächlich in Italien – wir vier.«

»Ja, hier sind wir, und ich sehne mich nach einer Dusche! Sobald ich geduscht habe, sehe ich mir ein paar Galerien an, damit ich das Gefühl habe, mir diese Reise tatsächlich verdient zu haben. Morgen werden wir zwei uns ein bisschen Zeit zum Bummeln nehmen. Wir sollten beide so aussehen, als wären wir täglich zu Besuch in der Villa einer bedeutenden Florentiner Familie.«

»Du hast gut zugehört.«

»Und ich war froh, dass ich einfach nur zuzuhören brauchte und nicht Konversation mit diesem wirklich charmanten Fahrer betreiben musste – der wahrscheinlich genauso viele Frauen hat wie Verwandte.«

»Er sieht dir direkt in die Augen, wenn er mit dir spricht – was mich ein bisschen beunruhigt hat. Schließlich hat er am Steuer gesessen. Aber er ist trotzdem so ... *hmm*«, sagte sie, weil ihr das richtige Wort nicht einfiel. Dann wurde ihr schlagartig klar, dass Ash es genauso machte: Wenn er mit ihr redete, wenn er sie malte, sah er ihr direkt in die Augen.

In einem winzigen Aufzug fuhren sie nach oben. Lila war zufrieden damit, dass der Hoteldirektor sich hauptsächlich mit Ash unterhielt. Mit großer Geste präsentierte er ihnen die zwei miteinander verbundenen Suiten. Geräumig und hell vereinten sie den Charme der Alten Welt mit modernem Luxus. Sie stellte sich vor, wie sie an dem kleinen Schreibtisch vor dem Fenster saß – mit Blick über die Dächer der Stadt – oder wie sie auf der sonnigen Terrasse frühstückte oder mit einem Buch auf der cremeweißen Couch lag. Wie sie und Ash sich auf dem majestätischen Bett unter der goldfarbenen Decke liebten.

Sie nahm sich einen Pfirsich aus der Obstschale, schnupperte daran und schlenderte ins Bad. Dort erwarteten sie eine großzügige Glasdusche, ein tiefer Whirlpool und weißer, schwarz geäderter Marmor. Sie würde mit Ash ein Schaumbad nehmen – mit Kerzen, während draußen Florenz im Mondlicht schimmerte. Doch zuerst musste sie auspacken, sich einrichten und für alles einen Platz finden. Sie hatte feste Routinen für den Einzug in eine neue Umgebung.

Sie wanderte weiter, schnupperte immer wieder an ihrem Pfirsich, öffnete Fenster, um die Luft, das Licht und den Duft von Florenz hereinzulassen. Sie kehrte in den Wohnraum zurück, als Ash gerade die Haupttür hinter sich zumachte.

»Ich habe schon viele beeindruckende Räume gesehen«, sagte sie zu ihm. »Aber dieser hier ist sofort auf Nummer eins gelandet.

Wo sind Julie und Luke? Hier könnte man einander schier aus den Augen verlieren!«

»Sie sind drüben in ihrem Bereich. Julie wollte auspacken und sich frisch machen. Sie hat eine Liste von Galerien dabei, die sie besuchen will.«

»Ja, richtig.«

»Du hast den Hoteldirektor gar nicht nach seinem Familienstand, seiner politischen Einstellung und seinen Freizeitbeschäftigungen gefragt.«

Lila lachte. »Ich weiß – wie unhöflich! Aber ich war in meiner eigenen kleinen Welt gefangen. Es ist so wundervoll, wieder in Florenz zu sein, und so habe ich die Stadt noch nie zuvor gesehen. Aber was noch viel besser ist: dass ich mit dir zusammen hier bin! Und wir müssen nicht mehr ständig über die Schulter spähen. Es ist alles plötzlich ein bisschen heller, ein bisschen schöner.«

»Wenn wir hier fertig sind, brauchen wir nie wieder über die Schulter zu spähen. Außerdem können wir jederzeit wieder hierherkommen – oder wo immer du hinwillst.«

Ihr Herz machte einen kleinen Sprung. Sie rollte den Pfirsich in den Händen und betrachtete ihn. »Das ist ein großes Versprechen.«

»Was ich verspreche, halte ich auch.«

»Ja, das weiß ich.«

Sie legte den Pfirsich weg – sie würde ihn später essen –, weil sie sich zuerst einen anderen Luxus gönnen wollte.

»Ich sollte jetzt lieber praktisch denken und auspacken und alles ordentlich an seinen Platz legen. Dabei will ich eigentlich viel lieber ausgiebig in diesem wundervollen Badezimmer duschen, also ...« Sie wandte sich zum Badezimmer und warf ihm einen vielsagenden Blick zu. »Interessiert?«

Er zog eine Augenbraue hoch. »Ich wäre blöd, wenn ich es nicht wäre.«

»Und blöd bist du nicht.« Sie schlüpfte im Gehen aus ihren Schuhen.

»Du scheinst ziemlich erholt zu sein für jemanden, der gerade einen Atlantikflug hinter sich hat.«

»Bist du je mit einem Billiganbieter geflogen?«

»Okay, erwischt.«

Tja, dachte sie. »Beim Reisen bin ich einfach wie Jersey.« Sie zog ihr Haarband heraus und warf es auf die Kommode.

»Du bist wie Jersey?«

»Wie der Stoff, nicht der Bundesstaat. Leicht zu pflegen und für Reisen wie geschaffen.« Sie angelte ein Shampoofläschchen aus einem Korb auf der Badezimmerkommode und schnupperte daran. Gut. Lächelnd blickte sie Ash an und zog langsam die Hose, die Bluse und das Spitzentop aus, das sie anstelle eines BHs getragen hatte. »Und man kann mit mir eine Menge anstellen, bevor ich erste Verschleißspuren zeige.«

Sie nahm das Shampoo und das Duschgel und trat in die Dusche. »Seide ist zwar schön, aber Jersey ist wesentlich strapazierfähiger.« Dann drehte sie das Wasser auf. Die Tür ließ sie offen. »Ich meinte übrigens lang und heiß.«

»Ja, das habe ich schon verstanden.«

Er blickte sie unverwandt an, während auch er sich auszog. Wie sie ihr Gesicht in den Wasserstrahl hielt, das Wasser über ihr Haar laufen ließ, bis es nass und glatt an ihrem Kopf anlag.

Als er hinter sie trat, drehte sie sich um und schlang die Arme um seinen Hals. »Dies ist der dritte Ort, an dem ich mit dir Sex haben werde.«

»War ich irgendwann nicht bei Bewusstsein?«

»Einmal hat es nur in meinem Kopf stattgefunden – trotzdem war es toll.«

»Und wo soll das gewesen sein?«

»Vertrau mir.« Sie stellte sich auf die Zehenspitzen, um ihn zu küssen. »Du wirst schon noch draufkommen.« Es duftete nach Pfirsich, als sie mit der Hand über seine Wange streichelte und ihren nassen, warmen Körper an seinen schmiegte.

Unwillkürlich musste er an ihr Bild denken – die starke Frau, die einfach jeden Mann dazu bringen konnte, sie zu nehmen;

dann die Feenkönigin, die gerade erst erwacht war, nachdem sie sich einen Mann genommen hatte. Lila – sie war so offen, so frisch, und doch hatte sie das eine oder andere kleine Geheimnis, das sie ihm gegenüber nicht offenbarte.

Dampf stieg auf, während das Wasser über sie hinwegrauschte. Ihre Hände glitten fordernd und einladend über seinen Körper. Verlangen sirrte in seinem Blut. Es baute sich immer stärker auf, umgab sie wie der Dampf in der Hitze und Nässe. Er hob sie ein klein wenig an, hielt sie wie eine Ballerina beim Spitzentanz, ließ seinen Mund über ihren Mund, ihre Kehle gleiten – bis sie in seine Haare packte, um nicht das Gleichgewicht zu verlieren. Sie hatte etwas in ihm ausgelöst, sie spürte es am heftigen Schlag seines Herzens, an den schnellen Bewegungen seiner Hände. Und sie erwiderte seine Wildheit. Gier und Lust und unersättlicher Hunger. Mit atemloser Ungeduld packte er ihre Hüften und hob sie ein Stück höher. Und dann drang er so hart und so heftig in sie ein, dass sie erschrocken und zugleich triumphierend aufschrie. So begehrt zu werden und den anderen ebenso zu begehren war mehr, als sie je zuvor erlebt hatte. Sie klammerte sich an ihn, schluchzte ihre Lust heraus, während er wieder und wieder in sie stieß. Sie nahm ihn auf, umhüllte ihn, nahm ihn ebenso in Besitz wie er sie.

Und schließlich, als die Lust durch sie beide hindurchraste, ergaben sie sich ihr, und sie klammerte sich an ihm fest. Wenn er sie nicht gehalten hätte, wäre sie in der Dusche zu Boden geglitten.

Einen Moment lang wusste sie nicht mehr, wer sie war und wo sie sich befand. Sie hielt sich einfach nur mehr an ihm fest und wartete darauf, wieder zu Atem zu kommen. Wenn er noch Kraft gehabt hätte, hätte er sie ins Bett hinübergetragen. Aber auch er blieb einfach nur stehen, nass vom Scheitel bis zur Sohle und aufs Äußerste befriedigt.

Als sich sein Herzschlag endlich wieder beruhigt hatte, legte er seine Wange an ihre Stirn. »Heiß genug?«

»Definitiv.«

»Aber nicht besonders lang ...«
»Manchmal hat man es eben eilig.«
»Und manchmal nicht.« Er löste sich von ihr und öffnete die Shampooflasche. Dann goss er sich Shampoo in die Hand und fing an, ihr Haar einzuseifen. Er drehte sie um, hob ihre Haare an und massierte ihren Kopf.
Sie erschauerte. »Gott! Damit könntest du Geld verdienen.«
»Jeder braucht etwas, worauf er zurückgreifen kann.«
Diesmal dauerte es länger.

In der Dunkelheit wachte er auf und tastete zu ihr hinüber, so wie es ihm mittlerweile zur Gewohnheit geworden war. Doch sie lag offenbar nicht neben ihm. Er drehte sich um, warf einen Blick auf den Wecker und stellte fest, dass es schon Morgen war. Er wäre liebend gern noch liegen geblieben – wenn sie da gewesen wäre –, um wieder einzudösen und mit ihr in einen behaglichen Dämmerzustand zu gleiten. Doch da er allein war, stand er auf, zog die Vorhänge zurück und ließ die italienische Sonne ins Zimmer strahlen.

Ähnliche Szenen hatte er immer wieder gemalt – Formen, sonnengetränkte Farben, Strukturen. Schön, aber zu gängig für die Leinwand – zumindest für seine Leinwand.

Wenn er jedoch eine Frau auf einem geflügelten Pferd hinzufügen würde, eine Frau mit wehendem Haar und hoch erhobenem Schwert, dann wäre es etwas anderes. Eine Armee von Frauen – in Leder und mit glänzenden Rüstungen –, die über eine alte Stadt flogen. In welche Schlacht würden sie ziehen?

Vielleicht sollte er das Bild einfach malen und es herausfinden.

Er verließ das Schlafzimmer und trat in den Salon, doch dieser war ebenso verwaist, wie es das Bett gewesen war. Dann stieg ihm der Duft von Kaffee in die Nase, und als er ihm nachging, fand er Lila in dem kleineren zweiten Schlafzimmer vor ihrem Laptop an einem kleinen Schreibtisch mit geschwungenen Beinen.

»Arbeitest du?«

Sie zuckte erschrocken zusammen, dann lachte sie auf. »Gott, mach das nächste Mal bitte ein bisschen Lärm, sonst kannst du nämlich die Sanitäter rufen. Guten Morgen!«

»Okay ... Ist das Kaffee?«

»Ich habe mir welchen aufs Zimmer bestellt – ich hoffe, das ist in Ordnung.«

»Mehr als in Ordnung.«

»Wahrscheinlich ist er nicht mehr richtig heiß. Ich bin schon eine Weile auf.«

»Warum?«

»Meine innere Uhr, nehme ich an ... Ich hab aus dem Fenster gesehen, und dann war ich verloren. Wer kann bei so einem Wetter noch schlafen? Na ja, Luke und Julie anscheinend. Von den beiden habe ich noch keinen Mucks gehört.«

Er nahm einen Schluck Kaffee – sie hatte recht, er war nicht mehr heiß, aber für den Augenblick sollte es reichen.

»Es war schön, gestern Abend mit ihnen auszugehen«, sagte sie. »Dass wir ein bisschen durch die Stadt gelaufen sind, Pasta gegessen haben, ein letztes Glas zusammen auf der Terrasse ... Sie passen wirklich toll zusammen.«

Er stimmte ihr leise murmelnd zu – und dachte an das, was er im Tresor deponiert hatte. »Bist du an einem Frühstück interessiert, oder musst du noch eine Weile arbeiten? Ich bestelle auf jeden Fall neuen Kaffee.«

»Ich könnte inzwischen durchaus etwas zu essen vertragen. Arbeiten muss ich heute nicht mehr. Das Buch ist fertig.«

»Was? Fertig? Das ist ja toll!«

»Na ja, ›fertig‹ stimmt nicht so ganz. Ich muss den Text noch mal überarbeiten. Im Großen und Ganzen steht er aber. Denk nur – ich habe dieses Buch in Florenz fertig geschrieben! Mein erstes habe ich in Cincinnati fertiggebracht. Klingt nicht annähernd so gut, oder?«

»Das müssen wir feiern!«

»Ich bin in Florenz. Das allein ist schon Feier genug.«

Trotzdem bestellte Ash Champagner und einen Krug Orangensaft, um Mimosas zu mixen. Sie hatte keine Einwände – erst recht nicht, als Julie verschlafen herüberkam und beim Anblick der Drinks sagte: »Hmm!«

So ein kleines Feierfrühstück mit Freunden war doch etwas Großartiges, dachte Lila. Beim ersten Buch war sie allein in Cincinnati gewesen – und in London beim zweiten ebenfalls.

»Ist es nicht wunderbar?« Sie reichte Luke den Brotkorb. »Ich war noch nie mit Freunden in Italien. Es ist einfach herrlich!«

»Und eine davon wird dich gleich – in einer Stunde etwa – durch die Läden schleppen«, verkündete Julie. »Dann sehe ich mir noch ein paar dieser Straßenkünstler an. Vielleicht ist ja wirklich einer dabei, den ich reich und berühmt machen kann. Wir könnten euch hier wieder treffen oder wo immer es euch passt«, sagte sie zu Luke.

»Ich denke, wir lassen es heute locker angehen. Ich will fürs Erste einfach nur Tourist spielen.« Er warf Ash einen vielsagenden Blick zu. »Und Ash wird mein privater Fremdenführer. Heute ist doch dein freier Tag, oder nicht?«

»Ja.«

Ein Tag, dachte Ash. Einen Tag konnten sie sich alle freinehmen. Morgen kämen wieder Fragen, weitere Nachforschungen und erneute Konzentration. Aber einen normalen Tag sollten sie sich gönnen.

Und wenn sein Freund den Tag damit verbringen wollte, einen Ring für Julie zu finden, um sich erneut in eine Ehe mit ihr zu stürzen, dann würde er eben als Sprungbrett dienen.

»Sollen wir uns so gegen vier wieder treffen?«, schlug er vor. »Dann können wir was trinken gehen und uns überlegen, was wir sonst noch alles unternehmen.«

»Und wo?«

»Ich kenne da ein Lokal – ich schicke euch eine SMS.«

Drei Stunden später starrte Lila mit glasigen Augen auf den beeindruckenden Haufen von Schuhen, der vor ihr lag. High Heels, flache Schuhe, Sandalen in jeder nur vorstellbaren Farbe. Der Geruch von Leder stieg ihr verführerisch in die Nase. »Ich kann nicht mehr. Ich muss aufhören.«

»Nein, musst du nicht«, sagte Julie mit fester Stimme, während sie ein Paar unglaublich hoher Pumps in Stahlblau mit silbern glitzernden Absätzen begutachtete. »Um diese Schuhe herum könnte ich ein sensationelles Outfit zusammenstellen. Was meinst du? Sie sehen aus wie Fußschmuck.«

»Ich kann sie nicht einmal mehr wahrnehmen. Ich muss schuhblind geworden sein.«

»Ich nehme sie – und die gelben Sandalen. Die sehen aus wie Narzissen! Und die flachen Sandalen – die mit den hübschen geflochtenen Riemchen. So.« Sie setzte sich wieder und ergriff eine der roten Sandalen, die Lila anprobiert hatte, ehe sie schuhblind geworden war. »Und du brauchst diese hier.«

»Ich brauche sie nicht. Ich brauche nichts davon! Julie, ich habe schon zwei Taschen voller Sachen. Ich habe mir ein Lederjackett gekauft – was habe ich mir nur dabei gedacht?«

»Du bist in Florenz – wo gibt es bessere Lederwaren als hier? Außerdem steht es dir wundervoll. Und du hast gerade dein drittes Buch fertig geschrieben.«

»Im Großen und Ganzen.«

»Du kaufst dir diese Sandalen!« Julie wedelte mit einer Sandale vor Lilas Nase herum. »Und wenn du sie dir nicht kaufst, kaufe ich sie für dich.«

»Nein, das tust du nicht.«

»Du kannst mich nicht davon abhalten. Rote Schuhe sind Klassiker, und so hübsche wie diese wirst du eine Ewigkeit tragen können. Du wirst sie jahrelang haben.«

»Das stimmt.« Ich werde schwach, dachte Lila, ich werde wahrhaftig schwach! »Ich hätte es eigentlich wissen müssen und nicht mit dir shoppen gehen dürfen. Wo soll ich das ganze Zeug denn aufbewahren? Ich habe mir ein weißes Kleid und dieses kleine weiße Jäckchen gekauft – dabei ist nichts unpraktischer als Weiß!«

»Aber es steht dir so gut – und das Kleid ist perfekt für morgen! Mit diesen hier.« Sie hielt einen anderen Schuh in die Höhe – Riemchensandalen mit hohen Absätzen in hellem Grün.

Lila schlug die Hände vors Gesicht und spähte zwischen den gespreizten Fingern hindurch. »Sie sind wirklich hübsch ...«

»Eine Frau, die auf einer Reise nach Florenz keine Schuhe kauft, ist nur eine halbe Frau.«

»He!«

»Du kannst das alles bei mir unterstellen, das weißt du doch. Ich denke ohnehin darüber nach, mir eine größere Wohnung zu suchen.«

»Was? Warum das denn?«

»Ich denke, wir werden mehr Platz brauchen, wenn ich Luke erst mal gefragt habe, ob er mich heiraten will.«

»Du lieber Himmel!« Lila sprang abrupt auf und ließ sich wieder auf ihren Stuhl zurückfallen. »Meinst du das ernst?«

»Ich bin heute früh aufgewacht, habe ihn angesehen und wusste: Das ist der Mann, den ich will.« Verträumt lächelnd legte Julie sich die Hand aufs Herz. »Ich habe ihn immer schon gewollt. Ich will, dass er jeden Morgen da ist – und ich will für ihn da sein. Also werde ich ihn fragen. Ich bin noch nicht einmal nervös – und wenn er Nein sagt, schubse ich ihn einfach vor ein Auto.«

»Er wird nicht Nein sagen, Julie.« Sie nahm ihre Freundin fest in die Arme. »Das ist ja fabelhaft! Du musst mich unbedingt an deiner Hochzeitsplanung teilhaben lassen. Du weißt, wie gut ich planen kann!«

»Aber natürlich! Und dieses Mal will ich eine richtige Hochzeit – vielleicht trage ich sogar Weiß.«

»Ja, absolut«, bestimmte Lila. »Das musst du, absolut.«

»Dann tue ich es auch absolut. Es muss ja keine große, verrückte Hochzeit sein, aber sie soll echt sein.«

»Blumen und Musik und Leute, die sich gerührt die Augen tupfen.«

»Ja, diesmal muss es allumfassend sein – nicht einfach nur der Friedensrichter. Ich will vor meiner Familie und meinen Freunden – und mit meiner besten Freundin als Brautjungfer – mit ihm das Eheversprechen ablegen. Und dieses Mal werden wir es halten.«

»Ich freue mich so für dich!«

»Ich hab ihn ja noch gar nicht gefragt, aber wahrscheinlich ist es so ähnlich wie bei dir, wenn du *im Großen und Ganzen* mit deinem Buch fertig bist.« Strahlend beugte sie sich vor und gab Lila ein Küsschen auf die Wange. »Die Schuhe sind gekauft!«

»Einverstanden.«

Jetzt schleppe ich schon drei Tüten mit mir herum, dachte Lila, als sie den Laden verließen. Dabei hatte sie sich geschworen, sich nur ein paar praktische Kleidungsstücke zu kaufen – als Ersatz für diejenigen, die sie aussortiert hatte. Ich habe mir etwas vorgemacht, gestand sie sich ein, aber verdammt, es fühlt sich gut an.

»Und wie willst du ihn fragen?«, wollte sie wissen. »Und wann? Und wo? Du musst mir die Details verraten, bevor wir uns mit den beiden auf Drinks treffen.«

»Heute Abend. Ich will nicht länger warten.«

»Auf der Terrasse, bei Sonnenuntergang.« Lila brauchte nur die Augen zu schließen und sah es bereits vor sich. »Sonnenuntergang über Florenz. Glaub mir, ich weiß, wie man solche Sachen inszeniert.«

»Sonnenuntergang ...« Julie seufzte. »Das klingt perfekt!«

»Das wird es auch. Ich sorge dafür, dass Ash und ich euch nicht in die Quere kommen. Ihr trinkt ein bisschen Wein – und du musst dieses fabelhafte Kleid anziehen! Sobald die Sonne sinkt und der Himmel über der Stadt rot und golden und atemberaubend schön wird, musst du ihn fragen. Und dann musst du sofort zu uns kommen und uns Bescheid geben, damit wir alle darauf anstoßen können – und dann gehen wir in die Trattoria von Lanzos Cousin und feiern ein bisschen.«

»Sofort geht es vielleicht nicht ...«

»Also, das ist ja wohl das Geringste, was du tun kannst, nachdem du mich zu drei Einkaufstüten voller Kleider überredet hast! Dass du den Verlobungssex aufschiebst, bis wir miteinander angestoßen haben.«

»Ja, du hast ja recht. Ich war mal wieder selbstsüchtig. Sollen wir nicht ...«

Plötzlich packte Lila sie am Arm. »Julie, sieh mal!«
»Was? Wo?«
»Dort vorn! Gerade läuft sie, diese ... Los!« Lila packte Julies Hand und begann zu rennen.
»Was? Was ist denn los?«
»Es ist die Frau, die Asiatin – Jai Maddok! Glaube ich jedenfalls.«
»Lila, das kann nicht sein. Lauf nicht so schnell!«
Doch Lila stürmte einfach weiter über das Kopfsteinpflaster. Sie bogen um die Ecke – und dann sah sie die Frau erneut vor sich. »Das ist sie. Nimm die Tüten!« Sie drückte Julie ihre Beute in die Hand. »Ich lauf ihr nach.«
»Nein, das tust du nicht!« Julie versperrte Lila den Weg. »Erstens kann sie das gar nicht sein. Und wenn sie es doch sein sollte, dann läufst du ihr ganz sicher nicht alleine nach!«
»Ich will mich doch nur vergewissern – und sehen, wohin sie geht. Bis gleich.« Lila war zwar kleiner als Julie, aber geschmeidiger. Ein schnelles Täuschungsmanöver, ein Ducken – und sie war an Julie vorbeigehuscht.
»Du liebe Güte!« Durch mindestens sechs Einkaufstüten behindert, stolperte Julie hinter ihr her und versuchte gleichzeitig, ihr Handy aus der Tasche zu angeln. »Luke! Ich renne gerade Lila hinterher – sie glaubt, die Killer-Asiatin gesehen zu haben. Sie läuft zu schnell für mich, ich kann nicht ... Und ich weiß nicht mehr, wo ich bin! Wo bin ich? Sie läuft auf eine große Piazza zu. Ich remple dauernd irgendwelche Touristen an ... Es ist ... Es ist die Piazza mit dem Brunnen ... Neptun. Luke, ich verliere sie gleich aus den Augen! Sie ist viel zu schnell unterwegs ... Piazza della Signoria! Da sind Bandinellis Herkules und Cacus ... Beeil dich!«
Sie tat ihr Bestes, rannte an dem Brunnen vorüber, doch Lilas Vorsprung war bereits zu groß.

23

Lila schlüpfte hinter eine Statue und blieb stehen. Die Frau, die sie verfolgte, ging weiter – sie hatte ganz offensichtlich ein Ziel vor Augen. Und es handelte sich um Jai Maddok, da war sie sich sicher. So wie die Frau sich bewegte, ihre Größe, ihr Haar, die Figur ... Lila kam vorsichtig hinter der Statue hervor, setzte ihre Sonnenbrille wieder auf und mischte sich unter eine Touristengruppe, aus der sie sich erst wieder löste, als sie den Abstand zwischen sich und der Asiatin verringert hatte. Die Frau marschierte jetzt durch einen weitläufigen Säulengang, den Lila von früheren Besuchen in der Stadt kannte. Sie wusste genau, wo sie war.

Sie folgte ihr bis an die nächste Kreuzung und versuchte, ihren Abstand auf etwa einen halben Block konstant zu halten. Wenn die Frau sich umdrehte und sie erkannte, würde sie entweder kämpfen oder wegrennen müssen. Die Entscheidung würde sie fällen, wenn es so weit wäre.

Doch Jai ging immer weiter, bog um eine Ecke, marschierte eine weitere Straße entlang und steuerte schließlich auf ein elegantes altes Gebäude zu.

Ein Palazzo – mit Wohnungen!, dachte Lila und zog ihr Telefon aus der Tasche, um die Adresse einzutippen. Im selben Moment klingelte es.

»Wo zum Teufel steckst du?«, brüllte Ash ihr ins Ohr.

»Ich stehe auf der Via della Condotta in der Nähe der Piazza della Signoria. Jai Maddok hat gerade ein Gebäude betreten – ein Haus, das in Wohnungen aufgeteilt wurde, denke ich.«

»Lauf sofort zurück auf die Piazza. Auf der Stelle! Ich komme dir entgegen.«

»Ja, klar. Wir können ...« Sie zuckte zusammen, als er einfach auflegte. »Autsch«, murmelte sie, warf einen letzten Blick auf das Haus und machte sich dann auf den Weg zurück zur Piazza.

Sie sah ihn auf sich zukommen und wusste augenblicklich, dass »Autsch« es nicht annähernd adäquat getroffen hatte. Die blanke Wut in seinem Gesicht loderte ihr schon von Weitem entgegen.

»Was zum Teufel hast du dir dabei gedacht?«

»Ich hab einfach nur gedacht: He, das ist doch dieselbe Frau, der es nichts ausmacht, für etwas, was in unserem Besitz ist, einen Menschen nach dem anderen zu töten.«

Er packte sie grob am Arm und marschierte mit ihr in die Richtung zurück, aus der er gekommen war.

»Entspann dich, Ashton!«

»Sag mir ja nicht, ich soll mich entspannen! Ich lasse dich nur einen Nachmittag allein, und sofort rennst du einer Frau nach, die dich umbringen will! Zumindest glaubst du, dass sie es war.«

»Sie *war* es. Aber noch viel wichtiger ist doch: Was in aller Welt hat sie hier zu suchen? Woher weiß sie, dass wir hier sind? Das kann doch kein Zufall sein!«

»Nein, am wichtigsten ist, dass du einfach so ein idiotisches Risiko eingehst! Was hättest du getan, wenn sie dich angegriffen hätte?«

»Dazu hätte sie mich erst einmal zu fassen kriegen müssen, und ich habe schon einmal bewiesen, dass ich schneller bin als sie. Außerdem hat sie mich gar nicht gesehen. Ich wollte doch nur wissen, wohin sie unterwegs war – und das ist mir gelungen. Ich kenne jetzt die Adresse. Du hättest genauso gehandelt.«

»Du kannst trotzdem nicht einfach so allein losrennen! Sie hat dich schon einmal verletzt. Ich muss dir vertrauen können, Lila.«

Als redete er mit einem ungezogenen Rotzlöffel, dachte Lila aufgebracht. »Das alles hat rein gar nichts mit Vertrauen zu tun – so brauchst du es gar nicht erst darzustellen! Ich habe sie gesehen und die Gelegenheit beim Schopf gepackt. Und ich habe eine Adresse – hast du mich gehört? Ich weiß jetzt, wo sie ist.«

»Hast du ihr Gesicht gesehen?«

»Ich habe genug gesehen. So blöd, mich ihr entgegenzustellen, bin ich nun auch wieder nicht. Die Größe, die Figur, die Haare, wie sie sich bewegt ... Sie ist uns gefolgt. Wir hätten doch ab und zu einen Blick über die Schulter werfen sollen.«

»Gott sei Dank!« Julie, die am Neptunbrunnen stehen geblieben war, lief ihnen entgegen und schlang die Arme um Lila. Dann trat sie einen Schritt zurück und schüttelte ihre Freundin. »Bist du von allen guten Geistern verlassen?«

»Tut mir leid, dass ich dich abgehängt habe – aber ich durfte sie nicht aus den Augen verlieren.«

»Du darfst mir einfach nicht solche Angst einjagen. Das darfst du nicht, Lila.«

»Es tut mir leid. Es geht mir gut.« Erst da bemerkte sie Lukes Gesichtsausdruck. »Du bist sauer auf mich«, stellte sie fest und atmete tief durch. »Okay, drei gegen einen. Ich muss mich wohl der Mehrheit beugen. Es tut mir leid, ich wollte euch nicht erschrecken. Ihr seid böse auf mich und wütend – aber können wir das nicht mal kurz beiseitelassen und stattdessen die Polizei anrufen? Ich kenne den aktuellen Aufenthaltsort einer Kriminellen, nach der weltweit gefahndet wird.«

Schweigend zog Ash sein Handy aus der Tasche. Lila wollte schon etwas sagen, aber er marschierte davon.

»Er war außer sich«, sagte Luke zu ihr. »Du bist nicht ans Handy gegangen, und wir wussten nicht, wo du warst und wie es dir ging.«

»Ich habe das Handy nicht gehört. Es war in meiner Tasche, und es ist laut hier. Das Klingeln habe ich erst gehört, als ich das Telefon herausgezogen habe, um die Adresse einzutippen.«

Ash trat wieder auf sie zu. »Gib mir die Adresse.«

Sie hatte sie ihm kaum gesagt, als er auch schon wieder wegging.

»Ist er sehr nachtragend?«, fragte sie Luke.

»Das kommt darauf an.«

»Ich habe die Information an Detective Fine weitergegeben«, sagte Ash. »Sie können schneller handeln als ein ausländischer Tourist. Wir sollten ins Hotel zurückgehen.«

Schon wieder überstimmt, dachte Lila, widersprach aber nicht.

Ash blieb kurz an der Rezeption stehen, bevor er ihnen zum Fahrstuhl folgte. »Niemand ist hier vorbeigekommen oder hat angerufen – für keinen von uns. Das Hotelpersonal wird von nun an niemanden in die Suite durchstellen oder bestätigen, dass wir hier abgestiegen sind. Wenn sie wirklich in Florenz sein sollte und nach uns sucht, wird es so schwerer für sie sein, uns aufzuspüren.«

»Sie ist hier. Ich hab mich nicht getäuscht.«

Er ignorierte sie einfach. »Ich habe ihnen eine Beschreibung gegeben. Die Hotelsecurity hält die Augen auf.«

Gemeinsam verließen sie den Fahrstuhl und gingen den Korridor entlang zur Suite. »Ich muss noch ein paar Telefonate führen«, verkündete Ash und marschierte direkt hinaus auf die Terrasse.

»Kalte Schultern sind etwas Schreckliches.«

»Versuch einfach, dir vorzustellen, wie er sich gefühlt hätte, wenn dir etwas passiert wäre«, sagte Luke. »Die Tatsache, dass dir nichts passiert ist, ändert nichts an den zehn Minuten Panik, die er deinetwegen hatte.« Er gab Lila einen Kuss auf den Scheitel. »Ich glaube, wir können jetzt alle etwas zu trinken vertragen.«

Niedergeschlagen setzte Lila sich, während Luke eine Flasche Wein entkorkte.

»Du brauchst gar nicht zu schmollen«, sagte Julie und ließ sich neben sie in einen Sessel fallen.

»Ich schmolle gar nicht ... Doch, tue ich, aber dir ginge es nicht anders, wenn alle böse auf dich wären.«

»Ich wäre allerdings auch nicht wie ein verrückt gewordenes Kaninchen hinter einer Killerin hergerannt.«

»Ich hab sie vorsichtig und aufmerksam observiert. Und ich habe doch gesagt, es tut mir leid. Warum sagt eigentlich keiner von euch: ›Gut gemacht, Lila, dass du ihren Aufenthaltsort herausgekriegt hast‹?«

»Gut gemacht.« Luke reichte ihr ein Glas Wein. »Aber tu so etwas nie wieder.«

»Sei nicht böse auf mich«, wandte sich Lila an Julie. »Ich habe immerhin die Schuhe gekauft.«

»Das ist auch so eine Sache. Ich konnte gar nicht schnell genug hinter dir herlaufen. Wenn du mir eine Chance gegeben hättest, wäre ich mitgekommen. Dann wären wir immerhin zu zweit gewesen, wenn irgendetwas passiert wäre.«

»Du hast doch nicht einmal geglaubt, dass ich sie wirklich gesehen habe.«

»Zuerst nicht, aber dann hatte ich plötzlich ganz schreckliche Angst, dass du sie doch gesehen haben könntest. Aber du hast recht, du hast immerhin die Schuhe gekauft. Apropos«, fügte sie hinzu und stand auf, als Ash hereinkam, »ich sollte meine Trophäen auspacken. Luke, komm mit und sieh dir an, was ich gekauft habe.«

Flucht oder Diskretion? Wahrscheinlich ein bisschen von beidem, dachte Lila, als die beiden in ihre Suite verschwanden.

»Ich habe mich bei den beiden noch einmal entschuldigt«, begann sie. »Möchtest du auch noch eine weitere Entschuldigung?«

»Ich habe soeben mit dem Flughafen telefoniert, wo unsere Privatflugzeuge stehen.« Sein kühler Tonfall stand in direktem Gegensatz zu dem Feuer, das in seinen Augen loderte. »Irgendjemand hat den Namen des persönlichen Assistenten meines Vaters benutzt, um meine Fluginformationen zu bestätigen – und das war sicher nicht der Assistent meines Vaters.«

»Sie hat uns also aufgespürt.«

»Höchstwahrscheinlich.« Er trat zu ihr und schenkte sich ein Glas Wein ein. »Lanzo und das Hotel habe ich separat gebucht – auf eine Empfehlung hin, die meine Schwester Valentina mir vor über einem Jahr gegeben hat. Das herauszufinden dürfte wesentlich schwieriger für sie sein, aber möglich wäre es trotzdem, wenn sie nur einen hinreichend langen Atem hat.«

»Wir sollten es Lanzo sagen.«

»Das habe ich bereits getan.«

»Du kannst ja gern wütend auf mich sein, weil ich ihr alleine nachgerannt bin. Aber ist es nicht besser, es zu wissen? Jeder von uns hätte ihr beim Eisessen in die Arme laufen können. Jetzt wissen wir zumindest Bescheid.«

»Du bist meinetwegen in diese Sache reingeraten, da gibt es nichts zu beschönigen. Oliver ist tot, zwar durch sein eigenes Verschulden, aber Tatsache ist trotzdem, dass ich nicht aufgepasst habe. Ich habe Vinnie mit hineingezogen und einfach nicht vorausgedacht. Das wird mir bei dir nicht passieren.« Immer noch aufgebracht wandte er sich zu ihr. »Es wird mir bei dir nicht passieren. Entweder gibst du mir dein Wort, dass du unter keinen Umständen mehr allein losgehst, oder ich schicke dich auf der Stelle zurück nach New York.«

»Du kannst mich nirgendwohin schicken. Du kannst höchstens sagen: Halt dich aus allem raus. Aber das ist auch schon alles.«

»Willst du wirklich meine Geduld auf die Probe stellen?«

Sie erhob sich und begann, im Zimmer auf und ab zu gehen.

»Warum treibst du mich derart in die Enge?«

»Weil du mir viel zu viel bedeutest – und das weißt du auch.«

»Du hättest ganz genauso gehandelt wie ich.«

»Dann wäre das hier jetzt ein anderes Gespräch. Ich brauche dein Ehrenwort.«

»Hätte ich einfach sagen sollen: ›Oh, toll, da ist ja Jai Maddok, die Mörderin, die uns alle tot sehen will‹? Hätte ich wirklich einfach mit Julie weiter shoppen sollen, als wäre nichts geschehen?«

»Du hättest sagen können: ›Ich glaube, das ist Jai Maddok‹, dann dein Handy nehmen und mich anrufen müssen. Und wenn du ihr dann gefolgt wärst, wäre ich schon auf dem Weg zu dir gewesen. Ich hätte dich am Handy sprechen hören und keine Angst haben müssen, dass sie dir in der Zwischenzeit ein Messer an die Kehle hält, während ich eine verdammte Halskette für dich aussuche.«

»Hör auf zu fluchen! Du hast ja recht. Okay, du hast recht. Ich bin einfach nicht daran gewöhnt, mit jemandem Rücksprache zu halten.«

»Dann gewöhn dich endlich daran!«

»Ich *versuche* es ja! Du hast eine halbe Million Geschwister, eine riesige Familie. Du bist daran gewöhnt, dich mit anderen abzusprechen. Ich bin seit Jahren auf mich allein gestellt. Ich wollte dir keine Angst machen – keinem von euch. Ich ... Du bist mir doch auch wichtig. Ich kann den Gedanken einfach nicht ertragen, dass ich es mir mit dir verscherzen könnte, mit uns ... mit allen.«

»Ich bitte dich einfach nur um dein Ehrenwort. Entweder gibst du es mir jetzt – oder du gibst es mir nicht.«

Schon wieder überstimmt, dachte Lila und rang mit sich. Wenn drei Personen, denen sie etwas bedeutete, die Situation gewissermaßen gleich einschätzten, musste wohl sie selbst ihren Blickwinkel ändern.

»Ich kann versuchen, daran zu denken, dass ich mich mit dir absprechen muss – dass es dir wichtig ist. Darauf kann ich dir mein Wort geben.«

»Okay.«

Sie atmete tief durch und merkte erst jetzt, wie angespannt sie gewesen war. Es machte ihr nichts aus zu streiten, aber wenn klar war, dass sie sich geirrt hatte, gab es auch keinen Grund zu streiten. »Es tut mir leid, dass du dir Sorgen gemacht hast. Dass ich das blöde Telefon nicht gehört habe, als du versucht hast, mich zu erreichen. Umgekehrt hätte ich auch Angst gehabt und wäre wütend gewesen. Ich habe einfach so reagiert, wie ich immer reagiere, und ... Du hast mir eine Kette gekauft?«

»Zu jenem Zeitpunkt kam mir das noch angebracht vor. Inzwischen bin ich mir nicht mehr ganz so sicher.«

»Du kannst doch nicht auf ewig böse mit mir sein – dazu bin ich einfach viel zu charmant!«

»Ich bin aber ziemlich böse.«

Sie schüttelte den Kopf, trat zu ihm und umarmte ihn. »Ich bin wirklich charmant. Und es tut mir aufrichtig leid.«

»Sie bringt Menschen um, Lila. Für Geld.«

Und weil es ihr Spaß macht, dachte Lila. »Ich kann dir versichern, dass ich vorsichtig war. Aber du warst nicht dabei und weißt es daher nicht. Sie hatte eine große, schicke Handtasche dabei, keine Einkaufstüten und dieses Mal auch keine High Heels an den Füßen. Sie hat sich nicht ein einziges Mal umgesehen. Sie ging wie eine Frau, die genau weiß, wo sie hinmuss. Entweder wohnt sie in diesem Haus, oder sie hat dort jemanden getroffen. Wir könnten der hiesigen Polizei einen anonymen Hinweis geben.«

»Fine und Waterstone haben die Sache bereits in die Hand genommen.«

»Dann warten wir also ab?«

»Genau. Und morgen besuchen wir wie geplant Bastone.« Er sah über ihren Kopf hinweg zu ihren Einkaufstüten hinüber. »Und die gehören alle dir?«

»Das war Julies Schuld! Wir sollten sie und Luke allein losziehen lassen. Sie will sich doch noch ein paar Künstler ansehen.«

»Wir gehen gemeinsam. Von jetzt an weichen wir einander nicht mehr von der Seite.«

»In Ordnung.« Reiß dich zusammen, ermahnte sie sich. »Dann kleben wir eben von nun an aneinander.«

Sie mussten jetzt zwar hin und wieder einen Blick über die Schulter werfen, trotzdem fand Lila, dass es ihnen allen guttat, draußen unterwegs zu sein, spazieren zu gehen und Zeit miteinander zu verbringen. Sie überquerten den Fluss auf einer Brücke, auf der diverse Maler saßen, und Julie studierte die Gemälde und plauderte mit dem einen oder anderen Künstler.

Lila hatte sich bei Luke eingehakt. »Ich weiß nie wirklich, wovon sie redet, wenn sie im Kunstmodus ist«, meinte sie. »Bei Ash ist es genauso.«

»Ich kann es zwar nicht übersetzen, aber mir gefällt das Bild, das sie sich gerade ansehen.«

Lila betrachtete die verträumte Szenerie eines Gartens voller Blumenkübel, in dem sich Pflanzen an einer grob verputzten Mauer hinaufrankten. Ein Kleinkind stand mit gesenktem Kopf vor einem zerbrochenen Topf, und an der Tür stemmte eine Frau die Hände in die Hüften. »Sie hat die Andeutung eines Lächelns im Gesicht«, stellte Lila fest. »Sie liebt ihren traurigen, betrübten kleinen Jungen. Sie wird ihn vermutlich die Scherben auffegen lassen, und dann pflanzt sie die Blumen wieder ein.«

»Ich würde sagen, du verstehst wesentlich mehr davon als ich. Aber ich kann sehen, dass es Julie gefällt. Sie lässt sich auch noch andere Arbeiten von ihm zeigen.«

»Wir dürfen auch deine Arbeit nicht vernachlässigen. Bevor wir nach New York zurückfliegen, müssen wir unbedingt noch ein paar Bäckereien besuchen. Das wird harte Arbeit.«

»Ich war heute früh schon in zwei Bäckereien. Ich habe ein *cornetto al cioccolato* probiert, das ich auch daheim herstellen könnte, denke ich. Und ich habe die Adressen von ein paar Geheimbäckereien bekommen.«

»Was ist denn geheim an ihnen?«

»Man muss sie aufspüren – sie liegen abseits der ausgetretenen Touristenpfade. Es sind Großbäckereien«, erklärte er. »Sie backen Nacht für Nacht die Kuchen für die Cafés. Eigentlich dürfen sie an Privatpersonen gar nichts verkaufen – aber nebenbei tun sie es doch.«

»Eine mitternächtliche Jagd nach geheimen Bäckereien? Da bin ich dabei! Julie hat gesagt, du willst vielleicht eine zweite Filiale eröffnen. Erzähl mir mehr davon.«

Sie schlenderten an den Bildern vorüber, bis schließlich Julie mit gerötetem Gesicht zu ihnen stieß. »Ich habe wahrscheinlich gerade ein Leben verändert. Der Boss hat mir grünes Licht gegeben, um den Künstler – den mit dem Kind im Hof – unter Vertrag zu nehmen. Das auf dem Bild ist er selber. Er hat es aus der Erinnerung gemalt – von seinem Zuhause, seiner Mutter und einem kleinen Unfall mit einem Fußball an einem Sommernachmittag.«

»Das ist ja süß! Ich fand das Bild auch toll.«

»Sein Werk hat viel Bewegung, die Bilder erzählen ganze Geschichten. Ich hab ihm drei abgekauft. Er hat als Erstes – nachdem er mich geküsst hat – seine Frau angerufen.«

»Wie nett!«

»Fabelhafter Fußschmuck und ein neuer Künstler.« Lachend reckte Julie die Arme in die Höhe. »Mein Tag ist komplett.« Luke ergriff ihre Hand, wirbelte sie herum, und sie lachte noch ausgelassener.

»Nichts ist komplett ohne ein *gelato*. Mögt ihr auch eins?«, fragte er in die Runde.

»Na klar!«

»Wenn *gelato* auf dem Plan steht, muss ich womöglich noch mehr umherlaufen, um es mir wirklich zu verdienen.« Julie sah zu Ash hinüber. »Dir hat sein Bild doch auch gefallen, oder nicht?«

»Man konnte die Blumen förmlich riechen – die Hitze, die gespielte Empörung der Mutter, die Resignation des kleinen Jungen vor allem, was ihm nach seinem Malheur drohte. Dieser Mann malt mit dem Herzen. Das ist nicht nur schnöde Technik.«

»Ich hatte das gleiche Gefühl. Er hatte nicht mal einen Agenten. Ich hoffe sehr, er nimmt sich einen.«

»Ich hab ihm ein paar Namen genannt«, sagte Ash. »Wenn er erst wieder zurück in der Realität ist, wird er bestimmt den einen oder anderen davon anrufen.«

»Kannst du dich eigentlich noch an dein erstes verkauftes Bild erinnern?«, fragte Lila.

»Jeder erinnert sich an sein erstes Mal.«

»Und?«

»Ich hatte es *Schwestern* genannt: Drei Feen beobachten von ihrem Waldversteck aus, wie sich ein Reiter nähert. Ich hatte es gerade fertig gemalt – draußen auf dem Gelände –, als mein Vater vorbeikam, um mir seine damalige Partnerin vorzustellen. Sie wollte es sofort haben, und er schenkte es ihr.«

»Einfach so?«

»Er begriff damals nicht, was ich tat oder zumindest zu tun versuchte – sie hingegen verstand es auf Anhieb. Sie war Kunstagentin. Ich habe lange gedacht, er wäre mit ihr vorbeigekommen, damit sie mir sagte, ich solle die Malerei bleiben lassen. Stattdessen aber drückte sie mir ihre Visitenkarte in die Hand, bot mir an, mich zu vertreten, und verkaufte das Bild im Handumdrehen. Meine Agentin ist sie bis heute.«

»Ich liebe Happy Ends – und *gelato*. Ich lade euch ein«, verkündete Lila. »Als essbare Entschuldigung sozusagen.«

Sie steuerten auf einen nahegelegenen Park zu und schlenderten dann über die breiten Wege der Boboli-Gärten. Ash dirigierte sie zu einem Wasserbecken, wo Andromeda aus dem dunklen Grün der Pflanzen aufragte. »Setz dich mit überkreuzten Beinen dorthin.«

»Eine Kamera wäre schneller.«

»Ich habe ein Bild im Kopf. Fünf Minuten. Dreh deinen Kopf, nur den Kopf, zum Wasser. So ist es gut.«

Lila gehorchte, und Julie und Luke spazierten weiter. »Das dauert bestimmt eine Weile«, hatte Julie sofort prophezeit.

»Ganz deiner Meinung.« Luke nahm ihre Hand, wie sie es schon als Teenager immer gemacht hatten, und küsste sie auf die Fingerknöchel. »Es ist schön hier. Setzen wir uns dort rüber und genießen die Aussicht.«

»Es ist ein wundervoller Tag, trotz des Dramas. Sie passen wirklich gut zusammen, nicht wahr? Ich kenne Ash nicht annähernd so gut wie du, aber er hat sich noch nie auf eine Frau so eingelassen wie auf Lila. Und sie ist verrückt nach ihm. Das ist bei ihr das erste Mal.«

»Julie …«

»Hmm?« Sie lehnte den Kopf an seine Schulter und sah lächelnd zu Ash hinüber, der in seine Skizze von Lila vertieft war.

»Ich liebe dich.«

»Ich weiß. Und ich liebe dich. Du machst mich glücklich.«

»Und ich will dich glücklich machen, Julie.« Er nahm ihr Gesicht in beide Hände, sodass sie ihn direkt ansah. »Ich möchte uns beide ein Leben lang glücklich machen.« Dann zog er die Schachtel mit dem Ring aus der Tasche und klappte den Deckel auf. »Heirate mich.«

»O Gott, Luke!«

»Sag nicht Nein. Sag lieber: ›Lass uns noch ein bisschen warten‹, wenn es sein muss. Aber sag nicht Nein.«

»Nein? Ich habe überhaupt nicht vor, Nein zu sagen. Ich wollte dich heute Abend das Gleiche fragen. Bei Sonnenuntergang. Ich hatte mir alles so schön zurechtgelegt ...«

»Du wolltest mich fragen, ob ich dich heiraten will?«

»Ich will nicht mehr warten.« Sie schlang ihm die Arme um den Hals. »Ja, ich will dich noch einmal heiraten. Und so, als wäre es diesmal das erste Mal. Du hast mir einen Ring gekauft ...«

»Ich wollte keinen Diamanten. Es sollte ein neuer Anfang sein, also ...« Er schob ihr den Smaragdring auf den Finger. »Für heute und alle Morgen, die folgen.«

»Wir haben einander wiedergefunden.« Tränen traten ihr in die Augen. Sie legte ihre Hände um sein Gesicht, und der viereckige Stein glitzerte in der Sonne. »Es ist perfekt, Luke.« Sie küsste ihn. »Wir sind perfekt.«

Es dauerte eher zwanzig Minuten als fünf, bis Ash schließlich auf Lila zutrat und vor ihr in die Hocke ging. Er drehte seinen Skizzenblock um.

Sie betrachtete die verschiedenen Ansichten ihrer selbst – wie sie zwischen den Sträuchern saß, das Wasser im Rücken, die Gottheit, die sich hinter ihr erhob. Er hatte ihre Hand so gedreht, dass sie die Handfläche nach oben hielt.

»Was bin ich?«

»Eine Göttin der Neuzeit, die neue Macht aus dem Alten zieht. Vielleicht wird daraus eine Kohlezeichnung – einfach nur schwarz-weiß –, mit der Andeutung eines Sturms, der im Westen aufzieht.« Er erhob sich und streckte die Hand aus, um ihr aufzuhelfen.

»Und all das ist dir hier an diesem Teich eingefallen?«

»Nein, hier mit dir«, erwiderte er und sah sich kurz um. »Ach, da sind sie ja.« Er nahm Lila bei der Hand und schlenderte mit ihr zu der Bank hinüber. »Entschuldigung, ich war ein bisschen abgelenkt.«

»Ich auch.« Julie streckte ihre Hand aus.

»Oh, was für ein schöner Ring! Wann hast du ... O mein Gott!«

»Wir werden heiraten.« Julie sprang auf und umarmte erst Lila, dann Ash.

»Aber was ist mit dem Sonnenuntergang?«

»Er ist mir zuvorgekommen.«

»Herzlichen Glückwunsch!« Lila umarmte auch Luke. »Ich freue mich so für euch! Darauf müssen wir sofort anstoßen.«

»Ich kenne da ein schönes Lokal ...«, sagte Ash.

»Ja, das hattest du schon erwähnt. Führ uns dorthin! Wir müssen auf die wahre Liebe trinken, die verloren ging und wiedergefunden wurde.«

»Entschuldigt«, murmelte Ash, als sein Handy klingelte. »Das muss ich ...«

»Ist es ...«

Er hob bloß einen Finger und ging ein paar Schritte zur Seite.

Konzentrier dich auf den Augenblick!, befahl Lila sich. »Jetzt wird also eine Hochzeit geplant!«

»Und zwar schleunigst! Wir wollen Ende September heiraten.«

»Das ist schon ganz bald – aber das schaffe ich. Wir müssen als Erstes überlegen, wo wir feiern. Ich erstelle eine Liste, und ... Was ist?«, fragte sie alarmiert, als Ash wieder zu ihnen zurückkam.

»Maddok war nicht da.«

»Ich hab dir doch gesagt, sie ist in dieses Haus gegangen. Ich habe sie gesehen!«

»Und es stimmt auch, sie war es tatsächlich – aber sie war nicht mehr da. Nur ein Kunsthändler namens Frederick Capelli. Sie hat ihm die Kehle durchgeschnitten.«

Von ihrer hübschen Suite in Florenz aus schrieb Jai ihrem Auftraggeber eine SMS. »*Paket ist unterwegs.*« Wie einfach es gewesen war, dachte sie, als sie das Handy beiseitelegte und sich hinsetzte, um ihr Messer zu reinigen. Der kleine Nebenjob hatte ihr zusätzliches Geld eingebracht, und es würde ihrem Auftraggeber gefallen, wie effizient sie ihn erledigt hatte. Nach dem Debakel in New York kam ihr so etwas gerade recht.

Dieses Luder hätte ihr niemals entkommen dürfen. Sie musste zugeben, dass sie zu sorglos gewesen war. Wer hätte aber auch gedacht, dass diese dürre Nutte einfach wegrennen würde – und auch noch die Kraft besaß, ihr einen veritablen Boxhieb zu verpassen? Das würde sie so schnell nicht vergessen.

An Oliver und seiner Hure und auch an seinem Onkel hatte sie nicht die Schuld getragen. Ivan war nun mal ein cholerischer Idiot gewesen. Aber sie verstand durchaus, dass ihr Auftraggeber keine Entschuldigungen hatte hören wollen.

Sie sah auf das Messer hinab. In dem klaren Licht, das durch die Fenster fiel, blitzte es sauber und silbern. Der Kunsthändler war einfach und schnell zu beseitigen gewesen – es hatte nur eines kleinen Schnittes bedurft. Ihm die Kehle durchzuschneiden hatte ihr den Tag gerettet, obwohl es ein geradezu jämmerlich leichter Auftrag gewesen war. Sie warf einen Blick auf das, was sie als ihren Bonus betrachtete: seine Brieftasche – ein paar nette Euro und seine Uhr, eine antike Cartier, einen Ring, der zwar protzig war, aber der Stein war tatsächlich hübsch und obendrein wertvoll.

Sie hatte sich Zeit gelassen, um seine Wohnung zu durchsuchen, und hatte sorgfältig ein paar Wertgegenstände ausgesucht, die leicht zu transportieren sein würden. Aus einer Laune heraus hatte sie am Ende noch eine Hermès-Krawatte mitgenommen. Sie würde alles verkaufen – bis auf die Krawatte. Die würde in ihre Sammlung wandern. Sie liebte ihre kleinen Souvenirs.

Den Mord würde die Polizei für einen Einbruch mit Todesfolge halten. Aber Capelli war tot, weil sie ihn umgebracht hatte. Und weil er nicht wie versprochen das Ei für sie aufgespürt hatte. Das war bislang offenbar nur Oliver Archer gelungen.

Man würde ihn erst am nächsten Montag vermissen, sodass sie bis dahin genügend Zeit hatte, um Archer und sein Luder aufzuspüren. Schließlich hatte sie die beiden bis hierhin verfolgt. Es war richtig gewesen, dass sie auf eigene Kosten in New York ein Zimmer bezogen hatte, von dem aus sie Archers Haus hatte beobachten können. Und sie hatte Glück gehabt, als sie zufällig die Limousine gesehen hatte, mit der Archer zum Flughafen gefahren worden war.

Doch ohne die entsprechenden Fähigkeiten war Glück bedeutungslos. Ihn zum Flughafen zu verfolgen, die Flugdaten herauszufinden – das alles hatte auch ein gewisses Geschick erfordert. Und es hatte ihren Auftraggeber immerhin so sehr zufriedengestellt, dass er sie in einem seiner Jets nach Florenz hatte fliegen lassen.

Ein kleiner Urlaub nach all den Todesfällen. Und als Gesellschaft hatten sie ein paar Freunde mit hergebracht – die nicht ahnten, dass sie ihnen auf den Fersen war. Daher würden sie sich auch umso sorgloser verhalten.

Ein Mann wie Archer – mit einem solchen Vermögen – würde sicher im Grand Hotel absteigen oder eine prachtvolle Privatwohnung mieten. Sie würden typische Touristenattraktionen besuchen – Kunst würde sicher auch eine Rolle spielen.

Jetzt, da das Päckchen auf dem Weg war, konnte sie mit der Jagd beginnen. Und diese Jagd würde tödlich enden. Sie freute sich schon darauf.

Sie steckte das Messer in das handgefertigte Etui, in dem sie all ihre Messer aufbewahrte, und legte es sorgfältig wieder zusammen. Einige der Messer würde sie an dem Luder ausprobieren, das ihr die Lippe blutig geschlagen hatte.

Sie feierten mit Champagner in einem Straßencafé an einer belebten Piazza. Und von Jai Maddok keine Spur, dachte Lila, die unauffällig, aber wachsam den stetigen Passantenstrom beobachtete, während sie über den Hochzeitsempfang und den Blumenschmuck plauderten.

»Ich weiß schon.« Lila tippte mit dem Finger auf den Tisch. »Schlichte Eleganz und eine Menge Spaß. Und nach der Zeremonie ein rauschendes Fest.«

»Ja, genau.« Julie lächelte Luke an. »Siehst du das auch so?«

»Ich sehe nur dich.«

»Oooh. Du sammelst Punkte«, scherzte Lila.

Julie beugte sich vor und belohnte Luke mit einem Kuss. »Ich bin nur froh, dass ich meine Sonnenbrille dabeihabe, sonst würde ich noch blind bei all dem Glanz, den ihr verbreitet. Vielleicht sollten wir auch für die Gäste Sonnenbrillen bereitstellen – ich notiere mir das gleich mal.«

»Sie meint das nicht ernst«, sagte Julie.

»Vielleicht nicht ganz, aber es ist zum Beispiel alles andere als ein Scherz, wenn ich sage, dass wir hier in den Geschäften schon einmal anfangen sollten, nach einem Brautkleid zu suchen. Solange wir Zeit dafür haben, wäre Florenz genau der richtige Ort dafür.«

»Das Gleiche habe ich auch schon gedacht.«

Lila stupste Ash an. »Du bist so still.«

»Meiner Erfahrung nach haben Männer wenig mit Hochzeitsplänen und ihrer Durchführung im Sinn. Sie erscheinen pünktlich, wenn es so weit ist, und damit ist ihr Soll erfüllt.«

»Denk noch mal darüber nach. Ich mache auch eine Liste für dich – du sollst schließlich Trauzeuge sein. Und dafür kannst du gleich eine weitere Tabelle anlegen, ich glaube …«

Sie verstummte, als sein Telefon zu klingeln begann.

»Archer? Ja. Okay. Kein Name? Nein, das ist absolut richtig, danke. Ja, das ist gut. Vielen Dank noch mal.« Er legte auf und hob erneut sein Glas. »Eine Frau hat im Hotel angerufen und wollte mit mir verbunden werden. Am Empfang haben sie ihr wie gewünscht gesagt, ein Mann namens Archer wäre bei ihnen nicht abgestiegen. Und du auch nicht«, er wandte sich an Lila. »Nach dir hat sie nämlich auch gefragt.«

»Sie macht also die Runde.«

»Wenn du sie nicht gesehen hättest, hätte ich nicht im Hotel Bescheid geben können, dass sie uns dort verleugnen sollen, wenn jemand anruft.«

»Und dann wüsste sie jetzt, wo wir wohnen. Also, volle Punktzahl für mich.«

»Sie zu sehen und ihr gleich hinterherzulaufen sind allerdings zwei Paar Schuhe. Trotzdem bin ich allmählich milder gestimmt. Lasst uns noch eine Runde bestellen, damit du weiter die Passanten beobachten kannst.«

»Ich hab doch nur ganz unauffällig ...«

Ash lächelte nur und winkte dem Kellner.

24

Sie trug ihr weißes Kleid und die neuen Schuhe und musste zugeben, dass Julie – wie immer – voll ins Schwarze getroffen hatte: ein edler, klassischer Sommerlook, dachte sie und flocht ihr Haar und steckte es sich im Nacken zu einem losen Knoten zusammen. Niemand würde ihr ansehen, dass dies ihr erster nichtdienstlicher Besuch in einer italienischen Villa war.

»Du siehst beinahe perfekt aus«, sagte Ash, als er ins Schlafzimmer kam.

»Beinahe?«

»Beinahe.« Er zog die oberste Schublade der Kommode auf und nahm eine Schachtel heraus. »Probier das hier mal an.«

Neugierig hob sie den Deckel der Schachtel an und bestaunte das kleine Etui, das darin lag. Souvenirketten wurden für gewöhnlich nicht in Lederetuis verpackt.

»Gibt es ein Problem?«

»Nein.« Dumm von ihr, wegen eines Geschenks so nervös zu sein. »Ich koste bloß meine Vorfreude aus.« Sie nahm das Etui heraus und klappte es auf.

Der tropfenförmige Anhänger schimmerte lavendelblau in einer dünnen Umfassung aus winzig kleinen Diamanten. Er hing an zwei Ketten so zart wie Spinnweben, auf denen weitere Diamanten wie Tautropfen glitzerten.

»Sie ... Sie ist wunderschön ... Das ist ein Mondstein.«

»Sie kam mir angebracht vor für eine Frau, die ihr drittes Buch über Werwölfe im Großen und Ganzen fertig geschrieben hat. Hier.«

Er öffnete den Verschluss, nahm die Kette aus dem Etui und legte sie ihr um den Hals, machte den Verschluss wieder zu und betrachtete das Resultat im Spiegel.

»Jetzt bist du perfekt.«

»Sie ist wunderschön ...« Sie sah ihm in die Augen. »›Angebracht‹ wäre das falsche Wort ... Angebracht sind nur gute Manieren. Aber dieses Geschenk bedeutet, dass du dir wirklich Gedanken darüber gemacht hast, worüber ich mich besonders freuen könnte. Ich liebe die Kette – und zwar nicht nur, weil sie wunderschön ist. Sondern weil sie etwas bedeutet. Danke! Ich weiß gar nicht, was ich sagen soll.«

»Du hast es doch gerade gesagt. Es war richtig, dass wir gestern mit Luke und Julie ein bisschen gefeiert haben. Und diese Kette feiert eben das, was du getan hast.«

Sie drehte sich zu ihm um und legte ihre Wange an seine. »Es ist das schönste Geschenk, das ich je bekommen habe – und das bedeutungsvollste obendrein.«

Er trat einen Schritt zurück und strich ihr leicht über die Schultern. Forschend blickte er sie an. »Wir müssen über ein paar Dinge sprechen, sobald wir zurück in New York sind.«

»Und hier in Italien können wir darüber nicht sprechen?«

»Heute findet der Besuch statt, dessentwegen wir hier sind, deshalb müssen wir uns erst einmal darum kümmern. Und wir sollten allmählich aufbrechen. Ich rufe Lanzo an.«

»Ich brauche nur noch meine Tasche. Ich bin fertig.«

Als er hinausging, drehte sie sich noch einmal zum Spiegel um und fuhr mit den Fingern vorsichtig über den Mondstein. Dabei fiel ihr Blick auf das Fernglas, das am Fenster lag. War es nicht seltsam, dass dieses Fernglas sie hierhergeführt hatte? Und wie sollte sie mit dem Gefühl umgehen, das sie hatte: dass sie unaufhaltsam auf die Liebe zusteuerte? Nirgends kann ich mich festhalten, ich kann nicht mehr langsamer werden oder zu Atem kommen, dachte sie. Und wie wird sich die Landung anfühlen?

Einen Schritt nach dem anderen, sagte sie sich dann und griff nach ihrer Tasche. Zuerst einmal würde sie tun, wozu sie hierhergekommen waren. Dann käme der nächste Schritt. Anders würde es nicht funktionieren.

Sie warf einen letzten Blick in den Spiegel und musterte die

Kette. Er hatte verstanden, was für sie wichtig war. Und das war mindestens ebenso schön wie die Kette.

Lila empfand die Fahrt durch die toskanische Landschaft als einen einzigen Farbenrausch: ein strahlend blauer Himmel, gelbe Sonnenblumen auf den Feldern zu beiden Seiten der Straße, das dunkle Grün der Hügel, der Olivenhaine, der Zypressen, die gelben und orangefarbenen Tupfer der Zitronen, Limonen und Orangen und das dunkle Blau der Trauben ... In den Gärten blühte es leuchtend rot und violett, an den weiß verputzten Wänden oder den dicken Ziegelmauern prangten gelbe und orangefarbene Blüten. Endlose Reihen von Weinreben zogen sich an den Hügeln entlang oder bedeckten die Felder rings um sie herum. Wenn sie wie Ash malen könnte, dachte Lila, würde sie all das malen – all die Farben, die in der Sonne leuchteten.

Während der Fahrt unterhielt Lanzo sie mit Klatschgeschichten aus der Stadt und löcherte sie mit Fragen über Amerika, wohin er eines Tages unbedingt reisen wollte. Lila empfand die Fahrt wie eine Art Intermezzo: als würde sie von einer Landschaft zur nächsten durch verschiedene Gemälde hindurchfahren. In einem Moment dunkel und staubig, im nächsten leuchtend und strahlend farbig.

Sie bogen von der Straße ab auf einen steilen, schmalen Kiesweg, der sich durch die Olivenhaine wand. Grobe Stufen waren aus dem Berg geschlagen worden, als hätte ein Urzeitriese sie aus dem Abhang geschnitten. Wildblumen sprossen durch die Spalten zwischen ein paar Steinblöcken unter einem flachen Plateau, auf dem eine schmiedeeiserne Bank in der Sonne stand. Wenn man sich dort hinsetzte, dachte sie, könnte man alles sehen.

»Dies hier ist bereits das Land der Bastones«, erklärte Lanzo. »Giovanni Bastone, der Mann, den Sie heute besuchen, besitzt eine feudale Villa. Seine Schwester und seine Mutter leben ebenfalls auf dem Grundstück in einem sehr schönen Haus. Sein Bruder lebt in Rom und kümmert sich dort um die Geschäfte. Eine weitere Schwester lebt in Mailand. Sie ist Opernsängerin und für ihre sensationelle Sopranstimme berühmt. Es gab noch einen Bruder, aber der ist jung gestorben ... bei einem Autounfall.« Er fuhr um eine sanfte Kurve auf ein Eisentor in einer weißen Mauer zu. »Sicherheitsleute, Sie verstehen ... Sie erwarten Sie, *si*. Ja, mein Auto ist bekannt.« Er hatte den Satz kaum ausgesprochen, als sich bereits das Tor öffnete.

Durch einen gepflegten Park fuhren sie auf die prächtige Villa zu. Sie wirkte majestätisch und anmutig zugleich, mit hohen Rundbogenfenstern, Portalen und Terrassen. Ohne die weicheren Linien – den Charme der Rankpflanzen, die die Terrassen überwucherten – hätte sie die Landschaft regelrecht dominiert, so aber verschmolz sie geradezu mit ihr, fand Lila.

Ein rotes Ziegeldach lag über blassgelben Mauern. Die Auffahrt führte um einen zentralen Brunnen herum, in dem aus den Händen einer Meerjungfrau Wasser über einen Fels floss. »Ob hier wohl je ein Homesitter gebraucht wird?«

Julie verdrehte die Augen. »Das brächtest du glatt fertig ...«

Lanzo stieg aus, um ihnen die Türen zu öffnen. Im selben Augenblick trat ein Mann in weiter Hose und einem weißen Hemd aus der Eingangstür. Sein Haar war schlohweiß, aber mit schwarzen Strähnen durchzogen, und seine dunklen Augenbrauen waren auffällig buschig. Er sah gut genährt aus, seine goldbraunen Augen blitzten freundlich, und sein gebräuntes Gesicht war markant geschnitten. »Willkommen! Willkommen! Ich bin Giovanni Bastone.« Er streckte Ash die Hand entgegen. »Sie sehen Ihrem Vater wirklich sehr ähnlich.«

»Signor Bastone, ich danke Ihnen sehr für Ihre Gastfreundschaft.«

»Selbstverständlich, selbstverständlich, es ist mir ein Vergnügen.«

»Das sind meine Freunde: Lila Emerson, Julie Bryant und Luke Talbot.«

»Sehr erfreut.« Er küsste Lila und Julie die Hand und begrüßte Luke per Handschlag. »Kommen Sie, gehen wir aus der Sonne. Lanzo, Marietta hat in der Küche was Besonderes für Sie zubereitet.«

»*Grazie, Signor Bastone.*«
»*Prego.*«
»Ihr Haus sieht so aus, als wäre es hier vor Hunderten von Jahren unter der Sonne gewachsen.«
Bastone strahlte Lila an. »Ein hinreißendes Kompliment! Das ursprüngliche Haus ist tatsächlich zweihundert Jahre alt.« Begeistert nahm er Lila am Arm und führte sie in sein Haus. »Mein Großvater hat es erweitert – ein ehrgeiziger Mann und ein gewiefter Unternehmer.«
Er führte sie in eine große Eingangshalle mit goldbraunen Steinfliesen, cremefarbenen Wänden und dunklen Deckenbalken. Eine geschwungene Treppe führte ins Obergeschoss, und die Flügeltüren zu den Räumen waren so breit, dass vier Personen nebeneinander hindurchpassten. An den Wänden hingen Kunstwerke in alten Goldrahmen: toskanische Landschaften, Porträts, Stillleben.
»Wir müssen unbedingt über Kunst sprechen«, sagte Bastone. »Das hier ist eine meiner Leidenschaften. Aber zuerst einmal trinken wir etwas, ja? Für Freunde sollte man immer einen guten Wein dahaben. Ihrem Vater geht es hoffentlich gut?«
»Ja, danke, er lässt herzlich grüßen.«
»Unsere Wege haben sich ein paarmal gekreuzt. Ihre Mutter habe ich ebenfalls kennengelernt – allerdings erst kürzlich.«
»Das wusste ich gar nicht.«
»*Una bella donna.*« Er küsste seine Fingerspitzen.
»Ja, das ist sie wirklich.«
»Und eine außergewöhnliche Frau.«
Er führte sie nach draußen auf eine Terrasse unter eine Pergola, über die eine riesige Bougainvillea wucherte. In hohen Terrakottatöpfen wuchsen Blumen, und im Schatten schlief ein Hund mit gelbgoldenem Fell. Dahinter erstreckten sich die toskanischen Hügel und Felder wie ein Geschenk.
»Sie müssen ja jedes Mal schier betrunken sein, wenn Sie nach draußen gehen! Diese Aussicht«, fuhr Lila rasch fort, als Bastone die Stirn runzelte, »berauscht einen ja regelrecht.«

»Ah, ja. Berauschend wie Wein. Sie sind klug, eine Schriftstellerin, nicht wahr?«

»Ja.«

»Setzen Sie sich doch.« Er wies auf einen Tisch, auf dem bereits Wein, Gläser, bunte Platten voller Obst, Käse, Brot und Oliven bereitstanden. »Sie müssen unbedingt unseren hiesigen Käse probieren. Er ist etwas ganz Besonderes. Ah, hier kommt meine Frau. Gina, unsere Freunde aus Amerika.«

Eine schlanke Frau mit sonnengesträhntem Haar und tief liegenden dunklen Augen kam mit raschen Schritten auf die Terrasse. »Bitte entschuldigen Sie, dass ich Sie nicht gleich an der Tür begrüßt habe.« Sie sprach kurz ihren Mann auf Italienisch an, und er lachte. »Ich habe gerade Giovanni erklärt, dass meine Schwester angerufen hat – ein kleines Familiendrama, deshalb habe ich mich ein wenig verspätet.«

Ihr Mann stellte sie einander vor und schenkte ihnen höchstpersönlich den Wein ein.

»Hatten Sie denn eine angenehme Fahrt?«, fragte Gina.

»Die Fahrt von Florenz hierher war ganz wunderbar«, erwiderte Julie.

»Und gefällt Ihnen die Stadt? Das Essen, die Geschäfte, die Kunst?«

»Alles!«

Die Unterhaltung war lebhaft und unbeschwert, fand Lila. Die Bastones waren offensichtlich ein Paar, das schon sein ganzes Leben miteinander verbracht hatte, sich aber immer noch liebevoll zugeneigt war.

»Sie haben die einstige *amante* meines Mannes also schon kennengelernt«, sagte Gina zu Lila.

Bastone verdrehte die Augen und lachte. »Ah, die junge Amerikanerin! Zwischen uns brannte eine aberwitzige Leidenschaft. Ihr Vater war alles andere als begeistert, deshalb war es für uns umso leidenschaftlicher. Ich schrieb ihr Oden und Sonette, komponierte Lieder für sie – die Schmerzen und Freuden der ersten Liebe. Und dann war sie auf einmal wieder weg« – er schnipste mit den Fingern –, »wie ein Traum.« Er nahm die Hand seiner Frau und küsste sie. »Doch dann kam diese wunderschöne Toskanerin, die mich anfangs links liegen ließ und keines Blickes würdigte, sodass ich sie verfluchte und anflehte und ihr den Hof machte, bis sie schließlich Mitleid mit mir bekam. Mit ihr lebe ich all die Oden und Sonette und die Lieder aus.«

»Wie lange sind Sie denn schon verheiratet?«, fragte Lila.

»Seit sechsundzwanzig Jahren.«

»Und es ist immer noch wie ein Lied ...«

»Jeden Tag. An manchen Tagen klingt die Begleitmusik zwar ein klein wenig disharmonisch, aber selbst dann ist es immer noch ein Lied, das sich zu singen lohnt.«

»Das ist die beste Beschreibung einer guten Ehe, die ich je gehört habe«, sagte Lila. »Denkt daran zu singen«, ermahnte sie Julie und Luke. »Die beiden sind seit gestern verlobt.«

Gina klatschte in die Hände und beugte sich vor, um Julies Ring zu betrachten, und Bastone hob sein Glas. »Möge Ihre Musik süß sein. *Salute!*«

Nach und nach steuerte Ash das Gespräch auf sein eigentliches Thema zu. »Es war überaus interessant, Miranda kennenzulernen. Lila und ich waren von der Geschichte Ihres Großvaters und des Pokerspiels mit Jonas Martin wirklich fasziniert.«

»Sie blieben befreundet, auch wenn sie einander nur noch selten sahen, nachdem mein Großvater nach Hause zurückgekehrt war, um in das Familienunternehmen einzusteigen. Jonas Martin liebte das Spiel, erzählte mein Großvater immer wieder, auch wenn er fast immer schlecht spielte. Sie nannten ihn, äh ...«

»Pechsträhnen-Jonnie«, warf Ash ein.

»Ja, ja!«

»Aber einen Familienschatz zu verspielen? War das seine Art?«

»Es war damals zumindest nicht unüblich. Er war, äh ... ›verwöhnt‹ ist das richtige Wort, glaube ich. Jung und ein bisschen zu wild in jenen Tagen. Das jedenfalls hat mein Großvater uns erzählt. Mein Großvater sagte, Martins Vater habe sich über den

Spieleinsatz wahnsinnig geärgert, aber Spiel war nun mal Spiel. Und über diese Zeit möchten Sie schreiben?«

»Ja, das würde ich gerne«, antwortete Lila. »Miranda konnte nicht sagen, wie wertvoll dieser Spieleinsatz war – was für ein Erbstück der Familie dabei verloren ging. Wissen Sie da Genaueres?«

»Ich kann es Ihnen sogar zeigen! Würden Sie es gern sehen?«

Mit einem Mal schlug Lila das Herz bis zum Hals. Sie schluckte und nickte. »Ja, schrecklich gern!«

»Bitte, kommen Sie mit.« Er erhob sich und wandte sich an alle. »Nehmen Sie Ihren Wein mit. Mein Großvater liebte das Reisen und die Kunst. Er war geschäftlich viel unterwegs und knüpfte dabei zahlreiche Kontakte.« Dann führte er sie über die Travertinsteine zu einem Bogengang. »Wo immer er hinfuhr, hielt er nach interessanten Kunstgegenständen Ausschau. Dieses Interesse gab er an meinen Vater weiter – und mein Vater an mich.«

»Sie haben eine wundervolle Sammlung«, warf Julie ein. »Das hier«, sie blieb einen Moment lang vor dem romantisch verträumten Porträt einer Frau stehen. »Ist das ein früher Umberto Boccioni?«

»Ja, das stimmt.«

»Und das hier ...« Julie wandte sich zu einem Gemälde mit tiefen, warmen Farbtönen um, in dem auf den ersten Blick lediglich vage Umrisse zu erkennen waren. Lila merkte erst beim genaueren Hinsehen, dass es sich dabei um Gestalten handelte. »Das ist eines seiner späteren Werke, als er sich bereits der futuristischen Bewegung angeschlossen hatte. Die Bilder sind großartig! Und es ist toll, dass Sie sie beide nebeneinander zeigen, um Boccionis künstlerische Entwicklung zu dokumentieren.«

»Sie kennen sich offenbar gut aus.« Er hakte sich bei Julie unter, wie er es zu Anfang bei Lila getan hatte. »Sie besitzen eine Kunstgalerie ...«

»Nein, ich leite sie lediglich.«

»Ein guter Manager ist auch immer eine Art Besitzer. Und ich ahne, dass Sie ein guter Manager sind.«

Als sie am nächsten Eingang vorbeikamen, blieb Julie abrupt stehen. Das war kein Wohnzimmer, dachte Lila. Dazu war der Begriff zu gewöhnlich. »Salon« passte viel besser. Aber nicht einmal »Galerie« wäre falsch gewesen.

Sessel und Sofas in dezenten Farbtönen luden zum Sitzen ein. Tische, Vitrinen, Kommoden aus allen Epochen waren auf Hochglanz poliert. Über einem kleinen, in Malachit gefassten Kamin stand eine Vase mit leuchtend orangeroten Lilien. Und überall Kunst: Gemälde mit verblichenen religiösen Motiven, alte Meister und zeitgenössische Bilder bedeckten die Wände. Skulpturen aus Marmor, glänzend poliertem Holz und aus Stein standen auf Sockeln oder Tischchen. In den Vitrinen und auf den Regalen funkelten und schimmerten Kunstobjekte.

»Oh.« Julie legte sich eine Hand auf die Brust. »Mein Herz ...«

Schmunzelnd zog Bastone sie an sich. »Kunst ist ein weiteres Lied, das gesungen werden muss. Stimmen Sie mir zu, Ashton? Ob das Lied von Freud oder Leid, von Liebe oder von Verzweiflung, von Krieg oder friedlichen Zeiten handelt – es muss gesungen werden.«

»Die Kunst verlangt es. Und Sie offenbaren uns hier eine ganze Oper!«

»Drei Generationen von Kunstliebhabern und kein einziger Künstler – also waren wir lediglich Mäzene, leider keine Schöpfer.«

»Kunst gäbe es ohne Mäzene zwar immer noch, aber ohne deren Großzügigkeit und Visionen hat ein Künstler nur selten Erfolg«, erwiderte Ash.

»Ich muss mir unbedingt Ihre Arbeiten ansehen, wenn ich das nächste Mal in New York bin. Was ich im Internet gesehen habe, hat mir sehr gut gefallen, und das eine oder andere Bild hat Gina regelrecht zum Seufzen gebracht! Welches war noch gleich das Bild, *cara*, das du besonders gern mochtest?«

»*Im Wald*. Die Bäume auf dem Bild gleichen Frauen – und zuerst denkst du, sie wären in einem Zauber gefangen. Aber nein, wenn du genauer hinsiehst, kannst du erkennen, dass sie ...« Sie suchte nach dem richtigen Wort und wandte sich auf Italienisch an Bastone. »Ja, sie sind selbst die Magie. Sie sind der Wald. Es ist sehr kraftvoll und, äh ... feministisch. Ist das korrekt?«

»Eine falsche Sichtweise gibt es nicht, aber Sie haben es tatsächlich genauso verstanden wie ich. Das ist ein enormes Kompliment für mich.«

»Sie können mir dieses große Kompliment zurückgeben, indem Sie meine Töchter malen.«

»Gina!«

Sie winkte ab, sowie ihr Mann sie unterbrechen wollte. »Giovanni sagt, ich soll Sie nicht fragen, aber wenn ich es nicht tue, werde ich nie bekommen, was ich mir so sehr wünsche.« Sie zwinkerte Ash zu. »Wir sprechen noch darüber!«

»Sie sind hier, um den Spieleinsatz zu sehen.«

Er führte sie zu einer bemalten Vitrine, die eine Sammlung von juwelenbesetzten und emaillierten Dosen enthielt. Eine davon nahm er heraus. »Ein wirklich hübsches Stück! Dieses Zigarettenetui ist aus vergoldetem, emailliertem Zitrin, kanneliert und mit einem Cabochonsaphir als Verschluss versehen. Sehen Sie hier: Es trägt die Initialen von Michael Perchin, des Goldschmiedemeisters der Fabergé-Manufaktur. Ein wirklich schwerer Verlust für die Martins.«

»Es ist wunderschön ...« Lila blickte Bastone direkt in die Augen.

»Und der Hauptgrund für einen alten Zwist zwischen den Familien und dafür, dass ich heute keine amerikanische Frau habe.« Er zwinkerte Gina zu.

»Signor Bastone.« Lila legte ihre Hand auf seine. »Manchmal muss man Vertrauen haben ...« Sie warf Ash einen kurzen Blick zu. »Haben Sie Vertrauen, Signor Bastone. Darf ich Sie fragen, ob Sie einen gewissen Nicholas Vasin kennen?«

Seine Miene blieb undurchdringlich, aber sie spürte, wie seine Hand kaum merklich zuckte – und sie sah, wie Gina alle Farbe aus dem Gesicht wich.

»Nein, den Namen kenne ich nicht. Nun ...« Er stellte das Etui wieder an seinen Platz zurück. »Wir haben Ihre Gesellschaft sehr genossen«, begann er.

»Signor Bastone ...«

»Wir sind Ihnen sehr dankbar für Ihre Gastfreundschaft«, fiel Ash Lila ins Wort. »Wir sollten uns allmählich wieder auf den Weg nach Florenz machen. Aber ehe wir aufbrechen, sollten Sie wissen, dass mein Bruder Oliver als Nachlassverwalter der Swansons gewisse Dokumente und ein Kunstobjekt erworben hat. Er hat das Anwesen verkauft, das einst Mirandas Großvater gehörte. Mein Bruder hat offenbar ein bestimmtes Kunstobjekt für sich selbst erworben und nicht für meinen Onkel und dessen Unternehmen, in dem er arbeitete.«

Bastones Gesicht wurde hart.

»Früher einmal befanden sich im Privatbesitz der Familie Martin zwei der verschollenen Zaren-Eier. Eins davon wurde beim Pokern verspielt, das andere kam in den Besitz meines Bruders, da Miranda anscheinend weder wusste, worum es sich dabei handelte, noch irgendein Interesse daran zeigte. Inzwischen sind alle tot – mein Bruder, der Onkel, für den er gearbeitet hat, und die Frau, mit der er zusammenlebte.«

»Das tut mir sehr leid.«

»Die Dokumente, die sich inzwischen in meinem Besitz befinden, beschreiben unzweifelhaft dasjenige Ei, das als Spieleinsatz diente und beim Pokern an Antonio Bastone überging – das Nécessaire.«

»Ich habe nicht, wonach Sie suchen ...«

»Ihre Frau hat den Namen Nicholas Vasin sofort wiedererkannt – und sie fürchtet ihn. Aus gutem Grund. Ich glaube, dass er meinen Bruder hat töten lassen, weil Oliver das zweite Ei hatte – den Engel mit Wagen – und dummerweise versuchte, mehr Geld dafür rauszuschlagen. Das war leichtsinnig von ihm, aber er war mein Bruder ...«

»Eine Tragödie. Mein aufrichtiges Beileid.«

»Sie kennen meinen Vater, meine Mutter. Sie haben uns gewiss mit aller gebotenen Sorgfalt überprüfen lassen, ehe Sie uns in Ihr

Haus gelassen haben, da Sie schließlich wussten, dass wir an der alten Pokergeschichte interessiert waren. Glauben Sie mir, ich habe das Gleiche mit Ihnen und Ihrer Familie getan, ehe ich meine Freunde hierhergebracht habe.«

»Wir bieten Ihnen gerne unsere Gastfreundschaft an, aber von dieser Sache wissen wir nichts ...«

»Eine gewisse Jai Maddok ist in Vasins Auftrag als Killerin unterwegs. Sie hat der Frau, die ich liebe, ein Messer in die Seite gerammt.« Er warf Lila einen Blick zu. »Und dafür erhielt sie einen Fausthieb ins Gesicht. Wir wehren uns, Signor Bastone. Die Polizei, sowohl die Kollegen in New York als auch die internationalen Behörden, wissen von ihr und von Vasin. Sie werden für das, was sie meiner Familie angetan haben, bezahlen. Werden Sie mir helfen?«

»Ich habe nicht, wonach Sie suchen«, begann Bastone, doch dann fiel seine Frau ihm ins Wort und redete schnell und erregt in Italienisch auf ihn ein. Ihre Augen blitzten, und je länger sie miteinander stritten, umso deutlicher traten ihr Tränen in die Augen. Doch ihre Stimme blieb fest und wütend, bis Bastone schließlich ihre Hände ergriff und sie an seine Lippen zog. Er murmelte ihr etwas zu und nickte.

»Familie«, sagte er, »ist das Wichtigste im Leben. Gina erinnert mich täglich daran. Sie sind wegen Ihrer Familie hierhergekommen – und ich habe für meine getan, was ich tun musste. Ich brauche ein wenig frische Luft. Kommen Sie!«

Er marschierte auf dem Weg, den sie gekommen waren, aus dem Zimmer.

In ihrer Abwesenheit war der Tisch abgeräumt worden. Er ging daran vorüber bis zum Rand der Terrasse. Von dort hatte man einen fantastischen Blick auf die ganze Pracht des toskanischen Sommers.

»Wir wussten, dass die Martins einst zwei Eier besaßen, da mein Großvater sie beide gesehen hatte. Jonas überließ ihm damals die Wahl, welches davon er haben wollte. Mein Großvater war noch jung, noch nicht geschult in derlei Dingen. Aber er lernte schnell – das Nécessaire war sein erster Kunstgegenstand, der Grundstein seiner Sammlung. Doch irgendwann geriet die Situation in eine Schieflage. Natürlich – Spielschulden sind Ehrenschulden, aber hier ging es nun mal nicht um eine Wette unter Kindern. Mein Großvater wollte das Ei nicht mehr zurückgeben, selbst dann nicht, als ihm der doppelte Spieleinsatz angeboten wurde. Für ihn ging es um Ehre und Prinzipien, und ich will nicht beurteilen, wer damals recht oder wer unrecht hatte. Auf jeden Fall kam es auf diese Weise in unseren Besitz. Mein Großvater bewahrte es in einem gesonderten Raum auf. Er zeigte es niemandem. Mein Vater verhielt sich ebenso, und er vererbte es an mich. Seit drei Generationen befand es sich in unserem Privatbesitz.«

»Es war der Anfang«, warf Lila ein. »Seine Liebe zur Kunst und seine Sammelleidenschaft erwuchsen aus diesem einen Objekt.«

»Ja. Nach dem Tod meines Vaters, als meine eigenen Kinder erwachsen wurden, dachte ich immer häufiger darüber nach. Sollte ich es meinen Söhnen und Töchtern vererben, damit sie es an ihre Kinder weitergaben? Gina und ich haben viele Male darüber geredet. Am Ende beschlossen wir, dass es keine Privatsache war. Es gehörte einmal einer anderen Familie und wurde ihr geraubt – ebenso wie ihr Leben. Wir dachten darüber nach, es einem Museum zu stiften – vielleicht als Leihgabe im Namen unserer Familie und der Martins. Außerdem war die Geschichte gut – die jungen Männer, das Pokerspiel ... Wir wollten nur mehr entscheiden, wie wir es angehen sollten, an welches Museum wir es geben wollten. Und natürlich haben wir auch überlegt, ob wir wirklich sicher sein konnten, dass das Ei echt war. Also wollten wir es zuallererst in aller Diskretion und im Geheimen prüfen lassen.«

»Frederick Capelli ...«, flüsterte Lila, und Bastone fuhr zu ihr herum.

»Woher wissen Sie das?«

»Er ist gestern ermordet worden ... von derselben Frau, die auch die anderen getötet hat.«

»Gut.« Gina reckte trotzig das Kinn. »Er hat uns betrogen. Die Gier hat seinen Tod begünstigt. Er hat diesem Vasin von dem Nécessaire erzählt. Daraufhin schickte Vasin diese Frau zu uns – erst mit dem Angebot, das Ei zu kaufen. Da hatten wir allerdings längst beschlossen, wie wir vorgehen wollten, drum gingen wir auf ihr Angebot nicht ein. Sie kam wieder, bot uns mehr. Und sie bedrohte uns.«

»Meine Frau, meine Kinder, meine Enkel«, fuhr Bastone fort. »Ich sollte mir gut überlegen, ob ihrer aller Leben diesen Gegenstand wert war – einen Gegenstand, für den wir adäquat bezahlt würden. Ich setzte sie vor die Tür und gab ihr zu verstehen, dass ich zur Polizei gehen würde. In derselben Nacht rief sie uns an. Sie war ins Haus meiner Tochter eingedrungen und hatte deren jüngstes Kind entführt, während alle schliefen. Unseren Antonio, vier Jahre alt. Ich hörte, wie er nach seiner Mutter rief, nach mir, und sie erläuterte mir, dass sie ihm große Schmerzen zufügen und ihn töten würde, sofern wir ihr das Ei weiterhin verweigerten. Sie würde weitere Kinder entführen und sie umbringen, und zwar so lange, bis wir täten, was sie von uns verlangte. Sie lud uns geradezu ein, die Polizei einzuschalten. Sie würde dem Jungen den Bauch aufschlitzen und dann spurlos verschwinden. Und irgendwann, wenn niemand mehr damit rechnete, würde sie sich das nächste Kind schnappen.«

Julie trat zu Gina, der die Tränen über die Wangen liefen, und reichte ihr ein Taschentuch. »Sie haben ihr das Ei gegeben. Sie hatten keine andere Wahl.«

»Ein Geschäft nannte sie es. *Puttana!*« Bastone spuckte das Wort förmlich aus. »Am Ende erhielt ich die Hälfte der Summe, die sie mir ursprünglich angeboten hatte.«

»Wir sagten ihr, sie sollte ihr Geld behalten und daran ersticken, aber sie meinte nur, wenn wir das Geld nicht nähmen und den Kaufvertrag nicht unterschrieben, dann käme sie zurück und würde sich das nächste Kind holen.« Gina legte die Hände auf ihr Herz. »Unsere Babys ...«

»Es sei ein simples Geschäft, behauptete sie. Nur ein Geschäft.

Antonio hatte überall blaue Flecken, wo sie ihn gekniffen hatte, ansonsten war er aber unversehrt. Am nächsten Morgen war er wieder zu Hause und in Sicherheit. Dafür hatten sie dieses verfluchte Ei.«

»Sie haben das getan, was Sie tun mussten«, erwiderte Luke. »Sie haben sich schützend vor Ihre Familie gestellt. Wenn dieser Capelli zu Vasin gegangen ist, muss er die Geschichte gekannt haben – die Pokergeschichte.«

»Ja, wir hatten ihm damals alles erzählt, was wir wussten.«

»Und das hat Vasin auch auf Mirandas Spur gelockt – nur hatte sie das zweite Ei da schon an Oliver verkauft. Wann war das alles?«, fragte Lila.

»Die Nacht, in der sie Antonio entführt hat, werde ich nie vergessen – es war der achtzehnte Juni.«

»Von hier nach New York ...« Lila sah zu Ash hinüber. »Das Timing passt. Es lag auf der Hand, dass Miranda nicht wusste, was das Ei wert war, und sie hat ihnen auch garantiert freiheraus erzählt, dass sie es verkauft hatte. Vielleicht hat Capelli noch versucht, einen Handel mit Oliver zu arrangieren.«

»Und Jai kümmerte sich derweil um seine Freundin. Sie setzten einen Preis fest, dann machte Oliver einen Rückzieher und versuchte, mehr aus ihnen herauszupressen. Sind Sie eigentlich zur Polizei gegangen, Signore?«

»Nein, sie hatten schließlich bekommen, worauf sie aus gewesen waren. Mittlerweile haben sie keinen Grund mehr, meinen Kindern etwas anzutun.«

»Wenn ich sie in die Finger bekäme, ich würde sie töten!« Gina ballte die Fäuste. »Ihn und diese Schlampe. Sie hat unserem Baby wehgetan und ihm das kleine Lämmchen weggenommen, mit dem er immer schlafen ging. Er hat in einem fort geweint, bis wir ein neues für ihn gefunden hatten.«

»Sie scheint gern Souvenirs zu behalten«, murmelte Ash.

»Ashton, ich will mit Ihnen sprechen wie mit meinem Sohn.« Bastone legte ihm die Hand auf den Arm. »Ihr Bruder ist tot. Geben Sie ihnen, was sie haben wollen. Es ist doch nur ein Gegenstand. Ihr Leben, das Ihrer Freundin, Ihrer Familie – das alles ist so viel mehr wert.«

»Wenn ich der Überzeugung wäre, dass damit alles vorbei wäre, würde ich ernsthaft darüber nachdenken. Sie musste Ihrem Enkel ja nicht wehtun. Sie hat es nur deshalb getan, weil es ihr Freude machte. Das zweite Ei jedoch hat sie bislang weder von Oliver noch von mir bekommen, und das wird sie sich teuer bezahlen lassen. Wir können dem Ganzen nur dann ein Ende setzen, wenn wir sie und Vasin vor Gericht bringen.«

»Wollen Sie Gerechtigkeit oder Rache?«

»Beides.«

Bastone nickte bedächtig und seufzte. »Das kann ich Ihnen nicht verdenken. Aber ich fürchte, Sie werden Vasin nicht knacken können.«

»Nichts und niemand ist unverwundbar. Man muss nur die entsprechende Schwachstelle finden.«

Auf der Heimfahrt nach Florenz widmete Lila sich die meiste Zeit ihrem Notizbuch, und kaum waren sie wieder in ihrer Suite, setzte sie sich an den Laptop. Sie war immer noch in ihre Arbeit vertieft, als Ash mit einem großen Glas Saft das Zimmer betrat.

»Danke. Ich bringe das alles zu Papier – als eine Art Exposé. Personen – was immer wir von ihnen in Erfahrung gebracht haben –, Ereignisse, die zeitliche Abfolge, sämtliche Verbindungen. So kann ich es besser strukturieren.«

»Deine Version einer Tabelle.«

»Ja, wahrscheinlich.« Sie nahm einen Schluck Saft und beobachtete ihn, als er sich auf die Bettkante setzte. »Jetzt haben Julie und ich keine Zeit mehr, in Florenz nach einem Brautkleid zu suchen.«

»Das tut mir leid.«

»Ach, das muss es nicht ... Ich hatte mir so etwas schon gedacht. Und, mein Gott, Ash – wir hatten zwei wundervolle Tage! Herrliche Tage, produktive Tage. Fliegen wir noch heute Abend zurück? Sie rechnet sicher nicht damit. Dann sind wir wieder in

New York, während sie hier immer noch nach uns sucht. Das gäbe uns ein bisschen Zeit ...«

»Wenn dir die Zeit reicht, können wir in drei Stunden fahren.«

»Packen ist eine meiner Spezialitäten.«

»Wenn das alles irgendwann ausgestanden ist, kommen wir einfach noch einmal hierher.«

»Da sage ich bestimmt nicht Nein. Ich möchte eine ganze Nacht lang diese geheimen Bäckereien aufspüren, von denen Luke erzählt hat. Und er hat recht: Die Bastones haben das einzig Richtige getan, um ihre Familie zu beschützen. Wenn sie dem kleinen Jungen etwas angetan hätte ...«

»Ich werde das jetzt sagen, obwohl ich deine Antwort kenne. Aber ich werde es trotzdem sagen, und du solltest sorgfältig darüber nachdenken, bevor du mir antwortest. Ich kann dich an einen sicheren Ort bringen – irgendwohin, wo sie dich nicht finden werden. Wenn ich daran glauben würde, dass ein Deal mit Vasin die ganze Sache beenden könnte, dann würde ich diesen Deal eingehen.«

»Aber du glaubst genauso wenig daran wie ich.«

»Nein, ich glaube nicht daran.« Und das nagte an ihm. »Sie kannte die Schwachstelle der Bastones und hat sie sich damit gefügig gemacht. Und ich glaube, sie kennt auch meine.«

»Deine Familie. Aber ...«

»Nein. Sie hat bereits zwei Mitglieder meiner Familie getötet beziehungsweise war daran beteiligt, aber das hat nicht funktioniert. Du bist meine Schwachstelle, Lila.«

»Um mich brauchst du dir keine Sorgen zu machen. Ich kann ...«

Er nahm ihre Hände und drückte sie leicht, um sie zum Schweigen zu bringen. »Sie hat mich niemals direkt angegriffen. So arbeitet sie nicht. Bei Oliver hat sie Sage benutzt, bei den Bastones den Enkel. Und dich hat sie schon einmal angegriffen.«

Lila hob die Faust. »Das ist ihr schlecht bekommen.«

»Du bist meine Schwachstelle«, wiederholte Ash. »Ich habe mich gefragt, warum ich dich vom ersten Moment an malen wollte. Malen *musste*. Trotz der Umstände musste ich es einfach tun. Und ich habe mich gefragt, warum ich jedes Mal an dich denken muss, wenn ich ein neues Bild beginne.«

»Menschen in Ausnahmesituationen ...«

»Nein. Es liegt an dir. An deinem Gesicht, deinem Körper, deiner Stimme in meinem Kopf. Wie du dich anfühlst, wie du klingst. Dein Sinn für das Richtige und das Falsche, deine Weigerung, gleich alles von dir preiszugeben, die mich so sehr fasziniert, dass ich dich höchstpersönlich Schicht um Schicht entdecken will. Selbst deine verblüffende Geschicklichkeit beim Reparieren von Gegenständen! All das macht dich aus. Du bist meine Schwachstelle, weil ich dich liebe.«

Eine Mischung aus Angst und Freude ließ ihr den Brustkorb enger werden. »Ash, ich ...«

»Es macht dir Angst. Ja, es ist einfacher, solange es sich nur um Zuneigung oder Sex handelt. Liebe hinterlässt Spuren, die sich nicht so leicht wieder ausradieren lassen. Außerdem habe ich mir wegen meiner Familiensituation geschworen, dass eine Liebesbeziehung bei mir dauerhaft sein würde. Und all das macht dir Angst.«

»Wir sollten wirklich nicht jetzt darüber reden.« Panik stieg in ihr auf, schnürte ihr die Kehle zu. »Nicht gerade jetzt, wo wir mitten in dieser ... Angelegenheit stecken.«

»Wenn ich dir nicht mitten in irgendeiner Angelegenheit sagen kann, dass ich dich liebe, wann dann? Vielleicht kommt irgendwann der perfekte Moment, aber die Chancen sind doch augenblicklich äußerst gering – zumal ich es mit einer Frau zu tun habe, die eine enorme Bindungsangst hat.«

»Ich habe keine Bindungsangst!«

»Doch, hast du. Ich könnte es auch Bindungsresistenz nennen, wenn dir das besser gefällt.«

»Jetzt wirst du aber gemein.«

»Dann lass es uns noch gemeiner machen und es hinter uns bringen!« Er zog ihre Hände an seine Lippen und küsste sie. Dann ließ er sie wieder sinken. »Ich bekomme, was ich will, weil du mir mehr bedeutest als alles andere, was ich je gewollt habe. Also bekomme ich, was ich will. Und in der Zwischenzeit kann ich dich an einen sicheren Ort bringen – irgendwohin, wo du aus allem raus bist. Sogar aus dieser Beziehung. Das wird dir Zeit zum Nachdenken geben.«

»Ich lasse mich nicht wie ein hilfloses Burgfräulein in den Turm sperren.«

»Okay.«

»Und ich lasse mich nicht manipulieren ...«

Er unterbrach sie, indem er sie erneut an sich zog und sie küsste. »Ich liebe dich«, sagte er wieder, als er sich von ihr löste. »Und damit musst du wohl oder übel klarkommen. Ich gehe jetzt packen.«

Er verließ das Zimmer, und sie starrte ihm wortlos hinterher. Was zum Teufel war denn in ihn gefahren? Wer verpackte bitte schön seine Liebeserklärung in eine Art Drohung? Und warum, verdammt, kam sie in dieser Rutschpartie nicht irgendwie zum Stehen? Sie konnte ihm ja nicht einmal böse sein!

Was zum Teufel war bloß in *sie* gefahren?

25

Dank seiner inneren Uhr, die mit Zeitzonen nicht umgehen konnte, erwachte er in New York zu einer mehr als unheiligen Uhrzeit. Die Dunkelheit und die Stille, die ihn umgaben, ließen ihn ahnen, dass ihm das, was er gleich auf der Uhr erkennen würde, nicht gefallen würde.

Ash nahm sie vom Nachttisch und sah blinzelnd auf das leuchtende Zifferblatt hinab. Vier Uhr fünfunddreißig am Morgen war entschieden zu früh. Und es gefiel ihm tatsächlich nicht. Er hätte die frühen Morgenstunden natürlich nutzen können, aber Lila war anscheinend nicht nur bereits wach, sondern darüber hinaus auch schon aufgestanden – und trieb sich irgendwo anders herum.

Es hatte ihn nicht allzu viel Mühe gekostet, sie zu überreden, bei ihm zu bleiben, statt mit den anderen in Julies Wohnung zu gehen oder sich ein Hotelzimmer zu nehmen, bis sie ihren nächsten Job antreten musste. Er hatte sie zwar aus der Fassung gebracht, als er ihr gesagt hatte, dass er sie liebe und für immer mit ihr zusammenbleiben wolle, aber das war ihm egal. Er legte Wert darauf, die Dinge auszusprechen, wann immer es die Situation erforderte. Sie sollte sich allmählich daran gewöhnen.

Er verstand nur zu gut, dass seine Offenheit sie aus dem Gleichgewicht gebracht hatte, aber auch das war ihm egal. Er hatte festgestellt, dass genau dieser Ansatz bei den zahlreichen Mitgliedern seiner Familie meist die befriedigendste Wirkung zeigte. Er hatte nicht die Absicht, sie zu sehr zu bedrängen – es brachte nichts, wenn er zu früh und zu forsch vorpreschte. Wenn man ein Ziel erreichen wollte, dann brauchte man gewisse ... Strategien. Und eine Taktik. Und das galt auch, wenn dieses Ziel eine Frau war, für die es sich zu kämpfen lohnte. Allerdings war das Wichtigste im Moment, dass sie in Sicherheit war. Und zu diesem Zweck musste Jai Maddok und Nicholas Vasin endlich das Handwerk gelegt werden.

Die Lösung dieses Problems lag in den ehemaligen Stallungen seines Familienbesitzes verborgen.

Da er ohnehin nicht länger schlafen konnte, machte er sich erst einmal auf die Suche nach Lila und nach einem Kaffee. Als er die Treppe hinunterstieg, hörte er leise Musik. Nein – irgendjemand sang, stellte er fest. Verblüfft blieb er stehen. War das etwa »Rawhide«, der Titelsong einer beliebten Westernserie? Sie stand allen Ernstes mitten in der Nacht in seiner Küche und trällerte mit bewundernswert schöner Stimme »Rawhide«. Wie in aller Welt kam jemand darauf, um halb fünf in der Früh ein Lied über Cowboys und den Viehtrieb zu singen?

Sie trällerte immer noch vor sich hin, als er die Küche betrat. In einem dünnen Morgenmantel, der ihr kaum bis zu den Oberschenkeln reichte, saß sie auf der Küchentheke, und ihre nackten Beine baumelten im Takt des Lieds. Ihre Zehennägel waren leuchtend blau lackiert, und sie hatte die Haare zu einem wirren Knoten gesteckt. Selbst ohne Kaffee, dachte er, wäre er absolut damit zufrieden, sie für den Rest seines Lebens jeden Morgen genau so vorzufinden.

»Was machst du hier?«

Sie zuckte leicht zusammen und griff fester um den Leatherman, den sie in der Hand hielt. »Ich muss dir wirklich ein Halsband mit Glöckchen besorgen. Ich hatte so einen merkwürdigen Traum – mein Vater, in voller Uniform, wollte, dass ich das Fliegenfischen lerne, und so standen wir knietief in einem reißenden Strom, und die Fische waren ...« Sie schwenkte die Arme auf und ab, um zu demonstrieren, wie die Fische aus dem Wasser gesprungen waren. »Allerdings waren es Zeichentrickfische – was das Ganze noch merkwürdiger machte. Und einer von ihnen hatte eine Zigarre im Maul.«

Er starrte sie an. »Was hat das zu bedeuten?«

»Das frage ich mich auch. Mein Dad hat immer alte Western geguckt, und jetzt krieg ich ›Rawhide‹ nicht mehr aus dem Kopf. Weil ich doch von ihm fliegenfischen lernen musste ... Hilf mir!«

»›Rawhide‹ hatte ich gerade noch mitbekommen ...« Aber er verstand trotzdem nicht, was all das zu bedeuten hatte. »Was machst du mit deinem Allzweckwerkzeug morgens um halb fünf in meiner Küche?«

»Die Schranktüren saßen leicht locker – so was macht mich wahnsinnig. Ich wollte sie nur festziehen. Und die Tür zur Speisekammer quietscht ein bisschen – beziehungsweise sie quietschte. Ich habe allerdings kein WD-40 in deinem Werkzeugkasten gefunden, deshalb musste ich meins nehmen. Du kannst doch nicht ohne Multifunktionsöl leben, Ash! Und ohne Klebeband und Superkleber.«

»Ich setze es auf meinen Einkaufszettel.«

»Im Ernst! Ich hab einmal dem Hersteller von WD-40 einen Dankesbrief geschrieben, nachdem sie eine Reisegröße in ihr Sortiment aufgenommen hatten. Seitdem habe ich immer welches in der Handtasche. Man kann schließlich nie wissen.«

Er trat auf sie zu und stützte sich rechts und links von ihr auf der Theke ab. »Es ist halb fünf Uhr morgens ...«

»Ich konnte nicht schlafen – diese blöde innere Uhr und zigarrerauchende Zeichentrickfische ... Und ich kann einfach nicht arbeiten, wenn mein Gehirn nach einer Reise noch nicht wieder richtig funktioniert. Stattdessen bringe ich einfach ein bisschen Ordnung in deinen Haushalt. Betrachte es als Mietanzahlung.«

»Ich nehme von dir keine Miete.«

»Solltest du aber. So würde ich mich besser fühlen. Julie kriegt auch ein bisschen Geld von mir.«

»Von mir aus ...« Er hob sie von der Theke herunter.

»Ich war noch nicht fertig.«

»Du sitzt vor dem Kaffee.«

»Oh, ich hatte schon zwei Tassen. Ich hätte es besser wissen müssen – ich bin wohl ein bisschen aufgedreht ...«

»Ach, wirklich?« Er überprüfte den Füllstand der Kaffeebohnen und stellte fest, dass sie sie nachgefüllt hatte. »Das hätte ich um ein Haar gar nicht bemerkt.«

»Selbst nicht voll funktionstüchtige Gehirne können Sarkasmus wahrnehmen. Hast du eigentlich mal darüber nachgedacht, ob du das Badezimmer hier unten streichen willst? Ich hab über all diese wundervollen Gebäude in Florenz nachgegrübelt. Es gibt da eine Technik, die aussieht wie alter Putz. Ich finde, das wäre ein toller Hintergrund für deine Bilder. Ich glaube sogar, ich könnte das – und wenn ich mit dem Badezimmer hier unten anfinge, wäre es nicht einmal schlimm, falls es auf Anhieb nichts würde ... Der Raum ist ja klein.«

Er starrte sie sprachlos an, schaltete die Kaffeemaschine ein und hörte, wie die Bohnen durch die Mühle liefen. Von »Rawhide« über WD-40 zum Anstrich seines Badezimmers. Warum dauerte der Kaffee bloß so lange?

»Was ist nur los mit dir? Es ist mitten in der Nacht, und du denkst über mein Badezimmer nach? Warum?«

»Weil ich im Großen und Ganzen mit meinem Buch fertig bin, mein nächster Job erst in knapp zwei Wochen beginnt und ich zwei Tassen Kaffee intus habe. Wenn ich mein Hirn nicht beschäftige, werde ich nur noch aufgedrehter.«

»Meinst du nicht, es macht nicht schon genug Arbeit, eine professionelle Mörderin und ihren wahnsinnigen Boss zur Strecke zu bringen?«

Den Gedanken daran hatte sie eigentlich vermeiden wollen. »Ich will mich lieber von der Tatsache ablenken, dass ich inzwischen so gut mit einer Auftragskillerin bekannt bin, dass ich ihr schon mal ins Gesicht geschlagen habe. Das ist mir wirklich erst zweimal passiert ...«

»Wann war denn das erste Mal, um Himmels willen?«

»Oh, Trent Vance – wir waren dreizehn, und ich dachte, ich würde ihn mögen, bis er mich an einen Baum drückte und mir an den Busen grapschte. Ich hatte damals zwar noch keinen – aber trotzdem, er ...« Sie deutete mit den Händen zwei kleine Schalen an. »Also hab ich ihm eins verpasst.«

Ash, der immer noch keinen Kaffee getrunken hatte, ließ dieses Bild auf sich wirken. »In beiden Fällen war es die absolut richtige Reaktion.«

»Das musst du jetzt natürlich sagen. Immerhin hast du ja selbst schon mal jemandem einen Kinnhaken gegeben. Trotzdem bin ich der gleichen Meinung. Na ja, ich kann mich jedenfalls nur dann auf die Frage konzentrieren, was wir als Nächstes tun und lassen sollten, wenn ich endlich mit diesem Fausthieb klarkomme und mein Hirn anderweitig beschäftige.«

»Und dazu musst du das Badezimmer streichen?«

»Vielleicht.«

»Na, dann los.« Endlich war der Kaffee fertig, und er nahm einen großen Schluck.

»Wirklich?«

»Du wirst dich darin mindestens so häufig aufhalten wie ich – wenn nicht noch häufiger –, wenn du zwischen deinen Jobs hier bei mir wohnst.«

»Ich habe nie behauptet, dass ich ...«

»Spiel mit dem Badezimmer«, unterbrach er sie. »Dann werden wir schon sehen, wie wir uns dabei fühlen.«

»Und in der Zwischenzeit?«

»In der Zwischenzeit werde ich mit Vasin direkt Kontakt aufnehmen.«

»Direkt? Wie denn das?«

»Wenn wir uns jetzt tatsächlich darüber unterhalten wollen, dann brauche ich was zu essen.« Er öffnete den Kühlschrank und betrachtete den spärlichen Inhalt. »Ich hab noch gefrorene Waffeln ...«

»Gekauft! Also, er lebt wie ein Einsiedler, und wir wissen nicht einmal genau, wo er sich zurzeit aufhält. Wenn er nun ausgerechnet in Luxemburg ist? Du sagst jetzt wahrscheinlich gleich, dass wir dann in deinen praktischen Privatjet steigen und nach Luxemburg fliegen. Daran werde ich mich wohl nie gewöhnen ...«

»Der Jet gehört nicht mir, sondern der Familie.«

»Meinetwegen. Vasin ist so reich, dass er wahrscheinlich ein Dutzend Mauern um sich errichtet hat. Metaphorisch gesprochen.«

»Metaphorische Mauern bestehen für gewöhnlich aus Menschen – Anwälten, Steuerberatern, Bodyguards. Es gibt Leute, die bei ihm sauber machen, die Essen für ihn kochen. Er hat Ärzte. Er sammelt Kunst, und darum muss sich schließlich auch irgendwer kümmern. Er hat jede Menge Personal.«

»Eine Privatkillerin inklusive.«

»Wie wahr.« Ash steckte zwei gefrorene Waffeln in den Toaster. »Aber für den Anfang brauche ich nur eine einzige Person.«

Ihr Herz machte einen kleinen Satz. »Du denkst doch wohl nicht etwa an unsere Freundin?«

»Sie würde uns den unmittelbaren Zugang eröffnen. Aber da sie wahrscheinlich immer noch in Italien weilt, denke ich, wir fangen am besten mit den Anwälten an. Er macht Geschäfte in New York und hat hier Eigentum, also wird er auch Anwälte in New York haben.« Er kramte in seinem Küchenschrank – dem Schrank mit der frisch festgezogenen Tür – und kramte eine Flasche Sirup hervor.

Lila sah misstrauisch auf die Flasche hinab. »Wie lange steht die dort schon?«

»Ach, das ist nur Ahornsirup, da ist es doch egal.«

Er angelte die Waffeln aus dem Toaster, als sie fertig waren, legte sie auf zwei Teller und goss Ahornsirup darüber.

Stirnrunzelnd betrachtete Lila die halb aufgetaute Waffel, die jetzt in einem braunen See aus Ahornsirup schwamm. »Du hattest bestimmt auch die meiste Zeit Küchenpersonal, nicht wahr?«

»Ja. Ich kenne im Übrigen auch Leute auf Long Island, die Köche haben. Vielleicht wäre das ein Weg, um an Vasin ranzukommen ...« Er nahm Besteck aus der Schublade, reichte ihr Messer und Gabel und stellte sich an den Tresen, um sich über seine Waffel herzumachen. »Aber über den Anwalt ist es bestimmt leichter. Meine Anwälte kontaktieren seine Anwälte und informieren sie darüber, dass ich an einem Gespräch interessiert bin. Und dann sehen wir, was anschließend passiert.«

»Er erwartet bestimmt nicht, dass du Kontakt aufnimmst. Entweder wird er stinksauer, oder aber es reizt ihn. Vielleicht sogar beides.«

»Beides wäre gut«, erwiderte Ash, »vielleicht sogar die beste Alternative.«

Da sie die durchweichten Waffeln irgendwie hinunterspülen musste, öffnete sie den Kühlschrank.

»Du hast ja ›V8 Fusion‹ – die Mango-Mischung!« Das trank sie morgens am liebsten. Sie nahm die noch ungeöffnete Flasche heraus und schüttelte sie. Er war auch in dieser Hinsicht aufmerksam gewesen und hatte ihr zugehört. Das fand sie im Moment romantischer als Rosen und Gedichte. »Du solltest auch einen Schluck trinken. Das ist gut für dich.«

Er grunzte nur, und sie holte zwei Saftgläser aus dem Schrank. »Aber noch mal zu Luxemburg ... Vasin wird auf keinen Fall zugeben, dass er irgendwas mit Olivers Tod zu tun hat. Er wäre ja verrückt, wenn er das täte.«

»Er ist ein Einsiedler, der Killer engagiert, um an Kunstobjekte zu kommen, die er niemandem zeigen kann. Ich denke, viel verrückter kann man gar nicht sein.«

»Ja, das stimmt.« Sie stellte ein Glas Saft für ihn auf den Tresen.

»Ich brauche ihn auch nur, damit er mir ein Angebot macht. Wir können nicht länger so tun, als hätten wir das zweite Ei, jetzt, da wir wissen, dass er es sich bereits unter den Nagel gerissen hat. Also nutzen wir das, was wir wissen – eins zu besitzen ist für einen Sammler ohnehin schon was Gewaltiges ...«

»Zwei wären beinahe undenkbar.« Die Waffel war nicht so übel, wie sie aussah, musste sie sich insgeheim eingestehen. Wenn sie aber länger hierbleiben würde, müsste sie definitiv das Einkaufen übernehmen. »Aber was bringt es dir, wenn er dir ein Angebot macht? Daran ist per se noch nichts Illegales – sofern du einen Kaufvertrag über den verhandelten Gegenstand hättest, wäre es immerhin ein rechtmäßiger Deal.«

»Ich werde ihn ablehnen und ihm klarmachen, dass ich im Austausch dafür Maddok haben will.«

»Die asiatische Killerin? Warum sollte er sie ausliefern? Abgesehen davon wäre sie selber wohl kaum damit einverstanden.«

»Also, zunächst einmal: Sie ist seine Angestellte – sicherlich wertvoll, aber trotzdem bloß eine bezahlte Hilfskraft.«

»Sie ist ein Mensch«, wandte Lila ein. »Zwar ein schrecklicher, aber immer noch ein Mensch.«

»Du denkst nicht wie ein Mann, der für ein goldenes Ei töten würde.«

»Da hast du recht.« Sie ließ einen Moment lang ihre eigenen Moralvorstellungen außer Acht und versuchte, sich in Vasin hineinzuversetzen. »Sie ist sein Mittel zum Zweck ... ein Werkzeug.«

»Genau. Frederick Capelli hat ebenfalls für ihn gearbeitet – zumindest stand er auf Vasins Gehaltsliste. Und Vasin hatte kein Problem damit, ihn umlegen zu lassen.«

»Na gut. Ich stimme dir zu. Das Ei ist ihm mehr wert als ein Menschenleben. Trotzdem wird er es nicht riskieren, sie auszuliefern. Sie würde sich gegen ihn auflehnen und vielleicht sogar der Polizei alles erzählen. Das muss er zumindest bedenken.«

Ash nahm einen Schluck Saft. Er schmeckte überraschend gut. »Ich bin nicht daran interessiert, sie der Polizei zu übergeben, damit sie dort irgendeinen Deal aushandeln kann. Warum sollte ich das Risiko eingehen, dass sie am Ende noch in einem Zeugenschutzprogramm landet?«

»Was hast du denn sonst mit ihr vor?«

Mit einem Knall stellte er das Glas auf die Theke. »Ich will Rache. Ich will, dass sie bezahlt. Ich werde dafür *sorgen*, dass sie bezahlt. Die Schlampe hat meinen Bruder umgebracht. Sie hat das Blut meiner Familie vergossen, und jetzt will ich das ihre sehen.«

Lila lief ein Schauer über den Rücken. »Das kannst du doch unmöglich ernst meinen – nein, das meinst du nicht ernst.«

»Eine Sekunde lang hast du mir geglaubt.« Er fuchtelte mit seiner Gabel durch die Luft und spießte dann ein weiteres Stück Waffel auf. »Du kennst mich viel besser als er – und trotzdem hast du es für einen Augenblick geglaubt. Er wird mir allein deswegen glauben, weil ich es tief im Innern tatsächlich ernst meine.«

»Selbst wenn er dir glaubte und wenn er sich darauf einließe, würde sie nicht mitmachen. Sie hat zwei ausgebildete Agenten umgebracht, als sie ihr zu nahe kamen.«

»Das ist sein Problem. Wenn du das Ei willst, gibst du mir die Schlampe, die meinen Bruder getötet hat. Mehr will ich nicht. Ansonsten zerstöre ich es.«

»Das wird er dir nie im Leben abkaufen!«

»Ich könnte es tatsächlich tun.« Er schob sich so abrupt von der Theke weg, dass sie zusammenzuckte. »Seinetwegen sind zwei meiner Familienangehörigen gestorben. Ihr Blut klebt an diesem Ei. Ich habe es satt, ständig gejagt zu werden – von der Polizei, von ihm und von seinen Auftragskillern. Und alles nur wegen dieses frivolen Spielzeugs, das irgendein toter Zar für seine geliebte Frau hat anfertigen lassen? Scheiß drauf! Hier geht es um Familie. Ich bin nicht Oliver, und das Geld ist mir egal. Diese Frau hat meinen Bruder getötet, und jetzt töte ich sie oder zerschmettere das Ei mit einem Hammer.«

»Okay, okay.« Lila griff mit leicht zittrigen Händen nach ihrer Kaffeetasse. »Das war überzeugend. Du hast mir wirklich Angst eingejagt.«

»Ein bisschen davon meine ich auch wirklich so.« Er lehnte sich wieder an die Theke und rieb sich die Augen. »Das blöde Ei ist mir völlig egal – spätestens seitdem sie dich mit dem Messer verletzt hat.«

»Ash, es war nur ...«

»Sag mir nicht dauernd, dass es nur ein Kratzer war. Das ist dummes Geschwätz. Wenn sie ein zweites Mal die Gelegenheit hätte, würde sie dich umbringen, ohne mit der Wimper zu zucken, und das weißt du auch. Bring mich nicht noch mehr auf die Palme. Ich will, dass die Verantwortlichen für Olivers und Vinnies Tod, ja sogar für den Tod einer Frau, die ich nie kennengelernt habe, zur Rechenschaft gezogen werden. Das Ei hat seine ganz eigene Bedeutung in der Welt der Kunst. Es gehört in ein

Museum, und ich werde dafür sorgen, dass es auch dort hinkommt. Vinnie hätte es so gewollt. Wenn das nicht der Fall wäre, würde ich es mit dem Hammer zerschlagen.«

Seine Augen blitzten jetzt so scharf und intensiv wie beim Malen. »Ich würde es mit dem Hammer zerstören, Lila, weil du mir so viel mehr bedeutest.«

»Ich weiß nicht, was ich sagen oder tun soll ...« Alles in ihr zitterte und bebte. »Niemand hat je so viel für mich empfunden wie du. Niemand hat mir je das Gefühl gegeben, das du mir gibst.«

»Du könntest einfach versuchen, es anzunehmen.«

»In meinem Leben gab es kaum je irgendetwas von Bestand. So war es eben – und ich habe mich auch selbst nie allzu fest an irgendwas gebunden, weil ich immer Angst hatte, es wieder hinter mir lassen zu müssen. Wenn es zu viel bedeutet, tut es zu sehr weh ...«

»Das hier ist beständig.« Er griff nach ihrer Hand und legte sie sich aufs Herz. »Und es ist allein für dich da.«

Sie spürte das Pochen seines Herzens – stark und stetig schlug es nur für sie. »Ich kann gerade nicht darüber nachdenken ...«

»Du hast mir Kraft gegeben, obwohl du mich gar nicht kanntest. Jetzt musst du zulassen, dass ich dich für eine Weile halte ...« Er zog sie an sich. »Wir werden das Ganze zu Ende bringen. Du streichst das Badezimmer, und ich rufe in der Zwischenzeit die Anwälte an. Du tust deine Arbeit, ich meine. Und ich halte dich, bis du bereit bist.«

Sie schloss die Augen und atmete tief durch. Sie würde annehmen, was ihr dargeboten wurde; akzeptieren, was sie fühlte. Für den Moment.

In den nächsten Tagen beschäftigte Lila sich damit, das Badezimmer auszuräumen, sich über die richtige Technik zu informieren, die entsprechenden Gerätschaften zu besorgen und sich für eine Grundfarbe zu entscheiden – sie hätte wissen müssen, dass der Künstler diesbezüglich genaue Vorstellungen haben würde. Sie ließ sich einen zusätzlichen Tag Zeit, um die Badezimmerarbeiten noch mal zu überdenken, und überarbeitete nebenbei ihr Manuskript. Dann ging sie im Geist ein letztes Mal sämtliche Arbeitsschritte durch, krempelte die Ärmel hoch und machte sich ans Werk.

Ash verbrachte währenddessen die meiste Zeit im Atelier. Sie erwartete schon, ihm wieder Modell sitzen zu müssen, aber er verlangte nichts dergleichen. Wahrscheinlich hatte er auch ohne seine Malerei genug zu tun: Er musste schließlich mit den Anwälten sprechen und den Showdown mit Vasin vorbereiten.

Sie selbst vermied das Thema. Sie konnte sich spontan ein halbes Dutzend Szenarien vorstellen, doch ohne den allerersten notwendigen Schritt würde rein gar nichts funktionieren. Deshalb würde sie erst wieder in Erscheinung treten, um ihre Gedanken und Gefühle beizusteuern, wenn Ash alles Wichtige arrangiert hatte.

Sie hatte so viel zu bedenken im Moment – ihre Gefühle, Ashs Gefühle ... Würde sie die ganz einfach abschütteln und beiseiteschieben können? Und wollte sie das überhaupt? Oder sollte sie sich nicht vielmehr Hals über Kopf darauf einlassen? Nur was, wenn es ganz plötzlich wieder vorbei wäre, sobald sie sich erst mal darauf eingelassen hätte?

»Hör jetzt auf damit«, befahl sie sich. »Hör einfach auf.«

»Wenn du jetzt aufhörst, kann in nächster Zeit niemand mehr diesen Raum benutzen.«

Sie warf einen Blick über die Schulter. Da war er, der Mittelpunkt ihrer Gedanken: mit zerzausten schwarzen Haaren und einem Gesicht, das mit Dreitagebart noch attraktiver wirkte als ohnehin schon, einem durchtrainierten Körper in Jeans – mit einem roten Farbfleck auf der linken Hüfte – und einem schwarzen T-Shirt. Er sah aus wie ein Künstler, und je länger sie ihn ansah, umso mehr Verlangen stieg in ihr auf.

Er hakte seine Daumen in die Taschen seiner Jeans und sah sie fragend an. »Was ist?«

»Ich frage mich gerade, warum Männer so sexy aussehen, wenn sie nicht zurechtgemacht sind. Frauen wirken dann einfach nur ungepflegt und schlampig. Wahrscheinlich ist Eva daran schuld – aber sie hatte ja ohnehin an allem Schuld.«

»Welche Eva?«

»Adams Eva. Auf jeden Fall will ich nicht mit dem Streichen aufhören, sondern mit meinem Kopfkino. Du brauchst gar nicht die Stirn zu runzeln ...« Sie fuchtelte mit einer Farbrolle vor seinem Gesicht herum. »Das ist erst die Grundfarbe. Die venezianische Putztechnik erfordert mehrere Schritte. Geh wieder.«

»Das wollte ich gerade. Ich muss nur noch was einkaufen. Soll ich irgendetwas mitbringen?«

»Nein, ich ...« Sie drückte sich die Hand auf den Bauch. »Doch, später kriege ich bestimmt Hunger. Würdest du dir mit mir eine Calzone teilen? Bis du zurückkommst, bin ich mit der Grundierung fertig.«

»An einer Calzone wäre ich durchaus interessiert, aber ich möchte eine eigene.«

»Ich kann aber keine ganze essen.«

»Ich schon.«

»Na ja, macht ja nichts. Dann bring mir einfach ein halbes Sandwich mit Aufschnitt mit. Pute, Provolone oder so. Mach alles Mögliche darauf – aber wie gesagt, nur ein halbes.«

»Okay, wird erledigt.« Er gab ihr einen Kuss. Dabei musterte er die Wand. »Du hast das Konzept einer Grundierung verstanden, oder?«

»Ja, natürlich.« Er hatte offenbar Probleme damit, Farbe in Amateurhänden zu wissen.

Es handelt sich nur um das Bad, rief er sich ins Gedächtnis – und obendrein dasjenige, das er am seltensten benutzte.

»Halt die Tür verschlossen, geh nicht weg – und nicht das Atelier betreten.«

»Wenn ich ...«

»Ich bin nicht lange unterwegs.« Er küsste sie noch einmal.

»Du gehst doch auch allein weg«, rief sie ihm nach. »Vielleicht sollte ich mir besser ein Küchenmesser schnappen und mitkommen.«

Lächelnd drehte er sich um. »Es wird nicht lange dauern.«

»Es wird nicht lange dauern«, äffte sie ihn nach und machte sich wieder an die Arbeit. »Verschließ die Tür, bleib drinnen, geh nicht ins Atelier. Ich hab noch nicht mal vorgehabt, dort hinzugehen – bis er mir gesagt hat, ich soll es bleiben lassen.« Sie sah zur Decke empor. Es würde ihm sogar recht geschehen, wenn sie sofort hinauflaufen und überall herumschnüffeln würde. Andererseits widersprach das ihren Arbeitsprinzipien. In fremden Räumen hatte sie nichts zu suchen, und sie respektierte die Privatsphäre anderer Leute. Außerdem wollte sie noch die Grundierung fertig machen und dabei eine letzte Szene aus ihrem Buch überdenken. Von einem anderen Standpunkt aus würde sie womöglich besser funktionieren.

Sie trug die Grundierung auf und dachte dabei über ihr Buch nach. Ja, mit einem Perspektivwechsel würde es definitiv besser werden. Nach der Mittagspause würde sie sich sofort an den Laptop setzen.

Nach einer Weile trat sie ein Stück zurück und studierte ihr Werk. Ein schönes, warmes Toskanagelb, unaufdringlich, mit einer dezenten Orangenote. Jetzt würde sie etwa vierundzwanzig Stunden warten müssen, ehe sie den Farbputz auftrug – ein tieferes Kardamom-Gelbbraun. Damit begann der interessantere, deutlich weniger langweilige Teil des Prozesses.

Doch zuallererst musste sie die Rollen und Pinsel reinigen – und sich selbst. Sie wollte gerade noch einmal ihr Werk in Augenschein nehmen, als ihr Handy klingelte.

»Hi, Lila?«

»Hast du deinen Urlaub in Italien genossen?«

Die Stimme ließ ihr das Blut in den Adern gefrieren. Heiße Angst stieg in ihr auf. »Ja, sehr.« Sie sah sich um und erwartete halb, jenes attraktive exotische Gesicht durchs Fenster zu erblicken.

»Das hab ich mir gedacht. Privatflugzeug, gute Hotels – da hast du dir ja einen fetten, feisten Fisch geangelt, was?«

Lila versuchte, ihre Wut im Zaum zu halten, und es gelang ihr tatsächlich, leise zu lachen. »Ja, und dazu noch einen, der so gut aussieht! Hast du deinen Urlaub in Italien denn ebenfalls genossen? Ich hab dich auf der Piazza della Signoria gesehen. Du sahst so aus, als wärst du unterwegs zu einem wichtigen Termin.«

Die kurze Atempause sagte ihr, dass sie einen Treffer gelandet hatte, was dazu beitrug, dass ihr Herzschlag sich ein wenig beruhigte – und dann fiel ihr die Gesprächsaufzeichnungs-App ein, über die ihr Handy verfügte.

»Deine Schuhe gefallen mir immer noch«, legte sie schnell nach und rief die App auf. »Ich hab mir in Italien gleich mehrere Paar Schuhe gekauft.«

»Schade, dass ich dich nicht gesehen habe.«

»Du warst beschäftigt. Du hattest schließlich einen Termin. Du musstest einen Kunsthändler ermorden.« Ihr Hals war trocken, und sie wünschte sich nichts sehnlicher als ein Glas Wasser, zwang sich aber weiterhin zu bleiben, wo sie war. »Wer, denkst du, hat der Polizei den Tipp gegeben, Jai?« Noch ein Treffer, dachte Lila. Sie war zwar außer sich vor Angst, wusste sich aber zu helfen – und sie war nicht dumm.

»Die Polizei macht mir keine Sorge, *biăo zi*. Und sie werden dir nicht helfen können. Das nächste Mal wirst du mich nicht sehen, und du wirst das Messer nicht sehen – bis ich es dich spüren lasse.«

Lila schloss die Augen und lehnte sich gegen den Türrahmen, zwang sich aber, ganz lässig zu antworten: »Du und dein Messer, ihr habt es beim letzten Mal schon nicht gebracht. Wie geht es deiner Lippe? Alles wieder verheilt? Oder musst du die Schwellung mit dem Lippenstift verstecken, den du Julie gestohlen hast?«

»Du wirst mich anflehen, dich zu töten. Das Fabergé-Ei ist nur ein Job, aber du, *bi*? Du bist mir ein Vergnügen.«

»Weiß dein Auftraggeber eigentlich, dass du mich anrufst und Bockmist erzählst? Ich wette, es würde ihm nicht gefallen.«

»Jedes Mal, wenn du die Augen schließt, wirst du fürchten, dass ich da sein könnte, wenn du sie wieder aufschlägst. Genieß dein Leben, solange du kannst, denn das Leben ist kurz, aber der Tod, *biăo zi*, ist sehr, sehr lang. Ich freue mich schon darauf, dir zu zeigen, wie lang er sein kann. *Ciao!*«

Lila drückte das Handy an ihr heftig klopfendes Herz. Sie taumelte ins Badezimmer, spritzte sich kaltes Wasser ins Gesicht und sank dann zu Boden, so weich waren ihr die Knie geworden.

Sie musste die Polizei anrufen, sobald sie aufhörte zu zittern, auch wenn die unter Garantie nichts ausrichten konnte. Aber sie selbst hatte sich tapfer geschlagen, oder etwa nicht? Wie viele konnten das schon von sich behaupten – nach einem Gespräch mit einer rachsüchtigen Profikillerin? Und überdies hatte sie die Geistesgegenwart besessen, das Telefonat aufzuzeichnen. Die Liste derer, die das Gleiche getan hätten, war vermutlich ziemlich kurz.

Allerdings würde ihr das nicht viel nützen; das Ganze war zu einer persönlichen Sache geworden. Jai hatte sie lediglich wegen ihres Fausthiebs angerufen.

»Okay.« Sie atmete tief durch und ließ den Kopf sinken. »Besser. Ruf einfach die Polizei an, und ...«

Nein, wurde ihr klar. Sie musste zuerst Ash anrufen. In Florenz hatte sie ihn nicht angerufen, und das war falsch gewesen. Sie hatte es zwar auch allein geschafft, aber das bedeutete nicht zwangsläufig, dass sie dies diesmal ebenfalls tun musste.

Sie hob die Hand, in der immer noch das Telefon lag, und starrte darauf hinab, um sich zu vergewissern, dass sie nicht mehr zitterte. Als die Klingel ertönte, presste sie erschrocken die Hand in den Schoß. Dann sprang sie auf und sah zur Tür. Sie war natürlich gesichert – auch wenn sie nicht den Innenriegel vorgeschoben hatte, nachdem Ash gegangen war. Und die Fenster waren aus Glas und somit ebenfalls kein Hindernis.

Ihr erster Gedanke war: Verteidigung. Sie brauchte eine Waffe. Ohne die Tür aus den Augen zu lassen, schlich sie zur Küche. Dort würde es unzählige Waffen geben.

Erneut klingelte es an der Tür, und sie zuckte heftig zusammen. Die Klingel, dachte sie. *Du wirst mich nicht sehen. Du wirst das Messer nicht sehen.* Aber eine Frau, die einen Mord plante, klingelte doch nicht erst an der Haustür.

Wie dumm, redete sie sich ein – wie furchtbar dumm, derart zusammenzuzucken, nur weil irgendjemand geklingelt hatte. »Sieh nach, wer es ist«, flüsterte sie. »Geh einfach hin und sieh nach, wer es ist, statt hier weiter herumzustehen und zu zittern.«

Sie zwang sich dazu, den Schrank zu öffnen, in dem sich der Überwachungsmonitor befand. Doch als sie den Besucher erkannte, wäre ihr im ersten Moment die Killerin lieber gewesen.

»Verdammter Mist, zum Teufel!« Sie steckte das Telefon in die Tasche und schlug die Hände vors Gesicht. Tränen der Erleichterung traten ihr in die Augen.

Es wollte sie niemand töten. Der Besucher wollte sie zwar am liebsten in die Wüste schicken, aber zumindest wollte er sie nicht umbringen. Trotzdem ...

Sie rückte ihre Baseballkappe zurecht. Warum kam Ashs Vater ausgerechnet jetzt hierher? Hätte er nicht warten können, bis Ash wieder da war – und sie nicht mehr hier? Warum musste er gerade dann auftauchen, wenn sie das reinste Nervenbündel war? Und musste er sie ausgerechnet dann besuchen, wenn sie ein T-Shirt und Shorts trug, die eigentlich in die Lumpensammlung gehört hätten?

»Mist, Mist, Mist!« Am liebsten hätte sie die Klingel und den Besucher ignoriert, doch sie brachte es nicht über sich, so unhöflich zu sein, auch wenn sie wusste, dass Ashs Vater ihre Gesellschaft verabscheute.

Sie richtete sich gerade auf und ging zur Tür. Du schaffst das, sagte sie sich und schloss auf.

»Mr. Archer.« Sie machte sich gar nicht erst die Mühe zu lächeln. Gute Manieren waren schließlich eine Sache, Heuchelei eine andere. »Tut mir leid, dass es so lange gedauert hat. Ich male gerade.«

»Sind Sie jetzt etwa auch Malerin?«

»Ich bemale Badezimmerwände, keine Leinwand. Ash ist leider nicht zu Hause. Er macht ein paar Besorgungen. Möchten Sie vielleicht reinkommen und drinnen auf ihn warten?«

Statt zu antworten, trat er einfach ein. »Ich nehme an, Sie sind hier eingezogen?«

»Nein. Ich wohne nur hier, bis ich meinen nächsten Job antrete. Kann ich Ihnen etwas zu trinken anbieten?«

»Sie sind hier eingezogen«, wiederholte er, »nachdem Sie spontan nach Italien geflogen sind.«

»Ja, wir waren in Italien. Ich bringe Ihnen gern etwas zu trinken, aber Sie kennen sich sicher aus – wenn Sie sich lieber selber etwas holen möchten? Ich muss schleunigst das Werkzeug sauber machen ...«

»Ich will sofort wissen, was hier vor sich geht.«

Ganz unvermittelt konnte sie etwas von Ash in ihm erkennen – und seltsamerweise auch etwas von ihrem eigenen Vater. Autorität, dachte sie. Ein Mann, der Autorität besaß und von anderen erwartete, dass sie sich unterwarfen.

Doch das würde sie nicht tun.

»Das Badezimmer bekommt einen neuen Anstrich in einer venezianischen Putztechnik.«

Es war nicht das erste Mal, dass sie jemand derart von oben herab musterte, dachte Lila, aber Spence Archer hatte dafür eine besonders ausgefeilte Technik.

»Stellen Sie sich nicht dumm!«

»Das tue ich auch gar nicht. Ich versuche lediglich, daran zu denken, dass Sie Ashs Vater sind, ganz gleich, was Sie von mir halten mögen.«

»Und als sein Vater will ich wissen, was hier los ist.«

»Da müssen Sie schon ein wenig spezifischer werden.«

»Ich will wissen, warum Sie Giovanni Bastone besucht haben. Und da es Ihnen offenbar gelungen ist, sich im Handumdrehen in das Leben meines Sohnes einzuschleichen und in sein Haus zu ziehen, will ich wissen, wie weit Sie noch gehen werden.«

In ihrem Kopf begann es zu pochen – ein stetiges Hämmern in den Schläfen und unter der Schädeldecke.

»Die erste Frage sollten Sie besser Ashton stellen. Und was die zweite angeht, bin ich Ihnen keine Antwort schuldig. Sie können gern Ihren Sohn dazu befragen, wie weit zu gehen er bereit ist, da es sich schließlich um sein Leben und um sein Haus handelt. Da Sie sein Vater sind und mich ganz offensichtlich hier nicht sehen wollen, gehe ich jetzt, bis Sie und Ash miteinander geredet haben.«

Sie schnappte sich das zweite Schlüsselpaar, das sich im selben Schrank wie der Monitor befand, marschierte zur Eingangstür und riss sie auf – und blieb wie angewurzelt stehen, als sie sah, dass Ash vom unteren Treppenabsatz aus zu ihr heraufstarrte.

26

»Was genau an ›Geh nicht raus‹ hast du nicht verstanden?«, blaffte er sie an, doch sowie er ihren Gesichtsausdruck sah, kniff er die Augen zusammen. »Was ist passiert?«

»Nichts. Ich musste bloß ein bisschen frische Luft schnappen. Dein Vater ist hier ...«

Noch ehe sie an ihm vorbeischlüpfen konnte, packte Ash sie am Arm und bugsierte sie zurück in die Richtung, aus der sie gekommen war.

»Ich will aber nicht hierbleiben! Du wirst gleich der Dritte sein, dem ich einen Fausthieb versetze ...«

»Tut mir wirklich leid. Tu, was du nicht lassen kannst. Aber er jagt dich nicht einfach so davon. Das sollte euch beiden klar sein.«

»Ich will spazieren gehen, verdammt!«

»Wir machen später gemeinsam einen Spaziergang.« Er zog sie wieder ins Haus zurück. »Dad.« Ein knappes Nicken, dann trug er seine Einkaufstüten zu einem Tisch hinüber und stellte sie ab.

»Ich will mit dir reden, Ashton. Allein.«

»Wir sind aber nicht allein. Ah, da fällt mir ein, dass ihr euch zwar schon mal begegnet seid, ich euch einander aber nicht offiziell vorgestellt habe. Lila, das ist mein Vater, Spence Archer. Dad, das ist Lila Emerson, die Frau, die ich liebe. Daran werdet ihr euch jetzt wohl beide gewöhnen müssen. Möchte irgendjemand ein Bier?«

»Du kennst sie doch kaum!«

»Nein, *du* kennst sie kaum und willst sie auch nicht besser kennenlernen, weil du lieber glauben willst, sie wäre hinter meinem Geld her – was im Übrigen nur mich allein etwas angehen würde.«

Sein Tonfall war so brutal kühl, dass Lila ein Schaudern unterdrücken musste.

»Du hast es hingegen vorgezogen zu glauben, sie wäre hinter *deinem* Geld her«, fuhr Ash fort, »was wiederum ganz und gar deine Sache ist, aber jeder Grundlage entbehrt. Und du glaubst lieber, dass sie sich den Namen Archer erschleichen will – was komplett lächerlich ist. In Wahrheit sind ihr all diese Dinge gleichgültig. Sie stellen in ihren Augen sogar ein Hindernis dar, was für mich ziemlich ärgerlich ist. Aber ich arbeite daran, sie eines Besseren zu belehren, weil ich nämlich beabsichtige, den Rest meines Lebens mit ihr zu verbringen.«

»Ich habe nie behauptet, dass ich ...«

Er warf Lila einen kalten Blick zu. »Sei still.«

Als sie erschrocken den Mund zumachte, wandte er sich wieder an seinen Vater.

»Sie hat nichts getan, was dein Benehmen oder dein Auftreten ihr gegenüber rechtfertigen würde, im Gegenteil: Du solltest dankbar dafür sein, dass sie einem deiner Söhne Mitgefühl und Großzügigkeit entgegenbrachte, während er um seinen toten Bruder trauerte.«

»Ich bin hierhergekommen, um mit dir zu sprechen, Ashton, nicht um mir eine Predigt anzuhören.«

»Dies hier ist mein Haus«, erwiderte Ash. »Hier gelten meine Regeln. Du willst wissen, wie meine Pläne mit Lila aussehen? Es sind langfristige Pläne. Im Gegensatz zu dir habe ich nicht vor, so was immer und immer wieder zu erleben. Ich bin vorsichtiger, als du vielleicht denkst, weil dieses Gefühl für mich etwas Einmaliges ist. Dein Verhalten gegenüber Lila ist nichts weiter als der Spiegel deiner eigenen Erfahrungen. Du musst damit aufhören, mein Leben und meine Entscheidungen an deinen Maßstäben zu messen. Ich liebe dich, aber wenn du dich Lila gegenüber nicht angemessen höflich benehmen kannst – ein grundlegendes Verhalten, das du im Übrigen von mir und auch von jedem anderen in deiner Umgebung erwartest –, dann bist du hier nicht länger willkommen.«

»Nicht, tu das nicht ...« Dass ihr Tränen in die Augen traten, erschreckte Lila fast genauso sehr wie Ashtons Worte. »Sprich nicht so mit deinem Vater ...«

»Glaubst du etwa, ich würde mich nicht schützend vor dich stellen?« Unter der Eiseskälte blitzte sein hitziges Temperament auf. »Oder willst du mir das etwa auch verbieten?«

»Nein, das ist es nicht ... Ash, er ist dein Vater. Sprich nicht so mit ihm – das ist einfach nicht richtig. Wir können uns doch einfach aus dem Weg gehen, oder?« Sie wandte sich an Spence. »Können wir uns nicht einfach darauf einigen, einander aus dem Weg zu gehen? Ich will nicht schuld daran sein, wenn zwischen Ihnen eine Kluft entsteht. Das will ich nicht.«

»Du bist nicht daran schuld, und jeder in diesem Raum weiß das genau. Nicht wahr?«, blaffte Ash seinen Vater an.

»Solange ich das Familienoberhaupt bin, habe ich die Pflicht, mich um die Interessen der Familie zu kümmern.«

»Wenn du finanzielle Interessen meinst, dann tu, was immer du für das Beste hältst. Da widerspreche ich dir nicht. Aber dies hier ist mein Privatleben, und du hast kein Recht, dich hier einzumischen. Ich habe mich auch nie bei dir eingemischt.«

»Willst du wirklich die gleichen Fehler machen wie ich?«

»Mitnichten. Warum, denkst du, habe ich gewartet? Aber welche Fehler ich auch immer machen mag – es werden meine Fehler sein. Doch Lila gehört nicht dazu. Du kannst jetzt gehen, wenn du willst, oder aber mit uns ein Bier trinken.«

Nach einem langen Geschäftsleben wusste Spence genau, wie man seine Taktik änderte. »Ich möchte wissen, warum ihr nach Italien geflogen seid und Giovanni Bastone besucht habt.«

»Es hatte mit dem Mord an Oliver zu tun, und es ist kompliziert. Aber ich kümmere mich darum. Die Details möchtest du wirklich nicht wissen, Dad. Du wolltest auch nicht wissen, dass Oliver sein Einkommen durch die Nase gezogen oder es sich in Form von Alkohol oder Tabletten einverleibt hat.«

Das klang bitter, dachte Ash, und es war alles andere als fair. Er hatte sich selbst viel zu oft gewünscht, derlei Einzelheiten aus Olivers Leben nicht zu kennen.

»Aber abgesehen von Oliver gibt es noch zahlreiche andere Flecken auf dem Familienleinen. Es kann auch gar nicht anders sein – dafür sind wir zu viele. Ich tue, was ich kann, solange ich es kann. Und ich wünschte mir, ich wäre für Oliver da gewesen, als ich noch eine Chance hatte.«

Spence schluckte schwer, und eine Mischung aus Stolz und Trauer lag auf seinem Gesicht. Doch seine Stimme klang immer noch hart. »Was Oliver passiert ist, ist nicht deine Schuld. Es ist seine eigene – und teilweise vielleicht auch meine Schuld.«

»Das spielt jetzt keine Rolle mehr.«

»Ich möchte dir gern bei deinem Vorhaben helfen. Erlaub mir wenigstens das. Lass uns die persönlichen Streitigkeiten beilegen, du bist schließlich mein Sohn. Du lieber Himmel, Ashton, ich will nicht noch einen Sohn verlieren!«

»Du hast mir bereits geholfen. Ich durfte deinen Jet nehmen, um zu Bastone zu fliegen, und ich habe deinen Namen als Eintrittskarte benutzt. Du hast mir erzählt, was du von ihm wusstest und über ihn dachtest. Nur deshalb hat er mich überhaupt empfangen.«

»Wenn er irgendwas mit Olivers Tod zu tun hat ...«

»Nein. Ich schwöre dir, dass dies nicht der Fall ist.«

»Warum erzählst du es ihm nicht einfach?«, warf Lila ein. »Oliver war sein Sohn. Ihm vorzuenthalten, was du weißt, halte ich für falsch. Du bist doch nur meinetwegen böse auf ihn – und das ist nicht richtig, Ashton. Ihr verhaltet euch beide falsch, und ihr seid alle beide zu stur, um eure Fehler einzusehen. Ich gehe jetzt nach oben.«

Ash dachte kurz darüber nach, ob er sie auffordern sollte dazubleiben, ließ sie dann aber gehen. Sie war bereits lang genug hin- und hergeschubst worden.

»Sie sagt freiheraus, was sie denkt«, kommentierte Spence.

»Meistens.« Es dämmerte Ash, dass er seine Calzone nun doch würde teilen müssen. »Komm, lass uns ein Bier aufmachen, und wenn du noch nichts gegessen hast, kannst du die Hälfte meiner Calzone haben. Lass uns reden.«

Es dauerte fast eine Stunde, bis Ash nach oben kam. Er kannte sich mit Frauen aus – kein Wunder angesichts seiner verflossenen

Geliebten, Schwestern, Stiefmütter und all der anderen weiblichen Wesen, die Teil seines Lebens gewesen waren. Deshalb wusste er auch, wann er sich ein bisschen mehr Mühe geben musste als sonst.

Er servierte ihr das halbe Sandwich auf einem Teller mit Leinenserviette, stellte ein Glas Wein daneben und legte schließlich sogar eine Blume aufs Tablett, die er zuvor aus dem Strauß im Wohnzimmer gezogen hatte.

Sie saß in einem der Gästezimmer an ihrem Laptop.

»Mach eine Pause.«

Doch sie hörte weder auf, noch blickte sie auf. »Ich hab gerade einen Lauf ...«

»Es ist schon nach zwei. Du hast seit heute Morgen nichts gegessen. Mach eine Pause, Lila.« Er beugte sich vor und küsste sie auf den Scheitel. »Du hattest recht.«

»Womit genau?«

»Damit, dass ich meinem Vater zumindest einen Teil der Geschichte erzählen musste. Ich habe ihm nicht jede Einzelheit erzählt, aber ein bisschen.«

»Gut. Das ist gut.«

»Es war nicht leicht für ihn, aber du hattest recht. Er musste es wissen. Er musste wissen, warum er einen Sohn verloren hat.«

»Es tut mir leid.« Sie hatte die Hände in den Schoß gelegt und starrte blicklos auf den Laptopmonitor.

Ash stellte das Tablett aufs Bett und trat wieder zu ihr. »Bitte, mach eine kurze Pause.«

»Wenn ich aufgebracht bin, stopfe ich mich entweder mit Süßigkeiten voll, oder ich kann gar nichts essen. Und ich bin aufgebracht.«

»Ich weiß.«

Er zog sie an sich und trug sie zum Bett hinüber, wo er sie neben dem Tablett hinabgleiten ließ. Dann setzte er sich im Schneidersitz ihr gegenüber.

»Du hast die Angewohnheit, die Leute genau dort hinzumanövrieren, wo du sie haben willst.«

»Auch das weiß ich.«

»Eine ziemlich ärgerliche Angewohnheit.«
»Ja, aber sie spart Zeit. Er weiß, dass er unrecht hatte, Lila. Er hat sich bei mir entschuldigt – und nicht nur der Form halber. Ich weiß, wann er aufrichtig ist. Er ist leider immer noch nicht bereit dazu, sich bei dir zu entschuldigen – das wiederum könnte er zum jetzigen Zeitpunkt nur der Form halber, und ich kann mir nicht vorstellen, dass du das willst.«
»Nein, das will ich nicht.«
»Aber wenn du ihm ein bisschen Zeit lässt, wird er sich irgendwann aufrichtig bei dir entschuldigen. Du bist für ihn eingetreten. Du hast ja keine Ahnung, wie unerwartet das für ihn war. Er schämt sich ein bisschen, und daran wird ein Spence Archer ganz schön zu knabbern haben.«
»Ich will nicht der Keil zwischen euch sein. Damit könnte ich nicht leben.«
»Ich denke, wir haben unseren Streit soeben beigelegt.« Er streichelte ihr übers Knie. »Kannst du ihm ein bisschen Zeit für die Entschuldigung lassen?«
»Ja, natürlich. Ich bin schließlich nicht das Problem. Das will ich zumindest nicht sein.«
»Er gibt sich einen Großteil der Schuld an Olivers Tod. Er glaubt, er hätte ihn im Stich gelassen. Er wollte nichts mehr hören und sehen – es war einfacher für ihn, ihm Geld zu schicken und sich nicht länger darum zu kümmern, wofür Oliver es ausgeben wollte. Das ist ihm klar geworden.« Ash fuhr sich mit beiden Händen durchs Haar. »Und ich verstehe das sogar, weil ich mich Oliver gegenüber ganz ähnlich verhalten habe.«
»Dein Vater hatte recht, als er sagte, es sei nicht deine Schuld gewesen. Aber seine Schuld ist es ebenso wenig, Ash. Oliver hat seine eigenen Entscheidungen gefällt, so hart das auch klingen mag. Er hat seine eigene Wahl getroffen.«
»Ich weiß, aber ...«
»Er war dein Bruder.«
»Ja, und der Sohn meines Vaters. Ich denke, er ist nur deshalb so auf dich losgegangen, weil er nicht noch einem Sohn dabei zu-

sehen wollte, wie er den falschen Weg einschlägt. Und ich bin sein Erstgeborener«, fügte Ash hinzu, »derjenige, der in seine Fußstapfen hätte treten sollen und sich geweigert hat. Das ist zwar keine Entschuldigung, aber es ein Grund.«

»Er ist nicht enttäuscht von dir. Wenn du das glaubst, irrst du dich schon wieder. Er hat Angst um dich, und er trauert noch immer zutiefst um Oliver. Ich weiß nicht, wie es ist, jemanden zu verlieren, der einem so nahesteht, aber ich weiß, wie es ist zu fürchten, jemanden zu verlieren. Jedes Mal, wenn mein Vater versetzt wurde ... Na ja, es war immer wieder emotionsgeladen. Und es muss mich ja nicht jeder mögen.«

»Er mag dich jetzt schon.« Erneut rieb Ash ihr übers Knie. »Er will es sich nur noch nicht eingestehen.«

Das stimmte wahrscheinlich sogar. Aber sie wollte schlichtweg nicht im Mittelpunkt stehen.

»Hast du ihm von dem Ei und von Vasin erzählt?«

»Ein bisschen, ja. Er kümmert sich beizeiten darum, dass das Fabergé-Ei ins Metropolitan Museum kommt.«

Er lässt ihn daran teilhaben, dachte Lila, statt ihn auszugrenzen. »Aber du hast ihm nicht erzählt, dass du es mit Nicholas Vasin persönlich aufnehmen willst?«

»Ich habe ihm genug erzählt«, erwiderte Ash. »Ist zwischen uns alles wieder in Ordnung?«

Sie stocherte ein bisschen in ihrem Sandwich herum. »Du hast zu mir gesagt, ich solle still sein.«

»Tatsächlich? Und das wird nicht das letzte Mal gewesen sein. Und wenn es angemessen ist, kannst du so etwas auch zu mir sagen.«

»Und du hast mich grob angefasst.«

»Wirklich?« Er legte den Kopf schräg und sah sie aus zusammengekniffenen Augen an. »Iss dein Sandwich, und dann zeig ich dir, wie es ist, wenn ein Mann dich grob anfasst ...«

Sie schniefte, hätte aber am liebsten gelächelt. Mit gespieltem Ernst sah sie ihm direkt in die Augen. Darin steht so viel, was ich begehre, dachte sie, aber je mehr ich es will, umso größere Angst macht es mir.

»Ich weiß nicht, ob ich dir geben kann, was du dir wünschst. Ob ich so sein kann, wie du es dir vorstellst.«

»Du bist längst, wie ich es mir vorstelle. Solange du einfach du selbst bist, ist alles gut.«

»Du hast über ein ganzes Leben, über langfristig und ...«

»Ich liebe dich.« Er legte seine Hand an ihre Wange. »Warum sollte ich mich mit weniger zufriedengeben? Du liebst mich doch auch – es steht dir ins Gesicht geschrieben, Lila. Du liebst mich, also warum solltest du dich mit weniger begnügen?«

»Ich weiß nicht, ob ich das, was auf diesem Teller liegt, mit ein paar Bissen aufessen kann oder ob ich nur daran herumknabbern werde ... Und was passiert, wenn eines Tages kein Essen mehr auf dem Teller liegt? Woher willst du überhaupt wissen, dass immer welches *da sein* wird?«

Er musterte sie einen Moment lang. Ganz offensichtlich meinte sie nicht den Teller, den er ihr gebracht hatte, sondern irgendeinen imaginären Teller, auf dem Liebe, Vertrauen und ihrer beider Verbindung lagen.

»Ich glaube, je mehr du davon isst, umso mehr davon wird da sein – vor allem, wenn du es teilst. Apropos ... Ich musste meine blöde Calzone teilen. Willst du wirklich das ganze Sandwich allein verputzen?«

Sie sah ihn einen Moment lang mit weit aufgerissenen Augen an, zog dann wortlos den Leatherman aus ihrer Tasche und klappte das Messer heraus. Sorgfältig schnitt sie das Sandwich in zwei Teile.

»Ich wusste, dass du eine Lösung finden würdest.«

»Ich versuche es zumindest. Aber wenn es nicht klappt, gib mir bitte nicht die Schuld.« Sie reichte ihm die Hälfte ihres Sandwichs.

»Mein Anwalt hat übrigens angerufen, während ich unterwegs war.«

»Und? Was hat er gesagt?«

»Er hat Vasins Vertreter in New York ausfindig gemacht und ihnen mitgeteilt, dass ich mich wegen eines Geschäfts mit Vasin treffen möchte, und seine Anwälte haben sich bereit erklärt, ihren Mandanten zu kontaktieren.«

Ein weiterer Schritt, dachte sie. »Und jetzt warten wir auf seine Antwort.«

»Ich glaube nicht, dass es lange dauern wird.«

»Nein, er wird das Ei so schnell wie möglich in seinen Besitz bringen wollen. Aber du hast das falsche Pronomen benutzt. Nicht *du*, sondern *wir* werden Vasin treffen.«

»Du kannst nicht ...«

»Diesen Satz willst du nicht beenden.«

Neue Taktik, beschloss er. »Denk mal darüber nach, wer er ist – und wo er herkommt. Er wird lieber mit einem Mann verhandeln wollen.«

»Er hat immerhin eine Frau engagiert, die die Drecksarbeit für ihn erledigt.«

Ash nahm einen Schluck Wein aus ihrem Glas. »Er könnte dich verletzen, Lila, dich zum Druckmittel machen, damit ich ihm gebe, was er haben will. Das war vermutlich auch bei Oliver und seiner Freundin die Absicht.«

»Ich glaube, ein Mann wie er begeht nicht zweimal den gleichen Fehler. Aber er könnte natürlich auch dir etwas tun, um mich unter Druck zu setzen.« Sie biss in ihr Sandwich und nickte entschlossen. »Ich gehe, und du bleibst hier.«

»Bist du einfach nur stur, oder willst du mich ärgern?«

»Keins von beidem. Aber wenn du willst, dass ich einfach so hier sitzen bleibe und warte, während du dich allein in die Höhle des Löwen begibst, versuchst du ja vielleicht umgekehrt, mich zu ärgern.« Sie nahm ihm das Weinglas aus der Hand und nippte daran. »Du kannst nicht über Bindung und ein ganzes Leben reden und mich gleichzeitig einfach so beiseiteschieben. Wir gehen beide. Ash, ich kann nur mit dir zusammen sein, wenn wir Partner auf Augenhöhe sind.« Sie hielt einen Moment lang inne, dann fuhr sie fort: »Meine Mutter hat gewartet, ein Leben lang. Sie war eine gute, eine starke Soldatenfrau. Aber ich weiß auch, wie sehr es ihr schwerfiel zu warten. Wie stolz sie auch auf ihn gewesen sein mag, es war unerträglich für sie zu warten. Und ich bin nicht meine Mutter.«

»Wir gehen zusammen. Inklusive Versicherung.«

»Was denn für eine Versicherung?«

»Für den Fall, dass dir ... dass einem von uns«, korrigierte er sich, »irgendetwas zustößt, hinterlassen wir jemandem den Auftrag, das Ei zu zerstören.«

»Nicht schlecht ... ein Klassiker, aber ... Ich frage mich, ob es wirklich so gut ist, es genau so anzukündigen. Nicht dass du es nicht überzeugend vorbringen könntest – ich habe schließlich die Generalprobe mit angehört. Aber verwöhnte Kinder sehen ihr Spielzeug lieber kaputt, als es mit jemand anderem teilen zu müssen, oder nicht? Vielleicht hat er genau so einen Impuls ...«

»Mach es nur kaputt«, dachte Ash laut darüber nach. »Wenn ich es schon nicht haben kann, dann soll es auch kein anderer haben. Daran habe ich nicht gedacht.«

»Wie wäre es, wenn wir für den Fall, dass einem von uns etwas passiert, jemandem die Anweisung erteilen würden, einen Teil der Geschichte an die Medien durchsickern zu lassen? Das Ei würde mit sofortiger Wirkung einem nicht näher bestimmten Museum übergeben, und die Details würden später folgen.«

»Damit zu drohen, das Ei zu zerstören, wäre zwar deutlich befriedigender, aber du hast recht. Bleiben wir zumindest halbwegs bei der Wahrheit.« Er nahm ihr das Weinglas erneut aus der Hand. »So machen wir es.«

»Ja?«

Er stellte das Weinglas auf das Tablett zurück und legte seine Hände um ihr Gesicht. »Du wirst es nicht gern hören, aber ich lasse nicht zu, dass dir etwas passiert. Ich werde alles tun, damit du in Sicherheit bist, ob du nun willst oder nicht. Sobald ich das Gefühl habe, dass du in Gefahr schwebst, ziehe ich die Reißleine.«

»Ich will aber umgekehrt die gleiche Option.«

»In Ordnung.«

»Aber wer sitzt am anderen Ende?«

Er stemmte sich vom Bett hoch und begann, im Zimmer auf und ab zu wandern. Unter anderen Umständen wäre es Vinnie gewesen, dachte er. Die Aufgabe hätte ihm zugestanden. »Vielleicht kann Alexi das übernehmen. Vom Familiengelände aus. Glaub mir, von dort aus kann er alles in die Wege leiten – mein Vater wird dafür schon Sorge tragen. Und dort ist es so sicher wie nirgendwo anders.«

»Das ist eine gute Idee. Eine kluge Idee. Aber auf welche Weise würden wir die Reißleine ziehen?«

»Das überlegen wir uns noch.« Er blieb stehen und starrte aus dem Fenster. »Wir müssen die Sache zu Ende bringen, Lila.«

»Ich weiß.«

»Und ich will mit dir leben.« Als sie schwieg, sah er sich nach ihr um. »Es wird so kommen, das weiß ich genau, aber wir können erst wirklich einen Anfang wagen, wenn das hier erledigt ist. Was immer mit Vasin passiert, wir werden es zu Ende bringen.«

»Wie meinst du das?«

»Wir werden hinsichtlich Maddok nicht bluffen. Wir ziehen die Reißleine, sobald er sich weigert, sie uns auszuliefern, und sehen zu, dass wir verschwinden. Der Rest ist Sache der Polizei.«

»Wir wissen beide, dass sie hinter uns her sein wird, solange sie auf freiem Fuß bleibt. Deshalb hatte ich ja von Anfang an Einwände ...«

»Sie müsste uns erst mal aufspüren. Schreiben kannst du überall – und ich kann überall malen. Wir ziehen einfach weg. Du reist doch gerne. Wir reisen einfach rund um die Welt. Ich habe vom ersten Moment an die Nomadin in dir gesehen. Lass uns gemeinsam wie Nomaden leben.«

»Das willst du nicht wirklich.«

»Ich will dich. Wir mieten ein Cottage in Irland, eine Villa in der Provence, ein Schloss in der Schweiz. Unzählige immer neue Räume für dich – und unzählige Leinwände, die ich bemalen kann.«

Und Lila, dachte er, Morgen für Morgen in der gemeinsamen

Küche. Im kurzen, luftigen Morgenmantel mit einem Leatherman in der Hand.

»Sie werden sie irgendwann verhaften und einsperren«, sagte er. »Aber bis dahin haben wir noch eine andere Option, sofern unser Plan mit Vasin nicht klappen sollte. Reise mit mir um die Welt, Lila.«

»Aber ...« Vor Panik fühlte sich ihre Kehle an wie zugeschnürt. »Was ist mit meinen Kunden?«

»Es wäre doch zumindest ein Plan. Wenn du willst, beginnen wir sofort mit den Vorbereitungen. Wir müssen so schnell wie möglich weg aus New York. Denk darüber nach«, schlug er ihr vor. »Die Welt ist groß. Ich rufe Alexi an, veranlasse alles, und dann gehe ich noch ein, zwei Stunden ins Atelier. Wollen wir uns für heute Abend mit Luke und Julie verabreden und ausgehen?«

»Ja, das ist eine gute Idee. Hast du denn keine Angst, dass etwas passieren könnte?«

»Er wird an dem Gespräch interessiert sein. Warum sollte er uns seine Schlampe schicken, wenn er sich stattdessen mit mir treffen kann, um herauszufinden, was genau ich ihm zu bieten habe? Wäre acht okay für dich?«

»Ja, acht Uhr ist gut. Ich glaube, ich ... O Gott!« Sie drückte sich die Finger auf die Augen. »Die Schlampe!«

»Was ist?«

»Sei bitte nicht böse – du machst mir ein bisschen Angst, wenn du böse bist. Und dann werde ich böse – und sogar ich kann ein bisschen angsteinflößend sein. Dabei war es auch so schon furchterregend genug ...«

»Wovon redest du?«

»Jai Maddok hat mich angerufen – auf dem Handy. Sie hat mich angerufen.«

Sein leicht amüsierter Gesichtsausdruck wich schlagartig eiskalter Wut. »Wann war das?«

»Während du einkaufen warst. Du warst schon eine ganze Weile weg. Ich glaube daher nicht, dass sie nur darauf gewartet hat, bis ich allein war. Ich denke, das spielte für sie keine Rolle.«

»Warum hast du mir das denn nicht gleich gesagt, verflucht? Verdammt noch mal, Lila!«

»Ich wollte dich ja gerade anrufen – ich hatte das Handy schon in der Hand, um dich anzurufen –, da klingelte es an der Tür – dein Vater. Und er war alles andere als erfreut, als ich ihm aufmachte ... Und dann kamst du, und ... Ach, Ash, es war ein Albtraum! Und deshalb habe ich bis eben auch nicht mehr daran gedacht. Außerdem erzähle ich es dir ja jetzt. Ich wollte es nicht geheim halten, ich wollte ...«

Er setzte sich wieder und legte ihr fest die Hände auf die Schultern. »Hör auf. Durchatmen.«

Sie holte tief Luft und sah ihn an, während er ihre Schultern massierte. Der Knoten in ihrer Kehle lockerte sich allmählich. »Ich war gerade mit der Grundierung fertig, als mein Handy klingelte – und sie war dran. Sie wollte mir Angst machen, und das ist ihr auch gelungen. Ich bin nur froh, dass wir nicht geskypt haben und dass sie mein Gesicht nicht sehen konnte. Sie hat gefragt, ob ich meinen Urlaub in Italien genossen hätte. Ich hab versucht, ganz cool zu bleiben und im Gegenzug ein bisschen auszuteilen und habe sie gefragt, wie es ihr selbst gefallen hätte – und ich habe den Kunsthändler erwähnt. Vielleicht hätte ich das nicht tun sollen, aber ich hab gemerkt, dass ihr das zu schaffen machte ...«

»Gib mir dein Handy.«

»Mein ... Oh, wie blöd, ich hab noch nicht einmal die Nummer gecheckt – es ging alles so schnell! Aber ich habe das meiste aufgenommen. Ich habe so eine Aufnahme-App ...«

»Ja, natürlich«, erwiderte er, »natürlich hast du auch eine Aufnahme-App.«

»Ja, man kann schließlich nie wissen ... Kaum hatte sie aufgelegt, klingelte es an der Tür, und dann schlug alles über mir zusammen.« Sie reichte ihm das Telefon.

»Unbekannte Nummer«, murmelte er, nachdem er die Anrufliste aufgerufen hatte.

»Sie will wohl nicht, dass ich sie zurückrufe und mit ihr plaudere. Es wird außerdem garantiert ein Prepaid-Handy gewesen

sein. Jeder, der Krimis liest oder Fernsehen guckt, kennt doch diese Handys, die man nicht zurückverfolgen kann. Sie wollte mir einfach nur Angst einjagen. Und das hat sie geschafft.«
»Was hat sie denn nun zu dir gesagt?«
»Ich hab es aufgenommen. Hör es dir an.«
»Erzähl du es mir erst, und dann höre ich es mir an.«
»Sie hat mir gesagt, dass sie mich töten will – und es war glasklar und deutlich, dass wir mit all unseren Vermutungen richtig lagen. Ich bin mir ziemlich sicher, dass sie mich überdies mit ein paar hässlichen Bezeichnungen auf Chinesisch belegt hat. Ich sollte sie mal in einem Wörterbuch nachschlagen. Ich habe für sie nichts mehr mit ihrem Job zu tun – ich hab ihr alles vermasselt, und außerdem hab ich ihr ins Gesicht geschlagen, und daran habe ich sie auch noch mal erinnert. Weil sie mir Angst gemacht hat. Ich wollte dich anrufen, Ash, ganz bestimmt, aber dann stand plötzlich dein Vater vor der Tür, und ich hatte diese Lumpen an ... Schlimmer hätte es nicht mehr werden können.«
»Was denn für Lumpen? Was spielt das denn für eine Rolle?«
»Jede Frau der Welt würde verstehen, dass das alles nur noch schlimmer gemacht hat.«
»In Ordnung ...«
Tränen liefen ihr übers Gesicht. Er wischte sie mit beiden Daumen weg und gab ihr einen sanften Kuss. »Wo ist denn nun diese App?«, fragte er und starrte auf das Handy.
»Warte, ich ruf sie für dich auf.« Sie holte sie auf den Monitor und tippte auf Abspielen.
Sie musste sich zwingen, ruhig zu bleiben, als sie erneut Jais Stimme hörte. Sie sah das Lodern in seinen Augen, das auch nicht erlosch, als die Aufzeichnung zu Ende war und er den Kopf hob.
»Ich hab ihr echt ein bisschen eingeheizt, glaube ich. Ich klang nicht verschreckt oder panisch, aber ...« Er nahm sie in die Arme, und sie schmiegte sich an ihn. »Aber ich hatte Angst. Ich gebe offen zu, ich hatte große Angst. Es war so real ... Ihre Stimme zu hören, zu wissen, dass sie mich töten will. Sie wollte mich quälen,

natürlich, aber dahinter lag auch Wut – und zwar so viel Wut, dass ich sie nicht nur hören, sondern auch spüren konnte.«

»Wir reisen ab.« Er zog sie fester an sich. »Wohin du willst. Heute Abend noch. Alles andere ist jetzt unwichtig.«

»Nein, nein, nein. Wir können nicht so leben – ich kann das nicht. Wir können nicht einfach so davonlaufen. Das hat nicht mal bei Jason Bourne funktioniert. Du weißt schon ...«

Er sah sie verwirrt an.

»Die Bücher? Die Filme? Matt Damon.«

»Ja, ja, ich weiß.«

Was immer ihr durch den Kopf schoss, dachte er und streichelte ihr übers Haar, war einfach nur hinreißend. »Okay.«

»Das alles ist nur ein Grund mehr, es endlich zu Ende zu bringen. Wir dürfen nicht zulassen, dass sie mich in ein zitterndes Häuflein Elend verwandelt. Wir können uns von ihr nicht vorschreiben lassen, wie wir zu leben haben. Es war real, Ash, und ich lasse mich von ihr nicht in eine Person verwandeln, die ich selbst nicht mag und die ich nicht mehr wiedererkenne. Verlang das nicht von mir.«

Er drückte ihr einen Kuss auf die Stirn. »Ich rufe Fine an.« Erneut sah er auf Lilas Telefon hinab. »Ich kümmere mich darum.«

»Ich brauche mein Handy ... Mein halbes Leben ist darauf!«

»Ich bringe es dir wieder zurück.« Er strich ihr noch einmal übers Haar und stand dann auf. »Du wolltest das Haus verlassen, als ich kam. Allein.«

»Ich war außer mir, verletzt, dumm ... Gott, ich hatte noch nicht mal meine Handtasche dabei!«

»Solange du erkennst, wie leichtsinnig das gewesen wäre, und es nicht wieder tust, ist es ja gut. Ich rufe jetzt Fine an und setze sie hierüber in Kenntnis. Kannst du allein bleiben?«

»Ja. Mir geht es wieder gut. Ich muss mich ohnehin wieder an die Arbeit machen – wenn ich mich in mein Buch vertiefe, dann kann ich an nichts anderes mehr denken.«

»Gut. Mach das. Ich bin unten oder im Atelier. Auf jeden Fall bin ich hier«, sagte er. »Ich bin hier bei dir.«

»Ash.« Sie stand auf. »Mein Vater ist wirklich ein guter Mann ...«, stieß sie hervor.

»Da bin ich mir sicher.«

Irgendetwas will sie mir sagen, dachte er und strich ihr eine Haarsträhne aus dem Gesicht.

»Er war beim Militär. Es war nie so, als hätte er die Pflicht vor seine Familie gestellt, aber die Pflicht war nun mal wichtig. Ich habe ihm nie einen Vorwurf daraus gemacht, weil er nun mal so war ... und er ist ein guter Mann. Aber er war oft nicht da, weil er nicht da sein konnte.«

»Das war sicher schwer für dich.«

»Ja, manchmal schon, aber ich habe verstanden, dass er seinem Land dienen musste. Und meine Mom ist toll. Sie hat das Leben ohne ihn gemeistert, wenn er nicht da sein konnte, und hat sich selbst immer hintangestellt, ohne mit der Wimper zu zucken, sobald er wieder da war. Sie kann wirklich gut kochen – ich besitze leider nicht annähernd ihre Fähigkeiten ... Aber sie konnte immer und kann noch heute viele Dinge gleichzeitig erledigen – und das habe ich von ihr gelernt. Nur Glühbirnen konnte sie nicht wechseln. Okay, das ist jetzt übertrieben – aber nur ein bisschen.«

»Deshalb hast du gelernt, Dinge zu reparieren.«

»Jemand musste es schließlich tun – und mir hat es gefallen, Kaputtes wieder ganz zu machen. Mein Vater war wahnsinnig stolz darauf. ›Gib es Lila‹, hat er immer gesagt. ›Sie kann das reparieren – und wenn nicht, dann war es ohnehin nicht mehr zu retten.‹ Das hat mir viel bedeutet. Andererseits war er der Herrscher, wenn er zu Hause war. Er war eben daran gewöhnt, Befehle zu geben.«

»Du hast sie nie gern entgegengenommen ...«

»Du passt dich den Umständen an, bist ständig das neue Kind in einer fremden Umgebung, musst dir immer wieder einen neuen Rhythmus an einem neuen Ort zurechtlegen. Du lernst irgendwann, alleine klarzukommen. Ihm gefiel, dass ich für mich selber sorgen konnte – und er brachte mir alles Notwendige bei. Wie man mit einer Waffe umgeht, sie reinigt, Respekt vor ihr hat,

Grundlagen der Selbstverteidigung, Erste Hilfe – all das. Trotzdem gerieten wir natürlich immer wieder aneinander, sobald er mir vorschreiben wollte, was ich zu tun hätte. In dieser Hinsicht bist du ein bisschen wie er – allerdings bist du subtiler. Ein Lieutenant Colonel ist da eher direkt.«

»Menschen, die nicht von Zeit zu Zeit aneinandergeraten, langweilen sich wahrscheinlich irgendwann.«

Sie musste lachen. »Ja, wahrscheinlich! Aber der Punkt ist – ich liebe ihn. Und du liebst deinen Vater ebenfalls. Das habe ich dir angesehen, obwohl du wirklich wütend auf ihn warst und auch enttäuscht von ihm. Du gibst ihm das Gefühl, das Oberhaupt der Familie zu sein, auch wenn er das in Wirklichkeit gar nicht mehr ist. Denn du bist es inzwischen. Trotzdem gibst du ihm das Gefühl – weil du ihn liebst. Ich habe akzeptiert, dass mein Vater anlässlich der Prom Night oder bei meiner Highschoolabschlussfeier nicht dabei sein konnte. Ich hab ihn immer geliebt, sogar zu Zeiten – und ich hätte ihn oft gebraucht –, als er mir einfach nicht sagen konnte: ›Ich bin da für dich.‹«

Und das, dämmerte es Ash, war der Knackpunkt. »Ich werde da sein.«

»Ich weiß nur nicht, wie ich reagieren werde, wenn jemand immer da ist ...«

»Du wirst dich daran gewöhnen.« Er fuhr mit dem Finger über ihre Wange. »Ich möchte deine Eltern gern kennenlernen.«

Keine Panik, dachte sie sich – doch ihr Magen krampfte sich trotzdem zusammen. »Oh. Na ja, Alaska ...«

»Wir können den Privatjet nehmen, wann immer du willst. Du musst nur deine Arbeit darauf abstimmen«, sagte er. »Und ich bin da, Lila. Du kannst dich darauf verlassen, und letztendlich wirst du das auch tun.«

Als sie wieder allein war, musste sie sich dazu zwingen, sich erneut der Arbeit zuzuwenden. Sich an ihr Buch zu setzen und an nichts anderes mehr zu denken.

Welcher Mann würde einem anbieten, alles hinter sich zu lassen und mit dir durch die ganze Welt zu reisen, nur damit du in

Sicherheit wärst und Neues entdecken könntest? Er sah sie als Nomadin – und sie sah sich oftmals selber so. Immer unterwegs. Warum also sollten sie es nicht einfach tun? Ihre Sachen packen und aufbrechen, so wie sie es schon unzählige Male getan hatte – jetzt eben mit einem Begleiter, mit dem sie zusammen sein wollte. Es wäre zumindest ein Abenteuer.

Sie würde ihre Homesittertermine auf internationaler Ebene wahrnehmen können. Oder sie würde sich mal eine Ruhepause gönnen und einfach nur reisen und schreiben. Warum nahm sie also die Chance nicht wahr?

Und mehr noch, würde sie sich wirklich daran gewöhnen können, sich auf jemanden zu verlassen, obwohl sie doch genau wusste, dass es bei ihr andersherum funktionierte? Sie war stets diejenige gewesen, auf die sich andere verlassen hatten. Sie vertrauten ihr ihre Häuser an, ihre Haustiere, ihre Pflanzen, ihre gesamte Habe. Und Lila pflegte sie, war zuverlässig – bis sie nicht länger gebraucht wurde.

Zu viele Gedanken, dachte sie. Sie würden erst einmal mit dem, was unmittelbar vor ihnen lag, fertigwerden müssen – mit dem Ei, mit Vasin, mit Maddok. Es war noch nicht an der Zeit, sich Fantasien hinzugeben.

Erst kam die Realität.

Sie setzte sich wieder an den Schreibtisch und las die letzte Seite noch mal durch, an der sie gearbeitet hatte. Doch sie konnte nicht verhindern, dass ihre Gedanken weiter um die Reise kreisten – eine Reise ganz nach ihrer Wahl. Eine solche Reise war im Augenblick ganz und gar unvorstellbar.

27

Ash hatte Fine und Waterstone gebeten, zu ihm nach Hause zu kommen – mit Absicht. Wenn Vasin das Loft noch immer beobachten ließ, dann würde es womöglich Bewegung in die Sache bringen, wenn dort die Polizei auftauchte.

Geduldig hörten sie zu, als er ihnen erläuterte, was er vorhatte, und als Lila ihnen die Aufnahme von Jai Maddoks Anruf präsentierte.

»Ich habe eine Kopie gezogen.« Lila reichte Waterstone einen Speicherchip, den sie in eine kleine beschriftete Hülle gesteckt hatte. »Ich weiß nicht, ob Sie so etwas verwenden können, aber ich dachte, Sie sollten es zumindest zu den Akten legen. Es ist doch legal, wenn eine von zwei Beteiligten einen Anruf aufzeichnet, oder etwa nicht? Ich habe diesbezüglich ein bisschen recherchiert.«

Waterstone nahm den Chip entgegen und steckte ihn in die Tasche seines Trenchcoats. »Ja, Sie haben alles richtig gemacht.«

Fine beugte sich vor und blickte Ash eindringlich an. »Nicholas Vasin wird zahlreicher internationaler Verbrechen verdächtigt – einschließlich diverser Auftragsmorde.«

»Das ist mir durchaus bewusst. Mein Bruder war eines seiner Opfer.«

»Seine Auftragskillerin hat bereits zweimal persönlich Kontakt zu Ihnen gesucht. Zweimal«, sagte Fine zu Lila. »Für sie scheint es sich mittlerweile um eine persönliche Angelegenheit zu handeln.«

»Das sehe ich genauso, das scheint absolut klar zu sein. Äh ... ›*biăo zi*‹ ist Mandarin für ›Schlampe‹ – was noch zahm formuliert ist. *Bi* heißt ...« Sie zögerte, weil sie das Wort nicht laut aussprechen wollte. »›Fotze‹. Das ist echt hässlich, und das muss ich leider als persönliche Beleidigung auffassen.«

»Und trotzdem wollen Sie Vasin aufsuchen?«

»Wir möchten ein Treffen arrangieren«, korrigierte Ash die Ermittlerin. »Und es sieht ganz danach aus, als würde es klappen. Sie hätten diese Möglichkeit nicht.«

»Und was wollen Sie dort erreichen – sofern er Sie nicht auf der Stelle liquidieren lässt? Glauben Sie wirklich, er wird Ihnen Maddok einfach so überlassen? Und liefert eine seiner besten Kräfte ans Messer?«

»Ich kenne mich mit reichen, mächtigen Männern ganz gut aus«, erwiderte Ash leichthin. »Mein Vater ist ebenfalls einer. Ein Mann in Vasins Position findet jederzeit eine neue Hilfskraft. Er will das Ei, und das habe ich ... haben wir«, korrigierte er sich. »Maddok stellt für ihn zwar eine wertvolle Waffe dar, aber das Ei bedeutet ihm mehr. Er könnte einen fantastischen Deal machen – und er ist Geschäftsmann. Er wird es genauso sehen.«

»Sie glauben wirklich, dass er zu einem solchen Austausch bereit wäre?«

»Es ist ein Geschäft, mehr nicht. Und meine Bedingungen kosten ihn keinen Cent. Kein Angestellter ist unersetzlich, und gegen das Fabergé-Ei kommt sie gewiss nicht an.«

»Sie sind keine Polizisten.« Fine begann, die negativen Punkte an den Fingern abzuzählen. »Sie sind nicht entsprechend ausgebildet. Sie haben keine Erfahrung. Wir könnten Sie nicht einmal verkabeln, da er Sie durchsuchen lassen wird.«

Waterstone kratzte sich die Wange. »Das könnte andererseits ein Vorteil sein.«

Ungläubig starrte Fine ihn an. »Was soll das, Harry?«

»Ich sage nicht, dass ich eine solche Aktion befürworte. Aber wir kommen in der Tat nicht an ihn ran. Die beiden hier könnten es womöglich. Sie sind keine Polizisten, und sie sind nicht verkabelt. Zwei Hühnchen, die nur darauf warten, gerupft zu werden – zumindest wird er genau das denken.«

»Ja, aber das sind sie leider nun mal auch.«

»Aber die Hühnchen sind im Besitz des goldenen Eis. Die Frage ist: Wie wichtig ist es ihm wirklich?«

»Vier Menschen sind tot – einschließlich des Kunsthändlers aus Florenz«, warf Lila ein. »Das deutet doch wohl darauf hin, wie sehr er es um jeden Preis sein Eigen nennen will. Und dass sie mich angegriffen hat, zeigt überdies, dass sie ihm etwas beweisen muss. Sie hat bisher noch keine Ergebnisse erzielt. Sie gegen das Ei einzutauschen käme mir an seiner Stelle durchaus reizvoll vor.«

»Vielleicht«, gab Fine zu. »Aber Sie müssen bedenken – und das würde auch er –, dass Maddok uns alles über ihn erzählen könnte.«

»Wir liefern sie aber nicht an Sie aus«, rief Lila ihr ins Gedächtnis. »Zumindest werden wir ihm das weismachen.«

»Warum sollte er Ihnen glauben, dass Sie jemanden umbringen würden? Sie haben noch nie zuvor so was gemacht.«

»Er wird es uns glauben. Zum einen, weil es seiner eigenen Methode entspricht, um an Dinge heranzukommen, die er besitzen will. Und zweitens wirkt Ash ziemlich furchterregend, wenn er erst einmal loslegt. Ich?« Sie zuckte mit den Schultern. »Ich hab letztlich nur aus dem Fenster gesehen. Ich will es einfach nur hinter mich bringen. Ich habe mir mit Ashton Archer einen echt fetten, feisten Fisch geangelt und möchte jetzt endlich die Vorzüge genießen, statt andauernd befürchten zu müssen, dass mich irgendjemand umbringt.«

Ash zog eine Augenbraue hoch. »Einen fetten, feisten Fisch?«

»So hat Jai dich genannt – und diese Karte werde ich ausspielen. Reich, bedeutender Name, bekannter Künstler. Ein stattlicher Fang für eine Soldatentochter, die in den Wohnungen anderer Leute haust und einen mäßig erfolgreichen Jugendroman geschrieben hat. Stell dir mal vor, was die Beziehung zu Ashton Archer für meine schriftstellerische Karriere bedeuten könnte! Das wäre doch nicht schlecht?«

Er grinste sie an. »Du hast anscheinend nachgedacht.«

»Ich habe nur versucht, wie ein Geschäftsmann *und* eine seelenlose Killerin zu denken. Außerdem entsprechen die bloßen Fakten sogar der Wahrheit – nur deren Interpretation und die Gefühle nicht. Sie hat keine Gefühle, er scheint auch keine zu haben, sonst würde er sie nicht dafür bezahlen, Leben auszulöschen. Und wenn du selbst keine Gefühle hast, kannst du die Gefühle anderer Leute auch nicht verstehen. Du hast deine Rache, ich kriege den dicken Fisch, und Vasin bekommt das goldene Ei.«

»Und dann?«, hakte Fine nach. »Sofern Sie nicht innerhalb der ersten fünf Minuten tot sind – wenn Sie überhaupt so weit kommen –, was, wenn er allen Ernstes sagt: ›In Ordnung, gut, dann lassen Sie uns den Deal machen‹? Was wäre dann?«

»Dann einigen wir uns darauf, wann und wo die Übergabe stattfinden soll. Oder wann und wo unsere Repräsentanten die Übergabe vornehmen.« Es war Ash wichtig, dass Lila dabei nicht anwesend war. »Und von da an übernehmen Sie. Wir stellen nur den Kontakt her, wir fädeln den Deal ein. Sowie er einverstanden ist, bedeutet dies, dass er seinerseits einen Mord gebilligt hat. Damit haben Sie ihn – mithilfe unserer Aussage. Und sie ebenfalls – weil er zumindest so tun wird, als wollte er sie ausliefern. Das Ei wiederum wandert dorthin, wo es hingehört: in ein Museum.«

»Und wenn er nicht einverstanden ist? Wenn er Ihnen sagt: ›Geben Sie mir das Ei, oder ich lasse Ihre Freundin vergewaltigen, foltern und erschießen‹?«

»Wie ich bereits gesagt habe, weiß er zu diesem Zeitpunkt schon, dass eine Pressemitteilung bereitliegt und das Ei sich nicht mehr in seiner Reichweite befindet – sofern er einem von uns auch nur ein Haar krümmen sollte. Es sei denn, er plant, ins Metropolitan einzubrechen. Das wäre immerhin möglich«, fuhr er fort, noch ehe Fine etwas sagen konnte. »Aber bislang hat er noch nie versucht, eins der Zaren-Eier aus einem Museum oder einer privaten Sammlung zu entwenden.«

»Das wissen wir doch gar nicht.«

»Zugegeben, da haben Sie recht. Aber es ist verdammt viel einfacher, sauberer und schneller, auf unser Angebot einzugehen.«

»Er könnte Ihre Familie bedrohen, so wie er Bastones Familie bedroht hat.«

»Das könnte er – aber wenn wir uns mit ihm treffen, wird meine Familie auf dem Gelände sein. Noch mal: Ich biete ihm einen Deal an, bei dem er keinen Cent bezahlen muss für einen Gegenstand, den er um jeden Preis sein Eigen nennen will. Er liefert lediglich eine Angestellte dafür aus, die ihr Geld im Übrigen bislang nicht wert war.«

»Es könnte funktionieren«, sagte Waterstone nachdenklich. »Und wir haben auch früher schon mit Zivilisten gearbeitet.«

»Die waren verkabelt und hatten Rückendeckung.«

»Vielleicht sollten wir diesbezüglich etwas ausarbeiten – reden wir mal mit der Technik und warten ab, was die Kollegen uns anbieten können. Oder die Bundespolizei ...«

»Wir treffen uns mit ihm«, erklärte Ash, »ob mit Ihrer Hilfe oder ohne sie. Lieber wäre es uns allerdings, wenn wir mit Ihnen zusammenarbeiten könnten.«

»Sie wären gleich wie zwei Lämmer auf dem Weg zur Schlachtbank«, hielt Fine entgegen. »Wenn Sie schon unbedingt mit ihm in Kontakt treten wollen, dann lassen Sie zumindest Ihre Freundin außen vor.«

»Überzeugen Sie sie«, erwiderte Ash.

»Wir gehen beide!« Lilas Blick war ebenso hart wie der von Fine. »Alles andere ist indiskutabel. Außerdem wäre es doch wahrscheinlicher, wenn er nur einen von uns als Geisel nähme, um den anderen – mich in dem Fall, wenn ich draußen bliebe – dazu zu zwingen, das Ei rauszurücken. Denn was hätte ich davon, wenn mein Fisch ausgeweidet würde?«

»Denk dir bitte eine andere Metapher aus«, warf Ash ein.

»Er wird dem Treffen wahrscheinlich ohnehin nicht zustimmen«, sagte Fine. »Er ist dafür bekannt, dass er seine Strippen aus der Ferne zieht. Bestenfalls werden Sie mit einem seiner Anwälte oder Assistenten sprechen.«

»Meine Bedingungen sind nicht verhandelbar. Wenn wir ihn nicht persönlich treffen, dann kommt kein Deal zustande.« Ashs Handy summte, und er stand auf. »Das ist mein Anwalt. Vielleicht wissen wir ja gleich die Antwort. Geben Sie mir eine Minute.«

Er schlenderte mit dem Handy am Ohr zum gegenüberliegenden Ende des Wohnzimmers.

»Reden Sie es ihm aus.« Fine hatte ihren stählernen Blick erneut auf Lila gerichtet.

»Das kann ich nicht – und an diesem Punkt will ich es nicht einmal versuchen. Der Plan gibt ihm – uns beiden – die Möglichkeit, diese Geschichte ein für alle Mal zu beenden. Und wir müssen sie jetzt beenden – denn für Ash ist erst Schluss, wenn für seinen Bruder und für seinen Onkel die Gerechtigkeit wiederhergestellt ist. Solange er dieses Ziel nicht erreicht, wird er sich bis an sein Lebensende für ihren Tod verantwortlich fühlen.«

»Ich glaube, Sie haben keine Ahnung, welches Risiko Sie eingehen.«

»Detective Fine, ich habe mittlerweile das Gefühl, jedes Mal, wenn ich nur aus dem Haus gehe, ein Risiko einzugehen. Wie lange könnten Sie mit so etwas leben? Die Frau trachtet uns nach dem Leben – ganz gleich, ob ihr Boss sie zurückpfeift oder nicht. Aber wir wollen weiterleben und sehen, was als Nächstes passiert. Allein dafür lohnt sich das Risiko.«

»Morgen.« Ash kam zurück und legte sein Handy wieder auf den Tisch. »Morgen um zwei in seinem Anwesen auf Long Island.«

»Dann wird es wohl nichts mit Luxemburg«, sagte Lila scherzhaft, und Ash lächelte ihr zu.

»In weniger als vierundzwanzig Stunden?« Waterstone schüttelte den Kopf. »Das wird knapp.«

»Für mich war gerade das der Hauptgrund zuzusagen. So merkt er, dass ich die Angelegenheit endlich klären will.«

»Er denkt, du willst mit dem Ei Millionen machen«, sagte Lila. »Was du tatsächlich von ihm willst, wird ihn überraschen. Und es wird ihn reizen.«

Neben ihrem Sessel ging er in die Hocke. »Fahr aufs Gelände. Lass mich das alleine machen.«

Sie legte ihre Hände um sein Gesicht. »Nein.«

»Streiten Sie sich später«, murmelte Waterstone. »Lassen Sie uns lieber diskutieren, was Sie tun und was Sie bleiben lassen sollten und wo und wann der Austausch vorgenommen wird – wenn es überhaupt so weit kommt.« Er warf Fine einen alarmierten Blick zu. »Wir sollten den Boss anrufen und darüber nachdenken, ob wir sie nicht doch irgendwie verkabeln können.«

»Mir gefällt das alles nicht.« Fine stemmte sich von ihrem Sitz hoch. »Ich mag Sie – alle beide –, und ich wollte bei Gott, es wäre nicht so.« Sie zog ihr Handy aus der Tasche und verließ das Zimmer, um ihren Vorgesetzten anzurufen.

Als sie irgendwann wieder alleine waren, seufzte Lila laut auf. »Himmel auch, mein Gehirn kocht! Checkpoints, Codewörter und Prozeduren ... Ich trage schon mal die nächste Schicht im Badezimmer auf – ein bisschen Werkarbeit kühlt brodelnde Hirne wieder ab –, ehe die Techniker vom FBI kommen. Ash, wir arbeiten undercover für das FBI! Ich denke ernsthaft darüber nach, einen Roman über diese Geschichte zu schreiben. Wenn ich es nicht selbst tue, tut das noch jemand anderer – und das lasse ich nicht zu.« Sie erhob sich aus ihrem Sessel. »Was hältst du davon, wenn wir später einfach Pizza bestellen? Pizza ist ein Essen, bei dem man nicht nachdenken muss, wenn einem der Kopf schwirrt.«

»Lila, ich liebe dich.«

Sie hielt inne, sah ihn an und spürte, wie sich ihr Herz verkrampfte. »Sag das nicht, um mich zu überreden, zu Hause zu bleiben. Ich bin nicht stur, und ich schwenke auch nicht irgendeine feministische Fahne – obwohl ich es durchaus könnte. Die Tatsache, dass ich mitgehe – einfach mitgehen *muss* –, sollte dir sagen, was ich für dich empfinde.«

»Und was empfindest du für mich?«

»Ich bin mir immer noch nicht sicher, aber ich weiß, dass ich das alles für niemand anderen tun würde. Für niemanden. Kannst du dich an die Szene aus *Die Rückkehr der Jedi-Ritter* erinnern?«

»Bitte?«

Sie schloss resigniert die Augen. »Sag bloß nicht, du hast die Filme nie gesehen. Die Welt stürzt ein, wenn du *Star Wars* nicht kennst!«

»Natürlich habe ich die Filme gesehen.«

»Dem Himmel sei Dank«, murmelte sie und schlug die Augen wieder auf. »Diese Szene«, fuhr sie fort, »auf dem Waldmond Endor – die Sturmtruppen haben Leia und Han überwältigt. Es sieht schlecht für sie aus. Er schlägt die Augen nieder, doch sie zeigt ihm ihre Waffe – und dann sieht er sie an und gesteht ihr, dass er sie liebt. Sie sagt – nein, sie lächelt und sagt nur: ›Ich weiß.‹ Sie sagt nicht, dass sie ihn ebenfalls liebt. Gut, sie hat es ohnehin als Erste gesagt – in *Das Imperium schlägt zurück*, bevor Jabba der Hutte ihn in Karbonit eingefroren hat. Aber wenn man diese Endor-Szene nimmt, dann zeigt sie doch, dass die beiden alles gemeinsam durchstehen – ob sie nun gewinnen oder verlieren.«

»Wie oft hast du diese Filme eigentlich gesehen?«

»Das spielt doch keine Rolle«, erwiderte sie ein wenig spröde.

»So oft also ... Dann bist du also Prinzessin Leia, und ich bin Han Solo.«

»Sinnbildlich, ja. Er liebte sie. Sie weiß das und er ebenfalls. Es macht sie beide tapferer. Es macht sie stärker. Ich fühle mich stärker, weil ich weiß, dass du mich liebst. Ich hätte nie damit gerechnet. Und ich versuche gerade, mich an den Gedanken zu gewöhnen – genau wie du es dir gewünscht hast.« Sie schlang die Arme um ihn. »Wenn ich es irgendeines Tages zu dir sage, dann wirst du wissen, dass ich es auch so meine – sogar oder besser noch vor allem, wenn wir je von Sturmtruppen auf Endor überwältigt werden sollten und nur noch einen einzigen Blaster bei uns haben.«

»So etwas Berührendes hat noch nie jemand zu mir gesagt.«

»Dass du das so empfindest ... Ich versuche, mich daran zu gewöhnen, dass du mich irgendwie verstehst und mich trotz allem liebst.«

»Lieber bin ich nun mal Han Solo als ein fetter, feister Fisch.«

Sie lachte befreit auf. »Und ich bin lieber Leia als jemand, der sich darum bemüht, einen dicken, fetten Fisch an Land zu ziehen. Ich mache jetzt mit dem Anstrich des Badezimmers weiter, dann arbeiten wir ein bisschen mit dem FBI zusammen, und anschließend essen wir Pizza. Wir führen ein faszinierendes Leben,

Ash – und ja, wir möchten beide, dass ein Teil davon endlich vorbei ist. Aber ich glaube trotzdem daran, dass man einfach das Beste aus all dem machen sollte, was gerade vor einem liegt. Es wird funktionieren. Bei Leia und Han Solo hat es ja auch funktioniert.«

»Wir haben aber keinen ... Was hatte sie noch mal für eine Waffe?«

»Ich sehe schon, du brauchst ein bisschen *Star-Wars*-Nachhilfe ... einen Blaster.«

»Du hast aber keinen Blaster.«

»Dafür habe ich was anderes, was Leia ebenfalls besaß: gute Instinkte und einen eigenen Han Solo.«

Sie hat nicht unrecht, dachte er. Zusammen würden sie stärker sein. Und mit diesem Gedanken ging er in sein Atelier zurück, um ihr Porträt zu beenden.

Am nächsten Morgen wollte Lila unbedingt die Galerie besuchen. Ash bestand darauf mitzugehen, verdrückte sich dann aber, damit sie eine Weile mit Julie in deren Büro allein sein konnte.

»Du willst mir irgendetwas mitteilen, was ich lieber nicht hören möchte ...«

»Kann sein. Ash ist unterwegs zur Bäckerei, um mit Luke zu sprechen. Aber du bist meine allerbeste Freundin, und deshalb muss ich es dir sagen – und dich um einen Gefallen bitten.«

»Ihr trefft euch mit Vasin.«

»Heute.«

»*Heute?* Das ist viel zu schnell!« Alarmiert packte sie Lila an beiden Händen. »Ihr seid doch noch gar nicht so weit! Ihr könnt doch nicht ...«

»Der Termin steht. Ich will es dir erklären.«

Sie schilderte Julie jeden einzelnen Schritt ihres Vorhabens und ließ sie auch nicht im Unklaren über die Optionen, falls sie scheitern würden.

»Lila, mir wäre lieber, ihr würdet nicht hingehen. Ich wünschte mir, du würdest mit Ash irgendwo untertauchen, wo euch niemand findet, selbst wenn ich dich dann nie mehr wiedersehen würde. Natürlich weiß ich, dass du das nicht tun wirst. Ich kenne dich schließlich, und es ist mir klar, dass du nicht anders kannst ... Aber ich wünschte mir wirklich, es wäre anders ...«

»Ich habe ernsthaft darüber nachgedacht. Ich habe die ganze letzte Nacht wach gelegen und im Geiste alles immer wieder durchgespielt. Ich habe wirklich versucht, einen anderen Weg zu finden – aber dann ist mir klar geworden, dass das alles nichts mehr mit Sex, mit Spaß und einer grundlegenden Sympathie zu tun hat. Wo wir auch hingehen würden – es wäre eine Art immerwährender Hausarrest. Und wir wären nirgends wirklich sicher.«

»Zumindest sicherer als jetzt ...«

»Das glaube ich nicht. Ich hab mir wirklich überlegt, was wäre, wenn – was wäre, wenn sie, weil sie uns nicht finden kann, unsere Familien ins Visier nehmen würde? Unsere Freunde? Sie würde meine Eltern aufspüren, Julie, und ihnen etwas antun. Sie könnte dir etwas antun. Mit diesem Gedanken könnte ich nicht leben.«

»Ich weiß, aber ich kann mir doch trotzdem wünschen, es wäre anders.«

»Wir arbeiten mit der Polizei und mit dem FBI zusammen. Wir haben fantastische Mikro-Rekorder bekommen, und außerdem – und das ist wirklich das allergrößte Plus – bietet Ash ihm letzten Endes exakt das, was er um jeden Preis besitzen will. Wenn wir ihm geben, was er will, hat er keinen Grund mehr, uns irgendetwas anzutun. Wir müssen ihn nur davon überzeugen, dass der Deal stattfinden kann, dann gehen wir wieder, und die Polizei übernimmt.«

»Du glaubst doch nicht allen Ernstes, dass es so einfach sein wird? Du hältst das Ganze doch wohl nicht nur für eines deiner kleinen Abenteuer?«

»Nein, kein Abenteuer, aber ich halte es für den einzig möglichen, notwendigen und sorgsam kalkulierten Schritt. Ich weiß nicht, wie es ausgehen wird, Julie, aber es ist das Risiko wert, damit wir endlich ein normales Leben führen können. Es lohnt das

Risiko, damit ich – wenn ich das nächste Mal nachts wach liege – endlich darüber nachdenken kann, was ich mit Ash erreichen will. Was ich ihm geben und was ich von ihm annehmen kann.«
»Liebst du ihn?«
»Er glaubt ja.«
»Das war keine Antwort auf meine Frage.«
»Ich glaube es auch. Aber ich weiß ehrlich gesagt noch nicht, was das für uns bedeutet, bis diese Geschichte beendet ist. Und sie wird beendet sein. Dann helfe ich dir, deine Hochzeit zu planen. Und ich werde mir überlegen, wie mein eigenes Leben weitergehen soll. Und dann muss ich endlich dieses Buch fertig schreiben ...«
»Um wie viel Uhr trefft ihr euch?«
»Um zwei. Wir werden hinfahren, den Deal abschließen und wieder gehen, genau wie ich es dir erklärt habe. Aber für den Fall, dass irgendetwas schiefgehen sollte, habe ich meinen Eltern einen Brief geschrieben. Er steckt in meinem Reisenecessaire in der obersten rechten Schublade in Ashs Kommode. Könntest du ihn im schlimmsten Fall für mich verschicken?«
»Denk gar nicht erst darüber nach!« Julie drückte Lilas Hände so fest, dass es wehtat. »Nicht ...«
»Ich muss doch zumindest darüber nachdenken dürfen – ich glaube zwar nicht, dass es nötig sein wird, aber ich muss wenigstens alle Möglichkeiten bedacht haben. Ich hab in den vergangenen Jahren in Bezug auf meine Eltern vieles schleifen lassen. In den letzten Wochen mit Ash ist mir das klar geworden. Sie müssen erfahren, dass ich sie liebe. Wenn alles vorbei ist, fahre ich für eine Woche zu ihnen, und wenn Ash sie wirklich kennenlernen will, dann soll er mitkommen. Das ist ein riesiger Schritt für mich, aber ich bin gern dazu bereit. Aber sollte wider Erwarten irgendwas passieren, müssen sie es wissen.«
»Du wirst zu ihnen fahren, Ash mitnehmen und ihnen persönlich sagen, dass du sie liebst.«
»Das glaube ich auch, aber ich muss nun mal auch andere Möglichkeiten in Betracht ziehen. Und ich bitte dich, dafür zu

sorgen, dass sie es erfahren, wenn irgendetwas schiefgehen sollte.«

»Es wird nichts schiefgehen.« Julie presste die Lippen zusammen. Tränen standen in ihren Augen. »Aber ich verspreche es dir. Alles, was du willst.«

»Danke. Du nimmst mir eine große Last von den Schultern. Die zweite Sache ist das Buch ... Ich bräuchte noch rund zwei Wochen, um den Text noch einmal durchzusehen; aber wenn etwas passiert ...« Sie zog einen USB-Stick aus der Tasche. »Dann müsstest du diese Kopie bei meiner Lektorin vorbeibringen.«

»Gott, Lila!«

»Du bist die Einzige, die ich darum bitten kann. Und ich muss mir sicher sein, dass du es für mich tun würdest. Dann brauche ich nicht länger darüber nachzugrübeln und kann einfach so tun, als müsstest du dich wahrscheinlich ohnehin um nichts kümmern.«

Julie presste sich einen Moment lang die Finger auf die Augen und kämpfte mit sich, bis sie sich wieder einigermaßen unter Kontrolle hatte. »Du kannst dich auf mich verlassen. Es wird nicht nötig sein – aber du kannst dich auf mich verlassen.«

»Das wäre so weit alles ... Wir vier sollten morgen Abend zur Feier des Tages essen gehen. Heute Abend ist die ganze Situation vielleicht immer noch zu verrückt ...«

Julie nickte beherzt und zog ein Taschentuch aus der Schachtel auf ihrem Schreibtisch. »Da sagst du was ...«

»Der Italiener – dort wo wir beim ersten Mal waren. Ich glaube, wir sollten ihn zu unserem Stammlokal erklären.«

»Ich reserviere einen Tisch. Wir treffen uns dort. Neunzehn Uhr dreißig?«

»Perfekt.« Lila nahm Julie in den Arm. »Bis morgen Abend dann – und ich rufe heute Abend an. Versprochen.«

Doch für den Fall, dass es nicht mehr dazu kommen sollte, hatte sie auch für Julie einen Brief in der Kommodenschublade hinterlassen.

28

Lila hoffte, dass das blaue Kleid, das Ash ihr für das erste Mal Modellstehen geschenkt hatte, ihr Glück bringen würde. Dazu trug sie die Mondsteinkette aus Florenz. Beides vermochte ihr ein gutes Gefühl zu geben.

Für ihr Make-up nahm sie sich ausnahmsweise länger Zeit; schließlich hatte man nicht alle Tage mit einem international gesuchten Kriminellen zu tun, der Auftragskiller beschäftigte, um seinen Willen durchzusetzen.

Sie überprüfte den Inhalt ihrer Handtasche – der verantwortliche Special Agent vom FBI hatte ihr bereits zu verstehen gegeben, dass auch Vasins Sicherheitsleute sie unter Garantie durchleuchten würden – und beschloss, die üblichen Utensilien einfach in der Tasche zu lassen. Das würde am natürlichsten wirken.

Dann drehte sie sich zum Spiegel um und warf Ash einen Blick zu. Glatt rasiert, die Haare mehr oder weniger gebändigt und ein stahlgrauer Anzug, der mit jeder Falte Macht ausstrahlte. »Ich bin zu wenig formell angezogen. Du hast dich für diesen Anzug entschieden ...«

»Ernster Termin, ernster Anzug.« Er rückte seine burgunderfarbene Krawatte zurecht und sah zu ihr hinüber. »Du siehst großartig aus.«

»Zu wenig formell«, wiederholte sie. »Aber mein seriöses Kostüm ist zu langweilig. Deshalb ist es auch bei Julie eingelagert – weil ich es nur zu langweiligen Gelegenheiten trage, und die sind selten. Und das hier wird bestimmt nicht langweilig ... Oh, versprochen, ich höre schon auf, dummes Zeug zu plappern.«

Sie trat an ihren Abschnitt des Kleiderschranks und schlüpfte in das weiße Jackett, zu dem Julie sie in Florenz überredet hatte. »Jetzt ist es besser, findest du nicht?«

Er trat zu ihr, legte die Hände auf ihre Wangen und gab ihr einen Kuss. »Es wird alles gut.«

»Ich weiß. Und ich glaube wirklich daran. Aber ich möchte nun mal ebenfalls angemessen aussehen. Wenn man Mörder und Diebe dingfest machen will, muss man korrekt gekleidet sein. Ich bin so nervös«, gestand sie dann. »Aber es wäre doch verrückt, wenn es nicht so wäre. Er soll bloß nicht denken, dass ich verrückt wäre! Gierig, nuttig, rachsüchtig – meinetwegen. Aber nicht verrückt.«

»Tut mir leid, aber du siehst einfach nur frisch und hübsch aus und mehr als angemessen für den Anlass.«

»Das muss reichen. Wir müssen los, nicht wahr?«

»Ja. Ich laufe schnell zum Auto, dann komme ich wieder und hole dich ab. Du solltest in diesen Schuhen besser keine längeren Strecken zurücklegen. Und wenn irgendjemand das Haus observieren sollte, wird er das Gleiche denken. In zwanzig Minuten bin ich wieder da.«

Zwanzig Minuten – das war genug Zeit, um im Spiegel einen kühlen, gleichmütigen Blick einzuüben. Und um sich ein letztes Mal zu fragen, ob sie nicht einfach doch Reißaus nehmen sollte.

Sie zog die Kommodenschublade auf, in der sie ihre Habseligkeiten verstaut hatte, und nahm ihr Reisenecessaire heraus. Mit den Fingern fuhr sie über die Briefe, die sie dort hineingesteckt hatte.

Sie sollte besser daran glauben, dass sie nie geöffnet würden; dass ihre Verfasserin heil und unversehrt mit Ash zurückkehren würde. Dann könnte sie sie zerreißen und alles, was darin gestanden hatte, laut aussprechen, denn manche Dinge durften nicht ungesagt bleiben.

Trotzdem war es gut zu wissen, dass sie sie niedergeschrieben hatte. Denn das geschriebene Wort hatte Macht. Man würde die Liebe in den Worten spüren.

Sowie Ash vor dem Haus anhielt, trat sie hinaus. Die Antwort war Nein gewesen. Sie würde nicht einfach Reißaus nehmen.

Sie stellte sich vor, wie das FBI ihnen durch den Verkehr von

Manhattan nachfuhr. Auch Vasin folgte ihnen möglicherweise. Es würde eine immense Erleichterung sein, wenn sie sich endlich wieder allein fühlte, wirklich allein.

»Üben wir es noch mal ein?«, fragte sie Ash.

»Musst du das Ganze wirklich noch mal durchgehen?«

»Nein, eigentlich nicht. Wenn wir es zu oft machen, wirkt es am Ende auch nur einstudiert.«

»Du musst bloß daran denken, dass er etwas haben will, was wir besitzen.«

»Und ich lasse dich die Gesprächsführung übernehmen – weil er genau das erwartet. Es macht mich ehrlich gesagt ein bisschen wütend ...«

Er legte kurz seine Hand auf ihre. »Sei einfach du selbst. Umgarne ihn – das kannst du gut.«

»Ja.« Sie schloss für einen Moment die Augen. »Ja, ich glaube, das kann ich.« Sie wollte noch mehr sagen. Sie wollte ihm so viel Persönliches sagen – aber die Polizei fuhr nicht nur hinter ihnen her, sie hörte ihnen auch zu. Also behielt sie die Worte bei sich, im Kopf, im Herzen, während sie über den East River fuhren. »Wenn du sie getötet hast«, brachte sie schließlich hervor, »sollten wir eine schöne Reise unternehmen. Ich bin bereits in meiner Rolle«, fügte sie hinzu, als sie seinen fragenden Blick auffing.

»In Ordnung. Wie wäre es mit Bali?«

»Bali?« Sie richtete sich auf dem Beifahrersitz auf. »Wirklich? Dort war ich noch nie.«

»Ich auch nicht. Das passt ja.«

»Bali ... Indonesien ... Ich liebe die indonesische Küche. Gibt es dort nicht auch Elefanten?« Sie zog ihr Handy aus der Tasche – und hielt inne. »Bist du jetzt auch in deiner Rolle, oder willst du tatsächlich mit mir nach Bali reisen?«

»Vielleicht beides?«

»Irgendwann im Winter? Im Februar werde ich selten gebucht. Das ist jetzt nicht meine Rolle – wozu sollte ich mir auch weiterhin über meinen Job als Homesitter Gedanken machen, wenn ich doch einen dicken Fisch am Haken habe? Homesitting ist nicht mehr angesagt. Bali im Winter – und vielleicht ein kleiner Skiurlaub in der Schweiz? Natürlich brauche ich für beides neue Outfits. Aber darum kümmerst du dich beizeiten, Baby, nicht wahr?«

»Alles, was du dir wünschst, Schätzchen.«

»Ich hoffe, du findest es wirklich schrecklich, wenn eine Frau so etwas zu dir sagt – aber um in der Rolle zu bleiben, wäre es schön, wenn du mir bei Barney und vielleicht auch gleich bei Bergdorf ein Konto einrichten könntest. Eine Frau will ihren Mann ja zumindest ab und zu mal überraschen können.«

»Die Rolle scheint dir auf den Leib geschneidert ...«

»Ich spiele einfach die erwachsene Sasha – mein verwöhntes, verzogenes Werwolfmädchen, Kaylees Widersacherin. Sie würde einfach alles von dir nehmen – aber irgendwann würde es ihr langweilig werden, und sie würde dir die Kehle zerreißen. Wenn ich es für eine Weile schaffe, wie sie zu denken, dann bin ich überzeugend.« Lila atmete tief durch. »Und ich kann wie sie denken, ich habe sie schließlich erschaffen. Und du brauchst nur zu sein wie immer, wenn du richtig stinksauer bist. Dann werden wir erfolgreich sein.«

»Lila, ich bin stinksauer.«

Sie warf ihm einen kurzen Seitenblick zu. »Dafür wirkst du ziemlich ruhig.«

»Ich kann beides sein – es ist genau wie mit Bali ...«

Inzwischen fuhren sie an einer hohen Steinmauer entlang, und Lila sah, wie ein paar Überwachungskameras über ihnen rot blinkten. »Hier ist es, nicht wahr?«

»Das Tor ist dort vorne. Du machst deine Sache gut, Sasha.«

»Schade, dass kein Vollmond ist ...«

Das Tor, das in der Nachmittagssonne silbern glänzte, glitt so weit auf, dass zwei Autos nebeneinander hindurchgepasst hätten. Über ihnen prangte ein Greif mit Schild und Schwert.

Als sie anhielten, traten zwei Männer aus einer Tür zwischen den dicken Backsteinsäulen zu beiden Seiten des Tors. Jetzt geht es los, dachte Lila.

Ash ließ sein Fenster herunter.

»Steigen Sie zur Sicherheitskontrolle bitte aus dem Wagen, Mr. Archer, Miss Emerson.«

»Sicherheitskontrolle?« Lila verzog das Gesicht, als einer der Wachmänner ihre Tür öffnete. Mit einem leichten Schnauben stieg sie aus.

Das Auto wurde gründlich durchsucht: Sie ließen Scanner darübergleiten und einen Stab, in dem anscheinend eine Kamera versteckt war. Sie öffneten Motorhaube und Kofferraum.

»Sie dürfen weiterfahren.«

Lila glitt wieder auf den Beifahrersitz. Sie dachte jetzt wie Sasha, fischte einen Taschenspiegel aus ihrer Handtasche und zog sich die Lippen nach. Doch aus dem Augenwinkel konnte sie durch einen dichten Baumbestand erkennen, dass sie sich dem Haus näherten. Als sie eine Kurve passierten und eine lang gezogene Auffahrt erreichten, sah sie es vollständig vor sich: trutzig, aber prachtvoll – ein großzügig angelegtes U aus golden schimmernden Steinen, die in der Mitte ein wenig höher aufragten als zu den Seiten. Keines der Fenster, die in der Sonne glitzerten, gab preis, was dahinter liegen mochte. Das Dach war von drei Zwiebeltürmen mit umlaufenden Balkonen gekrönt. Ein Rosengarten, der in voller Blüte stand, zog sich in militärisch geraden Reihen an der weitläufigen, üppig grünen Rasenfläche entlang.

Auch hier bewachten zwei steinerne Greife mit Schwertern und Schilden die reich mit Schnitzereien verzierten Flügeltüren des Eingangs. Die Greifenaugen blitzten ebenso rot wie die Lämpchen der Kameras. Vor dem Eingang standen zwei Bodyguards – so still, als wären auch sie aus Stein. Sie konnte deutlich die Waffe des Mannes erkennen, der auf ihren Wagen zutrat.

»Steigen Sie bitte aus und folgen Sie mir.«

Über ein goldbraunes Pflaster wurden sie zu einem kleinen Häuschen geführt. Lila hatte es für ein Gartenhaus gehalten, doch darin saß ein weiterer Mann vor einer Reihe von Monitoren. Die Überwachungszentrale, stellte sie fest und betrachtete unauffällig, aber interessiert das Arsenal aus Gerätschaften. Sie hätte einiges dafür gegeben, um ein wenig damit herumspielen zu dürfen.

»Ich muss den Inhalt Ihrer Tasche inspizieren, Miss.«

Lila presste sie fest an sich und setzte einen irritierten Gesichtsausdruck auf.

»Sie müssen beide durch den Metalldetektor, und wir durchsuchen Sie, ehe Sie das Haus betreten dürfen. Tragen Sie Waffen oder Aufnahmegeräte?«

»Nein.«

Der Mann nickte und streckte die Hand nach Lilas Tasche aus, und gespielt zögerlich übergab sie sie ihm. Aus einer Seitentür tauchte unvermittelt eine Frau auf, die einen Metalldetektor in der Hand hielt, wie er auf Flughäfen verwendet wurde.

»Nehmen Sie bitte die Arme hoch.«

»Das ist doch albern«, brummte Lila, gehorchte jedoch. »Was tun Sie denn da?«, wollte sie wissen, als der Mann ihren Leatherman, ihr Erste-Hilfe-Schächtelchen, das WD-40 und ihr Feuerzeug aus der Tasche nahm.

»Diese Gegenstände sind nicht erlaubt.« Er öffnete die Schachtel, in der sie verschiedene Sorten Klebeband aufbewahrte, und schob sie wieder zu. »Sie erhalten sie bei Ihrer Abfahrt wieder.«

»Bügel-BH«, verkündete die Frau. »Stellen Sie sich bitte hier herüber, damit ich Sie abtasten kann.«

»Bitte? Ash!«

»Du kannst gern draußen warten, Lila, wenn du die Sicherheitskontrolle nicht über dich ergehen lassen willst.«

»Du liebe Güte, es ist ein BH!«

Sie hatten sie gewarnt. Trotzdem schlug ihr das Herz bis zum Hals. Sie presste die Lippen zusammen, als die Frau ihre Hände routiniert über den BH gleiten ließ.

»Muss ich mich vielleicht auch noch nackt ausziehen?«

»Nicht nötig. Sie ist sauber«, sagte die Frau und machte einen Schritt auf Ash zu.

»Miss Emerson, angesichts der zahlreichen Gegenstände in Ihrer Tasche, die auf unserer Verbotsliste stehen, behalten wir am besten die ganze Tasche samt Inhalt hier. Wir verwahren sie in unserem Safe, bis Sie wieder gehen.«

Lila wollte schon protestieren, als die Frau rief: »Aufnahmegerät!« Dann zog sie einen Kugelschreiber aus Ashs Tasche und warf ihn höhnisch grinsend auf ein bereitstehendes Tablett.

»Das ist ein Kugelschreiber«, sagte Lila und runzelte die Stirn, während Ash lediglich mit den Schultern zuckte.

»Ich wollte mich absichern.«

»Ach! Ist das so ein Spionagegerät?« Lila streckte die Hand danach aus, doch die Frau zog das Tablett umgehend aus ihrer Reichweite. Lila warf ihr einen finsteren Blick zu. »Ich wollte es mir doch nur mal ansehen.«

»Auch den bekommen Sie zurück, wenn Sie wieder fahren. Sie dürfen jetzt das Haus betreten. Bitte folgen Sie mir.« Der Mann ging vor ihnen her zum Haupteingang.

Wie von Geisterhand gingen die beiden Flügeltüren auf. Dann trat eine Frau in strenger schwarzer Uniform heraus und nickte kurz. »Danke, William. Ab hier übernehme ich. Mr. Archer, Miss Emerson ...« Sie trat mit ihnen in eine Art Foyer, das durch Glaswände von einer riesigen Eingangshalle mit hohen Decken und einer mindestens viereinhalb Meter breiten Treppe abgetrennt war, deren Geländer wie Spiegel glänzten. Jenseits der gläsernen Trennwand lag eine Welt voller Gemälde und Skulpturen.

»Ich bin Carlyle. Ist einer von Ihnen in den vergangenen vierundzwanzig Stunden mit irgendeinem Tabakprodukt in Berührung gekommen?«

»Nein«, antwortete Ash.

»Waren Sie in den vergangenen vierundzwanzig Stunden mit Tieren in Kontakt?«

»Nein.«

»Waren Sie in der vergangenen Woche krank oder sind von einem Arzt behandelt worden?«

»Nein.«

»Kontakt mit Kindern unter zwölf Jahren?«

»Im Ernst ...« Lila verdrehte die Augen, und dieses Mal wandte sie sich an die uniformierte Frau. »Nein. Aber wir hatten Kontakt mit menschlichen Wesen – einschließlich einander. Was kommt als Nächstes – eine Blutprobe?«

Schweigend zog die Frau ein kleines Sprühfläschchen aus der Tasche. »Bitte strecken Sie Ihre Hände aus, die Handflächen nach oben. Dies ist ein Antiseptikum. Es ist vollkommen harmlos. Mr. Vasin wird Ihnen nicht die Hand geben ... Jetzt bitte die Handflächen nach unten. Treten Sie nur bis zu dem Punkt, der Ihnen angezeigt wird, an ihn heran. Bitte seien Sie respektvoll und berühren Sie so wenig wie möglich und erst recht nichts ohne Mr. Vasins Erlaubnis. Kommen Sie mit.«

Sowie sie sich umdrehte, öffnete sich eine Glasschiebetür. Der Fliesenboden glänzte golden wie zuvor die Steine, und in der Mitte des Bodens war das Wappen der Romanows eingelassen. Sie stiegen die Treppe empor – über die Mitte der Stufen, damit niemand das auf Hochglanz polierte Geländer berührte.

Auch im ersten Stock hing überall Kunst an den Wänden. Sämtliche Türen, an denen sie vorüberkamen, waren verschlossen und mit einem Schlüsselkartengerät versehen. Das riesige Haus wirkte alles andere als weitläufig und offen, sondern vielmehr wie eine Festung. Ein Hochsicherheitstrakt für seine Sammlung, dachte Lila unwillkürlich. Und nur nebenbei sein Zuhause.

An der letzten Tür zückte Carlyle eine Schlüsselkarte und beugte sich überdies vor, um ihr Auge vor einen kleinen Scanner zu halten. Wie paranoid mochte ein Mann sein, schoss es Lila durch den Kopf, dass er die Zimmertüren in seinem eigenen Zuhause mit Irisscannern sicherte?

»Bitte setzen Sie sich dorthin.« Carlyle wies auf zwei dunkelrote Lederstühle mit hohen Rückenlehnen. »Und bleiben Sie sitzen. Man wird Ihnen gleich eine kleine Erfrischung servieren. Mr. Vasin gesellt sich in Kürze zu Ihnen.«

Lila sah sich in dem Zimmer um. Russische Matroschkafiguren – samt und sonders alt und erlesen – standen aufgereiht in einer Vitrine. Eine zweite Vitrine enthielt Lackdosen. Blassgolden getönte Scheiben ließen weiches Licht herein und eröffneten die Sicht auf einen Hain aus Apfel- und Birnbäumen.

Traurige Augen in düsteren Porträts starrten kummervoll auf die Gäste herab – sicherlich absichtlich so arrangiert. Lila kam nicht umhin, sich unbehaglich, fast schon ein wenig deprimiert zu fühlen.

In der Mitte des Raums stand ein einzelner, großer Stuhl. Sein Leder schimmerte ein paar Nuancen dunkler als das der anderen Stühle, und die Rückenlehne war ein wenig höher und in massives, mit Schnitzwerk verziertes Holz eingerahmt. Die Beine endeten in Greifenklauen, sodass er überdies höher als die anderen Stühle stand. Sein Thron, dachte sie unwillkürlich – er verleiht ihm die ihm gebührende Machtposition. Doch laut sagte sie nur: »Ein wundervolles Haus! Es ist sogar noch größer als das deiner Familie in Connecticut.«

»Er zieht wirklich alle Register. Jetzt lässt er uns auch noch warten.«

»Ach, Ash, verlier nicht die Geduld. Du hast es mir versprochen.«

»Ich mag solche Spielchen nicht«, murmelte er.

Sekunden später öffnete sich die Tür erneut, und Carlyle kam mit einer zweiten, gleichermaßen uniformierten Frau herein, die einen Servierwagen vor sich herschob, auf dem ein hübsches weißes Teeservice mit kobaltblauem Muster stand, ein Teller mit Gebäck und winzigen Obststückchen sowie eine Schale mit prallen grünen Trauben. Statt Servietten gab es ein Glasschüsselchen und feuchte Tücher, die ebenfalls das Greifenwappen trugen.

»Der Tee ist eine Jasminmischung, die eigens für Mr. Vasin hergestellt wird. Sie werden ihn erfrischend finden. Die Trauben stammen aus eigenem organischem Anbau. Das hier sind traditionelle *pryaniki* – Gewürzplätzchen. Bitte, greifen Sie zu. Mr. Vasin wird gleich bei Ihnen sein.«

»Sie sehen köstlich aus! Und das Teegeschirr – wie hübsch!«

Carlyle verzog keine Miene. »Es ist russisches Porzellan und sehr, sehr alt.«

»Oh, ich werde ganz vorsichtig sein.« Sie wartete, bis Carlyle und die zweite Bedienstete wieder gegangen waren, und verdrehte die Augen. »Man sollte wirklich kein Geschirr aufdecken, das sich niemand traut anzufassen.« Sie legte die Teesiebe über die Tassen und hob die Kanne an.

»Ich will keinen Tee.«

»Aber ich. Er riecht wirklich gut. So lohnt sich das Warten wenigstens, Ash. Und wenn du dieses blöde Ei los bist, das all diese Unannehmlichkeiten verursacht hat, dann können wir endlich unsere Reise antreten.« Sie lächelte ihn verschmitzt an. »Und die lohnt ja nun wirklich das Warten. Entspann dich, Baby, und nimm dir ein Plätzchen.« Als er den Kopf schüttelte und ihr einen finsteren Blick zuwarf, zuckte sie nur mit den Schultern und nahm sich selber eins. »Ich bleibe besser bei einem, wenn ich in den neuen Bikinis, die ich mir kaufen muss, auch gut aussehen will. Können wir vielleicht eine Jacht mieten? Man sieht doch ständig Fotos von Promis und Royals, die auf Jachten Urlaub machen. Das würde ich schrecklich gerne auch mal tun. Können wir?«

»Was immer du dir wünschst.«

Obwohl seine Stimme unendlich gelangweilt klang, strahlte sie bis über beide Ohren. »Du bist so gut zu mir! Wenn wir erst wieder zu Hause sind, dann werde ich auch gut zu dir sein. Warum ...«

Sie hielt abrupt inne, als sich ein Teil der Wand vor ihnen auftat – eine Geheimtür, stellte sie verblüfft fest: raffiniert im Putz verborgen.

Und dann sah sie Nicholas Vasin zum ersten Mal.

Was ihr als Erstes durch den Kopf schoss, war: Der Mann wirkt ausgemergelt. Ein Hauch seiner einstigen Attraktivität war zwar noch zu erkennen, aber inzwischen sah er nur mehr aus wie eine hohle Hülle. Er trug sein weißes Haar lang – es war zu dicht und voll für sein hageres Gesicht. Man hatte fast den Eindruck, als würde der dürre Hals jeden Moment einknicken. Die Augen über den eingefallenen Wangen loderten dunkel wie schwarzes Licht auf bleicher Haut.

Wie Ash trug auch er einen Anzug, allerdings in einem gedämpfteren Farbton, und Weste und Krawatte in exakt derselben Farbe. Wenn man von seinen schwarzen Augen absah, eröffnete sich ihnen ein Bild von äußerster Farblosigkeit, doch Lila ahnte, dass dies gewollt war. Eine diamantenbesetzte Greifennadel funkelte an seinem Revers. Um sein knochiges Handgelenk lag eine goldene Uhr.

»Miss Emerson, Mr. Archer, willkommen. Verzeihen Sie mir, wenn ich Ihnen nicht die Hände schüttele.«

Seine Stimme war so leise wie Spinnenbeine auf Seide, und unwillkürlich lief Lila ein Schauer über den Rücken.

Ja, das alles war so gewollt.

Er setzte sich und legte die Hände auf die Armlehnen seines Stuhls. »Als ich ein kleiner Junge war, hat unsere Köchin immer *pryaniki* zum Tee gemacht.«

»Sie sind köstlich.« Lila hob den Teller. »Möchten Sie eins?«

Er winkte höflich ab. »Ich ernähre mich makrobiotisch, aber Gäste muss man selbstverständlich verwöhnen.«

»Danke«, erwiderte Lila, während Ash eisern schwieg. »Ihr Haus ist wirklich unglaublich schön – und Sie besitzen so viele wunderbare Dinge! Allein schon in den wenigen Räumen, die wir bislang gesehen haben! Und Sie sammeln Matroschkas – sie sind ganz hinreißend!«

»*Matryoshki*«, korrigierte er sie. »Eine alte Tradition. Wir müssen unsere Wurzeln in Ehren halten.«

»Ich liebe es, wenn es immer wieder etwas Neues zu entdecken gibt. Herauszufinden, was als Nächstes kommt ...«

»Ich habe schon als Kind begonnen, sie zu sammeln. Die Puppen und die Lackdosen waren die ersten Stücke meiner Sammlung, deshalb bewahre ich sie auch in meinem privaten Wohnzimmer auf.«

»Sie sind gewiss von einem großen persönlichen Wert für Sie. Darf ich einen näheren Blick darauf werfen?« Mit einer knappen Geste signalisierte er sein Einverständnis, und Lila stand auf und trat näher an eine der Vitrinen heran. »Ich habe noch nie derart kompliziert gearbeitete ... *matryoshki* gesehen. Allerdings habe ich die meisten natürlich in irgendwelchen Souvenirläden gefunden, aber ... Oh!« Sie warf ihm einen Blick zu und deutete auf einen Vitrinenboden, wobei sie sorgfältig darauf achtete, das Glas nicht zu berühren. »Ist das die Zarenfamilie? Nikolaus, Alexandra und die Kinder?«

»Ja. Sie haben ein gutes Auge.«

»So schrecklich! So brutal – vor allem den Kindern gegenüber! Ich habe immer angenommen, sie wären nebeneinander aufgereiht und nach und nach erschossen worden, was allein schon schrecklich genug ist, aber nachdem Ash herausgefunden ... Also, erst kürzlich habe ich mich über die damaligen Ereignisse schlaugemacht. Ich verstehe einfach nicht, wie jemand so grausam und brutal zu diesen Kindern sein konnte.«

»Sie waren von adligem Geblüt. Das allein war für die Bolschewiken Grund genug.«

»Vielleicht haben sie sogar mit Puppen wie diesen hier gespielt – die Kinder. Und haben sie gesammelt – genau wie Sie. Ein weiteres Band zwischen Ihnen.«

»Das ist korrekt. Wie bei Ihnen die Steine.«

»Entschuldigung?«

»Ein Stein von all Ihren Reisen, seit Ihrer Kindheit. Ein Kieselstein.«

»Ich ... ja. Das war meine Art, etwas aus der Heimat mitzunehmen, wenn wir wieder einmal umziehen mussten. Meine Mutter bewahrt sie bis heute in einem Glas auf. Woher wissen Sie das?«

»Es ist mir ein Anliegen, meine Gäste und ihre Interessen zu kennen. Für Sie« – jetzt wandte er sich an Ash – »war es immer schon die Kunst. Womöglich auch die Autos und die Figuren, mit denen Jungen in Ihrer Kindheit spielten. Doch solche Dinge sind es nicht wert, aufgehoben zu werden. Aber die Kunst – ob nun Ihre eigene oder fremde, auf die Sie in irgendeiner Weise reagieren – ist für Sie das Sammeln wert.« Er verschränkte seine langen, knochigen Finger für einen Moment.

Ash schwieg noch immer.

»Ich habe eines Ihrer Werke für meine Sammlung erworben, eine frühe Arbeit: *Der Sturm*. Eine Stadtlandschaft mit einem Turm, der sich hoch über den anderen erhebt, und im obersten Fenster steht eine Frau.« Er legte die Fingerspitzen aufeinander, sodass die Finger eine Pyramide bildeten, und fuhr fort: »Es tobt ein Sturm – die Farben fand ich wirklich außergewöhnlich gewalttätig und tief ... die Wolken, die von Blitzen angestrahlt werden, sodass sie fast schon außerirdisch wirken. So viel Bewegung! Auf den ersten Blick könnte man meinen, die Frau – von exquisiter Schönheit und jungfräulich weiß gekleidet – wäre in diesem Turm gefangen, ein Opfer des Sturms. Wenn man jedoch genauer hinsieht, dann erkennt man, dass sie den Sturm beherrscht.«

»Nein. Sie *ist* der Sturm.«

»Ah.« Ein Lächeln spielte um Vasins Mund. »Ihre Würdigung der weiblichen Form – von Körper, Geist und Seele – fasziniert mich sehr. Ich besitze noch ein zweites Werk, das ich vor Kurzem erst erworben habe, eine Kohlezeichnung, die eine geradezu freudige Stimmung vermittelt – Freude an der Macht. Eine Frau steht auf einem mondbeschienenen Feld und spielt Geige. Wen – oder was –, frage ich mich, wird ihre Musik hervorlocken?«

Das Bild aus Olivers Wohnung!, dachte Lila und erstarrte förmlich.

»Das weiß nur sie allein«, erwiderte Ash kühl. »Und genau darum geht es doch im Grunde. Über meine Bilder zu diskutieren bringt uns kein Stückchen weiter.«

»Und doch ist es unterhaltsam. Ich habe nicht oft Gäste, und wenn doch, dann teilen nur wenige von ihnen mein Interesse.«

»Gibt es denn ein gegenseitiges Interesse?«

»Eine subtile Unterscheidung, Mr. Archer. Aber teilen wir nicht auch ein Verständnis für die Bedeutung von Blutsverwandtschaft – dass sie geehrt und bewahrt werde?«

»Familie und Blutsverwandtschaft haben nichts miteinander zu tun.«

Vasin spreizte die Finger. »Sie sind wirklich in einer einzigartigen familiären ... Situation. Für viele von uns, für mich, bedeutet Familie Blutsverwandtschaft. Wir begreifen die Tragödie, den Verlust – das Bedürfnis danach, ein Gleichgewicht zu wahren, könnte man sagen. Meine Familie wurde nur deshalb ermordet, weil sie überlegen war. Weil sie in eine Machtposition hineingeboren war. Macht und Privilegien werden von kleineren Männern, die angeblich für eine Sache eintreten, immer bekämpft werden. Doch diese Sache ist letzten Endes immer nur die Gier. Unter welchem Vorwand auch immer Kriege oder eine Revolution gerechtfertigt werden – der Mensch strebt nach der Macht, die im Besitz eines anderen ist.«

»Sperren Sie sich selbst in dieser Festung ein, um sich vor gierigen Menschen zu schützen?«

»Die Frau auf Ihrem Bild hat gut daran getan, in ihrem Turm zu bleiben.«

»Aber sie war einsam«, warf Lila ein. »Von der Welt entfernt zu leben, sie sehen zu können, aber kein Teil von ihr zu sein, muss erdrückend einsam sein.«

»Sie sind eine Romantikerin«, erwiderte Vasin. »Für einen Menschen ist Gesellschaft nicht alles. Wie gesagt, ich habe nur selten Gäste. Ich will Ihnen gern ein paar meiner wertvollsten Gefährten zeigen. Danach können wir über Geschäfte reden.« Er stemmte sich aus dem Stuhl und hob die Hand. »Einen Moment bitte.«

Er drehte sich zu der verborgenen Tür um – dort musste sich ebenfalls ein Irisscanner befinden, dachte Lila.

»Nur wenige Besucher«, murmelte Vasin, »und noch weniger sind je durch diese Tür gegangen. Aber ich glaube, wir verstehen einander und das vor uns liegende Geschäft besser, wenn Sie mir folgen.« Er trat an den Türrahmen und lud sie ein, ihm zu folgen. »Bitte, nach Ihnen.«

Ash trat an die Tür, wobei er Lila solange daran hinderte hindurchzugehen, bis er gesehen hatte, was sich dahinter befand. Erst dann packte er – mit einem Blick auf Vasins befriedigte Miene – Lilas Arm und ging mit ihr hinein.

Getönte Fensterscheiben tauchten den Raum in goldenes Licht – ein warmes Licht, das seiner Sammlung guttat. In Glasinseln, Vitrinen und Auslagen eröffneten sich ihnen der Glanz und die ganze Pracht von Fabergé. In einer Auslage nur Uhren, in anderen Dosen, Schmuck, Schalen, Flakons – alles sorgfältig nach Art der Gegenstände arrangiert.

Außer der Tür, durch die sie gekommen waren, konnte Lila keine weitere erkennen, und obwohl die Decken hoch und die Böden aus strahlend weißem Marmor waren, hatte sie das Gefühl, sich in der vergoldeten, aber seelenlosen Höhle Aladins zu befinden.

»Dies ist der größte Triumph all meiner Bemühungen. Wenn die Romanows nicht gewesen wären, hätte Fabergé sich darauf beschränkt, für die oberen Zehntausend zu produzieren. Der Künstler – Fabergé selbst – und sein großartiger Goldschmiedemeister Perchin haben sich durch ihre Visionen und ihr Können natürlich hoch verdient gemacht, aber ohne die Patronage der Zaren – der Romanows – wären viele dieser Kunstwerke nie entstanden.«

Hunderte davon, wenn nicht Tausende, mutmaßte Lila. Von winzigen Ostereiern bis hin zu einem raffinierten Teeservice, von Picknickkörben über Pokale, Vasen bis hin zu einem Schaukasten, in dem sich ein paar winzig kleine Tierfiguren befanden.

»Das ist wundervoll! Man kann ihre Visionen und ihr handwerkliches Geschick deutlich erkennen – und das in dieser Vielfalt! Es ist einfach wundervoll«, wiederholte sie. »Es muss Jahre gedauert haben, so viele Stücke zusammenzutragen.«

»Ja, ich sammele seit meiner Kindheit«, erklärte Vasin. »Die Uhren gefallen Ihnen«, stellte er fest, trat neben sie, achtete aber darauf, genügend Abstand zu wahren. »Diese Fächerform beispielsweise ist perfekt geeignet für einen Schreibtisch oder ein Kaminsims. Und wie durchscheinend die Emaille ist – dieses weiche, warme Orange. Die Details – die goldenen Rosetten in den unteren Ebenen, die Rose, die in die Diamantumrandung geschnitzt wurde ... Und hier, dieses Stück stammt ebenfalls von Perchin: eine exquisit schlichte runde Uhr in Hellblau.«

»Sie ist atemberaubend.« Und hier eingesperrt, dachte sie, nur für seine Augen und die handverlesener Gäste bestimmt. Kunst sollte nicht unter Verschluss gehalten werden. »Sind sie denn alle antik? Manche sehen so modern aus.«

»Alles alte Originale. Ich möchte nicht besitzen, was Hinz und Kunz mit einer Kreditkarte erwerben kann.«

»Sie stehen alle auf Mitternacht.«

»Es war Mitternacht, als die Mörder die Zarenfamilie zusammentrieben. Wenn Anastasia nicht entkommen wäre, wäre es ihrer aller Ende gewesen.«

Lila riss erstaunt die Augen auf. »Aber ich dachte, mittlerweile wäre bewiesen, dass auch sie ums Leben kam. Die Gentests und ...«

»Sie lügen.« Er hob abrupt die Hand. »Genau wie die Bolschewiken gelogen haben. Ich bin der letzte Romanow – der Letzte, durch dessen Adern das Blut von Nikolaus und Alexandra fließt: über ihre Tochter und meinen Vater. Und was ihnen einst gehörte, gehört heute rechtmäßig mir.«

»Aber warum hier?«, fragte Ash. »Warum befindet sich Ihre Sammlung nicht in Russland?«

»Russland ist nicht mehr das, was es mal war, und wird es auch nie wieder sein. Ich erschaffe mir meine Welt und lebe darin, wie es mir selbst beliebt.« Er schlenderte weiter. »Hier steht all das, was ich als praktischen Luxus bezeichne: goldene, diamantbesetzte Operngläser oder, hier, diese in Gold gefasste Streichholzschachtel aus Jaspis, das tiefgrün emaillierte Lesezeichen – einfach formvollendet! Und natürlich diese Parfümflakons: jeder einzelne ein Kunstwerk.«

»Sie kennen jedes Stück?«, staunte Lila. »Bei so vielen würde ich den Überblick verlieren.«

»Ich weiß, was mir gehört«, sagte er kühl. »Besitzen kann man nur, was man auch kennt.« Dann drehte er sich abrupt um und marschierte auf eine freistehende Glasvitrine in der Mitte des

Raumes zu. Darin standen acht weiße Sockel – und auf einem davon lagerte das Nécessaire. Lila erkannte es sofort von den Beschreibungen wieder. Golden, funkelnd, erlesen – und offen, sodass man das mit Diamanten besetzte Maniküre-Set im Innern sehen konnte.

Sie griff nach Ashs Hand und ballte ihre Finger in seiner Hand zur Faust, während sie Vasin in die Augen blickte. »Die verschollenen Zaren-Eier ... Sie haben drei davon.«

»Und bald werden es vier sein. Eines Tages werde ich sie alle besitzen.«

29

»Das Ei mit Henne im Korb«, begann Vasin, und mit einem Hauch von Anbetung in der Stimme fuhr er fort: »Aus dem Jahr 1886. Das goldene, mit Rosendiamanten dekorierte Huhn hält das Saphir-Ei – einen kleinen Anhänger – im Schnabel, als hätte es dieses gerade aus dem Nest geholt. Die Überraschung, wie Sie sehen, ist ein kleines, frisch geschlüpftes Küken aus Gold und Diamanten.«

»Es ist fantastisch.« Leicht gesagt, dachte Lila – sie meinte es schließlich aufrichtig. »Bis hin zum winzigsten Detail ...«

»Das Ei selbst«, erklärte Vasin und hielt die dunklen Augen wie gebannt auf seinen Schatz geheftet, »ist nicht mehr nur eine Form, sondern ein Symbol für Leben und Wiedergeburt.«

»Daher kommt auch die Tradition, zu Ostern Eier zu bemalen, um die Wiederauferstehung Christi zu feiern.«

»Nett und wahr – aber das kann jeder. Es waren die Romanows – mein Blut! –, die diese simple Tradition in große Kunst verwandelten.«

»Sie vergessen den Künstler«, warf Ash ein.

»Nein, ganz und gar nicht. Aber wie ich bereits sagte: Es erforderte die Visionen sowie die Patronage der Zaren, damit der Künstler sein Werk erschaffen konnte. Dies hier – all das – verdanken wir meiner Familie.«

»Jedes einzelne Stück ist bildschön. Sogar die Scharniere sind perfekt. Welches ist das hier?«, fragte Lila und zeigte vorsichtig auf das nächste Ei. »Ich erkenne es nicht wieder.«

»Das sogenannte Maiglöckchen-Ei, geschaffen kurz vor der Jahrhundertwende, wieder mit Rosendiamanten, Perlen, Smaragden und Rubinen, die die Überraschung säumen: einen herzförmigen Rahmen in roséfarbener, grüner und weißer Emaille, abgesetzt mit Perlen und weiteren Rosendiamanten. Sie sehen hier, wie es sich zu seiner blättrigen Form öffnet, und drei der Blätter weisen je ein Miniaturporträt aus Elfenbein auf: von Nikolaus, Alexandra und Olga, dem ersten Kind.«

»Und da, das Nécessaire ... Das habe ich bereits studiert«, sagte Lila. »Es ist ein Maniküreset. Alles, was ich darüber in Erfahrung bringen konnte, war reine Spekulation. Aber ... nichts kommt auch nur annähernd an die Wirklichkeit heran.«

»Wen haben Sie getötet, um an diese Eier zu kommen?«, fragte Ash.

Vasin lächelte nur. »Ich habe es nie als notwendig erachtet zu töten. Die Henne wurde einst gestohlen und dazu benutzt, um sicher aus Polen herauszukommen – eine Art Bestechungsversuch, um Hitlers Holocaust zu entfliehen. Die Familie des Diebs wurde trotzdem in ein Vernichtungslager interniert und kam dort ums Leben.«

»Das ist ja schrecklich«, sagte Lila leise.

»Geschichte ist nun mal in Blut geschrieben«, erwiderte Vasin. »Der Mann, der es entgegennahm und sie trotzdem verriet, zog es vor, es an mich zu verkaufen, anstatt entlarvt zu werden. Und auch das Maiglöckchen befand sich in den Händen von Dieben. Das Schicksal ging zwar ein wenig besser mit ihnen um, doch die nachfolgenden Generationen konnten den Diebstahl nicht vergessen machen. Blutsverwandtschaft ...«, warf er ein. »Ihr Glück wendete sich, nachdem ihr einziger Sohn einem tragischen Unfall erlag. Danach konnte ich sie überzeugen, das Ei an mich zu verkaufen.«

»Sie haben ihn töten lassen«, sagte Ash. »Das ist nichts anderes, als selbst zu töten.«

Vasins Miene blieb gleichmütig, wurde höchstens eine Spur amüsiert. »Wer für das Mahl in einem feinen Restaurant bezahlt, ist noch lange nicht verantwortlich für das Gericht.«

Lila legte Ash die Hand auf den Arm, als wollte sie ihn beruhigen. In Wirklichkeit jedoch hatte sie das dringende Bedürfnis nach Körperkontakt.

»Das Nécessaire – ebenfalls einst gestohlen – erstand ein Mann, der dessen Schönheit zwar erkannte, das Ei aber durch Leichtsinn an einen anderen verlor. Durch Überredungskunst und mithilfe einer fairen Summe konnte ich es an mich bringen.« Er betrachtete für einen Moment die Schmuckstücke und ließ dann äußerst befriedigt seinen Blick durchs Zimmer schweifen. »Lassen Sie uns zurückgehen und über einen fairen Preis verhandeln.«

»Ich will Ihr Geld nicht.«

»Selbst ein reicher Mann hat immer noch Raum für mehr.«

»Mein Bruder musste sterben ...«

»Das ist bedauerlich«, sagte Vasin und trat einen Schritt zurück. »Bitte, kommen Sie mir nicht zu nahe und unterlassen Sie bedrohliche Gesten.« Er zog einen kleinen Taser aus der Tasche. »Ich kann mich verteidigen. Mehr noch: Dieser Raum wird überwacht. Männer mit ... nachhaltigeren Waffen greifen in einer Bedrohungssituation sofort ein.«

»Ich bin nicht hier, um Sie zu bedrohen. Und ich bin nicht hier wegen des Geldes.«

»Dann setzen wir uns doch und sprechen wie zivilisierte Menschen darüber, warum genau Sie hier sind.«

»Komm, Ash, lass uns hinübergehen und uns hinsetzen«, gurrte Lila und streichelte ihm über den Arm. »Es ist nicht gut, wenn du dich aufregst. Lass uns mit ihm reden. Deshalb sind wir doch hier. Du und ich und Bali, okay?«

Einen Moment lang dachte sie schon, er würde sich losreißen und sich auf Vasin stürzen. Doch dann nickte er bloß und ging mit. Als sie wieder im Wohnzimmer waren, atmete sie erleichtert aus.

Irgendjemand hatte in der Zwischenzeit den Tee auf dem Tablett abgeräumt. An seiner Stelle standen jetzt eine Flasche Barolo und zwei Gläser.

»Bitte, bedienen Sie sich.« Vasin setzte sich. Hinter ihm schloss sich die Tür in der Wand wie von selbst. »Sie wissen vielleicht – oder auch nicht –, dass Ihr Bruder, Ihr Halbbruder, um genau zu sein, vor ein paar Monaten just an derselben Stelle saß, wo Sie jetzt sitzen. Wir führten ein langes Gespräch und kamen zu einer Abmachung, wie ich glaubte.« Vasin legte die Hände auf die Knie und beugte sich vor. Sein Gesicht war jetzt wutverzerrt. »Wir trafen eine Abmachung.« Dann lehnte er sich wieder zurück, und seine Miene wurde wieder gleichmütig. »Ich machte ihm das gleiche Angebot, das ich Ihnen machen werde – und damals akzeptierte er es. Es war eine ernsthafte Enttäuschung für mich, als er versuchte, mir kurze Zeit später noch mehr Geld zu entlocken. Allerdings muss ich zugeben, dass es mich nicht hätte überraschen dürfen. Zuverlässigkeit war nicht seine Art, wie Sie bestimmt bestätigen können. Aber vielleicht war ich auch zu geblendet von der Aussicht, den Engel mit Wagen erstehen zu können.«

»Und das Nécessaire«, erwiderte Ash. »Er erzählte Ihnen, dass er an beide herankommen könne. Das änderte Ihre Verhandlungsgrundlage, aber Sie veränderten sie überdies, indem Sie Capelli benutzten, um an das Nécessaire heranzukommen.«

Vasin legte wieder die Fingerspitzen zusammen. Unablässig tippte er die Fingerkuppen gegeneinander, während er Ash aus seinen schwarzen Augen musterte. »Die Information über das Nécessaire erreichte mich unmittelbar nach dem ersten Treffen. Ich sah keinen Grund, einen Mittelsmann einzuschalten, wenn ich den Deal selbst in die Hand nehmen konnte. Die Kaufsumme für den Engel war davon schließlich unbeeinflusst.«

»Aber Sie schlossen ihn aus – deshalb hat er die Summe erhöht. Und die Frau? Seine Frau? Nur ein kleiner Kollateralschaden?«

»Sie waren Partner, jedenfalls haben sie das beide behauptet. Anscheinend sind auch Sie Partner. Was den beiden passierte, ist tragisch. Nach allem, was ich gehört habe, waren allerdings auch Drogen und Alkohol im Spiel. Vielleicht ist ein Streit mit einem seiner Dealer wegen der Tabletten, die er so leichtfertig zu sich nahm, ausgeartet.«

»Und Vinnie?«

»Ah, sein Onkel. Ein weiterer tragischer Unglücksfall. Nach allem, was man hört, war er völlig unbeteiligt. Sein Tod war wirklich unnötig. Aber es muss Ihnen doch klar sein, dass diese Tode mir nichts eingebracht haben. Ich bin Geschäftsmann und tue nichts, ohne dass ein Gewinn oder Profit für mich dabei herauskommt.«

Ash beugte sich vor. »Jai Maddok.«

In Vasins Augen trat ein leichtes Flackern. Lila war sich nicht sicher, ob aus Überraschung oder aus Ärger.

»Sie müssen schon spezifischer werden.«

»Sie hat Sage Kendall getötet, meinen Bruder, Vinnie und vor ein paar Tagen Capelli.«

»Und was hat das mit mir zu tun?«

»Sie ist Ihre Angestellte. Ich bin hier in Ihrem Haus«, entgegnete Ash scharf. »Und ich besitze, was Sie an sich bringen wollen. Sie werden es nicht bekommen, wenn Sie mich anlügen und mich beleidigen.«

»Ich kann Ihnen versichern, dass ich nie angeordnet habe, Ihren Bruder, seine Frau oder seinen Onkel töten zu lassen.«

»Und Capelli.«

»Er bedeutet Ihnen nichts und mir ebenso wenig. Ich habe Oliver vierzig Millionen Dollar für zwei Eier geboten – zwanzig pro Ei. Als ich dann eins davon direkt erwerben konnte, blieb es bei zwanzig für das zweite Ei. Er forderte eine Anzahlung – zehn Prozent –, und in gutem Glauben gab ich sie ihm. Er akzeptierte den Deal, nahm die Anzahlung entgegen und versuchte dann auf einmal, den doppelten Preis herauszuschlagen. Die Gier hat ihn das Leben gekostet, Mr. Archer, nicht ich.«

»Jai Maddok hat ihn getötet. Sie steht auf Ihrer Gehaltsliste.«

»Ich habe Hunderte von Angestellten. Sie können mich kaum für ihre Verbrechen und Indiskretionen verantwortlich machen.«

»Sie haben sie auf Vinnie gehetzt.«

»Wenn ich jemanden damit beauftrage, mit Vincent Tartelli zu reden, um herauszufinden, ob er etwas über den Verbleib meines Eigentums weiß – *meines* Eigentums! –, dann hat das mit Hetzen nichts zu tun.«

»Und doch ist er tot, und die Fabergé-Dose aus seinem Laden befindet sich – welch Überraschung – in Ihrer Sammlung.«

»Das Geschenk einer meiner Angestellten. Ich bin nicht verantwortlich dafür, auf welche Art sie es sich verschafft hat.«

»Sie hat Lila angegriffen und sie mit einem Messer bedroht und sie verletzt.«

Das war ihm neu, stellte Lila fest. Vasin presste die Lippen aufeinander. Anscheinend wusste er doch nicht über sämtliche Machenschaften seiner Angestellten Bescheid.

»Das tut mir leid. Manche meiner Bediensteten sind ein wenig überenthusiastisch. Ich hoffe, Sie wurden nicht ernsthaft verletzt.«

»Eher verängstigt als verletzt.« Lila ließ ihre Stimme beben. »Wenn es mir nicht gelungen wäre, mich loszureißen und wegzulaufen ... Sie ist gefährlich, Mr. Vasin. Sie dachte, ich wüsste, wo sich das Ei befindet, dabei wusste ich es wirklich nicht. Sie sagte, es bräuchte niemand zu erfahren, dass ich es ihr gegeben hätte. Sie würde es einfach nehmen und verschwinden, aber ich hatte Angst, sie würde mich trotzdem umbringen. Ash ...«

»Ist schon okay.« Er legte seine Hand über ihre. »Sie wird dich nie wieder anfassen.«

»Ich fange immer noch an zu zittern, wenn ich nur daran denke.« Sie schenkte sich ein Glas Wein ein, wobei sie sorgsam darauf achtete, dass Vasin das Zittern ihrer Hand zur Kenntnis nahm. »Ash ist daraufhin mit mir für ein paar Tage nach Italien gefahren, aber ich habe immer noch Angst, aus dem Haus zu gehen. Selbst in unseren eigenen vier Wänden ... Sie hat mich angerufen und bedroht. Ich habe inzwischen sogar Angst, ans Telefon zu gehen, weil sie mir unverhohlen mitteilte, sie werde mich umbringen. Es sei mittlerweile nicht mehr nur ein Job für sie, sondern eine persönliche Angelegenheit.«

»Ich habe dir versprochen, dass wir die Sache beenden.«

»Ihre Schwierigkeiten mit einer meiner Angestellten sind in der Tat bedauerlich.« Seine Wangen hatten sich vor Verärgerung leicht rosig gefärbt. »Aber ich kann nur wiederholen, was ich bereits gesagt habe: Ich bin nicht verantwortlich dafür. Und um die Sache zu beenden, biete ich Ihnen exakt die gleiche Summe, die ich auch Oliver geboten habe. Zwanzig Millionen.«

»Sie könnten mir das Zehnfache bieten, und ich würde es nicht annehmen.«

»Ash, vielleicht könnten wir ...«

»Nein.« Er wandte sich zu ihr um. »Dies ist mein Weg, Lila. Meine Art, damit umzugehen.«

»Was ist Ihr Weg?«, fragte Vasin.

»Lassen Sie mich Ihnen eine Sache klarmachen. Sollten wir nicht unversehrt und mit einem unverrückbaren Deal wieder hier rauskommen, dann ist mein Vertreter autorisiert, eine Presseerklärung zu veröffentlichen. Die Rädchen drehen sich bereits, und da wir so viel Zeit verschwendet haben, setzt sich die Maschinerie in« – Ash sah auf seine Armbanduhr – »zwanzig Minuten in Gang, wenn er bis dahin nichts von mir gehört hat.«

»Was denn für eine Presseerklärung?«

»Die Entdeckung eines der verschollenen Zaren-Eier, das mein Bruder für Vincent Tartelli erworben hat. Inzwischen von führenden Experten authentifiziert und lückenlos dokumentiert. Das Ei wird umgehend an einen sicheren Ort gebracht und dann dem Metropolitan Museum of Art übergeben – als Dauerleihgabe der Familie Archer. Ich persönlich will das verdammte Ding nicht haben«, stieß Ash hervor. »Es liegt ein Fluch darauf, wenn Sie mich fragen. Wenn Sie es wollen, schließen Sie einen Deal mit mir. Ansonsten können Sie gern versuchen, es aus dem Metropolitan herauszuholen. Das ist dann nicht mehr mein Problem.«

»Was wollen Sie, wenn nicht mein Geld?«

»Jai Maddok.«

Vasin lachte leise. »Glauben Sie wirklich, Sie könnten sie der Polizei übergeben? Damit die eine Aussage gegen mich aus ihr herauserpresst?«

»Ich will sie nicht ins Gefängnis bringen. Ich will sie tot sehen.«

»Oh, Ash ...«

»Hör auf, wir haben das jetzt oft genug besprochen. Solange sie lebt, wird sie eine Bedrohung für uns sein. Sie hat es selbst zu dir gesagt, oder nicht? Für sie bist du jetzt eine persönliche Angelegenheit. Sie ist eine gedungene Mörderin, und sie will dich töten. Sie hat schon meinen Bruder getötet ...« Wütend wandte er sich wieder an Vasin. »Und was hat die Polizei getan? Sie hat mich auf Schritt und Tritt verfolgt und Lila belästigt. Zuerst war die Rede von einem erweiterten Selbstmord, dann von Drogengeschäften, die schiefgegangen sind. Meine Familie leidet darunter. Dann wird auch noch Vinnie getötet, der nie auch nur einer Fliege etwas zuleide getan hat. Und die Polizei? Versucht, mich – uns beide – damit in Verbindung zu bringen. Ich pfeife auf die Polizei! Wenn Sie das Ei wollen, können Sie es gern haben. Im Gegenzug will ich Jai Maddok.«

»Soll ich Ihnen etwa glauben, dass Sie einen kaltblütigen Mord begehen könnten?«

»Nennen Sie es kaltblütige Gerechtigkeit. Ich beschütze nur, was mir gehört. Meine Familie. Lila. Sie wird dafür bezahlen, dass sie meine Frau angegriffen hat, und sie wird keine Chance bekommen, es ein zweites Mal zu tun.«

»Oh, Baby!« Lila legte eine kaum verhohlene Erregung in ihre Stimme. »Ich fühle mich so sicher bei dir – so besonders!«

»Niemand legt Hand an das, was mir gehört«, fuhr Ash fort. »Und ich bestehe auf Gerechtigkeit für meine Familie. Es kostet Sie nichts.«

»Da liegen Sie falsch. Es würde mich eine äußerst wertvolle Mitarbeiterin kosten.«

»Sie haben Hunderte davon«, rief Ash ihm in Erinnerung. »Sie können jederzeit neue Leute einstellen. Eine Frau«, fügte er hinzu, wobei er Lilas Improvisation aufgriff, »die das Ei für sich behalten hätte, wenn Lila nur gewusst hätte, wo ich es verstecke ...« Ash zog ein Foto aus der Tasche und legte es zwischen ihnen auf den Tisch. »Das hier wurde in meinem Haus aufgenommen – das können Sie sicher leicht überprüfen, da Ihre Killerin ja schon mal bei mir war. Dort ist es allerdings nicht mehr. Es befindet sich an einem sicheren Ort. Die Uhr tickt, Vasin. Machen Sie den Deal, oder wir gehen. Dann können Sie sich das Ei wie jeder x-beliebige Tourist im Metropolitan Museum ansehen, und es wird nie zu Ihrer Sammlung gehören.«

Vasin zog dünne weiße Handschuhe aus seiner Tasche und streifte sie über, bevor er das Foto entgegennahm. Seine Wangen röteten sich, und mit wilder Freude im Blick studierte er das Bild des Engels mit Wagen. »Diese Details! Sehen Sie die Details?«

Ash warf ein weiteres Foto auf den Tisch. »Die Überraschung.«

»Ah! Die Uhr! Ja, ja, genau, wie ich dachte. Mehr als exquisit. Ein Wunderwerk der Kunst. Sie wurde für mein Blut erschaffen, und sie gehört mir.«

»Geben Sie mir die Asiatin, dann gehört sie Ihnen. Ich habe genug Geld. Ich habe eine Arbeit, die mich erfüllt. Ich habe eine Frau. Nur die Gerechtigkeit fehlt. Die ist es, die ich wiederherstellen will. Geben Sie mir, was ich will, dann überlasse ich Ihnen im Gegenzug, was Sie begehren. Sie hat versagt. Wenn sie bei Oliver nicht versagt hätte, wäre das Ei längst bei Ihnen, und zwar allein für Ihre Anzahlung. Stattdessen hat die Polizei Videoaufnahmen von ihr aus Vinnies Laden gesichert und Lilas Aussage über den Angriff zu den Akten genommen. Sie werden sie mit Ihnen in Verbindung bringen, wenn das nicht längst geschehen ist. Sie wird für meinen Bruder büßen. Und wenn Sie sie mir nicht überlassen, dann nehm ich lieber einen Hammer in die Hand und schlag das verdammte Ding kaputt, bevor Sie es bekommen!«

»Ash, hör auf! Du hast versprochen, dass du das nicht tun wirst. Das wird er nicht tun.« Wie in Panik hob Lila die Hände. »Das wird er nicht tun. Er ist nur wütend. Er gibt sich die Schuld an Olivers Tod.«

»Verdammt, Lila ...«

»Er muss es doch verstehen, Baby. Er muss dem Ganzen ein Ende setzen und es wieder in Ordnung bringen. Und ...«

»Und Sie, Miss Emerson, billigen Sie seine Auslegung von Gerechtigkeit?«

»Ich ...« Sie biss sich auf die Lippe. »Er muss endlich Frieden schließen können«, sagte sie schließlich, nachdem sie vorgeblich nach Worten gerungen hatte. »Ich ... Ich kann nicht ständig in der Angst leben, dass sie uns auflauern könnte. Jedes Mal, wenn ich die Augen schließe ... Wir fahren erst mal weg. Zuerst nach Bali, dann vielleicht ... Ach, ich weiß nicht ... irgendwohin. Aber er muss endlich Frieden mit sich schließen, und ich will mich endlich wieder sicher fühlen können.« Dicker Fisch, rief sie sich ins Gedächtnis und griff nach Ashs Hand. »Ich will das, was Ash will. Und er will, was ich will. Ich meine, ich habe schließlich auch einen Beruf, und er glaubt an mich, nicht wahr, Baby? Er will in mich investieren. Vielleicht bekomme ich sogar einen Filmvertrag. *Mondaufgang* könnte das nächste *Twilight* werden.«

»An Ihren Händen würde Blut kleben.«

»Nein.« Sie riss die Augen auf und setzte sich aufrecht hin. »Ich selbst würde nichts tun – ich bin nur ... Ich bin doch nur mit Ash zusammen. Sie hat mich angegriffen. Ich will nicht mehr ständig ans Haus gefesselt sein. Nehmen Sie es mir nicht übel, aber ich möchte nicht so leben wie Sie, Mr. Vasin, nirgends mehr hinfahren, nicht ausgehen können, immer allein sein müssen, ohne Freunde. Sie hätten endlich, wonach Sie sich verzehren, und Ash bekäme, was er braucht. Wir wären alle ... glücklich.«

»Wenn ich denn zustimmte, wie würden Sie es anstellen?«

Ash sah auf seine Hände hinab – starke Künstlerhände. Dann blickte er wieder zu Vasin auf. Es war klar, was er ihm hatte signalisieren wollen.

Lila wandte den Blick ab. »Bitte, ich will es gar nicht wissen. Ash hat mir versprochen, dass wir danach nie wieder darüber reden müssen. Ich will einfach nur alles vergessen.«

»Blutsverwandtschaft«, sagte Ash. »Was würden Sie mit den Männern machen, die Ihre Vorfahren umgebracht haben, wenn Sie die Möglichkeit dazu hätten?«

»Ich würde sie genauso brutal töten, wie sie es mit den Meinen gemacht haben. Ich würde ihre Familien und ihre Freunde töten.«

»Ich bin nur an einer einzigen Person interessiert. Ihre Familie ist mir gleichgültig. Nur sie. Ja oder nein, Vasin? Die Zeit läuft

Ihnen davon. Wenn es erst mal so weit ist, kriegt keiner von uns, was er will.«

»Sie schlagen einen Austausch vor. Wert um Wert. Wann?«

»So schnell wie möglich.«

»Ein interessanter Vorschlag.« Er griff unter seine Armlehne. Nur Sekunden später stand Carlyle in der Tür. »Sir?«

»Lassen Sie Jai hereinbringen.«

»Sofort.«

»Oh.« Lila drückte sich in ihren Stuhl.

»Sie wird dich nicht anfassen«, versicherte Ash ihr.

»Sie haben mein Wort. In meinem Haus geschieht keinem Gast ein Leid. Das würde nicht nur von schlechten Manieren zeugen, sondern es bringt überdies Unglück. Ich kann Ihnen allerdings versichern, dass Miss Emerson über alle Maßen Leid zugefügt würde, wenn sich herausstellen sollte, dass Sie – genau wie Ihr Bruder – Ihr Wort nicht halten.«

Ash fletschte regelrecht die Zähne. »Wenn Sie meiner Frau drohen, Vasin, werden Sie Ihre Trophäenvitrine niemals weiter füllen!«

»Ich spreche keine Drohungen aus, sondern lediglich Bedingungen. Sie sollten wissen, was mit denen geschieht, die eine Abmachung nicht einhalten oder ihren Auftrag nicht zufriedenstellend erfüllen. Herein«, sagte er, als es an der Tür klopfte.

Jai trug Schwarz – enge Hose, Bluse, maßgeschneidertes Jackett. Ihr Blick loderte, als sie Lila erkannte. »Wie schön, Sie hier zu sehen. Sie beide. Mr. Vasin sagte mir bereits, dass Sie heute zu Besuch kommen würden. Soll ich sie ... zur Tür begleiten, Sir?«

»Wir sind noch nicht ganz fertig. Mir wurde berichtet, dass Sie und Miss Emerson sich begegnet sind?«

»Ganz kurz im Supermarkt.« Jai musterte Lila. »Heute tragen Sie schickere Schuhe.«

»Es gab noch eine weitere Begegnung, die Sie in Ihrem Bericht nicht erwähnt haben. Wo war das, Miss Emerson?«

Lila schüttelte nur den Kopf und starrte zu Boden.

»In Chelsea«, antwortete Ash stattdessen. »Nur wenige Blocks von der Galerie entfernt, in der meine Werke ausgestellt werden. Sie haben sie mit dem Messer bedroht.«

»Sie übertreibt ...«

»Sie haben diese Begegnung mir gegenüber nicht erwähnt.«

»Sie war bedeutungslos.«

»Ich habe Sie geschlagen. Ich hab Sie ins Gesicht geboxt.« Lila tat so, als verlöre sie die Fassung. »Ash!«

»Ich muss mich auf Sie verlassen können, Jai.«

»Entschuldigung, Sir. Es war ein Versehen.«

»Ein Versehen? So wie auch Ihr Anruf bei Miss Emerson ein Versehen war? Mr. Archer und ich sind zu einer Einigung hinsichtlich meines Eigentums gekommen. Ihr Auftrag ist hiermit beendet.«

»Wie Sie wünschen, Mr. Vasin.«

»Sie haben meine Wünsche nicht erfüllt, Jai. Das ist wirklich enttäuschend.«

Erneut zog er den Taser hervor. Sie reagierte augenblicklich und hatte die Waffe, die unter ihrem Jackett gesteckt hatte, fast schon in der Hand, doch dann traf sie der Schock, und sie sank heftig zuckend in sich zusammen. Von seinem Stuhl aus gab Vasin ihr einen zweiten Stromstoß. Dann drückte er ungerührt ein zweites Mal den Knopf unter der Armlehne.

Carlyle öffnete die Tür. Ihr ausdrucksloser Blick glitt zu Jai hinüber. »Lassen Sie sie hinausbringen und fesseln. Und vergewissern Sie sich, dass sie keine Waffe mehr bei sich trägt.«

»Natürlich.«

»Ich bringe unsere Gäste zur Tür. Miss Emerson, Mr. Archer ...«

Lila wurden die Knie weich. Sie fühlte sich, als würde sie durch Schlamm waten, während sie über den makellos sauberen Fußboden und die anmutig geschwungene Treppe hinabging. »Wenn die Übergabe heute noch stattfinden könnte, würde mir das sehr entgegenkommen«, sagte Vasin fast beiläufig. »Wie wäre es mit zwei Uhr nachts? An irgendeinem unbelebten Ort, meinen Sie nicht auch? Wenn man Jais Fähigkeiten in Betracht zieht, ist eine schnelle Abwicklung sicher das Beste für alle Beteiligten.«

»Sie wählen den Zeitpunkt, ich den Ort. Meine Vertreter treffen Ihre um zwei Uhr nachts im Bryant Park.«

»Wenn man bedenkt, wie wertvoll das Ei ist, nehmen Sie den Austausch besser persönlich vor. Die Versuchung, einfach mit dem Ei davonzuspazieren, wäre für irgendeinen Vertreter womöglich zu groß.«

»Maddok besitzt für mich den gleichen Wert. Werden Sie sie persönlich bringen?«

»Sie hat nur noch Nutzen für mich, weil Sie sie haben wollen.«

»Das gilt für das Ei gleichermaßen«, entgegnete Ash. »Es ist nur mehr ein Geschäft, nichts anderes. Sobald ich habe, was ich von Ihnen will, werde ich vergessen, dass es Sie und das Ei je gegeben hat. Es wäre klug von Ihnen, wenn Sie es bei mir und meiner Familie genauso hielten.« Ash sah erneut auf die Uhr. »Sie haben nicht mehr viel Zeit, Vasin.«

»Zwei Uhr, Bryant Park. Mein Vertreter wird mich um zwei Uhr fünf kontaktieren. Wenn das Ei nicht wie vereinbart übergeben wurde, wird es nicht gut für Sie ausgehen – oder für Ihre Familie.«

»Bringen Sie mir Maddok, und alles ist in Ordnung.«

Ash griff nach Lilas Arm und schob sie durch die Eingangstür. Einer der Wachmänner stand bereits neben seinem Auto. Stumm reichte er Lila ihre Tasche und öffnete die Beifahrertür, damit sie einsteigen konnte.

Auch Lila schwieg. Sie traute sich kaum zu atmen, bis sie endlich das Tor passiert hatten und an der hohen Mauer entlangfuhren.

»Du musst den Anruf machen, und ich ... Könntest du vielleicht für einen Moment anhalten? Mir ist ein bisschen übel.«

Ash fuhr rechts an den Straßenrand, und Lila riss die Tür auf und taumelte hinaus. Sie beugte sich vor. Ihr drehte sich der Kopf. Ash sprang aus dem Wagen und legte ihr zärtlich die Hand auf den Rücken. »Lass dir Zeit.«

»Ich brauche nur ein bisschen frische Luft.« Irgendwas Frisches, und Sauberes. »Er ist noch schlimmer als sie ... Ich hätte nie geglaubt, dass es noch etwas Schlimmeres geben könnte – aber er ist noch schlimmer. Ich hätte es keine fünf Minuten länger in diesem Zimmer, in diesem Haus ausgehalten. Ich wäre fast erstickt.«

»Du hättest mich fast getäuscht.« Er sah ihr an, dass sie nicht länger schauspielerte. Ein Zittern lief durch ihren Körper, und sie war kreidebleich.

»Er hätte sie auf der Stelle und eigenhändig umgebracht, direkt vor unseren Augen, wenn er dadurch an das Ei gekommen wäre. Und anschließend wäre er einfach so gegangen und hätte irgendeinem Dienstboten mit einem Fingerschnipsen angeordnet, sauber zu machen.«

»Sie ist meine geringste Sorge.«

»Wir wären nie wieder dort herausgekommen, wenn du das Ei nicht sicher irgendwo versteckt hättest. Ich weiß es, ich weiß es einfach.«

»Er wird sein Wort halten. Zumindest fürs Erste.«

»Ja, fürs Erste«, stimmte sie ihm zu. »Hast du sein Gesicht gesehen, als du ihm das Foto gezeigt hast? Als würde er Gott gegenüberstehen.«

»Es ist sein Ein und Alles.«

»Du hast recht«, sagte Lila, schmiegte sich an ihn und schloss erneut die Augen. »Er ist nicht verrückt – jedenfalls nicht so, wie ich dachte. Er glaubt das alles wirklich, was er gesagt hat: über die Romanows und die Blutsverwandtschaft ... All diese schönen Dinge, die er so sorgfältig hinter Glas ausgestellt hat – nur für ihn allein. Nur, damit er sie sein Eigen nennen kann. Wie dieses Haus – sein Schloss, wo er ein Zar sein kann und umgeben ist von Menschen, die alles tun, was er befiehlt. Und selbst die kleinste dieser hübschen Dosen bedeutet ihm mehr als die Menschen, die ihm dienen. Die Eier sind ihm allerdings am allerwichtigsten.«

»Wir bringen die Sache zu Ende, dann steht er vor dem Nichts.«

»Das wäre für ihn schlimmer als der Tod. Und ich bin froh –

ich bin wirklich froh, dass es für ihn noch schlimmer wird. Als er diese bescheuerten Handschuhe angezogen hat, hätte ich ihm am liebsten ins Gesicht geniest, nur um irgendeine Reaktion von ihm zu erzwingen. Aber ich hatte Angst, dass irgendjemand hereinstürmt und mich erschießt.«

»Es geht dir wieder besser ...«

»Ja, viel besser.«

»Ich rufe jetzt Alexi an, falls die Übertragung an die Polizei nicht geklappt haben sollte.«

»In Ordnung. Ich überprüfe unterdessen meine Handtasche und das Auto. Sie hatten genügend Zeit, um eine Wanze oder einen LoJack zu installieren.«

Tatsächlich fand sie eine winzig kleine Abhörvorrichtung im Handschuhfach und hielt sie Ash hin. Schweigend nahm er sie entgegen, ließ sie fallen und zerdrückte sie unter seinem Absatz.

»Oh! Ich wollte noch ein bisschen damit spielen ...«

»Ich kauf dir eine neue.«

»Das ist aber nicht dasselbe«, murrte sie und zog einen Spiegel aus der Tasche. Dann hockte sie sich neben das Auto und hielt ihn seitlich darunter. »Wenn ich absolut niemandem trauen würde und irgendjemand eines meiner Heiligtümer in seinem Besitz hätte, dann würde ich ... Da ist er ja.«

»Was?«

»Ein LoJack. Ich muss ... Und ich hab Julie noch gesagt, wie unpraktisch Weiß ist!« Sie zog die Jacke aus und warf sie ins Auto. »Hast du eine Decke im Kofferraum? Das Kleid ist nämlich wirklich schön.«

Fasziniert holte er ein altes Badehandtuch aus dem Kofferraum, das er dort für Notfälle aufbewahrte. Er sah ihr dabei zu, wie sie es ausbreitete und – mit ihrem Leatherman bewaffnet – unter den Wagen rutschte.

»Ist das dein Ernst?«

»Ich schalte ihn bloß aus, dann wissen sie nicht genau, was passiert ist. Ich kann ihn ja später abmontieren und nachsehen, wie er funktioniert. Es scheint ein echt gutes Gerät zu sein. Vielleicht haben sie für Oldtimer wie diesen hier sogar spezielle Vorrichtungen. Ich würde sagen, Vasins Sicherheitsteam war auf alles eingestellt.«

»Willst du nicht gleich auch noch einen Ölwechsel machen, wenn du schon mal dabei bist?«

»Ein andermal. So, das war's.« Sie kam wieder unter dem Wagen hervor und sah ihn an. »Sie halten uns tatsächlich für blöd.«

»Aber wir sind nicht nur nicht blöd, sondern ich bin vor allem klug genug, um eine Frau mit Werkzeug an meiner Seite zu haben, die auch noch damit umgehen kann.« Er nahm ihre Hand und zog sie an seine Brust. »Heirate mich.«

Sie lachte kurz auf – bis sie merkte, dass er es ernst meinte. Ihr wurde schwindlig. »O Gott ...«

»Denk darüber nach.« Dann nahm er ihr Gesicht in seine Hände und gab ihr einen Kuss. »Lass uns nach Hause fahren.«

Es war nur ein Impuls des Augenblicks gewesen, versuchte sie sich einzureden. Ein Mann machte einer Frau, die gerade einen LoJack an seinem Auto abgeschaltet hatte, doch keinen Heiratsantrag. Ein Impuls, dachte sie noch mal, weil ihr Part in diesem wirren, blutigen, surrealen Albtraum jetzt im Wesentlichen vorüber war.

Das Rendezvous im Bryant Park würden Undercoveragenten für sie übernehmen. Während sie Jai Maddok und Vasins »Vertreter« verhafteten, würden Fine und Waterstone gemeinsam mit einer FBI-Sondereinheit Vasin selbst gefangen nehmen. Ein Mordkomplott und Auftragsmord standen zuoberst auf der Liste seiner Verbrechen. Eine international agierende Verbrecherorganisation würde mit ihrer Hilfe unblutig zu Fall gebracht. Wer würde sich da nicht ein bisschen benommen fühlen?

Und nervös, gestand sie sich ein, als sie im Schlafzimmer auf und ab marschierte. Eigentlich hätte sie ihre Webseite überprüfen, an ihrem Buch weiterarbeiten und endlich wieder ihren Blog aktualisieren müssen. Doch sie kam nicht zur Ruhe. Nach diesem

Treffen konnte sie nicht einfach so wieder zur Tagesordnung, zu Sex und Liebe übergehen – und womöglich überdies zu einer Ehe. Aber im Allgemeinen lösten die Leute ja auch keine Mordfälle, entdeckten keine unschätzbar wertvollen Kunstgegenstände, flogen nicht nach Italien und zurück, um sich dann mitten hinein in ein Spinnennetz zu begeben, in dem die Spinne – Vasin – schon bald selbst gefangen genommen würde. Und das alles, während Bücher zu Ende geschrieben wurden, Gemälde entstanden und sie großartigen Sex hatten. Nicht zu vergessen das Badezimmer ...

Aber sie hatte ja gern viel zu tun.

Wie würden sie wohl miteinander auskommen, wenn alles wieder in normalen Bahnen verlief? Wenn sie einfach nur noch vor sich hin arbeiteten und lebten?

Ash hatte inzwischen sein Jackett und die Krawatte abgelegt und die Ärmel seines Hemds aufgekrempelt. Zerzauste Haare und dieser Röntgenblick – er sah endlich wieder aus wie ein Künstler; einer, der in ihr den Wunsch nach etwas geweckt hatte, wovon sie geglaubt hatte, es nie haben zu wollen.

»Es ist alles vorbereitet«, verkündete er.

»Alles vorbereitet?«

»Sie haben die Haftbefehle. Sie warten bis zur vereinbarten Stunde, und dann schlagen sie gleichzeitig los. Die Übertragung war an manchen Stellen ein wenig lückenhaft, aber sie haben genug gehört.«

»Dieser BH-Sender war wirklich Q.«

»Q?«

»Wir müssen wirklich mal einen Filmmarathon einlegen! Bond, James Bond, du weißt schon. Q.«

»Ach so, ja, Q. Du trägst ihn doch nicht immer noch, oder?«

»Nein, ich hab ihn abgelegt, aber ich hoffe fast, dass sie vergessen, ihn zurückzufordern. Ich würde gern noch ein bisschen damit rumspielen. Der plumpe Kugelschreiberrekorder war wirklich eine gute Ablenkung, trotzdem hatte ich Angst, dass die Frau den Draht ertasten könnte, als sie mich begrapscht hat.«

»Selbst wenn – Maddok hätten wir trotzdem bekommen. Er war fertig mit ihr.«

Sosehr sie diese Frau auch verabscheute – Lila zog sich trotzdem der Magen zusammen. »Ich weiß. Das war er in demselben Moment, als ich ihm erzählte, dass sie mich angegriffen und angerufen hat, ohne dass er davon wusste.«

»Es hat auch nichts geschadet, dass du geargwöhnt hast, sie könnte das Ei für sich behalten wollen.«

»Da hab ich mich wirklich hinreißen lassen. Er hätte sie getötet, also haben wir ihr eigentlich einen Gefallen getan. Ja, das ist folgenschwer ...«, gab sie zu. »Aber so jemanden wie Vasin wünscht man wirklich nicht mal seinem ärgsten Feind. Nicht einmal ihr.«

»Sie hat ihre Wahl getroffen, Lila. Die Polizei will morgen unsere Aussagen aufnehmen. Selbst wenn Maddok nicht gegen Vasin aussagt, haben sie genug gegen ihn in der Hand, um ihn für Oliver, Vinnie und Olivers Freundin zur Rechenschaft zu ziehen. Fine sagt, die Kollegen sprechen gerade mit Bastone.«

»Gut. Das ist gut. Ich mochte die Bastones. Gut zu wissen, dass auch ihnen Gerechtigkeit widerfahren wird.«

»Alexi bleibt heute Nacht auf dem Gelände, und morgen geht der Engel mit Wagen ins Metropolitan. Wir halten die Presseerklärung zurück, bis die Polizeiaktion vorüber ist – aber dort gehört er nun mal hin. Dort ist er in Sicherheit.«

Alles ganz einfach, dachte sie. Alles am richtigen Platz. »Wir haben es wirklich geschafft ...«

»Im Großen und Ganzen«, sagte Ash und entlockte ihr damit ein Lächeln. »Sie haben uns gebeten, heute Abend zu Hause zu bleiben, für den Fall, dass Vasin uns beobachten lässt. Es könnte verdächtig aussehen, wenn wir ausgehen.«

»Ja, ich denke auch, dass es richtig ist hierzubleiben. Außerdem bin ich ohnehin zu aufgedreht.«

»Mit Luke und Julie feiern wir morgen, wie geplant.« Er trat zu ihr und nahm sie an den Händen. »Und zwar wo immer du willst.«

Wo immer ich will?, dachte sie. Intuitiv wusste sie, dass er es buchstäblich so meinte. »Warum?«

»Weil wir es uns verdient haben.«

»Nein, warum hast du mich gefragt, was du gefragt hast? Wir hatten gerade eine geschlagene Stunde damit verbracht, Personen zu sein, die wir gar nicht sein wollten – und der Stress hat mir so zugesetzt, dass ich schon dachte, ich würde mich in deinen Oldtimer übergeben müssen. Und dann liege ich unter deinem Auto, du liebe Güte, weil Vasin uns wahrscheinlich genauso gern wie Jai um die Ecke bringen möchte, ganz gleich, ob wir nun so sind, wie wir es ihm vorgespielt haben, oder wie wir wirklich sind. Ich glaube, das ist ihm vollkommen egal.«

»Aber all das war mit ein Grund, warum ich dich gefragt habe.«

»Das ergibt doch alles keinen Sinn – am vierten Juli kannten wir uns nicht einmal, und heute ist noch nicht mal Labor Day, und du redest von ...«

»Sprich es ruhig aus. Es wird dir nicht die Zunge verbrennen.«

»Ich weiß nicht, wie das alles passieren konnte. Ich kann mir normalerweise gut Dinge vorstellen, aber ich weiß einfach nicht, wie das hier passieren konnte.«

»Liebe ist eben kein kaputter Toaster. Du kannst sie nicht auseinandernehmen und die Einzelteile untersuchen, irgendein Teil ersetzen und dir dann überlegen, wie du alles wieder zusammensetzt. Liebe fühlt man einfach.«

»Aber wenn ...«

»Versuch doch einfach mal, mit dem klarzukommen, was *ist*«, schlug er ihr vor. »Du bist in einem blauen Kleid unter ein Auto gekrochen. Als ich getrauert habe, hast du mich getröstet. Du hast zu meinem Vater gesagt, er soll sich zur Hölle scheren, als er unverzeihlich unhöflich zu dir war.«

»Das habe ich nicht ...«

»Na ja, aber so ähnlich. Du reparierst Schränke, streichst Badezimmer, fragst jeden Portier, wie es seiner Familie geht, und lächelst Kellner an. Wenn ich dich berühre, spielt die Welt dort draußen keine Rolle mehr. Wenn ich dich ansehe, sehe ich vor mir den Rest meines Lebens. Ich werde dich heiraten, Lila. Und ich gebe dir bloß ein bisschen Zeit, damit du dich an den Gedanken gewöhnen kannst.«

Sie erstarrte. »Du kannst doch nicht einfach sagen: ›Ich werde dich heiraten‹ – als gingen wir Chinesisch essen! Vielleicht mag ich Chinesisch ja gar nicht, vielleicht bin ich allergisch dagegen. Vielleicht hege ich ein tiefes Misstrauen gegen Frühlingsrollen.«

»Dann bestellen wir eben gebratenen Reis mit Schweinefleisch. Aber du solltest mit an unserem Tisch sitzen.«

»Ich bin noch nicht fertig«, sagte sie, als er sie aus dem Zimmer ziehen wollte.

»Aber ich. Das Bild ist fertig. Ich finde, du solltest es dir jetzt ansehen.«

»Das Bild ist fertig? Das hast du mir gar nicht gesagt.«

»Ich sage es dir ja jetzt. Ich will einer Schriftstellerin gegenüber nicht behaupten, dass ›ein Bild tausend Worte wert‹ sei, aber du solltest es dir zumindest mal ansehen.«

»Das wollte ich doch die ganze Zeit, aber du hast mich ja aus deinem Atelier verbannt. Wie hast du es überhaupt fertig bekommen? Ich habe dir doch schon seit Tagen nicht mehr Modell gestanden? Wie hast du ...«

Sie brach mitten im Satz ab und blieb in der Tür zu seinem Atelier stehen.

Das Gemälde stand auf der Staffelei vor der Fensterreihe, durch die das Licht des frühen Abends hereinstrahlte.

30

Langsam trat sie darauf zu. Kunst war stets subjektiv und konnte – sollte – die Sicht des Künstlers wie auch die des Betrachters reflektieren. So lebte ein Bild und veränderte sich, je nachdem, wer es sich ansah.

Von Julie hatte sie gelernt, die Technik und die Gestaltung wahrzunehmen und zu schätzen. Doch all das spielte auf einmal keine Rolle mehr, wurde verdrängt von purer Emotion und von Erstaunen.

Sie konnte sich nicht erklären, wie es ihm hatte gelingen können, die Nacht derart zum Leuchten zu bringen, wie er es mit dem Licht dieses perfekten Mondes am finsteren Himmel geschaffen hatte. Oder wie das Lagerfeuer vor Hitze und Energie zu knistern schien. Sie wusste nicht, wie er sie so hatte sehen können – so strahlend schön und inmitten einer wilden Drehung eingefangen. Das rote Kleid wirbelte um ihre nackten Beine, und die Farben der Volants blitzten darunter hervor. Armbänder klimperten an ihren Handgelenken – sie konnte sie beinahe hören –, und große Ringe baumelten an ihren Ohren. Doch statt der Ketten, mit denen sie für ihn posiert hatte, trug sie den Mondstein, den er ihr geschenkt hatte und den sie auch in diesem Augenblick trug. Über ihren erhobenen Händen schwebte eine Kristallkugel voller Licht und Schatten.

Sie verstand das Bild auf Anhieb. Es war die Zukunft. Sie hielt ihre Zukunft in den Händen.

»Es ist ... Es ist lebendig. Ich erwarte beinahe zu sehen, wie ich die Drehung vollende. Es ist großartig, Ashton. Atemberaubend. Und du hast mich so schön gemalt ...«

»Ich male nur, was ich sehe. Und so habe ich dich von Anfang an gesehen. Was siehst du?«

»Freude. Sexualität – aber nicht ... ich weiß nicht ... *schwelend,* sondern eher die pure Freude daran. Freiheit und Macht. Sie ist glücklich, selbstbewusst. Sie weiß, wer sie ist und was sie will. Und in ihrer Kristallkugel liegt all das, was sein wird.«

»Was will sie?«

»Es ist dein Bild, Ash.«

»Du bist es«, erwiderte er. »Es ist dein Gesicht – es sind deine Augen, deine Lippen. Die Figur selbst ist lediglich eine Geschichte, eine Szene, ein Kostüm. Sie tanzt um ein Feuer, die Männer beobachten und begehren sie. Sie begehren die Freude, die Schönheit, die Macht, wenn auch nur für eine Nacht. Aber sie sieht sie nicht – sie tanzt für sie, aber sie sieht sie nicht. Sie sieht auch nicht in die Kristallkugel, sondern hält sie lediglich hoch.«

»Weil eben doch nicht Wissen Macht ist. Macht ist, eine Entscheidung treffen zu können.«

»Sie sieht nur einen einzigen Mann an, eine einzige Wahlmöglichkeit. Dein Gesicht, Lila, deine Augen, deine Lippen. Die Liebe bringt sie zum Leuchten. Das Licht ist in deinen Augen, in deinen Lippen, in der Neigung deines Kopfes. Liebe, Freude, Macht und Freiheit – das alles habe ich in deinem Gesicht gesehen.« Er wandte sich zu ihr um. »Ich kenne Verliebtheit, Lust, Flirt, Berechnung. Ich habe das alles bei meinen Eltern kommen und gehen gesehen. Und ich kenne die Liebe. Glaubst du wirklich, ich lasse sie los – lasse zu, dass du dich vor ihr versteckst? Nur weil du – nein, *obwohl* du alles andere als ein Feigling bist – Angst vor der Unwägbarkeit hast?«

»Ich weiß nicht, wie ich damit umgehen soll.«

»Dann finde es heraus.« Er zog sie an sich und versank mit ihr in einem langen, leidenschaftlichen Kuss, wie er zu Lagerfeuern und mondhellen Nächten passte. Seine Hände glitten über ihre Hüfte, ihren Oberkörper und hinauf zu ihren Schultern. Dann löste er sich wieder von ihr. »Du findest doch auch sonst alles heraus.«

»Liebe ist aber kein kaputter Toaster.«

Er lächelte, weil sie ihn mit seinem eigenen Argument pariert hatte. »Ich liebe dich. Wenn du ein Dutzend Geschwister hättest, fändest du es einfacher, es unter allen möglichen Umständen zu sagen und zu fühlen. Aber hier geht es nur um dich und um mich. Das bist du«, sagte er und drehte sie so, dass sie wieder das Bild ansah. »Und du wirst es herausfinden.« Er drückte ihr einen Kuss auf den Kopf. »Ich gehe uns etwas zum Abendessen holen. Mir ist nach Chinesisch.«

Sie bedachte ihn mit einem skeptischen Blick. »Tatsächlich?«

»Ja, tatsächlich. Und ich gehe schnell bei der Bäckerei vorbei und sehe nach, ob Luke noch da ist. Und dann kaufe ich dir einen Cupcake.«

Als sie nicht antwortete, drückte er kurz ihre Schultern. »Hast du Lust auf einen kleinen Spaziergang? Möchtest du mitkommen?«

»Das wäre schön – aber ich glaube, ich sollte lieber allmählich anfangen, ein paar Dinge herauszufinden ... und vielleicht auch mal wieder ein bisschen zu arbeiten.«

»Na gut.« Er wandte sich zum Gehen. »Ich hab zu Fine gesagt, sie soll anrufen, ganz gleich, wie spät es ist, sobald sie beide festgenommen haben. Dann wirst du endlich wieder ruhig schlafen können.«

Er kennt mich so gut, dachte sie, und allein dafür sollte ich ihm dankbar sein. »Wenn die Polizei anruft und endlich beide in Haft sind, werde ich auf dir reiten wie auf einem wilden Hengst.«

»Das ist doch mal ein Versprechen ... Ich bleibe nicht lang weg – höchstens eine Stunde.«

Sie trat an die Ateliertür und sah ihm nach, als er die Treppe hinunterging. Er würde seine Schlüssel nehmen, nachsehen, ob er genug Geld und sein Handy dabeihatte, dachte sie, dann würde er erst zur Bäckerei gehen und alles mit Luke besprechen. Von dort aus würde er ihr Abendessen vorbestellen, sodass es schon auf ihn wartete, wenn er es abholen kam, und trotzdem würde er sich ein paar Minuten Zeit nehmen, um mit den Restaurantinhabern zu sprechen oder mit dem Boten, falls er da wäre.

Sie trat wieder vor das Bild. Ihr Gesicht – ihre Augen, ihre Lippen. Doch als sie in den Spiegel blickte, sah sie das Strahlen nicht. Aber war es nicht wundervoll, dass es bei ihm so war?

Sie verstand jetzt, warum er so lange gewartet hatte, bis er ihr Gesicht gemalt hatte. Er hatte erst diesen Ausdruck darauf sehen müssen – und er hatte ihn gesehen. Er malte nur, was er auch sah.

Dann fiel ihr Blick auf eine zweite Staffelei, und sie trat neugierig näher. Dutzende von Skizzen hingen dort – samt und sonders von ihr. Die schlafende Fee in der Laube, die langsam erwachte; die Göttin am Wasser – mit einem Diadem auf dem Haupt und in einem dünnen weißen Gewand. Auf einem geflügelten Pferd ritt sie über eine Stadt – Florenz, wie sie erkannte –, mit bloßen Beinen, einen Arm hoch über ihren Kopf erhoben, und über ihrer Handfläche schimmerte eine Feuerkugel.

Er gab ihr Macht, Mut und Schönheit. Er legte die Zukunft in ihre Hände.

Die Skizzen, die er von ihr angefertigt hatte, während sie am Schreibtisch gesessen hatte – mit intensivem Blick und wirr hochgestecktem Haar –, brachten sie zum Lachen. Am besten fand sie, dass sich ihr Körper mitten in einer Verwandlung zu einem geschmeidigen Wolf befand.

»Die muss er mir schenken ...«

Sie wünschte, sie könnte auch zeichnen, damit sie ihn so skizzieren könnte, wie sie ihn sah – und angeregt durch diesen Gedanken rannte sie kurz entschlossen nach unten in das kleine Schlafzimmer. Sie konnte zwar nicht zeichnen, aber mit Worten malen konnte sie sehr wohl. Ein Ritter, dachte sie. Nicht in glänzender Rüstung, weil er sie schließlich benutzte – aber auch nicht verrostet, weil er sie sorgsam pflegte. Groß in Statur und Haltung. Ehrenhaft und stürmisch. Eine Kurzgeschichte, überlegte sie – irgendwas Lustiges, Romantisches.

Als Handlungsort wählte sie die mythische Welt von Korweny – das Anagramm würde ihm gefallen –, eine Welt, in der Drachen durch die Lüfte flogen und Wölfe umherzogen. Und er, der Kriegerprinz, verteidigte sein Heim und seine Familie und schenkte sein Herz einer ungezähmten, leidenschaftlichen Frau in einem roten Flammenkleid, die neben ihm herritt und die Sprache der Wölfe sprach. Dann waren da noch der böse Tyrann, der alles daransetzte, ein magisches Drachen-Ei in seinen Besitz zu bringen und den Thron zu besteigen, und eine dunkle Hexe, die alles tat, was er von ihr verlangte.

Sie schrieb ein paar Seiten, ging noch einmal zurück und versuchte sich an einem neuen Anfang. Statt einer Kurzgeschichte könnte sie auch gleich eine Novelle schreiben, dachte sie bei sich – und schlagartig wurde ihr klar, dass sie innerhalb von nur zwanzig Minuten von einer Charakterskizze über eine Kurzgeschichte bei einer Novelle angelangt war. »Gib mir eine Stunde Zeit, und ich fange an, über einen Roman nachzudenken. He, warum eigentlich nicht?« Sie beschloss hinunterzugehen, sich ein großes Glas Zitronenwasser zu holen und ein paar Minuten über ihr Vorhaben nachzudenken. »Nur ein paar Seiten«, sagte sie zu sich selbst. »Ich muss mich schließlich auf mein Buch konzentrieren ... Nur ein paar Seiten, einfach so, aus Spaß.«

Sie stellte sich eine Schlacht vor – das Krachen der Schwerter und Äxte, während sich der Morgennebel über dem blutgetränkten Boden langsam lichtete.

Als sie hörte, wie die Haustür aufging, musste sie unwillkürlich lächeln. »Hab ich die Zeit vergessen? Ich habe gerade ...«

Sie lief zur Treppe – und erstarrte, als sie sah, wie Jai die Tür hinter sich zuschob. Ihr außergewöhnlich schönes Gesicht war voller hässlicher blauroter Prellungen, die sich unter ihrem rechten Auge bis zum Kinn hinabzogen. Die schmale schwarze Bluse war an der Schulter zerrissen. Mit wutverzerrtem Gesicht zog sie die Pistole aus ihrem Hosenbund. »Schlampe«, knurrte sie.

Lila schnellte augenblicklich herum. Sie unterdrückte einen Schrei, als sie hörte, wie eine Kugel in die Wand über ihr einschlug, und floh ins Schlafzimmer, schlug die Tür zu und drehte den Schlüssel um. Ruf die Polizei, befahl sie sich, doch im selben Moment fiel ihr ein, dass ihr Handy neben dem Laptop im kleinen Schlafzimmer lag.

Sie hatte keine Möglichkeit, Hilfe zu rufen. Sie rannte zum Fenster, verschwendete Zeit damit, es sofort aufdrücken zu wollen, bis ihr jäh einfiel, dass es natürlich verriegelt war. Dann – ein Tritt gegen die Tür.

Sie brauchte eine Waffe.

Sie griff nach ihrer Tasche, schüttete sie aus und durchwühlte den Inhalt. »Denk nach, denk nach, denk nach«, flüsterte sie panisch, während sie hörte, wie hinter ihr Holz splitterte.

Endlich fand sie ihr Pfefferspray. Ihre Mutter hatte es ihr vor gut einem Jahr geschickt; sie hatte es niemals benutzen müssen. Hoffentlich funktionierte es noch. Die zweite Hand schloss sich um den Leatherman. Er lag wie ein schweres Gewicht in ihrer Faust. Als sie hörte, wie die Tür hinter ihr allmählich nachgab, stellte sie sich mit dem Rücken an die Wand daneben. Sei stark, sei klug, sei schnell, hämmerte sie sich ein wie ein Mantra, als die Tür schließlich aufkrachte. Kugeln pfiffen quer durch den Raum.

Lila hielt den Atem an und zielte auf Augenhöhe, als Jai eintrat. Der Schrei der Frau zerschnitt die Luft wie ein Skalpell. Lila versetzte ihr einen Schlag mit der Hand, in der ihr schwerer Leatherman lag, und während Jai noch blindlings um sich feuerte, rannte sie los.

Nach unten, aus dem Haus hinaus.

Die halbe Treppe hatte sie schon hinter sich gebracht, als sie die Schritte hörte. Sie warf einen schnellen Blick über die Schulter, rechnete mit einem Schuss – und sah aus dem Augenwinkel, wie Jai zum Sprung ansetzte.

Die Wucht des Aufpralls riss sie von den Beinen und raubte ihr den Atem. Ein heftiger Schmerz schoss ihr durch Schulter, Hüfte, durch ihren Kopf, als sie ineinander verschlungen die Treppe hinunterpolterten. Lila schmeckte Blut, Lichtblitze tanzten vor ihren Augen. Sie versetzte ihrer Gegnerin einen Tritt. Übelkeit drohte sie zu überwältigen, und sie versuchte davonzukriechen. Als Jais Hände sie zurückzogen, schrie sie laut auf. Mit letzter Kraft trat sie erneut aus und spürte, dass sie getroffen hatte. Auf allen vieren versuchte sie vorwärtszukriechen, doch da verwandelten sich die Lichtblitze in Sterne, als eine Faust ihr Kinn traf.

Und dann war Jai über ihr und drückte ihr die Luft ab.

Von ihrer Schönheit war nichts mehr zu erkennen. Rot unterlaufene, tränende Augen, ein blutiges, geschwollenes Gesicht. Doch ihre Hand, die um Lilas Hals lag, drückte unerbittlich zu.

»Weißt du, wie viele ich schon umgebracht habe? Du bedeutest gar nichts. Du bist einfach nur die Nächste. Und wenn dein Mann zurückkommt, *biǎo zi*, dann schneide ich ihm den Bauch auf und sehe zu, wie er verblutet. Du bist nichts. Ich mache dich zu weniger als nichts.«

Lila bekam keine Luft mehr. Rote Schleier lagen über ihren Augen. Sie sah nur noch Ash an seiner Staffelei vor sich, sah, wie sie beide Waffeln aßen, sah ihn in einem sonnenbeschienenen Café sitzen und lachen. Sie sah ihn und sich selbst auf Reisen, zu Hause, zusammen.

Die Zukunft lag in ihren Händen.

Ash. Sie würde Ash töten.

Das Adrenalin schoss wie ein Stromstoß durch sie hindurch. Sie bäumte sich auf, aber die Hand um ihre Kehle drückte nur noch fester zu. Sie schlug um sich, doch Jai verzog die Lippen zu einem grausamen Lächeln.

Sie hielt immer noch ein Gewicht in der Hand, fiel ihr ein. Sie hatte immer noch den Leatherman, sie hatte ihn nicht fallen gelassen. Panisch versuchte sie, ihn mit einer Hand zu öffnen.

»Ei«, krächzte sie.

»Glaubst du, ich mach mir irgendwas aus diesem verdammten Ei?«

»Hier. Ei. Hier.«

Der feste Griff lockerte sich kaum merklich, doch endlich konnte Lila wieder Luft holen.

»Wo?«

»Ich geb es dir. Dir. Bitte.«

»Sag mir, wo es ist.«

»Bitte.«

»Sag es mir, oder du stirbst.«

»In ...« Sie verschluckte den Rest des Satzes in einem Hustenanfall, der ihr die Tränen in die Augen trieb und über ihre Wangen laufen ließ.

Jai gab ihr eine schallende Ohrfeige. »Wo ist das Ei?«, bellte sie und schlug Lila mit jedem einzelnen Wort erneut ins Gesicht.

»Im ...«, flüsterte sie heiser und atemlos. Jai beugte sich dichter über sie.

In ihrem Kopf schrie sie, aber aus ihrer schmerzenden Kehle drang lediglich ein krächzendes Pfeifen, als sie das Messer in Jais Wange stieß. Ein Gewicht schien von ihrer Brust zu rutschen, wenn auch nur für einen Moment. Sie bäumte sich auf, trat um sich und stach noch einmal zu. Schmerz schoss durch ihren Arm, als Jai ihr das Messer aus der Hand drehte. »Mein Gesicht! Mein Gesicht! Ich schneid dich in Stücke!«

Erschöpft und besiegt bereitete Lila sich darauf vor zu sterben.

Ash hatte chinesisches Essen eingekauft, eine kleine Gebäckschachtel und einen Strauß bunter Gerbera. Der würde Lila zum Lächeln bringen. Er stellte sich vor, wie sie zum Essen eine Flasche Wein aufmachten und anschließend miteinander ins Bett gingen. So würden sie einander ablenken, bis der erlösende Anruf käme und sie wüssten, dass es endlich vorbei wäre.

Und danach würden sie anfangen zu leben.

Er musste an ihre Reaktion auf seinen Antrag am Straßenrand denken. Er hatte nicht vorgehabt, sie zu fragen. Es war einfach der perfekte Moment für ihn gewesen. Wie sie aussah, wie sie war – wie sie sich während ihres Gesprächs mit Vasin gegenseitig die Bälle zugespielt hatten ... Was sie miteinander teilten, war einzigartig. Er wusste es. Jetzt musste er sie nur noch dazu bringen, ebenfalls daran zu glauben.

Sie könnten überallhin reisen, wohin sie nur wollten – solange sie nur wollte. Sein Haus könnten sie als feste Anlaufstation benutzen, bis sie bereit wäre, sich irgendwo niederzulassen. Wenn sie ihm und ihrer Beziehung erst einmal vertraute, würde sie dazu bereit sein, dachte er. Was ihn selbst anging, so hatten sie alle Zeit der Welt.

Er zog seine Schlüssel aus der Tasche und stieg die Stufen zum Eingang empor.

Das Lämpchen an der Alarmanlage, an der Kamera, die er hatte installieren lassen, blinkte nicht mehr. Es war doch an gewesen, als er gegangen war, oder etwa nicht? Hatte er danach gesehen, bevor er das Haus verlassen hatte?

Unwillkürlich stellten sich ihm die Nackenhaare auf. Dann sah er die Kratzer an den Schlössern – und die Tür schien irgendwie verzogen zu sein.

Er warf sich mit der Schulter dagegen. Die Tür ächzte, hielt ihm jedoch stand. Er nahm Anlauf und schmetterte seinen ganzen Körper, seine ganze Wut dagegen. Krachend schlug sie auf – und er stand seinem allerschlimmsten Albtraum gegenüber.

Er konnte nicht erkennen, ob sie noch am Leben oder tot war. Er sah nur Blut – Lilas Blut, ihren schlaffen Körper und ihre glasigen Augen. Und Maddok, die auf ihr saß und das Messer hoch erhoben hatte, um zuzustechen.

Wut flutete durch ihn hindurch, brachte sein Blut zum Kochen, verbrannte ihn. Er stürzte sich auf sie. Sie sprang auf, und er spürte nicht einmal, wie sie ihm mit dem Messer einen Stich versetzte. Er packte sie und schleuderte sie beiseite, stellte sich zwischen sie und Lila und machte sich bereit, Jai anzugreifen. Auf Lilas leblosen Körper hinabzublicken wagte er nicht.

Diesmal sprang sie nicht ganz so leichtfüßig auf. Mühsam stemmte sie sich in die Hocke. Ash hatte sie gegen Großmutter Pembrokes Tisch geschleudert, der in sämtliche Einzelteile zerborsten war. Aus Jais Wange und aus ihrer Nase troff Blut. Für den Bruchteil einer Sekunde fragte sich Ash, ob sie wohl deswegen weinte. Ihre Augen waren rot unterlaufen und geschwollen, und Tränen vermischten sich mit dem Blut.

Erneut stürmte er auf sie zu und hätte sie wie ein rasender Stier über den Haufen gerannt, wenn sie nicht zur Seite getaumelt wäre. Sie machte eine zittrige Drehung und stach von unten mit dem Messer zu, verfehlte ihn jedoch um Haaresbreite. Er packte sie am Handgelenk, drehte ihr den Arm auf den Rücken und konnte es beinahe hören, als der Knochen brach wie ein trockener Zweig. Panisch und rasend vor Schmerzen trat sie nach ihm und hätte es fast geschafft, ihn zu Fall zu bringen, doch es gelang ihm, sie zu packen und auf den Rücken zu werfen.

Im selben Augenblick sah er, wie Lila – torkelnd wie eine Betrunkene und mit einer Lampe in der Hand, die sie wie eine Waffe schwang – auf ihn zuschwankte. Er spürte zu gleichen Teilen Wut und Erleichterung. »Lauf weg!«, schrie er ihr zu, doch sie kam immer näher.

Jai wand sich in seinem Griff wie ein wildes Tier. Ihre Haut war glitschig von all dem Blut, und beinahe wäre es ihr gelungen, sich freizukämpfen. Er wandte den Blick von Lila ab und sah Jai in die Augen.

Und zum ersten Mal in seinem Leben ballte er die Faust und rammte sie einer Frau mitten ins Gesicht. Zweimal.

Ihr Messer fiel klirrend zu Boden. Jais Beine gaben nach, und er ließ von ihr ab. Dann hob er das blutige Mordwerkzeug auf und legte seinen Arm um Lila.

»Ist sie tot? Ist sie tot?«

»Nein. Wie schlimm bist du verletzt? Lass mich sehen ...«

»Ich weiß nicht ... Du blutest. Dein Arm blutet.«

»Schon okay. Ich rufe jetzt die Polizei. Kannst du in die Küche gehen? Im Vorratsschrank liegt irgendwo Kordel.«

»Kordel ... Wir müssen sie fesseln.«

»Ich kann dich nicht mit ihr allein lassen und selbst die Kordel holen. Bitte, geh.«

»Ja.« Sie reichte ihm die Lampe. »Ich hab den Stecker kaputt gemacht, als ich ihn aus der Wand gezogen habe. Das repariere ich wieder ... Aber zuerst hol ich die Kordel. Und den Erste-Hilfe-Kasten. Dein Arm blutet.«

Trotz der gebotenen Eile konnte er nicht anders. Er stellte die Lampe beiseite und zog Lila sanft und vorsichtig an sich. »Ich dachte, du wärst tot.«

»Ich auch. Aber wir leben.« Sie fuhr mit den Händen über sein Gesicht. »Wir leben. Pass auf, dass sie nicht aufwacht. Schlag wieder zu, wenn sie sich regt. Ich bin sofort wieder da.«
Er zog sein Handy aus der Tasche. Seine Hand zitterte wie Espenlaub, als er die Nummer der Polizei eintippte.

Es dauerte Stunden und fühlte sich wie Tage an. Uniformierte Polizisten, Sanitäter, Fine und Waterstone, das FBI ... Es war ein ständiges Kommen und Gehen. Irgendwann kam ein Arzt, leuchtete ihr in die Augen, untersuchte sie, drückte an ihr herum, tastete sie ab und fragte sie, wer derzeit Präsident der Vereinigten Staaten sei. Trotz ihres Schocks wunderte sich Lila darüber, dass ein Arzt zu dieser nachtschlafenden Zeit Hausbesuche machte.

»Was für ein Arzt sind Sie überhaupt?«, fragte sie.

»Ein guter.«

»Ich meine, welcher Arzt macht heutzutage überhaupt noch Hausbesuche?«

»Ein wirklich guter. Außerdem bin ich ein Freund von Ash.«

»Sie hat mit dem Messer auf ihn eingestochen ... Obwohl ... Es sah eher aus wie ein länglicher Schnitt ... Ich bin nur die Treppe runtergefallen.«

»Sie haben wirklich Glück gehabt. Sie haben ein paar harte Schläge abbekommen, aber es ist nichts gebrochen. Aber Ihr Hals fühlt sich bestimmt verdammt rau an.«

»Ja, als hätte ich Glasscherben geschluckt. Ash sollte mit seiner Schnittwunde ins Krankenhaus gehen. So viel Blut ...«

»Ich kann die Wunde nähen.«

»Hier?«

»Ja, das ist mein Job. Können Sie sich noch an meinen Namen erinnern?«

»Jud.«

»Gut. Sie haben eine leichte Gehirnerschütterung und ein paar ordentliche Prellungen. Es würde nicht schaden, wenn Sie zur Beobachtung für eine Nacht ins Krankenhaus gingen.«

»Lieber würde ich duschen ... Darf ich duschen? Ich rieche sie überall.«

»Allein auf gar keinen Fall.«

»Mir ist im Augenblick aber nicht nach Sex in der Dusche ...« Er lachte und drückte ihre Hand. »Ihre Freundin ist hier – Julie. Was halten Sie davon, wenn sie Ihnen dabei hilft?«

»Das wäre toll.«

»Ich gehe nach unten und hole sie. Sie warten hier, okay? Badezimmer sind die reinsten Minenfelder.«

»Sie sind ein guter Freund. Ich ... Oh, jetzt erinnere ich mich wieder daran! Wir sind uns auf Olivers Beerdigung begegnet! Dr. Judson Donnelly – Allgemeinmediziner.«

»Das ist doch mal ein gutes Zeichen dafür, dass Sie nicht allzu sehr durcheinandergewirbelt wurden. Ich schreibe Ihnen auf, was Sie bei der Medikamenteneinnahme beachten müssen, und komme morgen noch einmal vorbei, um nach Ihnen beiden zu sehen. In der Zwischenzeit kühlen Sie am besten Ihre Prellungen, und meiden Sie in den nächsten vierundzwanzig Stunden Sex unter der Dusche.«

»Das lässt sich machen.«

Er packte seine Tasche zusammen. An der Tür drehte er sich noch mal um. »Ash sagte, Sie seien eine wundervolle Frau. Und er hat recht.«

Tränen traten ihr in die Augen, aber sie kämpfte dagegen an. Sie wollte jetzt nicht losheulen – konnte es einfach nicht. Sie fürchtete, nie wieder damit aufhören zu können, wenn sie jetzt anfinge. Deshalb zwang sie sich zu einem Lächeln, als Julie ins Zimmer stürmte.

»Oh, Lila!«

»Ich seh wohl nicht besonders gut aus – und unter den Überresten dieses Kleids ist es wahrscheinlich noch schlimmer. Aber Jud hat mir ein paar Tabletten gegeben, und ich fühle mich wirklich besser, als ich aussehe. Wie geht es Ash?«

Julie setzte sich auf die Bettkante und nahm Lilas Hand. »Er hat soeben mit einem der Ermittler gesprochen, aber der Arzt hat ihn weggezogen, um sich um ihn zu kümmern. Luke ist bei ihm und wird wohl auch noch eine Zeit lang bei ihm bleiben.«

»Gut. Luke ist ein Ass in Krisensituationen. Ich mag ihn wirklich gern.«

»Du hast uns zu Tode erschreckt.«

»Willkommen im Club ... Wärst du so lieb, mir beim Duschen zu helfen? Ich muss ... Ich hab ...« Der Druck auf ihrer Brust raubte ihr den Atem. Hände um ihren Hals, die immer fester zudrückten. »Sie hat mein Kleid ruiniert!« Lila begann, unkontrolliert zu keuchen und konnte nichts dagegen tun. »Es war von Prada ...«

»Ich weiß, Süße!« Julie zog sie in die Arme, als die Tränen kamen, und wiegte sie sanft hin und her, während sie schluchzte.

Nach dem Duschen begannen die Schmerzmittel endlich zu wirken, und es erforderte keine allzu große Überredungskunst, Lila dazu zu bringen, sich endlich hinzulegen.

Im Dämmerlicht wachte sie wieder auf. Ihr Kopf lag an Ashs Schulter. Sie setzte sich auf – und prompt waren die Kopfschmerzen wieder da. »Ash!«

»Hier, ich bin bei dir. Brauchst du noch eine Schmerztablette? Ich glaube, es ist Zeit ...«

»Ja. Nein. Ja. Wie spät ist es? Weit nach Mitternacht ... Dein Arm ...«

»Alles in Ordnung.«

Trotz der Kopfschmerzen schaltete sie das Licht an, um sich selbst davon überzeugen zu können. Der Verband reichte von der Schulter bis zum Ellbogen.

»Es ist wirklich okay«, wiederholte er, als sie erschrocken aufkeuchte.

»Sag jetzt bitte nicht, es wäre bloß ein Kratzer ...«

»Nein, es ist nicht nur ein Kratzer, aber Jud behauptet, so fein nähen zu können wie eine bretonische Nonne. Warte, ich bring dir die Tabletten, dann kannst du noch ein bisschen weiterschlafen.«

»Noch nicht. Ich muss nach unten. Ich muss sehen ... Gott, du bist so müde ...« Sie legte ihre Hände um sein Gesicht und blickte in seine erschöpften Augen. »Ich muss es mit eigenen Augen sehen, noch einmal durchleben, damit ich es verarbeiten kann.«

»Okay.«

Sie zuckte zusammen, als sie aufstand. »Wow, diese Phrase – man fühlt sich wie vom Traktor überfahren – stimmt tatsächlich. Glaub mir, ich nehme alles, was ich an Tabletten kriegen kann ... Ich will mir nur noch einmal alles mit klarem Kopf und Blick ansehen. Danach nehmen wir beide ein Schmerzmittel und legen uns wieder hin.«

»Abgemacht. Julie und Luke wollten nicht gehen«, sagte er leise, als sie auf den Flur hinaustraten. »Sie sind im Gästezimmer.«

»Gute Freunde sind mehr wert als Diamanten! Ich habe mich bei Julie ausgeweint. Vielleicht sollte ich mich auch noch mal bei dir ausweinen, aber im Moment bin ich stabil.«

Sie blieb oben an der Treppe stehen und blickte hinunter.

Alles war sauber gemacht worden. Der Tisch, auf dem Jai gelandet war, lag nicht mehr in seinen Einzelteilen über dem Boden verstreut, und auch die Gläser und Keramiktöpfe, die zu Bruch gegangen waren, waren weggeräumt worden. Von dem Blut – ihrem und Jais – war nichts mehr zu sehen.

»Sie hatte eine Pistole. Da war eine Pistole.«

»Ja, sie haben sie sichergestellt. Du hast es ihnen gesagt.«

»Ich kann mich nur noch vage daran erinnern. Hat Waterstone meine Hand gehalten? Ich kann mich dunkel erinnern, dass er meine Hand gehalten hat.«

»Ja, das stimmt.«

»Aber sie haben die Pistole. Haben sie sie mitgenommen?«

»Ja. Die Trommel war leer, es waren keine Kugeln mehr darin.«

Sie griff nach seiner Hand, und gemeinsam gingen sie die Treppe hinunter.

»Vasins Sicherheitsleute haben sie unterschätzt. Sie hat zwei von ihnen umgebracht und sich ein Auto und die Pistole geschnappt.«

»Sie war verletzt, als sie hierherkam – das war mein Glück. Ich hatte die Riegel an der Haustür nicht von innen vorgelegt. Das war dumm von mir.«

»Wir waren beide leichtsinnig. Ich kann mich zum Beispiel auch nicht mehr erinnern, ob ich die Alarmanlage eingeschaltet habe, als ich gegangen bin. Auf jeden Fall ist sie hier eingedrungen. Sie ist auf dich losgegangen, und ich war nicht da.«

»Lass uns das nicht tun ...« Sie legte ihre Hand an seine Wange. »Das werden wir einander nicht antun.«

Er ließ seine Stirn gegen ihre sinken. »Pfefferspray und Leatherman ...«

»Das Klebeband konnte ich nicht unterbringen. Aber wenigstens konnte ich mich zur Wehr setzen. Wenn sie nicht hergekommen wäre und das alles nicht versucht hätte, dann wäre sie wahrscheinlich davongekommen.«

»Sie hat wohl aus gekränktem Stolz gehandelt. Das wird sie teuer zu stehen kommen. Fine und Waterstone waren noch einmal hier, als du schon eingeschlafen warst. Sie wird den Rest ihres Lebens hinter Gittern verbringen – und die Lawine rollt inzwischen auch auf Vasin zu. Sie haben ihn bereits verhaftet.«

»Dann ist es also wirklich vorbei ...« Sie atmete tief aus und spürte, wie ihr schon wieder Tränen in die Augen traten. Noch nicht, ermahnte sie sich. »Das, was du zu mir gesagt hast – worüber ich nachdenken sollte ... Weißt du noch? Ich hab darüber nachgedacht.« Sie trat einen Schritt von ihm zurück und wandte sich der Lampe zu, um den kaputten Stecker zu inspizieren. Ja, das würde sie reparieren können. »Du hast mir heute Abend das Leben gerettet.«

»Wenn dich diese Erkenntnis dazu bringen sollte, mich zu heiraten, dann lasse ich das gelten.«

Sie schüttelte den Kopf. »Wir sind die Treppe hinuntergekracht. Es ist alles so verschwommen ... Sie hat mich gewürgt, und ich hätte nicht mehr lange durchgehalten. Zwar ist nicht mein ganzes Leben vor meinem geistigen Auge vorübergezogen – es war nicht annähernd so, wie man immer hört. Aber ich hab an dich gedacht und an das Bild, das du von uns beiden hast. Ich wusste in diesem Moment: Jetzt würde ich all das nie mehr erfahren – das Leben in der Kristallkugel und alles, was damit zusammenhängt. Ich wollte schon aufgeben – aber dann sagte sie, sie würde auch dich töten, wenn du zurückkämst, und da ist ein Ruck durch mich gegangen. Ich habe gekämpft – nicht nur mit meinem Leatherman, sondern weil ich dich liebe. Nein, warte!« Sie hob die Hand, damit sie erst fertigbringen konnte, was ihr auf dem Herzen lag, bevor er wieder auf sie zutrat. »Ich konnte mir eine Welt ohne dich nicht länger vorstellen, konnte nicht ertragen, dass sie dich töten und uns damit die Zukunft nehmen würde. Und das war mein Grund zu überleben. Und kurz bevor du hereingestürmt bist und ich schon dachte, es wäre vorbei, konnte ich die ganze Zeit nur mehr daran denken, dass ich dir nie gesagt habe, dass ich dich liebe. Was bin ich doch für eine Idiotin! Und dann hat mir tatsächlich ein Ritter in einer etwas abgewetzten Rüstung das Leben gerettet. Obwohl ... Den Deckel hab ja eigentlich ich gelockert.«

»Wovon redest du? Welchen Deckel?«

»Du weißt schon, wie bei einem Gurkenglas. Ich hab sie für dich weichgeklopft, gib es zu.«

»Sie hat dich verflucht, als sie sie abgeführt haben.«

»Wirklich?« Jetzt konnte Lila sich das Lächeln nicht mehr verkneifen. »Das verschönt mir den Tag.«

»Mir auch. Willst du mich denn nun heiraten?«

Es liegt in meinen Händen, dachte sie. Doch sie brauchte nicht eigens nachzusehen, um es zu wissen. Sie musste einfach nur auf sich vertrauen – und sich entscheiden.

»Ich hab ein paar Bedingungen. Ich möchte zwar reisen, aber ich glaube, es ist an der Zeit, dass ich aufhöre, aus zwei Koffern zu leben. Ich will mich endlich all dem stellen, wovor ich immer Angst hatte – bis zu dem Zeitpunkt, da mir ganz plötzlich die Zukunft vor Augen stand. Ich will ein Zuhause, Ash. Und ich will es mit dir. Ich will mit dir in fremde Länder reisen, aber ich will uns auch ein Heim schaffen. Ich glaube, ich kann das. Ich möchte meine Termine noch abarbeiten, und dann möchte ich mich ganz aufs Schreiben konzentrieren. Es gibt da eine neue Geschichte, die ich erzählen will ...«

Eine neue Geschichte, wurde ihr klar, die sie *leben* wollte.

»Vielleicht hüte ich ab und zu noch mal ein Haus, um einem Stammkunden einen Gefallen zu tun, aber ich will die Zukunft nicht mehr in fremder Leute Wohnungen verbringen. Ich will in meinen eigenen vier Wänden leben ... in *unseren*.« Sie holte tief Luft. »Und ich will, dass du mit mir nach Alaska fährst und meine Eltern kennenlernst, was mir ein bisschen Angst macht, weil ich meinen Eltern noch nie jemanden vorgestellt habe. Und ich möchte ...« Sie fuhr sich nervös über die Wange. »Das ist jetzt nicht der richtige Zeitpunkt für einen Weinanfall ... Und ich möchte einen Hund.«

»Einen Hund?«

»Ich weiß noch nicht, was für einen – aber ich will einen Hund. Ich wollte immer schon einen Hund haben, aber wir konnten nie einen zu uns nehmen, weil wir doch ständig umgezogen sind. Ich will nicht länger Nomadin sein. Ich will ein festes Zuhause, einen Hund und Kinder und dich. Ich will dich so sehr! Deshalb frage ich dich: Willst du mich heiraten, mit allem, was dazugehört?«

»Da muss ich erst mal nachdenken«, sagte er, lachte befreit auf und zog sie so fest an sich, dass sie aufkeuchte. Sofort lockerte er seinen Griff. »Entschuldige bitte – das tut mir leid!« Er bedeckte ihr Gesicht mit unzähligen Küsschen. »Deine Bedingungen sind akzeptiert.«

»Dem Himmel sei Dank! Ich liebe dich, Ash, und jetzt, da ich auch weiß, wie gut es sich anfühlt, es auszusprechen, werde ich es dir ständig sagen.« Sie fuhr ihm mit den Fingern durchs Haar. »Aber vor dem Frühjahr heiraten wir nicht. Erst sind Julie und Luke dran.«

»Also im Frühjahr. Abgemacht.«

»Wir haben alles überstanden.« Sie legte den Kopf an seine Schulter. »Wir sind endlich dort, wo wir hingehören – genau wie das goldene Ei.« Sie drückte ihre Lippen an seinen Hals. »Wie kann es nur sein, dass mir alles wehtut und ich mich trotzdem so wundervoll fühle?«

»Komm, lass uns endlich die Schmerztabletten nehmen, dann fühlen wir uns gleich noch besser.«

»Du kannst Gedanken lesen.« Eng umschlungen gingen sie wieder nach oben. »Ach, und weißt du, was ich auch noch will? Ich will das große Badezimmer streichen. Ich hab eine Idee, die ich ausprobieren will ...«

»Darüber reden wir ein andermal.«

Ja, das würden sie tun, dachte sie, als sie einander die Treppe hinaufhalfen. Sie würden über alles Mögliche reden. Sie hatten endlich Zeit.